三个火枪手

〔法〕亚历山大·仲马 / 著
王　莹 / 编译

黑龙江美术出版社

图书在版编目（CIP）数据

三个火枪手/（法）亚历山大·仲马著；王莹编译.
-- 哈尔滨：黑龙江美术出版社，2016.10（2024.1 重印）
ISBN 978-7-5318-9242-7

Ⅰ.①三… Ⅱ.①亚… ②王… Ⅲ.①长篇小说—法国—近代 Ⅳ.① I565.44

中国版本图书馆 CIP 数据核字（2016）第 241897 号

SAN GE HUOQIANGSHOU

书　　名/三个火枪手
著　　者/[法]亚历山大·仲马
编　　译/王莹
责任编辑/彭宝中
排版制作/文贤阁
出版发行/黑龙江美术出版社
地　　址/哈尔滨市道里区安定街 225 号
邮政编码/150016
发行电话/（0451）84270522
经　　销/全国新华书店
印　　刷/三河市天润建兴印务有限公司
开　　本/880mm×1230mm　1/32
印　　张/22
版　　次/2016 年 10 月第 1 版
印　　次/2024 年 1 月第 3 次印刷
书　　号/ISBN 978-7-5318-9242-7
定　　价/79.00 元

本书如发现印装质量问题，请直接与印刷厂联系调换。

前　言

　　2002年，法国发生了一件轰动法国文坛乃至世界文坛的大事：法国政府将给大仲马补办国葬，并将其遗骸迎进先贤祠。这就意味着大仲马将成为继伏尔泰、卢梭、雨果、左拉和马尔罗之后第六位被迎进先贤祠的法国作家。

　　大仲马全名亚历山大·仲马，1802年出生在法国的维勒-科特莱。大仲马四岁的时候，父亲就去世了，他与母亲相依为命。大仲马从小酷爱读书，十岁前就已经读过《鲁滨孙漂流记》《泰雷马克》《给艾米莉的信》等著作。因为家境贫寒，大仲马十五岁时到一家公证事务所做小伙计，在那里，他自学成才。1823年，怀揣着对戏剧的喜爱，二十一岁的大仲马来到巴黎。经人介绍，他在奥尔良公爵府获得了一个文书抄写员的职位，在这期间，他利用闲暇时间写下了他的第一部戏剧《亨利第三及其宫廷》，这部戏剧一经上演，就轰动了法兰西剧坛。大仲马在戏剧上取得了很大的成就，但他在小说方面的成就更是远远超过戏剧。他的小说结构完整、情节紧凑、语言生动，读起来趣味十足，流传范围之广，是很多其他作家的作品难以企及的。大仲马一生著作颇丰，代表作有《三个火枪手》《基度山伯爵》《双雄记》等。

　　《三个火枪手》是一部以历史为题材的小说，但对于大仲马来说，历史不过是他讲故事的幌子而已，他喜欢的是戏说历史。

在这个故事中，出身于没落贵族家庭的达德尼昂带着父亲给的三件礼物，只身前往巴黎，希望可以成为国王路易十三的火枪手护卫队的成员。在那里，他与三个火枪手——阿托斯、阿拉密斯、波尔多斯不打不相识，最终成了形影不离的朋友。他们为了挫败红衣主教的阴谋，奉命去英国取回王后送给白金汉伯爵的钻石饰品，他们历经艰难险阻，最后完成了这个不可能完成的任务，保全了王后的名誉。然而他们的行为损害了红衣主教的利益，红衣主教派米莱迪去破坏他们的行动，于是双方展开了一场激烈的较量。最后，米莱蒂被杀死，达德尼昂胜利归来，并获得了护卫队副统领的职位。

这部小说虽然是一部通俗小说，但是它的文字华丽却易于理解，风趣却不粗俗。它从不同角度再现了当时统治阶级内部钩心斗角的种种情况，揭露了社会上层关系的伪善。它之所以能取得如此大的成就，还在于它成功塑造了一系列有血有肉的人物，如勇敢机智、重情重义的达德尼昂以及美若天仙却毒如蛇蝎的米莱迪等，每个形象都被刻画得细致入微、鲜活生动，让人印象深刻。

《三个火枪手》一经问世便得到了广大读者的追捧，大仲马生前，这部小说已经在欧洲各国广为流传，现在它不仅被译成一百多种语言，还被拍成电影，让更多的人领略其魅力。

目　录

第 一 章　达德尼昂的父亲的三件礼物 …………… 001
第 二 章　德·特雷维尔先生的前厅 ……………… 015
第 三 章　谒见 ………………………………………… 026
第 四 章　肩膀、肩带、手帕 ……………………… 037
第 五 章　国王的火枪手和主教先生的卫士 …… 045
第 六 章　路易十三国王陛下 ……………………… 056
第 七 章　火枪手的家 ……………………………… 075
第 八 章　宫里的一桩秘密 ………………………… 083
第 九 章　达德尼昂小试锋芒 ……………………… 092
第 十 章　十七世纪的捕鼠笼 ……………………… 100
第 十 一 章　情节复杂起来了 ……………………… 108
第 十 二 章　乔治·维利埃斯——白金汉公爵 …… 126
第 十 三 章　博纳修先生 …………………………… 135
第 十 四 章　牟恩镇的那个人 ……………………… 143
第 十 五 章　穿袍的人和佩剑的人 ………………… 154
第 十 六 章　掌玺大臣塞吉埃 ……………………… 163
第 十 七 章　博纳修夫妇 …………………………… 174
第 十 八 章　情人与丈夫 …………………………… 188
第 十 九 章　出征方案 ……………………………… 196
第 二 十 章　途中 …………………………………… 206

第二十一章	德·温特伯爵夫人	218
第二十二章	梅尔莱松舞	228
第二十三章	幽会	235
第二十四章	小楼	246
第二十五章	波尔多斯	255
第二十六章	阿拉密斯的论文	274
第二十七章	阿托斯的妻子	291
第二十八章	回程	313
第二十九章	治装	328
第 三 十 章	米莱迪	336
第三十一章	英国人和法国人	343
第三十二章	讼师家的午餐	351
第三十三章	侍女和女主人	361
第三十四章	阿拉密斯和波尔多斯的装备	372
第三十五章	夜里的猫都是灰色的	381
第三十六章	复仇之梦	389
第三十七章	米莱迪的秘密	397
第三十八章	阿托斯毫不费力获得了装备	405
第三十九章	幻影	415
第 四 十 章	红衣主教	425
第四十一章	拉罗谢尔围城战	433
第四十二章	安茹红葡萄酒	445
第四十三章	红鸽棚酒店	454
第四十四章	火炉烟囱管的用处	462
第四十五章	夫妻间的一幕	471
第四十六章	圣热尔韦棱堡	477
第四十七章	四个伙伴的密谈	484
第四十八章	家务事	504
第四十九章	劫数	520

第 五 十 章	叔嫂间的谈话	528
第五十一章	长官	536
第五十二章	囚禁的第一天	547
第五十三章	囚禁的第二天	554
第五十四章	囚禁的第三天	562
第五十五章	囚禁的第四天	572
第五十六章	囚禁的第五天	581
第五十七章	古典悲剧的表演手法	595
第五十八章	越狱	604
第五十九章	在朴次茅斯发生的事情	613
第 六 十 章	在法国	624
第六十一章	贝蒂纳的加尔默罗会女修道院	630
第六十二章	魔鬼的两个化身	644
第六十三章	一滴水	651
第六十四章	裹红披风的人	667
第六十五章	审判	672
第六十六章	行刑	680
第六十七章	结局	686

第一章　达德尼昂的父亲的三件礼物

在 1625 年 4 月第一个星期一，牟恩镇——《玫瑰传奇》作者的出生地——一片混乱，胡格诺教徒仿佛希望让它成为第二个拉罗谢尔。只见妇女们都向中心街的方向跑去，又听到孩子们站在门口呼喊，几位有产者连忙穿好铠甲，也向诚实磨坊主客店跑去，为了安定心神，他们都带上了一柄火枪或长矛。客店门前已经被挤得水泄不通，人群将门口围得里三层外三层，他们都很好奇究竟发生什么事了。

在人心惶惶的年代，出乱子是家常便饭，几乎每天都有几个城市会发生类似的事件，并被记录在册。这些事件有的发生在领主之间，有的发生在国王和红衣主教之间，有的是西班牙在向国王宣战。除了这些或明或暗的战争，还有乞丐、盗贼、胡格诺教徒、恶狼和悍仆，也纷纷向所有人发出战书。镇上的居民几乎一直处于备战状态，随时准备抵抗盗贼、恶狼和悍仆——也经常抵抗领主和胡格诺教徒——有时还会抵抗国王——但他们从没抵抗过红衣主教和西班牙人。这早已成为一种习惯，所以，在前面提到的 1625 年 4 月第一个星期一这天，当喧闹声传来，这些居民既没有看到红黄旗，又没有看到黎舍留公爵的仆人，就毫不犹豫地向诚实磨坊主客店跑去。

跑到那儿一看，才知道究竟是什么引起了这种骚动。

那里来了一个年轻人——让我们简单描述一下他的形象：就像十八九岁的堂吉诃德似的，只是少了胸盔和护腿甲，只穿着一件蓝色羊毛呢子紧身短上衣，这件衣服已经褪色了，变成一种难以描绘的介于天蓝色和葡萄酒酒渣之间的颜色。他有一张长脸，皮肤呈棕色，颧骨很高，可见他非常精明。他颌部的肌肉很发达，加斯科尼人一般都是如此，就算他没戴贝雷帽，人们也可以一眼确定这一点，更何况他头上确实有一顶插着羽毛的贝雷帽。他的眼睛睁得很圆，可见他非常聪明，一个鹰钩鼻显得非常秀气。再说他的个头儿，如果说他是个小青年，他长得未免有些太高，但要说他是个成年男子，却又有些矮。要不是他披肩带下佩戴着一柄长剑，那些没什么眼光的人定会将他看作一个赶路的农家孩子；他走路的时候，那柄长剑会不断地拍打他的腿肚子，骑马的时候又会不断地拍打他坐骑那直立的鬃毛。

是的，这位年轻人拥有一匹极易吸引人眼球的坐骑。那是一匹产自贝阿恩的矮种马，从牙口看应该有十三四岁了，它长着黄色的毛、光秃秃的尾巴，腿上长了很多疮，走起路来总是将头耷拉到膝盖以下，所以马颔缰看起来并没什么用处，但虽然如此，它依然可以每天走八法里路。然而，很遗憾，它奇怪的皮毛和丑陋的走相将它的所有优点都掩盖了，又不巧生在这个所有人都认为自己会相马的年代，所以这匹大约一刻钟前从博让西城门进入牟恩镇的矮种马，一出现就引起了轰动，贬抑之词甚至连累了它的主人。

不管这位年轻的达德尼昂骑术有多高明，也不能掩饰这匹坐骑让他感到的难堪。因此，当他听到这样的品头论足，感到非常难为情。当初他的父亲——达德尼昂老先生——将它当作礼物送给他的时候，他虽然接受了，却没少叹息。但他很明白，它总归可以换二十利弗尔。当然，父亲送礼物时说的那番话是无价的。

"孩子，"那位加斯科尼老贵族用那种亨利四世永远改不了的贝阿恩方言说道，"这匹马是在你父亲的家里出生的，马上就要十三岁了，还没有出过门，所以你应该会喜欢它。你让它体面地度过余生吧，千万不要把它卖掉。如果你去打仗的话，就像对待一位老仆人一样对待它。"达德尼昂老爹接着说道，"假如你有幸进入朝堂——你出生在一个古老的世家，你的祖先是拥有这份荣誉的——那你就不要做有辱门庭的事，你要清楚，五百年来，你的祖先一直维持着这个家族的名誉，为了你，也为了你的人。我所说的你的人指的是你的亲朋好友。除了国王和红衣主教，你不用买任何人的账。作为一个世家子弟，如果想飞黄腾达，一定要有勇气，你听清楚了吗？一定要有十足的勇气。即使你只是在一瞬间畏首畏尾，你也许就会错过幸运之神给你准备的机遇。你还很年轻，有两个原因决定了你必须勇敢：第一，你是一名加斯科尼人；第二，你是我的儿子。千万不要错失良机，一定要敢于闯荡。你已经学会了击剑，你的四肢像钢铁一般坚硬，你要找机会大展拳脚。现在已经不允许决斗了，但你更要跟别人斗一斗，因为打架可以展示出双倍的勇敢。孩子，我只能给你这匹马、十五埃居以及刚才对你的一番忠告。除此之外，你母亲会给你一种做药膏的秘方，那是她从一个吉卜赛女人那里学来的，只要没伤到心脏，它都会有神奇的疗效。你要善于借助外物，要痛痛快快地活，而且要健康平安。另外，我对你还有一句忠告：你最好以一个人为榜样。当然我不是那个榜样，我没在朝中做过事，只是以志愿军的身份参加过宗教战争。我说的是德·特雷维尔先生。以前他和我是邻居，他年幼时曾有幸和国王路易十三一起玩耍——愿天主保佑国王！有时，他们玩着玩着就会动起手来，但国王并没有一直占便宜，虽然有时也会挨揍，但是国王反倒非常器重他，对他很友好。后来，德·特雷维尔先生第一次去巴黎就在路上跟别人决斗了五次；从老国王去世到新国王成年，除了攻城和打仗，他和别人决斗过七次；从国王成年到现在，他几乎经历过上百次的决斗！所以，虽然谕旨、法令规定不许决斗，他依旧是火枪队的队长，他依然是国王非常器重而红衣主教非常害怕的火枪队队长，众所周知，红衣主教是无所畏惧的。除此之外，德·特雷维尔先生每年可以收入一万埃居，所以他是一位很了不起的贵族。但是他年轻时跟你没什么差别。你拿着这封信去见他吧，把他奉为你的榜样。"讲完这些话后,达德尼昂的父亲便将自己的长剑给儿子佩带好,又深深地吻了吻他的脸,祝福他前程似锦。

年轻人走出父亲的房间,看见母亲正等着他,她手中拿着那有神奇疗效的药方。他已经从父亲那里得知,他今后会经常用到这种药膏。母亲与他的话别更长久些,也更充满不舍。当然,达德尼昂的父亲并不是不爱他的独生子,他之所以没有让自己的感情流露,是认为这有伤男子汉的尊严;而达德尼昂大妈是个女人,更是一个母亲,所以她大声哭了起来。而年轻的达德尼昂先生尽管想表现得十分坚强,但人的天性如此,他不禁热泪涌起,好不容易才控制住,没让眼泪流出来。

之后,年轻人便带着父亲送的三件礼物上路了,上文中已经说到了这三件礼物,那就是一匹马、十五埃居,以及给德·特雷维尔先生的那封信;想必大家也能懂得,那番忠告是奉送的。

身上带着这几样东西,达德尼昂不只在脸上,而且在心中,感到自己就是塞万提斯笔下的那个主人公。刚刚出于历史学家的职责感,我将他的形象进行描述的时候,我已经有幸将他和堂吉诃德做了比较。堂吉诃德将风车视为巨人,将羊群视为军队,而达德尼昂认为每一个微笑都是奚落,每一道目光都充满挑衅。所以,由塔尔布到牟恩镇这一路上,他的两个拳头一直紧握着,每天按剑都不下十次,但无论如何,最终还是没有挥拳相向、拔剑出鞘。这并不意味着路上的行人看到这匹讨人厌的矮黄马时,不想痛痛快快地嘲笑一番,而是因为矮马的上方挂着一柄铿锵作响的吓人的长剑,而它们的主人正圆睁着眼睛,射出的目光不仅仅是傲慢的,可以说是恶狠狠的。因此这些行人都小心地屏住不笑,如果实在忍不住不得不笑出来,那也都如同那些古代的面具一般,只有半边脸在偷笑。所以达德尼昂悬着那颗心,摆着威严的样子,平平安安地到达了牟恩镇。

但他到了那儿,在诚实磨坊主客店门口下马,却没人上前来迎接,老板也好,伙计也好,马夫也好,谁也不到下马墩跟前来帮他执镫。达德尼昂从底楼的一扇半开的窗户看进去，只见有个身材魁伟、神情倨傲的绅士模样的人微微蹙着眉头，在对另外两个人说话，那两个人看上去像是很恭敬地在听他说。达德尼昂按照自己的习惯，很自然地以为他们是在谈论自己，就竖起耳朵听着。这一回，达德尼昂只猜对了一半：人家在议论的不是他，而是他的马。那位绅士模样的人仿佛正在对它评头论足，而那两个听客，如前所述，看上去唯恐对此人恭维不及似的，因此就拼命地笑个不停。而达德尼昂，偏偏是连淡淡一笑也见不得的火暴性子，这种放声大笑在他身上会引起怎样的反应，那是不难想象的了。

不过，达德尼昂想先把那个奚落他的无礼家伙的外貌看个明白。他以骄矜的目光凝视着那个陌生人，看清楚了那人是四十到四十五岁年纪，黑眼珠，目光锐利，脸色苍白，鼻梁很高，黑色的唇髭修剪得很整齐；身穿紧身短上衣和紫色的束膝短裤，就连饰带也是同一个颜色的，浑身上下除了衬衫衣袖上的那副袖衩，别无任何装饰。这身束膝短裤和紧身短上衣虽说都还很新，但是皱巴巴的，像是在旅行箱里放了很久的出门服装。所有这些，达德尼昂都是作为一个纤细无遗的观察者，迅速地收入眼底的。他此刻想必产生了一种本能的感觉——这个陌生人将会对他未来的命运产生很大的影响。

就在达德尼昂仔细打量这个穿紫色紧身短上衣的绅士模样的人的时候，那人正在对那匹贝阿恩矮种马发表他最渊博、最精辟的高见，两个听客听得哈哈大笑，他自己的脸上也破例地闪过——假设可以这么说的话——淡淡的一笑。这一回，事情明摆着，达德尼昂是受到了侮辱。抱着这种想法，他把贝雷帽拉下来压在眉毛上，竭力模仿他在加斯科尼瞧见的那些出游的公爵先生的贵族气派，一手按剑，一手叉腰，大步前行。可惜的是，就在他这么往前走的时候，怒气愈蹿愈高，到头来他终于失去了理智，原先打算用来要求对方决斗的那番高傲有余的慷慨陈词全抛到了九霄云外。他一边发狂似的做着手势，一边从嘴里吐出颇能显示他本色的粗话。

"嘿！先生，"他喊道，"躲在窗子里面的先生！对，就是说您哪，你们在笑些什么哪？说说看，大家一起乐如何？"

那个绅士模样的人把目光慢慢地从那匹坐骑移到骑马人的身上，好像他得有一段时间来弄明白这奇怪的指责究竟是不是冲着他来的；随后，当这一点已经无可置疑的时候，他的眉头微微地蹙起来，停顿了相当长的一段时间，然后用一种难以形容的傲慢、戏谑的口吻回答达德尼昂说："我没在对您说话，先生。"

"可我在对您说话！"达德尼昂被这种傲慢而又优雅、蔑视而又礼貌的态度激怒了。陌生人就那么微微皱着眉头，又看了他一会儿，而后离开窗口，慢慢地从客店里走出来，走到离达德尼昂两步远的距离，面对那匹马站定。他这种不动声色地拿别人来取笑的举止，使始终留在窗前的那两个人笑得愈加厉害了。

达德尼昂看见他过来，把长剑从鞘里拔出了一尺来长。

"这匹马是金黄色的，或者它牙口再小些的时候是金黄色的。"陌生人继续刚才已经开了个头的观察，对窗前的那两个听客说道，好像压根儿没有注意到达德尼昂正在火冒三丈，尽管达德尼昂就站在他和那两个人中间，"这种颜色对植物来说是很普通的，可是迄今为止，在马的身上还是极为罕见的。"

"有种嘲笑马的人，未必有种嘲笑它的主人吧！"巴望有一天能跟特雷维尔平起平坐的小伙子怒气冲冲地喊道。

"鄙人不爱笑，先生，"陌生人说，"您可以从我的表情看出这一点，但我有随心所欲、开怀大笑的权利。"

达德尼昂嚷道："可我讨厌人家在我不高兴的时候笑！"

"果真如此吗，先生？"陌生人神色分外镇静地说，"嗯，言之有理。"他转过身，打算从那扇大门走进客店去，达德尼昂刚到时就瞧见一匹备好鞍辔的马停在大门的门廊下面。

凭达德尼昂的性格，他岂能放过一个如此放肆地嘲弄他的人。他拔剑出鞘,边追边喊:"转过身来,爱取笑别人的先生,可别让我从您后面捅一下。"

"捅一下?捅我吗?"那人转过身来,既轻蔑又诧异地望着年轻人说,"走吧,小老弟,您是疯了!"随后,他又压低声音,仿佛是在自言自语:"正好,陛下正在四处物色悍勇的好汉,扩充他的火枪营,这下可给他网罗到一个角色了!"

他话还没说完,达德尼昂就狠命地一剑刺来,要不是他往后躲得快,只怕就再也不能取笑人家了。这时,陌生人看出这事儿已经超出了玩笑的界线,就"飕"地一下拔剑出鞘,按礼数向对方致意以后,认真地摆好了击剑的架势。可就在这时,刚才听他说话的那两位,再加上客店老板,一起抡起棍子、铁锹和火钳朝达德尼昂劈头盖脸地打去,迅速而有力地牵制了达德尼昂的攻势。于是,趁着达德尼昂转过身去招架冰雹般落下的攻击的时候,他的对手跟刚才同样利索地插剑入鞘,然后就像个没了戏的角儿似的,又从参战者变成了旁观者,而且举止神情一如平时那么镇定自若,只是嘴里咕咕哝哝地说:

"该死的加斯科尼人!你们就把他撂在这匹黄马上,打发他滚吧!"

"那也得先杀了你再说,你这孬种!"达德尼昂一边奋力迎战三个对手攻势凌厉的夹击,一步也不后退,一边转过脸来使劲地嚷嚷。

"又是个不知天高地厚的加斯科尼人,"绅士模样的人小声地说,"这些加斯科尼人都是改不了的犟脾气!既然他非要讨打不可,那就再狠狠地揍他。等他挨够了,他会讨饶的。"

可是这陌生人还没明白他是在跟怎样的一个犟脾气打交道,达德尼昂是个从来不讨饶的硬汉子,所以这场打斗又持续了几分钟。末了,达德尼昂精疲力竭,那柄剑给一棍子打断了半截,他手一松,那半截也脱手飞了出去。接着又是一棍子过来,他的额头挂了彩,往后跌倒在地,顿时鲜血淋漓,几乎昏厥过去。

镇上的那些人，就是在这时候从四面八方赶到出事地点来的。客店老板生怕事情传出去坏了名声，就叫几个伙计帮着把受伤的人抬进厨房里，给他包扎了一下。再说那个绅士模样的人，他又坐回了窗口的那个老位子上，显得很不耐烦地望着外面的人群。这么多人聚集在那儿，仿佛使他感到十分气恼似的。

"嗯，那个愣头青怎么样啦？"闻听开门声，他转头过去，向前来请安的客店老板问道。

"阁下没事吧？"

"是的，平安无事，我亲爱的老板，可我想问您，咱们那位年轻人现在怎么样了？"

"他好多了，"老板说，"刚才他真的晕过去了。"

"是吗？"

"可他在晕过去以前，还使足全身气力喊您，一边喊一边还向您挑衅。"

"这小子简直是魔鬼的化身！"陌生人大声说。"哎！不，阁下，他可不是魔鬼，"客店老板做了个轻蔑的鬼脸说，"他晕过去的时候，我们把他里里外外搜了遍，他那包袱里就只有件衬衫，钱袋里也只有十一个埃居，可就这样，他在刚晕过去的那会儿，还说什么要是这种事出在巴黎，您马上就得后悔。在这儿呢，您早晚也得后悔。"

"这么说来，"陌生人冷冷地说，"他倒是个乔装改扮的亲王啰。"

"我跟您这么说，我的老爷，"客店老板立即说，"是想让您提防着点儿。"

"他在那么怒气冲冲的时候，没有提到什么人的名字吗？"

"有的，他拍拍口袋，说什么'咱们等着瞧，看德·特雷维尔先生知道有人侮辱他保护的人以后会如何吧'。"

"德·特雷维尔先生？"陌生人的神情变得专注起来，"他拍着口袋说了德·特雷维尔先生的名字？……喂，我亲爱的老板，这个年轻人昏厥过去的那阵子,我敢肯定,您是不会不去瞧上一眼他的口袋的。里面有什么东西?"

"一封信,写给火枪营统领德·特雷维尔先生的。"

"此话当真?"

"绝无半句虚言,阁下。"客店老板不善察言观色,未曾留意到陌生人闻听自己报告后的神情变化。陌生人离开他方才一直用胳膊肘支在上面的窗台,皱起眉头,貌似心里惴惴不安。

"见鬼!"他暗忖,"特雷维尔派了这么个加斯科尼人来对付我?纯粹是一个愣头青!不过,刺中一剑总归是刺中一剑,跟刺剑人有多大年纪并不相干,何况,一般人对个孩子不容易有什么戒心。些许疏漏,即误大事。"说着,他陷入思考,好几分钟过后才开口说道:"您来给我把这个疯子赶走怎样?我不能杀他,可他碍我的事,他在哪儿?"

"在楼上我太太的房间里,我们刚才在那儿给他包扎来着。"

"他的衣服和包袱都在他身边?没给他脱下紧身短上衣?"

"哪能呢?这些东西都在楼下的厨房里。不过,既然他碍您的事,那么这个小疯子……"

"不用多说了。他使您这客店颜面尽失,注重名声的人岂能忍受。您上楼去给我结账,并且通知我的随从。"

"怎么!先生这就要走?"

"既然我刚才吩咐您备马,您还有什么不明白的。您没照办吗?"

"在下不敢,阁下想必也看见了,您的马就在门廊下面,鞍辔都备好了,随时可以出发。"

"很好,那就照我说的去做吧。"

"嘿嘿!"客店老板心中暗想,"原来他是怕那个小伙子呀!"

可是,陌生人一道颇有威慑的目光,吓得他不敢再乱想了。他谦卑地鞠了一躬,退了出去。

"不能让米莱迪被这小子看见,"陌生人继续自言自语地说道,"她已经来迟了,不能让她再耽搁工夫。看样子,我还是骑马赶上去迎她……要能知道这封写给特雷维尔的信里面说些什么就好了!"他嘴里一边嘟哝着,一边朝厨房走去。

这会儿,客店老板上得楼来,走进妻子的房间,看见达德尼昂已经完全苏醒了。老板心里认定,就是这个小伙子把他店里的那个陌生人给赶跑的。于是,他告诉这小伙子,他这么跟一位大公爵先生——因为在老板看来,那陌生人准是个大公爵先生——寻衅滋事,巡骑可能不会放过他的,他劝小伙子别管身子虚弱不虚弱,快点儿起身赶路。达德尼昂这时还头晕目眩的,身上没穿紧身短上衣,头上裹着布,就那么起身下床,由老板在后面扶着走下楼来。可是走到厨房里,他第一眼就望见了那个嘲弄他的人,那人此刻正站在一辆马车前与人悠闲地交谈,两匹诺曼底骏马套在那辆华丽的四轮马车的车辕上。他面对的是个二十一二岁的女人,她正从车门里伸出头来跟他说话。达德尼昂擅长迅速察人相貌。因而,他一眼就看出这个女人很年轻,长得很美。而且,这种美对于一个像达德尼昂这样一直生活在南方的人来说,全然是陌生的,所以也就给他留下了一个更为强烈的印象。她的脸色异常白皙,金色的鬈发一直垂到肩上,蓝色的大眼睛好似盈盈秋水,玫瑰色的嘴唇,一双手晶莹洁白。她正神情激动地跟那陌生人说着话。

"这么说,主教大人①命令我——"她说。

"马上赶回英国,如果公爵离开伦敦,就即刻通知他。"

"给我的其他指令呢?"美貌的女客问。

"都装在这个匣子里,您到了海峡那边才能打开。"

"很好。那么您呢,您干什么?"

"我回巴黎去。"

"不收拾这个浑小子啦?"她问。陌生人正要回答,可是,就

---

① 主教大人:此处指红衣教黎世留。

在他张嘴的那一刹那,达德尼昂一下子冲到了门口。刚才的话他全听到了。

"那浑小子这就要来收拾别人了,"他大声嚷道,"只希望他要教训的那个家伙这回可别像上回那样见他就溜了。"

"见他就溜?"陌生人皱眉道。

"对。女士当前,看你敢溜!"

"记住,"米莱迪见绅士拔剑,就大声对他说,"记住,我们稍有延宕就会误大事的。"

"言之有理,"那绅士模样的人说,"您且先行,我随后即行。"说完,他一边向米莱迪点头告别,一边纵身上马。而趁这时候,那辆四轮马车的车夫已经朝辕马狠狠地甩了两鞭子。于是,马车和单骑分别朝大街的两个相反的方向疾驰而去。

"嘿!您的账!"客店老板高喊,瞧见这位客人竟然没把账结清就溜之大吉,他先前的满怀敬意,立刻化作了一脸鄙夷不屑的表情。

"把钱给他,蠢货!"那人一边策马飞奔,一边对随从喊道,那个随从朝客店老板的脚边扔了两三枚银币,也策马跟在主人后面疾驰而去。

"嘿,胆小鬼!嘿,孬头!嘿,假斯文的孬种!"达德尼昂紧随其后策马飞奔。

但他受伤虚弱的身子耐不住如此剧烈的颠簸,跑了不到十步,他就两耳嗡鸣,头晕目眩,眼前发黑,一头栽下马,嘴里兀自大声叫着:"孬种!孬种!孬种!"

"没错,是孬种。"客店老板一边咕哝着说,一边朝达德尼昂身旁走来,他想靠这么讨好来跟可怜的小伙子言归于好,就像寓言中的鹭鸶对蜗牛①的做法一样。

---

① 鹭鸶对蜗牛:这里是指法国寓言诗人拉封丹(1621—1695)的寓言《鹭鸶》,讲它挑食,不肯吃冬穴鱼等,到了晚上饿极了,见到一只蜗牛也觉得是好的食物。

"对，真是个孬种，"达德尼昂喃喃地说，"可是她，真美！"

"哪个她？"客店老板问。

"米莱迪。"达德尼昂断断续续地说。说完，他再一次昏厥了过去。

"反正一样，"客店老板对自己说，"走了那两位，留下这一位，估摸着这位怎么也得住上一阵子吧。如此算来，就依旧有十一埃居好赚。"

我们知道，达德尼昂的钱袋里剩下的埃居，恰好就是这个数。客店老板盘算着，小伙子要养好伤，钱也就花得差不多了。当然，这只是他的如意算盘而已。

次日凌晨五点钟，达德尼昂就起床摸下楼来，到厨房要了点葡萄酒、香油和迷迭香，另外还要了些别的配料，但到底是哪些东西，我们已经不得而知，然后，他拿着母亲给的那张方子，配制好一剂药膏，在身上的好几处伤口都抹了一遍，又自己动手换了绷带，压根儿没要医生来沾边。想必是由于波希米亚人的药膏确有奇效，再不就是由于没有医生的干预，达德尼昂当天晚上就能站得稳稳当当的，到第二天就差不多完全康复了。

虽然他几天来根本没进食，但是因为那匹黄马，至少照客店老板的说法，吃的食料有照它的身架估算的食量的三倍之多。何况他又用了些迷迭香、葡萄酒和香油，所以还是有笔账要算。但就在他要付账的时候，他在衣袋里只找到了那只磨损的丝绒小钱袋，还有里面那十一埃居，而那封给德·特雷维尔先生的信却怎么也找不到。年轻人先是极其耐心地在衣袋和背心、裤腰的小口袋里翻来覆去找了有几十遍之多，又把那只行囊也里里外外摸了个遍，钱袋也是关上又打开地折腾了好一阵。可等他确定了那封信真的无影无踪的时候，他第三次暴跳如雷地发作了起来，差点儿又得再花钱配制药膏，因为他怒冲冲地大发雷霆，口口声声威胁说，要是不把他的信给找出来，他就要把店里的家当砸个稀巴烂，客店老板一看这架势，已经握紧了一把梭镖，老板娘也抓起了一把扫帚，伙计们则纷纷操起了上回派过用场的棍子。

"我的引荐信！"达德尼昂大声嚷道，"快把我的引荐信给我找出来，见鬼！否则我就把你们全都穿在我的剑上！"不幸的是，当时的情势不容年轻人来实现他的威胁。这是因为如前所述，在前一场格斗中他的长剑折成了两截，而他自己却压根儿忘了这碴儿。结果，等他当真想拔剑出鞘的那会儿，他发现手里握着的竟然是把八九寸长的断剑，那还是客店老板小心翼翼地插进他的剑鞘里去的。至于剩下的那半截剑，大师傅已经拿去，巧妙地做成了往瘦肉里塞肥膘用的钎子。

可是，单凭这点煞风景的事，要不是客店老板赶紧应承客人的要求完全在理的话，恐怕还是不足以压下咱们这位一触即发的年轻人的火气的。"可也是，"他放下手里的梭镖说道，"这封信在哪儿呢？"

"就是，这封信在哪儿？"达德尼昂嚷道，"我可先把话给您讲在头里，这封信是写给德·特雷维尔先生的，非得找回来不可，要是找不回来，他可会有办法叫您找回来的！"这句话把客店老板给镇住了。除了国王和红衣主教先生，德·特雷维尔先生的名字或许就是被军人，甚至被市民提到的最多的名字了。当然，也还有位约瑟夫神父。但无论是谁，提到这个名字时都是压低嗓门儿的，这位人称"灰衣大人"的红衣主教的亲信，真有些叫人谈虎色变的意味。

因此，客店老板赶紧把梭镖扔得远远的，一边吩咐妻子和伙计把各自的扫帚和棍子也照此办理，一边率先去找这封遗失的信。他问道："信里装着贵重的东西吧？"

"没错！无比贵重！"加斯科尼人大声说，他是指望着这封信来为他打开通往宫廷之路的，"我的财产全在里面。"

"是西班牙息票？"惶恐不安的老板问道。

"是御用金库的特别息票。"达德尼昂答道，他本想靠此信投入国王麾下以期飞黄腾达呢，因此就信口开河。

"这可糟啦!"客店老板沮丧万分地说。

"不过这没关系,"达德尼昂面不改色地往下说,这种风度是很有民族性的,"没关系,钱算不了什么,这封信才是最要紧的。我宁愿丢了一千皮斯托尔①,也不愿丢了这封信。"他本想说两万的,但是年轻人的廉耻心使他改了口。

找不到信,客店老板急得团团转,一个突如其来的念头掠过心头。"这封信没丢。"他大声说。

"哦!"达德尼昂说。

"没错,是有人拿走的。"

"拿走的!谁拿的?"

"昨天那个挺有派头的客人拿的。他下楼到厨房去过,您的紧身短上衣就放在那儿。他单独在那儿待过。我敢打赌,准是他偷的。"

"您这么想?"达德尼昂对此将信将疑,因为他比任何人都清楚,这封信的重要性单单是就他个人而言的,它绝不至于招惹旁人见钱眼开的贪心。挑明了说,进过这客店的仆从也好,客人也好,谁拿了这么张纸都不会有半点好处。

"就是说,您怀疑那个张狂无礼的孬种?"达德尼昂又问道。

"我敢肯定,就是他!"客店老板说,"我对他说过阁下您是受到德·特雷维尔先生保护的,而且有封写给这位公爵先生的信,他听了好像挺不安的,问我这封信放在哪儿,然后又立即下楼到厨房去,他知道您的紧身短上衣就在那儿。"

"这么说,真是他偷的。"达德尼昂说,"我要向德·特雷维尔先生报告,德·特雷维尔先生会向国王报告的。"说完,他挺有派头地从钱袋里掏出两个埃居递给老板。老板把帽子捏在手里,一直把他送到门口。达德尼昂骑上那匹黄马,一路平安无事地来到了巴黎的圣安托万城门。在那儿,他把黄马卖了三个埃居,这个价钱相当不错,因为最后那段路程里他可真把这头牲口

---

① 皮斯托尔:法国的古币名,相当于十个利弗尔。

累得够呛。所以，当达德尼昂按上面所说的九个利弗尔的价格把它出手给马贩子以后，对方很坦率地告诉年轻人说，他之所以肯出这个高价，完全是由于这牲口的毛色挺特别的。因此，达德尼昂是夹着个小包徒步进入巴黎的，他走了不少路才找到一个跟他那涩囊相匹配的出租房间。这个房间位于顶楼，坐落在掘墓人街上，离卢森堡宫很近。

交完定金，达德尼昂就住进了这个房间。这天剩下的时间，他都在往他的紧身短上衣和束膝短裤上缝绦子。老达德尼昂有一条七八成新的紧身衣，上面有很多绦子，达德尼昂的母亲偷偷将那上面的绦子拆下来，送给了达德尼昂。然后他去了废铁沿河街，请人给自己的剑柄重配了个剑身。后来他又回到卢浮宫周围，向遇到的火枪手打听德·特雷维尔先生的住处。德·特雷维尔先生就住在老鸽棚街上，也就是说，就住在达德尼昂所租的房间附近。这真是个好兆头，他这趟出行的目的一定可以达到的。

当一切都处理完，他就心安理得地上床睡觉了。对于自己在牟恩镇的表现，他感觉很满意。此刻他对过去毫无悔意，对目前满怀信心，对未来充满希望。

当他睡醒的时候，已经九点了，这完全是外省人的睡眠习惯。他起床后就去见那位赫赫有名的德·特雷维尔先生了。根据父亲的说法，他应该是王国的第三号人物。

第二章　德·特雷维尔先生的前厅

在巴黎，有一位姓德·特雷维尔的响当当的人物，他的家族在加斯科尼时依然是德·特瓦维尔。他刚出来闯荡的时候，确实跟现在的达德尼昂一样，是一个穷小子，胆量、智慧和机敏是他所有的本钱。但是，有了这种本钱，最穷困潦倒的小贵族可能从他的父辈那里得到的遗产，或许比贝里或佩里格厄最富裕的贵族获得的财产还要多。他那种盖世无双的勇敢和非比寻常的幸运，在这动刀动剑如下冰雹的年代，让他可以青云之上，连上四级，登上了被人们称为皇恩滚滚的梯子的顶端。

他和国王是朋友，正如人们都知道的那样，这位国王非常怀念他的父亲亨利四世。德·特雷维尔先生的父亲曾在亨利四世与天主教联盟的战争中，忠心耿耿地为亨利四世效力。后来亨利四世想要报答为他效力的人，却没有钱——这位贝阿恩人一生都缺钱——所以他就用他唯一不用跟别人借的东西，也就是说用精神来奖励他麾下的人。攻占巴黎后，亨利四世恩准老特雷维尔先生用金狮做他的家族纹徽：狮子行走在直纹的红底色上，还题着几个字——忠诚与坚强。从荣耀来说，这真是皇恩浩荡，但要说具体有什么实惠的好处，就谈不上了。

因此，当亨利陛下的这位显赫同伴去世时，他留给儿子唯一的遗产就是他的长剑和那个题名。多亏了这两件遗产以及伴随它们的白璧无瑕的姓氏，德·特雷维尔先生被召进年轻殿下的王府，仗着那柄剑为殿下效力而丝毫无愧于那个题名，所以尽管路易十三本人是国内有数的剑术高手，他还是常说，假如他有个朋友要跟人决斗，他一定劝人家这样来考虑助手人选：首先是他自己，其次就是特雷维尔，而且，有时候说不定连这次序都得换一下。

因此，路易十三对特雷维尔的确有一种友情，自然，这是一种带有帝王特色的具有利己意味的友情，但终究是一种友情。乱世扰攘，为人君者总想在自己身边网罗一批像特雷维尔这般的豪杰。其中能博得题名后面的那个"勇"字的，固然大有人在，但真要说能当得起前面的那个"忠"字的世家子弟就寥寥无几了。特雷维尔就是这寥寥无几的豪侠之士中的一个。他属于这样一种罕见的将才，驯服机敏有如纯种的守门犬，对主子绝对忠诚，而且眼明手快。眼明，专看陛下讨厌的是哪些人；手快，则专打陛下讨厌的那些人，任凭他是贝斯姆还是莫尔韦尔，是梅雷的波尔特罗还是维特里。说到底，就特雷维尔而言，到当时为止他所缺的就只是个机会了。但他一直在窥伺，并且在心里打定主意，一旦机会路过身边，非得牢牢抓住不可。结果，路易十三终于委任他当了御前火枪营的统领，就忠诚，或者说就愚忠而言，这支火枪营之于路易十三，就好比御林军之于亨利三世，苏格兰卫队之于路易十一。

　　在这方面，红衣主教不甘心落在国王后面。这位法兰西的二号国君或毋宁说头号国君，目睹路易十三鞍前马后有这样一支令人生畏的精锐部队，便也想组建自己的卫队。于是，他和路易十三一样有了自己的火枪队。人们看到这两支敌对的力量各自在法国各省，甚至在国外，选拔精干的击剑名手为自己效力。晚上，黎舍留和路易十三对弈的时候，总是各夸各的火枪队如何军容整齐，英勇善战，经常争得面红耳赤。两个人一面明令禁止决斗和在公众场合斗殴，而暗地里却纵容自己的火枪队攻击对方，败则心中不悦，胜则兴高采烈。上述种种事实，至少有一个人在自己的回忆录里有所记载，这个人亲身经历过几次这样的失败和许多这样的胜利。

　　特雷维尔掌握了主子的这个弱点，而且就靠着这份机敏，居然能从一位并不见得有多重情谊的国王那儿，得到了经久不衰的恩宠。他让他的火枪手在阿尔芒·迪普莱西红衣主教面前趾高气扬地走来走去，做出种种奚落嘲笑的模样。气得红衣主教大人的灰胡须根根直竖。特雷维尔谙于那个年头的养兵之道，处事应变称得上是游刃有余；须知那个年头的军饷，如果不是靠抓敌人供养，就得靠抓同胞供养。故此特雷维尔的火枪手，简直就是一群到处起哄喧嚣、寻衅滋事的魔鬼军，无法无天，只服他一人的管。

　　这些放荡不羁、整天喝得醉醺醺、身上不时还挂点彩的国王的火枪手,或者不如说德·特雷维尔先生的火枪手,酒店里、大街旁、赌场上,四处都看得到他们在叫嚣滋事,碰得佩剑铿锵乱响。遇上主教先生的卫队就公然挑衅,随后就当街械斗,并讥讽调侃对手。不幸亡命的,同胞自会为其泣血复仇,更常见的是剑斩敌手,但也不会久陷囹圄,因为自有德·特雷维尔先生为他去说情。因此特雷维尔先生手下这些崇拜他的火枪手,人人说他好,各个为他歌功颂德,他们中间即便是十恶不赦的坏蛋,站在他面前也都像小学生站在老师面前似的噤若寒蝉,一声微不足道的呵责,也愿以死证明忠勇。

德·特雷维尔先生操纵着这股强大的力量,让它首先为国王和国王的朋友所用,其次也为他自己和他的朋友所用。不过,即便那是个回忆录多如牛毛的年代,却哪儿也找不到一本回忆录对此有类似的记载,即便是他的对头写的也罢,他在文人中间的对头,并不比在武士中间的少。他自有一种非常罕见的搞阴谋的天分,这种天分使他堪与最厉害的阴谋家相媲美,但他又始终不失为一个清正刚直的男子汉。并且,虽然腰里整天悬着沉甸甸的长剑,艰苦的操练又弄得他筋疲力尽,可他还是成了那个时代贵妇名媛的小客厅的常客,调情打趣的高手,夸夸其谈的演讲家。人们谈论特雷维尔的红运高照,犹如二十年前谈论巴松比埃尔的光景一般无二,这种红运可是非同小可的。火枪营的统领就是这么叫人仰慕,叫人敬畏有加,这可真是人间福祚的极致。

路易十四把宫廷里所有的那些小天体,都纳入了他那无所不在的泽被之中。而他的父王,这位与众不同的太阳,却把个性的光辉留给了每个宠幸,把个人的魅力留给了每个廷臣。当时,除了国王和红衣主教的朝觐之外,巴黎每天早晨还有二百多位权臣显贵在各自的府邸接待下属晋见。其中,要数特雷维尔府邸的场面最为热闹。

他的府邸位于老鸽棚街,夏天从凌晨六点起,冬天从八点起,这座府邸看上去就像座兵营。五六十个火枪手,经常待在里面，他们似乎是轮班来当值，让人数始终保持一个可观的数目。这些全副武装的火枪手四下巡逻，警惕地监视周边情势。宅邸里有一座异常宽大的楼梯，放在我们的文明时代，这地盘够盖一整幢房子了。在这座楼梯上川流不息人来人往的不是巴黎当地跑来求情邀宠的人，就是外省赶来一心想当火枪手的世家子弟，再不就是身穿缀有各种颜色绦饰的号服的仆人，他们是为各自的主人来给德·特雷维尔先生送信的。前厅里，排成环形的软垫长凳上，坐着入选的客人，也就是那些等待召见的求见者。这个前厅里从早到晚一直人声嘈杂，嗡嗡之声不绝于耳，而德·特雷维尔先生就在隔壁的书房里接见来客，听他们的申诉，随时发出命令。并且，就像国王在卢浮宫的阳台上一样，他只要往窗口跟前一站，就可以检阅手下的火枪手和他们的装备。

达德尼昂前去求见的那天，前厅里挤满了人，对一个刚到巴黎的外省人来说，感觉尤其如此。不错，虽然这个外省人是加斯科尼人，尽管在那个时代，达德尼昂的老乡们素以无所畏惧闻名天下。这不，一跨进那扇厚实沉重、钉着方头长钉的大门，他马上就置身于一群全副武装的火枪手中间，这些火枪手挤挤插插地走来走去，有的在打招呼，有的吵架，有的逗乐。除非军官、显贵或漂亮女人，其他人想从这些人流旋涡中通过可谓困难重重。

我们的年轻人就是在这样一片嘈杂和混乱中挤进去的，他心里怦怦直跳，一手按住长剑让它贴紧自己那修长的腿肚，一手捏在帽檐上，脸上赔着笑容，外省人感到尴尬而又不想让人看着寒碜的时候，就是这么笑的。他好不容易从一群人中间挤了过去，才感到松了口气。不过他心里明白，人家都在转过头来瞧他，直到这天为止，自我感觉很好的达德尼昂平生第一次觉得自己挺可笑。

待至楼梯前，场面更加混乱：在底下的几级石阶上，有四个火枪手正在用剑斗着玩儿，而楼梯平台上还有十一二个同伴等着轮到他们接上去玩儿。

四个人中间有一个站在上面的那级石阶上，手执利剑，拦住或者说力图拦住另外三个人冲上楼去。

这三个人非常灵巧地挥剑向他进攻。达德尼昂起先把这些剑当作练习用的花剑，以为剑上都是有个圆头的，但稍待片刻，他瞅见有人挂了彩，这才看出那四把剑都是开了锋的真家伙。一旦有人挂了彩，非但是四周看的人哄堂大笑，就连挂彩者自己也狂笑不已。

站在上面的那个火枪手，此刻遏制住了对手的攻势。那三个人把他围在当中：按照规则，谁要是中了剑就得出局，并且把晋见的机会让给刺中他的对手。不到五分钟，三个人都被在上面阻击的那人刺中了，伤口各在腕部、下巴、耳朵，防守者则毫发无伤。按照事先的约定，他赢得了三次晋见的机会。

虽说咱们年轻的外省人打定主意，让自己别露出吃惊的模样，但是这种消遣的方式还是让他不胜讶异。他那老家的乡亲都是一碰就炸的暴脾气，他在家乡也见过些各种各样的决斗样式，可是像这四个火枪手这么玩命的游戏，他至今为止还是首次目睹，因而不免觉得这种玩法触目惊心，即便在加斯科尼也难得见到。他仿佛觉着自己置身在当年格列佛去过的那个有名的大人国，感到害怕极了。然而这会儿，他还没走到头呢，前面还有那个平台和前厅。

穿过平台时，没人在格斗，但有人在讲桃色新闻，达德尼昂感到一阵脸红；穿过前方时，有人讲的是宫廷秘闻，他觉得浑身发颤。

在加斯科尼，达德尼昂那天马行空、怪诞诡异的想象力是让年轻女佣甚至少妇们都感觉心头发颤的。但他就是在最想入非非的时候，也还是连这些香艳的风流韵事的一半，连那些豪爽的好汉勾当的四分之一都不曾想到过，更不用说这中间还有那么些响当当的名字和赤裸裸的细节了。不过，如果说他对操守德行的景仰在平台上受到了震动的话，那么他对红衣主教的崇敬在前厅里就受到了玷污。在那儿，达德尼昂震惊地听到大家在口无遮拦地议论那些威震欧洲的谋略权术，以及曾经让那么些位尊权重的显贵以意欲深究而罹难的红衣主教的私生活：这位深受达德尼昂的父亲尊崇的大人物，竟然成了德·特雷维尔先生手下火枪手的笑料，他们讥讽他的罗圈腿和驼背；有些人唱起下流的小调，调侃主教的情妇德·艾吉雍夫人和他的侄女德·孔芭莱夫人，另一些人则异口同声嘲弄起位居公爵的红衣主教的侍从和卫队来，所有这一切，在达德尼昂看来都是骇人听闻难以置信的事情。

不过，当国王的名字突然间从嘲笑主教的哄闹中冒出来的时候，这些言语刁毒的火枪手立刻就像给什么东西封住了嘴巴似的，他们犹疑地往四下里瞧瞧，好像怕德·特雷维尔先生书房的那堵墙会把无意漏出的这个名字传过去似的。不过稍过片刻，一句对主教大人含沙射影的讥讽引发了又一阵突然爆发的哄笑，话题再次被肆无忌惮地引向主教大人，而红衣主教的一举一动也就都在这儿成了调侃的谈资。

"不用说，这些人都得进巴士底狱，都得给吊死。"达德尼昂战战兢兢地想道，"我呢，也得跟他们一起去，因为人家看到我听得这么详尽，肯定把我当作同党。父亲当初一再叮嘱我要敬重主教大人，他要是知道我跟这帮无法无天的家伙混在一起，该会怎么说呢？"

因此，不言而喻，达德尼昂自然是不敢参与这种谈话，只是全力发挥自己的耳聪目明之特长，聚精会神地听着、观察着，不漏过任何一个细节。而且听着听着，他就顾不上父亲的忠告，对发生在周围的这些闻所未闻的事情感到兴味盎然，不仅不觉得义愤填膺，反而出于本能地赞叹不已了。

不过，因为他在这群前来晋见德·特雷维尔先生的人中间是个陌生人，人家在这儿是首次见到他，故而就有人上来问他有何贵干。闻听问询，达德尼昂就很谦恭地报上姓名，强调自己是德·特雷维尔先生的同乡，请这位向他发问的贴身男仆代为通报他求见德·特雷维尔先生,那男仆以一种恩赐的口吻答应在适当的时候转达这一请求。达德尼昂此时已从初始的惊愕中略微镇定下来,于是开始从容地察看火枪手的装束与相貌。

在那群人中间,最活跃的是一个身材魁梧的火枪手,他神情高傲,但更引人注目的却是他那身标新立异的服饰。这会儿他没穿火枪手的敞袖外套(不过,在那个自由不足、独立有余的年头,这制服倒也并不是非穿不可的),而是穿着一件天蓝色的齐膝紧身外衣,略微有些褪色和磨损,上面罩了一条绣着金线的很漂亮的肩带,宛若骄阳照射下的水波那样金光灿烂。一件深红色的丝绒长披风,很优雅地披在肩上,只露出前胸那截金碧辉煌的肩带,下端挂着一柄巨大的长剑。

这个火枪手这会儿刚值班回来,一个劲儿地抱怨说在外面着了凉,不时假模假样地咳嗽。照他对周围的人的说法,他就是为此才裹的披风。而当他昂着头,神情高傲地捻着唇髭说这话的时候,周围的人都在一个劲儿地赞赏这条绣花的肩带,其中尤以达德尼昂最为倾心。

"家里的钱摆在那儿总得花掉点,有什么法子呢?"这个火枪手说,"再说眼下兴这个,虽然这是挥霍,但也是时髦嘛。"

"嘿!波尔多斯!"人群中有一个声音嚷道,"你甭想让我们相信这条肩带是用你父亲的钱买的。上个星期天,我不是在圣奥诺雷城门那儿瞧见你和一个戴面纱的女人在一起吗?这肩带准是她给买的。"

"不是,我以荣誉发誓,肩带是我买的,绝对是自掏腰包。"被人叫作波尔多斯的这位回答说。

"对,就像我买这新钱袋,"另外一个火枪手说,"用的是我情妇搁在旧钱袋里的钱。"

"绝无虚言,"波尔多斯说,"证据就是我花了十二皮斯托尔。"尽管还有疑窦,夸赞的声浪却愈来愈高了。

波尔多斯回过头来,问另一个火枪手:"是不是啊,阿拉密斯?"名叫阿拉密斯的火枪手与这一位形成了鲜明的对比:他是个二十二三岁的小伙子,长着一张天真的、甜得有些过分的脸,黑眼睛,目光柔和,玫瑰色的脸颊像秋天的桃子似的长着细密的茸毛,嘴唇上面留着一抹笔直的细细的唇髭,双手仿佛不敢垂下,生怕那上面纤细的脉管会涨粗似的,还要时不时地去捏捏两边的耳垂,让它们保持一种柔和、透明的粉红色。通常他很少说话,而且说得很慢,欠身作礼却很殷勤,笑起来不出声音,露出一口漂亮的牙齿,他对这口牙齿也像对身体上的其他部位一样,看上去是爱护备至的。听到朋友的问话,他点点头表示肯定的回答。

这个肯定的回答,似乎消除了有关那条肩带的一切疑虑。大家依然赞赏那条肩带,但不再谈它。不知是谁,突然想到了一件别的事情,于是话题一下子就扯到了那上面。

"夏莱的侍从官所说之事,大家如何看待?"一个火枪手问道,"他说什么来着?"波尔多斯满不在乎地问道。

"他说他在布鲁塞尔看见了主教的心腹死党罗什福尔,他乔装改扮成了嘉布遣会的修士。这个该死的罗什福尔,上回也是这么乔装改扮,把德·莱格先生当个白痴似的耍了一通。"

"他确实是个白痴。"波尔多斯说,"可这消息可靠吗?"

"我是从阿拉密斯那儿听来的。"那个火枪手回答说。

"真的吗?"

"哎!这您不是知道的吗,波尔多斯,"阿拉密斯说,"我昨天告诉您的,现在无须再言。"

"无须再言!您就是这么说话的吗?"波尔多斯接口说,"无须再言!见鬼!说得倒轻巧。怎么!红衣主教派人去刺探一位贵族的底细,让一个叛徒、无赖、骗子偷了他的信。然后,他靠了这个奸细和这封信,砍了夏莱的脑袋,找的是个再荒诞不过的理由,指控夏莱想要谋杀国王,让大亲王跟王后结婚!这始终是个谜,以前谁也没透过一点儿风声,直到昨天您才对我们说起这事,让大家都听得挺带劲儿,可今儿个,我们大家还在对这个消息感到挺惊讶的时候,您却来对我们说什么'无须再言'!"

"既然您要说,那咱们就说吧。"阿拉密斯挺有耐心地说。"这个罗什福尔,"波尔多斯大声嚷道,"如果我是那个可怜的夏莱的侍从官,我非得给他点儿颜色看看不可。"

"那么您呢,红衣公爵准会给您点儿厉害尝尝。"阿拉密斯接口说。

"哈!红衣公爵!妙,妙,红衣公爵!"波尔多斯一边直点头,一边拍着手说,"这'红衣公爵'妙极了。我会把这绰号传开去的,老弟,您放心好了。瞧他有多聪明,这个阿拉密斯!您没能实现您的理想,可真是太遗憾喽,我的老弟!要不您准是个出色的神父!"

"唔!不过暂且押后而已。"阿拉密斯说,"我一定会成为神父,迟早的事儿。如您所知,波尔多斯,我一直为此而钻研神学。"

"他说到做到,"波尔多斯马上说,"他要不了多久就会成为神父的。"

"不会很久。"阿拉密斯说。

"他那件教士服早就挂在火枪手制服后面,就等一件事,然后就要下决心穿上教士服啦。"一个火枪手说。"他等的是什么事呀?"另一个火枪手问。

"他是等王后给法兰西王位生个继承人呢。"

"请别拿这种事儿开玩笑,先生们。"波尔多斯说,"感谢天主,王后还年轻,还能生个继承人。"

"听人说,德·白金汉先生这会儿在法国哩。"阿拉密斯诡异地笑道,使得这句简单的话听起来十分暧昧。

"阿拉密斯,我的朋友,这回您可错了。"波尔多斯打断他的话,"您总爱使小聪明,总是聪明过头。要是您这话让德·特雷维尔先生听见了,您就等着倒霉吧。"

"难道您想教训我吗,波尔多斯?"阿拉密斯喊起来,只见他那双平时目光温柔的眼睛里,似乎掠过了一道闪电。

"我的老弟,您要么当火枪手,要么就索性当神父去。选哪样随您的便,但您总得选定一样。"波尔多斯接着说,"听着,阿托斯前不久还在说您'哪个槽里的马料都要吃'。哎!我说呀,咱俩都别发火,发火也没用,您、阿托斯和我当初是怎么说定的,您心里挺清楚。您到德·艾吉雍夫人府上去对她大献殷勤;您又上德·谢芙勒兹夫人的那位表妹德·博瓦·特拉西夫人的家里去,谁都知道您赢得夫人们的青睐很有两下子。哦!我的天主,您不用对我们承认您交了哪些桃花运,我们不想来探听您的秘密,我们知道您口风很紧。可是,既然您有这个优点,见鬼!您就该把它用在王后陛下身上才是。对国王和红衣主教,随您怎么说都无所谓。不过王后是神圣不可侵犯的,谁要是说到王后,就应该说好话。"

"波尔多斯,我提醒您,您可真像那喀索斯一样骄傲。"阿拉密斯回答说,"您知道我厌恶说教,除非阿托斯对我说教。至于您嘛,老弟,老想对我展现您的口才未免过于自信了,您这条肩带也未免太漂亮了点儿。我该当神父的时候,会去当神父的,现在,我是个火枪手。凭着这一点,我想说什么就说什么,这会儿我想说,您让我不耐烦了。"

"阿拉密斯!"

"波尔多斯!"

"哎!两位!两位!"四周的人喊道。

就在他们争吵的时候,一个仆役打开了书房的门,有人喊道:"德·特雷维尔先生正在等候达德尼昂先生。"在他受到召见时,房门一直没关,外面没一个人出声。就在这样安静的环境下,那个年轻的加斯科尼人穿过前厅的一段距离,走进了火枪营统领的书房,能够及时摆脱那种奇怪的争吵的场面,他感到很庆幸。

第三章 谒见

　　现在，德·特雷维尔先生的心情非常差，但是当他看到这个年轻人一躬到地，还是还了礼。而且，在达德尼昂恭维他时，他脸上依然保持着微笑。当听到达德尼昂那充满贝阿恩乡音的话语，他不由得想起了自己的故乡和年轻时的事。不管年纪多大，只要想起这些事情，没有人会不露出笑容。但是，他几乎同时向前厅走去，还跟达德尼昂打了个手势，好像是请他先等一会儿，等他解决了其他人的事情，再来同他说话。他一连叫了三声，声调一个比一个高，所以把从命令到咆哮的所有语调都表现了出来："阿托斯！波尔多斯！阿拉密斯！"那两名火枪手前面已经介绍过了，他们听到那后两个名字，就立刻答应着离开周围的人群，走向书房。进去以后，房门就在他们身后关上了。他们的言行举止，虽不能说怎样安然自若，却一点也不拘谨，显得既不失尊严又乐于服从，这让达德尼昂赞叹不已。在他看来，这两位就像半神半人的英雄，而他们的首领就是那位在奥林比亚山掌握着雷霆的朱庇特。

　　两个火枪手走进书房，房门随即关上以后，前厅里大概因为有了刚才那几声呼唤补给的养分，喧闹的人声又嗡嗡嘤嘤地响了起来。此时，德·特雷维尔先生皱眉无语，在书房中来回踱步，从两位火枪手面前踱来踱去了三四回，而那两位始终一声不吭地站得笔直，仿佛在接受检阅似的。最后，他突然一下子在两人面前停住，怒容满面地把他俩从脚到头地看了一遍。他嚷道："昨天晚上你们知道国王对我说了些什么吗？"片刻沉默后两个火枪手回答说,"先生,我们不知道。"

"乞恳告知,阁下。"阿拉密斯彬彬有礼地补充说,语气优雅而满含敬意。

"他对我说,他以后要到红衣主教先生的卫队里去挑选火枪手了!"

"到红衣主教先生的卫队里去挑选!为什么?"波尔多斯急不可耐地问道。"因为他觉着他的酒酸味冲天,是无可置疑的劣酒,为了喝着够劲儿,不得不掺上主教的好酒。"两个火枪手登时面红耳赤,眼球充血。达德尼昂不知所措,恨不得能钻到地下去。

"对,对,"德·特雷维尔先生异常激动地继续说,"陛下就是这么说的,何况他说得一点儿没错,因为凭良心说,火枪手确实在宫里丢人现眼出了丑。红衣主教先生昨晚跟国王打牌的时候,板着那张让我看着生气的哭丧脸,说就在前天,'那几个该死的火枪手,十恶不赦的家伙,'——他说这话时特地用了一种开玩笑的口气,让我看着心里更加上火——'那几个闯祸坯,'他又加上这么一句,一边用那双山猫似的眼睛看着我,'时间很晚了还赖在费鲁街的一家小酒店里不肯走。'他手下的一个巡逻队——这时我心想他要出我的洋相了——'只得动手去逮捕这几个捣乱的家伙。'见鬼!这事你们不会不知道吧!逮捕火枪手!你们这几个家伙,就是你们,别给我来斗嘴,人家都认出你们了,红衣主教也点了你们的名字。这说到底还是我的错,对,是我的错,谁让我手下的火枪手都是我一手挑选的呢。哼,你呀,阿拉密斯,好好的就要去当教士的人,干吗非要到我这儿来当什么火枪手呢?哼,你,波尔多斯,披着一条这么漂亮的绣金肩带,难道就是用来挂麦秆的吗?还有阿托斯!怎么没看见阿托斯?他人呢?"

"先生,"阿拉密斯神情抑郁地回答说,"他病了,病得很严重。"

"病了,病得很严重,这话是你说的吗?得了什么病?"

"恐怕是天花，先生，"波尔多斯答道，他也想插进来讲句话，"并且糟糕的是，他很可能得破相。"

"天花！简直是天方夜谭！波尔多斯！……一大把年纪出天花？……没这回事！……也许是受伤了，或者就是死了……哎！不出所料！……听着！火枪手先生，我禁止你们到那种地方去消磨时间，严禁你们在街上动刀动剑。一句话，我不愿你们让红衣主教先生的卫士看笑话。他的卫士可都是些好小子，既斯文，又机灵，他们可不会让人逮捕的，再说他们也不会就那么束手就擒！……这我一点儿也不怀疑……他们宁死不屈……滑脚，逃跑，开溜，这些勾当只配让国王的火枪手来干喽！"波尔多斯和阿拉密斯气得浑身直打战。当然他们心里清楚，德·特雷维尔先生骨子里是爱护他们的，所以才对他们说这些话，否则，他们非得上去掐他的脖子不可。两人用脚在地毯上直踩，嘴唇咬得都出了血，手里紧紧捏住长剑的剑柄。外面呢，我们刚才说了，大家听见叫阿托斯、波尔多斯和阿拉密斯，从德·特雷维尔先生的语气中察觉了他在大发雷霆。十来个好事的人紧挨门帘站在那儿，激动得脸色都发了白，因为他们耳朵贴在门上没漏过里面的任何一句话，嘴里还把统领辱骂两人的话一字不漏地复述给整个前厅里的人听。不一会儿工夫，从书房门到临街的大门口，整座宅邸都沸腾了。

"嚄！国王的火枪手叫主教先生的卫队给抓了！"德·特雷维尔先生接着说，他的内心也像手下的火枪手们一样激动，可他偏偏说得很慢，几乎是一个字一个字拖长了音说出来的，因此他的话字字如尖刀，刀刀扎人心，"嚄！主教大人的六个卫士，抓了国王陛下的六个火枪手！真见鬼！我可打定主意了。我这就去卢浮宫，我要辞去御前火枪营统领的职位，请求到主教的卫队去当副统领，要是他不同意，见鬼！我就去当神父。"听到这番话，外面嗡嗡嘤嘤的低语声变成了一片喧哗声，到处只听见火枪手们在诅天咒地。"见鬼！"各种各样的咒骂声响成一片。达德尼昂躲在帷幔背后,恨不得能钻到桌子底下去。

"嘿!统领,"波尔多斯怒不可遏地说,"没错,当时的确是六对六,可实情却是对方先施暗算的,我们未及拔剑就两死一重伤,重伤的阿托斯几乎当场毙命。因为阿托斯,您是了解他的,嘿!统领,他两次想支起身来,可两次又都倒了下去。可尽管如此,我们没有投降,没有!他们一路追杀我们,可还是让我们逃脱了。至于阿托斯,他们以为他死了,因此就让他安安静静地躺在战场上,没想白费力气把他抬回去。事情的经过就是这样。见鬼,统领!谁也无法总当常胜将军呀。庞培①在法萨卢斯战役打过败仗,弗朗索瓦一世②,我听人说过他的英名不在那一位之下,不也在帕维亚吃了败仗吗?"

"我有幸肯定地告诉阁下,我干掉了他们一个家伙,用的还是那家伙自己的剑,"阿拉密斯说,"因为我的剑在第一个回合就折断了……至于说那家伙送了命还是受了伤,先生,您看怎么说合适就怎么说吧。"

"这些事我可不知道,"德·特雷维尔先生说,语气缓和了一些,"如此说来,红衣主教先生可是在信口开河、随意夸张了。"

"不过,先生,"阿拉密斯接着说,他看到统领消了气,就趁机讨个情,"请您别提起阿托斯受了伤,要是这事儿传到国王耳朵里,他会感到绝望的,这一剑从肩胛刺下去,一直刺到了胸部,伤势非常严重,所以只怕……"

正在这时候,门帘掀了起来,流苏下面出现了一张高贵而英俊的脸,但这张脸上几乎没有一点儿血色。

"阿托斯!"那两个火枪手惊呼。

"阿托斯!"德·特雷维尔先生也惊呼道。

---

① 庞培(公元前106-前48):罗马将军、政治家,公元前49年,恺撒向罗马进军,在法萨罗击败庞培。

② 弗朗索瓦一世(1494-1547):法兰西国王(1515-1547年在位)。1525年,在意大利的帕维亚战役中,他被日耳曼皇帝查理五世打败而被俘。

"您召见我，先生，"阿托斯对德·特雷维尔先生说，声音微弱而平静，"我听同伴说，您有事找我，所以我就遵命赶来了。请问，先生，要我干什么事？"说话间，这位军容严整的火枪手，迈着坚定的步子走进德·特雷维尔先生的书房，其神情之刚毅打动了特雷维尔先生，他连忙迎上前去。

"我刚刚正在告诉这两位先生，"他说，"我禁止我的火枪手拿生命去做无谓的冒险，因为正直的人对国王弥足珍贵，国王知道他的火枪手是世界上最正直的人。请把您的手给我，阿托斯。"说着，未等阿托斯有所反应，特雷维尔便紧握住其右手，全然未曾察觉极力控制自己的阿托斯痛得抽搐了一下，然后那张本就苍白的脸顿时血色全无。

房门没完全关上，因为阿托斯的到来引起了一阵轰动。尽管阿托斯受伤的消息没有声张，但这会儿已经尽人皆知了。冲着统领说的最后几句话，响起了一阵高兴的喝彩声，有两三个得意忘形的火枪手甚至把脑袋伸进门帘来了。看样子，德·特雷维尔先生正要严词呵斥这种有失体统的举止，但就在此时，他突然觉着自己握住的阿托斯的那只手起了痉挛，仔细观察，只见阿托斯像是即刻要昏厥过去了。阿托斯刚才一直在极力忍着疼痛，但这会儿实在再也熬不过了，顷刻，只见他仰身倒在地板上，就跟死了一样。

"叫医生来！"德·特雷维尔先生喊道，"叫我的医生，叫陛下的御医，叫最好的！快去叫医生！要不然，见鬼！我的好阿托斯就要死啦。"

听到德·特雷维尔先生的喊声，前厅里所有的人都冲进书房来了，谁也没想着要把门关上，大家全部围在受伤的人身边忙活着。可是这都是些瞎忙活，要不是去叫的那位医生赶到了府邸，一切忙活都不管用。医生从人群中挤到了仍在昏迷的阿托斯跟前。因为环境嘈杂，医生要求把火枪手立刻抬到隔壁房间去，以便不受妨碍地进行救治。德·特雷维尔先生马上打开一扇房门，由波尔多斯和阿拉密斯抬着他们的伙伴,特雷维尔先生为他们领路。医生跟在他们后面,等医生进去以后,那扇门就关上了。

此刻,德·特雷维尔先生的书房,这个平时庄严肃穆的地方,顿时成了前厅的延续。人人都在扯开喉咙哇啦哇啦叫个不停,说粗话,骂脏话,把红衣主教和他的卫队骂得体无完肤。稍过片刻,波尔多斯和阿拉密斯出来了,只有医生和德·特雷维尔先生还留在受伤的人身边。

最后,德·特雷维尔先生也出来了。病人已经恢复了知觉。医生说火枪手的朋友们可以不必为他担心了,他的虚脱仅仅是失血过多导致的。接着德·特雷维尔先生做了个手势,大家都退了出去,唯独达德尼昂还留着没走,由于他没忘记自己是来谒见统领的,因此凭着那股子加斯科尼人的执拗,他站在原处没动。

等到大家都走出书房、房门重又关上的时候,德·特雷维尔先生转过身来,发现面前就站着那个年轻人。前一刻发生的事情有点把他的思绪给弄乱了。他在思忖,面前这个执拗的求见者想要他干什么。这时达德尼昂又报了一遍姓名,于是德·特雷维尔先生猛然想了起来,眼下的事和以往的事立刻都在记忆中浮现出来,他又恢复了常态。

"对不起,"他微笑着说,"对不起,亲爱的同乡,我压根儿把您给忘了。有什么法子呢!一个统领也就像个当爸爸的,只是他照管的这个家,肩上担的责任更重罢了。当兵的都是些大孩子。可因为我认定了国王,尤其是红衣主教先生的命令必须执行……"

达德尼昂忍不住微笑。这个微笑使得德·特雷维尔先生明白了面前的这位可不是笨蛋,因此他调转话头,直截了当地说:"我很喜欢您的父亲,我能为他的儿子做点儿什么呢?请您快点儿说吧,我的时间是由不得我自己做主的。"

"先生,"达德尼昂说,"在离开塔尔布和刚到这里的那会儿,我心里都打算请求您看在还没忘记的这点儿旧交情分儿上,让我穿上火枪手的敞袖外套。可是看了刚才两个钟头里发生的所有那些事情,我明白了那是一种极大的恩典,我怕我还不配穿上它。"

"那当然是一种恩典,年轻人,"德·特雷维尔先生回答说,"不过它也许并不如您所想的,或者不如您看上去所想的那样了不起。当然,不管怎么说,因为陛下已经对此有过训令,因此我要告诉您,任何人要想成为火枪手,必须先经过若干考验,或是打过几次仗,有过一些卓越的表现,或是曾在某个声望次于我们的部队里服过两年役。"达德尼昂鞠了一躬,没有作声。困难越大,决心越坚定,达德尼昂现在一门心思非穿上火枪手制服不可了。

"不过,"特雷维尔接着往下说,犀利的目光紧紧盯在同乡的脸上,简直就像要一直看到他心里去,"不过,看在令尊是我当年伙伴的情分上,我刚才也已经说了,我想能为您做点儿事,年轻人。咱们这些贝阿恩的小伙子,通常都不怎么有钱,打我离开那儿以来,恐怕情况也没怎么变。所以,看来您身边不见得有多少钱能留着过日子吧。"达德尼昂神情骄傲地挺直身子,意思是说他不是来向任何人请求施舍的。

"很好,年轻人,很好,"特雷维尔接着说,"您这神气我懂,我初至巴黎那会儿口袋里仅仅四埃居,可要是有谁对我说我买不起卢浮宫,我准得跟他打架。"达德尼昂的身姿更加挺拔了,因为他自觉起点比特雷维尔先生高出了四个埃居,高出部分自是卖马所得。

"所以,我的意思是说,您身边的这笔钱很要紧,您得留着慢慢用。不过您也还得继续学习一些贵族子弟都该娴熟的技艺。我今天写一封信给皇家学校校长,他明天就会接收您免费入学。我的这点儿心意,请您不要拒绝接受。有些出身良好的富有世家子弟,常常连这也求之不得呢。您在那儿会学马术、击剑和跳舞,您会结交许多朋友,还可以经常回来见我,把您的情况告诉我,让我知道我可以为您做些什么。"达德尼昂虽说对官场的那套还一无所知,但也已经看出这种接待客人的态度是很冷淡的。

"唉!先生,我也看出来了,今儿我没把家父写给您的引荐信带来,可真是吃亏喽!"

"可也是,"德·特雷维尔先生答道,"我实在纳闷,您这么千里迢迢赶来,怎么会没有件要紧的东西,咱们这些贝阿恩人唯一能指靠的也就是引荐信。"

"我有呀,先生,感谢天主,我原来是有一封得体的信呀,"达德尼昂大声说,"可是有人卑鄙地把它给抢走了。"他详述了在牟恩镇的遭遇,并仔细描述了那个绅士的相貌。他言辞热切、语气真诚,德·特雷维尔先生听得入了神。

"这事真古怪,"他沉思地说,"就是说您曾高声提到我的名字了?"

"是的,先生,虽然这有些冒失,但毋庸置疑的是,您的名字就是我一路行来的护身符,多次托它的福才使我能够平安顺利地踏上旅程呢!"好话人人爱听,国王、红衣主教……特雷维尔先生也概莫能外,这个恰到好处的恭维使得他露出了满意的微笑。

笑容一闪即逝,他又立刻关注起牟恩镇的绅士来,"告诉我,"他说,"这个绅士模样的人,是否在太阳穴处有个很小的疤痕?"

"是的,好像是让一颗枪子儿给擦伤的。"

"此人风度翩翩?"

"对。"

"身材挺高?"

"对。"

"脸色苍白,褐色头发?"

"对,对,一点儿没错。这是怎么回事,先生,您怎么会认识这个人的?嘿!但愿我能找到他,我向您发誓,我会找到他的,哪怕追到地狱里……"

"他是在等一个女人?"特雷维尔继续问道。

"他跟他等的那个女人谈了一会儿,然后才离开的。"

"您不知道他们谈些什么吗?"

"他交给她一只匣子,对她说里面装着指令,还嘱咐她说要到了伦敦才能打开。"

"这个女人是英国人?"

"她叫米莱迪。"

"是她!"特雷维尔低声说,"是她!我还以为她在布鲁塞尔呢!"

"唔!先生,要是您认识这个男人,"达德尼昂大声说道,"请告诉我他是谁,他在哪儿,那么我就什么也不要您做了,甚至也不要您答应让我当火枪手了,因为我最要紧的事就是去复仇。"

"这事您可得当心,年轻人,"特雷维尔大声说,"要是您看见他从街的这一边走过来,那么您千万别走这儿,而应当绕着走那一边才对!别去碰这么一块大石头,它会让您像块玻璃似的撞得粉碎。"

"这吓不住我,"达德尼昂说,"一旦找到了他……"

"目前,"特雷维尔接着说,"我劝您别去找他了,这就算是我给您的一个忠告吧。"特雷维尔蓦然顿住,心中疑窦丛生。这个年轻人口口声声说那个男人抢走了他父亲写的信,这事听起来挺玄的,那么他对此人公然表现出来的这种刻骨仇恨,它背后是否包藏祸心?这个年轻人也许是主教大人派来给自己下绊子的呢?这个所谓的达德尼昂或许就是红衣主教派来卧底的密探,先取信于己,接着趁机放倒自己,这种事岂非屡见不鲜?

他再次打量达德尼昂,更认真地观察他。眼前这张聪明机智、谦恭有礼的面孔,确实令人难以放心。"我知道他是加斯科尼人,"他心想,"不过一个加斯科尼人可以站在我一边,也可以站在主教那一边。好吧,咱们来试一试。"

"我的朋友，"他很从容地对达德尼昂说，"您是我老朋友的儿子，我相信您是真的把信给弄丢了，所以我想来弥补一下您刚才已经注意到的怠慢不周，把我们政局上的一些秘密告诉您。国王和红衣主教是最好的朋友，他们表面的不和只是蒙蔽那些糊涂虫的。我不想让一位同乡，一位英俊的骑士，一位正直的小伙子，放着远大的前程不要，心甘情愿去相信那些无稽之谈，跟在别人后面上当受骗，往圈套里钻。请您记住，我是始终忠于这两位权力无边的主人的，我所采取的每一个严肃的步骤，都是为了一个目的，就是为国王，尤其是为红衣主教先生效力，主教先生是法国古往今来最杰出的一位天才。现在，年轻人，您就自己考虑一下吧，如果您受了家里或亲友的影响，或者甚至是出于本能，对红衣主教心怀某种敌意，就像我们从那些世家子弟身上经常看到的那样，就请您对我说声再见，咱俩就此分手。但凡您的事，我都还会帮助您，可我不会让您到我的手下来。无论如何，愿我的坦诚能使你我成为朋友。迄今为止，这样的谈话，在年轻人中，我只对您讲过。"

特雷维尔想："假设红衣主教给我派了这么个狐狸崽子来，那么他既然知道我对他恨之入骨，自会教他以说自己坏话来讨好我了。所以，尽管我这么再三声明，这位别有用心的老弟一准还是会回答我说，他怎么怎么不喜欢主教大人。"

但出乎意料的是达德尼昂全无心机地答道："先生，我正是心怀此念来巴黎的。家父叮嘱过我，只应当听从国王、红衣主教先生和您，他认为你们三位是法国最了不起的人物。"我们看到，达德尼昂自作主张将德·特雷维尔先生置于前两者之后，他认为这样说绝无害处。"所以我对红衣主教先生崇敬有加，"他接着说，"常常钦佩他的行为。先生，倘若说您，如您所述般对我坦诚相告，那对我真是再好不过了。因为这样您就等于赏脸让我格外看重这种与您一致的见解了。但是，如果说您先前对我有点儿不信任那也是很正常的事儿，我觉着我那是实话实说闯了祸。但是，事到如今也别去说它了，好在您还不会因此小看我，而这一点正是我在这世上最看重的呢。"

德·特雷维尔先生听到此言，颇感惊讶。思维敏锐加之言辞恳切，这使得他对这小伙子颇为青睐，但是仍未消除心中疑窦。因为这个身份暧昧的年轻人越是优秀，其可能带来的危害就越大。不过，他还是握住达德尼昂的手，对他说："您是个好小伙子，可是眼下我只能做我刚才对您说过的这点儿事。我的宅邸的大门是永远向您敞开的。再过些时候，您可以随时来此探听消息，看能不能有个什么机会，说不定您还是能得到您想要得到的东西的。"

"这就是说，先生，"达德尼昂说，"您在等我有一天配得上得到它。好吧，您尽管放心，"他用加斯科尼人的那股热乎劲儿补上一句，"我不会让您等多久的。"说完，他就鞠躬准备告退，好像这以后的事他就不想麻烦别人了。

"您等一下，"德·特雷维尔先生留住他说，"我已向您允诺写封信给皇家学校校长的。原来您真那么骄傲，连这封信都不想要了，我的年轻人？"

"哪儿的话，先生，"达德尼昂说，"我向您保证，这封信绝不会像之前那封那样丢了。我发誓，一定把它保管妥帖，把它送到目的地，谁要是想从我手里偷走，就活该他倒霉。"

德·特雷维尔先生听着他如此夸口不由得微微一笑。随后，他就让这位小同乡待在刚才两人谈话时待着的那扇窗前，径自走过去坐在一张写字桌跟前，开始写那封他答应写的推荐信。这段时间里，达德尼昂无所事事，就一边用手在窗玻璃上打起一支进行曲的拍子来，一边望着一拨拨的火枪手往外走去，目送他们渐渐走远，直到消失在大街的拐角处。

德·特雷维尔先生写完信并盖上印章后，就朝年轻人走去，准备把信递给他。达德尼昂刚要伸手去接，这个年轻人突然猛地跳了起来，气得面红耳赤，一边喊一边跑出了书房：

"嘿！见鬼！他这次肯定逃不了了。"

"谁啊？"德·特雷维尔先生问。

"是他，那个偷我信的窃贼！"达德尼昂说，"哼！这个无赖！"他已经跑得不见影踪了。

"真是个疯子！"德·特雷维尔先生自言自语道，"不过，"他又说了一句，"他看到事情败露，或许是用这种办法脱身了。"

第四章　肩膀、肩带、手帕

达德尼昂非常愤怒，纵身跳了三步，就从前厅冲了出去。他本想直接跳下四级台阶，却不料因为跑得太快没有收住，一头撞到了一名火枪手的肩膀上。那个人刚好从德·特雷维尔先生房间的侧门出来，痛得他惨叫了一声。

"很抱歉，"达德尼昂说，但脚步一点儿也没有减慢，"很抱歉，我有急事。"他刚下一级台阶，就有一只铁一样有力的手抓住了他的肩带，让他不得不停了下来。

"您有急事！"那个火枪手面色惨白，那是一种裹尸布一样的惨白，他大声说道，"因为您有急事就撞了我一下，您觉得就说一声'很抱歉'就可以了吗？这是不够的，我的小伙子。就因为您听到德·特雷维尔先生跟我们说话有些粗暴，您就觉得别人也可以这样慢待我们吗？不要异想天开了，年轻人，您可不是德·特雷维尔先生。"

"真的，"达德尼昂连忙说，他认得阿托斯，阿托斯方才由医生给他包扎了一下，此时正要回去，"真的，我不是故意的，我也说了'对不起'，所以我觉得这就够了。我还可以再向您说一遍，凭良心说，这一遍也许是多余的！我真的很急，非常急。所以请您放开我，让我去干我的事吧。"

"先生，"阿托斯松开手说，"您很无礼。想必来自远方。"达德尼昂已经跨下了三四级楼梯，但闻听此言，便立即止步。

"够啦，先生！"他说，"别管我来处多远，也不必由您来指教我。"

"这可不一定。"阿托斯说。

"哼！若非事急，"达德尼昂嚷道，"若非我要去追一个人……"

"有急事的先生，您找我可用不着跑，这意思您明白吗？"

"那么请问在哪儿？"

"赤脚加尔默罗会修道院旁边。"

"几点？"

"中午十二点。"

"好，中午十二点，我会去的。"

"别让我多等，我有言在先，十二点一刻您要是不现身，我就会杀上门去割下您的耳朵。"

"行！"达德尼昂冲他喊道，"咱们十二点一刻见。"说着，他又像魔鬼缠身似的飞奔起来，因为他心里想，那个陌生人脚步慢吞吞的，这会儿可能还走不多远，应当还能找到他。

此刻，在临街的大门口，波尔多斯正在跟一个站岗的火枪手闲谈。他们两人之间恰巧有一道能容一个人通过的空隙。达德尼昂暗忖这点地方对他就足够了，所以他一头往前冲去，打算像支箭似的从两人中间穿过去。可是达德尼昂没把风给考虑进去。他刚跑到那儿，一阵风突然把波尔多斯的长披风吹得鼓了起来，恰巧把达德尼昂裹在其中。波尔多斯大概自有道理不肯松开身上行头不可或缺的这一部分吧，因为他不仅不松手放开他捏住的下摆，反而拼命把它往身边拉，弄得达德尼昂在丝绒披风里打了个转，裹得更紧了。

达德尼昂目不能视，只听见这个火枪手骂骂咧咧的，他一心想钻出这件披风,一味在褶皱中间找出路。他尤其害怕把我们知道的那条漂亮肩带给弄脏了。然而,他怯生生地睁开眼来一看,却发现自己的鼻子恰巧贴在波尔多斯的两个肩膀中间,也就是说,正好贴在那条肩带上。天哪!就像世上的绝大多数东西都只是金玉其外一样,这条肩带外面是金的,里面居然不过是水牛皮的。也难怪波尔多斯要摆谱,他尽管没能买一条全是绣金的肩带,好歹也有了半条呢。不过这下子我们也明白他干吗非得说伤风,非得披上那件披风不可了。

"见鬼!"波尔多斯一边嚷嚷道,一边用力想甩开在他背上乱窜乱动的达德尼昂,"你疯了!没头没脑地往人身上撞!"

"抱歉,"达德尼昂从巨人的肩膀下面钻了出来,解释道,"我急着追一个人,那……"

"你跑路不长眼吗?"波尔多斯问道。

"长了!"被激怒的达德尼昂回答说,"我不但长眼,而且长着一双能看见别人看不到的东西的眼睛呢。"波尔多斯也不知是否听懂了他的话,反正是已经勃然大怒了。

"先生,"他说,"我警告您,想自讨苦吃,就这样招惹火枪手吧。"

"自讨苦吃!"达德尼昂说,"先生,这话听起来挺刺耳。"

"对一个喜欢正面瞪视对手的家伙,这话再合适不过了。"

"嘀!见鬼!您哪,我可知道您才不会把背转过来冲着对手呢。"年轻人说了这么句俏皮话,心里得意之极,放声大笑拔腿就走。波尔多斯怒不可遏,作势想扑向达德尼昂。

"慢着,慢着,"达德尼昂冲他嚷道,"先把披风脱了再说吧。"

"那么就一点钟,卢森堡宫后面见。"

"好的,一点钟。"达德尼昂一边答道,一边转过了街角。可是,在所有走过的街道上,他都没有找到那个人。那个陌生人虽说步子走得不快,却已经走出一段路了,要不就是他进了哪个屋子。达德尼昂一路向碰到的每个人打听,一直走到渡船码头,再折过来沿塞纳河街和红十字街往回走,也一无所获。不过,虽说跑得满头是汗,他的心情倒渐渐平静了下来,所以从这层意义上说,这一圈跑得还是不无益处的。

此刻,他把刚才发生的事情又逐一想了一遍,真是事情不少,情况不妙。现在才上午十一点,可他一大早就已经冒犯了德·特雷维尔先生,因为他看见达德尼昂离开他时的那副模样,难免会觉得有点不成体统的。另外,他又应下了两场非同儿戏的决斗,每个对手都能结果三个达德尼昂的,而且还都是火枪手,也就是他心目中向来特别敬重的、视为超凡卓越的好汉。

前景很不乐观。年轻人认为自己一定会死于阿托斯剑下,于是他索性不再担心波尔多斯了。然而,希望这东西,总是在一个人的心里最后熄灭的玩意儿,因此达德尼昂免不了还是得想,两场决斗下来,说不定他还死不了。不过当然,伤得可不会轻,想到还能活下去,他就为往后的日子责备起自己来了:"我可真是莽撞,像个愣头青!这位可怜的阿托斯伤的就是肩膀,可我偏偏像个撞城门的撞锤似的撞在他的肩膀上。只有一件事我觉得挺奇怪,就是他怎么没当场宰了我,他是有这个权利的,我那一下肯定撞得他痛得不得了。至于波尔多斯,哦!至于波尔多斯,那可真够发噱的。"想着想着,年轻人不由自主地哈哈大笑起来,不过他这样独自一个人大笑,旁人看见了准会觉得莫名其妙,因此他又向周围张望了一下,看看有没有引起他人注意。

"至于波尔多斯,那可真绝了,可我照样还是个愣头青。有谁这么连声招呼也不打就撞过去的吗?又有谁这样钻在人家披风里只管看里面有什么东西的吗?他本来也不会跟我认真的,若非我故意指出那条该死的肩带,他是不会跟我计较的,虽然我并未挑明了说。对,没挑明,可也挖苦得他够呛!唉!我真是个该死的加斯科尼人,我这么耍小聪明,总有一天会吃大苦头的。得啦,我的达德尼昂老弟,"他继续自言自语往下说,用的是一种他自以为恰如其分的彬彬有礼的口气,"要是你侥幸没死——这事可还没准儿——你以后一定要彬彬有礼。从今以后,你得让人夸你,说起礼貌就拿你做典范。见人要和和气气、彬彬有礼,这可并不是胆小怕事。要不你就瞧瞧阿拉密斯,人家阿拉密斯,整个人就是和和气气、风度翩翩的。怎么样,有谁敢说他阿拉密斯是胆小鬼?当然没有,从今以后,我时时处处都要以他为榜样。嘿!正说到他,他倒就在眼前啊。"

达德尼昂刚才这么一路走一路自言自语,不觉已经来到了德·艾吉雍府邸跟前,只见阿拉密斯正在愉快地跟三个举止潇洒的王室禁军聊天。这时,阿拉密斯也瞥见了达德尼昂,不过因为他没忘记一大早德·特雷维尔先生就是当着这个年轻人的面大发脾气的,对这么一个看着火枪手受呵责的目击者,他心里正没好气,所以他装得就像没见到达德尼昂似的。达德尼昂却一心想讨好他,跟他套个近乎,于是当即向那四个年轻人走去,笑容可掬地朝他们深深一鞠躬。阿拉密斯略微点了点头,但脸上毫无笑容。而所有这四个人,立刻就停住了谈话。达德尼昂可没那么傻,当然看出自己在碍人家的事,可是社交圈子里那套不失风度地从诸如此类的尴尬局面摆脱出来,或者说,一旦不期而遇地跟一些他并不怎么熟悉的人以及一场与他无关的谈话纠缠在一起,怎样潇洒自如地从这种尴尬局面里摆脱出来的本领,他毕竟还不熟谙。所以他仍然在琢磨,如何才能尽量不显得很笨拙地抽身告退,谁料恰在此时,他忽然发现阿拉密斯的手帕掉在地上了,而且阿拉密斯大概是没有看见,一只脚踩在了上面。达德尼昂觉得补偿一下刚才不怎么得体的行为的机会来了,于是他弯下腰去,以他所能做出的最优雅的姿势,也不管阿拉密斯怎么死命踩住不放,硬是从他的脚下把手帕抽了出来,接着一边把手帕递过去,一边对他说:"先生,我想这块手帕您掉了会不乐意的。"

的确,这块手帕绣工很精细,一个角上还绣着冠冕和纹徽。阿拉密斯面红耳赤,劈手从加斯科尼人手中夺过手帕,而不是接过手帕。

"哈哈！"一个禁军嚷道，"好一个守口如瓶的阿拉密斯，瞧你还说什么你和德·博瓦·特拉西夫人吹了，人家这位娇滴滴的贵夫人原来把手帕都借给你了？"

阿拉密斯狠狠剜了达德尼昂一眼，目中所含之意很明显，我们的小伙子又惹上了一个冤家对头。然后，他又恢复了平时那种甜得有些过分的神情。"诸位，你们弄错了，"他说，"这块手帕不是我的，我不知道这位先生干吗不挑你们，而偏偏挑中我把它交给我，我说这话是有证据的，我的手帕在我口袋里。"说着，他掏出自己的手帕，那也是块很精致的细亚麻布手帕，在那个年代，亚麻布还是挺贵重的料子，不过，这块手帕上没有绣花，也没有冠冕和纹徽，而只有一个姓名首字母组成的图案，那是这块手帕主人的姓名。

这一次，达德尼昂一声不吭，他已经知道又惹祸了。然而阿拉密斯的那几位朋友，却是不会那么轻易就相信他的，其中有一个人，装着一本正经的样子朝年轻火枪手发话了："要是照你这么说，亲爱的阿拉密斯，我可得向你讨回这块手帕了，因为你也知道，博瓦·特拉西是我的好朋友，我可不想看着人家拿了他妻子的东西到处走。"

"你这就讨得不在理了，"阿拉密斯回答说，"虽然我也认为你有权这么说，不过你所用的方式不当，因此我只能拒绝。"

"其实，"达德尼昂腼腆地壮着胆子说，"我刚才并没看到手帕是从阿拉密斯先生口袋里掉出来的。我只看见他把脚踩在上面了，所以我就以为既然他把脚踩在上面了，那么这块手帕就是他的了。"

"您弄错了，亲爱的先生。"阿拉密斯冷冷地回答说，并未去顾怜对方的苦心。随后，他又回过头去冲着自称是博瓦·特拉西的朋友的那个禁军。"再说，"他接着说，"我这位跟博瓦·特拉西有交情的老弟你听着，我想我跟他的交情也不会比你浅吧，所以，真要说起来，这块手帕既然能从我的口袋，照样也能从你的口袋里掉出来呀。"

国王陛下的禁军喊道："以我的荣誉起誓，绝无此事！"

"我们可以各凭荣誉起誓，可是这样，你我之间肯定有人在撒谎。我有个办法，蒙塔朗，咱们一人一半。"

"一半手帕？"

"对。"

"妙极啦，"另两个禁军大声说，"真是所罗门王的裁决！没说的，阿拉密斯，你真是聪明绝顶。"

几个年轻人哈哈大笑，诸位读者想必也能料到，这事儿也就这么过去了。再过一会儿，聊天结束了，三个禁军和火枪手亲热地握过手以后，那三位朝一个方向，阿拉密斯朝另一个方向分道而行。

"现在我过去和这位体面的先生修好言和吧。"达德尼昂对自己说，刚才他略微退后了一段距离，一直站在那儿看着这几位聊天。他一边打着这个如意算盘，一边走近只顾往前走而全然没有注意到他的阿拉密斯。

"先生，"他对阿拉密斯说，"希望您能原谅我，先生。"

阿拉密斯打断他："那就请允许我告诉您吧，您刚才的举动，根本不是一个体面人的样子。"

"什么，先生！"达德尼昂喊道，"您的意思是说——"

"我的意思是说，先生，您不是个白痴，尽管您从加斯科尼来，您也不会不知道，人家是不会莫名其妙踩在手帕上的。见鬼！巴黎又不是用细麻布铺大街的。"

"先生，您想羞辱我，那您就错了。"达德尼昂说。在他身上，跟息事宁人的决心相比，争强好胜的本性又开始占了上风，"我是加斯科尼人，这没错，既然您知道这一点，就用不着我来告诉您加斯科尼人都是火暴性子了。所以，他们认为即便是做了桩蠢事，道过一次歉也就足够，也就只多不少了。"

"先生，我这么对您说，"阿拉密斯回答说，"并不是要和您吵架。感谢天主！我并不是个好勇斗狠的人，我当火枪手只是临时的，非到万不得已我从不轻易和人打架，即使打了心里也觉得挺勉强。可是这一次，情况非常严重，因为您损害了一位贵妇人的名声。"

"损害的是您自己的名声吧！"达德尼昂喊道。

"您干吗要呆头呆脑地把手帕还给我呢？"

"您干吗要笨手笨脚地把它掉在地上呢？"

"我说过，先生，我再重复一遍：手帕不是从我口袋掉落的。"

"好吧，您已撒谎两次啦，先生，因为我亲眼看见手帕从您口袋掉落！"

"哼！您竟敢用这种口气说话，我的加斯科尼先生！来呀，我将好好开导开导您如何为人处事。"

"不劳费心，教士先生，我将义务助您做弥撒！请拔剑吧，说干就干。"

"且慢，漂亮的朋友，起码别在这儿。您看不到对面的吉翁公馆吗？红衣主教的手下多在其中。谁能告诉我，您不是主教大人派来要我的脑袋的？不过，我偏偏非常珍惜我的脑袋，因为它长在我的肩膀上似乎挺合适的。所以，我乐意送您上天堂，别急着找死，我要请您慢慢品尝死之乐趣，找一个隐蔽之处，省得您四处炫耀死亡的乐趣。"

"我乐意奉陪，但是您不要太自信，最好带上您的手绢吧，管它是不是您的，您也许用得着的。"

"阁下真是加斯科尼人？"

"对。阁下不会因为谨慎起见而改期吧？"

"先生，在一名火枪手看来，谨慎是一种毫无用处的美德，这我很清楚。但对于一位神职人员来说，谨慎则是不可或缺的。我只是暂且做一名火枪手而已，所以我依然需要谨慎。两点钟，我会在德·特雷维尔先生的府邸等候您，在那里，我将告诉您合适的地点。"

两个年轻人相互行礼说再见。然后，阿拉密斯沿着上坡向卢森堡宫的大街走去，而达德尼昂看天色已晚，就光着脚去了加尔默罗会修道院，一边走还一边想道："毋庸置疑，我在劫难逃。但是就算我客死异乡，也是死在一名火枪手剑下。"

第五章　国王的火枪手和主教先生的卫士

在巴黎，达德尼昂一个人都不认识，他决定接受对方为他挑选的助手，所以他只身去了与阿托斯约好的地点。而且，他的目的很明确，他要用各种合适的方式向那位勇敢的火枪手表达自己的歉意，但他绝对不会示弱。他担心一个强壮的年轻人跟一个虚弱的受伤的人决斗，不管最终如何，都不会有什么好结果。如果他输了，会让对方获得双倍的喝彩，而如果自己赢了，会让别人认为自己缺德、乘人之危。

不过，假如不是我没把咱们这位闯荡天下的年轻人的脾气秉性交代清楚，就是诸位读者可能早已看出了，达德尼昂绝非等闲之辈。因此，他一边不住地在心里对自己说，这回怕是难逃一死了，一边却又不甘心就这么等死，而要是换了个不如他这么勇敢、这么稳当的人处在他的位置，十有八九会那样。他把即将跟他交手的那几位的脾性挨个儿研究了一番，对自己的处境看得更清楚了。他指望能跟阿托斯交个朋友，因为这一位的贵族风度和严峻神情使他大为折服，早就存着正大光明地向他道歉的念头。他又想到单凭那条肩带的插曲就准能镇住波尔多斯，心里算计着,只要自己没有一上来就倒在对手的剑下,就可以当众把那段故事有声有色地讲上一通,效果肯定极佳,波尔多斯准得出尽洋相,成为笑柄。最后,对那位脸色阴郁的阿拉密斯,他也没什么好怕的。到时候迎面冲上去,即使不能一下子结果他的性命,起码也要给他的脸蛋留个记号,就像当年恺撒命令部下对付庞培的士兵那般,就此毁了他自鸣得意的这张漂亮的脸蛋儿。

此外,达德尼昂身上还有一种坚韧不拔的气质,那是父亲的忠告灌输到他的心田里去的,这些忠告的要旨是:"除了国王、红衣主教和德·特雷维尔先生,别去买任何人的账。"所以,他飞也似的朝着赤脚加尔默罗会修道院跑去。这座没有窗户的建筑,在那个年代大家就管它叫赤脚修道院,其实那是教士草场的附属教堂,因此四下里都是光秃秃的草场。平日里,那些想把彼此间的过节儿尽快了结的人,都爱把这儿选作约会的地点。

达德尼昂赶到时正好十二点,阿托斯只早他五分钟到。如此看来,他真像撒马利亚教堂的大钟一样准时,就连最挑剔的决斗专家也没什么好说的。

阿托斯的伤口,虽说德·特雷维尔先生的外科医生已经重新包扎过一番,但一直还是疼得很厉害,此刻他正坐在一块界石上,带着那从未离开过他的安详的神情和尊严的气度,在等待决斗的对手。一见到达德尼昂,他就立起身来彬彬有礼地迎上前去几步。而那一位,则是先摘下帽子欠身行礼,连帽子上的翎毛都拖在了地上,然后才走到对方面前。

"先生,"阿托斯说,"我请了两位朋友当助手,但他们还没赶到。平时他们从不迟到,这真令我感到奇怪。"

"我没有助手,先生,"达德尼昂说,"因为我是昨晚才到的巴黎,除了德·特雷维尔先生还谁也不认识哩。家父有幸跟德·特雷维尔先生有些交情,把我引荐给了这位先生。"

阿托斯考虑了会儿。"您就只认识德·特雷维尔先生吗?"他问。

"没错，先生，我就只认识他。"

"噢，是这样，那么……"阿托斯继续说道，半是自言自语，半是对达德尼昂说话，"噢……是这样，那么如果我杀了您，我岂不就像个吃孩子的怪物啦！"

"未必，先生，"达德尼昂躬身作礼，但神情间不失尊严之态，"未必，既然您受了伤，还肯赏脸跟我拔剑交手，我想您这样大概是挺不方便的。"

"说实在的，是挺不方便，我得说，您把我撞得还真够疼的。但是我可以使左手，碰到这种情况，我一般都是这么做的。所以请别以为我是在让您，我两只手使剑使得一样好，对您来说，甚至可能还更不利一些：一般人在事先没有准备的情形下碰到一个左手使剑的对手，会觉得挺难对付。我很抱歉，没有把这个情况早些告诉您。"

"您如此彬彬有礼，"达德尼昂又欠了欠身子，说道，"真叫我不胜感激。"

"您这么说我可要不好意思了，"阿托斯带着他那种透出贵族风度的神情回答说，"咱们聊点儿别的吧！噢！见鬼！您那一下子可把我弄得真疼哪！肩膀上火烧火燎的。"

"如果您允许的话……"达德尼昂腼腆地说。

"什么，先生？"

"我有一种专治外伤的药膏，是我母亲给我的秘方，我自己已经试过。"

"那又如何？"

"我敢保证，您涂上这药膏后，不出三天伤口就能痊愈。三天以后，等您的伤口痊愈了，先生，我仍将把听候您的吩咐看作我莫大的荣幸。"

达德尼昂说这番话时神色坦然，礼仪合度，而刚毅之气还是没减半分。

"真的，先生，"阿托斯说，"这个提议我听了觉得挺高兴，虽说我无法接受,但我很欣赏这种绅士风度。这是查理曼大帝时代的骑士风度,好男儿当以此为楷模。遗憾的是,现在毕竟不是那位卓越的大帝的时代。咱们这是在红衣主教先生的时代,从现在起的三天之内,人家总会知道,我是说,不管我们怎样严守秘密,人家总会知道我们要决斗,而且会来阻止我们交手。可真是的!那两位拖拖拉拉的怎么还没来?"

"若是您着急的话,先生,"达德尼昂对阿托斯说,语气诚恳,神情坦然,"若您急于杀了我,请随意,无须顾虑。"

"这又是一句让我觉得很中听的话,"阿托斯一边说,一边极为优雅地向达德尼昂点头致意,"能说出这句话的人,不会是个头脑简单的家伙,而肯定是位光明磊落的男子汉。您这样性格的人正是我所喜欢的,要是决斗之后我们都是活着的话,我将诚心与您结交。现在还是让我们等等那两位先生吧,我有这点儿时间,而且这样做比较妥当些。啊!我想前面已经有一位来了。"

果然,在沃吉拉尔街的尽头,出现了波尔多斯魁梧的身影。

"怎么!"达德尼昂喊道,"您的第一位助手是波尔多斯先生?"

"是啊,这对您有所不便吗?"

"不,一点儿没有。"

"第二位也来了。"达德尼昂朝阿托斯指的方向转过脸去,看到了阿拉密斯。

"怎么!"他又喊道,语气比第一回更加吃惊,"您的第二位助手是阿拉密斯先生?"

"一点不错,人们总是见到我们在一起,所以不管在火枪营还是禁军营,在宫里还是城里,大家都管我们叫阿托斯、波尔多斯和阿拉密斯这三个拆不开的火枪手,难道这些您都不知道吗?不过,既然您的老家是达克斯或波城……"

"是塔尔布。"达德尼昂说。

"那么您不了解这些情况也就情有可原了。"阿托斯说。

"人家如此称呼你们,"达德尼昂说,"确实说得不错,而我与各位之间的插曲，假如人家有所风闻的话，至少又可以证明你们的团结是建立在利害一致的基础上的。"

此时，波尔多斯已经走近，向阿托斯招手致意。而后，他转过身来对着达德尼昂，吃惊地呆住了。顺便说一句，他已经换了一条肩带，披风也脱掉了。

"嘿！嘿！"他说。"这位是谁呀？"

"就是要和我交手的那位先生。"阿托斯用手指指达德尼昂说。同时，招了招手向朋友致意。

"跟我交手的也是他呀。"波尔多斯说。

"可那要到一点钟。"达德尼昂回答说。

"我也是，我要交手的也是这位先生。"阿拉密斯这么说着，也来到了这片空地上。

"可那要到两点钟。"达德尼昂仍然是那么不动声色地说。

"你为何而决斗，阿托斯？"阿拉密斯问。

"哦，我也说不上来，他弄疼了我的肩膀。你呢，波尔多斯？"

"哦，我是想决斗就决斗呗。"波尔多斯面红耳赤地答道。阿托斯目光犀利、明察秋毫，一眼就瞅见不易觉察的一抹笑容掠过加斯科尼人的唇边。

"我们因为服饰问题而争吵。"这个年轻人达德尼昂说。

"那么你呢？阿拉密斯？"阿托斯问。

"我啊，我是为了个神学问题。"阿拉密斯一边回答，一边对达德尼昂使眼色，请求他对决斗的原因保密。阿托斯瞅见又一抹笑容掠过达德尼昂的唇边。

"真的？"阿托斯说。

"没错，关于圣奥古斯丁的一个论点，我俩的看法不一致。"加斯科尼人达德尼昂说。

"他准是个挺机智的人。"阿托斯暗地里对自己说。

"先生们，既然你们都到齐了，"达德尼昂说，"那就请同意我向各位表示我的歉意。"听到"歉意"这两个字,一片阴影掠过阿托斯的额头,一道高傲的笑容闪过波尔多斯的唇间,阿拉密斯的反应则是一个表示不以为然的动作。

"你们没明白我的意思,先生们。"达德尼昂说着,把头昂了起来,这时恰巧有一道阳光照在他的脸上,给他那张轮廓细巧、线条鲜明的脸庞染上了一层金黄色,"我之所以要请各位接受我的歉意,是出于无法把我欠三位的债——还清的考虑,因为阿托斯先生有权最先把我杀死。这样一来,波尔多斯先生,您拥有的债权就贬值了不少。而等轮到您,阿拉密斯先生,那就差不多等于零了。诸位,我再重说一遍,请你们接受我的歉意,但仅仅是由于这个缘故,现在,请过招儿吧!"达德尼昂一边说着最后这句话,一边以极有骑士风度的一个动作拔剑出鞘。他浑身的血都在往上涌,这会儿别说是面对阿托斯、波尔多斯和阿拉密斯,即使是面对王国的全部火枪手,他也依旧会拔剑出鞘。

此刻是十二点一刻,骄阳高挂,这片被选作决斗舞台的场地,正承受着骄阳的全部热力。

"天很热,"阿托斯一边说,一边也拔剑出鞘,"可是我没法脱掉紧身短上衣,因为刚才我还感到伤口在出血,我怕您看见这并非您刺中的创口流出的血,会感到不自在。"

"没错,先生,"达德尼昂说,"不管那是别人刺的还是我刺的,我可以肯定地对您说,反正我不愿意看见一位如此正直的世家子弟在流血。因此我也要跟您一样,穿着紧身短上衣来使剑。"

"行啦,行啦,"波尔多斯说,"客气话也说够了,你们为何就不想想,还有我们在后面等着呢。"

"要是您非得说这些失礼的话不可,波尔多斯,那您可只能代表您自己,"阿拉密斯打断他的话头说,"要说我呢,我可觉着这两位都说得好极了,真不愧是大家风范。"

"那咱们就动手吧,先生。"阿托斯在说话的同时,摆了个准备交手的架势。

"悉听尊便。"达德尼昂说着，同时把剑向前举起。然而，两柄长剑刚一交错发出铿锵的碰击声，就看见由德·朱萨克带领的红衣主教阁下的一队卫士出现在了修道院的拐角。

"主教的卫队！"波尔多斯和阿拉密斯同时喊道，"收剑，二位！收剑！"

然而已经晚了。双方摆出那种架势，究竟想干什么已经是一目了然了。"嘿！"朱萨克边喊边走上前去，同时以手势示意手下跟上，"嘿！火枪手，你们想在此决斗吗？国王的敕令，又该怎么说呢？"

"你们可真是宽宏大量啊，卫士先生们，"阿托斯满腔怨气地说，因为朱萨克正是前天偷袭的卫士之一，"要是换了我们瞧见你们在决斗，我可以保证说，我们是绝不会来干涉你们的。少管闲事，别找麻烦。"

"先生们，"朱萨克说，"遗憾至极，这事我管定了。职责所在，不敢懈怠，放下武器，束手就擒吧。"

"先生，"阿拉密斯戏谑地学他的腔调说，"我们若能自作主张，一定乐于接受您的管束，但遗憾之极的是，这事儿您管不着。因为德·特雷维尔先生严禁我们接受他人管束。所以你们还是请便，继续走你们的路为好。"这种调侃激怒了朱萨克。

"假如你们违抗，"他说，"我们就要攻击你们了。"

"他们有五个人，"阿托斯低声说，"我们只有三个。我们又要输，而这回我们得死在这儿了，因为我声明，我打败了绝不再去见统领。"此时，波尔多斯和阿拉密斯迅即靠拢上来，而对面朱萨克也让手下排成了一行。

这一刹那，已经足够让达德尼昂下定决心了，此刻在他眼前的是一件能决定一个人一生的突发事件，他必须在国王和红衣主教之间做出选择，这个选择一旦做出以后，他就得始终不渝地走到底。决斗，就意味着违抗国王，就意味着有送命的危险，就意味着一下子成了一位比国王本人更有权势的大臣的对头。这个年轻人隐隐约约地预感到了这一切，但他可真是好样的，就连一秒钟也没犹豫。说话间，他已经转过身来向着阿托斯和他的两位朋友："先生们，"他说，"请允许我修正一下阿托斯先生的话。您刚才说你们只有三个人，可在我看来，我们是四个人。"

"可是您并不是我们的人呀。"波尔多斯说。

"这没错，"达德尼昂回答说，"我没有制服，可是我有一颗心。我能感觉到，先生，我的心是火枪手的心，是这颗心在指引着我。"

"快走开，年轻人。"朱萨克喊道，他或许是从达德尼昂的手势和脸部表情猜出了他的意思。

"您可以离开这儿，我允许您退出。逃命去吧，快走！"

达德尼昂没有动弹。

"没说的，您真是个棒小伙子！"阿托斯握住年轻人的手说。

"嘿！嘿！快拿定主意吧。"朱萨克又在喊了。

"好吧，"波尔多斯和阿拉密斯说，"咱们不能再等了。"

"这位先生真是侠胆照人。"阿托斯说。

不过他们三人都考虑到达德尼昂太年轻，怕他缺乏经验。

"咱们只不过是三个人加上一个孩子，其中一个还受了伤，"阿托斯接着说，"可人家照样会说我们是四个人。"

"没错，可要是往后退呢？"波尔多斯说。

"那可不行。"阿托斯说。

达德尼昂明白他们犹豫不决的原因了。

"先生们，让我试一下吧，"他说，"我凭我的荣誉向你们保证，要是我们给打败了，我也就不想离开这儿了。"

"您叫什么名字，我的朋友？"阿托斯问。

"达德尼昂，先生。"

"好吧，阿托斯、波尔多斯、阿拉密斯、达德尼昂，上！"阿托斯喊道。

"嘿，如何，先生们，你们究竟做出决定没有？"朱萨克第三次喊道。

阿托斯说:"我们决定了。"

朱萨克问:"如何决定?"

"我们这就要冲上来领教了。"阿拉密斯回答说,与此同时,他一手举起帽子,一手拔剑出鞘。

"哼!你们一心违抗!"朱萨克大声叫道。

"见鬼!这就让你大惊小怪了吗?"两个阵营,九个人,拔剑出鞘,冲向对方,人人激动兴奋,但是各个出剑都依然有章有法。阿托斯截住一个名叫卡于萨克的卫士,那是红衣主教的一个心腹;波尔多斯的对手是比卡拉,阿拉密斯则迎战两个对手。达德尼昂呢,他对着朱萨克直冲过去。

年轻的加斯科尼人心跳加快,快得要撞破胸膛似的,但这绝非害怕,天主保佑,他心中全无畏惧,只是满怀好奇而已。他在格斗时就像一只暴跳的老虎,围着他的对手转了足有十圈,变换招式和步法则不下二十次。朱萨克,当时的人们都说他是个身经百战且剑术精湛的高手。可是碰上这么一个完全不依常规且身手敏捷、纵跳闪避异常灵巧的对手,他反倒无所适从,不知如何招架了。只见达德尼昂几乎是同时从各个方向发起攻击,而且每回总能避开对方的剑锋,看上去就像是个对自己的肤发爱惜有加的人在闪展腾挪。这种方法最终激得朱萨克失去了耐心。对方乳臭未干,却一直占据上风,朱萨克恼羞成怒,异常焦躁,顿时露出了破绽。达德尼昂虽然缺乏实战经验,但心里却认准了一个理儿,东蹿西跳蹦得更加来劲。朱萨克一心想速战速决,跨步一个冲刺,朝对手猛刺过去,达德尼昂闪向一旁,然后趁朱萨克重新站直的当儿,像条水蛇似的钻到他的长剑下面,一下子把剑刺入他的身体。朱萨克沉甸甸地倒在了地上。这时,达德尼昂放心不下地向四周的战场快速地扫视了一遍。

阿拉密斯已经杀死了一个对手,但另一个对手正逼得他很紧。不过阿拉密斯情况挺好,还能抵挡得住。比卡拉和波尔多斯同时出剑刺中了对方,波尔多斯胳臂上中了一剑,比卡拉大腿上中了一剑。不过因为两人的伤势都不重,他们反而厮杀得更为激烈。阿托斯又被卡于萨克添了一道新伤,脸上没有半点儿血色,不过他没有往后退一步,他只是换了个手执剑,用左手来格斗。

按照当时的决斗规则,达德尼昂可以去帮助一个同伴。他四下环顾,看谁需要他去帮助的时候,冷不丁地跟阿托斯的目光碰了个正着。这道目光真是胜过了千言万语。阿托斯是个宁愿死也不肯开口求援的硬汉子,不过他可以把目光投向同伴,用这目光来请求帮助。达德尼昂揣度出了这一点,于是使劲纵身一跳,落在卡于萨克的身侧,嘴里大喝一声:"冲我来吧,卫士先生,看我来杀了你!"

卡于萨克转过身来,这一转可转得正是时候。阿托斯刚才一直靠他那超人的毅力在支撑着自己,此刻膝盖一软,单腿跪在了地上。

"见鬼!"他对达德尼昂喊道,"听着,年轻人,别杀他。我俩之间有旧账未清,待我养好伤再讨还。您卸了他的武器,缴了他的剑就行,就这样。好!太好了!"

阿托斯的这两声叫好,是冲着卡于萨克那柄飞到二十步开外的长剑而来的。达德尼昂和卡于萨克同时向前冲去,一个想捡起它,一个想夺到它。但达德尼昂毕竟步子更敏捷,抢先赶到那儿,一脚把剑踩住。

卡于萨克向阿拉密斯杀死的那个卫士奔去,抓起他的长剑,想回过头去再跟达德尼昂厮杀。可是他半路上让阿托斯截住了。原来,达德尼昂为阿托斯赢得的片刻工夫,已经让他缓过气来,但他又怕达德尼昂杀了他的仇人,因此想再截住对手厮杀。

达德尼昂知道,不让阿托斯这么做,是会惹他生气的。不出所料,几秒钟之后,卡于萨克就咽喉中剑,倒地不起。这时候,阿拉密斯正把剑抵住跌倒在地的对手的胸膛,逼他投降。

就剩下波尔多斯和比卡拉了。波尔多斯在拼命大吹法螺,又是问比卡拉此时约莫有几点钟了，又是恭喜他在纳瓦拉军团里当差的兄弟荣升联队长。但是，取笑归取笑，他可并没占到什么便宜。比卡拉是条宁死不屈的硬汉子。

不过，事情也该收场了。一旦巡逻队到来，所有人都会被抓，巡逻队可不管有伤没伤、王党还是主教党。阿托斯、阿拉密斯和达德尼昂都围住比卡拉，要他投降。比卡拉尽管是以寡敌众，而且大腿上中了一剑，却仍不认输。这时朱萨克用臂肘撑起身子，大声叫他投降。比卡拉跟达德尼昂一样也是加斯科尼人，他只当什么也没听见，自顾自呵呵地笑，还趁两个闪避架势的空隙，偷空儿用剑尖朝地上指了指，"此地，"他戏谑地模仿《圣经》中的一句话说，"比卡拉将死于此地，他是同伴中唯一剩下的人。"

"我命令你住手，他们四个对你一个。"朱萨克喊道。

"噢！要是你这么命令，那就是另一回事了，"比卡拉说，"既然你是我的队长，我应该服从命令。"

他纵身后跃，将剑在膝盖上折断以免被缴，并且还将断剑扔过修道院的墙头，然后双臂抱胸吹起口哨，吹的是一首主教党的曲子。

视死如归的气概总是令人肃然起敬的，即使那是表现在一个敌人的身上。火枪手们一齐举剑向比卡拉致敬，然后插剑入鞘。达德尼昂也照样做了，然后，他由唯一还能站稳的比卡拉相帮，把朱萨克、卡于萨克、还有阿拉密斯的对手中仅仅受了伤的那个，都扶到修道院的门廊底下。那第四个卫士，我们前面说过，已经死了。随后他们敲响修道院的钟，带上敌人的五把剑中的四把，兴高采烈地向着德·特雷维尔先生的府邸走去。

路边的行人只见他们手挽着手，在街上一字儿排开往前走，一路上还不住地跟遇到的每个火枪手打招呼，最后，这简直成了一次庆祝凯旋的游行。达德尼昂心中洋溢着极度的欢乐，亲亲热热地挽着阿托斯和波尔多斯的胳臂，大步往前走。

"即便我仍不是个火枪手，"他在走进德·特雷维尔先生府邸的时候，对他的新朋友们说，"不过也算得上是个见习火枪手了，对吗？"

第六章　路易十三国王陛下

这件事传得满城风雨。德·特雷维尔先生虽然嘴上狠狠地骂了他的火枪手一顿，心中却十分赞许他们。不过事不宜迟，要抓紧时间向国王禀告，所以德·特雷维尔先生立即抽身向卢浮宫赶去。然而他还是来晚了，国王正在与红衣主教密谈。德·特雷维尔先生被告知，国王正在处理重要机务，让他有事稍后再讲。德·特雷维尔先生便在那天晚上来到国王牌桌边觐见。由于国王在金钱上向来是很小心眼的，他刚赢了牌，所以心情舒畅，他远远地看到了特雷维尔。

"过来，统领先生，"他说，"您过来我才好骂您哪。您可知道主教大人前来状告您的火枪手啦，并且由于情绪亢奋而于今晚病倒了。这伙儿惹是生非的火枪手，真该把他们全绞死！"

"不对，陛下，"特雷维尔一眼就看出了事情的转机，连忙答道，"不对。恰恰相反，他们几个都是安分守己的人，各个像绵羊一样温驯。我可以为他们仅有的愿望做担保，那就是：火枪手的长剑所指，即是陛下心中所愿！可是有什么办法呢？红衣主教的卫士不断找他们的麻烦。为了全队的荣誉，那几个可怜的年轻人不得不自卫。"

"听我说，特雷维尔先生，"国王说道，"听我说！红衣主教似乎提到一家修道院。老实讲，亲爱的队长，我真想辞掉您的职务，把它给谢孟萝小姐，我早就允诺过她，把一家修道院交给她去主持。不要以为我会相信您的一面之词。世人都称朕为公正的路易嘛，特雷维尔先生。等会儿吧，等会儿咱们再谈。"

"啊！正因为我相信这种公正，陛下，我才这么耐心地静候陛下的旨意。"

"等着吧，先生，等着吧，"国王说，"我不会让您等很久的。"

果然，牌运转了，国王因为开始把赢进来的钱输掉了，自然得有个借口，这个借口我是从一些赌徒那儿听来的，说实话，对它的出处我还不甚明了。所以不一会儿，国王就推座起身，把自己面前的钱一股脑儿全塞进衣袋，其中绝大部分是赢来的。

"拉维厄维尔，"他说，"您来代我一下，我要跟德·特雷维尔先生谈件要紧的事情。哎……我起先下了八十个路易的注，您也放上这个数吧，不然输家就要抱怨了。公正第一嘛。"说完，他就朝德·特雷维尔先生转过身来，跟他一起向窗口走去。"嗯，先生，"他接着前面的话头儿说，"您说，寻衅滋事的是主教先生的卫士而不是火枪手？"

"是这样，陛下，历来如此。"

"那么，事情究竟是怎么发生的呢？我亲爱的统领，您也知道，一个公正的法官两方面的证词总得都听一下吧。"

"哦！我的天主！事情真是再简单、再自然不过了。我手下三个最好的火枪手，他们的名字，陛下都是知道的，陛下曾不止一次地赞扬过他们的忠诚，而且我可以对陛下肯定地说，他们都是极其尽责的。我说了，我手下这三个最好的火枪手，阿托斯先生、波尔多斯先生和阿拉密斯先生，跟我上午刚介绍他们认识的一位加斯科尼来的年轻人约好一起聚聚。地点我想是定在圣日耳曼修道院吧，大家说好先在赤脚加尔默罗会修道院会合，不料却让德·朱萨克先生他们给搅了。这位先生和卡于萨克、比卡拉先生，还有另外两个卫士，他们这么一大帮人，若非有什么违抗敕令、见不得人的勾当要干,才不会上那儿去呢。"

"嘿嘿!听您那么说,我也产生了这样的想法,"国王说,"没说的,他们准是自己想斗殴。"

"我也不去说他们什么,陛下,可是您想呀,五个人手里拿着兵器,跑到赤脚修道院这么个四周没人的地方,还能去干什么呢?"

"对,言之有理,特雷维尔,言之有理。"

"当时,他们瞧见了我的火枪手,然后就改变了主意,为了营队的恩怨,先把私仇搁在了一边。因为陛下您不知道,忠于您,而且只忠于您一个人的这些火枪手,是忠于主教先生的卫士的天敌。"

"是啊,特雷维尔,是啊,"国王神情忧郁地说,"请您相信,看到法国这么分成两派,由两个人在统治着,我可不好受呀。不过,这局面会改变的,特雷维尔,这局面会改变的。那么,您说是那几个卫士先向火枪手挑衅的?"

"我想,实情很可能如此,可话无绝对,陛下。您知道,把一件事情叙说分明并非易事,除非天资聪颖、睿智公正如路易十三陛下……"

"没错儿,特雷维尔。但是否尚有个大孩子在与火枪手并肩作战?"

"正是,陛下,三个是陛下的火枪手,其中一个受了伤,外加一个大孩子,但他们不单顶住了主教先生手下五个最厉害的卫士的攻击,而且把他们中间的四个打得趴在了地上。"

"这是打了胜仗呀!"国王喜形于色地大声喊道,"是大获全胜!"

"没错儿,陛下,就跟塞桥那回一样,大获全胜。"

"您是说就四个人,其中一个受了伤,一个是大孩子?"

"说他是小伙子他还嫌小呢。不过他在这个场合表现得极为出色,因此我冒昧地向陛下举荐他。"

"他叫什么名字？"

"达德尼昂，陛下。他是我当年一位朋友的儿子。他父亲曾跟随先王参加过宗教战争，立过不少功勋。"

"您是说，这个小伙子表现得非常出色？给我说说，特雷维尔。您知道，我喜欢听这样的故事。"说着，这位路易十三国王两手叉腰，很得意地把两撇小胡子翘得高高的。

"陛下，"特雷维尔接着往下说，"刚才我说了，达德尼昂差不多还是个孩子，而且也还没能当上火枪手，所以他穿的就是老百姓的衣服。主教先生的卫士看到他年纪还小，穿的又不是军服，就叫他走开，然后打算动手。"

"这不，您瞧见了吧，特雷维尔，"国王打断他的话说，"是他们先动的手。"

"正是如此，陛下。那时他们让他走开。可是他回答说，他已经是火枪手了，是完全属于陛下的，因此他要留下来跟那几位火枪手并肩作战。"

"好小伙子！"国王喃喃地说。

"他果然和他们一起留了下来。陛下，他是您麾下的顶尖斗士，他一剑刺中朱萨克，正是这一剑令主教先生大为光火。"

"朱萨克是被他刺中的？"国王嚷道，"是他这么个毛孩子！这，特雷维尔，这简直叫人不敢相信。"

"我有幸对陛下说的，字字都是实情。"

"朱萨克，那可是国内第一流的剑术家啊！"

"嗯，陛下，强中自有强中手啊！"

"我想见见这个年轻人，特雷维尔，我想见见他，嗯，让咱们看看能不能为他做些什么吧。"

"陛下准备何时召见他？"

"明天中午吧，特雷维尔。"

"我就带他一个人来？"

"不，把他们四个都带来见我。我要同时对他们表示感谢。

忠心耿耿的人愈来愈少了，特雷维尔，忠心耿耿是应该得到奖励的。"

"陛下，我们明天中午在卢浮宫听候召见。"

"噢！走小楼梯，特雷维尔，走小楼梯吧。不必让主教知道……"

"是，陛下。"

"特雷维尔，您最清楚，决斗是明令禁止的，敕令终究是敕令。"

"但是这一次的接触，陛下，有关决斗的条款是全然不适用的。这一次先只是吵架，吵到后来才打起来的，证据就是他们是五个主教的卫士对我的三个火枪手和达德尼昂先生。"

"言之有理，"国王说，"话虽如此，不过，特雷维尔，你还是从小楼梯离开吧。"

特雷维尔微微一笑。不过，他从这位被他激起了对老师的反感的大孩子身上得到的东西也已经够多了，于是他恭恭敬敬地对国王鞠了一躬，征得同意后告退。当天傍晚，三位火枪手得知了有幸觐见陛下的消息。因为他们早已见到过国王，故而并不觉得怎么激动。然而达德尼昂凭着那种加斯科尼人的想入非非，已经觉得飞黄腾达就在眼前了，做了一夜的黄金梦。所以，次日一早，才过八点，他就急不可耐地赶去了阿托斯的住所。

达德尼昂看到这位火枪手穿戴得整整齐齐，正准备出门。因为觐见时间是在中午十二点，阿托斯就出了个主意，约波尔多斯和阿拉密斯到坐落在卢森堡宫马厩附近的网球场去打一盘网球。阿托斯邀请达德尼昂跟他一起去，达德尼昂尽管对这项运动一窍不通，从来没玩过，不过这时才刚九点，到十二点还有不少时间，他实在不知道怎样打发这些时光，因此就接受了邀请。

两位先到的火枪手正在网球场练球。擅长所有体育运动的阿托斯和达德尼昂搭档，与他们对阵。阿托斯换用了左手，但是刚试了一下，便觉着剑伤尚未痊愈，不宜进行这样剧烈的活动。因此这边就只剩达德尼昂在场上，他表示自己不会玩，要按规则比赛实在是不行，故而大家仍然只是把球打来打去，并不记分。可是，波尔多斯甩动他那赫拉克勒斯般有力的手腕抛出的一个球，飞过来时实在离达德尼昂的脸太近，以致他心想要是这球不是从边上擦过，而是打在脸上的话，那么觐见的事十有八九就吹了，因为那么张脸是没法见国王的。然而，由于在他那个加斯科尼人的算盘上，这次觐见是跟整个前程攸关的，于是他就彬彬有礼地对波尔多斯和阿拉密斯鞠了一躬，请他们容他练好球艺以后再来对阵，然后退出场外，站在球网附近的观众廊里。

也算达德尼昂倒霉，观众当中有个主教大人的卫士，此人正为几个伙伴昨天的失手憋着一肚子闷气，巴不得能找个理由来报仇雪恨。得此良机，他便出声挑衅。

"说来也难怪，"他说，"这么个小伙子会怕一个球，到底还只是个火枪手学徒。"

达德尼昂就像被蛇咬了一口似的，猛地转过头去，盯住这个出言不逊的卫士的脸瞧着。"见鬼！"这人傲慢地捻着小胡子，接着往下说，"悉听尊便，随您怎么看，我的小老弟，我说的话我负责。"

"话很直白，不必特别说明，"达德尼昂压低嗓门儿说，"那么请跟我走吧。"

"什么时候？"那卫士仍以揶揄的语气问道。

"现在。"

"您想必知道我是谁吧？"

"压根儿不知道，而且也不想知道。"

"这您可错了，因为假如您知道了我的名字，说不定您就不会这么性急了。"

"您叫什么名字？"

"贝纳儒，愿为您效劳。"

"那好，贝纳儒先生，"达德尼昂淡定从容地说，"我在门口等您。"

"走吧，先生，我跟着您哪。"

"请别太急，先生，别让人家看到咱俩一起出去。您当然明白，对咱俩要做的事情来说，人太多了反而不方便。"

"那好吧。"那卫士回答说，他觉得挺奇怪，他的名字居然对这个年轻人没起什么作用。

原来，贝纳儒这个名字很响，真是无人不知无人不晓，达德尼昂可能是仅有的例外。因为尽管国王和红衣主教的敕令告示三令五申，严禁聚众斗殴，然而打架决斗的事儿，还是三天两头就会碰上，而这种事里，十有八九又会有这位贝纳儒的份儿。波尔多斯和阿拉密斯在专心打球，阿托斯也在全神贯注地看他们打球，因而他们都没留意这位年轻的同伴，而达德尼昂正如他对那个卫士说的那样，走到门口就停下了。再过了一会儿，那位也出来了。由于十二点要去觐见国王，达德尼昂不得不抓紧时间，他环顾四周，看见街上没有行人。

"说真的，"他跟自己的对手说，"虽说您叫贝纳儒，可您这会儿只跟一个火枪手学徒打交道，也真算您走运。不过您尽管放心，我会好好干的。来吧。"达德尼昂这般挑衅道。

"可我觉得，"要和他决斗的这个卫士说道，"这地方选得不好，到圣日耳曼修道院后面，要么到教士草场，都比这儿好些。"

"言之有理，"达德尼昂回答说，"但我中午十二点要去赴约，没空儿来回跑。来吧，先生，来吧！"

贝纳儒这号人，可用不着人家把这种招呼再打第二遍的。转眼间，他已拔剑在手，欺负对方年轻，开头就来了个猛扑，想一下子镇住对手。可是达德尼昂第一天就经历了他的学徒期，刚在胜利声中出了师，这会儿又正对美好的前程充满着憧憬，因此他下定决心，绝不后退一步。双剑相交，僵持不下，剑身滑到剑柄处，达德尼昂纹丝不动，贝纳儒却退后了一步。贝纳儒这一退，剑身就稍稍一偏，达德尼昂抓住这个空子，抽回长剑，一个箭步上前，剑尖刺中了对手的肩头。这时，达德尼昂马上退后一步，抬起剑身。然而贝纳儒却一边冲他嚷着这不算什么,一边不分青红皂白地扑上来,恰巧撞在达德尼昂的剑上,又被刺中一处。不过,由于他没有倒地,又由于他没有认输,只是一味地朝有个亲戚在那儿当差的德·拉特雷穆依先生府邸的方向退去,而达德尼昂又根本不知道对手中的那第二剑到底伤势如何,因此他就穷追不舍,想必是想再给他来个第三剑,结果了他完事。正在此时,街上的喧闹声传到了网球场里,那个卫士有两个朋友刚才听到了他跟达德尼昂说话,后来又看见他走到外面去了,这会儿一听到那片喧闹声,立即就拔剑在手,冲出网球场,直奔占上风的达德尼昂而来。阿托斯、波尔多斯和阿拉密斯也随即赶到,一见那两个卫士在进攻他们年轻的同伴,三人立刻挥剑上前,逼得那两人转过身来。此刻,贝纳儒倒了下去,那两个卫士一看只剩他们两人对付四个人,就大声喊道:"来人哪,拉特雷穆依府里快来人呀!"

听见这喊声,那个府邸的人全都冲了出来,扑向四个伙伴。这四个伙伴也扯开嗓门喊道:"来人哪,火枪手快来呀!"这声呼唤,通常总是有人响应的,因为人们知道火枪手是主教大人的对头,而对主教的恨正促成了对他们的爱。因此,其他营队的禁军,只要不是(照阿拉密斯的说法)红衣公爵属下的营队,碰到这类争斗一般总站在国王的火枪手一边。此刻正好有德·埃萨尔先生手下的三个禁军路过,其中两人立刻奔过来帮那四个伙伴,另一个一边往德·特雷维尔先生的府邸奔去,一边喊道:"快来人哪,火枪手们!"跟平时一样,德·特雷维尔先生的府邸里聚集着好些火枪手,他们闻声纷纷赶来援助自己的同伴。斗殴变成了混战,不过占上风的是火枪手。红衣主教的卫士和德·拉特雷穆依先生的人退进了府邸里,忙不迭地关上大门,把差点儿也冲进去的敌人挡在了外面。至于被刺伤的那个卫士,早就给抬了进去,如前所述,他伤势很重。

火枪手和他们的盟友激动万分,合计着要烧掉这座宅邸,以此惩罚德·拉特雷穆依先生的仆人无礼攻击国王火枪手的行径。这项动议一经提出，就得到了热烈的响应，不过幸好这时敲响了十一点的钟声，达德尼昂和他的同伴记起了进宫觐见那件事，他们觉着大家干这么过瘾的一桩大事，要是他们不在就太遗憾了，因此他们好歹总算让在场的人冷静了下来。因此大家只是拿了些街上的石块朝大门扔去，但大门纹丝不动，后来大家也就懒得再扔了。再说，理应被当作举事的头儿的那几位，刚才已经走出人群，往德·特雷维尔先生的府邸而去。德·特雷维尔先生已经知道了这起事儿，此刻正等着他们。

"快，去卢浮宫，"他说，"马上去卢浮宫，我们得设法赶在主教还没告诉陛下之前，先见到陛下。我们要对他说，这件事是昨天之事的延续，如此两件事才能一齐过得了关。"

说完，德·特雷维尔先生带着四个年轻人往卢浮宫而去。不过，火枪营统领却吃惊地听到了国王到圣日耳曼林苑打猎的消息。德·特雷维尔先生唯恐听错，让那宫里的侍从又说了一遍，那侍从说第二遍时，四个年轻人只见德·特雷维尔先生的脸色都变了。

"此次打猎，"他问，"陛下是否昨天已经计划好了？"

"不，阁下，"国王的贴身侍从回答说，"王室狩猎总管今儿早上来禀告陛下，说昨儿晚上他们已经遵照陛下的旨意把一头牡鹿赶了进去。刚开始陛下说不去，不过后来禁不住诱惑，因此午饭后就去了。"

"陛下见到过主教吗？"德·特雷维尔先生问。

"十有八九是见到了，"那侍从回答说，"因为今儿上午我看见主教大人的马车，我问他们上哪儿，他们回答我说：'上圣日耳曼林苑。'"

"我们让人家抢先了，各位，"德·特雷维尔先生说，"我今晚来见陛下。至于你们，我奉劝你们别冒这个险。"

四个年轻人，接受了这个中肯的意见，毕竟德·特雷维尔先生是深谙国王性情之人。于是德·特雷维尔先生请他们各自回家，等候他的消息。回到府里，德·特雷维尔先生想到必须先发制人，率先指控对方。他派了个仆人把一封信送到德·拉特雷穆依先生府上，信里要求德·拉特雷穆依先生交出主教先生的那个卫士，并且惩办手下攻击火枪手的肇事者。可是德·拉特雷穆依先生已经听他的马夫讲过事情的经过，而这个马夫，我们知道，就是贝纳儒的亲戚，所以德·拉特雷穆依先生对来人说，该提出指控的既不是德·特雷维尔先生，也不是那几个火枪手，而恰恰是他本人，因为正是这些火枪手袭击了他的手下人，而且还想放火烧他的府邸。于是，鉴于两位公爵先生势必会各执己见，相持不下，这场争执很可能会旷日持久地拖下去，德·特雷维尔先生就想了个办法，打算来个速战速决。他决定亲自去拜访德·拉特雷穆依先生。

于是他立刻赶到德·拉特雷穆依先生的府邸，让人进去通报。

两位公爵先生彬彬有礼地相互致意，因为两人虽无交情，但却彼此敬重。他俩都是心胸坦荡、看重信誉的人。因为德·拉特雷穆依先生是新教徒，因此平时难得去觐见国王，他不属于任何一派，一般而言在社交活动中取不偏不倚的态度。但这一次，他对来客的接待尽管是彬彬有礼的，然而比平时冷淡得多。

"先生，"德·特雷维尔先生说，"我们各执一词，认为对方理屈，因此我亲自造访，以便澄清事实。"

"很好，"德·拉特雷穆依先生回答说，"但我有言在先，因为我从详细的报告中，得出的结果是：错在火枪手。"

"先生，您是位秉公办事、通晓事理的人，"德·特雷维尔先生说，"我下面要提出这个建议我想您是不会拒绝的。"

"请说吧，先生，我听着。"

"贝纳儒先生，您那位马夫的亲戚，他目前情况如何？"

"唔，情况很糟糕。胳臂上中的那一剑，不至于有什么危险，可他另外还中了一剑,那一剑刺穿了肺部,医生说恐怕没希望了。"

"那他神志还清醒吗?"

"完全清醒。"

"能说话吗?"

"很费劲,但还能说。"

"那好吧,先生。我们这就到他那儿去,天主或许就要把他召回去了,让我们以天主的名义要求他把真相说出来。这桩他自己的公案,我让他本人来做法官,先生,他说的话我都相信。"德·拉特雷穆依先生考虑片刻,因为实在想不出一个更加合情合理的建议,就接受了这个建议。

两人下楼来到病人的房间。病人看见两位高贵的公爵先生进来看他,想从床上坐起来,但他实在太虚弱了,这么一用力,差点儿又晕过去。

德·拉特雷穆依先生走近他的身边,把嗅盐瓶凑在他的鼻子跟前,让他恢复过来。这时,德·特雷维尔先生不想贻人口实,说他强迫病人,便请德·拉特雷穆依先生亲自来询问。不出德·特雷维尔先生所料,贝纳儒弥留之际,无心隐瞒事实,就一五一十地将事情的经过告诉了两位公爵先生。

得到如此结果,德·特雷维尔先生相当满意。他祝愿贝纳儒尽快康复,随即向德·拉特雷穆依先生辞行,回到自己的府邸,派人马上去通知那四位朋友,说他等他们吃午饭。德·特雷维尔先生的饭桌上宾客满座,而且清一色的都是反主教派。因此我们可以想见,整个饭局的谈话内容,一直离不开主教大人手下卫士最近的两次败绩。由于达德尼昂是这两日来的主角,所以所有的赞扬全都落在了他的头上。在这一点上,阿托斯、波尔多斯和阿拉密斯不仅是出于朋友交情仗义谦让,而且也因为这类赞扬他们自己常能听到,因此无须来跟达德尼昂争这一回。

到了六点钟,德·特雷维尔先生说他得去卢浮宫了。不过由于陛下指定的接见时间已过,他就不到小楼梯那儿要求通报,而是领着四个年轻人在前厅里等候。国王打猎还没回来。我们的这几位年轻人夹在一大群朝臣中间,等了将近半小时,才见宫门大开,掌门官朗声通告国王驾到。听到这声国王驾到,达德尼昂感觉浑身上下都在颤抖,即将来临的这个时刻,很可能就要决定他今后一生的命运。因此,他焦急不安地盯住国王将要走进来的那扇门。

路易十三出现了,他风尘仆仆地走在最前面,身穿猎装,足蹬长靴,手执马鞭。达德尼昂第一眼就看出国王的心情极坏。陛下的心情明摆着很糟糕,但是朝臣们照样还是纷纷上前夹道迎候。在王宫的前厅里,即使是被愤愤地瞥上一眼,也要比全然不曾被看见强。因此那三个火枪手也毫不犹豫地向前跨上一步,而达德尼昂却躲在了他们背后;然而国王尽管认得阿托斯、波尔多斯和阿拉密斯,但从他们面前经过的时候,却既不朝他们瞧一眼,也不跟他们说句话,压根儿就像从来没见过他们似的。

至于德·特雷维尔先生,当国王的目光在他脸上停留的那片刻,他异常坚定地承受住了这道目光,结果还是国王先掉转了目光。随后,陛下嘴里嘟嘟囔囔地一路走进了他的房间。

"情况不妙,"阿托斯微笑着说,"这一回我们可得不着荣誉勋位啦。"

"你们在这儿等我十分钟,"德·特雷维尔先生说,"要是十分钟以后还不见我出来,你们就回我的府邸去,因为你们不必再等了。"

四个年轻人等了十分钟,一刻钟,二十分钟,还不见德·特雷维尔先生出来,就忧心忡忡地出宫去了。

且说德·特雷维尔先生镇定自若地走进国王的书房时,看见陛下情绪很坏,坐在一张圈手椅里兀自用手里的马鞭拍打着靴帮子,不过德·特雷维尔先生依然还是用最镇静的口气问候他身体可好。"不好,先生,不好,我心里烦着呢。"原来这是路易十三的一种最讨厌的毛病,他常常会拉住一个朝臣,把他拽到一扇窗子跟前,对他说:"某某先生,咱们一块儿来尝尝心烦的滋味。"

"怎么!陛下觉得心烦!"德·特雷维尔先生说,"陛下今天打猎玩得不开心吗?"

"开心什么呀,先生!我怎么就感觉什么事儿都不对劲儿了,也不知道是那只鹿跑的不是地方,还是那些猎犬鼻子不管用。我们放出一头长了十股叉角的牡鹿,追了它六个钟头,眼看就要到手,圣西蒙就要吹号角令合围了,忽然一下子,所有的猎犬全都掉转头来,朝一头幼鹿奔去。您看着吧,我非但没法架着鹰隼去打猎,就连带着猎犬去打猎,眼看也不行喽。唉!我真是个倒霉的国王,德·特雷维尔先生!我唯一一只训练有素的大隼,也在前天死掉了。"

"确实,陛下,我理解您的伤心,这真是很大的不幸。不过,您好像还有好多隼啊、鹰啊之类的猛禽呀。"

"可就是没有一个能够训练它们的人,那几个驯鹰的人都走了,就只剩我一个人还懂得犬猎的本领。在我以后,就没指望了,到那时候就让他们用捕兽器、陷阱和翻板去打猎吧。假如我还有点儿时间来带几个徒弟就好喽!然而主教先生又在那儿不让我有片刻的安宁,他老是跟我讲西班牙怎样怎样,奥地利怎样怎样,英国怎样怎样!咳!说起主教,德·特雷维尔先生,我可对您相当不满意啊。"

德·特雷维尔先生就等着国王用这话切入正题呢。他认识国王已经很久了,他心里明白,刚才发的那通牢骚,只不过是个开场白。是给自己造个声势鼓鼓劲,这会儿才算是进入正题了。

"不知我何事出错,惹您大动肝火?"德·特雷维尔先生装出非常惊讶的样子问道。

"难道您就是这样来恪尽职守的吗,先生?"国王径自往下说,没去正面回答德·特雷维尔先生的问题,"难道我任命您当火枪营统领,就是让您这么干,就是让我的火枪手去杀人,去把一个街区搅得鸡犬不宁,末了还想放火烧巴黎,而您却一声也不吭吗?不过,"国王接着说,"也许我这么责备您也太性急了,也许那几个肇事的家伙已经给关了起来,您就是来告诉我他们已经得到了惩处吧。"

"陛下,"德·特雷维尔先生神情自若地回答说,"正相反,我是来要求陛下做出惩处。"

"惩处谁?"国王嚷道。

"惩处诽谤者。"德·特雷维尔先生说。

"嘿!这可是新闻哪,"国王接口说,"您难道要说您那三个该死的火枪手阿托斯、波尔多斯和阿拉密斯,还有那个贝阿恩小子,他们没发疯似的朝可怜的贝纳儒扑过去,把他刺成重伤,可能这会儿正在断气呢!您难道还要说,他们并没有围攻德·拉特雷穆依公爵的府邸,也没有准备烧了它吗?这事放在打仗的年头,可能也没什么大不了的,因为那儿是个胡格诺教徒的老窝,不过放在太平年头,这种先例就绝对开不得。您说呀,如此种种事实俱在,您都不敢承认吗?"

"这个动听的故事是谁对您讲的,陛下?"德·特雷维尔先生不动声色地问道。

"这个动听的故事是谁对我讲的?先生!您说还能是谁呢?就是他,当我睡着时他还醒着,当我娱乐时他还在工作,就是他,在这王国里里外外日夜忙活,连法国,连欧洲全都一把抓在了手里!"

"陛下原来是想说天主吧,"德·特雷维尔先生说,"因为除了天主,我不知道还能有谁比陛下更出色的。"

"不对,先生,我是想说那位国家的栋梁,唯一真正为我效命的人,我仅有的朋友红衣主教先生。"

"陛下,主教大人可不是教皇陛下呀。"

"您这是什么意思,先生?"

"我的意思是说,除了教皇,人人都会犯错,红衣主教也不例外。"

"难道您想告诉我他在欺骗我,背叛我吗?这么说,您是在指控他。那您就直截了当地承认您在指控他好了。"

"不,陛下,我是说他受了骗,误听了虚假的情报,我是说他那么指控陛下的火枪手,是操之过急,是不公正的,他的情报来源是有问题的。"

"指控是德·拉特雷穆依公爵提出的。这回您可怎么说呢?"

"我本来可以回答说,陛下,在这个问题上,他是利害攸关的,因此他很难当一个公正的见证人。不过我不想这么说,陛下,我认为公爵是位光明磊落的正人君子,我完全相信他的判断,可是有一个条件,陛下。"

"什么条件?"

"就是陛下要召他进宫,亲自垂询,旁边没有其他人,而且在陛下接见公爵过后,立刻召我觐见。"

"行啊!"国王说,"那么,凡是德·拉特雷穆依先生说的话,您都不表示异议?"

"是的,陛下。"

"您接受他的裁决?"

"完全接受。"

"他提出赔罪的要求,您也照办?"

"完全照办。"

"拉谢斯内!"国王喊道,"拉谢斯内!"路易十三的那位一直站在门口的心腹内侍应声走了进来。"拉谢斯内,"国王说,"让人赶快把德·拉特雷穆依先生给我找来,我今儿晚上要和他说话。"

"陛下能向我保证在德·拉特雷穆依先生和我之间,不接见任何人吗?"

"谁也不见,说话算数。"

"那么明天见,陛下。"

"明天见，先生。"

"请问陛下，明天几点？"

"随您几点。"

"不过要是来得太早，我怕会吵醒陛下。"

"吵醒我？难道我还睡觉不成？我是不睡觉的，先生，我顶多有时做做梦。您爱来多早就来多早，七点钟吧。倘若您的火枪手是有罪的话，您可给我当心！"

"假若他们有罪，则任凭陛下发落。陛下还有什么要求吗？只要陛下开口，我无不遵命。"

"没有了，先生，没有了。人家叫我公正的路易，不是没有道理的。那么明天见吧，先生，明天见。"

"愿天主保佑陛下！"

如果说国王睡得很少，那么德·特雷维尔先生就睡得更少了。他头天晚上就让人通知那三个火枪手和他们的伙伴早上六点半上他这儿来。他带着他们出发时，既没有对他们保证什么，也没有对他们承诺什么，而且没有向他们隐藏这一点，就是他们的前程，乃至他自己的前程，全在这天早上的运气了。到了那个小楼梯跟前，他叫他们先等着。如果国王还在生他们的气，他们就可以悄悄地溜掉；如果国王愿意见他们，他再让人来唤他们。德·特雷维尔先生走进国王的候见厅，见到了拉谢斯内。他告诉德·特雷维尔先生，昨晚派去的人在德·拉特雷穆依公爵府上没碰见公爵，公爵很晚才回府，当晚来不及进宫了，因此现在他才进来，正在国王的书房里。这个情况正中德·特雷维尔先生的下怀，如此一来，别人就找不到机会在他和德·拉德穆依先生分别做证期间来进谗言，对此，他十拿九稳。不出所料，不到十分钟时间，书房的门开了，德·特雷维尔先生看见德·拉特雷穆依公爵从里面出来。公爵走上前来对他说：

"德·特雷维尔先生，陛下刚才召见我，想要了解昨天上午我宅邸里发生的情况。我如实告诉了他，也就是说，我说了那是我底下人的错,我还说我打算为此向您道歉。现在既然当面碰见您,那就请接受我的道歉,并请随时把我当作您的一个朋友。"

"公爵先生,"德·特雷维尔先生说,"我一向对您的光明磊落感佩至深,因而我认为我在陛下跟前不用别人为我辩护,而只要有您就行了。我看到我没有看错人,如今在法国,还是有一个人能对我方才称道您的那番话当之无愧的,为此我向您表示感谢。"

"说得好,说得好!"国王说道,他刚才在两道门之间,两人的这番客气话他全都听见了,"不过,特雷维尔,他既然自称是您的一位朋友,而我又挺希望做他的朋友,那么他怎么提也不对我提起呢?我差不多有三年没见到他了,要见到他还非得派人去找他不可。请您把我的话都转告他吧,因为有些事情,一个做国王的是没法自己开口的。""谢谢,陛下,谢谢,"公爵说,"但请陛下相信,对陛下最忠诚的未必是那些,我并不是指德·特雷维尔先生而言,未必是那些陛下时时刻刻都见得到的人。"

"唔!我说的话您也听到了。好得很,公爵,好得很。"国王边说边朝门口走来。

"哦!您,特雷维尔!您的那几个火枪手在哪儿呀?我前天对您说过,要您把他们带来,您为何不照办?"

"他们在下面,陛下,若蒙允许,可以让拉谢斯内去叫他们上来。"

"去叫,去叫,让他们立刻上来,就要八点啦,九点钟还有人要来。请回府吧,公爵先生,以后您还得来噢。您进来,特雷维尔。"

公爵鞠躬退下。他把门打开的时候,那三个火枪手和达德尼昂由拉谢斯内带领着,刚好走上楼梯。

"过来,你们几位,"国王说,"过来,我要骂你们一顿。"

火枪手们走上前来鞠躬,达德尼昂走在最后。

"怎么回事!"国王接着说,"四个人,两天工夫,放倒七个主教大人的卫士！这太过分了，先生们，太过分啦。如此算来，三周后主教大人就得招兵买马了，我这边也得重申禁令必须严格执行了。偶尔一个，那还情有可原。但是两天里七个，我重说一遍，这就太过分了，实在太过分了。"

"因此，陛下您看，他们这就是来向陛下请罪的，他们心里真是后悔莫及哪。"

"后悔莫及！"国王说，"这几张假惺惺的脸叫人难以相信，特别是后面那个加斯科尼人的面孔。进前来，先生。"

达德尼昂明白这是在招呼他，就走上几步，并且做出一副懊丧万分的模样。

"嘿，您怎么对我说他是个小伙子呢？他还是个孩子嘛，德·特雷维尔先生，纯粹是个孩子！就是他，让朱萨克挨了那够惨的一剑？"

"还狠狠地给了贝纳儒两剑。"

"真的？"

"还有，"阿托斯说，"若非他把我从比卡拉手里救了出来，此刻我肯定不会有这份荣幸，来向陛下表示我谦恭的敬意了。"

"这个贝阿恩人简直是个天煞星，真是活见鬼，德·特雷维尔先生，您瞧我也用先王的这个口头禅了。打打杀杀，衣服、武器难免破损。可是加斯科尼人又总是那么穷，是不是？"

"陛下，我得说，他们在山里还没发现金矿，按说凭他们跟随先王成其大业的汗马功劳，天主也该显露奇迹来奖赏他们一下的。"

"您这意思是说，既然我是先王之子，我这国王也就是加斯科尼人让我当上的，是不是呢，特雷维尔？嗯，好吧，我也认了。拉谢斯内，到我的衣袋里去好好找找，看看是不是找得到四十皮斯托尔，要是找到了，就拿来给我。现在，怎么样，年轻人，您凭良心讲讲看，这到底是怎么回事？"达德尼昂就把昨天的事儿一五一十地讲了一遍：他怎么因为要觐见国王而兴奋得睡不着觉,提前三个小时来到朋友家里;怎么一起去网球场,怎么因为怕让球打中脸部而遭到贝纳儒的嗤笑;这位老兄怎么因此差点儿送命,德·拉特雷穆依先生又怎么差点儿白白赔上一座宅邸。"原来如此,"国王低声说,"对,和公爵报告的一样。可怜的主教!两天折了七个亲信,你们也已经为费鲁街那档子事报仇雪耻了,你们应该觉得可以了,这样就够了。"

"如果陛下觉得可以了,"特雷维尔说,"那么我们也觉得可以了。"

"是的,我觉得可以了,"国王一边说,一边从拉谢斯内手里抓起一把金币,放在达德尼昂的手里。"这个嘛,"他说,"就是我表示满意的一个证明。"

那个时代,类似目前的故作清高的矫揉造作之风尚未兴起。当面接过国王亲手赐的钱,即便是世家子弟也不会感到丝毫不光彩。因此达德尼昂也就毫不扭捏地把那四十皮斯托尔放进口袋,大声地向陛下道了谢。

"好了,"国王瞧了瞧钟表说,"好了,现在已经八点半了,请你们退下吧,因为我刚才说了,九点钟还有个人要来见我。谢谢各位的忠诚,先生们。我想各位的忠诚我是可以信赖的,是不是?"

"噢!陛下,"四个伙伴异口同声地大声说,"为陛下我们粉身碎骨在所不辞!"

"好,好,不过还是不要粉身碎骨吧,还是这样好,对我更有用。特雷维尔,"等其他人退出去以后,国王压低嗓门说,"既然您的火枪营没有空缺,再说咱们定过规矩,当火枪手先得有个见习期,那么就把这年轻人安插在您那位连襟德·埃萨尔先生的禁军联队里吧。嘿!没说的!特雷维尔,主教的那副怪样子准会叫我开心得不得了。他准会气得发疯,可这不关我的事,我有我的权力。"说着,国王做了个手势,示意特雷维尔可以告退了,特雷维尔退出来找到了他的火枪手,看见他们正在跟达德尼昂一起分那四十皮斯托尔。

红衣主教，正应了陛下的说法，果然气得发疯，气得一连有一个礼拜没来跟国王打牌。而即便如此，国王依旧对他做出极其和颜悦色的表情，每次遇见他，总要用最亲切的口吻问：

"嗯，主教先生，您那两位可怜的贝纳儒和朱萨克先生，他们情况如何？"

第七章　火枪手的家

从卢浮宫出来，达德尼昂便向他的几位朋友请教，他该怎样把他从四十皮斯托尔里分到的那一份钱花掉。阿托斯对他说应该去松果餐馆摆设丰盛的筵席，波尔多斯让他用钱雇个仆从，阿拉密斯劝他找个中意的情妇。于是阿托斯便去为他订了一桌酒菜，波尔多斯给他找来了一个仆人。当天在仆从的服侍下，他们去饭馆美美地吃了一顿。这个仆人是庇卡底人，波尔多斯是在拉图奈尔桥上遇到他的。那时他正在向河中吐唾沫，看那河水上漾起的涟漪。

波尔多斯解释，这种若有所思的模样，证明此人沉静好思。因此无须再要什么推荐，就把他给带回来了。布朗谢——这是庇卡底人的名字——开始以为就是跟着这位相貌堂堂的老爷做仆从，心里美滋滋的。等到看见这个位置已经让一个名叫穆斯克通的伙计给占了，又听得波尔多斯说，他的屋子大虽大，却容不得两个仆人，因此只能打发他去跟达德尼昂，庇卡底人不由得有些失望。但是，当他在自家主人请客的饭桌上，看到主人付账时从口袋里掏出一把金币，他心想自己交了好运，谢天谢地跟了这么一位克雷絮斯。直到盛宴结束，他饱吃一通残羹剩菜，把缩了好久的肚量放了开来的那会儿，心里转的还是这么个念头。然而等到晚上给主人铺床的时候，布朗谢的幻想终于破灭了。一个客厅、一个卧室、一张床，这就是整个屋子的情况。布朗谢垫着一条床单睡在小厅里，还是从达德尼昂的床上抽下来的，阿托斯也有个仆从，名叫格里莫，阿托斯对他的调教方法与众不同。这位风度翩翩的老爷沉默寡言，当然，这位老爷自然就是阿托斯。他跟波尔多斯和阿拉密斯这两位伙伴朝夕相处已有五六年之久，不过在他俩的记忆里，只记得常见他微笑，却从不记得听到他出声大笑过。他说话简单明了，说清意思就停止：没有藻饰，没有渲染，没有添油加醋。只有事情本身，没有任何繁枝蔓叶。

阿托斯虽然年方三十，仪表堂堂，思想高雅，但是谁也没发现他有情妇。他从来不谈女人，不过也不禁止别人当他的面谈；他偶然插两句话，也多是尖酸刻薄、愤世嫉俗之语。显而易见，这类谈话令他十分反感。他矜持孤僻、沉默寡言，看着像个老头儿。这么多年的习惯他不愿抛弃，便把格里莫训练得能根据他简单的手势或嘴唇动作行事。不到万不得已，他是不对格里莫说话的。

格里莫尽管对主人的为人极为爱慕，对他的才识极为敬佩，不过还是像怕火似的怕他的主人。有时候他自以为完全认准了主人的意思，赶紧跑去执行这一吩咐，结果恰恰把事儿给弄拧了。这种时候，阿托斯往往就是耸耸肩膀，也不发火，只是把格里莫揍一顿完事。碰到这种日子，他的话就稍微多一点儿。

波尔多斯，读者也许已经看出来了，他的性格正好跟阿托斯相反，他不光话说得多，而且声音响亮。不过，应该说句公道话，就是有没有人听他说，他倒并不在乎。他说话，是因为他喜欢说话，是因为他喜欢让人听见他在说话。他说起话来，海阔天空的什么都扯，唯有科学绝口不谈，对这一点，他也有个原因，据说这是由于他从小就对老师有一种根深蒂固的敌意。他比不上阿托斯那么有大家风范，这一点上自愧不如的感觉，在他与阿托斯刚开始结识的那会儿，常使他对这位世家子弟抱一种不公正的态度，因此拼命想靠华丽的服饰来压倒他。然而，阿托斯就是简简单单身穿火枪手的敞袖外套，单凭他那昂起头往前跨步的模样，立时就赢得了他应有的地位，同时让摆阔的波尔多斯降到了二流的水平。波尔多斯聊以自慰的办法，就是在德·特雷维尔先生的前厅和卢浮宫的禁军营里大肆吹嘘自己备受恩宠和情场得意，这些事情阿托斯是从来不说的，碰到这种时候，他会从穿袍贵族吹到佩剑贵族，从法官夫人吹到男爵夫人，末了就只差个外国公主来向他邀宠献媚了。

有句古老的谚语说得好："有其主，必有其仆。"因此，就让我们从阿托斯的仆从格里莫，转到波尔多斯的仆从穆斯克通身上来吧。

穆斯克通是个诺曼底人，原来名叫波尼法斯，不过他的主人把这个温和的名字改成了穆斯克通这个响亮得多，也尚武得多的名字。他来给波尔多斯当仆从，提的条件是只要东家管穿管住，不过两样都得很像样才行。每天呢，也就只要求有两个小时的自由支配时间，好让他去干一桩足够应付所有其他开销的营生。波尔多斯答应了他，因为这正合他的心意。他让裁缝用自己的旧衣服和备用的披风，给穆斯克通改了几件紧身短上衣，也幸而有位聪明的裁缝，把旧衣服全都翻了个新，做得像新的一样。而这位裁缝的老婆，还风传她颇有把波尔多斯从名媛贵妇身边拉过去的意思。就此以后，穆斯克通紧随主人，显得神气活现。

至于阿拉密斯，我想关于他的性格，我们已经介绍得够多了，他的有些情况，正像他的那几个伙伴一样，我们在下文中还会逐步交代清楚的。他的仆从叫巴赞，因为主人一心指望有朝一日去接受神职，故而巴赞也总穿一身黑衣服，就像一位教士的仆人应该穿的那样。他是贝里那人，三十五岁到四十岁的样子，生性稳重随和，长相富态，闲暇时阅读经书，必要时也能做出一顿两个人的饭菜，菜的样数很少，但味道可口。此外，他可算得上是对身外事不闻不问、不探看，只对主人忠心耿耿的典范。

现在我们已经至少是初步地对主仆双方都有所了解了，接下来就说说他们的住所吧。阿托斯住在费鲁街，离卢浮宫不过几步之遥；寓所里的两个小小的房间，都布置得极为整洁。整幢房子都是连家具一起出租的。房东太太还很年轻，颇有几分姿色，不时要向阿托斯抛个媚眼儿，不过从未奏效。这简朴的寓所，四面墙上不时还有些当年显赫家世的余泽在熠熠生辉。比如说，一柄金银丝嵌花的长剑，样式可以上溯到弗朗索瓦一世的年代，单说那个剑柄，就能值两百皮斯托尔，但是，就算是手头最拮据的时候，阿托斯也从来不肯把它拿去典当或卖掉。此剑令波尔多斯眼红不已，他甚至愿意用十年的生命换取此剑。

某日，他跟一位公爵夫人有个幽会，仅仅想问阿托斯借一下这柄剑。阿托斯一句话没说，把口袋里装的、身上戴的所有值钱的东西全归拢了来。钱包、军服饰带、金链条，全都交给波尔多斯。"可要说那柄剑，"他对波尔多斯这么说，"那是固定在墙上的，除非剑的主人离开这个寓所，否则它就得永远留在那儿。"除了这柄剑，还有一幅肖像画，画的是亨利三世时代的一位贵族，穿着极为高雅，佩戴着圣灵勋章，而且轮廓线条跟阿托斯颇为相像，有某些家族之间的相似之处，表明这位显赫的贵族，接受过国王授勋的公爵先生，就是他的祖先。

最后，还有一只做工异常精巧的镶金匣子放在壁炉架的中央，成了一件跟其他东西极不协调的装饰。匣子的钥匙，阿托斯总是随身带着。但有一次他当着波尔多斯的面打开过匣子，因此波尔多斯亲眼看见这个匣子里就只放了些信函和文件：大概是情书和家族证书之类的东西。

波尔多斯在老鸽棚街上的寓所特别宽敞，外表也很豪华。他每次跟朋友走过寓所跟前时，穆斯克通总是身穿考究的号服站在其中的一扇窗前，波尔多斯就会抬起头，指着那扇窗口说："这就是我的家!"可是谁也没见过他待在自己家里,他也从来没请任何人上楼去过,因而这华丽的外表之内,到底藏着个什么心思谁也无从得知。

至于阿拉密斯,他的那个不大的寓所里,有一间小客厅、一间餐室和一间卧室,三间屋子都在楼下,而卧室窗外就是一座郁郁葱葱、树影婆娑的小花园,茂密的枝叶遮蔽了邻居的视线。至于达德尼昂,我们知道他的住所的情况,而且已经认识了他的仆从布朗谢。

好奇心强的人向来工于心计,因此,生性好奇的达德尼昂开始尽力摸清三个好友的底细。由于这三个年轻人,每人都用了个假名,想必是隐瞒了他们身为世家子弟的真实姓名,其中尤以阿托斯最为明显,他的那种贵族气派是一目了然的。于是,达德尼昂向波尔多斯打听阿托斯和阿拉密斯的来历,向阿拉密斯打听波尔多斯的来历。遗憾的是,这位总是沉默寡言伙伴的信息,波尔多斯能提供的也只是众所周知的信息而已。据说他在恋爱上遭受过很大的不幸,一个女人狠毒地欺骗了他,并就此把坠入情网的他的一生都给毁了。但实情如何,则无人知晓。

至于波尔多斯,除了他的真名只有德·特雷维尔先生和那两位伙伴知道以外,他的情况是容易了解的。喜爱吹牛,口无遮拦,整个儿就像个水晶球,一眼就能看透。不过,谁要是将他的自我吹嘘当作确有其事的话,那他就要晕头转向。

至于阿拉密斯,尽管他看上去坦荡荡的,不像藏着什么秘密,实际上他却是个城府很深的小伙子,碰到有人问他别人的情况,他的回答总是含糊其词,要是问到他自己的事,那就更是岔开话题了。有一次,达德尼昂向他打听了好半天波尔多斯的情况,总算知道了火枪手颇受一位亲王夫人青睐的那段传闻,于是还想把谈话对方的艳遇也盘问出来。

"那么您呢,亲爱的伙伴?"他对阿拉密斯说,"既然您说了别人的那么些男爵夫人、侯爵夫人和亲王夫人。"

"对不起，"阿拉密斯截住他的话头说，"我说这些个事儿，是因为波尔多斯自己都说过，是因为他在我面前吹嘘过这些情场得意的艳遇。不过请您相信，我亲爱的达德尼昂先生，假如这些事儿我是从别的地方听来，或者是他悄悄告诉我，让我别讲出去的，那么，就算是听人忏悔的神父也不会比我的嘴更紧。"

"这我相信，"达德尼昂接口说，"不过不管怎么说，我总觉着您对那些个纹徽挺熟悉，当初让我有幸认识阁下的那块绣花手帕，就是一个证明。"

阿拉密斯这一回并没有生气，而是做出最谦逊的样子，柔声回答说："亲爱的，请别忘了我是要受圣职的，跟世俗的声色娱乐我是无缘的。您见到的那块手帕，不是人家给我，而是一位朋友忘在我这儿的。我只好把它收起来，免得连累他和他心爱的那位夫人。至于我，我没有情妇，也不想有情妇。这一点上阿托斯就是个很明智的楷模，他也跟我一样没有情妇。"

"可是，嘿！您还不是神父，您还是火枪手嘛。""是个临时的火枪手，亲爱的，就像红衣主教说的那样，我当火枪手是违心的，当教士才是诚心的，请相信我。阿托斯和波尔多斯引我入伙，是为了让我有点儿事情干。当初我正要受神职的那会儿，遇上了点儿小麻烦……不过这事儿您是不会感兴趣的，我占去了您的宝贵时间。"

"恰恰相反，我对此事兴趣盎然，"达德尼昂嚷道，"并且此刻余暇颇多。"

"是啊，不过我得去念日课经了，"阿拉密斯回答说，"接着还得写几行诗，那是艾吉雍夫人要我写的，随后还得上圣奥诺雷街去替德·谢芙勒兹夫人买唇膏。您瞧，亲爱的朋友，即便说您闲得很，我可忙得很。"阿拉密斯与他的伙伴亲热地勾手后，即行辞别。

达德尼昂竭尽全力，终究未能彻底了解三位伙伴的底细。因此他打定主意，眼下就先把人家说的这些情况都记在心里，指望有朝一日会发现些更确实、更广泛的新情况。暂且他就把阿托斯看作阿喀琉斯,把波尔多斯看作埃阿斯,把阿拉密斯看作约瑟。四个快活的年轻人,日子过得挺开心。好赌的阿托斯,手气总是很背。而尽管他的钱袋朋友们随时都能取用,他自己却从来不向他们借一个子儿,假如欠了赌债,第二天早晨六点他准定会去叫醒那位债主,把隔夜的赌债还清。波尔多斯的情绪是大起大落的。碰上他赢钱的日子,只见他趾高气扬,得意之色可掬;可要是输了,就索性一连几天不露面,而后重新露面时,脸色灰白,拉长着脸,不过口袋里却有了钱。至于阿拉密斯,他与赌博从不沾边。像这样蹩脚的火枪手,像这样没劲儿的客人,实在罕见。他总是有工作得忙着去做。有时候,饭局还没完,宾客们酒酣耳热、谈锋正健,满以为还要在饭桌旁待上两三个钟头,阿拉密斯却掏出表来瞧瞧,笑盈盈地立起身来向众人告辞,说是跟一位神学家有约在先,要去请教一些问题。要不就是要回寓所去写一篇论文,请朋友们别去打扰。阿托斯只是带着他那优雅的忧郁神情淡淡一笑,这种笑容跟他高贵的脸容非常相配。而波尔多斯则一边喝酒一边赌咒发誓说阿拉密斯最多只能当个乡下的本堂神父。达德尼昂的仆从布朗谢,悠然自得地打发着舒心的日子,他每天进账三十苏,有一个月工夫,他每天回窝时快乐得像只燕雀,对主人也殷勤有加。不过当倒运的风儿开始吹过掘墓人街的那个窝。换句话说,当路易十三的那四十皮斯托尔花得差不多的时候,布朗谢就开始口出怨言了,这让阿托斯听着觉得可恶,波尔多斯听着觉得可气,阿拉密斯听着觉得可笑。于是阿托斯建议达德尼昂把这家伙辞了,波尔多斯要达德尼昂先把他揍一顿,而阿拉密斯则声称一个当主人的,生来就该光听仆从对他说好话。

"这事儿,你们说起来挺轻巧,"达德尼昂接口说,"阿托斯,您跟格里莫一起闷声不响地过日子,您不许他开口,所以也就永远听不见他说您坏话;波尔多斯,您的排场那么阔绰,在您的仆从穆斯克通眼里,您就是个神祇;还有您,阿拉密斯,您整天专注于您的神学研究，因此您那位生性随和、信仰虔诚的仆从巴赞，对您有一种由衷的敬意；可是我呢，既没坚强的意志，又没经济的来源，既不是火枪手，又不是禁军，我凭什么去赢得布朗谢的友情、惧怕或尊敬呢？"

"事情严重，"三个朋友答道，"这是内部事务。有些仆人像娘儿们一样，雇用之后就必须马上严加管束，叫他们干什么就得干什么。你好好考虑一下吧。"达德尼昂经过考虑，决定暂时揍跟班一顿。他执行这个决定，像干其他一切事情一样认真。狠狠揍过一顿之后，他告诉布朗谢，没有他的允许不准离职。"因为，"他补充道，"我不可能没有前途，好时光一定会到来的。你待在我身边肯定会有出息。我是一个心肠慈善的主人，绝不会同意你辞工而使你失去机会。"这种处理方式使三个火枪手对达德尼昂大为钦佩。布朗谢也佩服之至，再也不说要走了。

四个年轻人凑在一起过日子了。达德尼昂是外省人，根本就谈不上有什么既定的生活方式，来到一个对他来说几乎全新的生活环境以后，不久也就跟上了新朋友的生活节奏。他们冬天八点起床，夏天六点起床，然后到德·特雷维尔先生府邸去转一圈，看看统领有没有什么吩咐。达德尼昂虽说不是火枪手，但也来帮着值勤，而且态度认真到令人感动的地步：他老是在站岗，因为他总是在那三位朋友上岗时陪着他们。火枪营里，大家都认识他，都把他当作好伙伴。德·特雷维尔先生，当初第一眼看见他就挺喜欢他，此时对他更是恩宠有加，不时在国王面前提到他。

三个火枪手对这个年轻伙伴也是喜爱有加。友谊使四人亲密无间，他们形影不离，互相造访：或是决斗，或是办事，或是游玩。人们经常看见这几个拆不开的伙伴不是一路从卢森堡宫到圣絮尔皮斯广场，就是从老鸽棚街到卢森堡宫互相找寻。暂时，事情仍然照德·特雷维尔先生允诺过的那样进行。

有一天，国王吩咐德·埃萨尔先生把达德尼昂安排在他的禁军联队里当差。达德尼昂叹着气穿上了禁军制服，如果能把这身制服换成火枪手的敞袖外套，就是叫他少活十年他也愿意。不过德·特雷维尔先生答应他，两年见习期一满，就让他穿上那敞袖外套，再说，假如他运气好，有机会为国王效力或是在禁军里表现特别出色的话，这两年见习期也还可以缩短。得此许诺，达德尼昂欣喜告退，从次日起，就开始他的军旅生涯。

于是，每当达德尼昂值勤的时候，就轮到阿托斯、波尔多斯和阿拉密斯来陪他站岗了。因此，德·埃萨尔先生的联队招进达德尼昂的那会儿，不是招进一个，而是招进了四个新兵。

第八章 宫里的一桩秘密

当四个伙伴马上要将国王路易十三赐的那四十皮斯托尔花光的时候，他们的生活一下子变得捉襟见肘起来。首先阿托斯把自己的钱拿出来支付开销，勉强维持了一段时间。后来，波尔多斯在大家都已习惯了的再次失踪后归来，他支付大家的生活开销长达半个月。最后，该阿拉密斯想办法应付这些开销了，他后来说，他是把神学书籍变卖了，这才换了几个皮斯托尔。

最终，他们不得不像过去那样去找德·特雷维尔先生帮忙了。他预支了一点儿军饷给他们，但对于三个已经负债的火枪手和一个从未领过军饷的禁军来说，这点儿预支的钱简直是杯水车薪。

最后，眼看到了山穷水尽的地步，他们好不容易凑了十来个皮斯托尔，让波尔多斯上赌场搏一回。不幸的是，波尔多斯霉星高照，他不仅输完赌本十来个皮斯托尔，还倒欠赌债二十五皮斯托尔。

随即，手头拮据变成举步维艰了。只见这几个主人饿着肚子，后面跟着各自的仆从，穿梭似的往来于沿河街和禁军驻地之间，千方百计地到别的朋友家去混饭吃。因为照阿拉密斯的观点，手头宽裕时应多请客，然后囊中羞涩时就可以理直气壮地吃回来。

阿托斯有过四次饭局，每次都把这帮子朋友和他们的仆从带上。波尔多斯有过六次，也都是跟伙伴们同享的。阿拉密斯有过八次，正如诸位也许已经看出的那样，这一位的特点是说得少做得多。至于达德尼昂，他在京城里还不认识什么人，只有一个当神父的同乡请他吃了顿早茶，还有禁军的一个掌旗官请他吃了顿晚饭。他把全队人马开到神父家里，吃掉了他两个月的口粮，接着又开到掌旗官家里，成全了他慷慨好客的名声。不过，正如布朗谢说的，就算吃得再多，一回毕竟只能吃一顿。

所以达德尼昂备感难为情，三位好友多次带他饱餐盛筵，他的回报却仅是一半，因为神父家的那顿早茶只能算半顿饭。他觉着自己欠了大伙儿的情，年轻人的热心肠，让他忘了过去那一个月是他在供养大伙儿，就这样，他忧心忡忡地开动起脑筋来。他心想，这么四个大胆、骁勇、富有进取精神的年轻人，不该整日里逛街、击剑、插科打诨地卖弄些小聪明，而该另外有个目标。其实，像这样肝胆相照，为了情义不仅可以牺牲金钱，甚至连生命都在所不惜的四个朋友，像这样同声相应、同气求求，一旦共同做出决定，随时准备单独或合力去付诸实现，从不后退半步的四个伙伴，像这样握剑在手，既能迎敌于四围，又能歼敌于核心，所向披靡的四个高手，理应为自己，不管是暗里还是明里，不管是走坑道还是钻壕沟，也不管是智取还是力克，总之理应为自己开出一条通往既定目标的路来，无论那地方有多么戒备森严，也无论那目标离得有多远。这就使得达德尼昂感到十分惊奇了：为什么他的伙伴竟然从不考虑这个问题？

可是他在考虑，而且是极其认真地在考虑，他绞尽脑汁想为这股抵得上他力量四倍的力量找准一个方向，他毫不怀疑，只要找准了这个方向，就好比有了阿基米德寻找的那根杠杆，他们就可以撬起这整个地球。就在这时，忽听得有人轻轻敲门，达德尼昂叫醒布朗谢，让他去开门。

看到"达德尼昂叫醒布朗谢"这句话，诸位可别以为当时已是夜里，或是一大早天还没亮。不是的！下午四点的钟声刚刚敲过。两个钟头以前，布朗谢跑来提醒主人他俩还没吃午饭呢，主人回答了他这么一句谚语："睡个觉，省顿饭。"于是布朗谢就不得不慢慢品尝"睡觉"这顿"美味"的午饭了。

来者是个相貌平凡的男人，一望可知是个普通市民。布朗谢挺想听听主人和来客的谈话，好歹这也算道餐后甜点吧，可是那位市民对达德尼昂申明他要说的是很要紧的话，而且事关机密，因此他希望能单独跟达德尼昂谈话。

达德尼昂吩咐布朗谢退下，招呼来客坐下。接着有片刻静默，两个人面对面地望着，像是要先相互认识一下似的，然后达德尼昂欠了欠身，表示他在恭听。

"我听人说达德尼昂先生是位非常勇敢的年轻人，"那个市民说，"正由于阁下享有这种当之无愧的名声，我才打定主意来吐露一桩秘密。"

"请说吧，先生，说吧。"达德尼昂说，他的本能告诉他：好事即将临头。

那市民又停顿了一下，随即接着往下说："我妻子是在宫里替王后掌管衣装的侍女，先生，她人挺机灵，长得也挺俊俏。差不多三年前吧，我让人撮掇着娶了她，虽然她没什么家当，但是因为德·拉波尔特先生，王后的持衣侍从，是她的教父，她受到他的保护……"

"嗯，那又如何，先生？"达德尼昂问道。

"嗯，"那市民接着说，"嗯，先生，我妻子昨天早上从宫里的工作室出来时，让人给绑架了。"

"是谁绑架的?"

"我不敢肯定是谁,先生,但是我有一个怀疑的对象。"

"您怀疑的这个人是谁?"

"一个男人,他早就在跟踪她了。"

"哦,见鬼!"

"不过,先生,请允许我解释一下,"那市民接着说,"我相信这事儿并不是什么桃色事件,而是个政治事件。"

"不是桃色事件,而是政治事件,"达德尼昂沉吟道,"那么您在疑心什么呢?"

"我不知道是不是该把我疑心的事儿告诉您……"

"先生,我想提醒您,请注意,我根本没有求您来说什么。是您自作主张前来找我的。是您在对我说,有桩秘密要告诉我。因此,悉听尊便,您要退出去还来得及。"

"不,先生,不,我看您像个正派小伙子,我信得过您。是这么着,我觉得我妻子让人绑架不是因为她另有恋情,而是跟一位地位比她高得多的夫人的恋情有关。"

"噢!噢!敢情是跟德·博瓦·特拉西夫人的恋情有关?"达德尼昂说,当着这个市民的面,他想做出对宫里的事情挺了解的样子。

"还要高,先生,还要高。"

"德·艾吉雍夫人?"

"还要高。"

"德·谢芙勒兹夫人?"

"还要高,还要高得多呢!"

"那么是……"达德尼昂止住不说了。

"对,先生。"那市民神情惶恐,声音几不可闻。

"对方是谁?"

"还能是谁呢,要不是那位公爵……"

"那位公爵……"

"对,先生。"那市民回答说,声音变得更轻更哑了。

"这些事情您又是怎么知道的呢?"

"啊!我怎么知道的?"

"对,您怎么知道的?别吞吞吐吐的,否则……您也明白。"

"我是从我妻子那儿知道的,先生,是从她那儿知道的。"

"她是从谁那儿知道的?"

"从德·拉波尔特先生那儿。我先前不是说过她是王后的心腹,德·拉波尔特先生的教女吗?德·拉波尔特先生把她安顿在王后陛下身边,为的就是让咱们可怜的王后至少有一个可以相信的人。可怜的王后,国王遗弃她,红衣主教监视她,人人又都出卖她。"

"噢!噢!现在事情有点儿头绪了。"达德尼昂说。

"四天前我妻子从宫里回来,先生,她答应进宫当差的一个条件,就是每礼拜得回家来看我两次。因为我不胜荣幸地告诉阁下,我妻子对我情深意切,爱意绵绵。所以,我妻子回家后悄悄告诉我说,王后最近惶恐不安,忧心忡忡。"

"此话当真?"

"是的,看来似乎是红衣主教追得她更紧了,纠缠得她很烦恼。他因为上次萨拉班德舞那回事儿,始终对她耿耿于怀。您知不知道萨拉班德舞那回事儿?"

"瞧您说的,还问我知不知道哩!"达德尼昂答道,他其实什么也不知道,但要装出全都清楚的样子。

"结果呢,现在他对她不单怀恨在心,而且蓄意报复了。"

"是吗?"

"王后相信……"

"嗯,相信什么来着?"

"她相信有人冒用她的名义给白金汉公爵写了信。"

"冒用王后的名义?"

"对,为的是让他到巴黎来,等他一到巴黎,就把他引进陷阱里去。"

"见鬼!可是您的妻子,我亲爱的先生,她跟这些事情有什么相干呢？"

"他们知道她对王后忠心耿耿，因此呢，大概是想让她跟她的女主人离得远远的，或者是想威胁她，让她说出陛下的秘密，再不就是要引诱她，让她给他们当间谍。"

"这都有可能，"达德尼昂说，"那么，绑架她的那个男人，您认得不认得？"

"如前所述，我相信我认得他。"

"他叫什么名字？"

"这我可不知道。我只知道他是红衣主教的人，是他的心腹。"

"那您见过他？"

"见过，有一回我妻子指给我看过。"

"他有没有什么特征，比较容易认出来？"

"噢！有，他是个挺有风度的老爷，黑头发，皮肤也晒得黑黑的，眼睛很有神，牙齿很白，太阳穴上有个疤。"

"太阳穴上有个疤！"达德尼昂嚷道，"而且牙齿很白，眼睛很有神，黑头发，皮肤晒得黑黑的，挺有风度，这不就是我要找的牟恩的那个家伙吗！"

"您是说，这是您要找的人？"

"不错，但与此事无关。不，我弄拧了，正相反，这会使整个事儿变得简单得多。要是您要找的人就是我要找的人，那么干脆，我一剑就报了两个仇，不过上哪儿才能找到这个人呢？"

"这我可不知道。"

"他住哪儿，您一点儿都不知道？"

"一点儿都不知道，有一天我陪妻子去卢浮宫，她正要进去的时候，那人正巧从里面出来，她就把他指给我看了。"

"呸！见鬼！"达德尼昂低声说。

"全是些不着边际的事情，您听谁说您妻子是被人绑架的？"

"听德·拉波尔特先生说的。"

"他有没有告诉您详细情况?"

"没有。"

"您也没从别的地方听到过什么消息?"

"有啊,我收到过……"

"收到过什么?"

"我不敢肯定我现在的所作所为是否太过冒失?"

"您瞧您,又来了吧,我再次提醒您,事到如今还想回头实在是为时太晚。"

"那我也就不退缩了!"那市民大声说,为了壮壮胆,还骂了句粗话,"再说,凭我博纳修的人格——"

"您叫博纳修?"达德尼昂打断他的话头问道。

"正是,这就是我的名字。"

"您刚才是说凭您博纳修的人格!对不起,我打断您的话了,可我觉得这名字听起来挺熟的。"

"这很可能,先生。我是您的房东。"

"噢!噢!"达德尼昂欠起身来鞠躬说,"您是我的房东?"

"对,先生,没错。您住我这儿有三个月了,想必您是太忙,心思没放在这上头,所以忘了付我房钱,我琢磨着,就看在我从没来找过您麻烦的分上,您也会觉得我这人还是够意思的。"

"那当然!亲爱的博纳修先生,"达德尼昂接口说,"请您相信,对您的这种做法,我不胜感激之至,正如我对您说过的,倘若有什么事我能为您效劳的话……"

"这我相信,先生,我相信。我刚才就想对您说,凭我博纳修的人格,我敢说我信得过您。"

"那就请把整个事儿完完整整地讲给我听吧。"那市民从衣袋里掏出一张纸,递给达德尼昂。

"一封信!"年轻人说。

"我今儿早上收到的。"

达德尼昂打开信纸,因为光线已经暗了下来,他就走到窗口去看，那市民跟了过去。

"别去找您的妻子，"达德尼昂念道，"等到我们用不着她的时候，会让她回您那儿去的。要是您执意要找她，那么只要您动一动，您就得完蛋。"

"这算是个确凿的证据，"达德尼昂接着说，"可是说到底，也不过是个威胁罢了。"

"对，可是这个威胁叫我害怕。先生，我根本不会使剑弄棍，再说我也怕进巴士底狱。"

"嗯！"达德尼昂说，"我也不见得比您更想去巴士底狱。可要是仅仅是练练剑，那还行。"

"不过，先生，这事儿我可是全指望您了。"

"是吗？"

"我老瞅着您来往的都是些相貌堂堂的火枪手，又认得出这些火枪手都是德·特雷维尔先生的人，也就是说都是红衣主教的对头，因此我心里就想，您和您的朋友一准会为可怜的王后主持公道，乐意好好地作弄一下主教大人的。"

"这当然。"

"我又想，就凭您欠我三个月房钱，而我从没向您开过口……"

"对，对，这个理由您已经说过了，我觉得这理由非常充分。"

"再说，只要您肯赏脸留在我这儿，这房钱嘛，咱们以后就不提了……"

"好呀。"

"还有，如果有需要，我是说万一眼下您手头拮据的话，我想给您五十皮斯托尔。"

"那好极了。这么说，您是挺有钱的喽，亲爱的博纳修先生？"

"还算过得去吧，先生，就这么回事。我做针线买卖攒了点儿钱，又在有名的让·莫凯船长最后的那次航行里投了点儿资赚了些钱，因此大概有两三千埃居年金的收入，所以呢，您也明白，先生……哦！慢着……"那市民叫了起来。

"怎么啦？"达德尼昂问道，"看那儿，我都瞧见谁啦？"

"哪儿？"

"街上，就在您这窗子对面，那个门洞里：一个裹着披风的男人。"

"是他！"达德尼昂和那市民异口同声地喊道，两人同时认出了自己要找的人。

"啊！这一回，"达德尼昂一边拔剑一边喊道，"这一回他跑不了啦。"

他抽出长剑，拔腿就往外跑。在楼梯上，他碰到阿托斯和波尔多斯，他俩是来看他的。两人闪身给他让道，达德尼昂像支箭似的从他们中间穿过去。

"嘿，你这是去哪儿呀？"两个火枪手一起喊道。

"追牟恩的那个家伙！"达德尼昂答道，转眼间他就跑得不见了踪影。

达德尼昂对他的这几位朋友，曾经多次谈到自己在牟恩镇的遭遇。对这故事，阿托斯的看法是，达德尼昂准是在斗殴中把自己的那封信给弄丢了。在他看来，一个有身份的人——根据达德尼昂的描述，这个陌生人只能是个有身份的人，是不可能这么下贱，去偷人家一封信的。

波尔多斯则认为真相就是，达德尼昂搅黄了一位漂亮夫人和一名风流骑士的幽会。

阿拉密斯则说，这种事情是挺神秘的，还是不加深究为好。因此，阿托斯和波尔多斯一听达德尼昂甩下的那句话，就清楚是怎么回事了，不过他们心想，等达德尼昂追上那人，或是等他眼看那人没了影踪追不上以后，他总是要回来的，所以两人就继续上楼而来。

两人走进达德尼昂的房间,只见里面空无一人。房东生怕年轻人和那陌生人相遇(这想必是在所难免的)以后会惹出麻烦,因此决定还是走为上策,从他已经显示出来的性格看,这也是意料之中的事。

第九章　达德尼昂小试锋芒

正如阿托斯和波尔多斯所预料的,达德尼昂在半小时之后便回来了。这一次他还是没能追上那人,那人就像有魔法一样,转眼间就消失得无影无踪了。达德尼昂提着剑跑遍了附近所有的地方,但是就连一个长得与那家伙相像的行人也没有看到,最终他才想到一件原本一开始就应该去做的事情,那便是去敲一敲刚才陌生人靠着的那扇门。他连续地敲了有十来下,但是白费力气,门里根本就没人回应,附近的邻居听见了响声,或是从窗口向外张望,或是来到自己的家门口,肯定地对他说,半年以前这幢房子就没有人住了,你看,全部的门窗都关着呢。

就在达德尼昂满街乱跑和敲那扇门的时候,阿拉密斯也来了,因此达德尼昂回到家里,就发现伙伴们全都到齐了。

"怎么样?"三人看到达德尼昂满头是汗,满脸怒容,齐声问道。

"怎么样?"达德尼昂一边把剑扔在床上,一边嚷道,"这家伙准是魔鬼变的,说不见就不见了,真像个鬼魂,像个影子,像个幽灵。"

"您相信幽灵出现吗?"阿托斯问波尔多斯。

"我呀,除非亲眼看见,否则绝不相信。幽灵我没见过,所以不信。"

"《圣经》上，"阿拉密斯说，"告诫我们要相信它，撒母耳的鬼魂曾在扫罗面前显灵，我要是看见有谁怀疑这一条，可是要生气的啊，波尔多斯。"

"不管怎样，无论他是人还是鬼，是血肉之躯还是虚无幽灵，是幻影还是实体，此人生来与我犯冲，他就此溜之大吉不要紧，却害得咱们失去一笔收益一百皮斯托尔的好生意，可能还不止。"

"怎么回事？"波尔多斯和阿拉密斯齐声问道。阿托斯沉默如常，眼中流露出询问的意思。

"布朗谢，"达德尼昂对他的仆从说，那家伙此刻正从半开的房门探进头来，想听到点儿谈话的内容，"下楼到咱们的房东博纳修先生那儿去一趟，让他给我们送半打博让西红葡萄酒来。我最爱喝这酒。"

"嘿，难道您在房东那儿开过赊账户头了？"波尔多斯问。

"对，"达德尼昂回答说，"从今天起，你们就放开肚皮开怀畅饮吧，酒若不好，他肯定换来好酒。"

"凡事受用，勿过其度。"阿拉密斯用说教的口吻说。

"我常说，咱们四个人中，达德尼昂脑瓜最灵活。"阿托斯说，达德尼昂欠身鞠躬作为回答，而阿托斯发表了这么一句见解以后，立刻又恢复了往常的沉默态度。

"嘿，说说吧，究竟是怎么回事？"波尔多斯问。

"对，"阿拉密斯说，"把事情说给我们听听吧，朋友，除非其中关系到某位夫人的名誉，假如那样的话，您最好还是保守秘密。"

"您放心，"达德尼昂回答说，"此事无损于任何人的名誉。"

随即，他将事情原委一一诉说分明。

"您这买卖不坏，"阿托斯以行家的身份品了一口酒，点点头表示这酒不错，接着说道，"从这个好好先生身上，您能够捞到五六十个皮斯托尔。现在，就剩一点还得合计合计，为了五六十个皮斯托尔，是不是值得把四颗脑袋都搭上去冒这个险。"

"可你们得想想啊，"达德尼昂嚷道，"这件事里面，有个女人被人绑架了，他们一定正在威胁她，说不定还在折磨她，而这一切，都是因为她对她的女主人忠心耿耿！"

"当心啊，达德尼昂，当心啊，"阿拉密斯说，"我看您对博纳修太太的命运，好像有点儿太热心喽。天主造出女人来，为的就是毁掉我们，我们的一切苦难，都是她们给招来的。"

阿托斯闻听此言，不由眉头紧皱，紧咬嘴唇。"我担心的并不是博纳修太太，"达德尼昂大声说，"而是王后，国王遗弃了她，红衣主教在纠缠她，她眼看着朋友们的头颅一个接一个掉在了地上。"

"干吗她老去爱些咱们最恨的人，不是西班牙人就是英国人呢？"

"西班牙是她的祖国，"达德尼昂答道，"因此她很自然地爱西班牙人，他们和她是同一块土地哺育成长的。至于你对她的第二项指责，我听说她所爱的不是全体英国人，而是一个英国人。"

"哎！说真的，"阿托斯说，"我得说，这个英国人还真值得让人爱。我从没见过有谁比他更有风度的。"

"还不说他穿得有多讲究呢，"波尔多斯说，"他撒珍珠的那天，我正好在卢浮宫，嗬！我都捡到两颗，卖了十皮斯托尔哩。你呢，阿拉密斯，你认识他吗？"

"不比你们差，各位，因为我在亚眠花园参加过扣押他的行动，领我进去的是王后的马厩总管德·皮当热先生。当时我还在神学院修业，我觉得那种做法未免太叫国王难堪了。"

达德尼昂说："假如我能找到白金汉公爵，定会带他去见王后，不为别的，就为捉弄得红衣主教阁下怒火冲天，暴跳如雷。因为各位，我们真正的、唯一的、永久的对头，就是红衣主教，如果能变个法子狠狠地治他一下，我承认，就是把命搭上去我也心甘情愿。"

"那么，"阿托斯接口说，"达德尼昂，那个针线铺老板是告诉您说,王后认为有人假冒她的名义唤白金汉来喽?"

"她怕有人已经这样做了。"

"她有这种担心。"

"且慢。"阿拉密斯说。

"怎么?"波尔托斯问道。

"还是继续讲吧,我正努力回忆某些情况。"

"我现在深信,"达德尼昂说,"王后这个女侍被绑架,与我们所谈的这些大事有关,或许也与白金汉公爵来巴黎一事有关。"

"这个加斯科尼人真会想问题。"波尔托斯赞赏地说。

"我挺喜欢听他说话,"阿托斯说,"他这口乡音挺有趣。"

"先生们,"阿拉密斯说道,"请听我说。"

"听阿拉密斯的。"三个朋友异口同声地说。

"昨天我到一位学识渊博的神学家府上去,我研究神学碰到问题时常去请教他……"

阿托斯脸上露出了微微的笑意。

"他住在一个偏僻的街区,"阿拉密斯继续往下说,"他这也是由于情趣、职业的缘故,不得已而为之。但是,就在我离开他府上的时候……"说到此处,阿拉密斯顿住不说了。

"怎么啦?"众人问道,"您离开他府上的时候怎么啦?"

阿拉密斯看上去像是在竭力停住不再往下说,正如一个说谎说到一半,却因为某种意想不到的障碍而打住话头的人那样。可是三个伙伴都瞪眼瞅着他,耳朵竖着等待下文,他想不说都不行了。

"这位神学家有个侄女。"阿拉密斯说。

"哈!他有个侄女!"波尔多斯打断他的话头说。

"一位相当值得尊敬的夫人。"阿拉密斯说。

三个朋友哈哈大笑。

"噢!如果你们要取笑或是要疑心的话,"阿拉密斯接着说,"你们就别想听我说下去了。"

"我们像伊斯兰教徒那般虔诚，像灵柩台那般沉默。"阿托斯说。

"那么我再说下去，"阿拉密斯接着说，"这位侄女有时候来看望她的叔叔。而昨天她恰好跟我同时去了，因此我只得主动送她上车。"

"哈！那位神学家的侄女，她还有马车？"波尔多斯插嘴说，他的一个毛病就是口无遮拦，"你交桃花运喽，朋友。"

"波尔多斯，"阿拉密斯接口说，"我已经再三提醒过您，您实在太饶舌了，您这样在女人面前是没好处的。"

"各位，各位，"达德尼昂大声说，他已经看出点儿眉目来了，"这是件正经事儿，咱们还是最好别开玩笑吧。说下去，阿拉密斯，说下去。"

"突然，一个男人，个子高高的，脸色挺黑，举止风度像是个贵族。嘿，挺像您说的那个人呢，达德尼昂。"

"可能就是他。"达德尼昂说。

"有可能，"阿拉密斯继续说下去，"这人向我走过来，后面有五六个人跟着，不过他们走到十步开外的地方就停住了，这人说话彬彬有礼：'公爵先生，'他对我说，'还有您，夫人，'他朝我挽着胳臂的那位夫人说——"

"就是神学家的那位侄女？"

"别插话，波尔多斯！"阿托斯说，"您实在令人难以接受。"

"那个人说：'放弃抵抗的意图，悄悄地上车。'"

"他把您当作白金汉了！"达德尼昂嚷道。

"我想是的。"阿拉密斯答道。

"这位夫人呢？"波尔多斯问。

"他把她当作王后了！"达德尼昂说。

"正是。"阿拉密斯应声说道。

"这个加斯科尼人真是一个机灵的家伙！"阿托斯大声说，"没有什么能够瞒过他。"

"不错,"波尔多斯说,"阿拉密斯和那位公爵个头、体形很接近,但是火枪手的制服——"

"我披了件长披风。"阿拉密斯说。

"7月里穿披风,真见鬼!"波尔多斯说,"难道神学家怕人家认出你来吗?"

"要说那个密探让您的身材给骗了,"阿托斯说,"这我认为还说得过去,可要说脸——"

"我戴着顶大帽子。"阿拉密斯说。

"哦!我的天主,"波尔多斯大声嚷嚷,"研究神学还真费事!"

"各位,各位,"达德尼昂说,"我们别把时间花在开玩笑上了。还是分头去找针线铺老板的妻子吧,她是整个阴谋的关键人物。"

"您真相信一个地位低贱的女人有这么重要吗,达德尼昂?"波尔多斯不屑地噘噘嘴说。

"她是王后心腹内侍拉波尔特的教女,这我没跟你们说过吗,先生们?再说,王后这次找这么个地位低下的女人当帮手,说不定也是用心良苦。地位显赫的夫人招眼得很,红衣主教的眼睛又格外尖。"

"那好,"波尔多斯说,"先跟针线铺老板把价钱商量好,一定要把价格抬高。"

"不必。"达德尼昂说,"因为我相信,就算他不付钱给我们,也自会有人给我们的。"

此时,楼梯上响起一阵急促的脚步声,房门"砰"地一下开了,那个倒霉的针线铺老板猛地冲进他们聚会的房间。

"哦!先生们,"他喊道,"救救我,看在天主的分儿上救救我!有四个人要抓我,救救我,救救我吧!"

波尔多斯和阿拉密斯立起身来。

"等一下,"达德尼昂大声说,同时做了个手势,让他们把拔出一半的剑插回鞘里去,"等一下,这事我们不能逞一时之勇,得小心行事才是。"

"不过，"波尔多斯喊道，"咱们总不能眼看——"

"叫他安排，"阿托斯说，"我再说一次，论心计，我们都不如他，所以我情愿服从他的指派。您想怎么干就怎么干，达德尼昂。"

此刻，四个卫士出现在前厅的门口，他们看见里面站着四个火枪手，身上都佩着剑，不由得迟疑起来，没再往前迈步。

"请进，先生们，请进，"达德尼昂大声说，"这儿是我的家，我们都是国王和红衣主教忠实的仆人。"

"那么，诸位，你们不会阻拦我们逮捕此人吧？"一个貌似首领的卫士问道。

"不会，先生们，如果你们需要，我们甚至可以帮助你们完成任务。"

"他在说什么呀？"波尔多斯喃喃地说。

"您这个呆子，"阿托斯说，"别出声！"

"可您答应过我……"可怜的针线铺老板小声说。

"我们自己不给抓走，才能救您呀，"达德尼昂迅速而小声地回答说，"要是我们显出庇佑您的样子，他们就会连我们一起抓走。"

"可我觉得……"

"请过来，先生们，请过来，"达德尼昂高声说，"我无意袒护这位先生。我今儿才第一次见到他，而且他来找我，还是为了催我交房钱，不信可以问他自己。我没说假话吧，博纳修先生？说话呀！"

"千真万确，"针线铺老板喊道，"不过，先生您可是对我说过……"

"别提我，别提我朋友，更别提王后，否则大家都完蛋，您也难逃此劫。来吧，来吧，先生们，把这个人带走吧！"

说着，达德尼昂一边把目瞪口呆的针线铺老板推到那几个卫士手里，一边冲着他说："你这家伙，真是个无赖，竟敢向我，向一个火枪手来要钱！把他带走，我再说一遍，先生们，请把他带走，送进监狱里去，让他在里面关得愈久愈好，那样我就不用忙着付房钱了。"

几个卫士忙不迭地朝他致以谢意，然后抓起针线铺老板准备回去交差。他们刚要下楼，达德尼昂拍拍那个领队的肩膀说："咱们不为彼此的健康干一杯吗？"他说着，斟满了两杯博纳修先生慷慨送来的博让西红葡萄酒。

"承您赏脸，"卫士们的头儿说，"我却之不恭。"

"那么，为您的健康干杯，先生，您叫什么名字？"

"博瓦勒纳尔。"

"博瓦勒纳尔先生！"

"为您的健康干杯，先生，请问您的大名？"

"达德尼昂。"

"为您的健康干杯，达德尼昂先生！"

"最重要的是，"达德尼昂嚷道，做出一副兴奋莫名的样子，"干杯！愿国王陛下和红衣主教阁下永葆健康！"

如果酒味不对劲儿的话，这个头儿可能会对达德尼昂的好心有所怀疑，不过酒味挺醇厚，所以他也就不再疑虑了。

"瞧您刚才尽干些什么缺德的事儿呀？"等到那个头儿下楼去跟他的手下人会合，房间里只剩下这四个朋友的时候，波尔多斯开口说话了，"呸！四个火枪手竟然眼睁睁地看着一个跑来恳请保护的可怜虫，当着他们的面让人给抓走了！一个体面人竟然去跟一个探子头儿碰杯！"

"波尔多斯，"阿拉密斯说，"阿托斯刚才说你是呆子，对此，我深表赞同。达德尼昂，你是个出类拔萃的人，总有一天会飞黄腾达，届时请保荐我做一名修道院院长。"

"嘿，我可被你们搞糊涂了，"波尔多斯说，"你居然赞同达德尼昂刚才的举措？"

"我当然信得过他喽，"阿托斯说，"我不光是向着他，认为他刚才干得没错,还想夸奖他几句呢。"

"现在,各位,"达德尼昂并没费神去向波尔多斯说明他刚才为什么要那样做,而只是说道,"大家为一人,一人为大家,这就是我们的誓言,对不对啊?"

"不过……"波尔多斯说。

"把你的手伸出来起誓!"阿托斯和阿拉密斯齐声喊道。

波尔多斯嘴里还在嘟囔,不过看见他们都伸出了手来,他便也照着样子伸出了手,然后四个朋友异口同声地重复了达德尼昂刚才说的那句誓言:"大家为一人,一人为大家。"

"很好,现在我们各自回家去,"达德尼昂说,那口气就像他有生以来除了发号施令,再也没干过别的事情似的,"不过要当心,因为从这会儿开始,咱们就是在跟红衣主教较量了。"

第十章　十七世纪的捕鼠笼

并不是我们这个时代发明的捕鼠笼。人类社会在它发展的过程中,从创造了某种警探机制以后,便相应地创造了各种捕鼠笼。

也许我们的读者对耶路撒冷街的行话并不熟悉,而且自从我开始从事写作(我从事写作快要有十五个年头了)还是头一次使用这个词来称呼这么个东西,所以,我还是先向诸位解释一下,捕鼠笼究竟是怎样一个东西。

不管是什么样的一座房子,只要在这个房子里,有一个嫌疑犯因为某桩案子被捕了,通常情况下警方并不会声张出去。他们会派四五个人在这座房子里埋伏,不管是谁来敲门,都会把他们放进来,之后关好门,将其逮捕。如此一来,过不了几天,差不多所有经常来这座房子里的人就纷纷落网了。

这就是捕鼠笼的含义。

于是,博纳修师傅的屋子变成了一个捕鼠笼,不管谁来,都会受到红衣主教先生手下人的扣留和盘问。但是,因为另外有条过道直通达德尼昂住的二楼,故此上他那儿去的客人自然不用受到检查。

再说上他那儿去的,也只有那三个火枪手而已。他们各自打探消息,然而一无所获,事情没有取得任何进展。阿托斯甚至去问过德·特雷维尔先生,因为这位可敬的火枪手平日里沉默寡言,他的这一举动使统领大为吃惊。然而德·特雷维尔先生也并不知道什么消息,只是在最近一次见到红衣主教、国王和王后时,觉得红衣主教看上去心事重重,国王显得很焦虑,王后眼圈红红的,像是头天夜里没睡好或是哭过了。王后在婚后经常失眠、啼哭,所以他并未对王后当时的神情心生讶异。

但是德·特雷维尔先生还是嘱咐阿托斯要为国王,尤其要为王后效力,并请他把这一嘱咐转告他的伙伴们。

至于达德尼昂,他待在家里没出去。他把自己的房间当成了一个瞭望台。他从窗子里可以看见那些来自投罗网的人。随后,他还可以听见审讯者和被扣留的嫌疑犯之间的问答,这是因为他事先已经掀开铺在地板上的方砖,掏空了下面的隔层,跟楼下那个进行审问的房间只剩底层的天花板这一板之隔了。

每次审问,都是在对被扣留者进行仔仔细细地搜身之后进行的,内容差不多总是这么几句话:"博纳修太太有没有让您带什么东西给她的丈夫或别的什么人?"

"博纳修先生有没有让您带什么东西给他的妻子或别的什么人?"

"他们两人有没有叫您带什么口信?"

"假如他们手里有什么线索的话,他们是不会这样提问题的,"达德尼昂想,"现在,他们到底想知道些什么呢?难道是白金汉公爵已经在巴黎了。难道是他已经或者就要跟王后会面了?"

思虑就此打住,根据偷听到的消息,他判断出这是极有可能的。

捕鼠笼还在发挥作用,达德尼昂不敢掉以轻心,因为稍有懈怠,就会出现纰漏。在那个倒霉的博纳修被捕的第二天晚上,就在阿托斯刚跟达德尼昂分手到德·特雷维尔先生的府邸去,九点的钟声刚敲响,还没铺床的布朗谢刚开始干活的时候,只听见楼下有人敲门,门立刻打开然后又关上,有人落进捕鼠笼了。

达德尼昂急忙跑到掀开方砖的地方,趴在地上听着。

很快就传来了几声尖叫,接着变成了被人设法堵住嘴巴的呻吟声。这一回却不审问。

"见鬼!"达德尼昂对自己说,"听上去像是个女人,他们在搜她的身,她在挣扎,他们在对她使用暴力,这群浑蛋!"

生性谨慎的达德尼昂好不容易才克制住自己那想要跑到楼下去见义勇为的冒失冲动。

"可你们听我说呀,先生们,我是这屋子的女主人,你们听我说呀,我是博纳修太太,我是王后的人!"可怜的女人拼命喊道。

"博纳修太太!"达德尼昂喃喃地说,"看来我好运连连啊,人人都在找这女人,现在被我无意中发现啦?"

"我们等的就是您哪。"审讯者对那女人说。

说话的声音变得愈来愈闷声闷气了,只听得细木护壁板上传来一阵纷乱的响声。那不幸的女人拼命抵抗着四条汉子。

"放过我吧,先生们,放过……"声音很轻,听上去变得含混不清了。

"他们堵住了她的嘴,要把她带走了,"达德尼昂嚷道,像装了弹簧似的直跳起来,"我的剑呢,哦,在我身上。布朗谢!"

"先生?"

"快跑去把阿托斯、波尔多斯和阿拉密斯找来。他们仨准有一个在家,说不定三个都回家了。叫他们带上武器赶快过来,叫他们跑着来。噢!我记起来了,阿托斯在德·特雷维尔先生那儿。"

"那您要上哪儿,先生,您这是上哪儿啊?"

"我从窗口下去,"达德尼昂嚷道,"这样能快些。你呢,把方砖铺上,地上扫一下,从大门出去,照我对你说的拔腿就跑。"

"噢!先生,先生,您会摔死的。"布朗谢嚷道。

"住嘴,傻瓜。"达德尼昂说着,抓住窗台的边缘,悬空身子从二楼掉下去,好在楼并不高,他毫发无损。

接着他就立刻跑去敲门,嘴里喃喃地说道:"这回我要撞到这捕鼠笼里去了,就让那些来抓这只老鼠的猫认倒霉吧。"

门环刚在年轻人的手下叩响,纷乱的响声立刻停了下来,只听得脚步声逼近,门打开了,达德尼昂手握长剑冲进博纳修师傅的屋子,而后那扇门,也许是加装了一根弹簧的缘故,在他身后关上了。

此时,还住在博纳修那座倒霉房子里的房客,以及近邻的几户居民,都听见了屋子里面传出叫喊和跺脚的声音,长剑碰击的声音和家具倒地的轰然巨响。随后,才一分钟的工夫,这些被响声惊动了的邻居,纷纷从窗口探身出来想看个究竟,却只见房门一开,四个身穿黑衣的男人,从门里不是跑出来,而是像一群惊飞的乌鸦似的蹿出来,地上和桌子角上到处都撂下了它们翼翅的羽毛,也就是说,留下了他们撕下的衣角和披风的碎片。

达德尼昂很轻松地取得了胜利,因为只有一个警探带着剑,但也只是虚应故事地抵挡了几下。是的,另外三个人是拼命在用椅子、板凳和金属器皿砸年轻人,不过加斯科尼人的长剑刚把他们划了两三道印子,就把他们吓得魂不附体了。不出十分钟,这帮人就只剩下招架的份儿,达德尼昂在战场上占尽了上风。

那年头,巴黎人已习惯了这类屡见不鲜的骚乱斗殴,邻居们冷静地开窗观看,待黑衣人逃走后,就关上了窗子,他们知道,到此为止完事儿了。

况且天色也暗了,那时候也像今天一样,卢森堡宫那一带的居民都睡得挺早。

屋子里只剩下达德尼昂和博纳修太太,达德尼昂向她转过身去。可怜的女人瘫倒在一把扶手椅里,处于半昏迷状态。达德尼昂很快地上下打量了她一眼。

这可爱的女人二十五六岁,棕发蓝眼,鼻尖微翘,牙齿雪白整齐,娇嫩的脸蛋红润白皙。然而在她身上,能让人把她错认为一位贵妇人的特征也就仅限于此了。那双手很白皙,但并不细嫩,那双脚则清清楚楚地表明她并非名媛淑女。不过,达德尼昂还没来得及观察到这些细微之处并从中得出以上推论。

就在达德尼昂上下打量博纳修太太,如上所述,正要看到那双脚的时候,他忽然看到地上有一块细亚麻布的手帕,他按老习惯把它拾了起来,只见手帕角上有一个姓名首字母组成的图案,跟上回在那块差点儿惹得阿拉密斯抹他脖子的手帕上看见的图案一模一样。

而打那以后,达德尼昂就一直对绣有纹徽的手帕心存戒意,因此他悄悄地把刚才拾到的这块手帕塞进博纳修太太的口袋。这时候,博纳修太太恢复了知觉。她睁开眼睛,惶然四顾,发现屋子里只有自己和自己的救命恩人。她立刻笑吟吟地把两只手伸给他。博纳修太太的微笑是世上最可爱的。

"哦!先生!"她说,"是您救了我,请允许我向您表示感谢。"

"夫人,"达德尼昂说,"我所做的事情,任何一个处在我的情形的世家子弟都会这样做的,因此您不必谢我。"

"要谢的,先生,要谢的,而且我希望我能向您证明,您救的并不是一个忘恩负义的女人。不过那些人,他们究竟想对我怎么样呢,我开始还以为他们是窃贼,为什么博纳修先生不在这儿呢?"

"夫人,这些人不是窃贼,他们是比窃贼更危险的红衣主教先生的警探，而您的丈夫博纳修先生，已于昨日被他们抓进巴士底狱去了。"

"抓进巴士底狱！"博纳修太太喊道，"哦！我的天主！他干了什么事啦？可怜的亲人！他才是清白无辜的呢！"

说着，一抹若有若无的微笑，浮现在她尚余惶恐的脸上。

随后，博纳修太太告诉达德尼昂自己被绑架以及逃脱软禁的经过，达德尼昂从博纳修太太的描述中判断出绑架博纳修太太的正是自己在牟恩镇的对头。为了帮助博纳修太太逃脱追捕，达德尼昂决定先带博纳修太太去阿托斯处躲避，随后他将前往卢浮宫替博纳修太太送信。

说完，两人便重又赶路。

不出达德尼昂所料，阿托斯不在家。达德尼昂因为是主人的好友，平日里身边一直有着房门的钥匙，此刻他掏出钥匙开门，领了博纳修太太上楼，来到我们前面描写过的那个小套间。

他说："您不必拘束，就在此等候，反锁房门，除非听到约定的敲门声，否则千万不要开门。敲门声是三下，听好，前两下是紧接着的，比较响；而后稍等片刻才敲第三下，声音比较轻。"

"好的，"博纳修太太说，"现在，有些事该轮到我来关照您了。"

"请讲。"

"您到卢浮宫靠埃谢尔街的那扇边门，去找热尔曼。"

"好的。然后呢？"

"他会问您有什么事，这时您就回答说：都尔和布鲁塞尔。他马上就会听从您的吩咐。"

"我吩咐他做什么呢？"

"让他去找王后的内侍德·拉波尔特先生。"

"然后呢？"

"您让他到我这儿来。"

"好的，那么我下回在哪儿，要怎样才能再见到您呢？"

"您很想再见到我吗?"

"很想。"

"好吧,这事儿我来安排,您就只管放心吧。"

"我信您的话。"

"错不了。"

达德尼昂向博纳修太太鞠躬道别,并朝她投去充满爱慕的一瞥,这一瞥凝聚了他对这位娇小的美人儿所能表达的全部柔情蜜意。等他下楼去时,只听得房门在身后关上,钥匙在锁眼里转了两圈。他迅速赶往卢浮宫。十点钟时,他来到了埃谢尔街的边门。前叙诸般事情,都在半小时之内发生。

事情就如博纳修太太所说的那样进行。口令准确无误,热尔曼向他躬身施礼。又过了十分钟,拉波尔特赶到门卫室,达德尼昂言简意赅地将事情经过告诉了他,并把博纳修太太的下落也告诉了他。拉波尔特连问了两遍,确认了地址,随即往外就跑。但他刚跑了十来步路,又回来了。

"年轻人,有个劝告。"他对达德尼昂说。

"什么劝告?"

"因为刚才发生的事情,您可能会受到追究。"

"您是这么认为的?"

"对。您有没有什么朋友,他家的时钟走得慢些?"

"那又怎么样?"

"您去看他,好让他能证明九点半钟您在他家里。在司法上,这叫'不在现场的证明'。"

达德尼昂觉得这个劝告想得很周全,于是他飞跑到德·特雷维尔先生府邸,但是去客厅,请求去办公室。达德尼昂是府上的常客,他的请求没有碰上任何障碍,府上人去向德·特雷维尔先生通报,说他年轻的同乡有要事相告,请求单独接见。五分钟之后,德·特雷维尔先生就问达德尼昂,他能帮上什么忙,有什么要紧事这么晚来见他。

"对不起,先生!"达德尼昂说道,他利用单独待着的机会,将时钟拨慢了三刻钟,"刚刚九点二十五分,我想我来得还不算太晚。"

"九点二十五分!"德·特雷维尔先生望着时钟叫起来,"真的,这怎么可能啊!"

"您看看钟,先生,"达德尼昂说道,"这就是证明。"

"不错,"德·特雷维尔先生说道,"我还以为挺晚了呢。好吧,说说看,您找我有什么事?"

于是,达德尼昂说起王后的事,给德·特雷维尔先生讲了好久。他表示非常替王后担心,还讲述了他耳闻的红衣主教对付白金汉的计策。他讲这些情况的时候显得非常沉稳而肯定,不由得德·特雷维尔先生不相信,尤其是他本人,正如我们说过的那样,也早已注意到,在红衣主教、国王和王后之间,又出现了新的问题。

十点的钟声敲响了。达德尼昂起身告辞。德·特雷维尔先生感谢他提供这些情况,叮嘱他要牢记为国王和王后效劳,然后就回了客厅。达德尼昂下了楼,忽然想起手杖忘记拿了,又急匆匆上楼,回到办公室,用手指一拨,又把时针拨回了准确的位置,以防第二天有人发现时钟被人动过。这样他才确信,此后他就有了一个证人证明他不在现场。他下了楼,很快就来到了大街上。

第十一章 情节复杂起来了

拜访完德·特雷维尔先生之后,达德尼昂走在回家的路上始终愁眉不展。究竟是什么让达德尼昂变成了这个样子呢?看他走路是那么的魂不守舍,一会儿抬头望望满星的夜空,一会儿唉声叹气，一会儿又傻笑。

他心中正在想博纳修太太。对一个见习火枪手来讲，这位少妇简直能够算得上是个理想的意中人了。漂亮、神秘，好像对宫中所有的事情都了解，所以在她那张标致的脸上不乏几分让人爱怜的严肃神情，但又不会让人感觉她这个人冷若冰霜。所有这些，对一个初涉情场的人来说，的确是一种无法抗拒的诱惑，何况，达德尼昂还曾经把她从企图对她搜身、施以非礼的恶棍手里搭救出来，她因为受恩于对方，对他已经怀着一种感激之情，而这种情愫本来就是很容易变得更温情脉脉的。

达德尼昂的脑海中早就扬起想象的翅膀，在浮想联翩了，他好像看到这位少妇的信使正走上前来跟他交谈，交给他一封约请幽会的短柬、一条金链或是一颗钻石。如前所述，那时代的年轻骑士接受国王的赏赐全无半点儿扭捏之态，此处还得补充一句，在那个道德规范很随便的年头，他们接受情妇的馈赠也全无半点儿羞赧之色，这些情妇几乎经常送他们一些弥足珍贵、具有纪念意义的礼物，倒像她们是想靠这些结结实实的馈赠来征服他们脆弱的感情似的。

当时，年轻人靠情妇的帮助而平步青云、功成名就并不是什么丢人的事儿，人们也不以此为耻。那些单有姿色的女人，给人的就是她们的美貌，有句谚语大概就是这样说的：世界上最美丽的姑娘只能把自己的美貌送人，而有钱的女人却能把她们的一部分钱财送给情人。我们能够列出一大串名字来，当时那个风雅时代的英雄好汉，要不是有他们的情妇把一个个多少有点儿胀鼓鼓的钱袋挂在他们的马鞍上，那么甭说出征凯旋，只怕连配副马刺也未必能如愿。

达德尼昂一无所有，但外省人的那种畏缩迟疑，犹如薄薄的漆皮、易谢的花朵和桃子的茸毛，那三个火枪手对他们这位朋友的颇有些离经叛道意味的劝诱，就像一阵风把这些畏缩迟疑吹得无影无踪。达德尼昂按照当时奇怪的习惯，人在巴黎却自以为身处战场。而且还恰巧是在弗朗德勒的战场,在那儿是对着西班牙人干,在这儿则是对着女人干。可到处都一样,哪儿都有敌人要去征服,都有赋税要去征收。

但是,平心而论,达德尼昂这时却是为一种更高尚、更无私的情感所驱使。针线铺老板在他面前承认过家境不错,年轻人猜也猜得出,凭博纳修先生这么个德行,钱箱的钥匙一准是在他太太手里。不过这些事儿,与他对博纳修太太的一见钟情毫不相干,由倾慕中产生的爱恋,几乎在自然而然地排斥着利害关系。我们说"几乎",是因为一个年轻、美貌、风度优雅、头脑灵活的女人,如果同时又有钱的话,那自然不仅不会对这棵爱情幼苗有半点儿损伤,反倒会促使它成长得更加茁壮。

宽裕的家境可以培养高雅的讲究和爱好,如此种种的高雅,无一例外地都与美貌特别相配。一双质地精细的白色长筒袜,一件丝绸罗缎的裙袍,一件滚花边的无袖胸衣,脚上穿的一双漂亮女鞋,头上系的一根鲜亮缎带,并不能使一个丑女人变得漂亮,却能使一个漂亮女人变得光艳照人,她那双手自然也会变得更美丽。一个人的一双手,在女人身上尤其如此,是需要让它们闲着不干活儿,才能保持美丽的。

而达德尼昂,读者对他的财产状况早已了如指掌,因为我们对此从未隐瞒过,我们知道他可不是个百万富翁。他自然也期待有朝一日能成为百万富翁,但心里觉着这时来运转的好时光实在遥远得很。此刻,眼睁睁看着一个心爱的女人对所有那些在女人眼里意味着幸福的小玩意儿心向往之,自己却没法把所有这些小玩意儿给她,这会叫他多么失望啊!不过,倘若女人自己有钱,而情人囊中羞涩,那么他无法给她的那些东西,她起码还能自己给自己买吧。虽然这女人通常总是用丈夫的钱才能得到这种享受,不过当丈夫的却是难得听到一句感激的话。

虽说达德尼昂立意要当个最温柔的情人,但眼下还是个对友谊很忠诚的人。他没有因为对针线铺老板娘心存爱意而忘记朋友，漂亮的博纳修太太是个从容于大雅之堂的女人，挽着她和三个好友四处散步，炫耀自己的风流手段，简直是无以复加的得意啊。然后，大家走累了，肚子自然得饿，这一点近来达德尼昂已深有体会。开怀畅饮、放口大嚼之时，光明正大地与朋友拍手，偷偷摸摸地与情妇约会，的确是件爽心乐事呢。最后，一旦山穷水尽，达德尼昂还可以当一回朋友们的救星。

那么博纳修先生，当初达德尼昂一边大声撇清跟他的干系，把他交到主教卫士的手里，一边又低声答应要去救他，那他现在怎么样了呢？我们得向读者承认，这会儿达德尼昂压根儿就没想到他。或者说，就是想到他，也只是在心里说，无论他在哪儿，就让他在那儿待着吧。爱情是世间所有激情之中最自私、最排他的。

不过，读者可以尽管放心，虽然达德尼昂把他的房东忘了，或者借口说不知道人家把他带到哪里，装作把他忘了，我们可没有把他忘了，而且也知道他在哪儿。不过，暂且我们还是学学这位加斯科尼大情人的样儿。那位可敬的针线铺老板，我们稍后再来提他。

达德尼昂沉浸在对未来爱情的遐思冥想中，时而在夜色中念念有词，时而望着星空独自憨笑，就这么一路来到了探南街，或者照那时的叫法，到了征南街。这时他发觉周围已是阿拉密斯所在的街区，于是就想，何不到朋友家里去转一转，把方才让布朗谢来叫他马上赶到捕鼠笼去的原因，对朋友作点儿解释。这不，要是布朗谢上这儿来的时候，阿拉密斯正好在家的话，那么毫无疑问，他早就赶到掘墓人街去了，赶到那儿，或许就只见到另外两位伙伴，这时他们三个人准会摸不着头脑，闹不清究竟是怎么回事。"这么打扰人家，是得解释解释。"达德尼昂说出了声。

接着他又在心里对自己说，这也是个机会，可以谈谈那位娇小标致的博纳修太太。此时此刻，且不说他的心，起码他的脑海已经让她给占满了。期望一个初恋情人对自己的爱情守口如瓶是完全不可能的。与初恋相随相伴的往往只有无边的喜悦，这无边的喜悦如果不能充分流露，那可就真会憋死初恋者。

两小时前，整个巴黎城的天色就开始阴暗下来，街上行人也变得稀少了。圣日耳曼区所有的大钟都敲响了十一点钟，这是个温馨的夜晚。达德尼昂沿着一条小巷往前走，这条小巷的旧址如今已经变成了阿萨斯街。从沃吉拉尔街的方向飘过来一阵阵芬芳的幽香，那是夜晚的露珠和轻柔的微风从透着凉意的花园里送出来的，达德尼昂一路呼吸着这香味。从平原上偏远的几家小酒店，远远地传来酒客们的歌声，歌声从关紧的百叶窗里透出来，声音已经变轻了。达德尼昂到了小巷的尽头，就往左拐弯。阿拉密斯住的那幢房子，坐落在宝盒街和塞尔旺多尼街的中间。

达德尼昂穿过宝盒街，已经认出了朋友的屋子，掩映在树荫中的大门，在门的上方浓密的埃及无花果和铁线莲交织成一个硕大的花环。此刻，只见塞尔旺多尼街上走出一个幽灵似的人影。那是个裹着披风的人影，达德尼昂开始以为那是个男人，然而，从那娇小的身材、犹豫的举止和局促不安的步态，他立刻就认出了那是个女人。并且，这个女人好像拿不准自己要找的是哪幢房子似的，先是抬起头来辨认，然后停住脚步，往后转了个身，接着又往前走着。达德尼昂心里不禁有些纳闷。

"我要不要上去帮她一把？"他心想，"照她的模样看起来，她或许还挺年轻，也许还挺漂亮呢。哦，没错！不过一个女人这种时候还在街上跑，除了去会情人还能去干什么呢。哟！要是我去搅了她的幽会，那套近乎就找错了时机喽。"

但是，那女人还在往前走，边走还边数着房子和窗户。这事儿做起来，既不费时，也不费劲。因为这段街面上一共只有三座房子，而且临街一共只有两扇窗子，其中一扇在跟阿拉密斯的小屋平行的一座小屋上，另一扇就在阿拉密斯的这座小屋上。

"嘿嘿！"达德尼昂暗自思忖说，他想起了那位神学家的侄女，"嘿嘿！要是这个赶夜路的姑娘是在找咱们朋友的屋子，那可就好玩了。且慢，天地良心，十有八九就是这么回事哩。噢！我亲爱的阿拉密斯，这一回，我可要弄个一清二楚才行。"说着，他尽量缩拢身子，躲进夜色最浓的一个角落，站在一条砌在墙壁凹处的石凳旁。

那年轻女人继续往前走，因为不光是她那轻盈的步态透露了她很年轻，并且她刚才还轻轻咳嗽了一声，那声音非常清脆。达德尼昂心想，这声咳嗽是个暗号。然而，也不知是已经有人用同样的暗号回答了她，帮这位深夜的寻访者打定了主意，还是她不用别人帮忙，自己认出已经到达了目的地，反正她毫不犹豫地走近阿拉密斯的百叶窗，弯起一个手指间隔均匀地敲了三下。

"不出所料，她找的就是阿拉密斯家，"达德尼昂悄悄说道，"噢！伪君子！这一次被我抓个正着，看您怎么解释您的神学研究！"三下刚敲完，里面的那层窗子就打开了，烛光从百叶窗的缝隙里漏了出来。

"嘿嘿！"偷听者说道，"放着门不走，偏要爬窗，噢！这次访问是约好了的。这位夫人就要从即将打开的窗子爬进去了。好呀！"不过，让达德尼昂大吃一惊的是，百叶窗仍然关着。而且，刚才亮了一会儿的烛光也熄灭了，周围一片漆黑。

达德尼昂心想不会一直这么下去的，于是他继续睁大眼睛看着，竖起耳朵听着。果不其然，几秒钟后，两下短促的敲窗声从里面传来。街上的年轻女人敲了一下作为回答，百叶窗稍稍打开了一些。可惜那烛光移到另一个房间去了。但年轻人的眼睛已经习惯了黑暗。再说，加斯科尼人的眼睛好似猫眼，有暗中视物的奇特能力。所以，达德尼昂看见年轻女人从口袋里掏出一样白色的东西，急速地把它抖开，那模样像块手帕。她把这东西抖开以后，让对方看它的边角。

这提醒了达德尼昂，他记起自己曾先后两次在两人脚下看见过这样一块手帕，这两人依次是阿拉密斯、博纳修太太。"这块手帕到底有些什么鬼名堂？"从达德尼昂站的位置，没法看见阿拉密斯的脸,我们说阿拉密斯,是因为咱们这位年轻人一点儿也不怀疑,站在屋里跟外面那位夫人对话的正是他的朋友阿拉密斯。于是,好奇心压倒谨慎占了上风,他趁那两个人专心细看那块手帕的时候,离开藏身的地方,迅捷得好像闪电,但又悄悄地不让人听到脚步声,蹿到一个墙角,把背贴在墙壁上,从那儿可以看清阿拉密斯房间里面的情形。定睛一看,达德尼昂诧异得差点儿喊出声来。跟夜行女客交谈的这个人,竟然不是阿拉密斯,而是个女人。不过,达德尼昂只能看清她的装束,却瞧不清她的脸。

与此同时,屋里的那个女人也从口袋里掏出另一块手帕,跟对方给她看的那块交换了。随后,两个女人交谈了几句。最后,百叶窗又关上了。站在窗外的女人转过身来,走过达德尼昂藏身的地方,一面把披风上的帽兜翻下来,但是,这个防范措施采取得太晚了,达德尼昂已经认出这个女人,她就是博纳修太太。博纳修太太!那女人从口袋里掏出手帕的那会儿,达德尼昂的脑子里曾经闪过这么一个念头,疑心那人就是她。不过,博纳修太太刚才还让他去找德·拉波尔特先生,要那位先生陪她进宫去,那么到了晚上十一点半,怎么又可能冒着第二次被绑架的危险,独自一人在巴黎满街乱跑呢?

可见这准是为了一桩非常重要的事情。对一个二十五岁的女人来说,什么才算重要的事情呢?爱情呗。不过,她豁出性命来冒这样的险,究竟是为她自己,还是在为别人跑腿呢?年轻人暗自这么考虑着,此时此刻,妒忌的魔鬼在咬噬着这个俨然已是情人的年轻人的心。不过,有个很简单的办法可以弄清博纳修太太是上哪儿去,那就是跟踪她。出于本能,达德尼昂自然而然地采用了这个简单的办法。可是,博纳修太太看见年轻人从墙里闪身出来,犹如塑像走下了神龛,又听见脚步声在身后跟着自己,不由得轻轻叫了一声,撒腿就跑。

达德尼昂在后面追。对他来说,要追上一个裹着披风的女人,本来就是小事一桩。因此,没等她在那条街上走完三分之一的路程,他就追上了她。可怜的女人只觉得浑身发软,但那不是疲乏的缘故,而是吓出来的,当达德尼昂把一只手搭在她肩上的时候,她膝头一软,身子瘫倒下去,同时声音发哽地大声说道:"您要杀就杀吧,可您别想让我说出一个字来。"达德尼昂用一条胳臂搂住她的腰肢,把她扶了起来,可是,从她沉甸甸的重量,他觉出她快要昏厥过去了,于是急忙向她再三申明自己的忠诚。不过这种表白对博纳修太太并没起作用,因为做这种表白的人也可能怀着世上最卑鄙的动机,但说话的声音起了作用。那少妇觉得这声音挺耳熟的。她睁开眼睛,朝这个把她吓得半死的男人瞧了一眼,认出了他是达德尼昂,不禁欣喜地叫出声来。

"哦!是您,是您呀!"她说,"感谢天主!"

"对,是我,"达德尼昂说,"是天主派我来照应您的。"

"您就是为这才一路跟踪我的吗?"少妇妩媚地笑着说,她那颇有几分爱开玩笑的天性占了上风,方才以为是个敌人的人,原来是个朋友,她认清了这一点以后,惶恐就抛到九霄云外去了。

"不,"达德尼昂说,"不是的,这我不说假话。我碰到您完全是出于偶然。我瞧见一个女人在我一位朋友门外敲窗……"

"您的一位朋友?"博纳修太太打断他的话说。

"就是,阿拉密斯是我的一个最好的朋友。"

"阿拉密斯!他是什么人?"

"得了吧!难道您不认识阿拉密斯?"

"这是我第一次听到这个名字。"

"那您也是第一次上这所房子来吗?"

"当然。"

"难道您不知道里面住的是个年轻男人?"

"不知道。"

"不知道他是个火枪手?"

"绝对不知道。"

"那么,您不是来找他的?"

"当然不是。何况您已经清楚看到是个女人在跟我说话。"

"一清二楚,不过这个女人一定就是阿拉密斯的女朋友了。"

"这我不知道。"

"既然她住在他家里。"

"这跟我不相干。"

"那她到底是谁?"

"哦!这就不是我个人的秘密了。"

"亲爱的博纳修太太,您是个异常迷人而又极其神秘的女人。"

"如此说来,在您的眼中,我已经变得很可怕了?"

"恰恰相反,您非但不可怕,反倒变得无比可爱了呢。"

"那么,请把你的胳臂让我挽住吧。"

"不胜荣幸。还有呢?"

"还有嘛,陪我往前走。"

"上哪儿?"

"上我去的地方。"

"您去哪儿呢?"

"到时候您就知道了,因为您是要陪我到门口的。"

"要不要在外面等您?"

"不用等。"

"您一个人回去?"

"没准儿,说不定一个人,说不定不是一个人。"

"到时候陪您的那个人,是男的还是女的?"

"我还不知道。"

"可我会知道的。"

"什么意思?"

"我要等着看您出来。"

"那样的话,我们现在就说再见吧!"

"什么意思？"

"我不再需要您了。"

"可您刚才说……"

"我要的是一位正人君子的帮助，而不是一个密探的监视。"

"您这么说实在有点儿太尖刻了！"

"那么，一个违背他人意愿，执意跟在身后的人，该如何评判呢？"

"不知趣的家伙。"

"这么说未免太客气了。"

"夫人，我明白了，但凭听命，无所不从。"

"那您为何不能卖个乖，即刻就这么做呢？"

"难道悔改还算不上卖乖吗？"

"您当真悔改了？"

"我也说不上来。我就知道答应这一点，只要您答应我陪同前往，随后无所不从。"

"到了那儿您就走开？"

"是的。"

"不在那儿等我出来？"

"不等。"

"说话算数？"

"凭我的人格！"

"那就挽住我，咱们走吧。"

达德尼昂把胳臂伸给博纳修太太，她挽住他的胳臂往前走，一边嘴里在打趣，一边身上在打战，两人一路来到竖琴街的坡道上。到了那儿，博纳修太太显得犹豫起来，就像她在沃吉拉尔街那会儿的情形一样。不过，她似乎凭某些标记认出了一扇门，于是她朝这扇门走过去。

"现在，先生，"她说，"我在这儿有点事要办。非常感谢您一路陪我到这儿，把我从危险中救了出来，要是我单身一人，大概是躲不过这些危险的。不过,现在您该兑现您的诺言了,我到目的地啦。"

"您回去的路上就一点儿也不害怕吗?"

"怕也就怕拦路抢劫的窃贼呗。"

"那不还是怕了?"

"我身无分文,难道还怕抢劫?"

"您忘了那块有纹徽的绣花手帕啦。"

"什么手帕?"

"就是我在您脚边捡到,放进您口袋里去的那块呀。"

"住嘴,快住嘴,你这疯子!"少妇嚷道,"您是想毁了我不成?"

"瞧,您的确身处危险之中,您承认害怕让别人听到这句要命的话,因为这的确是句要命的话。噢!请听我说,夫人。"

达德尼昂握住她的手,用一种火辣辣的目光盯着她,大声说道:"请听我说!您干吗不能体恤我,相信我呢?难道从我的眼睛里,您还看不出我的心里对您只有一片忠诚和同情吗?"

"我看得出,"博纳修太太答道,"我自己的秘密对您无所保留,但是别人的秘密我必须守口如瓶。"

"那好,"达德尼昂说,"我自己会发现这秘密的,既然这秘密对您这么性命攸关,我非得让它也成为我的秘密不可。"

"千万别这样,"少妇嚷道,看见她如此严肃的表情,达德尼昂不由得打了个冷战,"哦!我的事情请您别参与进来,别变着法儿来帮我做我要做的事儿。感谢您对我这么关心,给了我这些帮助,这是我永远也不会忘记的,我就是凭着这种关心和帮助在请求您。请您还是听我的话,无须再为我操心了。我对您来说已经不存在了,就像您从来没见过我一样。"

"我这些事,也许自有阿拉密斯会来做的,是不是,夫人?"达德尼昂生气地说。

"您已多次提及此人,但是,先生,我也已经说过我与此人素昧平生。"

"您去敲过人家的百叶窗，可还说不认识这个人。得了，得了，夫人！您以为我这么容易让人骗过，也太小看我啦！"

"您最好承认自己是为了和我多说话，才编造出这个貌似真实的故事，并杜撰出这个子虚乌有的人物来的吧。"

"夫人，我既没有编造故事，也没有杜撰人物，我所说的一切事实俱在，毫无虚假。"

"您还说您的一位朋友住在那座房子里？"

"我说过，并且还要说第三遍，那座屋子就是我的朋友住的，这个朋友就是阿拉密斯。"

"这些事儿以后都会弄清楚的，"少妇轻轻地说，"现在，先生，请您别出声了。"

"假如我能把心掏出来让您看的话，"达德尼昂说，"您会看见里面满满的都是好奇心，让您看了会同情我，里面还满满的都是爱情，让您看了立时就会来满足我的好奇心。何必害怕一个爱您的人呢。"

"您谈爱情是不是太快了些，先生！"少妇摇着头说。

"因为我这爱情来得快，并且是第一次，又由于我还不到二十岁。"少妇睃了他一眼。

"请听我说，我已经摸着点儿门道了，"达德尼昂说，"三个月以前，为了一块手帕，一块跟您拿给阿拉密斯家那个女人看的手帕一模一样的手帕，我差点儿跟阿拉密斯决斗，我敢肯定，那块手帕上也绣有同样的标记。"

"先生，"少妇说，"我向您发誓说，您的这些问题真把我烦透了。"

"可是夫人，以您这么谨慎小心的一个人，您想过没有，要是您随身带着这块手帕让人逮住了，搜出了这块手帕，难道您不会受到牵连吗？"

"哪能呢，那两个字母不就是我姓名的起首字母吗？C.B. 就是贡斯当丝·博纳修呗。"

"但也可以是卡米那·德·博瓦·特拉西。"

"快住嘴，先生，我再一次求您，快住嘴！哦！既然我面临的这些危险没法挡住您，那就请想想那些您可能面临的危险吧！"

"我的危险？"

"对，您的危险。与我结识，您会有身陷囹圄的危险，您会有丢掉生命的危险。"

"既然如此危险，那我就更不能离开您的身边了。"

"先生，"少妇双手合在胸前央求说，"先生，看在上帝的分儿上，看在一位军人的荣誉的分儿上，看在一位绅士的礼貌的分儿上，您走开吧。听，已经在敲午夜十二点的钟声，有人等着我哩。"

"夫人，"年轻人鞠躬说，"既然您已经说到这份儿上了，我当然没法再拒绝。您该满意了吧，我这就走。"

"不跟在我后面，不盯我的梢？"

"我马上就回家。"

"哦！不出我的所料，您果然是个作风正派、志高行洁的年轻人！"博纳修太太大声说道，一边把一只手伸给他，一边用另一只手去叩一扇安在墙里的小门的门环。

达德尼昂握住伸给他的那只手，忘情地吻着。

"噢！我真希望从没看见过您。"达德尼昂喊道，这种天真的直率，往往要比装腔作势的礼貌更能打动女人的心，因为它发自内心的深处，因为它表明情感压倒了理智。

"好了，"博纳修太太说，声音里透着一种抚爱的意味，同时把达德尼昂始终没有放开她的那只手紧紧地握住，"好了，我可不想跟您一样那么说。今天眼看没指望的事情，不一定以后就没指望。等哪天我自由了，谁知道我会不会来满足您的好奇心呢？"

"对我的爱情，您也能做这样的许诺吗？"达德尼昂喜不自禁地嚷道。

"噢！这一点，我可不想许愿，那得看您在我身上唤起的感情能深到什么程度了。"

"那么，夫人，今天——"

"今天，先生，您在我身上唤起的感情，其深切程度仅仅只是感激而已。"

"哦！您是如此的可爱，"达德尼昂忧伤地说，"可是您却对我的爱情并不看重，而且您还捉弄了我对你的这份爱情。"

"不，我只是瞅着您这么宽厚大度，在这上面借了点儿光罢了。不过，请您相信，跟某些人打交道，事事都会有希望的。"

"噢！你如此饱含深意的许诺深深地激起了我对爱情的希望，这希望使我成了最幸福的人了。请千万不要忘记这个美好的夜晚，以及您对我的爱情许诺。"

"您放心，到时候我一切都会记得的。好吧，现在请您走吧，看在上帝的分儿上，请您走吧！人家约好在午夜十二点等我的，我已经晚了。"

"晚了五分钟。"

"是的。但有时候，五分钟好比五个世纪。"

"那是在恋爱的时候。"

"嗯！谁告诉您说，我的事就跟恋爱无关呢？"

"等您的是个男人？"达德尼昂嚷道，"是个男人！"

"得了，咱们又要争个没完了。"博纳修太太边说，边绽放出了一个微笑，但这个微笑中却流露出了某种焦虑的意味，并且这种焦虑还是不经意间流露出来的。

"不，不，我走，我这就走。我相信您，我愿矢志不渝地对您保持忠诚，哪怕这种忠诚是愚蠢的也没关系。再见，夫人，再见了！"

他仿佛觉得无力松开握着的那只手，费劲地摇了摇才松开了它，然后撒腿往前奔去。而此刻，博纳修太太就像方才敲百叶窗那样，慢悠悠地敲了三下门。达德尼昂到了街的拐角那儿，转过身一看，门开了，又关上了，漂亮的针线铺老板娘不见了。

达德尼昂继续往前走着，他答应过不盯博纳修太太的梢，就算她的性命要取决于她去的这个地方，或者取决于随后陪她出来的那个人，达德尼昂也只能回自己的家，因为他答应过回那儿去。五分钟过后，他到了掘墓人街。

"可怜的阿托斯，"他说，"他准得摸不着头脑了。他也许等我都等得睡着了，要不就是回家去了，他回到家就该听说有个女人上他那儿去过。居然会有个女人在阿托斯家里待过！但无论如何，"达德尼昂继续往下说，"阿拉密斯家里可的确是有个女人。这一切真有些离奇古怪，我挺想知道结局会是怎样的。"

"不好了，先生，不好了，"有个人应声说道，达德尼昂听出那是布朗谢的声音。因为他一边这么大声自言自语，就像心事重重的人常有的情形那样，一边走进了一条小巷，小巷尽头就是通往他房间的那座楼梯。

"怎么不好了？你想说什么呀，蠢货？"达德尼昂问道，"出了什么事？""各种各样的倒霉事。"

"哪些事？"

"首先，阿托斯先生给抓走了。"

"抓走了！阿托斯给抓走了！怎么回事？"

"他们在您屋里发现了他，把他当成您给抓起来了。"

"是谁抓他的？"

"是些警探，都是您赶跑的那帮穿黑衣服的人找来的。"

"他干吗不报上名字！干吗不讲明此事与他无关呢？"

"他是有意不说的，先生。他还特地走到我身边对我说：'这会儿需要自由的是你的主人，而不是我，因为他了解所有的情况，而我什么也不知道。他们以为已经把他给抓住了，这样他就有了时间。三天以后我再告诉他们我是谁，他们也还是得放了我的。'"

"了不起啊，阿托斯！真是侠义心肠，"达德尼昂喃喃地说，

"我真没看错人!那些警探后来又干了些什么?"

"四个人不知把他带到哪儿去了,反正不是巴士底狱就是主教要塞。有两个人跟那帮黑衣人一起留了下来,里里外外地搜了一通,把所有的纸片都拿走了。另外还有两个人,在别人翻箱倒柜的时候,站在门口放哨。随后,等事完以后,他们就走了,留下这空荡荡的屋子,门窗都没关。"

"波尔多斯和阿拉密斯呢?"

"我没找到他俩,他们没来。"

"可是他们随时都可能会来的,你不是让人转告他们,说我在等他们吗?"

"是的,先生。"

"好吧,你待在这儿别走。如果他们来了,你就把刚才发生的事情告诉他们,让他们到松果餐馆等我。这儿有危险,这屋子可能已经有人监视了。我这就到德·特雷维尔先生那里去,把事情一五一十都告诉他,然后我就去跟他们会合。"

"好的,先生。"布朗谢说。

"但是你留下来,不会害怕吗?"达德尼昂刚要走,又回过身来,他要对自己的仆从用点儿激将法。

"放心吧,先生,"布朗谢说,"您还不了解我呢。我这人,只要下定决心,就会变得勇敢无畏。再说,我是庇卡底人呀。"

"那么,咱们一言为定,"达德尼昂说,"就算是有死亡的威胁,你也不能离开半步。"

"行,先生,我愿意为您做任何事,以证明我对您的忠诚。"

"好呀,"达德尼昂对自己说,"看起来我对这小子用的法子还挺灵的,以后有机会还得再用。"

达德尼昂来回奔波了一天,已经感到相当疲惫了,不过他来不及休息恢复体力就迈开双脚跑向了老鸽棚街。德·特雷维尔先生不在府里,他的营队在卢浮宫当值,他和营队都在卢浮宫里。

一定得找到德·特雷维尔先生,得让他知道发生的事情,这是最要紧的。达德尼昂决定闯进宫去。他这身德·埃萨尔先生联队的禁军制服,等于一张通行证。

于是,他走到了小奥古斯丁街,上了河沿,准备穿过新桥。刚才他也想到过乘渡船,不过到了河边,顺手伸进口袋一摸,却发现身上没带钱。刚走到盖内戈街的坡道上,只见有一行两人正从王太妃街转出来,他俩的步履神态引起了他的注意。

那一行两人,一个是男人,另一个是女人。那女人的身段很像博纳修太太,男人则酷似阿拉密斯。并且,那女人裹的披风,就是达德尼昂在沃吉拉尔街那扇百叶窗前,在竖琴街那扇小门跟前瞧见过的那件黑披风。而且,那男人身穿火枪手的制服。那女人的帽兜翻了下来,那男人用手帕捂住了脸;这种戒备,表明两人都存心不想让别人认出来。两人上桥了,恰巧跟达德尼昂同路,既然达德尼昂要上卢浮宫去,达德尼昂跟在他们后面。达德尼昂走了不到二十步路,就认准了那女人就是博纳修太太,而那男人,就是阿拉密斯。他顿时感到心头涌起一阵充满妒意的猜疑。他同时被一个朋友和一个他已经爱之如同情妇的女人欺骗了。博纳修太太刚才还对他赌咒发誓否认与阿拉密斯相识,但一刻钟后,两人挽手偕行于大街之上的场景就让他看到了。

达德尼昂毫不考虑,他认识这位漂亮的针线铺老板娘才不过三小时,虽说是他把她从那些想绑架她的黑衣人手里救出来的,不过她也就欠他这么点儿情,并且她也未曾对他许过什么愿。他只觉得自己就是个受了侮辱、欺骗和嘲弄的情人,他怒火中烧,浑身的血都在往脸上涌,打定主意要弄个清清楚楚。

那少妇和年轻男人发觉后面有人盯梢,加快了脚步。达德尼昂撒腿往前奔,赶到了他们前面,接着,就在他们走到撒马利亚教堂跟前的时候,他转过身来面对他们,此刻一盏路灯刚好照亮了教堂和这一段桥面。

达德尼昂立在他俩面前,他俩也面对他停住了脚步。"您有什么事,先生?"那个火枪手后退一步,以一种外国腔很重的口音问道,达德尼昂一听这口音,知道自己的猜疑有一半错了。

"您不是阿拉密斯!"他喊道。

"对,先生,我不是阿拉密斯,从您的语气里,我知道您把我当作另一个人了,我原谅您。"

"您原谅我?"达德尼昂喊道。

"是的,"陌生人答道,"现在请让我们过去吧,既然您要找的不是我。"

"您说得对,先生,"达德尼昂说,"我要找的不是您,而是这位夫人。"

"这位夫人!可您并不认识她呀,"陌生人说,"恰恰相反,先生,我认识她。"

"哦!"博纳修太太用责备的语气说,"哦,先生!您以军人的荣誉和绅士的人格向我保证过,我原以为可以信任您的。"

"我,夫人,"达德尼昂神情尴尬地说,"你曾对我许诺……"

"请挽住我的胳臂,夫人,"陌生人说,"咱们走吧。"

但是,被眼前发生的事弄得神志糊涂、惊愕莫名的达德尼昂,依然叉着双臂,兀立在火枪手和博纳修太太面前。那火枪手走上两步,用手去推开达德尼昂。达德尼昂纵身后跳,拔剑出鞘。而陌生人也同时飞快地拔出了剑。

"看在老天爷的分儿上,公爵先生!"博纳修太太扑到两个对手中间喊道,双手分别抓住两柄剑。

"公爵先生!"达德尼昂的脑子里倏地闪过一个念头,"公爵先生!对不起,先生,那您就是……"

"白金汉公爵大人,"博纳修太太低声说,"这下我们可都要毁在您的手里了。"

"公爵先生,夫人,对不起,一百个对不起。但是我正在恋爱,公爵先生,因此我妒忌了。您是知道恋爱的滋味的,公爵先生。请您原谅我,并请告诉我,我怎样才能对大人以死相报。"

"您是位有胆识的年轻人,"白金汉说着,把一只手伸给达德尼昂,年轻人满怀敬意地握了握他的手,"您愿为我效力,我接受。请您离开二十步路跟在我们后面,一直把我们送到卢浮宫。如果有人盯我们稍,就把他杀了!"

达德尼昂把出鞘的长剑挟在腋下,让博纳修太太和公爵先走上前去二十步,立刻跟在他俩后面,准备一路上一丝不苟地服从查理一世这位风雅宠臣的指令。

幸好,达德尼昂没有机会奉献自己的忠诚,那两人平安无事地赶到卢浮宫,从埃谢尔街的边门进了宫。达德尼昂,随即赶到松果餐馆,看到波尔多斯和阿拉密斯果然在那儿等他。并未解释清二位来此何为,只是说,原本要请两人帮忙做件事,不过自己却独自办妥了。

现在,故事讲到这儿,暂且就让那三位朋友各自打道回府,我们还是到卢浮宫那些转弯抹角的通道里去追寻白金汉公爵和他那位向导的行踪吧。

第十二章　乔治·维利埃斯——白金汉公爵

两人进宫没有受到什么阻挡。宫里的人清楚博纳修太太是王后的人,公爵身上穿的是德·特雷维尔先生营队的火枪手制服,前文已经说了,这晚当值的刚好是这个营队。热尔曼什么事都替王后考虑周全,一旦出现不测,可以让博纳修太太来承担,罪名便是她将情人领到了宫中,事情便会搪塞过去。她承担了这个罪名定然会身败名裂,但是区区一个针线铺老板娘的名声,在这个大千世界又是多么的不值一提啊!

来到宫中,公爵与年轻女人顺着墙根向前走了大概有二十五步，然后，博纳修太太轻轻地推开一扇仆人出入的小门，白天这扇小门是开着的，晚上往往是虚掩着。门推开了，两人走进去，只觉得眼前一片漆黑，好在对卢浮宫专供下人活动的这片区域，它的每一条拐弯抹角的通道，博纳修太太都了如指掌。她随手把门带上，手拉着公爵，扶着一段扶手摸黑往前走了几步，脚下触到了一级台阶，就开始上楼；公爵在心里默数，感到走了两层楼梯。

接着她又向右拐，沿着一条长长的过道往前走，又走下一层楼梯，再往前走了几步，掏出一把钥匙塞进锁眼，打开房门，把公爵推进房间，里面仅点着一盏幽暗的消夜灯，对他说道："请待在这儿，公爵大人，会有人来的。"说完她返身离开，把门从外面锁上，公爵就完完全全像个囚犯了。

然而，白金汉公爵尽管是孤身一人，但说句公道话，他一刻也不曾感到害怕。他性格上一个明显的特点，就是喜欢追求富有浪漫色彩的冒险和爱情。他胆大包天、无所畏惧，类似这样的冒着生命危险的做法，他并不是第一回尝试。他收到那封所谓的奥地利安娜公主的信，信以为真，到巴黎后才知道这是个圈套，但他并不因此返回伦敦，而是利用别人给他造成的这种机会，向王后请求，不见到她的面他就不离开巴黎。王后开始断然拒绝，后来又怕公爵情急之下会干出什么疯狂的举动，因此决定见他一面，打算恳求他赶快离开巴黎，然而就在她做出这个决定的当晚，博纳修太太被人绑架了，而王后本来就是打算派她去找公爵并带他进宫的。整整两天，博纳修太太音信全无，因此事情就搁了下来。不过博纳修太太刚一获得自由，跟拉波尔特再次接上头，一切便又重新运转起来，若非因为被人抓去，适才她刚刚完成的这项危险的使命，三天前就该执行了。

白金汉独处房内，迈步镜前，细细端详。他身穿火枪手制服，英武非凡，合体自然。

此时他三十五岁，是英法两国最名副其实的绅士和骑士，英姿勃发，风流倜傥。

两朝宠臣，家资百万，在一个王国里翻手为云，覆手为雨，权势炙手可热，这位乔治·维利埃斯，人称白金汉公爵，他那充满传奇色彩的生平事迹，世世代代流传下来，至今还令后人惊叹不已。

他充满自信，深信自己权力无边，知道制约别人的法律伤害不到他，因而看准一个目标以后，他便一往直前，从不犹豫，即使这目标是那么高不可攀，那么令人炫目，以致换了别人，就连看它一眼都会觉得自己是在发疯。所以，他已经多次有机会接近美丽而骄傲的奥地利安娜，并以自己这种令女人心仪的风度，赢得了她的青睐。

如前所述，乔治·维利埃斯站在一面镜子前面，把一头金黄色的头发弄蓬松，刚才因为戴着帽子，漂亮的鬈发给压平了，随即他又捻捻唇髭，心头充满快乐，因为这渴望已久的时刻即将来临而感到欣喜和骄傲，因为春风得意、踌躇满志而情不自禁地笑了起来。

这时，遮掩在壁幔中间的一扇小门打开了，一个女人出现在门口。白金汉在镜子里看见了这个女人，禁不住喊出声来。这女人就是王后！奥地利安娜当时正是二十六七岁的年纪，也就是说，正是她的美貌最光彩夺目的年纪。

她的步履恰如一个王后，或者说恰如一个女神那般仪态万方。眼眸亮似碧玉，美不胜收，既柔情似水，又威严庄重。朱红色的小嘴，虽然如同奥地利王室的贵胄们那样，下嘴唇微微有些往前伸出，但这张小嘴不仅在微笑时显得那么妩媚动人，而且在表示轻蔑时也能把鄙夷不屑的神情勾画得惟妙惟肖。她的皮肤以细腻润滑著称，那双手和那两条胳臂具有惊人之美，那个时代的每个诗人，都把它们当作美的极致来称颂咏叹。最后是那头秀发，少女时代它们是金黄色的，现在变成了浅栗色，卷得很蓬松，扑了许多粉，恰到好处地衬托出那张光艳照人的脸庞。就算是最严厉的批评家，至多也只会说这张脸也许颜色太娇艳了些，就算是最苛刻的雕塑家，至多也只会希冀那鼻子再略微纤巧一些。

　　白金汉一时间看得心醉神迷。以往在舞会、酒宴和骑兵竞技场上见到的那个奥地利安娜，从来没有像此刻看到的这样美丽，眼前的她就简简单单穿着一件白色绸缎的裙袍，由艾斯特法妮娅陪伴在侧，原先的那些西班牙女官，一个个都让国王的妒忌和黎舍留的凌虐给赶跑，就剩下她一个人了。

　　奥地利安娜向前走上两步，白金汉突然屈膝跪下，王后还没来得及制止，他已经在吻她的裙边了。

　　"公爵，您清楚我没有写那封信给你。"

　　"噢！是的，夫人，是的，陛下，"公爵嚷道，"我知道我是个疯子，是个失去理智的人，竟然相信了冰雪会消融，大理石也会变得温煦。不过我又有什么办法呢？一个人在恋爱的时候，是最容易相信爱情的来临的。况且我这次来，也并不是一无所获，因为我见到了您。"

　　"是的，"安娜回答说，"然而您知道我为什么要见您，又是经过怎样的波折才见到您的吗？我见您，是因为您对我的苦楚无动于衷，执意要留在这样一个城市。您留在这个城市，非但要让自己冒着生命的危险，而且也会使我的名誉有蒙受耻辱的危险。我见您，是为了告诉您，海峡的水深，两国的交恶，婚誓的圣洁，这一切的一切把我们分开了。假如要跟这一切去抗争，那就意味着渎圣，公爵先生。总之，这次见您的目的就是想向您说明，我们不应再相见。"

　　"说吧，夫人，说吧，王后，"白金汉说，"您嗓音的柔美，补偿了言词的冷峻。您说到了渎圣！可是你我两颗心是天主为着它们彼此的对方而造出来的呀，硬要拆散它们，那才是渎圣。"

　　"公爵先生，"王后嚷道，"您别忘了，我从来也没说过我爱您呀。"

"可是,您也从来没有说过您不爱我。说真的,如果您对我说出那样的话来,那在陛下来说,未免实在是太薄情了。因为无论时间流逝,无论关山阻隔,无论前景迷茫,我的爱情之火永远都不会熄灭。只要能得到您衣裙上掉下来的一段饰带,能看到您随意投来的一瞥,能听到您无心间说出的一句话,我的爱情就会满足了。您倒说说看,您还能在哪儿找得到一种爱情,能跟我的爱情相比?"

"自从三年前首次见到您之后,我就矢志不渝地爱着您。您要听我告诉您,我第一次看见您时您穿的是什么衣服吗?您要听我来对您描述您的装束的每个细节吗?瞧,我眼前又看见了您:您照西班牙的习俗坐在方垫上,您穿的绿色缎裙上绣着金银两色的花纹,两只宽松的衣袖挽起在您那两条令人赞赏的美丽胳膊上,衣袖上还缀有大颗的钻石,颈脖上围着皱领,头上戴一顶小巧的软帽,颜色跟您的裙袍一样,上面还装饰着一根白鹭的羽翎。噢!瞧啊,瞧啊,我闭目所见即是当时的您,睁眼所见即是当前的您,而当前您的美丽胜于往日百倍!"

"真是疯了!"奥地利安娜喃喃地说,公爵把她的倩影这样珍藏在心头,这让她实在不忍心去责备他了,"用这样的回忆来滋养一种不会有结果的激情,真是疯了!"

"可您要我靠什么来活下去呢?我,我只有回忆了。它们是我的幸福、珍宝和希望。每次与您的相见都贵如钻石,每次相见我都收藏一粒钻石。这一次,是您让它掉下被我捡到的第四颗。因为这三年来,夫人,我一共只见过您四次:第一次我刚才对您说了,第二次在德·谢芙勒兹夫人府上,第三次在亚眠的花园里。"

"公爵,"王后红着脸说,"请不要再提起那个花园之夜了。"

"噢!不,我要提,夫人,我要提的!那是我一生中充满幸福、无比快乐的一个夜晚。您还记得那晚上天气有多好吗?空气中弥漫着馥郁的芳香,瓦蓝瓦蓝的天上缀满了星星!噢!就是在这一次，夫人，我得以单独和您相处了一会儿。就是在这一次，您已经准备向我倾诉心曲，把您生活的孤独、心中的忧伤全都告诉我。您靠在我的胳臂上，瞧，就是这只胳臂。我向您低下头去的时候，感觉得到您的秀发轻轻地拂过我的脸，每拂过一次，我就浑身感到一阵颤抖。噢！王后，王后，噢！您不知道，这样的一个时刻蕴含了多少天国的财富，多少天堂的欢乐啊。请听我说，我愿用我的一切重换那个夜晚，那个您曾爱过我的夜晚。"

"公爵先生，也许，是的，也许那周围环境的气氛，那美丽的夜晚的魅力，还有您那让人怦然心动的目光，总之，所有这些偶尔齐聚就足以毁掉一个女人的许许多多因素，在那个要命的夜晚全都聚集在了我的身边。可是您也看到了，公爵先生，王后的尊严拯救了女人的软弱。您刚要说出那话，刚想用那冒失的行为要我做出反应，我立刻就唤人进来了。"

"噢！是的，是的，您说得一点儿不错，如果那不是我的爱情，而是其他的爱情，碰到这考验就会气馁了。但我呢，我的爱情却因此而变得更炽烈、更经久了。您以为回到巴黎就可以躲开我了，您以为我不敢离开我的君主交给我照管的那些财宝。嚼！这世界上所有的财宝，所有的君主，在我眼里又算得了什么呢！一个星期以后，我就又回来了，夫人。这一回，您没有什么可以指责我的地方了。我以君主的宠幸，以自己的生命来冒险，为的就是再见您一面，我甚至都没有碰一下您的手，您见我这么顺从，这么悔悟，也就原谅了我。"

"是这样，可是恶意中伤的人却抓住这些跟我并不相干的痴情大做文章。这您也是知道的，公爵先生。国王受了主教先生的挑唆，大发雷霆。德·韦尔内夫人给赶走了，皮当热被流放了，德·谢芙勒兹夫人也失宠了，而当您想要作为驻法大使回来时，国王他，您还记得吧，公爵先生，国王本人就表示反对。"

"是的，我会因此而发动一场针对法国的战争。我没法再见到您，夫人，不过，我要让您每天都能听见人家谈论我。您知道我为什么打算出兵雷岛，并且跟拉罗谢尔的新教徒结成联盟吗？就为睹您娇颜的喜悦！我并没指望能率军长驱直入巴黎，我知道那是不可能的。不过这场战争终将导致媾和，媾和就得谈判，谈判代表则非我莫属。到那时，他们就不能再拒绝我，我将重返巴黎，再次见到您，再次享受那片刻的快乐。是的，会有成千上万的人为了我的幸福而丧失他们的生命。然而，只要我能再见到您，他们对我又算得了什么呢！所有这一切，也许疯狂，也许都是失去理智。不过，请告诉我，有哪个女人有过更痴恋的情人？又有哪位王后有过更热忱的仆人？"

"公爵先生，公爵先生，您为了替自己开脱，说了多少更容易获得罪名的话呀。公爵先生，您想给我的所有这些爱情的证据，几乎都是罪孽。"

"那是由于您不爱我，夫人，要是您爱我，您就会看到一切都变了样，要是您爱我，噢！可要是您爱我，那就太幸福了，我真要发疯了。啊！德·谢芙勒兹夫人，刚才您还提到她，她可没有您这么狠心，奥朗爱她，她也就用爱情回报了他。"

"德·谢芙勒兹夫人不是王后呀。"奥地利安娜喃喃地说，她已经情不自禁地被这深情的表白打动了。

"那么，要是您不是王后，您就会爱我了。夫人，请告诉我吧，那时候您会爱我吗？那么，我就可以相信，您对我这么狠心，仅仅是因为您地位尊严的缘故。那么我就可以相信，要是您是德·谢芙勒兹夫人的话，可怜的白金汉就会有希望了！谢谢您的这句充满温情的话，噢，美丽的陛下，太谢谢您了。"

"您误解我所说的话，我想说的并不是……"

"请别说了！请别说了！"公爵说，"请不要狠心夺走我的幸福，即便这幸福出自错误的理解。如你所说，别人给我设套，或许我将因此丧命，因为我近来总有种将死的预感。"说着，公爵怅然一笑，神情凄恻而又动人。

"哦！我的天主！"奥地利安娜喊道，语气之惊骇表明她对公爵的情义实在要比口中说的深厚得多。

"我这么说并不是吓唬您，夫人，不是的。这些话听起来甚至都有些可笑，请相信，我是不会把诸如此类的梦过于当真的。可是有了您刚才说的这几句话，几乎赋予了我希望，我就是把我的一切，甚至包括我的生命，都当作代价，也是值得的了。"

"噢！"奥地利安娜说，"公爵，我也有一种预感，我也做了些梦。我梦见您遇刺而倒，浑身是血。"

"一柄小刀，刺在左胸，是吗？"白金汉打断她的话说。

"是的，是这样，公爵先生，是这样，一柄小刀刺在左胸。谁告诉您我做了这个梦呢？我只在独自向天主祷告时提及此梦。"

"我别无所求了，您是爱我的，夫人，这就够了。"

"我，我爱您？"

"对，您爱我。若非您我相爱，怎会心心相印，怎会同梦凶兆？哦，您爱我，王后，有一天您会为我流泪吗？"

"噢！我的天主！我的天主！"奥地利安娜喊道，"我实在受不了啦。请听我说，公爵，看在上帝的分儿上，请走吧，请您离开这儿吧。我不知道我是否爱您，也不知道是否不爱您。不过我知道，我绝非一个违背誓言的人。因此请您可怜可怜我，快离开这儿吧。哦！倘若您在法国被人刺伤了，倘若您死在法国，倘若您让我想到，您是为了爱我才死的，那我会永远不得安宁，会真的发疯的。因此请您走吧，走吧，我求您啦。"

"噢！您这样有多美啊！噢！我有多爱您啊！"白金汉说。

"走吧！走吧！我求求您，以后再来吧，以后作为大使，作为使臣，带着护卫您的卫队和照看您的侍从再来吧，到那时我就不会为您的性命担忧，就可以心安理得地重新见到您了。"

"噢！此话当真？"

"是的……"

"那么，就行行好给我一件信物，一件从您身上给出来的东西，让它提醒我这不是梦。请给我一件您随身带着，并且我也可以带回去的东西,一枚戒指,一条项链,一根手链都行。"

"我把您要的东西给您以后,您,您就走吗?"

"是的。"

"立刻就走?"

"是的。"

"离开法国,回英国去?"

"是的,我向您发誓!"

"那么,请等一等,请等一等。"

说着,奥地利安娜走进里面的房间,随即又转身出来,手里拿着一只粉红色的小木盒,上面用金线镶嵌着她的姓名首写字母组成的图案。

"拿着吧,公爵,拿着吧,"她说,"拿着它记住我吧。"

白金汉接过小木盒,又一次跪了下来。

"您允诺过离开的。"王后说。

"我绝不食言。请把您的手,把您的手给我,夫人,我这就走。"

奥地利安娜闭起眼睛,伸出一只手,另一只手则靠在艾斯特法妮娅身上,因为她觉得自己就要支持不住了。白金汉热吻过那只美丽的手后,站起来。

"不出六个月,"他说,"只要我没死,我一定会再见到您的,夫人,就算因此把整个世界搅个天翻地覆,我也在所不惜。"言毕,他信守刚才的诺言,快步走出了房门。在过道里,他碰见了正在等候他的博纳修太太,她还是那么谨小慎微,也还是那么运气很好地把他带出了卢浮宫。

第十三章　博纳修先生

上文中一直提到一个人，读者朋友们也许已经注意到了，虽然这个人下落不明，但是我们始终没有说明他的情况。这个人便是博纳修先生，那位深陷政治阴谋和爱情风波成了牺牲品的让人敬重的针线铺老板。那个时代，骑士风度和风流韵事大行其道，政治与爱情常常纠结在一起，密不可分。

幸好，不管读者是不是记得，幸好我在前文中已经承诺不会把他真的给忘了。他被那几个警探逮捕之后，便被关进了巴士底狱，他吓得浑身如筛糠一样颤抖，被押着从一小队正往火枪里装火药的士兵跟前经过。

押到一间露出地面一半的地下室牢房以后，他在这些押送的人眼里，就成了种种最粗俗的侮辱、最粗暴的虐待的发泄对象。这些人看见跟他们打交道的这家伙不是个绅士，就不客气地把他当个乡巴佬处置了。

过了大概半小时，来了一个书记员，命令把博纳修先生带到审讯室去，因而那些折磨总算暂时结束，不过他心里仍是战战兢兢、忐忑不安。通常对刚押解到的犯人总是在牢房里就地审讯的，然而，此次对博纳修先生可没有这么客气。

两个狱卒架着针线铺老板穿过一个院子，走进一条过道，过道里布着三个岗哨，两人打开一扇门，把他推进一间低矮的房间，里面空荡荡的，只有一张桌子、一把椅子和一个监狱督察长，那督察长坐在椅子上，正伏在桌子上写东西。

那两个狱卒把犯人带到桌子跟前，督察长做了个手势，两人往后退下一段距离,直到听不清审讯官和犯人的对答时才立定。

督察长方才一直低着头在写东西,此时抬起头来看了一眼要跟他打交道的人。这督察长是个面目可憎的家伙,尖尖的鼻子,凸颧骨,小小的老鼠眼老是滴溜溜打转,看起人来目光犀利,这副尊容,可以说是榉貂和狐狸的神情特征兼而有之。这么个脑袋,搁在一根细长而活络的脖子上,从宽松的黑袍里伸将出来,左摇右晃的,动作有点儿像从背壳里伸出来的乌龟脑袋。

他先问博纳修的姓名、年龄、职业和住址。被告回答说,他叫雅克·米歇尔·博纳修,五十一岁,是退休的针线铺老板,家住掘墓人街十一号。

接着,暂且不再追问,而是对他发表了一篇身份卑微的市民卷进公共事务中去的危险性的长篇大论。

紧接着这个开场白,是一大段陈述,讲的是主教先生这位权倾朝野的显贵、前无古人后无来者的重臣手中的权力和种种的作为,凡是顶撞他的权力、反对他的作为的人,是没有一个不受惩罚的。

长篇大论的这开头两部分说完以后,他把那对鹰隼般的眼眸盯住可怜的博纳修,请他好好考虑一下目前处境的严峻。

针线铺老板的考虑是不出我们的所料。他诅咒拉波尔特先生当初干吗想到把教女嫁给他,特别是这位教女干吗会被选作王后身边掌管衣服的侍女。

博纳修秉性自私、吝啬间杂着极度的怯懦。年轻妻子在他身上激起的情爱,只是一种第二位的感情,是完全无法跟上面提到的那几种原始的感情相抗衡的。审讯官方才所言,博纳修的确详加考虑了一番。

"不过,督察长先生,"他怯生生地说,"请您相信,我是比谁都更了解,也更赞赏主教大人的美德的,由这位无与伦比的大人来管辖我们,真是我们的福分啊。"

"真的吗?"督察长充满疑虑,"不过,若真如此,您又怎会进了巴士底狱？"

"我来到此处的缘由，"博纳修先生说，"我一点儿也不清楚，我只知道绝对不是因为我或有意或无意中得罪过主教先生的缘故。"

"但，总而言之你还是有罪的，您被控参与谋反。"

"谋反！"博纳修吓得半死，失声喊道，"谋反！您想想，我这么个一直憎恶胡格诺派教徒，对西班牙人也没好感的小商人，怎么会参与谋反？先生，请您想想看啊，这事儿实在是连影子也没有的呀。"

"博纳修先生，"督察长瞅着被告说，那对小眼睛好像能够看穿对方心底里的念头似的，"博纳修先生，您有个妻子是吗？"

"是的，先生，"针线铺老板浑身颤抖地回答说，暗忖这下子事情可就糟糕了，"是的，有过一个。"

"什么？有过一个！这么说现在没有了喽，您把她怎么样了？"

"她被人绑架了，先生。"

"她被人绑架了？"督察长说，"噢！"

博纳修听到这声"噢"顿时觉得事情越来越糟了。

"她被人绑架了！"督察长又说了一遍，"您知道是谁绑架的吗？"

"我想我知道。"

"是什么人？"

"要说呢，我也拿不准，督察长先生，我只是这么怀疑。"

"怀疑谁啦？说呀，别吞吞吐吐的。"

博纳修先生慌乱起来：说还是不说呢？不说，是知情不报；说，则心有诚意。于是他决定全都说出来。

"我怀疑一个人，"他说，"此人身材高挑，发色深褐，风度翩翩，貌似身份显赫之人。以往我在卢浮宫的边门等我老婆陪她回家的时候，这人似乎有好几回都跟在后面。"

督察长仿佛颇有点儿不安的样子。

"他叫什么名字?"他问。

"噢!我不知道他的名字,但是如果再次见面,我敢担保就是在一千个人中也能认出他来。"督察长的额头变得阴沉起来。

"你在一千个人里面也能把他认出来,这话是您说的?"他说。

"我是说,"博纳修见势不妙,立刻就想改口,"我是说……"

"您回答说您认得出他,"督察长说,"好,今天咱们就到此为止。继续审讯以前,我得把您认识绑架您妻子的人这件事,先让有个人知道一下。"

"可我没说我认识他呀!"博纳修慌了神,大声地喊道,"我说的正相反……"

"把这个犯人带下去。"督察长对那两个狱卒说。

"带到哪儿?"书记员问。

"单人牢房。"

"哪一间?"

"噢!我的天哪,哪间都成,只要关得严实就行。"督察长漫不经心地回答道。可怜的博纳修一听之下,吓得灵魂都出了窍。

"哎哟!哎哟!"他对自己说,"这下我可倒了霉喽!我老婆准是犯下了弥天大罪。他们以为我是她的同谋,要把我跟她一起问罪,她肯定会说出来,会招认她把一切都告诉过我的。一个女人,该有多软弱哟!单人牢房,哪间都成!明白啦!先胡乱关上一夜。明天一到,滚车轮,上绞架!噢!我的天主!我的天主!可怜可怜我吧!"

那两个狱卒对博纳修师傅的长吁短叹根本不予理睬,而且这种长吁短叹他们肯定也是见多不怪了,他俩一人挟住他的一条胳膊,把他带走了,这时候那督察长急匆匆地写了一封信,书记员正立在一旁等着去送这封信。

牢房虽然并非那么糟糕,但担惊受怕的博纳修仍一夜未眠。

他整夜坐在板凳上，听到一点儿响声就直打哆嗦，待到第一道曙光透进牢房时，晨曦在他眼里也显得分外愁苦。

当他冷不防听到门闩打开的声音时，顿时惊跳起来。他以为人家是来拉他上断头台的。因此一见来人不是行刑的刽子手，而是头天的那个督察长和书记员，禁不住差点儿要扑上去拥抱他们。

"从昨晚起，您的案子变得很棘手了，老兄，"督察长对他说，"我劝您还是把实情全都招出来为好。因为只有您的悔过，才能平息主教的怒火。"

"我是想全都招出来，"博纳修喊道，"至少是把我知道的事情全都招出来。请您问吧。"

"首先，您的妻子在哪儿？"

"我说过了，她被人绑架了。"

"对，不过昨天下午五点钟她逃走了，这中间是您在捣鬼。"

"我老婆逃走了！"博纳修嚷道，"噢！该死的女人！先生，要是她逃跑了，那可不是我的错，我向您发誓。"

"那么，昨天白天您干吗要到您的邻居达德尼昂先生屋里去密谈那么些时间？"

"啊！对，督察长先生，对，有这回事，我认错。我是去过达德尼昂先生的屋里。"

"您找他目的何在？"

"求他帮我找到我老婆。我以为我有权对他提出这个要求。看来我是错了，我恳求您能原谅我。"

"达德尼昂先生是怎么回答您的？"

"达德尼昂先生答应帮我；但是我很快就看出他是在骗我。"

"你这是在欺骗本审讯官！达德尼昂先生跟你串通一气，按照你俩的密约，他赶跑了逮捕你妻子的警员，还帮她逃脱了所有的搜捕。"

"达德尼昂拐走了我老婆！瞧您在说些什么呀？"

"好在达德尼昂先生被我们逮捕了，马上你们就会当面对质了。"

"啊！谢天谢地，我真是求之不得，"博纳修嚷道，"能见见熟人的面，我可太高兴喽。"

"把达德尼昂先生带上来。"督察长对两个狱卒说。

两人把阿托斯带了上来。

"达德尼昂先生，"督察长对阿托斯说，"把您跟这位先生的过节讲讲清楚吧。"

"不对呀！"博纳修喊道，"此人并非达德尼昂先生！"

"什么！不是达德尼昂先生？"督察长嚷道。

"压根儿不是。"博纳修答道。

"这位先生叫什么名字？"督察长问。

"我不知道，我不认识他是谁。"

"什么！你不认识他？"

"是的。"

"你从来没见过他？"

"见过，但我不知他叫什么。"

"您叫什么名字？"

"阿托斯。"火枪手答道。

"可这不是一个人的名字，而是一座山的名字呀！"可怜的审讯官嚷道，他简直不知所措了。

"这是我的名字。"阿托斯镇静地说。

"但您曾自称达德尼昂。"

"我说过吗？"

"是的，说过的。"

"噢，是这么回事，当时他们问我：'您是达德尼昂先生吗？'我回答说：'你们看呢？'那几个警探都冲着我直嚷嚷，说肯定错不了。我也懒得去跟他们争个明白。再说，我也会有听错的时候。"

"先生，您这是藐视司法的尊严。"

"没有的事。"阿托斯镇静地说。

"您就是达德尼昂先生。"

"您瞧您，又跟我说这种话了。"

"请听我说，"博纳修先生插进来嚷道，"督察长先生，此事毋庸置疑。达德尼昂先生是我的房客，虽然他没付房钱，不过正因为这个缘故，我自然更该认识他喽。达德尼昂先生是个二十岁不到的小伙子，这位先生可是三十多岁了。达德尼昂先生是德·埃萨尔先生手下的禁军，这位先生却是德·特雷维尔先生火枪营的。您瞧瞧他的这身军服，督长先生，您瞧瞧他的军服。"

"没错，"督察长喃喃地说，"完全正确。"

这时，门突然打开，监狱边门的看守领来一个信使，交给督察长一封信。

"噢！那该死的女人！"督察长嚷道。

"什么？您说什么？是说谁呀？不是说我老婆吧？"

"就是说她呢。好了，您的案子现在变得更严重了。"

"嘿，"火冒三丈的针线铺老板喊道，"请问，先生，难道身陷囹圄的我倒要因为老婆的罪责而被判重罪吗？"

"因为你们相互勾结、串通一气，制订并实施罪恶的计划！"

"我发誓，督察长先生，您全都弄错了，我压根儿不知道我老婆想干些什么，对她干了什么就更是一无所知了。假若她干了什么蠢事，我就跟她一刀两断，就骂她，诅咒她。"

"好了，"阿托斯对督察长说，"如果我在这儿没事了，就请把我送到别的地方去吧，您的这位博纳修先生可真叫人看着厌烦。"

"把这两个犯人带回牢房去，"督察长分别朝阿托斯和博纳修做了个同样的手势，"要给我严加看管。"

"可是，"阿托斯跟往常一样镇定自若地说，"假如您要找的是达德尼昂先生，我不懂为什么要让我来顶替他呢？"

"照我的吩咐去办!"督察长喊道,"而且不准走漏半点儿风声!你们都听明白了!"

阿托斯耸耸肩跟着狱卒走了,博纳修先生则大呼小号的,声音凄惨得连老虎听了也会心碎。

针线铺老板被带回昨晚的那个单人牢房,在那儿待了一整天。他哭了一整天。这是针线铺老板的本色,正如他自己说过的那样,他确实没有半点儿军人的气概。

当晚九点钟光景,他想上床的时候,忽听得过道上传来一阵脚步声。脚步走近他的牢房,随后牢门打开,走进来几个狱卒。

"跟我们走。"走在狱卒后面的一个下级警官说。

"跟你们走!"博纳修喊道,"此时让我跟你们走!我的天,去哪儿呀?"

"到我们奉命带你去的地方。"

"这,这算不上是回答。"

"不过我们只能告诉你这些。"

"哦!我的天主,我的天主,"可怜的针线铺老板喃喃地说,"这下我可完啦!"

说完,他机械地跟在那几个来押解他的狱卒后面,乖乖地往外走去。

他沿原路走过那条过道,穿过第一个院子,然后又穿过一幢楼房,最后到了门院的门口,看见一辆马车停在那儿,旁边围着四个骑警。他被带上马车,那个下级警官坐在他身边,车门上了锁,两人好像待在一座滚动的牢房里。

马车行走缓慢,好像出殡的柩车。通过上锁的铁栅窗,犯人除了房屋和街面,别的什么也甭想看到。不过,博纳修是个老巴黎人,仅从两边的墙脚石、招牌和路灯,他也能认出一条条街道来。车子驶到圣保罗广场,他几乎晕厥过去,因为此处是巴士底监狱处决犯人的场所。他还以为车子要停在这儿。不过车子还在往前驶去。

行至圣让公墓，他又吓得半死，此处埋葬着叛国者们的尸体。但有件事使他稍微定了定心，那就是通常在埋葬那些犯人以前，总得先砍下他们的脑袋，而这会儿他的脑袋还好好地在肩膀上搁着呢。但随后马车又往沙滩广场驶去，他瞥见市政厅的尖顶，看着马车从拱廊下面驶过去的时候，心想这下子真的全完了，于是要向那个警官忏悔，遭到拒绝以后，便可怜兮兮地尖叫起来。末了那警官警告他说，要是他再这么叫个不停，就要塞住他的嘴巴。

　　这个威胁使博纳修略微安下心来。如果人家要在沙滩广场处决他，那就不必塞住他的嘴巴了，因为行刑点就要到了。不出所料，马车驶过这个可怕的广场而没有停下。他现在只剩下害怕那个特拉瓦尔十字架广场了。马车这会儿正往那个方向驶去呢。

　　这回毫无疑问了，特拉瓦尔十字架广场正是处决下等罪犯的场地。他刚才还以为自己有幸上圣保罗广场或沙滩广场，其实他行将结束这次旅途和生命旅程的去处，原来就是这个特拉瓦尔十字架广场！他还没瞧见那个倒霉的十字架，不过可以说，他感觉到了它在临近自己的上方。离刑场只有二十步开外时，车子在一阵喧哗声后停住了。可怜的博纳修恐惧万分，紧张至极，听见喧闹声，顿时瘫软，发出一声垂死般叹息的呻吟，昏死过去。

第十四章　牟恩镇的那个人

　　这群人之所以发出这阵喧闹，并不是在等着看一个要上绞刑架的犯人，而是在一个刚被处以绞刑的犯人周围议论纷纷。

　　马车停了没多久，便继续赶路，它穿过了人群，在圣奥诺雷街上前行，来到老好人街，在一扇矮门前面停了下来。

门开了，两个狱卒把博纳修架起来，那个警官在后面拖着，将他推到过道上，然后扯着他走上一个楼梯，将他带到了一间候见室中。

他机械地完成了这一系列的动作。

他感觉似乎是在梦里行走。所有的东西看上去都有些模糊不清，有声音传到了耳朵里，但他根本不明白这些声音的意思。如果在这会儿动手处决了他，他既不会有一个试图反抗的动作，也不会有一声乞求怜悯的喊叫。

于是，他就那么待在狱卒把他摆在上面的一张长凳上，一动不动地背靠着墙，往前耷拉着两条胳臂。

然而，他向四下里望去，却没发现任何可怕的东西，没有任何迹象表明他正面临现实的危险，长凳上的软垫挺舒服，墙壁上蒙着名贵的科尔多瓦皮革，窗前飘着红色锦缎的长窗帘，上面系着金色的束带，他渐渐明白自己的恐惧太过分了，于是把脑袋左右上下地转动了起来。

没人来阻止他转脑袋，但这么一转，他却转出了点儿底气，壮着胆子先挪动一条腿，再挪动另一条腿。末了，靠着两只手帮忙，他从长凳上支起身来，居然站稳了。

这时，一个气色挺好的军官掀起门帘，一边还在跟邻室的一个人讲话，一边转过身来对着博纳修先生。

"您是叫博纳修吧？"他说。

"是的，军官先生，"吓得半死不活的针线铺老板结结巴巴地说，"不知有何见教？"

"进来吧。"军官说。

他侧身让针线铺老板过去。博纳修乖乖地走进那个房间，似乎有人在里面等着他。

这是一间宽敞的书房，墙壁上挂着各种进攻和防卫的武器，窗户关得密不透风，虽说才是九月底的天气，但室内已经生起了壁炉。一张方方的办公桌占据了屋子的正中央,上面堆着书籍和卷宗,还摊放着一张拉罗谢尔城的大地图。

一个中等身材的男子站在壁炉跟前,他气宇轩昂,神情高傲,目光炯炯有神,天庭饱满,脸蛋瘦削,加上那两撇唇髭和蓄在唇下的那撮短须,整张脸就显得越加狭长了。此人虽只三十六七岁的光景,但须发开始花白。他身上没有佩剑,但自有一种军人的风度,脚上的水牛皮靴上还沾着点儿尘土,显示他白天刚骑过马。

此人就是阿尔芒·让·迪普莱西,也就是黎舍留红衣主教。他并不像有人描写的那样是个衰迈的老人,一副受苦受难的殉难者的样子,身子佝偻,嗓音微弱,整天坐在一张高大的扶手椅里,只是靠着天性的力量在维持生命,依仗永不枯竭的睿智来跟欧洲斗争。实际上在那个年代,他是个机敏过人、风流倜傥的骑士,虽然体力已衰,却仍有那么股精神力量在支撑着他,使他成为有史以来最杰出的人物之一。他在曼图亚公国支援德·内韦尔公爵,收复尼姆、加斯特尔和于泽斯之后,目前又在准备赶走雷岛上的英国人,围攻拉罗谢尔了。

乍一看,没有什么地方显示出他就是红衣主教,对那些不认识他的人来说,要猜出自己站在什么人的面前,的确是不可能的。可怜的针线铺老板呆立在门口,红衣主教死盯着他的脸,似要将他看个通透。

"这就是那个博纳修吗?"片刻静默过后,他开口问道。

"是的,大人。"军官回答说。

"很好,把卷宗给我,然后您就退下吧。"

那军官从桌上拿起有关的卷宗,递给吩咐他的这位大人,然后一躬到地,退了出去。

博纳修认出这些卷宗里就有他在巴士底狱的审讯记录。壁炉前的人不时从文件上抬起眼睛,犀利的目光如两柄匕首,直刺入可怜的针线铺老板的心窝。

红衣主教看了十分钟文件，又审视了犯人十分钟，心中主意已定。

"此人无谋反之能力，"他暗自说道，"但是别管它，咱们走着瞧吧。"

"你被指控犯了谋反罪。"红衣主教缓缓地说。

"他们也是这么对我说的，大人，"博纳修喊道，他刚才听到那军官这样称呼对方，也就这样称呼了，"不过我向您发誓，我真的什么也不知道。"

红衣主教嘴边掠过一丝笑意。

"你和你妻子、德·谢芙勒兹夫人，与白金汉公爵一起谋反。"

"这些个名字，大人，"针线铺老板答道，"我倒都听我老婆说起过。"

"什么时候听到的？"

"她说黎舍留主教设圈套引诱白金汉公爵到巴黎来，想要使他和王后一起身败名裂。"

"她是这么说的？"红衣主教粗暴地大声说。

"是的，大人，不过我对她说，她这么说话可就不对啦，主教大人是不可能……"

"住嘴，你这个傻瓜。"主教打断他的话说。

"我老婆也这么说我来着，大人。"

"你知道是谁绑架你妻子的吗？"

"不知道，大人。"

"可你怀疑过一个人？"

"是的，大人。但是听了我的怀疑，督察长先生似乎挺恼火，因此我就不再怀疑了。"

"你妻子逃走了，这你知道吗？"

"不知道，大人，我进了监狱才听说，也是那位督察长先生告诉我的，他真是挺和气的！"

红衣主教嘴边又一次掠过一丝笑意。

"这么说,你妻子逃跑以后情况怎样,你一点儿不知道喽?"

"一点儿也不知道,大人。但是她可能是回卢浮宫去了吧。"

"到凌晨一点为止,她还没去过那儿。"

"噢!我的天主!那她出什么事啦?"

"你放心,会清楚的,谁也瞒不过红衣主教,红衣主教什么都知道。"

"那么,大人,您看红衣主教会不会赏脸把我老婆的情况告诉我呢?"

"也许吧。但是你先得把你知道的有关你妻子和德·谢芙勒兹夫人的情况全都说出来。"

"可是大人,我什么也不知道呀,我从没见过这位夫人。"

"你每次到卢浮宫去接你妻子的时候,她是直接回家的吗?"

"不是,她通常都要去衣料商那儿办点儿事,我就陪她去。"

"有几个衣料商?"

"两个,大人。"

"他们住在哪儿?"

"一个住在沃吉拉尔街,另一个在竖琴街。"

"你是陪着你妻子一起进去吗?"

"我从不进去,大人,我在门外等她。"

"她这么一个人进去,总得有个说法吧?"

"她没跟我说什么,她叫我等着,我就等着了。"

"你真是个懂得体贴妻子的丈夫,亲爱的博纳修先生!"红衣主教说。

"他叫我亲爱的先生!"博纳修想,"哟!这下就好了!"

"你还认得出那两座房子吗?"

"认得出。"

"门牌号码知道吗?"

"知道。"

"号码是多少?"

"沃吉拉尔街是二十五号,竖琴街是七十五号。"

"好。"红衣主教说。

说完,他拿起一只银铃摇了摇,那个军官进来了。

"去,"他低声说,"把罗什福尔给我找来,要是他已经回来了,就叫他马上来见我。"

"伯爵到了,"那军官说,"他正急于向主教大人回话呢!"

"主教大人!"博纳修喃喃地说,"……主教大人!"

"那就叫他来,快叫他来!"黎舍留急切地说。

那军官快步走出屋子,红衣主教的部下向来雷厉风行。

"主教大人!"博纳修神情茫然地转动着眼珠,喃喃地说。

那军官出去还不到五秒钟,房门就打开了,另外一个人走进屋来。

"就是他!"博纳修喊道。

"哪个他?"主教问。

"绑架我老婆的那个人。"

红衣主教又摇了摇铃,那军官又进来了。

"把这个人交给那两个狱卒,等我待会儿再传他。"

"不,大人!不,不是他!"博纳修喊道,"我认错人了,那是另外一个人,一点儿也不像他!这位先生是个正派人。"

"把这傻瓜带下去!"红衣主教说。

那军官挟住博纳修,把他带回候见室,两个狱卒在那儿等着。刚才进屋的那个人很不耐烦地望着博纳修走出,房门刚在他身后关上,便疾步走上前来对红衣主教说道:"他们见过面了。"

"谁?"

"她和他。"

"王后和公爵?"

"是的。"

"在哪儿?"

"卢浮宫。"

"肯定没错?"

"绝对没错。"

"谁对您说的?"

"德·拉诺瓦夫人,正如大人所知道的,她对大人一向是忠心耿耿的。"

"她为什么不早点儿报告?"

"王后不知是出于偶然还是有了戒心,吩咐德·絮尔吉夫人睡在她的房间里,把她缠住了一整天。"

"好啊,咱们输了。想想怎么来翻本吧。"

"我将竭尽全力为大人效犬马之劳,大人,请您放心。"

"事情的经过是怎样的?"

"半夜十二点半,王后和女官们在一起……"

"在哪儿?"

"她的卧室……"

"嗯。"

"这时有人用侍衣女官的名义送进来一块手帕……"

"怎么样?"

"王后立刻显得非常慌张,即使她抹过胭脂,然而还是看得出她脸色变白了。"

"后来呢?后来呢?"

"后来她立起身来,说话声音都变了,'夫人们,'她说,'请在这儿等我十分钟,我就来。说完她就打开暖阁的那扇门走了出去。"

"德·拉诺瓦夫人为什么没有马上来报告?"

"当时情况还很不清楚,再说,王后关照过:'夫人们,请在这儿等我。'她不敢违抗王后的旨意。"

"王后出去了多长时间?"

"三刻钟。"

"没有女官陪她出去?"

"只有艾斯特法妮娅夫人。"

"随后,她回过卧室吗?"

"是的,来拿过一个小木盒,粉红色的,上面有她名字首写字母的图案,她拿了马上就又出去了。"

"她后来回卧室时,那木盒带回来了吗?"

"没有。"

"德·拉诺瓦夫人知道这盒子里装的是什么东西吗?"

"知道。是陛下送给王后的钻石坠饰。"

"她回来时没带着这只盒子?"

"是的。"

"那么,德·拉诺瓦夫人认为她是给了白金汉?"

"她认为肯定如此。"

"何以见得?"

"德·拉诺瓦夫人以王后的侍妆女官的身份,次日白天找过这只盒子,因为没有找到,装出很着急的样子,借着这理由去问了王后。"

"那么王后她……"

"王后面红耳赤,说头天晚上断了一颗坠饰,拿去叫首饰匠修理了。"

"应该去问一下,弄清王后说的是真的还是假的。"

"我已经去过了。"

"如何,首饰匠如何说?"

"他压根儿就没有听到这件事儿。"

"好!好!罗什福尔,我们尚未满盘皆输,也许,现在就是我们翻盘的良机呢。"

"我向来认为以主教大人的卓异天资……"

"足以弥补一个手下人的愚蠢,是不是?"

"我正想这么说来着,假如刚才主教大人让我讲完的话。"

"现在，您可知道德·谢芙勒兹夫人和白金汉公爵藏在哪儿？"

"不知道，大人，我的手下人没能向我提供确切的情报。"

"但我知道。"

"您，大人？"

"对，至少我想是这样。他们两人，一个在沃吉拉尔街二十五号，另一个在竖琴街七十五号。"

"主教大人是否要我派人把他们抓起来？"

"太晚了，他们已经走了。"

"无论如何，核实一下总没有坏处。"

"您带上我的十个卫士，将这两座房子彻底搜查一遍。"

"我这就去，大人。"说完，罗什福尔疾步走出屋去。

红衣主教独自一人留在屋里，沉思了片刻，然后第三次摇铃。进来的仍是那个军官。

"把犯人带上来。"红衣主教说。博纳修师傅又给带了进来，红衣主教做个手势，那军官退了出去。

"你骗了我。"红衣主教厉声说道。

"我？"博纳修喊道，"我骗主教大人！"

"你的妻子去沃吉拉尔街和竖琴街，根本不是上什么衣料商的家里去。"

"那她是上哪儿去呀，我的天主？"

"是上德·谢芙勒兹公爵夫人和白金汉公爵那儿。"

"对呀，"博纳修说，这会儿他全都记起来了，"对呀，是这么回事，主教大人说得一点儿不错。我对我老婆说过好多次，说这两个衣料商怎么住在这种房子，这种没有招牌的宅邸里，这事儿真是挺怪的，每次我老婆听我说了都只管笑。哦！大人！"博纳修"扑通"一下跪在主教的脚下，接着往下说，"您真不愧是红衣主教，是伟大的红衣主教，是万民景仰的圣人。"

让一个像博纳修这般平庸的家伙对自己顶礼膜拜，在红衣主教看来实在是微不足道，可是他仍旧在瞬间产生一种得意的感觉。随即，似乎他脑海里马上又有了个新的念头，只见一丝笑意掠过他的唇边，他朝着针线铺老板伸出手来。

"起来吧，我的朋友，"他对博纳修说，"您是个好人。"

"红衣主教碰我的手啦！我碰到这位大人物的手啦！"博纳修喊道，"这位大人物管我叫他的朋友！"

"是的，我的朋友，是的！"红衣主教用一种和蔼可亲的口吻说道，这种口吻他有时候也是要用一用的，但是这只能骗骗那些不认识他的人，"既然人家无端猜疑冤枉了您，嗯，那就该给您一点儿补偿才是。给！这袋里有一百皮斯托尔，请您拿着，并请您原谅我。"

"我，原谅您？大人！"博纳修犹豫着不敢接过那袋钱，或许他是怀疑这所谓的馈赠是个玩笑，"但是您完全可以让人逮捕我，拷问我，绞死我呀。您是主子，我连半句怨言也不敢有呀。让我来原谅您，大人！哦，您这是说到哪儿去了呀！"

"哦！亲爱的博纳修先生！您如此说可真是宽宏大量，我心领了。如此说，您拿了这袋钱离开这儿，心里不会有什么不高兴的喽？"

"我觉得欢天喜地，大人。"

"那么就再见了，我们后会有期，我很希望能再见到您。"

"但凭大人所愿，随时听候吩咐。"

"请放心，我会经常想到您的，因为与您谈话可以得到相当大的乐趣。"

"嗬！大人！"

"再见，博纳修先生，再见。"

说着，红衣主教对他做了个手势，博纳修一躬到地算作回答。接着他往后退出门去，等他退到了候见室里，主教只听得他兴奋异常地拼命喊道："主教大人万岁！主教大人万岁！伟大的红衣主教大人万岁！"红衣主教笑吟吟地听着博纳修师傅这发自内心的真情流露,直到博纳修的喊声渐渐消失在远处。

"好了,"他说,"这个人从今以后就对我死心塌地了。"

说完,他开始全神贯注地察看起那张拉罗谢尔的地图来。这张地图,我们刚才说过,是摊放在办公桌上的,他用铅笔在地图上画了一条线。沿着这条线,即将筑起那道有名的长堤,十八个月后就是这道长堤封锁了被围困的城市的进出港口。

正当他全神贯注运筹帷幄之际,房门打开,罗什福尔走了进来。

"如何?"红衣主教一边急切地问,一边倏地立起身来,由此可见他对交给伯爵去办的使命重视到何等的地步。

"查明了,"罗什福尔说,"一个二十六七岁的年轻女人,还有一个三十五到四十岁年纪的男人,确实在主教大人说的那两座房子里待过,一个住了四天,一个住了五天;但是那个女人在昨天晚上,那个男人在今天早上,都已经离开了。"

"就是他俩!"红衣主教喊道,又望了望钟表,接着往下说,"现在去追也晚了。公爵夫人已经到了都尔,公爵已经到了布洛涅。现在想要找到他们俩,恐怕只有到伦敦才有可能。"

"主教大人有何吩咐?"

"要对此事保密,一定要保证王后安全,不要让她知道我们已察觉她的秘密,让她误以为我们追查的是一桩其他的案子。叫掌玺大臣塞吉埃来见我。"

"那个家伙,大人是怎么发落的?"

"哪个家伙?"

"那个博纳修。"

"对他的发落可谓是物尽其用,妙不可言。我让他做卧底,为我们监视他的老婆。"

罗什福尔伯爵鞠躬致意,这是一种表示深知主子圣明的礼节,随后他就退出去了。

屋里只剩红衣主教一人,他重又坐在桌边,提笔写了一封信,加盖了私章,然后摇了摇铃。那个军官第四次走进门来。

"派人去把维特雷找来,"他说,"告诉他要准备出远门。"

片刻过后,命令找的那个人已经站在了他的面前,脚上蹬着上好马刺的长靴。

"维特雷,"主教说,"您赶快去一趟伦敦,路上不能有半点儿延误。把这封信亲手交给米莱迪。这是一张二百皮斯托尔的凭单,您去找到我的司库,让他给您兑成现款。假如您能在六天内完成使命赶回来,还可以拿到同样数额的赏金。"

信使沉默地鞠了一躬,拿好那封信和两百皮斯托尔的凭单,退了出去。那封信上这样写道:

米莱迪:

设法尽快参加一个有白金汉公爵在场的舞会。他的紧身上衣上会佩戴十二颗钻石坠饰,想法靠近他,割下其中两颗。

一旦到手,即速告。

第十五章　穿袍的人和佩剑的人

上述那些事发生后的第二天,还是没有阿托斯的任何消息,德·特雷维尔先生从波尔多斯和达德尼昂那里得知了那些事。而阿拉密斯,他在前几天请了五天的假,此时应该在鲁昂处理几件家族事务。德·特雷维尔先生如一个父亲一样关心着他手下的火枪手。只要是火枪手营队的一员,就算是其中最不起眼的那个人,他也一定会尽可能地提供帮助,他甚至比亲兄长还要尽心尽力。

随之，他便去见了刑事总监。总监把负责红十字广场区段的警署长官叫来，马上查实了阿托斯此时正被关在主教要塞里。

阿托斯他经受了博纳修所经受过的苦待。前文已述说过他们两人的对质。阿托斯在这以前始终没有吐露自己的真实身份，原因是生怕处境也很危险的达德尼昂腾不出手来干他的正事，直到对质之时，他才申明自己是阿托斯，不是达德尼昂。

他说，他既不认识博纳修先生，也不认识博纳修太太；先生也好，太太也好，他都从来没跟他们说过一句话。他还说，他是晚上十点钟去拜访他朋友达德尼昂先生的，而在这以前，他一直在德·特雷维尔先生府上，晚饭也是在那儿吃的。他说有二十个人可以为此做证，并列举了好些声名显赫的绅士的名字，其中包括德·拉特雷穆依公爵先生。

主教要塞的这位督察长听了火枪手的这番简单而坚定的陈述，也跟前面那位督察长一样不知所措，虽然他满肚子都是穿袍的法官对佩剑的军人的宿怨，原先挺想拿这个火枪手当个出气筒，不过听见德·特雷维尔先生和德·拉特雷穆依公爵先生的名字，他不得不再三思考了。

阿托斯也被押送到了红衣主教那儿，不巧的是主教大人此刻在卢浮宫觐见国王。

正在此时，德·特雷维尔先生因为没能找到阿托斯，于是就直接进到宫中去拜见陛下。

因为火枪营统领德·特雷维尔先生是有权随时进宫见驾的。我们知道国王对王后向来抱有成见，并且这种成见又恰好是红衣主教巧妙地制造的，因为红衣主教认定在搞诡计方面，女人远比男人不可信一万倍。

造成上述成见的重要原因之一，便是奥地利安娜跟德·谢芙勒兹夫人之间的友谊。这两个女人，要比对西班牙的作战、跟英国的争端以及财政上的困窘，更使他感到焦虑不安。在他眼里，他认准了德·谢芙勒兹夫人不仅在纵横捭阖的政治活动中为王后效劳,并且,更加搅得他心神不宁的是她还在钩心斗角的爱情风波中为王后出力。

红衣主教先生向国王陈诉,已被流放到都尔,大家也以为她待在那边城里的德·谢芙勒兹夫人,近日竟然潜回巴黎并摆脱警方的监视达五日之久,国王一听,顿时气得大发雷霆。咱们的这位国王,禀性喜怒无常、不讲信义,偏偏又喜欢人家称他公正的路易、忠贞的路易。他的这种性格,后世难以理解,历史也只能借助史实,而非依靠推断来对之进行解释。

然后主教又说,德·谢芙勒兹夫人不仅到了巴黎,并且王后通过一种秘密的传递信件的渠道,也就是那年头所谓的宫外小道,已经跟她取得了联系;他还说,就在他正要掌握这桩密谋的重要线索,也就是说他的手下人正要在掌握充分证据的情况下,当场抓获前去给被流放者送信的王后密使的时候,一个火枪手竟然胆敢闯进来阻挠他们执行公务,拔剑直扑身负秉公查清全部案情、禀呈陛下御览之责的司法人员。听到这儿,路易十三已经火冒三丈,他铁青着脸,憋着一肚子闷火,朝王后的套间走去,这肚子闷火一旦发作,这位君王什么冷酷无情的事情都做得出来。

而在这番陈诉中间,红衣主教还只字未提白金汉公爵。不过正在此时,德·特雷维尔先生进来了,他神色镇定、彬彬有礼,仪表举止无可挑剔。

德·特雷维尔先生看到红衣主教在场,又看到国王脸色那么难看,对这局面心里已经有数了,不过他就像参孙面对非利士人那样,感到自己充满了力量。

路易十三的手已经握在门把上了,听见德·特雷维尔先生进屋的声音,他转过身来。"您来得正好,先生,"国王说,他的喜怒哀乐的感情,一旦强烈到了一定的程度,都是掩饰不住的,"我听说了您的火枪手干下的好事。"

"而我,"德·特雷维尔先生镇定地说,"也正要向陛下禀报司法人员所干的好事呢。"

"那就请吧。"国王大模大样他说。

"启奏陛下,"德·特雷维尔先生以同样的口气接着往下说,"有一队检察人员、警官和警士,都是些理应很受尊敬的人,但不知怎么好像对火枪手制服尤其看不顺眼,居然在一座屋子里逮捕了我手下,或者更确切地说,是陛下您手下的一个火枪手,并且在大街上押着他走,把他关进了主教要塞,我查问这是谁的命令,回答却是无可奉告。陛下,这位火枪手的品行无可指摘,并且几乎可以说是很有名声的,陛下不但认识他,而且颇为赏识他。他就是阿托斯先生。"

"阿托斯!"国王重复了一遍,"对,没错,我知道这个名字。"

"陛下想必还记得起来,"德·特雷维尔先生说,"上回那场令人不快的决斗,陛下是知道的,阿托斯先生就是不慎把德·卡于萨克先生刺成重伤的那位火枪手。顺便问一句,大人,"特雷维尔朝着红衣主教接着说,"德·卡于萨克先生已经完全康复了吧?"

"多谢!"红衣主教悻悻然地咬住嘴唇说。

"阿托斯先生那会儿是去看一个朋友,"德·特雷维尔先生接着往下说,"他这位朋友是个年轻的贝阿恩人,在陛下的埃萨尔联队里当见习禁军,当时正好不在家。阿托斯先生刚在这位朋友家里坐定,拿起一本书等他的时候,一队执达吏的助手和军士混杂在一块儿的人马赶来团团围住这座屋子,从几处同时破门而入……"

红衣主教对国王做个手势,意思是说:"这就是我刚才向您禀报的那件事。"

"这件事我已经知道了,"国王接口说,"他们是奉命行事,也是在为我效力尽忠。"

"那么,"特雷维尔说,"他们抓走我手下一个无辜的火枪手,像押解歹徒强盗似的由两个卫士押着他在大街上走,让这位文雅的先生遭到路人无礼的对待,这难道也是在为陛下效力吗?而这位先生为陛下效力,却是已经流过十次血,并且还准备继续为陛下抛洒热血的。"

"唔!"国王有点儿动摇了,"事情的来龙去脉原来竟是这样的吗?"

"可德·特雷维尔先生没有说,"红衣主教异常冷静地接口说,"这位无辜的火枪手,这位文雅的先生,一小时以前用剑刺伤了我派去调查一桩要案的四个预审法官呢。"

"我怀疑主教大人有确凿的证据来证明此种说法,"德·特雷维尔先生喊道,话音中有十足的加斯科尼人的率真,也有十足的军人的粗犷,"因为我可以向陛下担保,阿托斯先生是一个品德高尚的人。事发前一小时,他在我家吃晚饭,饭后又在我的客厅里谈天呢,在座的还有德·拉特雷穆依公爵先生和德·夏吕斯伯爵先生。"

国王看着红衣主教。

"我有一份笔录为凭,"红衣主教高声地回答国王无声的质问,"这份笔录是受袭击的人员提供的,呈请陛下圣览。"

特雷维尔骄傲地说:"法官的笔录岂能与军人凭名誉所说的话相提并论?"

"行啦,行啦,特雷维尔,您别说了。"国王说。

"既然主教大人对我手下的一个火枪手有怀疑,"特雷维尔说,"而红衣主教先生又是素以公正廉明著称的,因此我也要求对此做出调查。"

"在搜查过的那间屋子里,"红衣主教不动声色地继续说,"住的是,如果我没记错的话,是那个火枪手的一个贝阿恩人朋友。"

"主教大人可是想说达德尼昂先生?"

"我是想说受您保护的一个年轻人,德·特雷维尔先生。"

"对，主教大人，一点儿没错。"

"您难道未曾疑心正是这个年轻人曾经怂恿……"

"怂恿阿托斯先生，一个比他年龄大一倍的人？"德·特雷维尔先生打断他的话说，"绝无此事，大人。况且那天晚上达德尼昂先生是在我家里。"

"嘀，"红衣主教说，"如此说来，那天晚上所有的人都是在您府上过夜喽？"

"主教大人难道怀疑我的话不成？"特雷维尔说，气得满脸通红。

"不，天主在上，我怎么能怀疑呢！"红衣主教说，"不过，我只想问一句，他在您府上的时候是几点钟？"

"噢！这一点我可以确切地告诉主教大人，因为他进来的时候我正好看过钟，当时是九点半，虽说我原以为还要晚一些的。"

"那么，他离开教堂时又是几点钟呢？"

"十点半，也就是事件发生之后一小时。"

"但是，无论如何，"红衣主教从未怀疑过特雷维尔的诚实，因此感到胜利正在化为泡影，"无论如何，阿托斯就是在掘墓人街的这座房子里给逮住的。"

"难道朋友间相互往来也不行吗？难道我手下的火枪手和埃萨尔手下的禁军交朋友也不行吗？"

"当他交的朋友所住的房子很可疑的时候，就是不行。"

"这座房子很可疑，特雷维尔，"国王说，"这您大概还不知道吧？"

"陛下，我的确不知道。不过，就算这座房子上上下下都可疑，我也不相信达德尼昂先生住的那间屋会有问题。因为我要禀告陛下，我相信这个小伙子的话，他是天下对陛下最忠诚的仆人，也是对红衣主教先生最虔敬的崇拜者。""上次在赤脚加尔默罗会修道院旁边狭路相逢，刺伤朱萨克的就是这个达德尼昂吧？"国王望着红衣主教问道，后者满心恼恨，脸涨得通红。

"第二天刺伤贝纳儒。对,陛下,对,一点儿不错,陛下真是好记性。"

"好吧,这事该怎么处置呢?"国王说。

"这事该由陛下,而非由我来处置,"红衣主教说,"不过让我说的话,我就要说他是有罪的。"

"我不能同意,"特雷维尔说,"好在陛下有自己的法官,这些御前法官会做出裁决的。"

"就是,"国王说,"把这桩案子交给法官去办吧!办案是他们的事情,他们会做出裁决的。"

"但是有一点,"特雷维尔接口说,"可惜啊可惜,在咱们这个不幸的年头,一个人即使品行高洁,具有无可置疑的美德,也逃脱不了遭到辱骂和迫害的厄运。因此我可以肯定地说,对于警方施加的种种淫威,军队是不会甘心充当靶子的。"

这番话似乎说得很唐突,但是德·特雷维尔先生这么说是权衡过利弊的。他打的是引爆的主意,因为一引爆,炮眼里的炸药就会点火,一点火就会有亮光把四周照得通明。

"警方!"国王大声反驳德·特雷维尔先生的话,"警方!这您知道些什么呢,先生?您还是去管好自己的火枪手,别来搅得我头脑发胀吧。听您的口气,似乎万一不幸抓走了一个火枪手,法兰西就要岌岌可危似的。嘀!一个火枪手就闹得这么满城风雨!见鬼!我就是要抓上他十个,一百个,索性把整个火枪营都抓起来!我不想听见有人说个不字。"

"只要陛下什么时候觉得他们不可靠了,"特雷维尔说,"那么从那个时候起,这些火枪手就是有罪之人了。因此,陛下明鉴。我这就准备奉还这柄长剑,因为我毫不怀疑,主教先生在指控我手下的火枪手之后,最终还是要指控我本人的。因此我还不如趁早跟阿托斯先生和达德尼昂先生一起投案为好,他们一个已经被逮捕了,另一个早晚也要被逮捕的。"

"你这个加斯科尼真是犟脑袋疙瘩,你到底有完没完?"国王说。

"陛下,"特雷维尔音量毫不减弱地回答说,"请吩咐把我的火枪手放出来,否则就请把他交给审判官。"

"他会受到审判的。"红衣主教说。

"嘿,那敢情好呀,因为在这种情形下,我就要恳请陛下允许我出庭为他辩护。"

国王生怕两人会吵起来。

"倘若主教大人,"他说,"没有什么个人的原因……"

红衣主教明白国王想要说什么,就抢在他前面说道:"对不起,假如陛下认为我作为审判者可能带有成见,那我随时可以退出。"

"我说,"国王说,"您能否对着父王的在天之灵发誓,出事的那会儿阿托斯先生的确在您那儿,跟此案没有任何关系?"

"我对着荣耀的先王,对着我在这世上最爱戴、最尊敬的陛下您,发誓!"

"请陛下三思,"红衣主教说,"假如我们把被捕的人就这样放了,那就无法弄清案情了。"

"阿托斯先生在家里,"德·特雷维尔先生马上说,"法官先生随时可以传讯他。他是不会逃走的,主教先生,您可以放心,我可以为他担保。"

"是啊,他不会逃走的。"国王说,"正像德·特雷维尔先生说的那样,我们随时都找得到他。再说,"他压低声音用一种央求的神气望着红衣主教说,"还是放了他吧,这是出于政治上的考虑。"

听到路易十三的这种政治上的考虑,黎舍留不禁哑然失笑。

"请下谕旨吧,"他说,"您是有权特赦的。"

"特赦只适用于有罪的人,"特雷维尔说,他要把最后一个回合也赢下来,"可我的火枪手是清白的。因此陛下,您要做的事不是特批赦免,而是主持公道。"

"他是在主教要塞里?"国王问。

"是的,陛下,并且是被秘密地关在单人囚房里,就像是对待罪大恶极的重犯那样。"

"见鬼!见鬼!"国王喃喃地说,"怎么办呢?"

"您签署一道释放的手谕事情就解决了。"红衣主教说,"我像陛下一样相信,德·特雷维尔先生的保证是完全靠得住的。"特雷维尔躬身施礼,既喜悦又担心,他宁可看到红衣主教顽抗到底,而非突然就这样轻易让步。国王签署了释放令,特雷维尔拿了就走。他刚要出门的时候,红衣主教对他友好地一笑,然后对国王说:"陛下,您火枪营中官兵关系很和谐,这既能全力效命陛下,也能使大家获得荣耀。"

"打这以后,他准要没完没了地对我使坏了。"特雷维尔想,"这样一个家伙,是没法真正叫他认输的。我还是快走吧,因为陛下的主意是说变就变的,不过要把一个已经从巴士底狱或者主教要塞放出来的人,重新再关到里面去,到底要比把他老关在里面不放出来费事些吧。"

德·特雷维尔先生满面春风地走进主教要塞,救出了他那位神色安详、一如既往的火枪手。

他一见到达德尼昂,劈面就冲他说:"您倒溜得挺快,这可是您跟朱萨克的一剑之仇。还有贝纳儒的呢,您可别太大意了。"

德·特雷维尔先生信不过红衣主教,认为事情不会就此结束,的确不是没道理的,因为这位火枪营统领前脚刚走,房门刚关上,红衣主教就开口对国王说道:"现在只剩我们两个人了,要是陛下愿意的话,我们可以认真地谈一谈。陛下,白金汉先生在巴黎待了五天,直到今天早上才离开。"

第十六章　掌玺大臣塞吉埃

路易十三听了那番话,心中的震撼真是无法描述。他脸色一阵红,一阵白,红衣主教窃喜,自己胜利地扳回了一局。

"白金汉先生到巴黎来过!"国王吼道,"他来做什么?"

"也许是同我们的死敌胡格诺派还有西班牙人密谋什么吧。"

"不,不可能,真是见鬼!他是同德·隆格维尔夫人、德·谢芙勒兹夫人,以及孔代家①的那群人串通好了来诋毁我的名声!"

"哦!陛下,您怎么这么说呢!王后贤良淑德,更何况她对陛下爱得那么死心塌地。"

"女人的意志是薄弱的,红衣主教先生,"国王说,"至于她爱我的情意深不深,我对这种爱情自有我的看法。"

"不过我还是认为,"红衣主教说,"白金汉公爵到巴黎来,纯粹是出于政治的动机。"

"但我绝对肯定他另有目的,红衣主教先生,若王后有罪,她就等着为我的愤怒而发抖吧!"

"说实话,"红衣主教说,"起初我有些犹豫,没敢往不忠那上面想,不过陛下的话倒提醒了我。德·拉诺瓦夫人那儿,我曾按照陛下的旨意问过几句话,据她告诉我说,王后昨天晚上睡得很晚,今天早上哭得很厉害,白天一直在写信。"

---

① 孔代家:法国波旁王室嫡系之一,历史上出过法国国王路易一世、亨利一世、路易二世等。

"这就对了,"国王说,"绝对是在给他写信,主教先生,我得把王后写的这封信拿到手。"

"但如何做呢,陛下?依我看,此事绝不是我与陛下所能做的。"

"昂克尔元帅夫人的信是怎么抄出来的?"国王怒不可遏地嚷道,"他们搜了她的衣柜,最后还搜了她的身。"

"昂克尔元帅夫人只不过是昂克尔元帅夫人,一个佛罗伦萨的女冒险家而已,但是陛下至尊的夫人却是奥地利安娜公主、法国的王后,这就是说她是世界上最尊贵的金枝玉叶哪。"

"如此则罪加一等,公爵先生!她愈是自贬身份,就愈是身份卑下。再说,我早就打定主意要把所有这些政治和爱情的小阴谋来个连窝端了。她身边有那么个拉波尔特吧……"

"说真的,我认为此人正是全部事情的关键人物。"红衣主教说。

"您像我一样认为她在欺骗我吗?"

"我以为王后阴谋反对王权而非败坏陛下名誉。"

"可我告诉您,她两个阴谋都参与了。我告诉您,王后并不爱我,我告诉您,她爱着另一个人,我告诉您,她爱着那个无赖白金汉公爵!他在巴黎的那会儿,您干吗不把他抓起来?"

"把公爵抓起来!把查理一世的首席大臣抓起来!您想过没有,陛下?这会引起怎样的轩然大波!倘若陛下的疑心,虽然我仍对此持保留态度,到那时候竟然坐实了,那会引起一场多么可怕的轩然大波!会惹出多少不可收拾的乱子来啊!"

"但是既然他像个二流子、小偷似的偷偷跑来,那就该……"

路易十三忽然对下面想说的话感到害怕起来,就停住不说了,而黎舍留正伸长着脖子,眼巴巴地等着听国王那句都已经到了嘴边的话。

"就该怎样?"

"不怎样,"国王说,"不怎样。不过,他在巴黎期间的活动一直处于您的监视之中吧?"

"是的,陛下。"

"他住在哪儿?"

"竖琴街七十五号。"

"这是在哪儿呀?"

"在卢森堡宫那边。"

"您能肯定王后没有跟他见过面吗?"

"我相信王后是绝对忠于她的责任的,陛下。"

"但是他们有书信来往,王后写了一整天的信,就是写给他的。公爵先生,我要把这封信拿到手!"

"但是陛下……"

"公爵先生,不惜代价,务必到手。"

"可是我想提醒陛下……"

"莫非您也要背叛我,红衣主教先生,老是这么违拗我的旨意吗?莫非您也跟西班牙人、跟英国人、跟德·谢芙勒兹夫人和王后一个鼻孔出气吗?"

"陛下,"红衣主教叹着气回答说,"我以为陛下是不会这样起疑心的。"

"红衣主教先生,我说的话您已经听见了,我要把这封信拿到手。"

"只有一个办法。"

"什么办法?"

"把这件事交给掌玺大臣塞吉埃去办。这完全属于他的职责范围。"

"叫人马上去把他找来!"

"他应该在我那儿,陛下。我出门前派人去请过他,我来卢浮宫之前,曾经关照过,他来以后让他等我。"

"叫人马上把他找来!"

"陛下的旨意遵命照办,但是……"

"但是什么?"

"但是王后可能会抗旨不遵。"

"违抗我的旨意?"

"是的,若是她不知道这是陛下的口谕。"

"好吧,为了让她不生怀疑,我亲自去通知她。"

"请陛下不要忘记,我已竭尽所能防止关系破裂。"

"对,公爵,我知道您对王后如此宽宏大量,以至于过分宽宏大量了。听好了,我以后将就此与您进行一次认真的探讨。"

"随时恭候,陛下。不过,陛下,我诚心期盼二位陛下始终相敬如宾,并愿为此效尽犬马之劳而备感荣幸与自豪。"

"好吧,主教先生,好吧。但是现在,还是请您派人去把掌玺大臣找来吧。我要到王后那儿去了。"

说完,路易十三打开寝宫房门,走进那条通往奥地利安娜公主寝宫的走廊。

王后坐在几位侍从女官中间,她们是德·吉托夫人、德·萨布莱夫人、德·蒙巴宗夫人和德·盖梅内夫人。那位从马德里一起跟来的西班牙侍从女官艾斯特法妮娅,此时坐在一个房角里。德·盖梅内夫人正在朗读一本书,所有的人都全神贯注地听着,只有王后是个例外,她提议朗读是为了可以装出在听的样子,随着自己的思绪独自沉思冥想。

她沉思冥想中的景色只有一抹爱情带来的暖色的金黄亮光,但仍然是那么凄冷哀婉。她,奥地利安挪公主,不但失去了丈夫的宠信,而且遭到红衣主教的嫉恨,成了他的眼中钉。红衣主教之所以对她耿耿于怀,是因为她拒绝了他更为温柔的一种感情,而王后却是有王太后作为前车之鉴的,当年这种嫉恨亦曾落在王太后的身上,折磨了她一辈子,尽管玛丽·德·美第奇,假若那个年代的回忆录可信的话,一开始就接受了奥地利安娜自始至终拒绝的这种感情,奥地利安娜眼看着自己身边最忠诚的仆人,最亲密的女友,最宠幸的心腹,先后都一个个倒下了,仿佛这些不幸的人生来命苦,只要跟她接触过的人都会倒霉,她的友谊成了一个招惹迫害的致命标记。德·谢芙勒兹夫人和德·韦尔内夫人都被流放了,有一天就连拉波尔特也毫不隐瞒地对女主人说,他随时都在准备被捕。

正当她处于沉思冥想中时,房门突然打开了,来者是国王。

朗读马上停下,所有的女官都立起身来,屋子里鸦雀无声。国王没有半点儿礼貌的表示,他径直走到王后跟前站住。"夫人,"他用一种变了声的语调说道,"待会儿掌玺大臣会来见您,把我要他办的事告诉您。"

这位随时会有离婚、被流放和受审之虞的可怜的王后,虽然脸上抹过胭脂,脸色还是变得惨白起来,她不由自主地问道:"为何要让他来呢,陛下?有什么话,陛下不能亲自告诉我,而要让掌玺大臣来对我说呢?"

国王转过身去不作回答,而几乎与此同时,卫队长德·吉托先生通报掌玺大臣先生到。

等到掌玺大臣进得屋来,国王已经从另一扇门出去了。

掌玺大臣进门时脸上带着尴尬的笑容,两颊微微有些泛红。我们在后面可能还会遇到这位掌玺大臣,因此不妨在他刚出场之际就先让读者对他有个了解。

掌玺大臣是个滑稽的角色。巴黎圣母院的议事司铎德·罗施·勒马斯尔先前做过红衣主教的贴身男仆,就是他把我们这位角色引荐给主教大人的,声称此人绝对忠诚老实。红衣主教对他信任有加,觉得他的确很不错。关于他颇有些传闻,其中有一则是这样的:

荒唐放荡的青年时代结束以后,他进了一座修道院,计划起码在一段时间里补赎一下年轻时纵欲的罪愆。

这家伙跑进修道院,却未能熄灭自己的情欲之焰。这些情欲苦苦地缠住他不放,他跑到修道院院长面前把这灾难据实相告,院长一片诚心想搭救他免受情欲的纠缠,就关照他说,逢到情欲那魔鬼来引诱时，马上跑去拉住钟楼的打钟绳，使劲地敲钟。闻听得钟声，众修士就明白某位弟兄正被魔焰生生炙烤，于是一齐为其祈祷。

未来的掌玺大臣一听这主意，觉得挺不错。因此他就靠着全院修士的大规模祈祷来除魔驱邪了，不过那邪魔不甘心这样轻易地放弃一块已经到手的领地，于是你这里除魔越是起劲，他那里诱惑就越是邪乎，到头来修道院里那口钟日日夜夜响个不停，宣告着这位忏悔者禁欲苦修有何等心诚。

但是修士们就别想再有片刻的休息时间了。白天，他们一刻不停地沿着通小教堂的楼梯上上下下；晚上，除了晚祷和黎明晨课之外，还得从床上跳下来二十次，俯伏在斗室的地砖上祈祷。

也不知道最终是魔鬼放过了他，还是修士们已经精疲力竭，反正三个月过后，又见这个忏悔的家伙在外边露面了，从此他落下个臭名声，大家管他叫魔鬼缠身的头号种子。

他出了修道院，进了司法界，接了叔父的位置，当了最高法院院长，做了红衣主教的跟屁虫，并颇得红衣主教大人的赏识。最后他当上了掌玺大臣，在主教大人折磨王太后、报复奥地利安娜公主的阴谋中竭尽全力效犬马之劳。他还曾在夏莱案件中为法官做主，支持过法兰西王室围场总管德·拉夫玛先生的试验。最后，正因为他深受红衣主教的宠信，乃至到了别人无法取代的地步，因此才接受了这么一项非同寻常的、必须面见王后执行的使命。

他进屋时，王后依然站着，然而一见他进来，王后马上就坐下，并且做个手势让女官们都在各自的软垫或矮凳上坐下。随即，她用一种异常高傲的语气问道："您来干什么，先生，您来这儿究竟有何贵干啊？"

"我对王后素来极为尊敬，不过现在我奉国王谕旨，前来仔细搜查您的信件。"

"您在说什么，先生！搜查……我的信件！您胆敢侮辱我！"

"夫人，我请您原谅，不过在目前的情况下，我只不过是国王手头的一件工具而已。国王陛下不是刚来过这儿，亲自请您准备让我来求见吗？"

"那您就搜吧，先生，照您这么说，我简直成犯人了：艾斯特法妮娅，把我的梳妆台和写字桌的钥匙都给他。"

掌玺大臣把这些地方走马观花般搜查一遍，他知晓王后的重要信函自不会锁在抽屉中。

他把写字桌的抽屉开了又关，关了又开，倒腾了不下二十次，而后他就不得不——虽然还有几分犹豫——使出最后一招来了，那就是直接搜王后的身。因此，掌玺大臣走向王后，神情窘迫，语气忸怩。

"现在，"他说，"只剩下那项最主要的搜查了。"

"搜哪儿？"王后问道，与其说她不明此话之意，不如说她不愿意明白。

"陛下知道您白天写过一封信，也知道这封信还没有送出去。这封信既不在梳妆台里，又不在写字桌里，但是它总该在一个地方吧。"

"您竟敢在您的王后身上动手？"奥地利安娜威严地直起身来，目光逼视着掌玺大臣说，这目光中的表情几乎变成威胁了。

"我是国王忠实的臣子，夫人，陛下如何命令，我就如何做。"

"好呀，没错，"奥地利安娜说，"红衣主教手下的密探为他效劳真够尽心的。我今天是写了一封信，这封信还没有发出。它就在这儿。"说着，王后举起她那美丽的纤手按在胸前。

"那就请把这封信给我吧，夫人。"掌玺大臣说。

"我只能交给国王本人，先生。"安娜说。

"倘若国王想让这封信交给他本人的话，夫人，他早就会亲自问您要了。不过，我再重复一遍，我是奉旨来向您拿这封信的，假如您不把它交出来……"

"那又如何?"

"我奉陛下的旨意,可以采用任何手段得到此信。"

"什么?您这是什么意思?"

"我的意思是说,国王的旨意不限于搜查家具,夫人,我还有权在王后身上搜查那封可疑的信。"

"简直骇人听闻!"王后喊道。

"因此,夫人,还是请您配合,自己将信交与臣下,不必将此件小事弄得不可收拾。"

"这完全是丧尽廉耻的暴行!这您明白吗,先生?"

"我是奉旨行事,夫人,请您原谅。"

"我没法忍受这种耻辱。不,不,我宁可去死!"王后神情凛然地喊道,西班牙和奥地利两个王室高贵的热血在她的血管里汹涌地流动着。

掌玺大臣深深一鞠躬,然后向奥地利安娜走去,神情之间明显地表露出他已打定主意,不完成使命绝不后退半步,那副模样就像刽子手在行刑室里朝犯人逼近过去。眼看他这么逼近上来,王后的眼里不由得迸出两行激愤的泪水。

前文已述,王后是个姿容曼妙、艳绝四方的美人儿。因此,掌玺大臣执行的差事是颇为微妙的,嫉妒心极强的国王因为嫉妒白金汉,竟对其他人不嫉妒了。大概此刻掌玺大臣塞吉埃正在四下张望寻找那敲钟的绳子,但是,既然找不到,他也就横下一条心,朝着刚才王后说的藏信的所在伸出手去。

王后退了一步,脸色惨白,几欲昏死,她左手扶住身后梳妆台,以使自己不会倒下,右手自胸前取信给了掌玺大臣。

"给,先生,信在这里,"王后断断续续、音调颤抖地大声说道,"拿去吧,我不想再看见您这张讨厌的脸了。"

掌玺大臣也激动得浑身颤抖,他的这种激动当然是不难理解的,他接过这封信后,一躬到地,立刻告退。房门刚在他身后关上,王后就像昏厥似的倒在了女官们的胳臂上。

掌玺大臣拿着信，只字未看，直接赶去面呈国王。国王手直发抖地接过信来马上看收信人地址，不过上面没写，他脸色变得煞白，慢慢地打开信纸，接着，看到抬头是西班牙国王，就迅速地看下去了。

信上写的完全是个对付红衣主教的计划。王后请求她的兄长和奥地利皇帝佯装对法国宣战，借口是黎舍留长期以来处心积虑贬低奥地利王室声誉，他采取的政策伤害了两国的利益，而媾和条件就是驱逐这位红衣主教。至于爱情，这封信上只字未提。

国王兴冲冲地问侍从官，红衣主教是否还在卢浮宫。侍从官回答说，主教大人正在书房里等候陛下的谕旨。国王立刻前往那儿。

"嘿，公爵，"他对红衣主教说，"您说得有理，是我错了。这封信里说的都是些政治阴谋，跟爱情毫不相干。但是，跟您倒是大有关系。"

红衣主教接过信来，仔仔细细地往下看，看完一遍以后，又再看第二遍。

"陛下，"他说，"您看我们的敌人有多厉害。假若您不赶我走，您就面临两场战争的威胁。说实话，我如果处在您的地位，陛下，我是会对这样两个强硬的对手让步的，而在我来说，能从此退出种种事务的纷争，实在是求之不得的好事。"

"您在说些什么呀，公爵？"

"我是说，陛下，激烈纷繁的争斗和没完没了的工作，已经把我的身体搞垮了。我是说，以我的健康状况，率领军队围攻拉罗谢尔的鞍马之劳，十有八九我是承受不了啦，因此最好是委任德·孔代先生或德·巴松比埃尔先生，要么就是别的哪位能征善战的骁勇的将军，来顶替我的位置。我不过是个神职人员，这样长期偏离圣职，从事自己力不从心、无法胜任的工作，本来就是身不由己的事情。陛下，您一旦让人替下了我，就不仅在国内能更加高枕无忧，而且我可以毫不迟疑地断言，您在国外也将变得更加伟大。"

"公爵先生，"国王说，"我都明白，您只管放心，这封信上提到名字的那些人，都会受到应有的惩处，王后也同样如此。"

"您说些什么呀，陛下？就我来说，哪怕就是一丁点儿的气恼，天主也不会许可我带给王后的！她始终认为我在跟她作对，虽然陛下可以为我做证，证明我从来都是一片至诚地向着她，甚至不惜因此而得罪您。哦！如果她在陛下名誉攸关的问题上欺骗了陛下，那当然就是另一回事了，那时我会第一个站出来说：'不能宽恕，陛下，不能宽恕这有罪的女人！'值得庆幸的是，事实并非如此，陛下刚才又有了一个新的证据。"

"没错，红衣主教先生，"国王说，"跟平时一样，这次又是您说对了。不过，王后还是没少惹我生气。"

"不，陛下，是您在惹她生气哪。说实话，她真的跟陛下怄气的时候，我是理解她的做法的，陛下对她过于严厉了！"

"凡是要跟我，或是跟您作对的人，公爵，我一概照此办理，无论他们地位有多高，也无论我这样做会带来怎样的后果。"

"王后是要跟我作对，而非跟陛下您作对，恰恰相反，她是位忠贞、温顺、无可挑剔的妻子。因此，陛下，请允许我代她向您求情吧。"

"那也得让她先来跟我赔个不是呀！"

"正相反，陛下，该由您先来做个姿态。既然是您猜疑王后，那当然首先就是您的错。"

"让我先去迁就她？"国王说，"没门儿！"

"陛下，我恳求您这样做。"

"再说，叫我怎么去迁就她呢？"

"做一桩肯定能让她开心的事呗。"

"什么事哪？"

"举行一次舞会。您是知道王后有多爱跳舞的。我向您保证，这样的殷勤足以消除她的怒气。"

"红衣主教先生,您是知道的,我向来不喜欢社交娱乐活动。"

"既然王后也知道您平时不喜欢这种娱乐活动,那她就更会领您的情了。再说这也是一次机会,好让她把那串漂亮的钻石坠饰拿出来展露一下,上回您在她的圣名瞻礼日送她的这串坠饰,她还从没戴过呢。"

"回头再说吧,红衣主教先生,回头再说吧,"国王说,他发现王后在一桩他并不在乎的事情上是有罪的,而在一桩他深恶痛绝的事情上却是无辜的,心里说不出的高兴,已经准备要跟王后言归于好了,"回头再说吧,不过,凭良心说,您实在过于宽容了。"

"陛下,"红衣主教说,"让大臣们严厉去吧,君王需要宽容,请宽容待人吧,这对您大有好处。"

红衣主教说完这几句话,听见钟敲十一点,于是躬身向国王告退,并再次恳请国王与王后言归于好。

王后在信被搜走后,本以为会被谴责,没想到次日国王却试图与她言好,不由暗自诧异。她的第一个反应是推拒,她作为女人的自尊和作为王后的尊严,竟遭到了如此不堪忍受的凌辱,她没法这么骤然间就转过弯来。但她毕竟经不住周围女官们的再三劝说,慢慢地看上去似乎也把那些前嫌忘了。国王瞅准她这么回心转意的时候,告诉她说他想近日为她举办一个舞会。

举办一个舞会,对可怜的奥地利安娜来说可是件稀罕的事儿,所以听到国王这么一说,正如红衣主教所预料的那样,她最后的那点儿怨怼,就算不是从心里,起码也是从脸上消释殆尽了。她问这舞会打算定在哪天举行,可国王回答说,他还得去跟红衣主教商量一下。

果然,国王天天都来问红衣主教这个舞会定在什么时候举行,然而红衣主教每回都会找个借口来推延,不肯把日子定下来。十天时间就这样过去了。

前面说到的那场风波过后的第八天，红衣主教收到一封信，上面贴的是英国邮票，信上只有寥寥几行字：

> 东西已到手。因缺旅费，无法起程离开伦敦。请寄来五百皮斯托尔，收此款后四五天内即返巴黎。

红衣主教收到这封信的当天，国王又跟平日一样来催问日期了。

黎舍留扳着指头低声自语道："她说收到钱后四五天就可以回巴黎，钱寄到那儿得四到五天，她路上又是四到五天，一共就有十天。再加上可能风向不顺，或许还会遇上些别的麻烦，女人体力又弱些，那么就算十二天吧。"

"怎么样，公爵先生，"国王说，"您算好了吗？"

"算好了，陛下。今天是9月20日，10月3日由市政厅出面举办一个舞会。这样安排妙不可言，您一点儿也不会显得是去迁就王后了。"

接着，红衣主教补充道："顺便提一句，陛下，请别忘了在舞会的头天告诉王后陛下，您想看看那串钻石坠饰戴在她身上好看不好看。"

第十七章　博纳修夫妇

这已经是红衣主教第二次向国王说起那个钻石坠饰了，所以路易十三对他所说的感到吃惊，心想这关照背后一定隐藏着一些和王后密切相关的事情。

红衣主教掌控的警探网，尽管和今天的警察机器比起来不够完善，但是在那时也是首屈一指的，所以，国王与王后之间的很多事情，常常是红衣主教比国王本人了解得还要清楚，以至于国王不止一次地感到甚是难堪。所以，这一次他想要先和王后谈一谈，希望能够通过这次谈话有所发现，之后把探听到的什么秘密向红衣主教讲一讲，不管红衣主教是否知道这个秘密，如此一来，他可以大大提高自己在这位大臣面前的威望。

因此他就去找王后，到了那儿，按老规矩一上来就又对她身边的那些人气势汹汹地指责一番。奥地利安娜低着头，听凭他滔滔不绝地数落来数落去，沉默着，心里巴望着他快点儿说完。然而路易十三巴望的却不是这样，因为他相信红衣主教说的话一定是话中有话，是故意做个手脚让他吓一大跳（这本来就是主教大人的拿手好戏），故而他一心想引得王后跟他争执起来，如此他没准就能抓住点儿什么破绽。最后，他这种没完没了的攻讦居然达到了目的。

"可是陛下，"奥地利安娜对这种不着边际的责骂实在听不下去了，"您并没有把您心里想的东西全都说出来。那您叫我怎么办呢？您就说吧，我到底犯了什么过错？陛下总不见得会为了一封写给我兄长的信，就这么嚷嚷个没完吧。"

国王遭到如此直接的反击，一下子竟然无言以对。他心想，本来要在举行舞会的前一天关照她的那几句话，还不如就趁此刻对她说了吧。

"夫人，"他郑重其事地开口说，"马上就要在市政厅举办舞会了，我要您对咱们这些正直的市政官员赏个脸，出席这个舞会时非但要身穿盛装，而且要把我在您的圣名瞻礼日送您的那串钻石坠饰也戴上。这就是我的回答。"

这个回答太可怕了。奥地利安娜以为路易十三全都知道了，而这一星期来他之所以装聋作哑不发作，一方面可能是红衣主教让他这么做，另一方面也挺符合他的个性。她顿时变得脸色惨白,把一只手撑在靠墙的半圆桌上,这只美得无以复加的手,现在看上去却像白蜡做成似的,她用那双惊惶的眼睛望着国王,说不出一句话来。

"您听见了没有,夫人,"国王说,看到王后如此惊慌失措,他感到满心欢喜,但他并没猜到其中的原因,"您听到了没有?"

"是的,陛下,我听到了。"王后吞吞吐吐地说。

"您去参加舞会?"

"是的。"

"戴上坠饰?"

"是的。"

王后的脸色变得死一样的惨白,国王也看出了这一点,心里还暗自感到得意。这种冷酷,正是他性格上一个很让人讨厌的特点。

"好吧,就这么说定了,"国王说,"我要对您说的就是这件事。"

"这个舞会放在哪一天举行呢?"奥地利安娜问道。

路易十三凭本能感觉到他不该回答这个问题,因为王后问这话时声音几乎就像一个垂死的人。

"就在这几天吧,夫人,"他说,"但是确切的日期我也说不准,还得去问一下主教先生。"

"如此说来,舞会是主教先生要您举行的?"王后大声说道。

"是的,夫人,"国王惊奇地回答说,"可您干吗要问这个?"

"那串坠饰也是他让您要我戴上的?"

"是这样的,夫人……"

"是他,陛下,是他!"

"行啦,他也好,我也罢,有何关系?难道诚心诚意邀您参与舞会也是罪过啦?"

"没有,陛下。"

"那么您参加吗?"

176

"是的，陛下。"

"那好，"国王一边说，一边往外走，"那好，就这么说定了。"

王后行了个屈膝礼，但这倒并不完全出于宫中礼节，而是因为她膝头发软已经支持不住了。国王得意扬扬地走出去了。

"我完了，"王后自言自语，"完了，主教已经全都知道了，是他在背后怂恿国王。国王现在还不知道，不过很快就会知道的。我完了！主啊！主啊！主啊！"

她跪在一只软垫上开始祈祷，把头埋在瑟瑟发抖的两条手臂中间。的确，她的处境非常危险。白金汉回伦敦去了，德·谢芙勒兹夫人远在都尔。监视比以前更严密了，她从中隐隐约约地感觉到，女官中间有人出卖了她，可是又没法知道这人到底是谁。拉波尔特这会儿没法离开卢浮宫。王后的身边，简直就没有一个可以信赖、给予帮助的人。

因此，身陷险境而感到孤立无援的王后，禁不住失声痛哭起来。"我可以为王后略尽绵薄之力吗？"蓦地有个充满同情的声音温柔地说。王后立刻转过身去，因为这声音中所含的感情是不会让人误解的，只有朋友才会这样说话。

果然，在一扇通到王后寝宫内室去的房门旁，出现了俊俏的博纳修太太的身影。国王进来时，她正好在一个小房间里整理王后的裙袍和内衣，她没法退出去，因此刚才的谈话她全听到了。

王后猛然见到一个人影，禁不住尖叫了一声，她由于过于惊恐，一时没能认出拉波尔特引荐给她的这个年轻女人。

"哦！请您别怕，夫人，"年轻女人合紧双手说，看到王后这么惊惶不安，她也不由得掉下眼泪来了，"我的人和我的心，都是属于王后的，虽然我跟您离得很远，虽然我的地位很低，不过我想我已经找到了一个办法，可以让王后不再这么受苦。"

"您吗！哦，天哪！您吗！"王后喊道，"您过来，脸朝我，看着我的眼睛。这些人都出卖了我，我能够相信您吗？"

"哦！夫人！"年轻女人双膝跪下大声说，"我愿为王后赴汤蹈火，万死不辞！"

这声音是从心底里发出来的，它就跟生来第一次啼哭一样，是不会使人误解的。

"是的，"博纳修太太继续说道，"是的，这儿有人出卖了您。可是我凭圣母的名义向您起誓，对王后，再没有人会比我更忠心的了。国王来向您要的坠饰，您已经给了白金汉公爵，是吗？这些坠饰装在一个香木小盒子里，他是夹着这盒子走的，是不是？难道我说错了吗？难道情况不是这样的吗？"

"哦！我的天主！我的天主！"王后喃喃地说，她害怕得牙齿直打战。

"那么，这些坠饰，"博纳修太太接着说，"一定得去拿回来。"

王后大声说："没错，自然是应当把它拿回来，可是如今这种情况，要怎样才能安全及时地把它拿回来呢？"

"得派个人到公爵那儿去。"

"但是派谁？派谁呢？我能相信谁呢？"

"请相信我吧，夫人，请赏我这个脸吧，王后，我会找到送信的人的！"

"但是还得写信呀！"

"哦！是的。非得有一封您的亲笔信。请您写上一两句话，再盖上您的私章。"

"但是写上这两句话的信就是我犯罪的证据，这足以使我陷入离婚和流放的悲惨境地！"

"是的，假若它们落在了坏人的手里是这样的结局！但是我可以向您保证，这封信一定会安全送到的。"

"哦！我的天主！这就是说，我的生命、我的荣誉、我的名声，全都交在您的手里了！"

"是的！是的，王后，您得这么做，因为我，我会保全这一切的!"

"不过您怎么去做呢?起码您也得告诉我呀。"

"我丈夫两三天前给放出来了,我还没来得及回去看他。他是个正派的规矩人,谁也不得罪,跟谁也不特别亲热。我要他做什么,他就会做什么。一旦我叫他去送样东西,他会拔腿就跑,也不问问送的是什么东西。他拿了王后的信,即便他不知道这是王后写的,也一定会把它送到收信人手里的。"

王后激动不已地抓住她的手,凝视着她,似乎想看透她的心,但从那双美目中看到的只有真诚,她满怀柔情地拥抱了博纳修太太。

"你就这样去做吧,"她大声地说,"你会拯救我的生命,拯救我的荣誉的!"

"哦!王后言重了,我只不过很荣幸为您效力而已,您不过是阴谋的受害者,根本谈不上我拯救您。"

"是这样,是这样,我的孩子,"王后说,"你说得有道理。"

"那就把信给我吧,王后,时间很紧迫。"

王后跑到一张小桌子跟前,小桌子上放着纸、笔和墨水。她写了两行字,盖上私章,把这封信递给博纳修太太。

"等一等,"王后说,"我们忘记了一件要紧的事。"

"什么事?"

"钱。"

博纳修太太脸红了。

"是的,没错,"她说,"我得跟王后说实话,我丈夫……"

"你是想说你丈夫没钱吧。"

"他是个有钱的吝啬鬼,这是他的毛病。但是,您不用担心,我会有办法的……"

"糟就糟在我也没钱,"王后说,"不过,请等一下。"奥地利安娜跑到她的首饰匣跟前。

"瞧,"她说,"这是枚很值钱的戒指。这是我哥哥西班牙国王送给我的,它是我私人的东西,我可以自由支配。请把这只戒指拿去换成钱,让你丈夫动身吧。"

"一小时后,他就会遵照您的旨意动身了。"

"收信人你看清了吧,"王后又说道,声音轻得让人几乎没法听清她在说什么,"伦敦白金汉公爵。"

"这封信会交到他本人手里的。"

"好孩子,你真是侠义心肠!"奥地利安娜喊道。

博纳修太太吻过王后的手,把信藏在胸前,像一只鸟儿似的轻盈地离去了。

十分钟后,她就到家了。正如她对王后说的那样,她丈夫出狱以后她还没有看见过他,所以她压根儿不知道,主教大人的恭维和赏赐已经使她丈夫改变了对红衣主教的看法。再说,德·罗什福尔伯爵在两三次造访过后已经成了博纳修最好的朋友,他没费多大劲儿就让博纳修相信了,绑架他老婆毫无半点儿恶意,仅仅是一种政治上的警告而已。

家里只有博纳修一个人。这可怜的家伙正在非常费力地收拾屋子,他刚回家那会儿,只见屋里的家具差不多全给砸了,柜子里也差不多全掏空了,因为所罗门王所说的那三种来去无踪的东西,司法人员本来就没包括在内。至于那个女用人,一见主人被抓,她赶紧就逃。这可怜的女孩子吓破了胆,一口气从巴黎跑到了她的勃艮第老家。

看见妻子进得屋来,可敬的针线铺老板就向她报告自己平安归来的好消息,博纳修太太向他表示祝贺,并告诉他说,她好不容易挤出点儿时间,就马上赶回家看他来了。

可这让他足足等了五天之久,换了别的时候,博纳修师傅准会觉得自己等的日子似乎太长了些。不过这一回,他去见到了红衣主教,随后罗什福尔又来看过他几次,因此他颇有些大事情要考虑考虑,而谁都知道,只要一动脑筋考虑事情,时间就过得特别快了。

何况，博纳修考虑的尽是些美滋滋的好事呢。罗什福尔管他叫朋友，叫亲爱的博纳修，还时常对他说，红衣主教很器重他。针线铺老板只觉得飞黄腾达就在眼前了。

博纳修太太也在考虑问题，然而，话得说明白，那可是跟飞黄腾达之类的野心毫不相干的事儿。近段时日里，她总会不时想起那位多情而又勇敢的英俊的年轻人。博纳修太太十八岁就结了婚，一直生活在朋友和丈夫的圈子里，这些男人，是不会懂得怎样在一个命薄心高的年轻女人心里激起感情的波澜的，对一些粗俗的挑逗，博纳修太太向来就冷漠处之。然而，特别是在那个年代，世家子弟的头衔对于市民阶层的女人来说是很有诱惑力的，而达德尼昂恰恰就是个世家子弟。另外，他身上穿的是禁军制服，除了火枪手制服以外，这可就是最受女人青睐的制服了。

如前所述，他年少英俊爱冒险，在热恋中会付出爱又渴望爱，如此种种，自会轻易赢得妙龄少妇之心。

因此，这对夫妻虽说已有一星期没见面，而且这一周内，发生了诸多大事，而且这些大事与他们有关联，但见了面，彼此却都有些小心翼翼。不过，博纳修先生仍然显出一种真心的喜悦，伸出双臂向妻子迎上去。

博纳修太太把前额伸给他吻。

"咱们谈谈吧。"她说。

"谈谈？"博纳修惊讶地说。

"是啊，我有件非常重要的事情要告诉你。"

"可也是，我也有几个挺严肃的问题要问你呢。请先说说你给绑架的事吧。"

"现在别谈这个了。"博纳修太太说。

"那么谈什么呢？谈我的被捕？"

"这事我当天就知道了。不过，既然你什么罪也没犯，既然你什么阴谋也没参加，既然你压根就不知道那些事情，那些会连累你或者别人的事情，因此这件事我觉得没什么大不了的。"

"你说得倒轻巧,太太!"博纳修看到老婆对他这么不关心,心里很是不开心地说,"你知道吗,我在巴士底的牢房里待了一天一夜。"

"一天一夜转眼也就过去了。咱们别再谈你被捕的事儿了,我来看你是有正经事要说。"

"怎么?你回来是有正经事要说!也就是说,你并不是想回来看看与你分别了一个星期的丈夫了?"针线铺老板大为恼火地说。

"当然,先是看丈夫,然后才是这件事。"

"那你就说吧!"

"现在有件非常重要的事情,我俩的好运说不定全指望它了。"

"打从我上回见到你以来,太太,咱们已经时来运转喽。要是再过几个月,咱们的运气就会变得叫人眼红,我也不会感到吃惊。"

"对,假如你愿意照我吩咐你的话去做,肯定错不了。"

"你吩咐我?"

"对,我吩咐你。现在有件非常神圣的重大事情要做,先生,同时你也能从中挣到好多钱。"

博纳修太太知道,一旦跟丈夫说到钱,她就算捏到他的软肋了。不过一个男人,即便他是个针线铺老板,一旦跟黎舍留红衣主教谈过十分钟话,就会变成另一个人了。

"挣好多钱?"博纳修伸长嘴唇说。

"对,好多好多。"

"估计有多少呢?"

"差不多一千皮斯托尔吧。"

"这么说,你要我做的事挺重要喽?"

"对。"

"做什么呢?"

"你立即动身,带上我给你的一封信,这封信你说什么也不能丢,并且一定亲手交给收信人。"

"去哪儿?"

"伦敦。"

"让我去伦敦!得了吧,你是在开玩笑吧,伦敦关我什么事?"

"但是,有人希望你能去。"

"什么人?我有言在先,我不想盲目行事,我得知道所冒何险,为谁冒险。"

"派你干事的是个大人物,等着你的也是个大人物。报酬很高,我保证。"

"又是什么鬼花样,老是这种名堂!谢谢,现在我可不吃这一套了,红衣主教先生已经让我开了窍。"

"红衣主教!"博纳修太太喊道,"你见到红衣主教啦?"

"是他差人把我请去的。"针线铺老板挺得意地回答说。

"而你就这么冒冒失失地去啦?"

"话得说回来,没法不去,两个警探押着我呢。我可有一句说一句,那时候我还不认识主教大人,因此如果能不去,我还真巴不得呢。"

"那他折磨你啦?他恫吓你啦?"

"他伸手给我,还管我叫他的朋友,他的朋友!你听见了吗,太太?我是伟大的红衣主教的朋友啦!"

"伟大的红衣主教!"

"难道你对这个称呼感到不以为然吗,太太?"

"谈不上什么不以为然,我只是想说,权贵的恩宠靠不住,疯子才会把前程系于权贵的恩宠。要投靠就投靠那些权势永远不落的权贵,否则难免希望落空。"

"你这么说真叫我不高兴,太太,除了我有幸为他效力的这位大人物,我可不知道还有别的什么权贵。"

"你为红衣主教效力?"

"对,太太,作为他的手下,我不想让你卷进危害国家安全的阴谋里去,也不想让你去为一个既不是法国人,又长着一副西班牙心肝的女人效力。万幸的是,我们有伟大的红衣主教,他那警惕的目光一刻也不会懈怠,随时都能看透这副心肝。"

博纳修只不过是在完完整整地复述他听罗什福尔伯爵说过的一句话,然而尽管如此,他那可怜的妻子,她原本把希望全都寄托在丈夫身上,还为此在王后面前替他打过包票,此刻禁不住浑身打起颤来了,这既是对自己差点儿招来祸患感到后怕,也是为自己眼前的束手无策感到惶恐。不过,她由于知道丈夫胆小怕事,并且非常贪财,因此还存着一线希望,想把他劝回来。

"嘀!你当上主教党了,先生!"她大声说道,"嘀!你居然为折磨你的老婆、侮辱你的王后的那帮人去卖命!"

"跟所有的人的利益相比,区区几个人的利益又算得了什么呢。我是站在那些拯救国家的人一边。"博纳修夸张地说。这又是一句罗什福尔伯爵说过的话,他听伯爵这么说过,此刻觉得可以派派用场。

"别张口闭口就是国家,你懂得什么是国家吗?"博纳修太太耸耸肩膀说,"听我的,做个安分的老百姓才是正理儿,把你的心思转到能使你获益更多的事情上吧。"

"嘿!嘿!"博纳修说着,拍拍一个鼓鼓囊囊的袋子,让它发出金属的铮铮声,"你对这东西该怎么说,爱说教的太太?"

"这些钱是哪儿来的?"

"你猜不出吗?"

"红衣主教给的?"

"他给的,还有我的朋友罗什福尔伯爵给的。"

"罗什福尔伯爵!就是他绑架我的呀!"

"有这可能,太太。"

"可你竟然收受这家伙给的钱?"

"你不是对我说过那次绑架纯粹是出于政治原因吗？"

"对。但是那次绑架的目的，是要让我出卖我的女主人，要严刑逼供，以得到我玷污女主人、危及女主人生命的供词。"

"太太，"博纳修接口说，"你那个尊严的女主人，是个不讲信义的西班牙女人，而红衣主教做的都是好事。"

"先生，"年轻女人说，"我过去只知道你怯懦、吝啬、愚蠢，可我还不知道你这么卑鄙！"

"太太，"博纳修从来没有见过妻子发这么大的火，不由得让震怒的妻子给镇住了，"太太，瞧你在说什么呀？"

"我说你是个卑鄙的家伙！"博纳修太太接着说，她感觉丈夫好像被自己说动了，"啊！你，你在搞政治！并且是主教党的政治！啊！你就为了钱，把自己的身体和灵魂全都出卖给了魔鬼。"

"不对，是红衣主教。"

"都是一码事！"年轻女人喊道，"黎舍留就是撒旦。"

"住口，太太，住口，人家会听见的！"

"对，会听见的，你这么胆小，我真为你感到羞耻。"

"你究竟要我怎么办呢？你倒是说呀！"

"我刚才说过了，我要你马上动身，堂堂正正地去做我交给你去做的事，以这作为条件，我可以既往不咎并原谅你，并且，"她向他伸出手去，"可以一如既往地爱你。"

怯懦而又吝啬的博纳修顿时泄了气，他终究爱着自己的妻子。一个五十岁的男人，是不会对一个二十三岁的女人犟到底的。博纳修太太看见他在踌躇，就说："如何，你下定决心了吗？"

"不过，我的好太太，你也得想想，你要我做的是什么事哪？伦敦离巴黎可远呢，真是够远的，况且你交给我去办的事儿，说不定还是挺危险的。"

"那有什么，你防着点儿不就行啦！"

"你听着，太太，"针线铺老板说，"你听着，我不能去，我害怕阴谋诡计。我见过巴士底狱。哦！真吓人啊，巴士底！只要一想起那鬼地方，我就浑身起鸡皮疙瘩。他们用酷刑恫吓我。你知道什么叫酷刑吗？他们往你的腿肚子下面塞木桩子，直到骨节咯咯发响！不，我说什么也不能去。见鬼！你干吗自己不去呢！说实话，我看我到现在为止一直看错你了。此时我发觉你是个女中丈夫，真有血性啊！"

"但你呢，你是个怯懦、蠢笨、卑鄙的女人。噢！你害怕了！好呀，你若违逆我的话，我就让人用王后的名义逮捕你，把你关进你那么怕去的巴士底狱。"

博纳修心中暗自对比红衣主教和王后发怒的后果，认为前者的发怒更要命。

"就让王后的手下人来逮捕我好了，"他说，"自有主教大人给我撑腰。"

顿时，博纳修太太知道自己已经走得太远了，想到方才说了那么些话，她禁不住有些后怕起来。她惊恐地面对这张脸凝视了片刻，在这张脸上看出了一种冥顽不化的执拗神情，那是种死心塌地走错路的神情。

"好吧，就算这样吧！"她说，"说到底，或许还是你有理呢。政治嘛，男人总要比女人懂得多些，特别是你，博纳修先生，你跟红衣主教都谈过话了。但是，我原以为自己的丈夫是个有情有义靠得住的男人，没想到他对我态度这么粗鲁，碰到我一时心血来潮的时候都不肯帮我一把，这真叫我难受。"

"那是由于你的心血来潮来得太出格了，"博纳修得意扬扬地说，"我委实放心不下啊。"

"算了吧，"年轻女人叹气说，"别谈它了。"

"且慢，起码你得让我知道去伦敦做什么吧？"博纳修说，他想起罗什福尔要他探察妻子秘密的嘱咐，但为时已晚。

"不必再说，"年轻女人说，对丈夫存有戒心地打住话头，"女人家想发财的小心思而已。"

但她愈是紧张，她丈夫愈觉得事关重大机密。因此他打定主意要马上告诉罗什福尔这件事儿。

"抱歉，我得走开一会儿，亲爱的好太太，"他说，"我事先不知道你要回来，因而跟朋友订了个约会。我马上就回来，你稍等我一会儿，我跟那位朋友谈完事，立刻就来陪你，现在时候已经不早，我得送你回卢浮宫去。"

"谢谢，"博纳修太太回答说，"你这么胆小，对我半点儿用场也派不上，我还是一个人回卢浮宫得了。"

"随你的便，太太，"针线铺老板说，"咱俩很快就能见面的吧？"

"那当然，下星期吧，我抽空回家整理家务，将家里略略整理一下。"

"那好。我会等你的。你不会怨我吧？"

"怨你？哪能呢。"

"那么再见啦。"

"再见。"

博纳修吻过妻子的手，一溜烟跑了出去。

博纳修太太待到丈夫关上了沿街的门，只剩她一个人的时候，暗自对自己说，"这个傻瓜竟然当上主教党了！可我还在王后面前做过保证，对我那可怜的女主人保证过……哦！我的天主，我的天主哟！宫里到处都是那种卑鄙的小人，王后会觉得我也是那样的人，会觉得我是人家安插在她身边的奸细了！哦！博纳修呀，博纳修，我根本就没怎么爱过你，而今就更情断义绝了。我恨你！我发誓，我饶不了你！"

她正在这么自言自语的时候，听到天花板上有敲击的声音，便抬起头来，一个声音穿过天花板传到她的耳边："亲爱的博纳修太太，请您把胡同里的那扇小门给打开，我这就下来看您。"

第十八章　情人与丈夫

"噢！太太，"年轻女人为达德尼昂打开门，达德尼昂刚跨进门便说，"请恕我冒昧，我不得不说一句，您的丈夫真不是个东西。"

"怎么，难道您听到了我们说的话？"博纳修太太一脸不安地看着达德尼昂，焦急地问道。

"都听到了。"

"怎么可能呢？我的天主！"

"我有自己的办法，以前我也是用这样的办法，听到过您和红衣主教的密探比这激烈得多的谈话呢。"

"那您从我们的谈话中，都获知了什么？"

"我知道了很多情况：首先，我有幸得知您的丈夫是个笨蛋，是个傻瓜；其次，您现在处境危难，这正好遂了我的心愿，给了我一个为您效劳的机会，天主明鉴，我随时准备为您赴汤蹈火；最后我了解到，王后需要一个勇敢、聪明而忠诚的人，去为她到伦敦跑一趟。而这三种品质，我至少具有其中的两种，所以我就来了。"

博纳修太太没有作声，但她的心却由于喜悦而怦怦直跳，一丝朦胧的希望闪现在她眼前。

"假如我把这使命交给您，"她问，"您能凭什么来做担保呢？"

"凭我对您的爱情。好了，说吧，命令我吧，我得去做什么？"

"我的天主！我的天主哟！"少妇喃喃地说，"我能把这样一桩秘密托付给您吗，先生？您差不多还是个孩子哟！"

"如此说来，我需要有人为我担保了。"

"不错，不这样，实难安心交付如此重大托付。"

"您认识阿托斯吗？"

"不认识。"

"波尔多斯？"

"不认识。"

"阿拉密斯？"

"也不认识。这几位先生都是什么人呀？"

"都是国王的火枪手。您认识他们的统领德·特雷维尔先生吗？"

"噢！对，我知道这位先生，虽不认识，但曾听闻他的确是个勇敢正直的人。"

"您不会害怕他把您出卖给红衣主教吧？"

"噢！当然不会。"

"那好，请把您的秘密说给他听，然后再问问他，不管这件事有多重要，多紧急，多危险，是否依然能托付给我。"

"不过这并非我的秘密，岂能轻易泄露给他人。"

"可您刚才不是几乎就要对博纳修先生和盘托出了吗？"达德尼昂悻悻地说。

"那就好比把一封信放进一棵大树的树洞，挂在一只鸽子的翅膀上，系上一只狗的项圈。"

"然而我，您很清楚我爱您。"

"您说了。"

"我是个讲信义的人！"

"这我相信。"

"我挺勇敢！"

"噢！这我一百个相信。"

"那么，就请您考验我吧。"

博纳修太太望着年轻人，还有最后一丝疑虑未能消释。不过，他目中豪情万丈，语气铿锵有力，这不禁使她对他信任有加。何况，她眼下的情况已经到了背水一战的紧要关头。过于轻信，免不了会使王后身败名裂；而过于谨小慎微，也会给王后带来不幸。然而，我们得承认，她对这位年轻的保护人油然而生的那种感情，的确促使了她下这个决心。

"您听我说，"她对他说，"您斩钉截铁般的誓言令我对您的保证产生了信任。不过我知道天主现在在听我俩说话，我要在天主面前起誓，假如您出卖了我，而我的仇人又免我一死的话，我就会以自杀来指控您。"

"至于我，太太，我也在天主面前起誓，"达德尼昂说，"如果我在执行您交给我的命令时被捕，我就自杀，那样就绝不会做出任何事，或说出任何话来连累别人。"

然后，年轻女人把那个生死攸关的秘密告诉了他。这个秘密，上回在撒马利亚大教堂对面，他因为偶然已经听到了部分内容。这无异于挑明了两人的爱情关系。

达德尼昂由于自豪兴奋而变得容光焕发。他获知的这个秘密，他心爱的这个女人，她给他的信任和爱情，使他觉得浑身都是劲儿。

"我这就出发，"他说，"立刻出发。"

"怎么！说走就走！"博纳修太太喊道，"那您的联队，您的统领呢？"

"的确，您让我把这些事全给忘了，亲爱的贡斯当丝！对，您说得对，我得去请个假。"

"又是一层麻烦。"博纳修太太忧愁地低声说道。

"噢！这事儿嘛，"达德尼昂想了想，大声说，"不会有问题的，您放心好了。"

"您准备怎么做？"

"我今晚就去请德·特雷维尔先生代我向德·埃萨尔先生请个假。"

"现在,还有件事。"

"什么事?"达德尼昂看到博纳修太太迟疑着打住,就问道。

"您可能缺钱用吧?"

"何止是可能?"达德尼昂笑嘻嘻地说。

"那么,"博纳修太太说着,打开一扇柜门,从柜子里取出一个口袋,也就是半小时前她丈夫恋恋不舍地摩挲过的那个钱袋,"把这个钱袋拿上吧。"

"红衣主教的钱袋!"达德尼昂哈哈大笑说,读者想必还记得,他多亏了那几块掀起的方砖,才能把针线铺老板跟妻子说的那些话,一字不漏地听在了耳里。

"红衣主教的钱袋,"博纳修太太应声说,"您瞧,看样子钱还不少。"

"是!"达德尼昂大声说,"拿了主教大人的钱去救王后,的确妙不可言!"

"您真是个又乐观又可爱的小伙子,"博纳修太太说,"请您相信,王后陛下是不会亏待您的。"

"噢!我已经大大地得到了报偿!"达德尼昂喊道,"我爱您,并且您也允许我对您这么说,这种幸福我真是连想都不敢想的呀。"

"嗫声!"博纳修太太浑身颤抖地说。

"怎么啦?"

"街上有说话的声音。"

"那是……"

"是我丈夫。没错,我听得出他的声音!"

达德尼昂奔到门前,插上门闩。

"我不出去他是进不来的,"他说,"等我出去了,您再给他开门。"

"但是我也得出去,假如我留在这儿,钱袋不见了,我如何跟他解释呢?"

"言之有理,您也得出去。"

"出去?如何出去呢?我们这么出去,会让他看见的。"

"那就上楼,到我的房间去。"

"哦!"博纳修太太轻声喊道,"您说这话的口气让我听着害怕。"

博纳修太太如此说时,目中含泪。达德尼昂见状,顿时手忙脚乱,心中一软,不由双膝跪地。

"在我屋里,"他说,"您就像在圣堂里一样安全,我凭绅士的名誉向您保证。"

"咱们走吧,"她说,"我相信您,朋友。"

达德尼昂小心翼翼地拨开门闩,两人犹如幽灵那般静静地从后门溜进胡同,蹑手蹑脚地登上楼梯,进入达德尼昂的房间。

进得门来,为了更安全起见,年轻人把门关紧闩好,两人走到窗子边上,从百叶窗缝里望下去,只见博纳修先生正和一个裹着披风的男人说话。一见这个裹着披风的男人,达德尼昂立刻跳了起来,把剑从鞘里抽出一半,朝门口冲去。

"您要干吗?"博纳修太太说,"您会把我俩都毁了的。"

"我曾发誓要杀他!"达德尼昂说。

"现在您的生命已经不再属于您自己了。我凭王后的名义,严禁您除了去伦敦以外,再去做任何冒险的事情。"

"就不能凭您自己的名义吗?"

"凭我的名义,"博纳修太太神情异常激动地说,"凭我的名义,求您不要如此冲动。听,他们似乎在说我呢。"达德尼昂走到窗前侧耳细听。

博纳修先生已经开门进屋,一看屋里空无一人,就又回到等在外面的裹披风的男人身边。

"她走了,"博纳修说,"肯定是回卢浮宫去了。"

陌生人问:"您肯定她未曾怀疑您为何出去吗?"

"我肯定,"博纳修自负地说,"她无此心机。"

"那个见习禁军在家吗?"

"我想不在。您看,门户关闭,屋内无光。"

"未必,还是弄清楚的好。"

"怎么做?"

"去敲他的门。"

"我去问他的仆从。"

"去吧。"

博纳修回进屋里,穿过方才两人溜出去的那扇门,登上楼梯,到达德尼昂的门前敲门。

没人应声。这天晚上波尔多斯为了摆排场,把布朗谢给借走了。至于达德尼昂,他是打定主意不吱声的。

博纳修敲着门,屋内两人万分紧张,不由得心跳加速。

"屋里没人。"博纳修说。

"算了,我们进屋详谈,屋内谈话要安全隐秘些。"

"哦!我的天主!"博纳修太太喃喃地说,"现在我们什么也听不见了。"

"恰恰相反,"达德尼昂说,"咱们听得更清楚了。"

达德尼昂掀起三四块方砖,如此一来,这房间就变成了另一种德尼的耳朵。他在地上铺了块垫子,跪在上面,再对博纳修太太做个手势,让她也照样俯身在那个缺口上方。

"您肯定屋里没人了?"陌生人说。

"我敢打包票。"博纳修说。

"您认为您的妻子是……"

"回卢浮宫去了。"

"除了您,她没跟别人说过这事?"

"我敢肯定。"

"这一点十分重要,您明白吗?"

"如此说来，这情报的价值……"

"很高，我亲爱的博纳修，这一点不用瞒您。"

"那么红衣主教会对我很满意喽？"

"我想没问题。"

"圣明的红衣主教！"

"您能肯定，您和您妻子谈话时，她没有提到什么人的名字？"

"我想，是这样的。"

"她没有提到过德·谢芙勒兹夫人、白金汉先生或是德·韦尔内夫人的名字？"

"没有，她只对我说她要我到伦敦去跑一趟，为一位地位非常显赫的人办件事情。"

"叛徒！"博纳修太太喃喃地说。

"小点儿声！"达德尼昂说，一边捏住她无意间搁在他身边的那只手。

"那就别管她了，"那个裹披风的人接着说，"您可真笨，若您先前假作接受托付的话，则此刻信已在手，受到威胁的国家也就得救了，而您呢……"

"如何？"

"嗯，您呀！红衣主教就会签给您贵族证书……"

"他对您这么说过？"

"是的，我知道他想给您一个意外惊喜的。"

"请放心，"博纳修说，"我太太很爱我呢，还来得及。"

"笨蛋！"博纳修太太喃喃地说。

"小点儿声！"达德尼昂说着，把她的手握紧了。

"如何来得及？"裹披风的人接着说。

"我去告诉她，愿意为她跑腿办事儿，信一到手就去交给红衣主教。"

"好吧，快去，我稍后再来看您有没有成功。"

陌生人出去了。

"无耻之徒!"博纳修太太给丈夫加了这么个评语。

"小点儿声!"达德尼昂说着,把她的手握得更紧了。

正在这时,一声撕心裂肺的号叫打断了达德尼昂和博纳修太太的思绪。

这是她丈夫发觉了那个钱袋不翼而飞,在大呼小叫地喊捉贼。

"哦!我的天主!"博纳修太太说,"他要把所有的街坊都招来了。"

博纳修喊了好半天,不过,对这样的喊声大家都已经司空见惯,再说针线铺老板的这个家,这一段时间名声不佳,因此掘墓人街上谁也没出来看热闹。博纳修发现没人出来,就冲出门去边跑边嚷,只听得他的嘟嚷声沿着巴克街的方向一路远去。

"现在他走了,您也该走了,"博纳修太太说,"要大胆心细,随时牢记对王后负有的义务。"

"还有对您负有的义务!"达德尼昂大声说道,"请放心吧,美丽的贡斯当丝,我日后回来,绝对不会辜负王后的谢忱,可我也能得到您的爱情吗?"

少妇顿时脸颊绯红,没有应声。稍过片刻,达德尼昂裹上一件宽大的披风,让那柄长剑挺神气地从披风下露在外面,出门而去。

博纳修太太目送着他远去,一个女人爱上某个男人时,用的总是这种含情脉脉、情意绵绵的目光。他刚一消失在街的拐角后面,她就跪倒在地,把双手合在胸前。

"哦,我的天主!"她喊道,"请您保佑王后,保佑我吧!"

第十九章　出征方案

达德尼昂直奔德·特雷维尔先生的府上。他在想，看样子那该死的陌生人应该是红衣主教的密探，现在他可能已经将情况报告给了红衣主教，所以此时一秒钟也耽误不得。

一阵阵欢乐在这位年轻人的心头荡起。他的面前出现了一个机遇，抓住它，他不仅能够得到荣誉，还能够挣到金钱。而且他已经尝到了一点儿甜头，这机遇已经让他与那位他所倾心的女人之间的关系变得更加亲密。所以，对他来讲，他简直是撞到了好运，这大大超过了他向天主所祈祷的。

德·特雷维尔先生与他的那些气宇不凡的手下都在大厅里。达德尼昂是府上的常客，所以他直接走进书房，让人去通知特雷维尔先生，他有要事求见。

达德尼昂等了没有五分钟，德·特雷维尔先生就进来了。可敬的统领朝达德尼昂瞥了一眼，马上从他那张喜形于色的脸上看出准是又发生了什么事情。

达德尼昂一路上在反复思考，是将事情向德·特雷维尔先生叙说分明，还是只请假不说原因。不过想到德·特雷维尔先生对自己关怀备至而又忠于国王，且又憎恶红衣主教，故而他决定向统领和盘托出此事。

"您有事要见我，是吗，小伙子？"德·特雷维尔先生说。

"是的，先生，"达德尼昂说，"并且我希望，当您了解事情的重要性以后，您会原谅我的这种冒昧。"

"那您说吧，我听着。"

"此事涉及，"达德尼昂压低声音说，"王后的名誉，甚至性命。"

"您在说什么呀？"德·特雷维尔先生一边问，一边环顾四周，看看有没有旁人，随即把探询的目光投在达德尼昂的脸上。

"我偶然获知一个秘密……"

"那我想，年轻人，这一定是您甘愿用生命来保护的秘密。"

"是的，但是我得把它告诉您，先生，因为没有您的帮助，我就无法完成这项使命。"

"这是您本人的秘密？"

"不是，先生，这是王后的秘密。"

"王后允许您把它告诉我？"

"没有，先生，我收到的指令是严守机密。"

"那您为何要把它亲口告诉我呢？"

"因为此事只有您大力相助，才可能完成，我担心您会因我不说明原因而拒绝我。"

"严守您的秘密，年轻人，我该怎么帮您呢。"

"我希望您能为我向德·埃萨尔先生告两星期假。"

"什么时候？"

"从今晚起。"

"您要离开巴黎？"

"是的，我得外出。"

"能告诉我去哪儿吗？"

"伦敦。"

"是不是有人想制止您完成这个使命？"

"我想，红衣主教会不惜一切代价阻止我去完成。"

"您就一个人去？"

"一个人去。"

"这样的话，您过不了邦迪的，我这是跟您说的真心话。"

"此话怎讲？"

"他们会把您杀了的。"

"那我就是死得其所。"

"然而您的使命也就完不成了。"

"可也是。"达德尼昂说。

"听我说,"特雷维尔接着说,"要办这种事情,得去四个人,才能有一个人到得了。"

"言之有理,先生,"达德尼昂说,"您了解阿托斯、波尔多斯和阿拉密斯,知道他们会跟我走的。"

"您不告诉他们那秘密吗?"

"我们相互信任、毫无隔阂,加之您可以为我作保,如此他们就会毫无疑虑了。"

"我给他们每人半个月假期,这就行了。阿托斯旧伤未愈,得上福尔日温泉去休养!波尔多斯和阿拉密斯忧心好友伤病而坚决随行。给他们假期,等于允许他们外出。"

"谢谢,先生,您真是太好了。"

"您现在马上就去找他们,今晚就准备出发。噢!但是您先得写张假条给德·埃萨尔先生,放在我这儿。或许您一路来的时候就有人在盯梢,因而红衣主教已经知道您来过这儿,一旦有这张假条,就没人能找您的碴儿了。"

达德尼昂依言写好假条,德·特雷维尔先生接过去以后对他说:"四份准假单在凌晨两点以前分别送到各人府上。"

"请把我的那份也送到阿托斯府上,"达德尼昂说,"我怕有麻烦。"

"放心吧。再见啦,祝您一路顺风!噢,等一下!"德·特雷维尔先生又喊住他说。

达德尼昂停住脚步。

"您身边有钱吗?"

达德尼昂抖了抖衣袋里的那袋钱,发出金属的叮当声。

"够吗?"德·特雷维尔先生问。

"有三百皮斯托尔。"

"好,足够跑到天涯海角的了,那就快走吧。"

达德尼昂向德·特雷维尔先生鞠躬,特雷维尔先生朝他伸出手来,达德尼昂尊敬而又感激地握住这只手。他来到巴黎以后,对这位仁爱的统领万分敬佩,觉得他高贵正直,十分威严。

他先到阿拉密斯那儿。打从他跟踪博纳修太太的那个让人难忘之夜起,他一直没再上这位朋友家里去过。他甚至都很难见到这位年轻火枪手的面,就是见了面,也每回总觉着他愁容满面。

这天晚上,夜色深沉,阿拉密斯仍神情忧郁地坐在桌旁,独自冥思苦想。达德尼昂向他询问为何这般愁眉不展,阿拉密斯解释说,他得用拉丁文为圣奥古斯丁著作的第十八章作注释,下周就要用,此事弄得他心神不宁。两个朋友谈了不一会儿,德·特雷维尔先生的一个侍从捧着一个封口的纸袋进来。

"这是什么?"阿拉密斯问。

"给先生您的准假单。"侍从回答说。

"不过我并没请过假呀。"

"别声张,先拿下来再说,"达德尼昂说,"您呢,老兄,这半个皮斯托尔是给您的一点儿小意思,请您转告德·特雷维尔先生,就说阿拉密斯先生不胜感激。您走吧。"

那侍从一躬到地,出门而去。

"您这是何意?"阿拉密斯问。

"您带上准备出门半个月的东西,跟我走。"

"但是此刻我无法离开巴黎,因为我还不知道……"

阿拉密斯打住了话头。

"不知道她怎么样了,是吗?"达德尼昂接着他的话茬儿说。

"哪个她?"阿拉密斯说。

"上回在这儿的那个女人,那位带着绣花手帕的夫人呗。"

"谁告诉您这儿有过女人的?"阿拉密斯脸色惨白地问道。

"是我看见的。"

"您知道她是谁吗?"

"我想,起码我能猜个八九不离十吧。"

"听我说,"阿拉密斯说,"既然这些事您全都知道,那您可知道这位夫人此刻怎么样了?"

"我想现在她已经回到都尔了。"

"回到都尔了?对,没错,您是认识她的。不过她回都尔去,为何连招呼都不跟我打一个呢?"

"因为她怕让人逮住。"

"那为何不给我写封信呢?"

"因为怕连累您。"

"达德尼昂,您让我重新获得了生命!"阿拉密斯喊道,"我还以为我受了冷落,以为她变了心。我一心只想再见她一面!我没法相信她会冒着被捕的危险来看我,可是我弄不懂她是为何潜回巴黎来的。"

"所以我们要去英国。"

"到底为何?"阿拉密斯问。

"您迟早会知道的,阿拉密斯。不过,暂且我要学那位神学家的侄女的样儿,卖一下关子。"

阿拉密斯笑了,他记起了有天晚上他对朋友们说的那个小故事。

"那么好吧,既然您有把握知道她已经离开巴黎,我也就没有什么牵挂,随时可以跟您走了。您是说我们要去……"

"这会儿先去阿托斯家,如果您能赏脸,还得请您赶快些,因为咱们已经耽误了不少时间。顺便说一下,把巴赞也带上。"

"巴赞跟我们一起去?"阿拉密斯问。

"还说不定。反正这会儿让他跟到阿托斯家去总没错。"

阿拉密斯唤来巴赞,吩咐他随后赶到阿托斯家去。

"我们走吧。"阿拉密斯边说边拿起披风、长剑和三把手枪,又去把三四个抽屉一个个拉开,看看能否在里面找到一些零星的皮斯托尔，不过没找着。随后，他确信再怎么找也没用了，就跟着达德尼昂往外走去，一边心里还在纳闷，这个当见习禁军的毛孩子，到底是打哪儿打听得这么详细，不仅知道他殷勤接待的那位夫人是何许人，并且对她现在的情况竟然知道得比他还清楚。

出门之时，阿拉密斯伸手拉住达德尼昂的胳臂，看着他说："这事儿您没跟任何人说过吧？"

"没说过。"

"就连阿托斯和波尔多斯也没说？"

"一字未说。"

"好极了。"

这个至关重要的问题弄清楚以后，阿拉密斯放下心来，跟达德尼昂一起继续赶路，很快两人就到了阿托斯的寓所。

进门后，只见阿托斯一手拿着准假单，一手拿着德·特雷维尔先生的信。

"你们能帮我解释一下吗，我刚收到的这张准假单和这封信，究竟是怎么回事？"阿托斯诧异地说。

> 亲爱的阿托斯，鉴于您的病情不见好转，我希望您能外出休养两个星期，到福尔日或您认为合适的别的地方去接受温泉治疗，以期尽快恢复健康。
>
> 　　　　　　　　　　　　　　　　　　　　特雷维尔

"意思是，跟我走，阿托斯。"

"上福尔日温泉？"

"不是那儿，就是别的地方。"

"去为国王效力？"

"国王也罢，王后也罢，反正我们不都是两位陛下的仆人吗？"

正在这时，波尔多斯进来了。

"嘿,"他说,"出怪事啦。咱们火枪手打什么时候起,不用请假也能给假了?"

"打从他们的朋友帮他们请假的时候起呗。"达德尼昂说。

"啊哈!"波尔多斯说,"原来这儿出了什么新闻啦?"

"对,咱们这就要动身赶路了。"阿拉密斯说。

"上什么地方呀?"波尔多斯问。

"说实话,我也不清楚,"阿托斯说,"这得问达德尼昂。"

"去伦敦,各位。"达德尼昂说。

"去伦敦!"波尔多斯嚷道,"咱们上伦敦去干吗?"

"这我就无可奉告了,各位,你们只管相信我就是了。"

"但是要去伦敦,"波尔多斯接着说,"必须要有旅费,我可是穷得叮当响了。"

"我也是。"阿拉密斯说。

"我也是。"阿托斯说。

"我有,"达德尼昂说着,掏出他的钱袋放在桌子上,"三百皮斯托尔,一分为四,足够从伦敦来回了。何况我们未必都到伦敦。"

"什么意思?"

"很可能会有人在半路拦截我们。"

"原来咱们是要去打仗哪?"

"事先说明,而且是恶仗。"

"嗬,既然要玩命,"波尔多斯说,"那就说说是为什么吧?"

"你可真有点儿得寸进尺!"阿托斯说。

"可我,"阿拉密斯说,"我赞同波尔多斯的意见。"

"国王会解释他的命令吗?不,他一声令下,就必须服从。为什么?这念头你们连转也没转过。"

"达德尼昂说得对,"阿托斯说,"咱们这已经有了德·特雷维尔先生给的三张准假单,又有了不知谁给的三百皮斯托尔。一旦一声令下,咱们就是去捐躯沙场又有何可惜呢。为了区区一条

203

性命，值得问这么一大堆问题吗？达德尼昂，我随时准备跟你出发。"

"我也是。"波尔多斯说。

"我也是。"阿拉密斯说，"再说我也挺乐意离开巴黎出去走走。我是得去散散心了。"

"行，各位请放心，会有你们散心的时候的。"达德尼昂说。

"那么，我们何时出发？"阿托斯问。

"立刻就走，"达德尼昂回答说，"一分钟也不能拖延了。"

"嘿！格里莫、布朗谢、穆斯克通、巴赞！"四个年轻人召唤各自的仆从，"给我们的马靴擦上油，到德·特雷维尔先生府上去把马牵出来。"

原来，每个火枪手都把德·特雷维尔先生的府邸当作兵营看待，平时就把自己和仆从的坐骑撂在那儿。

布朗谢、格里莫、穆斯克通和巴赞急匆匆地跑了出去。

"现在，得制定个出征方案了吧，"波尔多斯说，"先上哪儿？"

"加莱，"达德尼昂说，"这条路线是去伦敦的近路。"

"那好，"波尔多斯说，"我有个计划。"

"说吧。"

"四人同行，目标大，易招致怀疑，我们分道而走，各依指令行事。"

"各位，"阿托斯说，"依我看，这样的事情是不宜让仆从掺和在里面的。一个秘密，有身份的人偶尔也会有泄露的时候，而要到了跟班仆从的手里，就十有八九要让他们捅出去卖钱。"

"波尔多斯的方案，我看不可行，"达德尼昂说，"因为我自己也不知道，我可以把什么指令给你们。我就不过是随身带着封信而已。这封信，我既没有也不可能复写三份，因为信是密封的。因此依我看，我们得结伴而行。这封信就在这儿，在这个口袋里。"说着他给大家看了装信的口袋，"如果我被杀，你们持信前行，若持信人再被杀，就再换人，依此类推，总有人完成任务。"

"太好了，达德尼昂！你的主意正合我的心意，"阿托斯说，"此外，做事还得顺理成章才是。我是去接受水疗，你们呢，是陪我去。现在我不去福尔日接受温泉治疗，而是去接受海水治疗，这是我的自由。倘若有人阻拦我们，我就出示德·特雷维尔先生的信，你们呢，出示他开的准假单。倘若有人攻击我们，我们就自卫，倘若有人盘问我们，我们就一口咬定我们只是想到海边去洗洗海水浴。我们单独行动的话，肯定会寡不敌众，不过假如四个人一起行动，就俨然是支小部队了。咱们的四个仆从，也要带上手枪和短筒火枪，倘或遇到大队人马拦截，我们就跟他们交火，最后活着的人就按达德尼昂说的那样，带上那封信继续赶路。"

"说得好，"达德尼昂大声说，"阿托斯不鸣则已，一鸣惊人啊。我同意他的方案。你呢，波尔多斯？"

"只要达德尼昂觉得行，"波尔多斯说，"我就说行。达德尼昂身上带着那封信，这次行动自然就是他当头儿，他怎么决定，我们就怎么执行呗。"

"那好，"达德尼昂说，"我决定我们采用阿托斯的方案，半小时后出发。"

"行！"三个火枪手异口同声地说。接着，每人伸手到钱袋里拿出七十五皮斯托尔，准备妥当，只等按时出发。

第二十章 途中

凌晨两点,我们的四位出征者便由圣德尼城门离开了巴黎。由于夜还很黑,他们没有说话,而且都禁不住感到四周阴森可怕,四下里望去好像都有伏兵。

天色已亮,他们开始说话。太阳出来后,大家都又充满了活力,变得有说有笑的。大战将至,他们心跳加速,眼冒红光,他们感到生命是这样可爱,尽管随时都有可能失去。

不过,这队人马依旧格外吸引人:一色的黑色军马,雄壮的军人风范,娴熟的骑术,不管怎么掩饰也是会引起路人的注意的。

几名全副武装的仆从紧跟在他们后面。

早晨八点钟光景抵达尚蒂伊,一路上平安无事。该吃早饭了。路边有家客栈,招牌上画着的圣马丁在把大氅的一半分给一个穷人。他们就在客栈前下马,吩咐随后跟上来的仆从别把马鞍卸下,准备随时可以赶路。

他们走进店堂,在桌旁坐下。

同桌吃饭的还有位绅士模样的人,他刚从通往达马丁的那条大路过来。

此人与他们闲聊天气,四人随意应和,又举杯祝他们健康,四人彬彬有礼地回敬。

然而就在穆斯克通进来禀告马匹已经备好,大家从饭桌旁立起身来的时候,陌生人向波尔多斯提议为红衣主教的健康干一杯。波尔多斯的回答是,要是陌生人是要为国王的健康干一杯的话,他乐意奉陪。陌生人嚷道,他可只认得主教大人,不知道还有什么国王不国王。波尔多斯骂他是醉鬼,陌生人拔出剑来。

"您干了桩蠢事,"阿托斯说,"不过现在没有退路了,快点儿解决他,然后和我们会合。"

说完,三人纵身上马疾驰而去,而这时候波尔多斯正吹牛恫吓对手,说要将对手扎得浑身透亮儿。

"已经掉队一个了!"奔出五百步开外时,阿托斯说道。

"为何单单找波尔多斯?"阿拉密斯问道。

"波尔多斯说话的声音太响,那人以为他是头儿。"达德尼昂说。

"我早说了,这个加斯科尼小伙子是个人精。"阿托斯喃喃地说。

这行人马不停蹄地往前赶路。

到了博韦,休息了两小时,一则让马喘口气,二则是等波尔多斯。两小时一到,眼看波尔多斯还没赶来,并且毫无音信,这行人就又继续赶路。

到了离博韦一里开外的一个地方,道路夹在两侧的路堤当中,变得很窄,只见铺路的石块都已掀了起来,十来条汉子前前后后地忙活着,似乎是要挖土填平泥泞的车辙。

阿拉密斯一见路上给他们弄得遍地泥浆,担心脏了自己的靴子,就大声斥责他们。阿托斯想制止他,可是为时已晚。那些工人破口大骂,肆意嘲弄这队行人,看见这种蛮横放肆的态度,就连素来冷静镇定的阿托斯也被激怒了,他放马向其中的一个家伙冲去。

突然,这批人退到路边的排水沟里,亮出藏在那儿的火枪,如此一来,咱们这七位赶路的行人就成了名副其实的枪靶子。阿拉密斯挨了一枪,枪子儿射穿了他的肩膀,穆斯克通也挨了一枪,枪子儿进了腰胁下面肉鼓鼓的部位就不出来了。幸好只有穆斯克通一人栽下马来,这并非因为他伤得特别重,而是因为他没法看见自己的伤口,因此或许把伤势想得比实际情况更严重了。

"这是埋伏,"达德尼昂说,"咱们别开枪了,快跑。"

阿拉密斯伤得很重,不过还是抓紧鬃毛,让马带着他跟同伴一起奔驰。穆斯克通的那匹马也奔了上来,一步不落地跟着他们往前跑去。

"如此一来咱们就有匹备用马了。"阿托斯说。

"我倒宁可有顶帽子,"达德尼昂说,"我那顶让枪子儿给打飞了。嘿,好在我没把那封信放在帽子里。"

"就是,可待会儿等可怜的波尔多斯赶到这儿,他们会杀了他的。"阿拉密斯说。

"如果波尔多斯没倒下的话,他现在也该跟我们在一起了,"阿托斯说,"依我看,那会儿那醉鬼一交上手,酒就会醒的。"

他们马不停蹄地又跑了两个小时,不过这时那几匹马都已疲乏不堪,眼看再过会儿就要跑不动了。

他们抄的是一条小路,心想这样可以少些麻烦,但到了克雷夫格尔,阿拉密斯说他没法再往前跑了。的确,受了重伤还能一路坚持到这儿,这潇洒的风度和儒雅的举止下面该蕴藏着多么坚强的毅力啊。他失血太多,脸色异常苍白,靠巴赞在旁边扶着,才能勉强骑在马上没掉下来。到了一家旅店门口,大家把他扶下马,决定让巴赞留下来照顾他。说实话,碰上这类遭遇战,巴赞的确也派不上用场,待着只是碍手碍脚。接着,剩下的人又匆匆赶路,希望能赶到亚眠过夜。

"见鬼!"这行人只剩下主仆四人,阿托斯边奔边说,"见鬼!我再也不上那些家伙的当了,我保证,从这儿到加莱,他们甭想让我开口说话,也休想叫我拔剑出鞘。我发誓……"

"别发誓了,"达德尼昂说,"趁咱们的马还肯往前跑,咱们还是快跑吧。"

听他这么一说,四人立刻快马加鞭,飞驰狂奔。午夜时分到达亚眠,在金百合旅店门前下了马。

貌似忠厚老实的店主一手擎着蜡烛，一手捏着睡帽，殷勤地接待这几位投宿的客人，他想让阿托斯和达德尼昂一人住一个房间，不过这两个房间刚好在旅店的两头，两人拒绝了这个提议。

店主人答话说店里可没别的房间能让两位贵客下榻了，可是两人声称他们一定要住在同一个房间里，每人有个床垫睡地板就行。店主人好说歹说，两人就是不肯让步，最后只得照他们的意思让两人住了一间。

两人铺好床，关紧门，正想安歇，忽听有人敲窗。询问后，听声音是两个仆从，于是打开了窗子。

果然，那两人正是布朗谢和格里莫。

"留格里莫一个人看那几匹马就行了，"布朗谢说，"要是您二位觉着合适的话，我想横过来睡在房门口，就这样睡，谁也甭想一下子冲到您二位跟前。"

"你睡什么呢？"达德尼昂问。

"这就是我的床。"布朗谢答道，说着他指指一捆麦秸。

"那你来吧，"达德尼昂说，"你说得对，店主笑容暧昧，一脸谄媚。"

"我也瞧着不顺眼。"阿托斯说。

布朗谢从窗口爬进来，横睡在房门口，格里莫则睡在马厩里，清晨五点钟他就得起身把四匹马准备停当。

一夜无事。凌晨两点钟光景有人想来开门，可由于布朗谢马上惊醒喊了一声"外面是谁？"那人回答说是找错了门，就走开了。

到了四点钟，马厩里突然响起嘈杂纷乱的叫嚷声。原来格里莫想去叫醒那几个照看马厩的伙计，却让人家给揍了一顿。达德尼昂他们打开窗子往外看时，只见这可怜的小伙子不省人事地躺在地上，脑袋让叉柄打开了花。

布朗谢到院子去准备给那几匹马装上马鞍，不过那几匹马已经累得不能动弹了。只有穆斯克通的那匹，昨晚空身跑了五六个小时,照理是应该还能赶路的,不过不知道那位据说是请来给店主人的马放血的兽医,怎么会阴差阳错地把穆斯克通的这匹马放了血。

情况危急,一路所遇诸事,未免太过巧合,或许别有隐情。布朗谢向人打听附近哪儿能买到三匹马的时候,阿托斯和达德尼昂往店门外走去。只见门口就站着两匹鞍辔齐全、炯炯有神的高头骏马。这真是再巧不过了。布朗谢问这马的主人在哪儿,人家告诉他说马的主人是在旅店过的夜,此刻正在跟掌柜的结账。

阿托斯去结账,达德尼昂和布朗谢站在旅店门口。店里人说掌柜的在后面的一个矮房间里,请阿托斯上那儿去。

阿托斯毫无戒心地走进那个房间,掏出两皮斯托尔准备付账。店主人独自一人坐在柜台跟前,柜台的一个抽屉抽开了一条缝隙。他接过阿托斯递给他的钱,拿着仔细察看,随即突然大声说钱是假的,并声称要叫人抓伪币犯。

"浑蛋!"阿托斯朝他逼过去说,"我要把你的耳朵给割下来!"

正在此时,四条全副武装的汉子从侧门进来,向着阿托斯直扑上来。

"上当了!"阿托斯拼命高喊,"快跑,达德尼昂!快,快!"说着拔出手枪放了两枪。

达德尼昂和布朗谢不等他再喊第二遍,飞快解开等在门口的那两匹马的缰绳,跳上马背,马刺往马肚皮上一勒,箭也似的往前蹿了出去。

"你可知道阿托斯怎么样了?"达德尼昂边跑边问布朗谢。

"哦!先生,"布朗谢说,"我刚才看见他两枪打中了两个家伙,后来透过门上的玻璃望去,似乎还看见他拿着剑在跟几个人格斗。"

"好一个阿托斯!"达德尼昂喃喃地说,"想到要把他丢在这儿,真叫人不好受!但是,或许前边又有什么危险在等着我们哩。赶紧跑,布朗谢,赶紧跑!你是好样的。"

"我早对您说啦,"布朗谢回答说,"庇卡底人在危急时刻绝不含糊。再说,现在回到家了,就更不能含糊。"

说着,主仆两人纵马疾驰,一口气跑到了圣奥梅。在圣奥梅,他俩下得马来,让马好喘口气,不过缰绳仍捏在手里以防不测。两人就这么站在街上胡乱吃了点儿干粮,接着又翻身上马往前赶路。

离加莱城门尚有百十来步的时候,达德尼昂的坐骑跌倒了,怎么拉它也站不起来了,鲜血从鼻孔和眼睛里渗了出来。这会儿只剩下布朗谢的这匹了,不过这匹马兀自立在那儿不动,怎么推它,它也不肯往前挪一步。

幸好,城门就在百步开外,他俩扔下马向码头奔去。布朗谢边跑边指给主人看,在他俩前面五十步左右,有个绅士模样的人带着个仆人刚到码头。

他们加快步伐,来到这位绅士跟前。他看上去行色匆匆,靴子上满是尘土,此刻正在打听能否马上渡海去英国。

"小事一桩,"一个船老板回答说,他的那条船张好了帆,随时可以起航,"不过,早上传来命令,除非主教大人特许,否则任何人都不许出港。"

"我有特许,"那个绅士说着,从口袋里掏出一张纸片,"这就是。"

"请上港口总监那儿去签个证,"船老板说,"待会儿这笔生意可得优先照顾我噢。"

"在何处能找到那位总监?"

"在他的乡间住宅呗。"

"这座乡间住宅在哪儿?"

"出城四分之一里路就到,瞧,您打这儿就能看到它,那座小山的山脚下面,青板瓦的屋顶。"

"很好!"那个绅士说。

说完,他就取道向总监的乡间住宅而去,那个仆人跟在他后面。

达德尼昂和布朗谢尾随在他们后面,保持大约五百步的距离。

一出城门,达德尼昂脚步就加快了,那个绅士刚走进一片小树林的时候,达德尼昂就追上了他。

"先生,"达德尼昂对他说,"您看上去行色匆忙?"

"十万火急,先生。"

"遗憾至极,"达德尼昂说,"我也十万火急,因此请您大力相助。"

"如何相助?"

"让我先摆渡过去。"

"不行,"那绅士说,"我四十四个钟头跑了六十里路,明天中午必须赶到伦敦。"

"我花四十个钟头跑了同样的路程,明天早上十点必须赶到伦敦不可。"

"抱歉,先生,我是先到的,我得先走。"

"抱歉,先生,我是后到的,不过我得先走。"

"您是国王派来的!"那绅士说。

"我是自个儿派来的!"达德尼昂说。

"我看您这样子是打定主意一门心思来找我的麻烦。"

"就算是!你又打算怎样?"

"您究竟要怎么样?"

"您打定主意想听听?"

"一点儿不错。"

"那好吧,我没有主教大人的特许证,可因为我需要有一张,所以只好拿走您身上那张了。"

"我看您是在开玩笑吧。"

"我从来不开玩笑。"

"让我过去!"

"您休想过去。"

"好小子,我要叫你脑袋开花。嘿,吕班!把手枪拿来。"

"布朗谢,"达德尼昂说,"你对付这个仆人,我对付他的主子。"

布朗谢正巴不得有个机会来显显身手,于是纵身就朝吕班扑去,因为他人长得结实又有劲儿,一下子就把对手摔倒在地,用膝盖抵住了他的胸口。

"您干您的吧,先生,"布朗谢说,"我完事啦。"

那绅士见势不妙,拔剑冲向达德尼昂,不过他碰到达德尼昂这个高手,就倒霉了。

才三秒钟工夫,达德尼昂就已经在他身上刺了三剑,每刺一剑还要喊一声:"这一剑是阿托斯的,这一剑是波尔多斯的,这一剑是阿拉密斯的。"

那绅士中了第三剑以后,直挺挺地倒了下去。

达德尼昂以为他死了,或者起码是晕过去了,于是就走过去想掏那张特许证,不料刚伸手去掏对方口袋的时候,那个受伤的绅士举起还没脱手的长剑,对准达德尼昂的胸口一剑刺来,嘴里还喊道:"给你一剑!"

"这一剑是我的!谁最后得手才算赢!"达德尼昂发狂似的嚷道,对准他的肚子刺了第四剑,狠狠地把他钉在了地上。

这一回,他两眼一闭,晕死了过去。

达德尼昂从他口袋里摸出那张通行证。

上面写的名字是德·瓦尔德伯爵。

然后,达德尼昂朝这个被自己撂倒在地的年轻人又瞧了最后一眼,这个英俊的年轻人只有二十五岁左右,此刻就那么躺在地上,失去了知觉,可能已经死了。达德尼昂想到命运这东西可真是奇怪,它播弄着人们为了一些跟他们不相干的人的利益彼此残杀,而那些不相干的人常常根本就不知道他们的存在。想着想着他不由得叹了一口气。

然而，吕班的呼救声打断了他的思绪。

布朗谢狠狠掐住他的脖子，毫不放松。

"先生，"他说，"有我这么掐着，他别想再喊，这我有把握。不过我只要一松手，他就又会叫喊了。我看他准是个诺曼底人，诺曼底人都是犟脾气。"

事实果然如此，尽管布朗谢死命卡住他的脖子，但吕班仍在挣扎着想要呼喊。

"稍等！"达德尼昂说。

说着，他拿出自己的手帕，塞进了吕班的嘴里。

"现在，"布朗谢说，"咱们把他绑到树上去。"

把吕班绑了个结结实实以后，他俩又把德·瓦尔德伯爵拖到他的身边。此刻天色已经暗了下来，这对被绑的和受伤的难兄难弟被撂在了树林子里面，眼看非得在那儿待到第二天不可了。

"现在，"达德尼昂说，"上总监那儿去！"

"但是您好像受伤了？"布朗谢说。

"不碍事，办事要紧，伤口以后再处理，何况，这只是轻伤而已。"

说完，两人迈着大步朝那位可敬的官员的乡间住宅走去。

到了那儿，只说是德·瓦尔德先生求见。

达德尼昂被引了进去。

"您有一份主教签署的特许证吗？"总监问道。

"对，先生，"达德尼昂答道，"这就是。"

"唔！唔！证书合乎手续，并且把您介绍得很好呢。"总监说。

"这很自然，"达德尼昂回答说，"因为我是主教大人的亲信。"

"看起来，主教大人似乎是要阻止什么人到英国去呢。"

"对，一位贝阿恩绅士，名叫达德尼昂，与三位同伴自巴黎赶往伦敦。"

"您认识这个人吗?"总监问。

"认识谁?"

"这个达德尼昂呗。"

"当然认识。"

"那就请把他的特征跟我讲讲。"

"这太容易了。"

于是达德尼昂就把德·瓦尔德伯爵的外貌特征详细地讲了一遍。

"他不是一个人走吧?"总监问。

"对,他带了个仆人叫吕班。"

"我将密切关注此事,一旦抓获,就将他们押送巴黎。"

"总监先生,您这么做了,"达德尼昂说,"就在主教面前立了一大功。"

"您回巴黎还会见到大人吗,伯爵先生?"

"当然。"

"请您费心告诉他,我是他忠诚的仆人。"

"我会告诉他的。"总监闻听此言,不由喜上眉梢,于是痛痛快快地签字,然后将特许证递还给达德尼昂。

达德尼昂不想和他磨嘴皮子耗时间,就躬身施礼告辞。

出门后,两人跑向码头,为躲过那座小树林,还特地兜了个圈子,从另一个城门进城。

那艘帆船还等在那儿,船老板等在码头上。

"如何?"他瞅见达德尼昂就问。

"签证在这儿。"达德尼昂说。

"另外还有位绅士呢?"

"他今天不走了,"达德尼昂说,"不过放心,我付双份摆渡钱。"

"既然这样,那就走吧。"船老板说。

"走吧!"达德尼昂也说。

说着,他和布朗谢跳上小船,五分钟过后,两人都登上了大船。

这可真是刻不容缓啊。驶出海面才半里地,达德尼昂就看见岸上闪过一道亮光,接着又听见一声巨响。

那是开炮通知封锁港口。

现在得看一下伤口了。幸好,正如达德尼昂所预料的,伤得不重。剑尖碰着了一根肋骨,沿着肋骨滑了过去,并且,衬衣随即粘住了创口,因此差不多没流什么血。

达德尼昂疲倦不堪,船家给他在甲板上铺了块床垫,他倒下就睡着了。

次日拂晓,船离英国海岸线还有三四里地,一夜风都很小,因而帆船驶得不快。

十点钟,渡船在多佛尔港下了锚。

十点半,达德尼昂踏上英国的土地,不由自主地喊了一声:"总算到了!"

不过事情还没完,必须赶到伦敦去。英国的驿站服务挺周到。达德尼昂和布朗谢各人骑了匹驿马,驿站的马车夫在前头带路。不到四个钟头,他们就到了京都的城门。

达德尼昂既不熟悉伦敦道路,也不懂英语,不过只要写出白金汉的名字,则自有人指点方向。

不过公爵这会儿不在府中,他正陪国王在温莎打猎。

达德尼昂向公爵的贴身男仆问询,这位男仆正巧陪公爵跑过不少国家,会说一口流利的法语。达德尼昂告诉他说,自己从巴黎来,为的是一桩生死攸关的大事,必须马上面告公爵大人。

达德尼昂言辞恳切,说动了公爵的心腹帕特里克。他命令备好两匹马,亲自陪这位年轻的禁军去见公爵。至于布朗谢,他靠着旁人搀扶,好不容易才下得自己的马来,浑身僵硬得像根木头。这可怜的小伙子已经精疲力竭了,而达德尼昂却还像铁打的一般。

两人到了温莎城堡,打听到国王和白金汉擎着鹰隼在离城堡两三里地的低洼地里打猎。

二十分钟后,两人赶到了那个地方。帕特里克很快就听到主人招呼鹰隼的声音。

"我对公爵大人怎么通报?"帕特里克问。

"就说是一天晚上在撒马利亚教堂对面的新桥上找他碴儿的年轻人。"

"好奇怪的通报!"

"您会看到它照样管用的。"

帕特里克跑马过去,通知了公爵。

白金汉立刻知道这是达德尼昂,暗忖准是法国出了什么事,他是奉命来传送消息的,因此只问了一句"送信的人在哪儿",就拍马赶了过来。他远远地认出了那身禁军制服,就纵马向达德尼昂直奔而来。帕特里克出于审慎,稍稍站得远一些。

"王后没出什么事吧?"白金汉喊道,这一喊,可把他对王后的思念、对她的爱全都喊了出来。

"暂时没事,但处境凶险,只有大人您能解救她。"

"我?"白金汉喊道,"什么事?为她效劳,荣幸之至!说呀!快说呀!"

"请看这封信吧。"达德尼昂说。

"这封信!是谁写的?"

"我想是王后写的。"

"王后!"白金汉闻言,脸色煞白,似乎要晕过去了。

公爵当即去拆封蜡。

"这个窟窿眼儿是怎么回事?"他一边问,一边把封口处戳破的一个窟窿眼儿指给达德尼昂看。

"噢!"达德尼昂说,"我先前没看到,这想必是德·瓦尔德伯爵刺中我胸口那会儿给戳穿的。"

"您受伤了?"白金汉一边拆开封蜡,一边问道。

"哦!没事!"达德尼昂说,"擦破了一点儿皮。"

"上帝呀!为何会出这样的事!"公爵看完信后大声说道,"帕特里克,你留在这儿。噢,不,你还是去见陛下,无论他在何处你都得找到他,对陛下说我恳求他的原谅,我有紧急事务,必须即刻赶回伦敦。来吧,先生,我们走。"

说着,他和达德尼昂沿着返回京城的道路策马而奔。

第二十一章 德·温特伯爵夫人

一路上,公爵由达德尼昂那里得知了达德尼昂所了解的所有情况,诚然并不是整个事情的全部。公爵将年轻人所讲的这些与自己脑海中的记忆相互印证,最终对王后那封语焉不详的信所暗示的局势的严重程度有了一个十分明确的概念。不过最让他觉得惊奇的却是这一点,那个始终都不愿让这个年轻人踏上英国国土的红衣主教,竟然未能将他在半道上拦住。达德尼昂看到公爵还是一脸的惊讶,就将事情的来龙去脉全告诉了他,不仅仅把事先的安排筹划讲了,还讲述了那三个伙伴是怎样仗义相助的,他又如何把受伤的他们撂在半路上,如何挨了德·瓦尔德先生刺穿王后信纸的那一剑,又如何狠狠地回敬了他。所有这些情节,达德尼昂都说得极其简单,但公爵一边听着,一边不时吃惊地望望这年轻人,神色之间好像是觉得无法理解这般超乎常人的审慎、勇敢和忠诚,如何能跟这张看上去还不到二十岁的年轻的脸联系起来。

二马奔驰如飞,几分钟后,就赶到了伦敦城门。达德尼昂以为进了城,公爵会放慢速度,没料到他仍是风驰电掣般纵马飞奔,继续飞速前进,不去理会撞翻在路上的行人。其实,他俩这么穿城而过的时候,已经出了两三桩这样的乱子,不过白金汉根本没回过头去瞧一瞧那些被他撞倒的路人。达德尼昂就这么跟在公爵后面,在一片堪称咒骂的嚷嚷声中往前疾驰。

到了公爵府邸前院,白金汉跳下马背,连正眼都不瞧马一眼,就随手把缰绳往马脖子上一扔,朝台阶冲去。达德尼昂照他的样做了,不过对这两匹神骏的坐骑不由得还是有点儿担心,他已经打心眼里觉得这是两匹难得的好马。这会儿只见有三四个仆人从厨房和马厩赶来牵过两匹马的缰绳,他于是也就放下了心。

公爵跑得很快,达德尼昂差点儿跟不上。他穿过一间又一间客厅,这些客厅布置之精致,恐怕法国最显贵的公爵先生连想都没想到过,最后来到一间卧室,其趣味之高雅、装饰之富丽,令人叹为观止。这间卧室凹进的部位有一扇门,遮掩在壁幔后面,公爵用一把很小的金钥匙打开这扇门,这把金钥匙他平时一直用一根金链条挂在头颈上。因为谨慎,达德尼昂留在后面,白金汉进这扇门的时候回头望了一眼,看出这年轻人正在踌躇。

"来呀,"他对达德尼昂说,"假如您有幸谒见王后陛下,请把您看见的一切都告诉她。"

达德尼昂听了这话,壮起胆跟着公爵走了进去,公爵立刻把门关上。

此刻,两人置身于一个悬满金线缕织的波斯绸幔的小巧的殿堂里,四周烛光通明。在一张祭台模样的桌子上,一个插有红白羽饰的蓝丝绒顶盖的下面,竖着一张跟真人一般大小的画像,画上的奥地利安娜画得栩栩如生,达德尼昂一见之下,不禁诧异地叫出声来。画上的王后简直像要说话似的。

画像下面,放着那只藏着钻石坠饰的盒子。

公爵走到桌子跟前,就像神父在基督面前那样跪了下来,接着他把盒子打开。

"瞧,"他从盒子里取出一个沉甸甸的蓝色饰带结,上面的钻石坠饰璀璨夺目,光彩照人,"瞧,我曾发誓,要和这珍贵的坠饰永远相伴,无论生前还是死后。这些是王后给我的,现在也是她要拿回去。她的意愿,就如天主的意愿一样,我是绝对不会违拗的。"

说完,他低下头去,一颗颗地吻着这些即将跟他分手的钻石坠饰。蓦地,只听得他猛地大叫一声。

"怎么啦?"达德尼昂惊慌地问道,"出什么事啦,大人?"

"全都完了,"白金汉嚷道,脸色白得像死人一般,"缺了两颗钻石,只剩下十颗了。"

"是大人自己不当心丢了,还是被人偷去了?"

"是被人偷去的,"公爵说,"这准是红衣主教捣的鬼。瞧,瞧,上面系的饰带被剪断了。"

"如果大人想得起来是谁偷的……或许这人还没来得及逃走呢。"

"等一下,等一下!"公爵大声说道,"这些坠饰我只戴过一次,那是一周前在国王举行的温莎舞会上。德·温特伯爵夫人前一阵刚跟我闹过别扭,不过在那次舞会上她却主动来到我的身边。这种重归于好的表示,是嫉妒的女人的报复手段。打那天以后,我再也没见过她。这个女人准是红衣主教的奸细。"

"这么说满天下都有他的奸细了!"达德尼昂失声嚷道。

"哦!没错,没错,"白金汉气得咬牙切齿地说,"没错,这是一场你死我活的恶斗。等等,舞会定在哪一天?"

"下周一。"

"下周一!还有五天,这就够了,咱们还用不了这些时间呢。帕特里克!"公爵打开小殿堂的门喊道,"帕特里克!"

贴身男仆出现在门前。

"把我的首饰匠和秘书都叫来!"

贴身男仆一声不响,转身就往外走,这种缄默和敏捷表明他对主人绝对服从已经成了习惯。

虽然先叫的是首饰匠，不过先来的却是那个秘书。原因很简单，因为他就住在公爵府邸里。他进门时，看见白金汉正坐在卧室的一张桌子跟前亲笔起草命令。

"杰克逊先生，"公爵对他说，"劳您驾到掌玺大臣那儿去一次，对他说由他负责发布执行这些命令。我要他马上发布这些命令。"

"但是大人，如果掌玺大臣问我，为何如此，我该如何回答呢？"

"就说我想这么做，而且不想说原因。"

"但假如陛下出于好奇，"秘书笑容可掬地接着说，"也想知道一下为何任何船只都不得驶离大不列颠的港口，那么他对陛下也这么说吗？"

"言之有理，先生，"白金汉回答说，"在这种情况下，他可以对国王说，我已经决定开战，说这个措施就是向法国表示敌对态度的第一步。"

秘书鞠躬退下。

"我们这一头没问题了，"白金汉转过身来对达德尼昂说，"假如那两颗坠饰还没送到法国，那就没法在您之前送到那儿。"

"此话怎讲？"

"我刚刚下了一道命令，禁止停泊在英国港口的所有船只出港。没有特许证，谁也别想起锚出港。"

达德尼昂望着公爵不觉发了愣，此人竟为私情而滥用权力。白金汉从年轻人脸上的表情看出了他的心思，禁不住笑了起来。

"对，"他说，"对，奥地利安娜才是我真正的女王，只要有她的一句话，我就可以背叛我的国家，背叛我的国王，甚至背叛天主。她要求我不要派兵援助拉罗谢尔的新教徒，虽然事先我已经答应了他们，但是我仍然按她的意思做了。我在人前失了信义，不过这又算得了什么呢！她的意愿我一定服从，再说，我的服从不是已经大大地得到补偿了吗？正是由于这种服从，我才能得到她这幅肖像的。"

达德尼昂想到一个民族、万千生灵的命运有时竟然悬于这样一些易断而又未知的线索上，禁不住感到惊讶万分。

正在他陷入沉思的时候，那个经营珠宝生意的首饰匠进来了。他是个爱尔兰人，在这门行当里算得上顶尖儿的好手，他自己承认，他每年要从白金汉公爵那儿赚进一万利弗尔。

"奥赖利先生，"公爵一边领他走进小殿堂，一边对他说，"请给这些钻石坠饰估个价。"

首饰匠瞧了一眼这些镶嵌得极为精巧的钻石，估算它们的价格，接着毫不犹豫地回答说：

"每颗值一千五百皮斯托尔，大人。"

"照样加工两颗这样的坠饰，需要几天？如您所见，少了两颗。"

"一周，大人。"

"每颗加倍，后天要货。"

"大人会拿到的。"

"您这人真是个宝，奥赖利先生，不过我话还没说完。这两颗坠饰不能拿出去给任何人做，必须在我的府邸里加工。"

"这不可能，大人，要让新的做得跟老的瞧上去一般无二，那只有我才做得到。"

"因此，亲爱的奥赖利先生，您已经给囚禁在这儿了，此刻您就是想出这府邸的大门，也做不到了，因此您索性就死了这条心。告诉我您需要哪几个帮手，再把他们该带的工具也给我写下来。"

首饰匠了解公爵的脾气，明白争辩也没用，故而也就立刻打定了主意。

"我能通知一下我妻子吗？"他问。

"噢！您甚至还可以见到她，亲爱的奥赖利先生。请放心，您的囚禁生活待遇是很好的。并且,作为对您所受惊扰的补偿,除了两颗坠饰的工钱之外,我这就再付您一千皮斯托尔,希望您能就此不再介意我给您添的这些麻烦。"

达德尼昂此刻仍万分惊讶,这位权臣太令人震惊了,芸芸众生、百万财富,竟然全都让这个人给玩弄于股掌之中了。

至于那个首饰匠,他给妻子写了封信,把那张一千皮斯托尔的钞票捎了回去,并且嘱咐她让一个手艺最好的徒弟带上钻石进府来,他在信上详细写明了钻石的重量和名称,需用的工具也已详细列出。

白金汉把首饰匠领进一个房间,半小时后这个房间就改成了工场。公爵还命令在每个门口都布了岗,除他的心腹男仆帕特里克外,不许任何人进入这个房间。至于首饰匠奥赖利和他的助手,自然就更不用说了,他俩不准以任何理由走出房间一步。

这些都布置好了以后,公爵又回到达德尼昂跟前。

"现在,我的年轻人,"他说,"英国就是咱俩的了,您怎么样,想要些什么?"

"一张床,"达德尼昂回答说,"说实在的,目前我最需要的就是这个。"

白金汉给了达德尼昂一个房间,就紧靠在公爵卧室的隔壁。公爵想把这年轻人留在身边,倒不是要提防他,而是为了要有个可以向他经常谈谈王后的对象。

一小时后,伦敦全城实行封港,凡是航向为法国的大小船只,一律禁止驶离港口,就连邮船也不例外。在老百姓眼里,这无异于宣布两国已经开战。

第三天十一点钟,那两颗钻石坠饰已经做好,而且简直跟原来的那些一般无二,完全可以乱真,别说白金汉分不出哪是新的,哪是旧的,就连行家里手也不见得会分得清。

他立刻吩咐把达德尼昂叫来。

"瞧,"他对达德尼昂说,"这些就是您来要的全部钻石坠饰,请您作为一个见证人,证明凡是人力所能做到的事情,我都已经做到了。"

"请您放心,大人。我会把我见到的事情详尽禀报的。但是,这些坠饰大人就这么给我,盒子不给我了吗?"

"盒子您带在身边不方便。再说,目前我只有这只盒子了,因此它对我就变得弥足珍贵。您就说盒子是我留下的。"

"我一定一字不差地把您的话带到,大人。"

"好,"白金汉定睛望着年轻人说,"现在您说吧,我该怎样报偿您呢?"

达德尼昂满脸涨得通红,连眼白都发红了。他知道,公爵是想变个法子让他接受一点儿赏赐,想到几个同伴和自己流的血将要由英国金币来偿付,他觉得有一种说不出的厌恶。

"让我们彼此了解一下吧,大人,"达德尼昂回答说,"有些事情我得先讲清楚,免得有什么误会。我为法国国王和王后效力,归属于德·埃萨尔先生的禁军联队,埃萨尔先生和他的连襟德·特雷维尔先生一样,都是对两位陛下赤胆忠心的统领。所以,我所做的一切都是为王后,而不是为大人您。况且,若非为了讨得一位夫人的欢心,可能这些事我根本就不会去做,这位夫人是我的心上人,就像王后是您的心上人一样。"

"对,"公爵笑吟吟地说,"我想我还认得这位夫人哩,她是……"

"大人,我可没说她的名字。"年轻人急切地打断他说。

"说得对,"公爵说,"这么说,我对您的忠诚的谢忱,应该对这位夫人去表示啰。"

"这是您在这么说,大人,现在眼看就要打仗了,我说实话,大人您在我眼里就只是个英国人,因此也就是个敌人,而对敌人我是宁愿在战场相遇,也不愿在温莎花园或卢浮宫走廊里见面的。当然,我绝不会因此而对身负的使命有丝毫懈怠,必要时,我宁愿一死也绝不有辱使命。不过我要对大人再说一遍,假如说上回我俩第一次相遇时我曾为大人尽过绵薄之力,那么这回我们已是第二次相遇,而我又只是为自己出了点儿力,故而大人完全不必再对我表示什么谢忱。"

"是啊,我们这儿有句话叫'骄傲得像个苏格兰人'。"白金汉轻轻地说。

"我们那儿说'骄傲得像个加斯科尼人',"达德尼昂说,"加斯科尼人就是法国的苏格兰人。"

达德尼昂对公爵鞠了一躬,准备告辞。

"哎,您就这样走了吗?去哪儿?怎么走啊?"

"对呀。"

"法国人都是这么天不怕、地不怕的哪!"

"我忘了英国是个岛,也忘了您在这儿是君临一切的。"

"您这就去港口,找到一条叫森德号的双桅帆船,把这封信交给船长。他会开船把您带到一个法国的小港口,那儿肯定不会有人拦截您,平时那儿只停靠些渔船。"

"这个港口叫什么名字?"

"叫圣瓦莱里,不过您先听下去。到了那儿,您就去找一家蹩脚的小酒店,这酒店既没名字,也没招牌,是个地地道道供水手进出的小酒吧,您不会弄错的,只有这么一家。"

"然后呢?"

"您找到掌柜的,对他说一声'Forward'。"

"这是何意?"

"意思是往前,这是暗号。他会给您一匹备好鞍辔的好马,然后告诉您该走哪条路。就这样,您一路上会遇到四个驿马中转站。假若您愿意,请把您在巴黎的地址分别告诉他们,那四匹马随后就会送到那儿。其中的两匹您已经认识,并且我看出您作为一位行家挺欣赏它们。这就是我俩骑过的那两匹,另外两匹,也请您相信,并不比这两匹逊色。这四匹马装备齐全,骑了就可以上战场。虽说您这么骄傲,但总不至于不让自己接受一匹,也不让您的同伴接受另外三匹吧,再说,你们骑了这些马是来跟我们打仗的。'效果最重要,手段是次要的',你们法国人是不是这么说来着?"

"是的,大人,我接受,"达德尼昂说,"只要天主不反对,我们会把您的礼物派上好用场的。"

"现在,让我们握握手吧,年轻人,或许不久以后我们就会在战场上见面了。但是现在,我想我们还是作为好朋友分手吧。"

"是的,大人,希望很快就变成敌人。"

"放心吧,我答应成全您。"

"但愿依您金口,大人。"

达德尼昂向公爵鞠了一躬,快步朝门口走去。

到了伦敦塔对面,他找到那条船,把信交给船长,船长呈给港口总监签证后,马上起锚开航。

五十来条原先准备起航的大小船只,现在都停泊在港口等着。

帆船跟其中一条船擦舷而过时,达德尼昂觉得似乎瞅见了牟恩镇上的那个女人,就是陌生绅士叫她"米莱迪"而达德尼昂觉得美艳照人的那个女人,不过因为水流很急,又是顺风,因此帆船驶得很快,一转眼工夫就看不见了。

第二天早上九点钟左右,船在圣瓦莱里港靠岸。

达德尼昂一下船就去找公爵说的那家小酒店,并且从里面传出来的哄闹声就认出了它。那些快活的水手一边大嚼大谈,一边谈论英国和法国开战的事儿,那口气好像这场仗是非打不可,并且说打就打似的。

达德尼昂拨开人群,走到掌柜的跟前说了声"Forward"。掌柜的马上对他做个手势,让他跟在身后从一扇面朝院子的门走出店堂,把他带到马厩,一匹备好鞍辔的马正等在那儿,接着掌柜的又问他是否还需要什么东西。

"我需要知道该走哪条路。"达德尼昂说。

"从这儿到布朗吉,再从布朗吉到纳夫夏泰尔,找到金耙旅店,跟掌柜的对上暗号,您就会跟在这儿一样看到一匹备好鞍辔的好马。"

"我得付点儿钱吧?"达德尼昂问。

"早付清了,"掌柜的说,"只多不少。请上路吧,愿天主一路保佑您!"

"阿门!"年轻人回答说,话音未落已经拍马往前奔去。

四小时后,到了纳夫夏泰尔。

他照前面那个掌柜的指点去做,在纳夫夏泰尔就跟在圣瓦莱里一样,只见也有一匹备好鞍辔的坐骑在等着他。他想把前面那匹马上的手枪卸到这匹马的马鞍上来。不料这匹马的两侧马鞍枪套里也同样配备着手枪。

"请问您在巴黎的地址?"

"禁军营,德·埃萨尔联队。"

"好的。"掌柜的回答说。

"我应当走哪条路?"达德尼昂问。

"去鲁昂的那条路,但是您得从鲁昂城的左边绕过去。到了埃库依那个小镇,您就停下来,那儿有个旅店叫法国埃居。那旅店外形简陋,但马厩中的马可不差。"

"暗号照旧?"

"一点儿没错。"

"再见啦,掌柜的!"

"一路顺风,绅士!您不要什么东西了吗?"

达德尼昂摇了摇头,策马飞奔而去。到了埃库依,情况大同小异。他见到的是一位同样殷勤的店主人,一匹神清气爽的骏马。他像前面一样留下了自己的地址,随即直奔蓬图瓦兹而去。在蓬图瓦兹最后一次换了坐骑,到晚上九点钟他已经一路疾驰奔进了德·特雷维尔先生府邸的院子。

他在十二小时里跑了将近六十里路程。

德·特雷维尔先生接待他的那样子，仿佛早上刚见过他似的，不过在跟他握手时比平时更带劲儿。他告诉达德尼昂说，德·埃萨尔先生的联队正在卢浮宫当值，他可以到那儿去报到。

第二十二章　梅尔莱松舞

第二天，整个巴黎都在议论纷纷，全城的人都在谈论市政长官给国王和王后举行的这个舞会，传说到那时两个陛下都将在舞会上跳国王最钟爱的、有名的梅尔莱松舞。

近一个星期，市政厅都在为举行这次盛大的舞会做准备。木匠搭好了一个又一个看台，准备给应邀来参加舞会的夫人小姐们用。杂货商在每间大厅中都添置了二百支白蜡烛台，在那个时代这可是史无前例的奢靡之举啊。最后还预约好二十名小提琴手，出场费都是平时的两倍，因为传说到那天要通宵伴奏。

那天早上十点钟，皇家卫队掌旗官德·拉科斯特先生带领两名卫队长和好些卫士，来到市政厅向那位名叫克莱芒的书记官收缴市政厅大门以及上上下下所有房门的钥匙。书记官立刻交出所有钥匙，这些钥匙被分别系上标签，以免混淆。从现在开始，所有的门口和通道进出口都由拉科斯特先生手下的卫士负责把守。

十一点时，卫队长迪阿利埃到了，他带来的五十名卫士迅即散布到市政厅的各个角落以及指定由他们把守的门口。

下午三点，来了两个联队，一队是法国兵，另一队是瑞士兵。法国兵的联队是混合编队的，其中一半人是迪阿利埃先生的部下，另一半是德·埃萨尔先生的部下。

晚上六点，来宾开始进场。他们陆续进场后，纷纷在正厅的看台上落座。

九点钟,枢密大臣夫人驾到。她是舞会上地位仅次于王后的显贵女宾,故而市政长官全体出迎,陪送她到包厢里就座,这个包厢和留给王后的包厢遥遥相对。

十点钟,在靠圣约翰教堂那边的小客厅里,桌子上摆好了为国王准备的甜点,对面就是市政厅的银餐具柜,由四个卫士看守着。

午夜时分,只听得传来阵阵喧哗声和此起彼伏的欢呼声。原来国王的车队正沿着彩灯闪烁的街道,由卢浮宫穿街过巷朝市政厅驶来。

身穿长袍的市政长官们,马上由六名手擎烛台的卫士开道,前去恭迎国王。陛下走下马车后,市长即在市政厅台阶上致欢迎辞,陛下则为来得这么迟表示歉意,然而照他说责任全在红衣主教先生,由于主教先生跟他商谈国务一直谈到十一点钟,他给缠住了没法脱身。

陛下身穿盛装,陪同他前来的有王爷奥尔良公爵、大隐修院院长德·苏瓦松伯爵、德·隆格维尔公爵、德·埃尔伯夫公爵、德·阿库尔伯爵、德·拉罗什·居戎伯爵、德·利昂库尔先生、德·巴拉达斯先生、德·克拉马伊伯爵、德·苏弗雷骑士。

大家都发现国王好像情绪烦乱,心事重重。

有一个房间是为国王准备的,另一间是给奥尔良公爵的。房间里早就都放好了化装用的服饰。王后和枢密大臣夫人也享有同等待遇。两位陛下随从的公爵先生和夫人们则一对对地到另外几间专门准备的房间去换装。

国王临进化妆间前,吩咐红衣主教一到就马上向他禀报。国王驾临半小时过后,又响起一阵欢呼声。现在是王后驾到了。市政长官们恭敬如仪,仍由卫士开道,前去迎接这位最显贵的女宾。

王后步入正厅。来宾们都注意到,她和国王一样心绪不佳,并且脸带倦色。

她进场的时候,一间小小的廊台上一直垂着的门帘掀了起来,只见身穿西班牙骑士服饰的红衣主教露出了苍白的脸。他的眼睛盯着王后的眼睛,心头一阵狂喜,嘴角不由得掠过一丝笑意。王后没有佩戴那串钻石坠饰。

王后在大厅里花了点儿时间来接受市政人员的问候,并对女宾们致意作答。

突然间,国王和红衣主教一起从大厅的一扇房门里出来。红衣主教低声地在跟国王说话,国王脸色煞白。

国王穿过人群往前走去,脸上没戴面罩,紧身短上衣的系带也没完全系好,待得走到王后跟前开口说话时,连嗓音都变了。

"夫人,"他说,"请问,您既然知道我想看见您戴上那些钻石坠饰,为何不把它们戴出来呢?"

王后向四下瞧了一眼,瞧见了红衣主教正在国王身后阴鸷地笑着。

"陛下,"王后答话时不由得也变了声,"因为这儿人太多,我怕会出什么意外。"

"那您就错了,夫人!既然我送您这些坠饰,那当然就是为了让您戴的。我告诉您,您完全错了。"

说着说着,国王气得声音都发颤了。来宾们惊讶地望着这场面,侧耳静听,却不清楚到底出了何事。

"陛下,"王后说,"这些坠饰就在卢浮宫里,我这就可以派人去把它们拿来,陛下的意愿会得到满足的。"

"快派人去,夫人,快派人去,愈快愈好。因为再过一小时舞会就要开始了。"

王后行了个屈膝礼表示遵命,随即跟着带路的侍从女官往化妆间走去。

国王也回到自己的化妆间。

大厅里一时间起了一阵骚动和混乱。

所有的来宾都注意到国王和王后之间准是出了什么事情，不过两人都说得很轻，而来宾们出于尊敬又离得至少有几步之远，故而谁也没有听见他们在说些什么。那几把提琴手此刻正拉得起劲，不过谁也没去听那乐声。

国王先从化妆间里出来，他穿一身极其雅致的猎装，奥尔良公爵和其他贵胄也都身着同样打扮。但其中以国王的装束最为潇洒，看上去真不愧为王国风度最佳的绅士。

红衣主教走到国王身边，把一只盒子递给他。国王打开盒子，看见里面有两颗钻石坠饰。

"这是什么意思？"他问红衣主教。

"没什么意思，"主教答道，"只不过，若是王后能把那些坠饰戴出来，对这我还有些怀疑，就请陛下仔细数一数，若是您数下来只有十颗，那就请问一问王后陛下，到底有谁能从她那儿偷到您看见的这两颗坠饰。"

国王瞧着红衣主教，似乎要问他什么话，不过已经没时间容他发问。在场的宾客异口同声地喝起彩来了。如果说国王看上去是王国最风度翩翩的绅士，那么王后毋庸置疑就是法国最美的女人。

的确，她身上的这套女猎装对她而言真是合适极了。她头戴一顶插着蓝色羽饰的呢帽，一件银灰色的丝绒披风用几粒钻石搭扣系在胸前，下面穿一条银线绣花的蓝色绸裙。左肩上别着一个跟羽饰和绸裙同样颜色的饰带结，上面系着的颗颗坠饰闪闪发光。

国王高兴得身子发颤，红衣主教却气得浑身发抖。但是，两人都跟王后离得较远，谁也没法看清有几颗坠饰。王后的坠饰在她身上，可到底是十颗呢，还是十二颗？

这时候，提琴手奏起了舞曲的前奏。国王朝枢密大臣夫人走去，按礼仪他得请这位夫人作为舞伴，奥尔良公爵则请王后作为舞伴。各对舞伴站好位置，梅尔莱松舞开始了。

国王就排在王后对面,他每次从她身边经过时,都睁大眼睛瞅着那些坠饰,可就是没法数清坠饰有几颗。这时红衣主教的额头淌下了一阵冷汗。

梅尔莱松舞持续了一个小时,舞曲一共有十六段变奏。

舞曲终于在全场宾客的掌声中结束了,参加跳舞的男女把各自的舞伴送回原来的座位,不过国王利用自己的特权,撇下了舞伴径自快步向王后走去。

"夫人,"他对王后说,"很感激您对我意愿的尊重,但我想您一定少了两颗坠饰,因此就给您带来了。"

说着,他把红衣主教刚才给他的两颗坠饰递给王后。

"怎么回事,陛下!"年轻的王后故作惊奇地大声说道,"您还要给我两颗,那我不就有十四颗了吗?"

确实,国王仔细一数,王后肩头的确有十二颗坠饰。

国王唤红衣主教过来。

"嗯,这算什么意思,红衣主教先生?"他口气严厉地问道。

"这意思是,陛下,"红衣主教答道,"我想让王后收下这两颗坠饰,但是又不敢亲自交给王后,因此就想了这么个办法。"

"那我就更要谢谢主教大人的一番美意了,"奥地利安娜公主答道,一边微微一笑,表明这一番花言巧语、假献殷勤没能骗得过她,"我敢肯定地说,仅仅为这两颗坠饰,阁下花的钱绝不会比陛下花在这十二颗上的少。"

说完,她向国王和红衣主教欠了欠身,直接回到刚才着装的房间去卸装。

看见王后回到化妆间以后,达德尼昂正想抽身往后退,忽然觉得有人在他肩膀上轻轻地碰了一下。他回过头去,只见一个年轻女人对他做了个手势,让他跟着她走。这位年轻女人戴着玄色丝绒半截面罩,不过虽然她做了这样的防备,他仍然一眼就认出了她。不过,她戴面罩本来也只是用来防别人,而不是用来防他的。她就是他的向导,那位活泼俊俏的博纳修太太。

昨晚他刚在御前卫士热尔曼那儿跟她见过面，那是达德尼昂央求热尔曼去把她叫来的。不过那会她急于把信使平安归来的好消息尽快告诉王后，没来得及跟自己的情人说上几句话。故而达德尼昂此刻跟着博纳修太太往前走时，心里同时充满了爱情和好奇。一路上走着走着，走廊里的人影愈来愈少，达德尼昂几次三番想让这少妇停一下，好让他抓住她的胳膊细细地瞧瞧她，哪怕是一会儿工夫也好。不过她机灵得像只小鸟，回回都从他的手里滑了出去，而每当他想说话的时候，她就把手指放在嘴上，用一个充满魅力、叫他无法抗拒的小小的动作提醒他现在正受命于一位至尊无上的贵人，必须盲目服从，就连最轻微的抱怨都是禁止的。两人又七拐八弯地走了一两分钟，博纳修太太打开一扇门，把年轻人领进一个黑咕隆咚的小房间。此刻她又做了个手势，让他噤声，随即打开遮掩在壁幔后面的另一扇门，门一开立刻有一道强烈的光线泻进来，接着她就不见了。

达德尼昂伫立不动，不知道自己到了什么地方。不过很快，只见一缕光线射进这个房间，从渐渐飘过来的温暖而芬芳的氤氲，从两三个女人恭敬而优雅的说话声以及好几声"陛下"的称呼，他清楚地意识到了现在是在一个跟王后的房间毗邻的小房间里。

年轻人在黑暗里等着。

王后显得心情很好，异常快活，这使她周围的这些女官感到很惊讶，因为她们平时已经看惯了王后愁眉不展的模样。王后推说这种愉快情绪是由舞会华丽的场面和跳舞带来的乐趣所引起的，而因为凡是一个王后说的话，无论她是笑着说，还是哭着说的，一概不容违拗，所以女官们也都你一言、我一语地称赞起巴黎市政长官的殷勤儒雅来了。

达德尼昂虽然不认识王后，不过很快从其他的嗓音中辨认出了王后的声音，首先由于她带有些许外国口音，其次由于她以王后之尊说出的每句话里，自然而然地会流露出一种威严的意味。

他好几次听见王后的声音靠近这扇半开的门,接着又离去了,有两三次他甚至看见有个身影遮住了透过来的光线。

随即,突然间从壁幔后面伸进来一条美得令人心醉的雪白的玉臂,达德尼昂知道这是给他的奖赏。他双膝下跪,捧住那只手恭恭敬敬地吻了一下,这只手接着抽了回去,留下了一样东西在他的手里,达德尼昂认出这是一枚戒指。那扇门很快就关上了,达德尼昂重又置身于一片黑暗之中。

达德尼昂把戒指戴在手指上,重新等待着,他确信事情还没完。他的效忠得到奖赏以后,他的爱情也该会得到奖赏的。再说,舞尽管跳完了,可是晚会几乎才刚开场。圣约翰教堂的大钟敲过了两点三刻,而三点钟正是吃夜宵的时候。

果然,隔壁房间里的说话声渐渐轻了下去,接下去只听得声音愈离愈远,接着达德尼昂待着的这个小房间的门打开了,博纳修太太匆匆走进来。

"您总算来了!"达德尼昂嚷道。

"别出声!"那少妇用手按在年轻人的嘴唇上,"别出声!您从哪儿进来的,还从哪儿出去吧。"

"但我何时何地与您再相见呢?"达德尼昂问。

"您回家以后会看到一张纸条,看了您就会知道的。走吧,走吧!"

说完之后,她打开通走廊的那扇门,把达德尼昂推出小房间。

达德尼昂如同一个孩子那样听话,欣然服从,由此可见他果然坠入情网了。

第二十三章　幽会

达德尼昂拔腿跑回家去，尽管已是凌晨三点多钟，并且一路上得穿过巴黎一些最不安全的街区，可是他没遇上一点儿麻烦。我们知道，情人就跟醉鬼一样，总是福星高照的。

他发现后门半掩着，就登上楼梯，按照事先跟布朗谢约定的暗号轻轻叩门。两小时前他就在市政厅把布朗谢打发回家，吩咐这仆从等着给他开门，因此这时布朗谢立刻就给他开了门。

"有人给我送来过一封信吗？"达德尼昂迫不及待地问道。

"没人送来过，先生，"布朗谢回答说，"不过有一封自己跑来的。"

"你说些什么呀，傻瓜？"

"我是说您这房门的钥匙明明始终在我口袋里，我压根儿没把它脱过手，不过我回来的时候，却发现您卧室的绿台毯上放着一封信。"

"这封信呢？"

"还在老地方，我没动过，先生。信会像这样跑进人家房间里来，可真有点儿古怪，如果窗子还开着，或者就算是够着点儿缝吧，那倒也没话好说。不过此刻，门窗全都关得严严实实的。先生，您可得当心，这事绝对有点儿古怪。"

达德尼昂对他的唠叨充耳不闻，径自冲入卧室，打开了那封信，信果然是博纳修太太写的，内容如下：

> 亟待面陈并转达热忱的谢意。今晚请去圣克洛，十点钟

在德·埃斯特雷先生宅邸拐角的那座小楼前面见。

达德尼昂读信时,只觉得心跳忽快忽慢,这种充满柔情蜜意的痉挛通常就是这么折磨和抚慰恋人的。

这是他收到的第一封情书,也是他第一次的约会。心头的欢乐使他感到陶醉,这个叫作爱情的人间天堂啊,他几乎晕倒在它的门槛上。

"嗯,先生,"布朗谢说,他瞅着主人的脸红一阵白一阵的,"嗯,是不是我猜对了,坏事儿了吗?"

"你错了,布朗谢,"达德尼昂回答说,"给你个埃居,去替我喝一杯。"

"谢谢先生给我的埃居,先生的盼咐我一定照办,但是像这样跑到关紧的屋里来的信准是……"

"从天而降,伙计,是从天而降。"

"这么说,先生挺开心?"布朗谢问。

"我的好布朗谢,我是天下最幸福的人!"

"托您的福,我可以去睡觉吗?"

"行,去吧。"

"愿老天爷赐福给先生,然而这封信实在……"布朗谢一边说,一边摇着头走出屋去,照他这副神情看起来,达德尼昂的那点儿赏赐并没能彻底消释他的疑团。

达德尼昂一个人待在房间里又念了几遍信,随后在留有俊俏的情妇写的那几行字上吻了足足二十遍。末了,他也上了床,很快就进入梦乡,做了好些金光灿灿的美梦。

早晨七点钟,他起身就唤布朗谢,唤了两声,布朗谢才来开了门,昨夜那副忧心忡忡的神色还留在脸上。

"布朗谢,"达德尼昂对他说,"我这就出去,可能整天都不回来。因此你到晚上七点以前都没事儿,不过到晚上七点钟,你得整装待发,还得备好两匹马。"

"嗯，"布朗谢说，"看来又要玩儿命。"

"你带上你的火枪和手枪。"

"嗯，我没说错吧？"布朗谢嚷道，"不出所料，这封该死的信！"

"放心吧，傻瓜，此刻等着咱们的可是桩美事儿。"

"可不！如同那次惊心动魄的旅行，密如雨点的子弹，无处不在的陷阱。"

"你要是怕了的话，布朗谢先生，"达德尼昂接着说，"就别跟我去了，我一个人上路也比带个一无是处的伙计强。"

"先生说这话对我可不公平，"布朗谢说，"我记得先生是见过我表现如何的。"

"对，不过我以为你的勇气已消失殆尽了呢。"

"您瞧好吧，危机时就会显出我的勇气来的，可勇气再多，滥用的话也难长久。"

"那今晚你的勇气还有吗？"

"我想有吧。"

"那好，我就指望你了。"

"到时候我会带好武器的，但是我们只剩下了一匹马。"

"此刻或许还是只有一匹，不过到晚上就会有四匹了。"

"难道咱们上回跑那么一趟，就是去补充军马的呀？"

"没错。"达德尼昂说。

说着，他对布朗谢最后做了个表示叮嘱的手势，就出门去了。

博纳修先生站在他的门口。达德尼昂本想自顾自出去，不跟这位可敬的针线铺老板打招呼，没想到博纳修先生却对着他在笑容可掬地躬身作礼，这一下他这个当房客的非但不能不还礼，而且也还得跟他闲聊几句才行。

再说，达德尼昂今晚就要在圣克洛，在德·埃斯特雷先生那座小楼对面跟他老婆幽会，对这样一位丈夫，多少总得给人家一点儿面子吧!达德尼昂装出一副最友好的神气走上前去。

说话很自然地转到了这位倒霉老板给抓进监狱的事情上去。博纳修先生不知道达德尼昂曾经听见他跟牟恩那个陌生人的对话,因此对着年轻房客大吹法螺,说那个魔鬼般的德·拉夫玛先生如何折磨他,一边讲一边不住口地管他叫主教的刽子手,接着又添油加醋地大谈巴士底监狱,囚室的铁栓和小门啦,地牢的通风窗啦,牢门的铁栅啦,五花八门的刑具啦,吹得天花乱坠。

达德尼昂彬彬有礼地听着他说,等博纳修说完以后,他才说道:"那么博纳修太太呢,您知道是谁绑架她了吗?因为我没忘记,我正是在那个叫人不快的场合跟您见面的。"

"啊!"博纳修先生说,"他们一点儿消息也不肯告诉我,我老婆也赌咒发誓说她不知道。那么您呢,"博纳修先生以一种无可挑剔的亲切的口气接着说,"这些天来您的情况怎么样?我始终不见您的面,您那几位朋友也都没来,昨天我瞅见布朗谢在刷您靴子上的泥,我寻思着这些泥总不会是在巴黎街上沾的吧。"

"您说得不错,亲爱的博纳修先生,我跟那几位朋友刚出门回来。"

"远吗?"

"哦!不远,才四十来里路吧。我们陪阿托斯先生到福尔日温泉,随后我那几位朋友就留在那儿了。"

"不过您回来了,不是吗?"博纳修先生做出最机灵的神气接口说,"像您这么漂亮的小伙子,您的情妇是不会让您离开很久的,人家在巴黎心焦地等着您呢,对不对?""说实话,"年轻人笑着说,"亲爱的博纳修先生,我承认您慧目如炬,万事难逃您的法眼。对,有人在等我,等得挺心焦,一点儿没错。"

博纳修脸色微微一变,很轻微,达德尼昂没有看出来。

"那么,您急忙赶回来,是会得到报偿的?"针线铺老板接着往下说,嗓音稍稍有些岔了音,然而达德尼昂并没注意到,如同方才没注意到他的脸色阴沉过一样。

"哈！您是要给我说教来啦！"达德尼昂哈哈笑着说。

"不是，我跟您说这些，"博纳修说，"仅仅是想知道您回来得晚不晚。"

"您问这干吗，亲爱的房东？"达德尼昂问道，"难道您有事要等我？"

"不是的，只不过打从我让人抓走、家里又遭抢以后，每回听见有人敲门我就心惊肉跳的，特别是夜里。唉，有什么法子呢！我又不会使枪弄剑的！"

"您别怕，可能很晚回来或索性不回来。"

这一回，博纳修变得脸色煞白，达德尼昂没法再看不见了，因此只好问博纳修怎么了。

"没事，"博纳修回答说，"没事，上次惊吓过度，现在会不时有虚脱晕眩感，刚才就哆嗦了。这您不用担心，您得操心自己如何过得快活才是。"

"我不用操心，因为我已经很快活了。"

"还没呢，悠着点儿，您不是说过是今儿晚上吗？"

"嘿，谢天谢地，今儿晚上会来的！或许也有人在心急火燎地等您呢。说不定今晚博纳修太太就会回来跟您团聚吧。"

"博纳修太太今晚没空，"做丈夫的一本正经地回答说，"她在卢浮宫当班。"

"那您可是太倒霉了，亲爱的房东，太倒霉了。我自个儿快活的时候，也期望所有的人都能快活，但是看来这是不可能的了。"

说着，年轻人哈哈大笑地跟博纳修先生分了手，他心想，这笑中之意，只有自己了然。

"您好好快活去吧！"博纳修脸色阴沉地回答了一句。

不过达德尼昂已经走远，并未听见这句话，就算听见了，因为他现在满脑子想的都是别的事儿，他或许也不会去多加注意。

他向德·特雷维尔先生府邸而去。读者想必还记得头天晚上他跟特雷维尔先生匆匆相见，并没来得及细谈。

他见到德·特雷维尔先生时，只见他满面春风、喜气洋洋。国王和王后在舞会上对他态度都很亲切。而红衣主教一眼就看得出是窝了一肚子火。

凌晨一点，他推说身体不舒服而提前告退。国王和王后两位陛下，直到清晨六点才回卢浮宫。

"现在，"德·特雷维尔先生向房间四下里扫视一遍，看清没有旁人以后，压低嗓音说道，"现在谈谈您吧，小伙子。事情明摆着，国王那么兴高采烈，王后那么扬眉吐气，主教大人那么灰溜溜的，全都跟您的凯旋有关系。您可得好好当心啊。"

"只要我有幸得到两位陛下的恩宠，"达德尼昂回答道，"我还有什么好怕的？"

"有您怕的，相信我吧。红衣主教可不是个肯善罢甘休的人，他凡是输了，是睚眦必报的，更不用说这回让他输的，我看又是我相识的某个加斯科尼老乡。"

"您以为红衣主教也会像您一样神通广大，知道是我去伦敦的吗？"

"天哪！您去过伦敦了！您手上那枚亮晶晶的戒指，或许就是从伦敦带回来的吧？当心啊，我的好达德尼昂，敌人的礼物可不是好东西。有句拉丁文怎么说来着……让我想想……"

"对，可不是，"达德尼昂说，要说拉丁文，他现在全部忘光，这是个令老师头疼无比的糟糕学生，"对，可不是，应该是有一句什么的吧。"

"肯定有的。"德·特雷维尔先生满脸学究气地说。

"送戒指的不是英国的公爵先生，先生，"达德尼昂说，"而是法国的王后陛下。"

"王后给的！噢嗬！"德·特雷维尔先生说，"没错，这的的确确是件王室的珠宝，值一千皮斯托尔。王后是让谁把这件礼物交给您的？"

"她是亲手交给我的。"

"在哪儿？"

"一个小房间里，紧靠着她的化妆间。"

"她是怎么给您的？"

"是在伸手让我吻的时候交给我的。"

"您吻了王后的手！"德·特雷维尔先生定睛望着达德尼昂嚷道。

"我有幸身受王后的这一恩宠！"

"有人看见没有？这举动太冒失了，实在是轻率之至，不够谨慎！"

"不，先生，请您放心，当时没人看见。"达德尼昂说。接着他将经过情况详详细细地告诉德·特雷维尔先生。

"哦！女人哪，女人！"这位老军人大声说道，"她们那些罗曼蒂克的幻想我可领教得多了，只要是神秘兮兮的东西，她们就喜欢。这不，您就只见到了一条胳膊，别的什么也没看见，下回您碰到王后，压根儿认不出她来，她碰到您，也不会知道您是谁。"

"是的，不过有了这枚戒指……"年轻人说。

"您听我说，"德·特雷维尔先生说，"您愿意听我一句忠告吗？这可是一句有益的忠告，朋友的忠告。"

"不胜荣幸，先生。"达德尼昂说。

"那好。您出去以后，碰到第一家珠宝店就进去把这戒指卖了，别管人家出多少价钱，那珠宝商再抠门儿，您起码也能到手八百皮斯托尔。没名没姓的皮斯托尔带给您快乐，来头太大的戒指招灾惹祸。"

"把这戒指卖掉！这可是王后给的戒指哪！不行。"达德尼昂说。

"那么就转个个儿把钻石朝里戴，可怜的糊涂虫，因为谁都知道一个加斯科尼见习禁军在他老娘的首饰匣里是找不出这件珠宝来的。"

"如此说,您当真认为我要好好防备?"达德尼昂问道。

"这么说吧,年轻人,一个躺在已经点燃火绳的炸药上面睡大觉的人,跟您比起来都还算安全的。"

"唉!"达德尼昂说,德·特雷维尔先生那种不容置疑的口气使他有点儿不安起来,"唉,那我该怎么办?"

"时刻警惕,万事留意。红衣主教记性又好,手又长,相信我的话,他绝对会对您玩花样的。"

"什么花样?"

"哎!那我怎么知道!不过他诡计多端,满脑子都是花花点子,至少他能够让人把您抓起来。"

"什么!他们敢把一个为陛下效力的人抓起来?"

"当然!他们对阿托斯不是也没客气吗!无论怎么说,年轻人,您还是听听一个在宫里待了三十年的人的话吧。千万别掉以轻心,否则您就完了。"

"我告诉您,不仅不能睡大觉,并且还得时时处处防备敌人。假如有人跟您找碴儿吵架,您得躲着他,就算那是个十岁的孩子;假如有人晚上或者白天出手袭击您,您得且战且退,千万别怕丢面子;假如您要过一座桥,就得先用脚试试桥板,小心到时候突然踩个空;假如人家正在盖房子,您刚好打那儿经过,就得抬头看着点儿,小心一块石头掉下来砸到您头上;假如您很晚回家,就得让您的仆从跟在您后面,要是这仆从信得过的话,还得让他带上武器。不能相信任何人,朋友也好,兄弟也好,情妇也好,都不能相信,特别是情妇。"

达德尼昂脸红了。

"特别是情妇,"他下意识地重复说,"为何最不可信的是情妇呢?"

"因为红衣主教最爱用美人计,而美人计又最容易奏效。一个女人为了十皮斯托尔就可以出卖你,大利拉就是例子。《圣经》

您总念过吧，嗯？"

达德尼昂想着当晚跟博纳修太太的幽会，但是我们得说，我们的主人公是好样的，德·特雷维尔先生这番把女人说得一无是处的话，并没让他对漂亮的房东太太生出半点儿疑心。

"顺便问一下，"德·特雷维尔先生接着说，"您那三位伙伴情况怎么样了？"

"我来就是想问问您有没有什么消息。"

"一点儿没有，先生。"

"唉，他们都让我给撂在路上了。波尔多斯在尚蒂伊让人缠住了比剑，阿拉密斯在克雷夫格尔肩膀上中了一枪，阿托斯在亚眠让人硬说用的是假币。"

"够呛！"德·特雷维尔先生说，"那您是怎么脱身的呢？"

"靠运气，先生，只能这么说吧，我胸口中了一剑，可我把德·瓦尔德伯爵先生钉在加莱的大路上，就像把一只蝴蝶钉在墙上一样。"

"那更够呛啦！德·瓦尔德可是红衣主教手下的人，德·罗什福尔的表兄弟。嘿，老弟，我有了个主意。"

"请说，先生。"

"我要是您的话，会做一件事。"

"哪件事？"

"来个金蝉脱壳。主教大人在巴黎搜捕我，那我就去寻找三个伙伴，直接上马奔向庇卡底，让他扑个空。而且平心而论，他们三人忠肝义胆，您为他们辛苦奔波是应当的。"

"您这主意出得好，先生，明天我就出发。"

"明天！干吗不是今天晚上？"

"今天晚上，先生，我有点儿事必须留在巴黎不可。"

"哦！年轻人呀，年轻人！又是谈情说爱吧？当心啊，再次忠告您：干咱们这些事的人，多数会因为女人而倒霉。听我的话，今晚就出发吧。"

"这不行！先生。"

"您跟人家约定了？"

"是的，先生。"

"那就另当别论了，不过，答应我：明天一定出发，如果今晚您未被人杀死的话。"

"我答应。"

"您要不要拿点儿钱去？"

"我还有五十皮斯托尔。我想够我用的了。"

"您那几个伙伴呢？"

"我想他们应该也不缺钱。我们离开巴黎时每人口袋里有七十五皮斯托尔。"

"您动身前再来我这儿吗？"

"不，我想不来了，先生，除非有新的情况。"

"那好吧，祝您一路顺风！"

"谢谢，先生。"

说完，达德尼昂就告辞出来，想到特雷维尔先生对火枪手们这种慈父般的爱护，心头更加觉得热乎乎的。

他先后跑到阿托斯、波尔多斯和阿拉密斯的居所。三人都还没回来。他们的仆从也都不在，并且一点儿消息也没有。

如果能找到那三个伙伴的情妇，或许倒能打听到点儿消息，不过他既不认识波尔多斯的情妇，也不认识阿拉密斯的情妇，而阿托斯根本就没情妇。

到了禁军营跟前，他往马厩里望了一眼，四匹马已经到了三匹。惊讶万分的布朗谢正在用铁齿刷给它们刷毛，三匹当中已经刷好了两匹。

"啊！先生，"布朗谢瞧见达德尼昂就说，"看到您，我可真高兴！"

"这又是为什么，布朗谢？"年轻人问道。

"您信得过咱们的房东博纳修先生吗？"

"我？根本就信不过。"

"噢！您说得太对了，先生。"

"不过您为何要问这个？"

"因为你们谈话那会儿，他脸上表情变化过两三次。"

"唔！"

"先生您光顾着想那封信了，没能注意到这事儿，不过我就不一样了，这封信进来得那么蹊跷，因此我就多长了个心眼，把他脸上的每个表情都瞅在了眼里。"

"你觉得他……"

"一脸奸相，先生。"

"就是！"

"另外，你们刚分手，您才转过街角，他就忙不迭地关门出发，朝街的另外一个方向跑去了。"

"他的行为确实非常可疑，好吧，在弄清楚原因之前，房钱先欠着他的。"

"先生您这是在说笑话，可是您迟早会看到我说得不错的。"

"那又有什么法子，布朗谢，注定要来的事情总得要来嘛！"

"如此说，先生不打算取消今晚的散步？"

"为何要取消？布朗谢，我就是因为讨厌博纳修先生，所以才越发撇不下这次约会。"

"那好吧，既然先生打定主意……"

"不变了，伙计。这样吧，九点钟你就准备好等在营部这儿，我会来找你的。"

布朗谢眼看主人不肯接受自己的意见，放弃他的约会大计，只好无奈地长长叹息一声，又刷起第三匹马来。

至于达德尼昂，他其实是个处事谨慎的小伙子，此刻他并没回自己的家去，而是上一位加斯科尼老乡家里去吃晚饭，当初这四个伙伴落魄的时候，就是这位加斯科尼神父请他们吃过一顿巧克力饮料的早茶。

第二十四章　小楼

九点钟，达德尼昂准时来到禁军营，他看到布朗谢已经整装待发。第四匹马也准备好了。布朗谢随身携带着一支短筒火枪和一把手枪。达德尼昂带着长剑，腰中还插了两把手枪，之后二人各骑上一匹马，悄无声息地出发了。夜很深，没有人发现他俩离开。布朗谢与主人相隔十步路的距离，紧紧跟随着。过了河堤，达德尼昂由会议门出来后便在圣克洛的大路上向前赶路，当时那条路上比如今可清静多了。

还没有出城时，布朗谢还是谨遵礼仪的，在主人身后不远处跟着，但出了城之后，由于一路行人渐少且天色昏黑，他就不禁因害怕而跟得更近了，等走进布洛涅森林，已经和主人并驾齐驱了。说实话，我们也毋庸讳言，置身黑黢黢的丛林之中，摇曳的树枝和惨淡的月光确实让他吓得要命。达德尼昂看出了布朗谢的心思，知道他心中惊恐。

"喂，布朗谢先生，"他问道，"怎么了？"

"先生，您不觉得这树林就跟教堂一样吗？"

"为什么这么说呢，布朗谢？"

"因为在这里就跟在教堂一样，都不敢大声说话。"

"您为什么不敢大声说话，布朗谢？因为害怕吗？"

"不错，先生，怕被人听见。"

"怕被人听见？我们的谈话很正当啊，我亲爱的布朗谢，谁也挑不出什么毛病来。"

"哼！先生！"布朗谢又说道，他的思路又回到他的根本念头,"博纳希厄先生眉宇间总显得有些阴险,他那嘴唇一活动,也十分令人讨厌!"

"见鬼,您怎么又想起博纳希厄来啦?"

"先生,人只能想能想的事,而不是想希望想的事。"

"就因为您是个胆小鬼,布朗谢。"

"先生,请不要把谨慎和胆怯混为一谈,谨慎是一种美德。"

"这么说,布朗谢,您是个有美德的人,对吧?"

"先生,那边是不是一支火枪筒在闪?咱们是不是应该低低头呢?"

"真的,"达德尼昂咕哝道,他又想起德·特雷维尔先生的叮嘱,"真的,这家伙还真要叫我怕起来。"

他开始策马奔跑。

布朗谢也跟着主人奔驰起来,如影随形,又追到了主人身边。

"先生,咱们就这样跑个通宵吗?"他问道。

"不,布朗谢,您到地方了。"

"怎么,我到地方了?那先生呢?"

"我还得朝前跑几步。"

"先生要把我一个人丢在这儿?"

"您害怕吗,布朗谢?"

"不怕,我只是想提醒先生注意,夜晚会很冷,寒气容易让人得风湿痛,而一名患了风湿痛的跟班,就是个蹩脚的仆人了,尤其是跟着一个像先生这样矫健的主人。"

"好吧,布朗谢,您要是觉得冷,就进一家小酒馆,瞧那边有几家呢。明天早上六点钟,您就在酒馆门口等我吧。"

"先生,早上您给我的那枚埃居,我已经照您的吩咐吃喝光了,所以一会儿要是冷的话,身上就连一个子儿也没有了。"

"给你半个皮斯托尔,明天见。"

达德尼昂跳下马,将缰绳往布朗谢手里一扔,把身上的斗篷裹紧，便急匆匆地走了。

"上帝啊，真冷啊！"主人一不见了踪影，布朗谢立刻嚷起来；他急着要暖暖身子，看见前面一座房子完全具备郊区小酒馆特点，便赶紧跑去敲门。

这时，达德尼昂走上一条狭小的岔道以后，又往前走了一段路，到了圣克洛镇上。不过他不走大道，而是从城堡背后兜了个圈子，再从一条很僻静的小路往前走，很快就到了信上说的那座小楼跟前。那座小楼位于一道高墙的拐角上，四周非常空旷。这道高墙的一边就是那条小路，另一边是道树篱，把一座小院子围在了中间，院子里面有间简陋的小屋。

他是来幽会的，而因为人家事先没关照他到了以后要打什么暗号，因此他就等着。周围一片寂静，这地方好似离京城有百里之遥。达德尼昂看看身后，然后背靠树篱，耐心等待起来。在树篱、院子和小屋后面，一片茫茫的浓雾笼罩着整个大地，只有稀稀落落的几点亮光在眨眼，犹如地狱里凄怨的星光，那儿就是沉睡中的巴黎，空蒙而落寞。

然而在达德尼昂眼中，四下景物无不赏心悦目，充满笑意，就连浓重的夜色也似乎是清澈透明的。幽会约定的时间就要到了。

果然，片刻过后，圣克洛教堂钟楼宽大的窗口里缓缓地敲响了十下钟声。这金属的撞击声在寂静的夜空中哀鸣，带着点儿凄凉的意味。不过，这敲出约定时刻的钟声，却每一下都在达德尼昂心里引起一阵和谐而美妙的震颤。他抬头凝望着耸立在街角上的这座小楼，小楼的窗户，除了二楼的一扇以外，全都放下了百叶窗。二楼的这扇窗子里亮着柔和的灯光，墙外有两三棵椴树簇生在一起，窗里透出的灯光给这几棵椴树的树枝洒上了一层银辉。毋庸置疑，等在那灯光优雅的小窗后面的，定是俊俏的博纳修太太。

达德尼昂陶醉在这甜蜜的遐想里，眼睛望着那个让人动情的小小的居室，静静地等了半个小时。从下面望上去，看得见一角天花板，从天花板上描金的饰线，可以想见房间其余部分的高雅。

圣克洛教堂敲响了十点半的钟声。这一次，达德尼昂忽然莫名其妙地觉得一阵寒气袭来，阴森森的，随血液流遍全身。也有可能他是开始觉得有点儿冷，把一种纯粹生理上的感觉错以为是心理上的感觉了。他忽然想到或许自己念信时看错了时间，大概幽会是约在十一点呢。

他朝窗口走上几步，让那道灯光正好照在自己身上，然后从口袋里掏出那封信又看了一遍。时间并没看错，是约在十点钟。他又回到原来的位置上，寂静和孤独开始使他感到相当不安。

十一点钟敲响了。

达德尼昂当真有点儿担心博纳修太太会出什么事。他击了三下掌，这是恋人们常用的暗号，不过没人应答，连回声也没有。因此他有点气恼地想，说不定博纳修太太等着等着睡着了。他走到高墙跟前想爬上去，不过这堵墙刚抹过灰泥，达德尼昂没地方好攀手。这时他看见了那两棵大树，它们的树叶仍沐浴在一片银辉中，其中有一棵的枝丫伸到了小路上方，达德尼昂心想站在树上准能看清小楼里面的情况。

这棵树爬起来挺容易。再说达德尼昂才二十岁，因此还没忘记孩提时代的那套本事。一转眼工夫，他就已经站在大树的枝丫中间，目光透过玻璃窗射进了小楼。

眼前奇怪的景象使达德尼昂从脚底到头发根都打起了寒战，在那片柔和而静谧的灯光下，居然是一幅令人触目惊心的凌乱景象：一块窗玻璃打碎了，房门被人用力砸开，剩下的一半悬挂在铰链上；一张或许原先放着精致的夜宵的桌子躺在了地上；瓶子摔成了碎片，水果滚得满地都是，又被踩烂了。房间里的一切东西，都表明这里曾经发生过一场异常激烈的殊死搏斗。达德尼昂甚至觉得在这异乎寻常的一片狼藉中，还瞥见了撕碎的衣片和沾在桌布、窗帘上的几滴血渍。

他心头怦怦直跳,急忙爬下树,想看看是否还能找到些其他的争斗痕迹。柔和的灯光依然在静谧的夜空中照耀着。达德尼昂这时发现泥地上这儿一个印痕,那儿一个凹坑,显然是些杂沓的脚印和马蹄印,先前他之所以没注意到这个情况,是由于他压根儿没想到要去注意。另外,有一辆马车的车辙好像是从巴黎方向来的,在湿软的泥地上车辙印得很深,但到小楼这儿就突然终止,随即又掉头往巴黎而去。

达德尼昂继续搜索,终于在墙边发现了一只撕破的女式手套。不过这只手套干干净净的,没沾上一点儿污泥。这只带着芳香的手套,正是情人们渴望从一只玉手上摘下来的那种手套。

达德尼昂一边继续搜寻,一边只觉得额头一阵阵地直冒冷汗,心头因为一阵可怕的焦虑而抽紧,呼吸也变得急促起来。不过他为了安慰自己,还是在心里对自己说,这座小楼说不定跟博纳修太太根本不相干,那位少妇跟他约定在小楼前面见面,而并没说是在小楼里面呀,或许她是在巴黎有事要办一时来不了,也许是让她那嫉妒的丈夫缠住了脱不开身。不过所有这些推断,都被发自内心的悲痛冲乱、撞垮、推翻了,在某些情况下,这种内心的感情会把我们整个儿攫住,明白无误地大声提醒我们:大祸临头了。

此时,达德尼昂差不多要疯了,他跑上那条大道,沿刚才来的方向直奔到渡口,询问撑渡船的船家。晚上七点钟,这个船家载过一个裹着黑斗篷的女人摆渡,那女人看上去很不愿意让人家认出她来。然而就因为她这么小心翼翼地提防别人,船家偏偏心生好奇,要看看她的模样,最后看出了她是个年轻漂亮的女人。那年头也像如今一样,俊俏的小女人跑到圣克洛来,又怕让人认出来,这是常有的事。不过达德尼昂一听船家那么说,却立刻认定他看到的那女人就是博纳修太太。达德尼昂凑近船家屋里的灯光,又把博纳修太太的信看了一遍,肯定自己没有弄错,幽会地点是在圣克洛而不是别的什么地方,是在德·埃斯特雷先生的小楼跟前,而不是别的什么街上。所有的迹象都向达德尼昂表明他的预感是对的,一场大祸真的临头了。他拔腿往城堡的方向奔去,他仿佛觉得,就在他跑开的这段时间里,小楼里好像又出了什么事儿,正等着他去理出个头绪来。小路上还是那么沉寂,从窗口透出的灯光还是那么柔和静谧。突然,达德尼昂想到了墙边那座不起眼的小屋,它此刻黑灯瞎火的,毫无声响,不过刚才它肯定看见了,大概现在它还能告诉他到底看见了什么吧。

院子的门关着,他从树篱上跳了过去,一条狗叫起来,不过他置之不理,直接走向小屋。他敲了一阵门,没人应声。小屋如同那座小楼一样沉浸在死一般的寂静中,但是,这小屋已经是达德尼昂的最后一线希望,他执拗地继续敲门。没多久,他似乎听见屋里有了动静,不过声音很轻,像是蹑手蹑脚,生怕给人听见似的。于是达德尼昂停住手开口央求,他说话的语气是那么不安而又那么恳切,那么惊惶而又那么温和,就连最胆小的人听了他的声音也会放下心来。

终于,一扇虫蛀的破旧的百叶窗打开,或者不如说裂开了一条缝,屋角的一盏小灯刚照亮达德尼昂的肩带、长剑把手和手枪柄,窗子立刻又关上了。不过,虽然这一开一关只是一转眼工夫,达德尼昂还是来得及瞥见了一位老者的脸。

"看在上帝的分儿上!"他说,"请您听我说:我在等一个人,但是没等到,我担心得要死。附近是不是出过什么事了?您说话呀。"

那扇窗又慢慢地打开,那张脸又出现在窗口。不过这张脸比刚才那会儿更没有血色了。达德尼昂把事情的前前后后如实告诉了那老者,只是没把名字说出来。他说了他如何跟一位年轻女人在小楼前面有个约会,由于她没来,又如何爬上那棵椴树,在灯光下看见了屋里一片狼藉的景象。

那老头仔细地听着,不时还点点头表示确实是这样。最后,等达德尼昂说完以后，他摇了摇头，神情之间像是说情况不妙。

"您这是什么意思？"达德尼昂喊道，"看在上帝分儿上！噢，请您说明白吧。"

"唉！先生，"老头儿说，"请您别再问我了，我如果把看见的事情告诉了您，一准儿要倒霉的。"

"如此说您是看见出事了？"达德尼昂说，"既然这样，看在上帝的分儿上！"他边说边抛给他一个皮斯托尔，"您快说，快说说您都见到了些什么，我凭绅士的人格保证，肯定不把您的话泄露出去。"

那老头见达德尼昂确是一片至诚，并且满脸悲痛之色，便做了个手势要他听着，随即压低嗓门对他说道：

"九点钟左右，我听见街上有响声，想去看看是怎么回事，刚走到门口，却见有人正想进来。我是个穷人，不怕有人来打劫，因此就去开了门，只见门口几步开外站着三个男人。一辆大马车停在黑暗中，几匹马停在旁边。那几匹马的主人，不用说就是这三个骑士装束的汉子。

"'哎，这几位先生！'我大声说，'你们这是想干什么呢？'

"'你总该有个梯子吧？'一个看上去像是个头儿的人对我说。

"'有呀，先生，就是摘果子的那种。'

"'把它拿给我们，随后回你的屋里去，这个埃居是给你的酬劳。但你记住，若胆敢将你的见闻泄露出去，就休想活命，因为我相信，凭我们怎么吓唬你，你还是会去看，会去听的。'

"说这些话的时候，他丢给我一个埃居，我捡了起来，他把梯子拿了过去。

"他没说错，我在他们身后把园子门关上以后，装作进屋的样子，不过转眼间我就从后门溜出来，摸黑钻进一丛接骨木中间，打那儿往外望可以看得很清楚，不过没人能看得见我。

"那三个男人已经让车夫把马车悄悄地挪上前来，此时正从车里拽下一个头发花白、穿得很寒碜的矮胖子，这个穿深色衣服

的矮胖子小心翼翼地爬上梯子,鬼鬼祟祟地往小楼的那个房间里张望了一眼,再蹑手蹑脚地爬下梯子轻轻地说:'是她!'

"跟我说话的那人立刻跑到小楼门口,掏出身边的一把钥匙打开大门,进去后又随手把门关上,同时,另外那两个人爬上梯子。这时,那个矮胖子待在车门跟前,车夫坐在车座上,一个仆人牵着另外三匹马的缰绳。突然间,小楼里响起一阵尖叫声,一个女人跑到窗口,打开窗户像要往下跳。不过她一眼看到了那两个男人,立刻又往后退去,那两人跟着爬窗冲进了屋里。

"此时我什么也看不见了,但能听到砸家具声,那女人高声呼救。不过很快喊声就闷住了,那三个男人抬着她走近窗口,其中两人从梯子上爬下来,把那个女人放进了马车,接着那个矮胖子也跟着上了车。楼上那人关好窗,从大门出来,到马车前看看那女人。那两个同伴这时已经上马等着他,接着他也纵身上马,那个仆人在车夫边上坐好,马车就由这三个骑马的汉子押送着往前疾驰而去,事情也到此结束了。打那以后,我再没看到,也没听到什么动静。"

达德尼昂被这可怕的叙述吓愣了,呆呆地站着,连话也说不出来,然而愤怒和妒忌的精灵却在他的心里号叫。

"我说啊,少爷,"老头儿又说道,年轻人这无言的绝望神情,显然比叫嚷和眼泪更让他感到同情,"行了,别难过啦,他们并没把她杀死,这才是最要紧的。"

"您能告诉我那领头者是怎么样的人吗?"

"我不认识他。"

"但是你们谈过话,总不会没看清他的样貌吧。"

"啊!您的意思是问我他长相如何?"

"对。"

"个子挺高,人精瘦,脸晒得挺黑,两撇黑黑的小胡子,黑眼睛,看上去像个绅士。"

"没错,"达德尼昂嚷道,"又是他!总是这个家伙!看来他真是我的冤家对头了！另外那个呢？"

"哪一个？"

"那个矮胖子。"

"噢！我可以肯定此人不是绅士。他没佩剑，其他人对他毫不客气。"

"是个侍从，"达德尼昂喃喃地说，"哦！可怜的女人！可怜的女人！他们对您干了些什么呀？"

"您答应过我不说出去的。"老头儿说。

"我再说一遍，您尽管放心，我是个绅士。绅士许诺过的事绝不食言，我已经对您许诺过了。"

达德尼昂黯然神伤地走回渡口去。一路上，他一会儿心想那可能不是博纳修太太，可能次日就能在卢浮宫见到她，一会儿又担心她是由于跟别人有什么私情，才让哪个吃醋的家伙闯进去劫走了。他怎么想也觉着不对劲，又伤心又绝望。

"噢，要是我的朋友都在就好了！"他大声说道，"那我起码还有找到她的希望，不过谁又知道他们现在怎么样了呢！"

这时已近午夜时分，先得找到布朗谢。达德尼昂瞅见哪家酒店还有灯光，就敲门进去看看，不过找了好几家都没见到布朗谢的影子。

到了第六家，他才想到这事做得有点儿冒失了。他跟布朗谢是约定早上六点钟才见面的，故而此刻布朗谢无论在哪儿都是正当的。

另外，达德尼昂心念一转，觉得还不如就待在出事地点的附近，那样也许还能把这桩公案找出点儿头绪来。因此找到第六家酒店，达德尼昂就留下不走了，他叫了一瓶店里最好的红葡萄酒，找了个光线最暗的角落坐定下来，打算就这样坐等天明。不过这一回他的指望又落空了，现在跟他待在一块儿的这帮宝贝酒客，都是些工匠、仆役和车夫，他们满口粗话，插科打诨，相互骂来骂去，不论达德尼昂如何竖起耳朵，也没能发现一丁半点儿有关被劫走的可怜女人下落的蛛丝马迹。他闲坐着无聊，又怕引起旁人疑心，因此把那瓶酒都灌了下去，酒喝完后再也撑不住，就挨着墙角尽可能摆个舒服些的姿势，合上眼皮好歹进入了梦乡。我们知道，达德尼昂才二十岁，在这个年纪，睡神的魔力是无法抵御的，就算你愁肠百结，睡魔也容不得你有半点儿抗拒。

清早六点，达德尼昂心绪惨淡地醒来，一般夜里没睡好的人，天刚亮时都免不了会有这种心绪。他草草地洗了把脸，就急忙查看有没有人趁他熟睡的时候偷了他的东西。看到钻戒仍在手上，钱包和手枪也仍在袋里和腰上，他就起身付了酒钱，走出店门想看看早晨是不是比夜里运气会好些，能把布朗谢给找回来。果然，他透过灰蒙蒙、湿漉漉的晨雾望去，一眼就看见那个诚实的布朗谢正牵着两匹马等在一家小酒店门口，昨晚达德尼昂从这家酒店跟前走过，根本就没注意到有这么个不起眼的小酒店。

第二十五章　波尔多斯

达德尼昂并没有回家，而是径直来到德·特雷维尔先生的府上，他进了门便急忙上楼。此时，他已经决定将昨晚发生的事情一五一十地讲给特雷维尔先生。特雷维尔先生一定会在这件事情上给他一些好建议，另外，特雷维尔先生几乎每天都能够见到王后，也许从王后那里可以打听到一些关于这可怜女人的情况，那些人之所以要暗害这个女人，也许正是因为她对王后忠贞不贰。

德·特雷维尔先生一脸庄重地听着年轻人把事情的经过一一道来，看来他认为这件奇怪的爱情纠葛故事背后应该另有文章。

随即，等达德尼昂讲完了，他才说道："这事儿大老远就能嗅出主教大人的味儿。"

"但是，我该怎么办呢？"达德尼昂说。

"您无能为力，只有尽快从巴黎消失才是上策。我见到王后，会将此事详禀，王后应该还不知晓此事。她知晓后可以预作防备，因此，您归来后，或许我也能有些好消息告诉您。这事您就交给我好了。"

达德尼昂知道，德·特雷维尔先生虽说是加斯科尼人，不过从不轻易许诺，而许诺后则会做得尽善尽美。因此他向特雷维尔先生告辞时，对他已经做过以及将要做的事满怀感激之情。而这位可敬的统领，也对这位勇敢而果断的年轻人极有好感，很动感情地握着他的手，祝他一路平安。

达德尼昂很想马上把德·特雷维尔先生的忠告付诸实践，便一路向掘墓人街走去，准备回家打点行装。走近住所时，瞥见博纳修先生穿着晨衣正站在门口。处事谨慎的布朗谢昨晚上对主人讲了房东好些坏话，说他为人奸诈阴险，这会儿布朗谢的话又在达德尼昂的脑际冒了出来，叫他不由得比以前用心得多地打量起这位房东来。果然，除了那副惨白泛黄病态的脸容，不知是胆汁渗透到了血里去的缘故，还是刚好天生就是这样的，达德尼昂另外还注意到这张脸上的一道道皱纹之间确实透出一股子阴鸷的奸相。一个无赖笑起来自会跟正派人有所不同，一个伪君子的哭相也不会跟老实人的一个样。伪善的面具再精巧，也逃不出细心的观察，其本质必将尽显无遗。

所以，在达德尼昂眼里，博纳修先生好比戴着副面具，就算看上去和颜悦色，终究还是副面具。因此，他压抑不住心头的反感，直接从博纳修跟前走过去，没打算去搭理他，可是此刻，博纳修先生又像头天一样先招呼他了。"哎，小伙子，"他对达德尼昂说，"看来我今儿是睡过头了，嘿，都七点钟啦！不过我瞅着您跟平时的习惯不大一样,此刻人家都从家往外走,您却刚回家来。"

"别人不能用这话来说您,博纳修师傅,"年轻人说,"您所有事都安排得井井有条,算得上是个模范。是呀,一个人有了年轻漂亮的老婆,就用不着再到外面去找乐子喽。乐子自己跑上门来了嘛。您说对不对,博纳修先生?"博纳修脸色变得死一样的惨白,勉强挤出个笑容。

"嘿嘿!"博纳修说,"老弟您可真会开玩笑。不过昨晚您到底去了哪儿呀,我的少爷?看您这一副风尘仆仆的样子,一定走过许多坎坷难行之处。"

达德尼昂低头看了看自己沾满泥浆的靴子,而与此同时,他也睨了一眼针线铺老板的鞋袜,看上去他俩是打同一个泥潭里出来的,两人脚上的污渍实在是不相上下。一个突如其来的想法突然闪现在达德尼昂脑中。那个花白头发、穿深色衣服的侍从模样的人,押送马车的那几个骑士没给他好脸色看的矮胖子,就是博纳修。这个做丈夫的,竟然带着人去劫持自己的妻子。达德尼昂想到这儿,恨不得扑上去掐住这个针线铺老板的喉咙。不过,我们前面说过,他是个极其谨慎的小伙子,因此他克制住了。然而他这样骤然变了脸色,却让博纳修瞧得心里发毛,直想往后躲,没想到他正好是站在门扉前面,而门扉又是关紧的,因此他给挡在那儿竟然动弹不得。

"噢!您是说着玩儿,老兄,"达德尼昂说,"依我看,要是说我这靴子得擦一下的话,您那鞋子也得好好刷刷才是。莫非您也在外边寻欢作乐,博纳修师傅?您都这年纪了,再说又有个年轻漂亮的老婆,再那么着可就说不过去啰。"

"哦!天主,不是这么回事,"博纳修说,"昨儿晚上我是上圣芒代去打听一个女用人的消息,这用人我非得找到她不可,不过一路上挺不好走的,因此脚上弄了这么些烂泥,都还没来得及刷掉呢。"博纳修说他昨晚去的那个地点,正好是一个新的证据,更加证实了达德尼昂的猜疑。博纳修说圣芒代,是由于圣芒代恰巧在跟圣克洛相反的方向。想到这种可能性,达德尼昂好歹总算松了口气。如果博纳修真的知道他老婆在哪儿,那么只要使出几下撒手锏,总有办法让他开口吐露出这个秘密来。不过,现在的难处是,怎样确定自己的推断。

"抱歉,亲爱的博纳修先生,有件事要请您恕我失礼了,"达德尼昂说,"不过一夜没睡实在挺难熬的,我此刻嗓子干得都要冒烟了。请让我上您屋里去喝杯水吧,邻居嘛,这点事儿您总不至于不答应吧。"

说着,他不等房东答应,拔腿就跑进屋里,往床上匆匆瞥了一眼,床上铺得整整齐齐的,博纳修没在上面睡过。因此他回家才不过一两个钟头,他准是一路跟到了人家把他老婆带去的地方,要不至少也到了第一个中转站。

"谢谢,博纳修师傅,"达德尼昂喝完一杯水后说道,"不再打扰了。现在我回自己屋里去,让布朗谢给我擦靴子,等他擦好以后,如果您愿意的话,我叫他也来给您擦擦皮鞋。"说完,他直接走了。达德尼昂跑上楼梯,一眼就看到了布朗谢惊慌不安的神情。

"嘿!先生,"布朗谢一见主人上来,便大声喊道,"又出事啦,我正盼着您快回来呢。"

"出什么事了?"达德尼昂问道。

"噢!您不在的那会儿,有人来拜访您啦,不过您绝对猜不出拜访者是何人。"

"什么时候来的?"

"半个钟头以前,您还在德·特雷维尔府上的那会儿。"

"究竟是谁来了?快,说呀。"

"德·卡沃瓦先生。"

"德·卡沃瓦先生?"

"正是。"

"主教大人的卫队长?"

"一点儿不错。"

"他来抓我?"

"我怀疑这正是他来此的目的,先生,虽然他一团和气,满脸讨好的意思。"

"你是说他做出一副讨好的样子?"

"也就是满脸堆着笑呗,先生。"

"真的?"

"他说他是奉主教大人之命来的,主教大人挺喜欢您,请您跟他到主教府上去一趟。"

"你怎么回答他?"

"我说恕难从命,因为如他所见,您并未在家。"

"那么他怎么说?"

"他请您今日务必找他,随后还轻声补充道:'告诉你主人,主教大人对他非常有好感,或许他的前程就押在这次接见上了。'"

"主教的这个圈套可不怎么高明。"年轻人笑了笑说。

"我也觉得这是个圈套,我就回答说您回来以后准会感到挺遗憾。"

"'他上哪儿去了?'德·卡沃瓦先生问。"

"'香槟省的特鲁瓦。'我回答说。"

"'什么时候走的?'"

"'昨天晚上。'"

"布朗谢,好伙计,"达德尼昂打断他说,"你可真是个宝贝。"

"您知道,先生,我那会儿就想,若您想见他,就说我撒了谎，反正我不是绅士，不害怕背负撒谎的恶名。"

"你放心，布朗谢，不会使你声名受损，咱们一刻钟后出发。"

"我正想劝先生这么做哩，上哪儿去，这不算多嘴吧？"

"没事儿！你刚才说我去哪儿，咱们就反个方向跑呗。我渴望立刻知道阿托斯、波尔多斯和阿拉密斯现在怎么样了，你难道不也跟我一样，想早点儿知道格里莫、穆斯克通和巴赞的消息吗？"

"是，先生，"布朗谢说，"只要您说声走，我立刻就走。依我想，这会儿外省的空气比巴黎更适合咱们。因此啊……"

"因此，打好包裹，布朗谢，咱们这就出发。我走在头里，装作随处逛逛的样子，好让人家别起疑心。你到禁军营跟我会合。顺便说一句，布朗谢，我觉得你说咱们那房东说得没错，他十足是个流氓。"

"哎！先生，我看人从不走眼，说给您的判断绝不落空！"

达德尼昂照刚才说好了的，先下楼去。为了万无一失，他还是在临动身前再到三个朋友的寓所去跑了一趟。三处的看门人都没有听到过他们的音信，只来过一封洒过香水、字迹娟秀的信，是给阿拉密斯的。达德尼昂捎走了这封信。十分钟过后，布朗谢来到禁军营的马厩跟主人会合。达德尼昂为了不耽误时间，已经动手给自己的那匹马安好了鞍辔。

"好嘞，"布朗谢把包裹在马鞍上缚好以后，达德尼昂对他说，"现在去给那三匹马安好鞍辔，咱们这就动身。"

"您是觉得这样会跑得更快一些吗，一人双马？"布朗谢神情狡黠地发问。

"不是的，冷面滑稽先生，"达德尼昂答道，"这是给三个朋友准备的，如果他们还活着的话。"

"假如他们安然无恙，就真算是有福气喽，"布朗谢说，"不过也是，对天主的仁慈，说什么也不该失望呀。"

"阿门。"达德尼昂边说边跨上马背。

两人策马走出禁军营，分别向着街的两头而去，一个从维莱特城门，另一个从蒙马特尔城门出巴黎，说好在圣德尼城门外会合，因为两人时间都计算得很准，因此这一战术计划完成得很圆满。达德尼昂和布朗谢一同进了皮埃尔菲特镇。

公平地说，布朗谢很勇敢，当然，前提是在白天，而非夜晚。

不过他那谨慎的天性却一时一刻也不曾懈怠，他还没忘记头一回出征的种种遭遇，因而把一路上遇见的人都当成了对手。于是他一路上不停地脱下帽子拿在手里，惹得达德尼昂对他严加申斥，因为他这种出格的礼数，会叫人以为他侍候的是个无足轻重的角色。

不过，还是布朗谢的谦恭当真让人家心软了下来，或是这一回根本就没人埋伏在半道上，总之主仆二位一路平安无事，顺顺当当地到了尚蒂伊，往圣马丁旅店而来，上回经过尚蒂伊时他们就是在这家旅店歇的脚。

店主人看见来了一位年轻的绅士，后面还跟着个仆从和两匹马，连忙满脸堆笑地站在店门口恭候。达德尼昂由于已经赶了十一里路，打定主意不管波尔多斯是不是在这家旅店，先在这儿住宿。再说，一见面就问人家那火枪手现在怎么样，恐怕也有点儿唐突。于是，达德尼昂出于这些考虑，先什么消息也不忙于打听，下得马来，把缰绳甩给布朗谢以后，就直接走进一个专为爱清静的客人准备的单间坐下，要店主人来一瓶店里最好的红葡萄酒，再上一桌店里最好的菜。店主人乍看之下就对这位客人产生的好感，此时更是有增无减。

所以，给达德尼昂上酒上菜的速度简直快得惊人。

禁军营向来是在王国最体面的年轻人中间招募成员的，更何况达德尼昂此刻又带着个仆从，身边有四匹骏马，因此他虽然身穿普通的制服，仍然让人不禁对他另眼看待。此时店主人就是亲自在侍候他用餐，达德尼昂看在眼里，就请他也一起坐下喝一杯，开始跟他闲聊起来。

"说实在的，我亲爱的老板，"达德尼昂斟满两只酒杯说，"我刚才要的是您最好的葡萄酒，要是您坑我，那您也得陪我坑您自己一回，因为我不爱一个人喝酒，您得陪我一块儿喝。端好杯子呀，喝吧。咱们想个什么名堂祝酒才能皆大欢喜呢？祝您的店生意兴隆吧！"

"老爷您这是抬举我，"店主人说，"您这么说，小人真是感激不尽啦。"

"可您也别想错了，"达德尼昂说，"我说这话，说不定里面那层自私的意思您还没琢磨出来呢。只有生意兴隆的酒家，客人才能在里面吃得好、住得好，客栈到了快破产的份儿上，一切都是乱七八糟的，客人也成了给倒霉的老板垫背的主儿了。而我呢，经常出门在外，这条道上尤其跑得勤，故此我希望看见每家旅店都财运亨通。"

"说的是，"店主人说，"不过我感到您似乎来过鄙店。"

"可不是？我来尚蒂伊差不多有十来回了，十来回里总有三四回是在您店里歇脚的。这不，十来天前我就在这儿待过，那回我是送几个火枪手朋友去个地方，这事您不会不记得的，因为我有位朋友当时就给一个不相识的陌生人缠住了，那家伙也不知怎么的，硬是要找碴儿跟他吵架。"

"噢！对！"店主人说，"我记得一清二楚。您说的是不是波尔多斯先生？"

"我可以去见他吗？"

"当然，先生。您沿这楼梯走到二楼，敲一号房间的门就是了。但是，您最好告诉里面来的是您。"

"怎么！我得招呼一声是我来了？"

"对，否则您可能会出事。"

"这我就不明白了，探望他而已，会出意外？这倒要请您说清楚了？"

"波尔多斯先生可能会误认为您是店伙计而攻击您。"

"你们究竟都对他做了些什么呢？"

"我们去问他要钱了。"

"嚆！我明白了。波尔多斯手边没钱的时候，就讨厌人家跟他提这碴儿。此刻我看他手边不会有什么钱吧。"

"我也这么想呢，先生。我们店里做生意规规矩矩，每个星期都得结一次账，因此他住满一星期，就把账单送去了。但是我们好像去得不是时候，刚开口提这碴儿，他就叫我们滚蛋。不过他头天晚上刚赌过钱，倒也是实情。"

"怎么，他头天晚上赌过钱！跟谁？"

"噢！我的天主，那谁知道？总之是位过路的老爷呗，是他提出要跟人家玩朗斯克内牌的。"

"原来如此，咱们这位倒霉的波尔多斯一定是输得一文不名了，对吗？"

"最后连马也赔上了，先生，因为那位过路客人准备动身时，我瞧见他的仆从在给波尔多斯先生的马配鞍子。我们就上前去提醒他注意，没想到他回答说，我们这是在多管闲事，这匹马就是他的。我们立刻跑去把事情告诉了波尔多斯先生，没想到他冲着我们说，我们竟然对一位绅士的话表示怀疑，那真是无赖，还说什么既然那位先生说了马是他的，那么马当然就是他的。"

"这话是挺像波尔多斯说的。"达德尼昂低声说。

"这时候，"店主人接着说，"我就让人去跟他说，既然前账结清的事儿看上去大家谈不拢，那么起码请他行行好，也照顾一下我同行的生意，上金鹰客栈去住一阵。不过波尔多斯先生回答说我的店是最好的,他就愿意住在这儿。

"他如此抬举我,我倒不好意思非要让他搬出去不可了。因此我只是请他把现在住的那间店里最讲究的房间让出来,搬到四楼一个挺雅致的小房间去住。不过波尔多斯先生一听这话就回答说,他正在等他的情妇,这位宫廷里地位显赫的贵妇人随时都可能来这儿,因此我应该明白,他赏脸在我店里住的这个房间,对那样一位贵妇人来说实在还是简陋得很的。

"他说的话我全都相信,不过我还是想再劝劝他,然而他压根儿就不打算跟我讨论,拔出手枪放在床头柜上,声称要是再提起搬房间这碴儿,无论是搬出去还是换个房间,一旦有谁不识相硬要来管别人的闲事,他就要叫那家伙脑袋开花。打这以后,先生,除了他的那个仆从以外,就没人再敢进他的屋里去了。"

"这么说穆斯克通在这儿?"

"没错,先生。他走了才五天就回来了,脾气坏得要命,似乎他在路上也遇到了什么不顺心的事。算我倒霉,他仗着自己手脚比主人利索,就帮着主人把这店里弄了个天翻地覆,因为他心想开口要东西准会碰钉子,因此索性要什么东西就自己动手拿,连招呼也不打一声。"

"的确,"达德尼昂回答说,"我早知道,忠诚和聪明是穆斯克通的突出优点。"

"或许是这样吧,先生,不过这样的聪明和忠诚,我一年里只要碰上四回,就得倾家荡产了。"

"不会,因为波尔多斯会付您钱的。"

"哼!"店主人用怀疑的语气应了一声。

"他的情人是个贵妇人,绝不会坐视他因手头拮据而走投无路的。"

"有句话我不知当说不当说,我有个想法……"

"您有个想法?"

"或者说我知道一个情况。"

"您知道一个情况?"

"是的,其实我对一件事情了解得十分清楚。"

"您了解什么啦,说呀?"

"我是说,我认识这位贵妇人。"

"您?"

"对,我。"

"您怎么会认识她?"

"噢!先生,如果我确信您会绝对保密,就……"

"说吧,我会严守机密,以绅士的信用担保。"

"那好,先生,您知道,一个无计可施的人总会抛却顾忌放手做事的。"

"您都做了些什么?"

"噢!再说,债主也有权做任何事情。"

"那又如何?"

"波尔多斯先生把一封写给这位公爵夫人的信交给我们,让我们送到驿站去。他的仆从那时还没回来。他由于不能离开房间,就不得不差我们店里的伙计去跑腿。"

"后来呢?"

"我没把信交到驿站,因为驿站邮车一向不怎么可靠,我趁这机会派一个伙计上巴黎去跑一趟,吩咐他一定要把信当面交给那位公爵夫人。这想必也合乎波尔多斯先生的心意,他把信交给我们时不也是再三关照的吗?"

"或许是吧。"

"好,先生,您了解这位贵妇人的底细吗?"

"不知道,我也只是听波尔多斯说起过她。"

"您肯定猜不到这个所谓的公爵夫人的真实面貌?"

"我再说一遍,我并不认识她。"

"她是王室法院一位诉讼代理人的老婆,先生,叫作科克纳尔夫人,起码也有五十岁,并且看上去醋劲十足。还有,一位身份高贵的公爵夫人却住在狗熊街,实在令人难以置信。"

"这些事您是怎么知道的?"

"因为她拿到那封信以后大发脾气,说波尔多斯先生是个没良心的男人,保准又是为了哪个女人才挨这一剑的。"

"这么说,他挨了一剑?"

"啊!天主嗬!我说了些什么呀?"

"您说波尔多斯挨了一剑。"

"对,但是他多次关照不许我说的呀!"

"为何不许说?"

"天哪!先生,就由于您留下他跟人打架的那会儿,他说大话要扎得对方浑身透亮,不料却被对方一剑捅倒了。好面子的波尔多斯先生不承认自己中剑受伤,不过他只对那位公爵夫人说实话,大概想以此得到同情吧。"

"如此说来,他就为挨了这一剑才待在床上的?"

"说实话,这一剑真够他受的。您这位朋友若非身板结实,怕是早就不行了。"

"您当时在场?"

"先生,我好奇不过,就跟在他们后面去瞧热闹。我找了个地方,打那儿瞅得见他们,而他们却瞅不见我。"

"事情的经过到底怎么样?"

"噢!事情的经过时间不长,这我说话算话。他俩摆好架势,那陌生人先做了个假动作,随即一个冲刺,由于他动作实在太快,波尔多斯先生刚要招架,胸口已经吃了一剑,剑尖刺进去足有三寸。他仰面倒了下去。陌生人马上用剑尖抵住他的喉咙,波尔多斯先生眼看对手完全占了上风,就认输了。然后,陌生人就问他叫什么名字,听说他是波尔多斯先生而不是达德尼昂先生,就伸出胳膊让他扶着,把他送回店里,随即骑上马走了。"

"如此说来,陌生人是特意要找达德尼昂先生的麻烦了?"

"看来是的。"

"您可知道他的消息?"

"不知道。我从未见过他。"

"很好,我想知道的事情都知道了。那么,您是说波尔多斯就住在二楼的一号房间?"

"对,先生,那是小店最漂亮的房间,若非如此,这房间我早租出去十回了。"

"哦!您尽管放心,"达德尼昂笑着说,"波尔多斯会拿科克纳尔公爵夫人的钱给你付账的。"

"噢!先生,甭管她是讼师太太还是公爵夫人,只要她肯打开钱袋,就什么事也没有,但是她断然回答说,她对波尔多斯先生的贪得无厌和见异思迁早就受够了,一个子儿也不会给他。"

"您把这个回音转告您的房客了?"

"压根儿没说,否则送信的事被他知道了就坏了。"

"那他不就老是在等那笔钱了吗?"

"噢!我的天主,是这样!昨儿他又写了封信,而这一回是他的仆从把信送到驿站去的。"

"您刚才说,那位讼师夫人又老又丑!"

"我的伙计巴托说至少有五十岁,先生,并且压根儿不好看。"

"既然如此,您就放心吧,她的心会软下来的,再说波尔多斯也欠不了您多少钱。"

"什么,欠不了我多少钱!已经二十来个皮斯托尔了,还没算付医生的那笔费用。噢!他可大手大脚呢,唉!我看得出,他这人是舒服惯的。"

"好吧,没有情妇,还有朋友,我保证您不会折本儿的。因此,亲爱的老板,但请宽心,好生照料他,满足他的需要好了。"

"先生允诺我要严守机密的,对不?"

"一言为定,我说话算数。"

"噢!您得知道,否则他会宰了我的!"

"别害怕,他虽然面相凶恶、气势汹汹,但却是个心地善良的好人。"

达德尼昂一边说着,一边走上楼梯,把店主人留在了下面,这位店主人好歹也算心宽了一点,因为他念念不忘的无非是两件事,一是那笔账得讨回来,二是自己性命得保住,不过现在看来讨债有望,性命也无虞了。

达德尼昂上得楼来,只见走廊里最显眼的那扇门上用黑墨水写着个大大的"1"字。他敲敲门,听见里面有人叫他走开,便开门进去。波尔多斯正躺在床上跟穆斯克通玩朗斯克内,免得牌艺生疏了;一旁插在铁钎上的山鹑正在炉火上转动烧烤,一只大壁炉的两边灶眼上放着两只烧锅,白葡萄酒烩肉和洋葱烹鱼混合在一起的阵阵香气扑鼻而来。此外,柜式写字台的台面和五斗橱的大理石面板上,琳琅满目地摆了好些空酒瓶。

波尔多斯一眼看见朋友进来,开心得大叫一声,穆斯克通恭恭敬敬地立起身来,把位置让给达德尼昂,自己走过去瞅那两只烧锅,他看到这两只烧锅来好像自有一种说不出的乐趣。

"嘿!真的是您!"波尔多斯对达德尼昂说,"欢迎欢迎,未能远迎,多多原谅。还有,"说着他有点儿不放心地瞥了达德尼昂一眼,"我的事情,您都知道了吗?"

"不知道。"

"掌柜的什么都没跟您说?"

"我说要见您,然后就直接上楼来了。"

波尔多斯显得呼吸顺畅得多了。

"您究竟出了什么事,亲爱的波尔多斯?"达德尼昂接着说。

"是这么回事,那天我已经把对手戳了三剑,心想第四剑就结果了他,没料到一个冲刺过去,脚在一块石头上绊了一下,把膝盖的韧带扭伤了。"

"真的吗?"

"没一句假话!算他运气好,我本想结果了他。"

"后来他怎样了?"

"噢!这我就不知道了。他当时受伤颇重,趁机开溜了。您呢,我亲爱的达德尼昂,情况怎么样?"

"那么,"达德尼昂仍接着刚才的话茬儿说,"我亲爱的波尔多斯,您就是为了这点儿扭伤才待在床上的啰?"

"啊!我的天主,对,就为这,但是,再有几天工夫我就能起床了。"

"那您为何不让人把您送到巴黎去?待在这儿您会无聊得发慌的。"

"我本想如此,但,亲爱的朋友,实话实说吧。"

"什么事?"

"是这么回事,正像您说的,我无聊得发慌,而口袋里正好又有您分给我的七十五皮斯托尔,所以为了解解闷,就叫人把一位过路的绅士请了上来,提议跟他玩一把骰子。他同意了,这下子可好,我那七十五皮斯托尔全跑到他的口袋里去了,这还没算上我的那匹马,到头来连这匹马也一起赔了进去。那么您怎么样了,我亲爱的达德尼昂?"

"想开点儿,没人可以永远事事顺利的,"达德尼昂说,"'赌场失意,情场得意。'说的就是您。不过对您来说,破点财又算得了什么!您这走运的家伙,您不是有那位公爵夫人吗,她总不会眼看您囊中空空而不来帮您一把吧?"

"嗯,您瞧,亲爱的达德尼昂,因为我总是手气不好,"波尔多斯答话时,用的是世界上最无忧无虑的神情,"我就写了封信给她，请她给我送五十路易来，按我现在的情况，这点儿钱是必不可少的……"

"嗯？"

"嗯，我想她一定是去了她的庄园，因此尚未回信给我。"

"真的？"

"就是。因此我昨天又写了一封口气更急切的信给她。不过既然您来了，咱们就谈谈您最近的情况吧。实话实说，我一直为您担心着呢。"

"但是看来，这儿的老板对您招待得挺周到的，我亲爱的波尔多斯。"达德尼昂说着，指指那两只装得满满的烧锅和那堆空酒瓶。

"马马虎虎吧！"波尔多斯答道，"几天前他要和我算账，被我揍了出去，然后我就以战胜者的征服姿态驻守此处。因此您也瞧见了，我生怕阵地让人给夺回去，就随时都全副武装，严阵以待。"

"但是，"达德尼昂笑呵呵地说，"我看您也没少突围出去哪。"

说着他又指指那些酒瓶和两只烧锅。

"不，可惜啊，那不是我！"波尔多斯说，"我因伤行动不便，只好靠穆斯克通准备军需物资，负责后勤保障了。嘿，穆斯克通伙计，"波尔多斯接着说，"您瞧，咱们的生力军来了，得补充点食品了。"

"穆斯克通，"达德尼昂说，"有件事得请您帮个忙。"

"什么事，先生？"

"请把您的菜谱给布朗谢，我可能哪一天也会被人困住的，到时候我要是能享受到您给您主人准备的美餐，那真是太让人高兴了。"

"呃！我的天主！先生，"穆斯克通语气很谦虚地说道，"这很容易。只要手脚利索、头脑灵活就不成问题。我是在乡下长大的,我父亲在空闲的时候,也捎带干些违禁打猎、捕鱼的营生。"

"其余的时间他干些什么?"

"先生,我父亲所从事的那个行当是个好行当,我向来这么认为。"

"什么行当?"

"因为那年头正好天主教徒在跟胡格诺教徒打仗,他瞧着天主教徒滥杀胡格诺教徒,胡格诺教徒滥杀天主教徒,双方都是用宗教的名义,就自己发明了一种混合的信仰,按照这种信仰,他可以此时是天主教徒,彼时又是胡格诺教徒。他经常背着一管喇叭口火枪在路边的树篱背后转悠,发现有单身的天主教徒走过,新教立刻就会在他脑子里占上风。他把火枪端平瞄准那个过路人,等那人离他只有十步路的时候,他就开始喊话,每回差不多都是没等他喊完话,那过路人就慌忙扔下钱包赶紧逃命去了。不用说,当他瞧见过来的是个胡格诺教徒,立刻又会觉得一股天主教的激情直往上涌,叫他简直不明白一刻钟以前怎么竟会对我们神圣教义的至高无上有所怀疑。我说我们,先生,是因为我是天主教徒,我父亲恪守他的道德准则,让我哥哥当了胡格诺教徒。"

"这位可敬的先生最后怎么样?"达德尼昂问道。

"噢!那可真叫惨啊,先生。有一天,他在一条低洼的小路上正好堵在了一个胡格诺教徒和一个天主教徒中间,那两个人都跟他有过麻烦,此时又都认出了他。因此两人联手来对付他,把他吊在了一棵大树上。接着他俩来到邻近村庄的小酒店,把刚干下的事情吹了个天花乱坠,却不料我哥哥和我正好也在那儿喝酒。"

"那你们怎么样呢?"达德尼昂说。

"我们不动声色地听他们讲完,"穆斯克通说,"然后,眼看他俩出了小酒店的门往一条大路的两头走去,我哥哥就去埋伏在天主教徒的路上，我呢，埋伏在新教徒的路上。两个钟头以后就完事了，我俩都把各自的活儿干了，而且打心眼里佩服可怜的父亲真有先见之明，早就想得那么周到，让我们每人信了一种不同的教。"

"的确如您所说，令尊真是聪明绝顶。方才您曾说，令尊擅长违禁渔猎？"

"对，先生，就是他教会我打活结套索和放钓鱼线的。因此当我看见那个浑蛋老板塞给我们的尽是些只配给乡下人吃的老肥肉，像我们这样两个娇嫩的胃根本承受不了的时候，我就重操旧业，把当年的本事又稍稍露了一手。我一边在亲王先生的林苑里散步，一边就在猎物出没的道上张好了套索；我一边躺在殿下花园的水池边上，一边就把钓线悄悄地放进了池里。因而现在，谢天谢地，先生您也看得见，我们有的是吃不完的山鹑、兔子、鲤鱼和鳗鱼，这些都是既清淡，又滋补，适宜给病人吃的食物。"

"那酒呢，"达德尼昂说，"酒是谁给的？是店主人？"

"这个嘛，又是又不是。"

"什么叫又是又不是？"

"酒自然是店主的，但他并不知道他给了我们酒。"

"请您给解释一下，穆斯克通，跟您说话可真让人长见识。"

"请您听好了，先生。我在外面到处游荡的那会儿偶尔认识了一个西班牙人，他到过许多地方，其中包括美洲新大陆。"

"新大陆和酒有何关联呢？"

"别着急，先生，且听我慢慢道来。"

"说得对，穆斯克通，就依您，我听着哪。"

"这个西班牙人有个仆从跟他一起到过墨西哥。这个仆从是我的同乡，我们同乡两人性格相似，因此很快就亲密无间了。我们俩都玩命似的爱打猎，他于是就告诉我，在南美洲的大草原上，那些土著人如何把打好活结的套索扔到凶猛野兽的脖子上，靠这简便的办法来捕猎老虎和野牛,开始我不相信有人能有这般能耐,在二三十步开外说把套索套哪儿就套中哪儿。不过瞧他当场一试,我就没法不信他的话了。我这朋友拿一只酒瓶搁在三十步开外,套索扔过去百发百中。跟着我的朋友,我最终也练成了这手绝活。嗯,您懂我的意思了吧?咱们的店主人有个地窖,里面有的是酒,可钥匙他总是随身带着,但是呢,这地窖有个气窗。因此,我就打这气窗里扔活结套索,目前我已经知道好酒藏在哪儿,故而净往那儿吊酒瓶。这么着,先生,新大陆跟这柜子和书桌上的酒瓶不就有关系了。现在就请尝尝这葡萄酒,说说滋味儿如何。"

"谢谢,朋友,谢谢,可我刚吃过饭。"

"行啦,"波尔多斯说,"把菜端上来吧,穆斯克通,咱们一边吃着,一边让达德尼昂把分手十天来的情况跟咱们说说。"

"好吧。"达德尼昂说。

于是波尔多斯和穆斯克通大嚼大谈起来,波尔多斯就像通常身体刚康复的病人那样胃口好得出奇,而共患难的处境也使主仆两人变得亲密无间了。达德尼昂一边瞧着他们吃喝,一边把一桩桩事情告诉他们,阿拉密斯受伤以后如何不得已留在克雷夫格尔,他又如何在亚眠丢下了阿托斯,让他跟四个指责他造假币的家伙去厮打,而他自己又如何不得不把德·瓦尔德伯爵打翻在地,假冒他的名义到了英国。

达德尼昂虽说侃侃而谈,可讲到这儿也就打住了。他只是说从英国回来时带回了四匹骏马,他自己留了一匹,另外三匹留给他的伙伴一人一匹,末了他对波尔多斯说,留给他的那匹已经拴在旅店的马厩里了。

这时候,布朗谢进来了。他告诉主人说那几匹马都回过劲来了,能够一口气跑到克莱尔蒙再歇夜。

达德尼昂对波尔多斯多少已经有点儿放心,急于想知道另外两位朋友的消息,因此就伸手跟波尔多斯告别,对他说自己还要往前赶路继续打听他们的下落。但是,由于他还得从原路回来,因此假如一周后波尔多斯还在圣马丁旅店的话,他可以顺路带他一起回巴黎。

波尔多斯回答说,看这伤势,到那会儿十有八九他还不会离开这儿。再说他还得留在尚蒂伊等公爵夫人的回信。

达德尼昂祝愿他早日收到好消息。然后他叮嘱了一遍穆斯克通,要他好好照料波尔多斯,又跟店主人结清了自己的账目,就带着布朗谢策马上路了。现在,布朗谢手里已经少了一匹备用马匹。

第二十六章　阿拉密斯的论文

达德尼昂只字未提那位讼师夫人,以及波尔多斯所受的剑伤。这个来自贝阿恩的年轻小伙子为人十分精明机巧、脑筋灵活。所以,对那个自视甚高的火枪手讲给他听的那些鬼话,他都装出深信不疑的样子。原因就是他清楚,把一个朋友的秘密揭穿了,那和他的友谊必然将受到影响,尤其当这个秘密和个人的自尊密切相关时,更是这样。

何况,一个人掌握了别人的某些秘密,往往在精神上对那个人具有一种优越感。最重要的是,达德尼昂心中早已想好了今后如何发迹,他想利用这三个伙伴为自己博得个飞黄腾达的前程,如今预先就能把一些无形的线头捏在手里,而凭借这些无形的线头,就有望操纵控制他的伙伴,这在他来说,真是何乐而不为呢。

但是一路上他的心绪仍然极为黯淡,一种无法排遣的忧伤沉痛地压在心头。他在思念那位年轻漂亮的博纳修太太,他对她的一片至诚,还没得到她的报偿呢。然而我也得赶紧交代一句,年轻人心头之所以有这份忧伤,主要还不是由于惋惜自己没能交到好运,而是因为他担心这可怜的女人会遇到什么不幸。在他看来,毫无疑问她就是红衣主教进行报复的牺牲品,而谁都知道,主教大人的报复是极其可怕的。他居然会蒙受首相的青睐,他实在是莫名其妙,当时要是在家里碰到德·卡沃瓦先生的话,这位卫队长大概能对他透露一些内情吧。

沉思冥想般的思考能加速时间流逝,让路程缩短。此时,官能已入睡,而冥想如梦。沉思冥想中,时间、空间的意义变得模糊起来。一个人仅仅是从某个地方出发,到达了另一个地方而已。一路的景物残存在记忆中的,只是雾蒙蒙的一片,沿途一棵又一棵的树,一座又一座的山,一阵又一阵的风全都坠入了虚无中。达德尼昂就是在这般神志恍惚的状态下,任由胯下的马自行跑完了从尚蒂伊到克雷夫格尔的六七里路程,待得到克雷夫格尔镇,他竟半点儿也想不起一路上曾碰到过些什么事情。

直到进了镇他才神志恢复过来。他摇了摇头,望见了跟阿拉密斯分手的那家小酒店,便策马来到酒店门前。

这回迎接他的不是老板,而是老板娘。达德尼昂善于察言观色,他打量了一眼这位老板娘喜滋滋的胖脸蛋儿,就知道自己不必对她有所隐瞒,凭这张笑得这么开心的脸蛋,就没什么好怕的。

"我的好太太,"达德尼昂对她说道,"十来天以前我们忙着赶路,把一位朋友撂在这儿了,不知道您能否告诉我,他现在如何?"

"就是那个二十三四岁的俊小伙子,说话柔声柔气的,挺招人喜欢，长得也挺好的，是吗？"

"还有，肩膀上受了伤。"

"可不是嘛。"

"那就是他了。"

"嘿，先生，他一直在这儿。"

"啊！太好了，亲爱的太太，"达德尼昂说着跨下马来，把缰绳扔到布朗谢手里，"多谢您对他的照料。阿拉密斯，我真想拥抱他，他在哪儿？说真的，我都迫不及待了。"

"抱歉，先生，他此刻未必肯见您。"

"怎么？难道他正在和什么女人幽会吗？"

"天啊！瞧您在说什么呀！那可怜的孩子！不，先生，他没跟女人在一起。"

"那么跟谁在一起？"

"跟蒙迪蒂埃的本堂神父和亚眠耶稣会会长在一起。"

"我的天主！"达德尼昂嚷道，"他的伤那么严重吗？难道他快不行了吗？"

"哪儿的话，先生，他好端端的。但是他受伤以后，就受了神灵的启示，下定决心要进教会了。"

"这就对了，"达德尼昂说，"差点儿忘了，他是个正牌教职预备者，临时的火枪手。"

"先生您还是要见见他吗？"

"如今更是非见不可了。"

"那好，先生您只要从院子右边的楼梯上去，到三楼找五号房间就是了。"

达德尼昂连忙朝她说的方向跑去，果然看见院子里有一座楼梯，这种户外的楼梯现在在一些老字号客栈的院子里也还能见到。不过要进未来的神父的房间，没么容易。阿拉密斯房门外的通道，就像阿尔米达的花园似的防范严密，巴赞守在过道里，挡住了达德尼昂的去路。多年夙愿即将实现,巴赞信心百倍,勇气倍增。

说实在的,这些年来可怜的巴赞连做梦也想给一位教会人士当仆人,急切地盼着那总也盼不来的一天早些到来,好看着阿拉密斯扔下敞袖外套,换上教士的长袍。阿拉密斯天天都得对他许愿,说是那一天就快到了,他这才总算勉强留下来继续给一个火枪手当下人,不过照他说起来,一直这么下去灵魂早晚得下地狱。

因此此刻巴赞真是喜上心头。看上去,这一回他的主人很可能不会食言了。生理上的痛苦跟精神上的痛苦并在一块儿,产生了他盼望已久的效果:肉体和灵魂同时受到折磨的阿拉密斯,终于把目光投向了宗教,认真考虑起皈依教门的问题,他把自己身经的两宗事故,即情妇的突然离去和肩膀上受的枪伤,看成上苍的一种启示。

我们不难理解,就巴赞当时所处的情况,再没有比达德尼昂的到来更使他不高兴的事了,他的主人这些年在世俗观念里已经陷得时间够久了,而今好不容易刚要跳出这个旋涡,达德尼昂这一来势必又要再次把主人拖回到这旋涡中去。所以,巴赞下决心要坚守房门。既然老板娘已经把话说了出去,他没法再说阿拉密斯不在屋里,就只好竭力说服这位不速之客,要他明白主人正在跟人家进行虔诚的讨论,在这中间去打扰他是极其冒失的。至于这场从早上就开始的讨论,照巴赞的说法,在天黑以前是结束不了的。

不过,达德尼昂没理他,只是推开他,直接打开房门进去。

房门开了,达德尼昂进得屋来。只见阿拉密斯身穿黑色罩袍,头戴一顶挺像教士帽的平顶圆帽,坐在一张长桌跟前,桌上堆满了纸卷和大部头的对开本书籍。他的左首坐着那个耶稣会会长,右首坐着蒙迪蒂埃的本堂神父。窗帘半掩着,只有一缕神秘的光线透进来，为室内平添了一层恬静的梦幻色彩。凡是通常走进一个年轻人（特别当这个年轻人是个火枪手时）的房间所能见到的那些世俗的物件，全都像被施了魔法似的消失得无影无踪。或许是巴赞担心主人目睹这些东西会尘念复萌，因此就把长剑、手枪、插羽饰的帽子、形形色色的刺绣品和花边饰件一股脑儿全给拿走了。

然而，达德尼昂眼梢里好像瞥见暗处有样东西用一枚钉子挂在墙上，代替了上面所说的那些物件，这东西看上去像根鞭子。

阿拉密斯听见达德尼昂开门的声音，抬起头来认出了自己的朋友。不过叫达德尼昂大为吃惊的是，这位火枪手见到他来好像并没显得怎么激动，可见他的整个身心已经跟世间的俗务相当疏远了。

"您好，亲爱的达德尼昂，"阿拉密斯说，"很高兴见到您。"

"我也是，"达德尼昂说，"可我不敢肯定您是阿拉密斯。"

"是我，朋友，是我呀，不过您怎么会有这种想法呢？"

"我担心我跑错了房间，起初以为跑进了一位神职人员的房间，随即瞧见这两位先生陪在您的身边，我又弄错了，还以为您是病重得不行了呢。"

那两个穿黑袍的人听出了达德尼昂的弦外之音，朝他射去两道带有威胁意味的目光，不过达德尼昂毫不理会。

"大概我打扰您了，亲爱的阿拉密斯，"达德尼昂接着说，"看样子，您在忏悔吧。"

阿拉密斯的脸上微微地红了一下。

"您打扰我？哦！瞧您说的，亲爱的朋友，绝无此事。为了证明我说的话，请允许我告诉您，看到您平安无事，我真是开心极了。"

"啊！他总算回过神来了！"达德尼昂心里想道，"事情还不算糟糕。"

"我的这位朋友刚从异常危急的境遇中脱险回来。"阿拉密斯满怀热忱地说,一边用手指着达德尼昂向两位教士示意。

"您该赞美天主才是,先生。"那两人一起躬身答道。

"我忘不了的,尊敬的神父。"达德尼昂躬身还礼说。

"您来得正好,亲爱的达德尼昂,"阿拉密斯说,"您也来参加我们的讨论,谈谈您的高见。亚眠的会长先生、蒙迪蒂埃的本堂神父先生和我,正在讨论一些长期以来始终使我们很感兴趣的神学问题,我很想听听您的意见。"

"一个当兵的怎么想,是无足轻重的。"达德尼昂回答说,他对这情势有些担心起来,"依我说,你还是多听听这两位先生的指教吧。"

两个穿黑袍的人欠了欠身子。

"瞧您说的,"阿拉密斯接着说,"您的意见对我们宝贵得很。事情是这样的:会长先生认为我的论文首先得符合教义,得有教诲意义。"

"您的论文!您在写论文?"

"不错,"会长回答说,"要想取得参加圣职授任礼的资格,论文是必须写的。"

"圣职授任礼!"达德尼昂嚷道,老板娘和巴赞倒是都说过此事,可他没当回事儿,所以他即便亲耳听到阿拉密斯的话,可还是无法相信,"……圣职授任礼!"

他目光呆滞,神情茫然,愣愣地看着这三个人。

"所以,"阿拉密斯接着说,他坐在扶手椅里的那种姿势,优雅得就像是在贵妇人的内室沙龙里一般,一边还把一只手悬空举着好让血往下流,挺得意地细细端详着这只就像女人的手一样白皙、丰满的手,"因此,您也听见了,达德尼昂,会长先生希望我的论文能写得符合教义,不过我呢,希望这篇论文是理念化的。正由于这样,会长先生才建议我写这样一个还没有人写过的题目，我已经意识到其中有不少地方是可以充分阐发的：*Utraque manus in benedicendo clericis inferioribus necesseria est*。"

对达德尼昂的学问，我们早已领教过，不过这时他听到这句拉丁文，眉头并没比上回听到德·特雷维尔先生说拉丁文时皱得更厉害些，那回特雷维尔先生是以为达德尼昂收受了白金汉先生的礼物才说了那句拉丁文的。

"这题目的意思是，"阿拉密斯为了不使达德尼昂为难，接着就说，"《品级较低的教士为人祝福时必须用双手》。"

"妙不可言的题目！"耶稣会会长大声说道。

"妙不可言，并且符合教义！"本堂神父跟着说，他的拉丁文程度跟达德尼昂不相上下，因此仔细听着耶稣会会长的每句话，以便亦步亦趋，回声似的重复他的话。

至于达德尼昂，他根本没去理会这两个穿黑袍家伙的狂热劲儿。

"对，妙不可言！妙不可言！"阿拉密斯继续往下说，"不过要写这题目，得对《使徒后教父著作集》和《圣经》有深入研究才行。然而我已经对这两位博学的教会人士照实说了，惭愧得很，我因为常年参加营队值勤和执行国王谕旨，对研习宗教经典已经有些荒疏。故而我觉得还是让我自己来选个题目，大概会方便得多，顺手得多，我选的那个题目跟这些艰深的神学问题相比，就好比哲学上的伦理学比之于形而上学。"

达德尼昂、本堂神父两人均觉得苦不堪言。

"瞧这开场白有多棒！"耶稣会会长嚷道。

"开场白。"本堂神父重复道，因为他觉得自己也该说点儿什么。

"简直海阔天空。"

阿拉密斯睃了一眼达德尼昂，看见这位朋友正张着嘴打哈欠。

"我们说法文吧,神父,"他对耶稣会会长说,"这样达德尼昂先生听起来更方便些。"

"对,我一路上跑得很累了,"达德尼昂说,"况且拉丁文我也早忘了。"

"行,"耶稣会会长有点儿扫兴地说,而本堂神父则松了口气,回头望了达德尼昂一眼,目光中充满感激的神情,"好吧,先瞧瞧如何来理解这条注疏吧。"

"摩西,天主的仆人……他只是个仆人,你们听见了!摩西是用双手祝福的,希伯来人跟敌人作战时,他是双手都举起的,所以他是双手给人祝福的。再说,《四福音书》上也说:Imponite manus,而不是 manum,意思是放上双手,而不是一只手。"

"放上双手。"本堂神父重复说,一边做了个把双手放在对方头上的姿势。

"圣彼得,历代教皇都是他的继任者,而他的说法就不一样了,"耶稣会会长继续说,"他是说:Porrige digitos,意思是伸出手指,现在你们明白了吗?"

"当然喽,"阿拉密斯快活地回答说,"可是这事儿够微妙的。"

"手指!"耶稣会会长接着说,"圣彼得是用手指给人祝福的。因此教皇也用手指给人祝福。那么用几个手指来祝福呢?用三个手指,一个代表圣父,一个代表圣子,还有一个代表圣灵。"

大家都在胸前画十字,达德尼昂心想也该效仿才是。

"教皇是圣彼得的继任者,他代表着三种神权。其他的那些神职品级中地位稍低的神职人员,是以大天使和众天使的名义来祝福的。地位最低微的教士,比如说那些助祭和副助祭,则用圣水给人祝福,它象征着无数祝福的手指。现在问题变得简单了,这已经是最简单扼要的结论。用这个题目,"耶稣会会长继续往下说,"我可以写出两本这样大部头的书来。"

说着，他情绪激昂起来，在那本把桌子都压得弯了下去的对开本《圣克里索斯托文集》上重重地拍了一下。

达德尼昂打了个哆嗦。

"诚然，"阿拉密斯说，"这样写的确很精彩，可我觉得自己能力欠缺，怕写不好。我已经选了这么个题目，亲爱的达德尼昂，请您告诉我，您觉得合不合您的口味？*Non inutile est desiderium in oblatione*，意思就是《在对天主的奉献仪式中对尘世稍有留恋亦无妨》。"

"不用再说了！"耶稣会会长嚷道，"这观点已近似异端邪说。那个异端祖师爷詹森的《奥古斯丁论》里，有一句话就差不多跟这一般无二，而这部书终究是要给宗教裁判所烧掉的。当心哪！我的年轻朋友，您在朝着邪教滑过去啊，我的年轻朋友，您会把自己毁掉的！"

"您会把自己毁掉的。"本堂神父痛心地摇着头说。

"您碰到了自由意志这个要命的话题，这可是能让您送命的话题啊。您一头就栽进那些贝拉基派和准贝拉基派含沙射影的歪论里去了。《圣经·旧约》中的犹太人先知，曾奉神命率领在埃及为奴的犹太人逃出埃及，迂回迦南。他在西乃山上受十诫，并颁布犹太教的教义。"

"可是，尊敬的神父……"阿拉密斯接口说，他有点儿让这阵冰雹般落在头上的论据给震晕了。

"您怎么证明，"耶稣会会长自顾自往下说，不让他有时间说话，"一个人在把自己奉献给天主的时候，怎么还可能对尘世有所留恋呢？请听好这个两端论法：天主是天主，而尘世是魔鬼；对尘世有所留恋，就是对魔鬼有所留恋。我的结论就是这样。"

"我也是这样。"本堂神父说。

"求求你们……"阿拉密斯说。

"对魔鬼有所留恋，不幸的人啊！"耶稣会会长大声说道。

"对魔鬼有所留恋！哦！我的年轻朋友，"本堂神父长叹一声接口说，"我求您别留恋魔鬼了。"

达德尼昂实在不知所措了。他觉得好像置身于一个疯人院里，并且自己也快跟眼前的这些人一样变成疯子了，只不过他没法插得上嘴，因为他们说的话他一点儿也听不明白。

"不过你们听我说呀，"阿拉密斯彬彬有礼地说，不过语气含着烦躁，"我并不留恋，绝不会口吐悖妄之言……"耶稣会会长举臂朝天，本堂神父也照样这么做。

"我的意思是，一个人若奉献自己厌恶之物给天主，恐怕说不上真诚吧。我说得对不对，达德尼昂？"

"我完全同意！"达德尼昂嚷道。

本堂神父和耶稣会会长从椅子上跳了起来，说："你们要对自己的行为负责。"

"放心吧，尊敬的神父，我为自己负责。"

"世俗的自负哟！"

"我对我自己的行为了解得很清楚，我保持自己的观点不改变。"

"如此说来，您会一心一意，不顾一切地写这篇论文了？"

"这是我所适合的论文，我将完成它并请您提出批评指点，我会根据您的意见修改它，希望您能感到满意。"

"慢慢写吧，"本堂神父说，"我们这就怀着极其满意的心情告辞了。"

"是的，土地上已经撒下了种子，"耶稣会会长说，"我们不用去担心一些种子落在了石头上，另一些掉在了路边，也不用担心天上的鸟儿会把剩下的都吃了。"

"让你和你的拉丁文都见鬼去吧！"达德尼昂说，他实在是忍无可忍了。

"再见，我的孩子，"本堂神父说，"明儿见。"

"明儿见，愣头青，"耶稣会会长说，"您是有可能成为教会的一道光芒的，但愿老天保佑，别让这道光芒变成一场毁灭性的大火。"

达德尼昂在这一小时里始终在不耐烦地咬着自己的指甲，此刻几乎都要咬到肉里去了。

这两个黑袍子立起身来，向阿拉密斯和达德尼昂鞠了一躬，然后朝门口走去。巴赞刚才一直伫立在屋外，怀着一种虔诚的狂喜，从头到尾细心聆听着屋里的那场争论，现在见两人出来，便迎上前去，从本堂神父手里接过日课经，从耶稣会会长手里接过弥撒经，毕恭毕敬地走在前面为他们开道。

阿拉密斯一直把两人送到楼下，随即马上回到楼上来，走到还在兀自发愣的达德尼昂身边。

两人单独相对，起初出现了一段有些尴尬的冷场。两人中间总得有一个人来打破这沉默，而达德尼昂似乎打定了主意要把这份体面让给朋友。

"您都瞧见了，"阿拉密斯开口说道，"您看，我的观念又回到老根上去了。"

"对，照刚才那位先生的说法，圣宠打动了您。"

"哦！这些退隐的计划我是早就酝酿好了的，您以前不也听我说起过吗，伙计？"

"没错，我一直以为您在说笑呢。"

"这种事岂能说笑！噢！达德尼昂！"

"那又怎么！死人都可以用来说笑。"

"这些人错了，达德尼昂，因为死是通向灵魂沉沦或得救的门户。"

"没错。但是，如果您同意的话，咱们别谈神学了好不好，阿拉密斯？今天您已经说够了，而我呢，当初学的那点儿可怜的拉丁文，几乎全忘了。而且，我跟您实说了吧，我从早上十点钟起就没吃过东西，现在都饿得发慌了。"

"咱们稍后就吃晚饭了，朋友。但是您知道今天是星期五，每逢星期五我都不吃肉，并且也不能看见肉。如果您在我这儿吃晚饭的话，我只能请您吃煮瓠子和水果。"

"煮胡子是什么意思？"达德尼昂有些不放心地问。

"我说的是瓠子，"阿拉密斯说，"我还可以给您添个炒鸡蛋，这已经犯戒了，因为鸡蛋也是荤的，否则它怎么生得出小鸡来呢？"

"饭不好不要紧，和您在一起，我已做好了用粗茶淡饭的心理准备。"

"实在抱歉，"阿拉密斯说，"虽然吃着感受差劲，但绝对有益于精神、灵魂。"

"如此说来，您已下定决心要皈依教门了。不过我们那两位朋友会怎么说，德·特雷维尔先生又会怎么说呢？我可有言在先，他们会把您当作逃兵的。"

"不是皈依而是重返。以前为俗事所累才离开教门，如您所知，成为火枪手是不得已而为之的举动。"

"对此我一无所知。"

"您并不知晓我离开神学院的原因吗？"

"一无所知。"

"那就听我来告诉您吧，《圣经》上不是也说了：'你们要彼此忏悔'，此刻我就来向您忏悔，达德尼昂。"

"我呢，事先就恕您无罪，您瞧，我的心肠挺软的。"

"别拿圣事开玩笑，伙计。"

"那么您就说吧，我洗耳恭听。"

"我九岁起就进了神学院，到了快满二十岁，只差三天就可以当上神父的那会儿，事情全都安排妥了。有天晚上我按老规矩到一家人家去，我到这家人家去得挺勤，有什么办法呢！那会儿我还年轻,还嫩呢——我常为府上的女主人读《圣徒列传》,把一位看冷眼的军官弄得醋性大发。这天晚上,我事先译好了《犹滴传》中的一段,我把译好的韵文念给那位夫人听,她连声地赞扬我,并且俯身在我的肩头跟我一起看我的译文。正在这时候,那个军官不等通报就忽然闯了进来。我承认,我俩的姿势是有点儿暧昧,那个军官一见之下心里直冒火,他当场没对我说什么,不过等我前脚离开,他后脚就跟了上来。

"'神父先生,'他说,'您想不想让我用手杖揍您一顿?'

"'这我可没法说,先生,'我答道,'因为还没人敢对我这么着。'

"'那好吧,您听着,神父先生,如果您下次再敢到今晚我碰见您的这座屋子里来,我就饶不了您。'

"我想我当时是害怕了,脸变得煞白,双腿仿佛不在自己的身上,我想找句话回答他,不过一句话也说不出来,连声儿都没吭一下。

"那军官等着听我的答话,见我说不出来,就哈哈大笑,撇下我转身进屋去了。我回到了神学院。

"我是个血气方刚的体面人,绝不是个孬种,这您大概也是看得出的。亲爱的达德尼昂,我这次蒙受的奇耻大辱,虽然没有别人知道,不过我觉得这个耻辱留在了我的内心深处,在不断地折磨着我。因此我向院长说我觉得准备得还不够充分,请求把圣职授任仪式推迟一年举行,院长同意了。

"我去巴黎找了最好的剑术教师,跟他说定每天去上一次剑术课,整整一年里,我一天都没间断过。后来,我受羞辱的周年纪念日到了,我把长袍往墙上一挂,全身穿上骑士的装束,前去参加我熟识的一位夫人举办的舞会,我知道那家伙一定也会在场的。舞会的地点在老好人街,离中央监狱挺近。

"果然,那个军官也来了,那会儿他正含情脉脉地望着一位夫人在唱一首情歌,就在他唱到第二段中间的时候,我走到他的跟前。

"'先生,'我对他说,'您是否依旧不许我再到贝耶纳街某人的宅邸去,并且要是我不肯照办的话,依旧还要用手杖揍我?'

"那军官诧异地望着我,随即说道:

"'您找我有何见教,先生?我并不认识您呀。'

"'我就是那个念《圣徒列传》把《犹滴传》译成韵文的小神父。'我回答说。

"'啊!啊!我记起来了,'那军官嘲弄地说,'您找我有何见教?'

"'我希望您能抽空跟我一起到外面去兜个圈子。'

"'明天早上一定奉陪。'

"'不,不用等到明天早上,倘若您愿意的话,立刻就去。'

"'如果您一定要立刻……'

"'是的,我一定要立刻。'

"'那我们就走吧。夫人们,'那军官说,'我打发了这位先生后,再回来为大家唱最后一段。'

"我们走出屋去。

"我把他带到贝耶纳街,一年前他就是在这个地方,这个时间,对我说了我刚才对您说的那两句话。当晚月色很好。我俩拔剑出鞘,我一个箭步上去,就把他直挺挺地刺死在地上。"

"真棒!"达德尼昂说。

"如此一来,"阿拉密斯继续说,"因为那些夫人没见她们的这位歌手回去,后来又有人在贝耶纳街瞧见他横尸路上,身上有处致命的剑伤,然后都想到准是我把他干掉的,事情闹得满城风雨。因此在此事的影响下,我不得不离开神学院好一阵子时间。此时我认识了阿托斯,而波尔多斯又在我的剑术课以外教了我几个绝招,在他俩的影响下,我决定申请当个火枪手。我父亲是在阿拉斯围城战中殉难的,他生前曾蒙国王厚爱,因此我获准披上了敞袖外套。因此您明白了吧,今天该是我回到教会怀抱里去的时候了。"

"为何要在今天?到底何事何人使你如此沮丧?"

"我受的伤,亲爱的达德尼昂,在我就是一种天启。"

"您的伤即将痊愈,我肯定您绝非因此而痛苦。"

"那是什么事儿?"阿拉密斯问道,脸红了起来。

"您心中受创颇深,且血流不止,伤您的是位女人。"

阿拉密斯目光闪烁。

"唉!"他掩饰住自己的激动,装得若无其事地说,"请别说这类事了,我,现在竟然会想这类事,会有失恋的苦恼?万事皆空!照您这么说,我是在神魂颠倒啰,那么请问是为了谁?为了个轻佻的花边女工,为了个年轻的女用人?呸!"

"抱歉,我是说您的眼光非常之高。"

"非常之高?我是什么人,敢这么不自量力?我仅仅是个可怜的火枪手罢了,又穷又没有名气,我痛恨一切束缚人的枷锁,我在这世界上总觉得格格不入!"

"阿拉密斯,阿拉密斯!"达德尼昂用一种怀疑的神情望着朋友说。

"人生如尘土,我回到了尘土中间。生活中充满屈辱和痛苦,"阿拉密斯神情黯淡地往下说,"所有那些将生活跟幸福维系在一起的线索,一根根的都在人的手里断掉了,特别是那些灿烂的金线。哦,我亲爱的达德尼昂!"说到这儿,阿拉密斯的语气中有了些苦涩的意味,"相信我的话吧,当您也受了伤以后,别把您的伤口让别人看见。沉默,是这苦难的人生中最后的一丝欢悦。您得提防着别让任何人觉察到您的痛苦,否则那些好奇的人会像苍蝇吮吸受了伤的黄鹿的血那样吮吸我们的眼泪的。"

"唉,亲爱的阿拉密斯,"达德尼昂也深深地叹了口气说,

"您这就像是在说我的事啊。"

"怎么说?"

"是啊,有个我喜欢、我心爱的女人,刚被人家从我身边劫走了。我现在不知道她在哪里,不知道他们把她带到了哪里。她可能给关进了牢狱,可能已经死了。"

"不过您起码还能安慰自己说,并非她情愿离开您的。您没有她的消息,是由于她没法跟您取得联系,但是……"

"但是什么?"

"没什么,"阿拉密斯说,"没什么。"

"这么说,您是决定要离开这尘世了,这个决心已经下定,再也不会改变了?"

"绝不改变。今天您还是我的朋友,明天您对我来说就不过是个幽灵,或者说,您将不复存在了。而这个世界,也仅仅是座坟墓而已。"

"您说得如此绝情绝义,听着真叫人齿冷心寒。"

"有什么法子呢!我生来就担负着的使命在召唤我,我的生命因之闪光,而后即将永逝。"

达德尼昂笑了笑,没有作声。阿拉密斯继续说道:"当然,既然我这会儿还流连在这片尘土上,我想听您说说您,说说朋友们的事情。"

"我本来倒挺想跟您说说您的事儿的,"达德尼昂说,"不过我现在见您对一切都已经变得那么冷漠;爱情,您不屑一顾;朋友,都是些幽灵;世界,就是座坟墓。"

"唉!总有一天,您也会这么想的。"阿拉密斯叹着气说。

"那咱们就别谈这些事了,"达德尼昂说,"这封信也索性烧了吧,那里面无非是告诉您,哪个织花边的俏女孩或是年轻的女用人又对您变心了。"

"什么信?"阿拉密斯急切地嚷道。

"您的信,您不在家时送到府上的信,受看门人之托带来给您。"

"是谁寄来的?"

"噢!不是眼泪汪汪的女用人,就是伤心欲绝的女孩呗。也许是德·谢芙勒兹夫人的贴身女仆吧,她身不由己,不得不跟着女主人回都尔去了,这女人还真够爱俏的,信纸上都洒过香水,信封上还盖着个公爵夫人的纹徽哩。"

"您说什么?"

"糟糕,我可能把信给丢了!"达德尼昂故意一边装着在找信,一边这么说,"还好,反正这世界是坟墓,男人是幽灵,女人当然也就是幽灵,再说对爱情您已经不屑一顾了!"

"啊!达德尼昂,达德尼昂!"阿拉密斯大声说道,"我非被您捉弄死不可了!"

"噢,终于找到了!"达德尼昂说。

阿拉密斯跳起来抓过那封信就看,急迫得好像要吞下信去,看着信,他的精神恢复了过来,变得神采奕奕了。

"看起来这位女用人还有一手好文笔。"咱们的信使漫不经心地说道。

"谢谢,达德尼昂!"阿拉密斯嚷道,他高兴得都要发疯了,"她回都尔是身不由己的。她对我没有变心,她依旧是爱我的。来呀,伙计,让我来拥抱您一下。我太幸福了,我激动得都要透不过气来了!"

两个朋友绕着可敬的圣克里索斯托文集跳起舞来,那篇论文的羊皮纸卷滚得满地都是,两人毫不心疼地在上面乱踩乱踏。

正在这时,巴赞端着一盆瓠子和一盆煎蛋卷进屋来了。

"出去,你这倒霉蛋!"阿拉密斯一边嚷道,一边摘下平顶圆帽朝他脸上摔去,"你打哪儿来还回哪儿去,把这些讨厌的蔬菜和不中吃的东西都带回去!叫他们来一盘烤野兔肉、一盘肥阉鸡、一盘大蒜烤羊腿,再来四瓶勃艮第陈葡萄酒。"

巴赞望着主人发呆,不明白事情怎么会突然变成这样,手里的那盆炒鸡蛋滑到了瓠子上,瓠子又滑到了地板上。

"现在是把您自己奉献给天主的时候了,"达德尼昂说,"如果您必须向他表示一下礼貌不可的话,献祭时尽可说出自己的愿望。"

"让您的拉丁文见鬼去吧!亲爱的达德尼昂,来吧,咱们好好地喝,喝个痛快,您再把你们的事儿好好讲给我听听。"

第二十七章　阿托斯的妻子

"此时只有阿托斯还不知所踪,"达德尼昂和精神振奋的阿拉密斯说道,这会儿他已经告诉了阿拉密斯他们动身之后京城都发生了什么,而且一顿美味的晚餐之后他俩一个把自己的论文忘得一干二净,一个人早已不再疲乏了。

"您担心他会出什么事情吗?"阿拉密斯问道,"阿托斯剑术一流,行事稳重。"

"不错,确实如此,没有人比我更了解阿托斯的本领和性情了,然而我宁愿和我交手的人拿的是长矛,而不是棍子。我担心阿托斯当时被一群仆人围攻,仆人下手太重,而且通常给人往死里打。因而说实话,我想立刻动身去找他,愈快愈好。"

"虽然我这会儿恐怕还没法骑马,"阿拉密斯说,"不过我要争取和您一起去。昨天我拿下您在墙上看见的那根鞭子试了试,想用虔诚的苦修来治伤,不过实在疼得受不了,只好作罢。"

"我这可是头一回听见有人要用苦鞭来治枪伤,不过您这会儿是在生病,脑子不管用,因此我也不怪您。"

"您什么时候动身?"

"明天天一亮就动身。今天晚上您好好休息,明天您要是能行,咱们就一起走。"

"那就明天见吧,"阿拉密斯说,"您也需要休息,铁打的身子也得睡觉。"

次日,达德尼昂走进阿拉密斯的房间,只见他站在窗前。

"您在那儿瞧什么呢?"达德尼昂问。

"嘿!马房伙计牵在手里的那三匹好马可真让人看了眼红,能骑着这样的骏马上路,可就像亲王一般风光喽。"

"好,亲爱的阿拉密斯,您就风光风光吧,因为这中间有一匹就是您的。"

"是吗?!唔,哪一匹?"

"随便哪匹,我无所谓。"

"马铠呢,那副贵重的马铠也一起属于我了吗?"

"是的。"

"您在开玩笑,达德尼昂。"

"您说法国话以后,我就不开玩笑了。"

"这些包金的皮枪套、丝绒的鞍褥、嵌银的鞍子,都是给我的?"

"它们全都是您的,正像这匹蹬着前蹄的马是您的,那匹打着转的马是阿托斯的一样。"

"哟!百里挑一,神骏剽壮,三匹马均是如此。"

"我很高兴您喜欢它们。"

"那这是国王给您的礼物了?"

"反正不是红衣主教给的,别管它们来由,挑匹喜欢的吧。"

"我挑红头发伙计牵的那一匹。"

"好极了!"

"感谢天主!"阿拉密斯嚷道,"这一来我那点儿伤也不觉得疼了。哪怕挨上三十颗枪子儿,我也照样要骑在上面。哎!凭良心说,这副马镫真够漂亮的!嗬!巴赞,快过来,赶快!"

巴赞愁眉苦脸、无精打采地出现在门口。

"把我的剑擦亮,帽子弄挺,披风刷一下,手枪装上弹药!"阿拉密斯说。

"最后那句不用吩咐了,"达德尼昂打断他说,"马鞍的枪套里已经有两支上好弹药的手枪。"

巴赞叹了口气。

"得了,巴赞师傅,您放心,"达德尼昂说,"条条道路都能通到天国。"

"我主人已经是个出色的神学家了!"巴赞说得几乎要哭出来了,"他会当上教区主教,说不定还会当上红衣主教的呀。"

"呀,我可怜的巴赞,行啦,您想想看,当教士有什么好?还不是照样要去打仗。您也知道,红衣主教就要戴着头盔,拿着长戟去打仗了。还有那位诺加雷·德·拉瓦莱特,你又怎么说呢?他也是红衣主教,你去问问他的仆从给主人包扎过多少次伤口吧。"

"唉!"巴赞叹着气说,"这我知道,先生,现在世道不好,天下事乱纷纷。"

这时候,两个年轻人和这个可怜的仆从都下了楼。

"给我抓住马镫,巴赞。"阿拉密斯说。

说着,他纵身跃上马鞍,姿态一如平日那般优雅轻盈,不过禁不住这匹名种好马又是打圈又是腾跃,骑手只觉伤口疼痛难当,脸色变得煞白,身体摇晃起来。达德尼昂事先就担心会出意外,因此眼睛一直没离开过阿拉密斯,一见情况不妙,便抢步上前把他扶下马来,送回客店房间。

"没关系,亲爱的阿拉密斯,且宽心养伤,"他说,"我独自寻找阿托斯好了。"

"我不像您那么坚韧,您简直是铁铸似的坚强结实。"阿拉密斯对他说。

"不,我只是比较走运而已,但您待在此地,如何打发时光呢?总不会再给那些手指头啊,祝福啊之类的东西作注疏了吧,嗯?"阿拉密斯笑了笑。

"我作诗。"他说。

"对,做些像德·谢芙勒兹夫人侍女的那封信一样香喷喷的诗吧。您还可以教巴赞学点儿音韵学,如此他会心里好受些,至于这匹马,您不妨每天骑一小会儿,这样多骑骑,身手就会灵便起来的。"

"哦!不必担心我的身体,"阿拉密斯说,"等您回来后就会恢复好的,绝无疑问。"

两人相互道了别,达德尼昂又对巴赞和老板娘叮嘱了一番,让他们好好照顾他的朋友,十分钟后,他已经上马朝亚眠而去。

他怎样才能找到阿托斯,或者说,他到底能不能找到阿托斯?当时阿托斯被撇下的那会儿处境是很危急的,他完全有可能支撑不住。

达德尼昂心念及此,禁不住皱眉哀叹,心中发誓,一旦阿托斯身遭不测,定当报仇雪恨。

在他所有的朋友中间,阿托斯的年龄最大,从表面上看来,他的兴趣爱好跟达德尼昂的相距最远。但是,达德尼昂却对这位绅士具有一种别样的感情。

阿托斯的气质高贵儒雅、卓尔不群,虽然他一味韬光养晦、不露行色,不过神情举止之间还是常常会透露出一种雍容华贵的大家风范,他的情绪从不大起大落,这就使他成为世界上最容易相处的同伴。他那欢快的神态显得有些勉强、有些辛辣,他的勇敢若非罕见的冷静使然,简直要让人说是盲目的了,而正是他身上的这些品性,不仅赢得了达德尼昂的尊敬和友谊,而且赢得了他的崇拜。

其实,逢到阿托斯心情好的时候,就算把他跟神情高贵、举止洒脱的德·特雷维尔先生相比,他也绝不逊色;他是中等个子,然而身材极好,看上去显得那么匀称;波尔多斯的力气在火枪营有口皆碑,不过这个巨人好几次跟阿托斯较量都败下阵来。阿托斯的脸上,两眼炯炯有神,鼻梁挺直,下巴的轮廓分明有如布鲁图,整张脸上透出一种无法形容的高雅的气质;他的手从来不加保养,但仍使整天用杏仁膏和香油保养双手的阿拉密斯看得心灰意冷;他的嗓音深沉而又悦耳;并且,在他身上自有一些难以言表、常常使人相形失色的特点,那就是对世事人情的洞明练达,对上流社会的谙熟审悉,还有那种在举手投足中不经意地流露出来的出身世家的气度风范。

要说操办一顿筵席,阿托斯张罗得比谁都出色,每位宾客都能按其先人或本人的身份安排就座。要说纹章学,阿托斯对王国所有的名门望族,对它们的系谱、姻亲、族徽以及族徽的出典全都了如指掌。礼仪典章,事无巨细他全都谙熟在胸,他说得出地位显赫的领主拥有哪些特权,对犬猎和鹰猎更是极其在行。有一天路易十三和他聊起这门精湛的技艺,他侃侃而谈,那位素以行家里手著称的国王听得禁不住惊叹不已。

像那个时代所有的贵族领主一样,他骑马使剑无不娴熟自如、得心应手。更突出的是,他学过的知识很少有遗忘的,就算是那些学究气很重的学问,虽然在那个年头一般绅士很少肯在那上面下功夫,但阿托斯照样挺当回事,因此每当阿拉密斯搬弄他那点儿拉丁文,而波尔多斯又做出一副听得懂的样子的时候,阿托斯总会忍俊不禁。甚至有过两三回,阿拉密斯随口说句拉丁文,语法出了毛病,阿托斯竟然帮他纠正了动词变位、名词变格的错误，弄得那几个朋友惊诧之极。还有，虽然那年头人心不古，军人信仰不虔、昧着良心，情人之间用情不如我们这年头专一，穷人则全然没把天主定下的第七诫放在心上，然而阿托斯的端方正直却是无可指摘的。因此，阿托斯是个非常杰出的人物。

但是，这么端正的品性、这么出众的仪表、这么高雅的气质，却眼看着慢慢地纳入了世俗生活的轨道，仿佛一个老人在体力上和智力上都变得衰弱、愚钝了一样。阿托斯一旦情绪低落，他过人的风采就会荡然无存，好似跌落深渊。

于是，高雅如神的人物就此跌落凡尘，泯然众人矣。脑袋耷拉着，两眼无光，说话滞缓而尖刻，可以一连几个钟头不是瞅着酒瓶和酒杯，就是瞅着格里莫。这个仆从早已习惯了按主人的手势办事，能从主人全无表情的目光中看出主人最隐秘的愿望，马上就去办妥。四人聚会谈天，阿托斯金口难开，只言片语也属难能可贵。阿托斯酒量惊人，以一抵四也不会酒醉失态，只是双眉紧锁，神情忧郁而已。

达德尼昂，我们知道他是个生性敏锐、爱刨根问底的人，不过尽管他在这件事情上面有多么好奇，却没能探问出阿托斯这般消沉的缘由，对其中的情况说不出个所以然来。从来没人给阿托斯来过信，而他的一举一动，也从来没有隐瞒过这几位朋友。

不能说他的这种忧愁是喝酒引起的，因为正相反，他喝酒仅仅只为了借酒浇愁，然而我们前面说过，这个药方并不灵验，相反只会使他更添愁绪。这种极度的忧郁，也不能归咎于赌博，因为阿托斯不像波尔多斯那样，赢了就唱歌，输了就骂娘，他赢钱就跟输钱一样喜怒不形于色。有天晚上，大家瞧着他在火枪营俱乐部先赢了三千皮斯托尔，接着又全部输得精光，连同那条出席盛宴用的绣金腰带都输掉了。最终又全数都赢了回来，并且还多赢了一百路易，不过虽然输赢变化大起大落，他那两根清秀的黑眉毛一直没有抬高或拉下过一分一毫，他那双手一直没有失却珠玉似的光泽,他的谈吐(这晚上他心情颇好)也一直是平静和愉快的。

季节越好,阿托斯的忧郁越重,六七月尤显严重。

眼下,他没有什么伤心的事情,人家跟他讲起将来,他也总是耸耸肩膀。因此他的秘密是在过去,这话早有人隐隐约约地对达德尼昂提起过。

尽管他已经喝得酩酊大醉,尽管人家用尽机巧向他提出问题,也休想从他的眼睛,更休想从他的嘴里探出半点儿端倪。这层笼罩着他整个人的神秘色彩更使别人对他产生了浓厚的兴趣。

"嗯,"达德尼昂边想边说,"可怜的阿托斯这会儿说不定已经死了,并且是死于我的过错,由于这事是我把他扯进去的,他既不知道事情的前因后果,也不会从中有任何得益。"

"而且,先生,"布朗谢应声说,"我们能够保住性命,全要得益于他的奋不顾身。您还记得他是怎么喊的吗?当时他大喊:'快跑,达德尼昂!我中圈套了。'他放了两枪以后,那乒乒乓乓的剑声有多么可怕!简直就像跟二十个疯子,或者索性说二十个发疯的魔鬼在打架!"

此话一出,达德尼昂想见阿托斯的心情更加强烈,于是快马加鞭,绝尘而去。

上午十一点钟,亚眠已经遥遥在望;十一点半他们来到了那家该死的客店门前。

达德尼昂一路上就在琢磨,要用什么办法狠狠惩罚这个奸诈可恶的老板方能解心头之恨,不过那时只是一种期待。因此此刻他进客店门时,把帽子压到眼睛上面,左手握住剑柄,右手把马鞭甩得呼呼生风。

"你还认识我吗?"他冲着迎上前来鞠躬的客店主人说。

"恕我眼拙,老爷,"这家伙回答说,达德尼昂带来的那两匹珠光宝气的骏马让他看得眼睛发花,一时回不过神来。

"啊!你不认识我了!"

"不认识,老爷。"

"好吧,只消几句话就能叫你记起来的。大概两周以前,你竟然胆敢诽谤一位绅士是造假币的,你后来把他怎么样了?"

客店主人脸色变得煞白,由于达德尼昂摆出一副气势汹汹的架势,布朗谢也学着主人的样。

"哎!老爷,别跟我提这事儿喽,"店主人带着哭腔嚷道,"哎!老爷,我犯了这么个过错,付了多大的代价哟!哎!我真是倒霉!"

"我在问你,那位绅士怎么样了?"

"请听我告诉您,老爷,您先请息怒。求您啦,请坐吧!"

达德尼昂气急攻心,一时说不出话来,因此一屁股坐了下来,神情严峻得像审判官。布朗谢神气活现地坐在扶手椅里。

"事情是这样的,老爷,"店主人浑身筛糠似的打着哆嗦说,"我认出您了,您是那位绅士的同伴,我当初和他争执时您跑掉了。"

"明白就好,把事情原委说清楚,否则绝不轻饶!"

"请别发火,我会交代清楚的。"

"讲。"

"我事先就接到当局通知,说是有个造假币的惯犯要带着几个同伙到我的店里来,并且全部伪装成禁军或者火枪手的模样。你们骑什么马,带几个仆从,还有你们几位老爷的相貌,都详详细细地告诉了我。"

"后来呢?往下说。"达德尼昂说,他明白是谁在幕后指使了。

"当局还派来五个人给我做帮手,就这样,我就按照当局的命令,做了一些在我看来刻不容缓的安排,要查出那个所谓的假币犯。"

"你还这么说!"达德尼昂喝道,"假币犯这个词儿我听着就生气。"

"请原谅我这么说,老爷。要不然我就没法说得清。我看见当局就害怕,您也明白,咱们这开店的可惹不起他们。"

"快告诉我这位绅士在哪儿?他的情况?生死如何?"

"请别急,老爷,我这就要说到了。后来发生的事情您是知道的,您那么匆匆忙忙地一走,"店主人露出一丝狡猾神情,没能逃过达德尼昂的眼睛,"就更显得真有这么回事了。您那位绅士朋友拼死抵抗。他的仆从不知怎么搞的,又跟当局派来的那些扮成马房伙计的人吵了起来……"

"啊!你这家伙!"达德尼昂嚷道,"你们事先设下阴谋陷阱,勾结好了对付我们,真该那会儿就杀光你们!"

"唉!不是这么回事,老爷,我们没勾结,这您马上就会明白的。您那位朋友,请原谅我没法说出他的名字,他想必有个很体面的名字,但我实在不知道,您那位朋友放了两枪解决了两个对手以后,挥动长剑且战且退,一剑把我们中间的一个人刺成了重伤,又一下用剑背把我敲得晕了过去。"

"你这浑蛋有完没完?"达德尼昂说,"阿托斯呢,阿托斯怎么样了?"

"我对老爷说了,他一边使剑一边往后退,退着退着退到了地窖的台阶,由于地窖的门开着,他就拔下钥匙,反手把自己关在了里面。我们眼看他在里面逃不走,也就由他待在里面。"

"哦,"达德尼昂说,"你们倒不是非要杀了他不可,仅仅想把他关起来。"

"上帝!有谁关过他啦,老爷?他是自己把自己关在那里面的,我可以向您发誓。在那以前他已经把我们弄得够惨的,一个死在了他的枪下,还有两个受了重伤。死人和两个伤员都让他们的同伴给抬走了,之后我再也没听人说起过这些人。我自己恢复知觉以后,就跑去找镇上的长官,把事情原原本本讲给他听,问他我该把那个地窖里的人怎么办。然而长官好像非常诧异。他对我说,我告诉他的这些事情他一无所知,我接到的命令并非他下达的,如果我胆敢对任何人说他跟这场斗殴有半点儿瓜葛,他就让人把我吊起来。看来我是弄拧了,先生,错抓了这一个而让该抓的那个人逃掉了。"

"阿托斯呢?"达德尼昂嚷道,听到地方当局对这事撒手不管,他心头的焦急有增无减,"阿托斯呢,他怎么样了?"

"我由于急于想对他赔个不是,"店主人接着说,"就跑到地窖门口要放他出来。哎!先生,可他简直不是个人,而是个魔鬼。听到要放他出来,他冲我说这是给他安排的圈套,还说要他出来,他先得提条件。我低声下气地告诉他说,我准备接受他的条件,我这么低声下气,是由于我没法不对自己承认,我这么得罪了一位陛下的火枪手以后,实在糟糕透了。

"'首先,'他说,'我要你们把我的仆从还给我,武器全得带上。'

"我立即照办。因为您很明白,先生,但凡是您朋友的要求,我是准备一切照办的。这么着,格里莫先生,这一位通报过他名字,虽然他话也不多,尽管他的伤势没好,就下到地窖里去了。他主人等他一进去,当即又把门堵上,命令我们待在店堂里不许下去。"

"他此刻究竟在哪儿?"达德尼昂嚷道,"阿托斯在哪儿?"

"在地窖里,先生。"

"什么,你这家伙,你竟然一直把他关到现在?"

"天地良心啊!不是这么回事,先生。我会把他关在地窖里!其实您是不知道他在地窖里都干了些什么!哎!如果您能让他出来,先生,我这辈子都忘不了您的大恩大德,您就是我的再生父母。"

"他在地窖,如此说来,我能在地窖找到他?"

"正是如此,先生,他无论如何也不肯出来。我们每天用长柄叉叉了面包从通风窗给他送进去,他要吃肉就还得叉肉进去。但是,唉!这点儿面包和肉,跟他消耗的别的东西比起来就算不了什么。有一回,我带着两个伙计想下去看看,没想到他却大为光火,怒气冲天。我只听见他的手枪和他那个仆从的短筒火枪咔嗒咔嗒顶上了发火器。我问他们想要干什么,当主人说,他和他的仆从有四十发弹药,即便他们打到最后一枪也绝不让我们跨进这地窖一步。我无计可施,先生。就跑去向长官诉苦,不料长官冲我说,我这是自作自受,我侮辱了一位到店里投宿的贵客,这就是给我的教训。"

"那么,后来呢?"达德尼昂说,他瞧着店主人的可怜相,不由得哈哈大笑起来。

"打那以后,先生,"他接着往下说,"我的日子就惨得不能再惨喽。因为先生,您得知道店里所有的存货都放在地窖里。那里有我们一瓶瓶、一桶桶的葡萄酒,还有啤酒、油、香料、肥膘和香肠,统统都在里面。由于他不许我们下去,我们就只好把上店里来喝酒吃菜的客人全都回绝了,结果弄得店里天天都亏本。这种情况再持续一周,我肯定破产。"

"这是报应,傻瓜。你看不出我们这副体面人的样子吗?你莫非看不出我们压根就与造假币者无关吗?"

"对,先生,对,您说得一点儿不错,"店主人说道,"可是您听呀,听呀,他又在发脾气了。"

"难道现在有人跟他过意不去吗?"达德尼昂说。

"这是不可避免的事,"店主人嚷道,"刚刚店里来了两位英国绅士。"

"嗯?"

"嗯,英国人好酒,他们点了最好的葡萄酒。我老婆就去跟阿托斯先生商量，求他让她进去为那两位先生拿酒，然而他依旧不肯答应。噢！老天保佑！此刻可是愈闹愈凶了！"

达德尼昂果然听见从地窖的方向传来一阵喧哗声，他立起身来，店主人揉搓着两手在前面带路，布朗谢端着顶上膛的火枪跟在后面，来到出事的地点。

那两个英国绅士十分恼火，他们经过长途跋涉，此刻正饥渴难忍。

"这人为何如此专横霸道，"他俩用流利的法国话嚷道，不过口音稍带外国腔，"这个当主子的疯子竟然不让这些好人来拿他们的酒。那么我们就把这扇门撞开吧，如果他还这么疯疯癫癫，我们就宰了他。"

"休想，二位！"达德尼昂说着，从腰里拔出两把手枪，"抱歉，你们休想得逞。"

"好呀，"门后传来阿托斯镇定自若的声音，"这两个吃小孩的怪物如果敢下来，那就等着瞧吧。"

那两个英国人虽然看上去挺勇敢，现在却面面相觑，犹豫了起来。这个地窖里简直就像有两个民间传说中饿得发慌的吃人巨妖在里面，谁要是闯下去肯定倒霉。

大家沉默了一会儿。不过那两个英国人一直不好意思退缩，其中火气更大些的那个走下五六步台阶，抬起了脚死命往门上踢去。

"布朗谢，"达德尼昂说着，把自己的手枪顶上了膛，"我对付上面这个，你去对付下面那个。嘿！二位！你们是想打架呀！好嘞！打就打吧！"

"我的天主，"阿托斯低沉的嗓音嚷道，"我似乎听见达德尼昂的声音了。"

"没错，"达德尼昂也提高嗓门说道，"是我，朋友。"

"啊！那太好了，"阿托斯说，"咱们把这两个踹门的家伙给收拾了吧。"

那两个英国人都已拔剑在手,不过此刻发现他们是腹背受敌了。两人又踌躇了一会儿。不过跟刚才一样,虚荣心又占了上风,于是那人又踹了一脚,把那扇门从上到下踢开了一条裂缝。

"你让开,达德尼昂,你让开,"阿托斯喊道,"你让开,我要开枪了。"

"二位,"达德尼昂说,他遇事总会多用个心眼,"二位,你们可得好好想想!阿托斯,你也别太急。你们二位这是在给自己找麻烦,到头来你们身上可得添好些窟窿。这头,我的仆从和我会朝你们开三枪,那头,地窖里也会朝你们开三枪。完了我们还有剑,我可把话说在头里,我和我朋友都是使剑的好手。请你们相信我,让我来解决你们的葡萄酒和我同伴的问题吧。我保证你们很快就会品尝到美味的葡萄酒。"

"如果还剩下美酒的话,二位定可随心所欲品尝。"阿托斯用嘲讽的口气说道。

店主人只觉得一阵冷汗在沿着脊梁骨往下淌。

"什么,假如还有剩余的!"他喃喃地说。

"嘿!总会有些剩余的,"达德尼昂说,"你放心,地窖的酒怎么可能会被两个人喝完呢。二位,请把你们的剑收起来吧。"

"那好,请你们也把手枪收好。"

"没问题。"

说着,达德尼昂先把手枪插回腰间,随即转过身去对布朗谢做了个手势,让他把短筒火枪收好。

两个英国人被说服了,一边嘟哝一边把长剑插入剑鞘。达德尼昂向他们讲了阿托斯关进地窖的前因后果。他们原本就是很有风度的绅士,因此两人都说这是店主人的不是。

"现在,"达德尼昂说,"二位请上楼稍等,美酒十分钟内送到。"

两个英国人欠身作礼,退了出去。

"现在只有我一个人了,亲爱的阿托斯,"达德尼昂说,"给我开开门。"

"立刻就开。"阿托斯说。

这时,只听得一片嘈杂的柴薪碰撞声和木梁发出的嘎吱声。这就是阿托斯的防御工事,此刻,被围在据点里的人亲手拆了这个据点。

片刻之后,打开的门后露出了阿托斯那苍白的脸,他目光警惕地飞快扫视一眼周遭。

达德尼昂搂住他的脖子,亲热地拥抱他,接着他想扶他走出这个潮湿的处所,此刻他看出阿托斯脚步有些摇晃。

"您受伤了?"达德尼昂问道。

"我!没事儿,我只不过是喝醉了,从来也没有人像我喝得这么痛快过。谢天谢地!掌柜的,光说我,最少也喝了有一百五十瓶吧。"

"天哪!"店主人嚷道,"就算那个仆从只喝了主人的一半,我也就完了。"

"格里莫是个大人家出来的仆从,他是不许跟我吃一样的伙食的,他只喝桶里的酒,瞧,我想他是忘了把木塞塞上去了。你们听见了?酒在往外淌。"

达德尼昂哈哈大笑,笑得店主人从直打哆嗦变成了浑身燥热。

正在这时,格里莫的身影也在他主人的背后出现了,他肩上扛着火枪,脑袋晃来晃去,活像鲁本斯画的放荡的醉汉。他周身上下浇了一层黏稠的液体,店主人认出那是他最好的橄榄油。

一行人穿过宽敞的店堂,来到店里最好的那个房间安顿下来,这个房间是达德尼昂擅自占领的。

此时,店主人夫妇俩赶忙拿着灯到地窖里去了,这地方他们可真是久违了，现在等着他们的却是一片惨不忍睹的景象。

阿托斯用柴薪、木板和空酒桶按照战术规则垒成的那座防御工事，他为了从里面走出来又把它拆了个缺口，从这缺口望进去，只见地上又是油，又是酒的流成一片，上面到处漂浮着吃剩的火腿骨头，左边墙角里堆满打碎的酒瓶，一只酒桶的龙头就那么开着，往下滴着的宛如是最后几滴血。正如古诗人所说的：凄凉死寂笼罩着此地，犹如白骨累累的沙场。

挂在架子上的五十串香肠，剩下还不到十串。

现在，店主夫妇俩惊天动地的哭号声穿过地窖顶板传了上来，达德尼昂听了也不由得为之动容。阿托斯却连头也不回过去。

而悲恸过后就是狂怒。店主人操起一根烤肉铁钎，发疯似的冲进两个朋友正在休息的房间。

"拿酒来！"阿托斯瞧见他就说。

"拿酒来！"店主人愣在那儿嚷道，"拿酒来！可您喝了都不止一百皮斯托尔了，我已经破产了，完蛋了，成了穷光蛋了！"

"唉！"阿托斯说，"我们一直都口渴来着。"

"你们喝酒也就罢了，干吗非要砸碎所有酒瓶。"

"这得怪你们推我，被你们一推我不由自主就撞翻了酒瓶。这是您的错。"

"我的橄榄油也全完了！"

"橄榄油是外伤良药，正好适合受伤的格里莫用。"

"香肠也给啃光了！"

"这个地窖里耗子多极了。"

"您全都得赔我。"店主人气急败坏地喊道。

"真是笑话！"阿托斯说着想要站起来，不过立刻又跌坐在椅子上。他方才已经大耗其神，支撑不住了。达德尼昂扬起马鞭来帮他对付店主人。

店主人往后退了一步，号啕大哭起来。

"这是给你个教训，"达德尼昂说，"让你下次碰到天主派来的客人要客气点。"

"天主……索性说魔鬼得了！"

"朋友，"达德尼昂说，"再啰唆就把你关到地窖，我可不信你真的损失惨重。"

"唉，您二位，"店主人说，"我承认是我错了。可是再怎么犯下罪孽也是可以赦免的，你们都是高贵的绅士，我就可怜巴巴地开这么家店，你们就可怜可怜我吧。"

"哎！如果你像这么说话，"阿托斯说，"你就让我听着心软了，我的眼泪也快像你的木桶里的酒那样流出来了。我们并不像看上去的那么霸道。得，你过来，咱们谈谈。"

店主人惶惶然地走近一点。

"我说你过来呀，别害怕，"阿托斯接着说，"当时我正要给你付钱，要是没记错的话，钱袋应该在你的柜台上？"

"没错，老爷。"

"那里面有六十皮斯托尔，此刻钱袋在哪儿？"

"被警署没收了，老爷，他们说那些钱是假的。"

"好吧，你让他们把我的钱袋还我，这六十皮斯托尔就归你了。"

"但是老爷您也知道，警署向来不归还没收物品的。假币倒还可能归还，可您那些真钱就毫无希望了。"

"你自己去想办法吧，伙计，这可不干我的事了，反正此刻我身无分文。"

"我说，"达德尼昂说，"阿托斯原先的那匹马在哪儿？"

"在马厩里。"

"它值多少钱？"

"至多值五十皮斯托尔。"

"它值八十皮斯托尔,你拿去吧,咱们两清了。"

"什么!你把我的马卖了,"阿托斯说,"你把我那匹巴雅齐德给卖了?我骑什么去打仗?骑格里莫?"

"我另外给你带来了一匹。"达德尼昂说。

"另外一匹?"

"棒极了!"店主人大声说道。

"好吧,既然另外有一匹更漂亮也更年轻的,那老的我就不要了,拿酒来!"

"先生喝什么酒?"店主人问,这时他已经完全放心了。

"最里面靠板架上的那种。这会儿还剩二十五瓶,剩下的全在我摔上去时砸碎了。拿六瓶来。"

"这人真大方!"店主人背过身对自己说,"如此算来,他再住两周且酒钱照付,我就不吃亏了。"

"别忘了,"达德尼昂说,"给那两个英国绅士也送两瓶上去。"

"现在,"阿托斯说,"他去拿酒,达德尼昂,告诉我他们几个的消息,说吧。"

达德尼昂告诉阿托斯他如何找到了波尔多斯,看见他带着伤躺在床上,又如何找到了阿拉密斯,看见他坐在桌子跟前,一边一个神学家把他夹在中间。达德尼昂刚说完,店主人就端着阿托斯吩咐的六瓶酒进来了,他外加还捎了只火腿上来,算他运气,这只火腿当初没放到地窖里去。

"很好,"阿托斯往自己和达德尼昂的杯子里斟上酒,"咱们为波尔多斯和阿拉密斯干一杯。您呢?我的朋友,您怎么样,是否出过什么事了?我觉得您神情有点儿忧郁。"

"唉!"达德尼昂说,"我是咱们中间最不幸的人唉!"

"你不幸,达德尼昂!"阿托斯说,"哦,你发生了什么不幸的事?说给我听听。"

"以后再说吧。"达德尼昂说。

"以后再说！为何要以后再说？你以为我醉了吗，达德尼昂？你听好了！我喝着酒头脑才格外清楚。你快点儿告诉我究竟发生了什么事儿，我正洗耳恭听呢。"

达德尼昂就把他跟博纳修太太的事儿详细地说了出来。

阿托斯一脸平静地听他完成叙述，然后评论道："都是自寻烦恼，自寻烦恼！"

这是阿托斯的名言。

"您老是说自寻烦恼！亲爱的阿托斯，"达德尼昂说，"这对您可不合适，因为您从没爱过。"

阿托斯的眼睛里顿时闪出光来，但只是一闪而过，马上又变得像原来一样黯淡凝滞。

他平静地说："的确如您所言，我压根儿就没爱过。"

"因此，您这铁石心肠的人，"达德尼昂说，"您得知道，对我们这些软心肠的人如此严厉是没道理的。"

"软心肠，早晚得肝肠寸断。"阿托斯说。

"您在说什么？"

"我说爱情就是玩彩票，谁赢了，就是赢了死亡！您输了，是您的运气好，相信我，亲爱的达德尼昂。假如说我要给您一句忠告的话，那就是劝您永远也别赢。"

"她看上去挺爱我！"

"那不过是看上去。"

"哦！她真的爱我。"

"小孩子气！做男人的没有一个不是像您这样，总觉得自己的情妇是爱他的，然而没有一个男人不是被自己的情妇欺骗了的。"

"只有您除外，阿托斯，因为您从来没有情妇。"

"是的，"阿托斯沉默片刻后说道，"我从来没有情妇。喝酒吧！"

"不过，既然您这么豁达又这么冷静，"达德尼昂说，"那就请您指点我，帮助我。我需要有人给我解开疑团，给我安慰。"

"给您什么安慰？"

"不再为我的不幸感到痛苦。"

"您的不幸让人感到好笑，"阿托斯耸耸肩膀说，"我倒挺想知道，倘若您听我讲一个爱情故事以后，您会说些什么。"

"是您自己的故事？"

"是我的故事，或者是我朋友的故事，那有什么相干！"

"请说呀，阿托斯，说呀。"

"咱们边喝边说，这样更好。"

"好，您边喝边说吧。"

"说实在的，"阿托斯一口喝干杯里的酒，重又给自己斟满，"这两件事儿还真配得好。"

"我听着呢。"达德尼昂说。

阿托斯静下心思索起来，就在他这么陷入沉思的时候，达德尼昂看见他的脸色变得很苍白，一般的酒徒醉到这个份儿上，通常都要瘫倒下来呼呼大睡。但阿托斯，他却没睡下，只是出声地做着梦。这种酒醉过后的梦游状态，看上去有点儿吓人。

"您当真要听？"他问道。

"请您说吧！"达德尼昂说。

"那就恭敬不如从命。我有位朋友，您听明白了吗，是我的一位朋友，不是我自己，"阿托斯顿了顿，露出一个苦涩的笑容，"他是我家乡，也就是贝里的一位伯爵，他出身于丹多洛和蒙莫朗西那样显贵的世家，二十五岁时爱上了一个美若天仙的十六岁的姑娘。她那少女的纯真中，流露出一种充满激情的气质，一种不是女人，而是诗人的气质。她不是招人喜欢，而是叫人陶醉，让人销魂。她住在一个小镇上，她哥哥是那儿的本堂神父。他们兄妹俩是从外地来的。没人知道他们从哪儿来。不过瞧见她长得这么美，她哥哥又那么虔诚，谁也想不到去问他们从哪儿来了，大家都觉着他们一准是好人家出身。我的朋友是当地的贵族领主，他原本是可以随意引诱或强占那个姑娘的，由于他是主子，有谁会来相帮两个外乡人、两个陌路人呢？然而他是个正人君子，他娶了她为妻。他是个傻瓜、笨蛋、白痴！"

"您为什么这么评价他呢，他爱她那么深切？"达德尼昂问道。

"您听下去，"阿托斯说，"他娶了她，让她成为伯爵夫人，平心而论，她的谈吐行为与伯爵夫人身份很相配。"

"后来呢？"达德尼昂问。

"后来，有一天她跟她丈夫一起出去打猎，"阿托斯嗓音低沉地往下说，并且说得很快，"她从马上摔下来，晕厥过去。伯爵急忙跑过去救她，由于她衣服很紧，一时透不过气来，他就拔出匕首割开衣服，让她的肩头露了出来。您猜，伯爵在她肩头上看见了什么东西，达德尼昂？"阿托斯放声大笑问道。

"能告诉我是什么东西吗？"达德尼昂说。

"她的肩头上烙着一朵百合花，"阿托斯说，"那是罪犯的标志！"

阿托斯说着，又把手里的那杯酒一饮而尽。

"这简直是太可怕了！"达德尼昂大声说道，"您在说什么呀？"

"实话实说。我的老弟，心目中的天使竟然就是暗藏的魔鬼。伯爵夫人——穷女孩曾经是个贼。"

"伯爵怎么办？"

"伯爵是个地位显赫的领主，他不但有处理一般案件的权力，而且在当地享有生杀予夺的权力。他撕碎了那位伯爵夫人的衣服，把她的双手反绑在背后，吊到一棵树上。"

"天哪！阿托斯！这是要吊死她！"达德尼昂嚷道。

"对，就是要吊死她，"阿托斯说，脸色变得死一般惨白，

"但我觉得,我们的酒都喝光了,掌柜的也不知道再拿上来。"

说着,阿托斯将最后一瓶酒一饮而尽。

接着他听任脑袋倒伏在两只手上,达德尼昂兀自坐在他跟前,心头惊骇不已。

"从此我就改掉了喜欢漂亮、多情、有诗意的女人的毛病,"阿托斯抬起头来说,他不想再借口说那是伯爵的故事了,"但愿天主也能让您这样!喝呀!"

"那么,她死了?"达德尼昂讷讷地说。

"那还用说!"阿托斯说,"可您倒是把杯子伸过来啊。再来点儿火腿,掌柜的,"阿托斯喊道,"我们没东西下酒啦!"

"那么她哥哥呢?"达德尼昂怯生生地接着问。

"她哥哥?"阿托斯说。

"是啊,就是她那个做神父的哥哥,他后来怎样了?"

"噢!我找过他,想照样吊死他,不过他已经跑掉了,头天晚上就逃出了教区。"

"那么这个神父到底是什么身份?"

"当然是那漂亮女孩先前的情人和同谋犯了,这家伙装扮神父,大概就是想靠情妇找个冤大头结婚,他自己好发迹。我恨不得将他千刀万剐。"

"哦!天主啊!天主!"达德尼昂说,这个可怕的故事让他惊呆了。

"尝尝这只火腿,达德尼昂,味道好极了,"阿托斯切下一片放在年轻人的盆子里,"真可惜,地窖里只有四只这样的火腿!否则我能够多喝五十瓶。"

这种谈话达德尼昂再也受不了,继续下去准得发疯!他让脑袋倒伏在两只手上,假装睡着了。

"现在的年轻人喝酒都不行,"阿托斯怜惜地瞧着他说,"不过这一位已经算是最棒的了!……"

第二十八章　回程

达德尼昂听了阿托斯的故事后精神恍惚、不寒而栗；然而阿托斯好像并没有讲全，所以达德尼昂对其中一些关键的问题还是感到不解。首先，这是一个酩酊大醉的人向一个半醉不醒的人讲的故事。达德尼昂那时已经喝了两三瓶勃艮第葡萄酒，酒劲儿上了头，脑子迷迷糊糊的。然而第二天早上睡醒后，阿托斯讲的每句话他还记得一清二楚，好像阿托斯说的这些话，都一字不落地印进了他的脑海。内心困惑不解的达德尼昂，一心想将事情弄个明明白白，所以他向阿托斯的房间走来，打算和他再聊一聊头天晚上的话题。不过进门一看，只见阿托斯极为冷静，这就是说，现在再没人能比他更精明机灵、更令人捉摸不透，这位火枪手跟达德尼昂握了握手，就顺着他的心思先把事情挑明了。

"昨天我喝醉了，亲爱的达德尼昂，"他说，"这不，今儿早上起身，我还觉得舌头发腻，脉搏也跳得挺快。我敢打赌，昨晚我准说了好多疯话。"

他一边这么说，一边定睛看着达德尼昂，达德尼昂让他看得挺不自在，就接口说："没有呀，我记得您不过说了些挺平常的事儿。""噢！这倒怪了！我还以为讲过一个骇人听闻的故事呢。"

说着，他凝视着年轻人，似乎要看到他心底里去似的。

"说实在的，"达德尼昂说，"看来我昨晚比您醉得还厉害，否则我怎么会全忘了呢。"

这话对阿托斯并没产生什么效果，他接着说："您想必不会不注意到，亲爱的朋友，个人的醉态是不同的，有的忧郁，有的兴奋。我呢，喝醉了就忧郁，并且只要酒劲儿一上头，就总爱说些凄凄惨惨的事儿，全是我小时候那个傻乎乎的奶娘翻来覆去给我讲的故事。这是我的缺点，我承认，是个大缺点，不过除了这点以外，我的酒品还是不错的。"

阿托斯说这话时神情极为自然，达德尼昂的信心不由得有些动摇了。

不过他仍想把真相探个明白，于是接口说道："哦！可也是，我就像做梦似的，记得我们说过有人吊死什么的。"

"啊！您瞧，"阿托斯说，他面色苍白，不过还勉强挤出个笑容，"我早就料到了，我做梦老梦见吊死的人。"

"对，对，"达德尼昂接着说，"我记起来了，对，说的是……等一等……说的是一个女人的事儿。"

"您瞧，"阿托斯说着，脸色都几乎发青了，"这就是我那个金发女人的挺长的故事，我说到这个故事，就是烂醉如泥了。"

"对，就是这个故事，"达德尼昂说，"金发女人，高高的，长着蓝眼睛，很美。"

"对，后来吊死了。"

"吊死她的是她的丈夫，您认识的一位贵族。"达德尼昂接着往下说，眼睛盯在阿托斯脸上。

"嗯，您倒是瞧瞧，醉酒误事且言多必失，牵累朋友真是惭愧，"阿托斯耸耸肩膀说，似乎觉得自己挺可怜似的，"实话实说，不能再醉酒了，达德尼昂，这个习惯太糟糕了。"

达德尼昂不吭声。

然后，阿托斯突然转了个话题。"哦，"他说，"非常感谢您送我的那匹马。"

"您喜欢吗？"达德尼昂问。

"非常喜欢，不过可惜的是，这种马压根儿不能跑远路。"

"这您就错了,我骑着它很轻松,跑了十里路,耗时一个半小时,轻快得好似在圣絮尔皮斯,在场上兜了个圈子,一点儿也不费力。"

"是吗,听您这一说,我可有些后悔了。"

"后悔?"

"对,我把它卖掉了。"

"怎么回事?"

"是这么回事:今儿早上,我六点钟就醒了,那会儿您还睡得很死,我不知道干什么好。昨晚喝得多了,脑袋还昏昏沉沉的,我下楼走进店堂,瞧见两个英国人中有一个正在马贩子手里买马。我走过去,看到他买了匹深栗色的马,花了一百皮斯托尔。'嘿,'我对他说,'老兄,我也有匹马要卖。'

"'这是匹好马,'他说,'我昨天见过这匹马,您朋友的仆从牵在手里。'

"'您看它值一百皮斯托尔吗?'

"'值,您想按这个价卖给我?'

"'不,咱俩赌一把。'

"'您跟我赌这匹马?'

"'对。'

"'怎么赌?'

"'掷骰子。'

"我们说赌就赌。结果我把那匹马输掉了。噢!没错,"阿托斯接着说,"然后又把马赢回来了。"

达德尼昂的脸色很难看。

"您为这事生气了?"阿托斯说。

"我就是生气了,"达德尼昂说,"凭这匹马,有朝一日打仗时人家好认出我们,这是件信物,是个纪念。阿托斯,您这事可做错了。"

"哎！亲爱的朋友，您也设身处地帮我想想哪，"火枪手说，"我当时闷得发慌，而且，说实话，我也不喜欢英国马。假如想让人家认出来，嗯，有马鞍也就够了，这马鞍可真够显眼的。至于马，想说它是如何不见的，总能找个借口的吧。一匹马总要死的，咱们就说这匹马生了鼻疽。就说皮型鼻疽好了。"

达德尼昂脸上没有一丝笑意。

"看您把这些个牲口当宝贝似的，"阿托斯继续往下说，"我可真是抱歉，因为我的故事还没完呢。"

"您还干了些什么？"

"一把掷下去，九点对十点，这匹马又给输了，这时候，我想到了您的马。"

"是吗，不过我想您是个自制力很强的人，一定不会做您心中所想的事儿吧？"

"才不呢，我当即就做啦。"

"啊呀！"达德尼昂着急地嚷道。

"一赌，又输了。"

"把我的马输了？"

"对，您的马，七点对八点，只差一点……有句谚语怎么说来着？"

"阿托斯，您绝对神志有点儿不清楚，没错！"

"亲爱的，昨天我给您讲那个傻乎乎的故事那会儿，您倒是该对我讲这句话，今天早上可就不对了。就这样，我把所有的马具鞍辔一股脑儿全给输掉了。"

"真是不像话！"

"等等，您还没明白，我没赌到兴发的时候，手气总是挺好的，不过我兴头一上来，就像喝酒一样，我兴头一上来……"

"您都两手空空了还想赌，赌本呢？"

"有，有，朋友，咱们还有您手上那枚闪闪发亮的钻戒呢，这我昨天就看在眼里了。"

"钻戒!"达德尼昂嚷道,惊慌失措地捂住手上那枚戒指。

"我对戒指挺在行,您这枚至少能卖一千皮斯托尔。"

"我希望,"吓得半死的达德尼昂正色说道,"您没说起我这枚戒指吧?"

"恰好相反,它是我们翻本的唯一希望了,我们的一切就全指望它了。"

"阿托斯,这太可怕了!"达德尼昂嚷道。

"因此我同对手提起这枚他曾关注过的戒指。亲爱的,一枚灿若星辰的戒指戴在手上,别指望别人都是睁眼瞎!这可不行!"

"快说呀,老兄,快说呀!"达德尼昂说,"说实话,您这么不紧不慢的可真把我急死了!"

"我们呢,就把这枚戒指分作十份,每份算一百皮斯托尔。"

"嗬!原来您是在开玩笑作弄我?"达德尼昂说,愤怒已经像《伊利亚特》中的雅典娜抓住阿喀琉斯的头发那样抓住了他的头发。

"不,我当然不是开玩笑!我希望您能亲眼看看才好,这两周我连人影子也没见到一个,整天泡在那些酒瓶中间,人都要变蠢了。"

"拿我的钻戒去赌,这些可算不得是理由吧?"达德尼昂说道,一只手神经痉挛地捏紧了拳头。

"请听我说完。我们说好只来十把,每把赌一百皮斯托尔。来到第十三把,我就全输光了。十三把!十三这个数字对我总不吉利,7月13日就是……"

"见鬼!"达德尼昂从桌边立起身来嚷道,这个大白天的故事让他忘记了昨晚的那个故事。

"别急呀,"阿托斯说,"我那会儿有个盘算。那个英国人是个怪人,早上我看见他跟格里莫讲过话,格里莫告诉我说,他是提议格里莫去给他当仆从。因此我就跟他赌格里莫，把这个不开口的格里莫也分成了十份赌注。"

"哈！拿他去赌！"达德尼昂禁不住哈哈大笑。

"拿格里莫去赌，您听明白了！格里莫本来也就值一个杜卡顿，可就凭了这十份赌注，我赢回了钻戒。如何？持之以恒还是个美德吧。"

"嗬，这可真妙！"达德尼昂放下了心，兀自笑得直不起腰来。

"您瞧，我一看手气挺好，就马上又押上了这枚戒指。"

"啊哟！"达德尼昂脸色又沉了下来。

"我又把您的鞍辔赢了回来，接着是您的马，接着又是我的鞍辔和我的马，接着又都重新输光了。长话短说，最后我还是把您的鞍辔赢了回来，再把我自己的也赢了回来。到了这时刻，我心想这一下已经够运气的了，所以我就停手了。"

达德尼昂吁了口长气，好似有人在他胸口搬开了一块大石头。

"这么说，钻戒可以还我啰？"他怯生生地问。

"丝毫无损！朋友，外加您的那匹布塞弗勒斯和我的那匹马的鞍辔。"

"马都没有了，留着鞍辔有什么用？"

"这我倒有个主意。"

"阿托斯，请不要再刺激我的神经了，不过，还是请讲吧。"

"您听我说，达德尼昂，我记得您很长一段时间没有赌过了，是吗？"

"我可不想赌。"

"别一口咬定得那么死。我的意思是说，您有好久没赌了，因此手气准好。"

"那又如何？"

"您听着呀,那个英国人和他的同伴还在店里。我注意到他们对输掉鞍辔感到挺懊悔。而您看上去挺珍惜您的那匹马。我要是您,一定会拿那副鞍辔去赌那匹马。"

"然而光有一副鞍辔,人家不会要呀。"

"加上我的那副,凑成一对!我没您自私。"

"此话当真?"达德尼昂犹豫地说,阿托斯的自信蛊惑着他的欲望,他心里蠢蠢欲动。

"说话算数,就赌一把。"

"马已经没有了,这鞍辔我更得保住才是。"

"那就拿戒指去赌。"

"哦!这可没门儿,不行,绝对不行。"

"嘿!"阿托斯说,"要不您倒可以拿布朗谢去赌,不过这招儿已经使过了,那个英国人也许不肯了。"

"说真格的,亲爱的阿托斯,"达德尼昂说,"我宁可什么也不去赌。"

"可惜啊可惜,"阿托斯不动声色地说,"那个英国人可是富得在皮斯托尔里打滚哩。嘿!我的天,您就去试一把嘛,才一会儿工夫的事情。"

"我如果输了呢?"

"您准赢。"

"但如果是输了呢?"

"就把两副鞍辔给他们呗。"

"那就去掷一把吧。"达德尼昂说。

阿托斯先去找那个英国人,结果在马厩里找到了,他正在那儿眼红地瞅着两副鞍辔。这是个好机会。阿托斯提了条件:两副鞍辔赌一匹马或一百皮斯托尔,随他挑。英国人算得很快:这两副鞍辔值三百皮斯托尔,因此当场同意。

达德尼昂手直哆嗦地掷下骰子,掷了个三点,他脸色煞白,阿托斯也给弄得害怕起来,只说了句:"这一把可掷得惨了,伙计,你们的马有鞍辔了,二位。"

那英国人得意扬扬,甚至都不屑于把骰子先在手里摇一摇,随手拿起骰子往桌上一掷,心想这下子必赢无疑了,达德尼昂转过脸去,不想让人看见他神情沮丧的模样。

"瞧啊,瞧啊,瞧啊,"阿托斯用平静的声音说,"这把骰子可掷得不同寻常,我长这么大总共就见过四次:两点!"

英国人一看,惊得目瞪口呆;达德尼昂一看,笑逐颜开。

"对,"阿托斯接着往下说,"就见过四次:一次在德·克雷基先生府上;另一次在我的乡间别墅,那会儿我还有座别墅;第三次是在德·特雷维尔先生府上,那回他让大家都吃了一惊;最后一次是在一家小酒店里,这点数让我给掷着,输掉了我一百金路易,还赔上一顿晚餐。"

"好了,这位先生赢回了他的马。"英国人说。

"这个自然。"达德尼昂说。

"您手气正顺,难道不想乘胜追击吗?"

"说好了只玩一把的,您没忘记自己的话吧?"

"没错,我会把您的马交给您的仆从的,先生。"

"请稍等,"阿托斯说,"要是您不介意,先生,我想跟我的朋友说句话。"

"请便。"

阿托斯把达德尼昂拉到边上。

"嗯,"达德尼昂对他说,"怎样,还想让我去赌吗?"

"不是,我要您考虑一下。"

"考虑什么?"

"您想要拿回那匹马,对不对?"

"是的。"

"您这就错了,换了我,就会拿那一百皮斯托尔。您知道,那两副鞍辔是赌那匹马或者赌一百皮斯托尔,任您挑的。"

"这我知道。"

"要是我,就拿一百皮斯托尔。"

"嗯,不过我得拿那匹马。"

"我再说一遍,您错了,咱们两个人,一匹马顶什么用,我又不能骑在您背后,否则咱俩看上去就像少了两个哥哥的埃蒙两兄弟了,如果让您骑着这么匹漂亮的骏马跟我并肩而行,我又会羞愧得无地自容。所以我会毫不犹豫地卖马拿钱,这样回程的花销就有着落了。"

"我还是打算要那匹马,阿托斯。"

"您错了,我的朋友,一匹马,会失蹄,会绊跤伤了关节,还会在一匹生鼻疽的马吃过草料的槽里吃草。因此失去一百皮斯托尔倒不如失去一匹马,马的主人得喂饱他的马,而一百皮斯托尔却能反过来喂饱它的主人。"

"不过,咱们怎么回去呢?"

"骑仆从的马呗!即便骑着劣马,不过我们的气质会自然地证明我们的上等人身份的。"

"对,等到咱俩骑着矮小的瘦马,阿拉密斯和波尔多斯骑着他们的高头大马又蹦又跳的时候,那副神气才叫好看呢!"

"阿拉密斯!波尔多斯!"阿托斯大声说着,哈哈笑了起来。

"怎么啦?"达德尼昂不明白他干吗发笑,就问道。

"好了,好了,咱们往下说。"阿托斯说。

"那么,您的意思……"

"是拿下那一百皮斯托尔,达德尼昂,有了这一百皮斯托尔,咱们可以阔绰地花到月底,您瞧,咱们前一阵够辛苦的,是该休息休息了。"

"要我休息休息!哦!不,阿托斯,我一到巴黎,就得去找那个可怜的女人。"

"那好呀,莫非您以为那匹马到时候会比叮当作响的金路易还管用吗?拿下这一百皮斯托尔,我的朋友,拿下这一百皮斯托尔吧。"

达德尼昂其实也就是缺少个借口而已,阿托斯的建议正好给了他最好的借口。况且,如果老羍在那儿,只怕也会让阿托斯觉得他特别自私。因此他表示同意,挑了这一百皮斯托尔,那英国人立即就付给了他。

接下来,就准备上路了。跟店主人达成了协议,除了阿托斯的那匹老马,再付他六皮斯托尔。达德尼昂和阿托斯分别骑上布朗谢和格里莫的马,那两个仆从把马鞍顶在头上徒步赶路。

两位仆从的马虽然不济事,可还是没多久就赶在他们的前头先到了克雷夫格尔。他俩远远地瞧见阿拉密斯神情忧郁地倚在窗上,就像我的安娜姐姐一样眺望着远处的滚滚黄尘。

"嗨!阿拉密斯!靠在那儿发什么呆呢?"两个朋友嚷道。

"噢!是您,达德尼昂,是您,阿托斯,"年轻人说,"我正在想,这世界上的好东西真是说去就去,快得很呢,我那匹英国马刚跑远,一转眼工夫就只见黄尘滚滚,连它的影子也看不见了,世上的事情都是过眼烟云,我觉得这就是活生生的写照。人生无非就是这三个词罢了:过去式,现在式,将来式。"

"这话是何意?"达德尼昂问道,他想他已经明白了阿托斯在自己提到阿拉密斯、波尔多斯骑骏马时为何发笑了。

"我做了亏本生意。一匹骏马卖了六十路易,看它刚才那速度,每小时最少能走五里,贱卖得太狠了!"

达德尼昂和阿托斯哈哈大笑。

"亲爱的达德尼昂,"阿拉密斯说,"请别太埋怨我。需要是没有法律的,再说头一个遭报应的就是我,因为那个无耻的马贩子至少诈了我五十个路易。嘿!你们哪,可真是精明!骑着仆从的马,却让他们牵着你们的好马慢慢地走一程。"

此时，只见一辆运货马车在通往亚眠的大路上冒出头来，越驶越近，最后停住，格里莫和布朗谢顶着马鞍从车上跳了下来。这辆运货马车是空车回巴黎，车主答应那两个仆从搭乘，但讲好条件一路上酒钱归他俩付。

"怎么回事？"阿拉密斯瞧见这情景，问道，"光有马鞍没有马……"

"现在您明白了吧？"阿托斯说。

"咱们还真是好朋友，做事心有灵犀。我不知怎么的，也留下了那副鞍辔，嘀，巴赞！把我那副新鞍辔拿过来，跟两位先生的放在一块儿。"

"那两个神父后来怎样了？"达德尼昂问。

"亲爱的，我第二天晚上就请他们吃饭，"阿拉密斯说，"顺便说一下，这儿有的是好酒，我一个劲儿地劝酒，把他们俩都灌醉了。结果那个本堂神父说什么也不许我离开火枪营，耶稣会会长呢，求我让他也当火枪手。"

"不要论文喽！"达德尼昂嚷道，"不要论文喽！我要求取消论文！"

"自此之后，"阿拉密斯接着往下说，"我过得悠然自在，不再为论文费神劳心了。我在写一首单音节的诗，这诗是挺难写，不过什么事都是愈难才愈有意思。是爱情题材，我可以把第一段念给您听听，一共有四百句，可能得念一分钟。"

"听我说，亲爱的阿拉密斯，"诗歌差不多和拉丁文一样叫达德尼昂头痛，故而他说，"写得短是优点，很难写也是优点，您的诗至少有两个优点。"

"还有，"阿拉密斯接着往下说，"您可以看到，它抒发了纯真的激情。噢，伙计，咱们这就回巴黎吗？太棒了，我都准备好了就等上路。又能见到波尔多斯了，这有多好。这个傻大个子，你们不知道我有多想他。他是不会把马卖掉的，哪怕给他一个王国他想必也不会动心。我真盼着瞧瞧他骑在鞍辔齐整的骏马上的模样。我敢保证，他看上去就像个蒙古大王公。"

他们休息了一个钟头，让几匹马喘口气；阿拉密斯结清了账，打发巴赞也跟他那两个同伴一齐坐上那辆运货马车，随即一行人就出发去找波尔多斯。

到了那儿，只见波尔多斯已经能起床了，脸色也不像达德尼昂上回见到他时那么苍白，这会儿他正坐在一张桌子前面，虽说只有一个人，桌上摆的菜看起来却足够四个人吃的，有精致的扎肉、上等的葡萄酒，还有时鲜的水果。

"啊哈！"他立起身来说，"你们来得太好了，三位，我正开始用餐呢，快来一起吃吧。"

"嘿嘿！"达德尼昂说，"这些酒可不是穆斯克通用绳索吊上来的吧，再说这儿还有嵌膘小牛肉片和菲利牛排……"

"我得补补身体，"波尔多斯说，"是得补补身体，再没什么比这该死的韧带扭伤更伤身体的了。您扭伤过吗，阿托斯？"

"没有，我只记得上次在费鲁街打架那会儿，我挨过一剑，到两周末了，那胃口也跟您此刻一般无二。"

"这么顿晚饭总不是为您一个人准备的吧，亲爱的波尔多斯？"阿拉密斯说。

"没错，"波尔多斯说，"我本来是在等附近的几位绅士来吃饭，可他们刚刚派人来说他们不来了。你们正好顶他们的缺，我反正一样。嘿！穆斯克通！拿椅子，吩咐加酒！"

"你们知道我们吃的是什么东西吗？"吃了十分钟过后，阿托斯问道。

"那自然！"达德尼昂应声道，"我吃的是虾嵌小牛肉。"

"我吃的是菲利羊肉。"波尔多斯说。

"我吃的是鸡胸脯肉。"阿拉密斯说。

"你们说得都不对，各位，"阿托斯答道，"你们吃的是马肉。"

"啊哟!"达德尼昂说。

"马肉!"阿拉密斯一副作呕的怪相。

只有波尔多斯一声不吭。

"对,马肉,波尔多斯,咱们吃的是不是马肉啊?可能连马铠也一锅烧了!"

"没这话,各位,我把鞍辔还留着哩。"波尔多斯说。

"嘿,咱们都是彼此彼此,"阿拉密斯说,"简直就像是商量好的。"

"那有什么办法,"波尔多斯说,"我的马太过神骏,让来往的客人很没面子,但我是个体谅他人的绅士啊!"

"还有,公爵夫人还没从温泉回来,对吗?"达德尼昂接口说。

"还在温泉,"波尔多斯答道,"哦,说真的,我今儿原先请的绅士中间有一位是镇长,他那会儿瞧见这匹马就挺眼红的,所以我就索性送给了他。"

"送给他!"达德尼昂嚷道。

"哦!我的天主!对,等于送给他!"波尔多斯说,"因为这匹马准能值一百五十路易,可那吝啬鬼只肯付我八十路易。"

"马鞍不算在内?"阿拉密斯问。

"对,马鞍不在内。"

"各位,你们都瞧见了,"阿托斯说,"咱们中间,还数波尔多斯价钱卖得最好。"

一阵哄笑叫好的喧闹声,把可怜的波尔多斯弄得直发愣,不过不一会儿,当大家把这么哄堂大笑的原因跟他解释了以后,他也由着性子纵声大笑起来。

"如此说来,咱们的钱袋都鼓起来了?"达德尼昂问。

"别包括我,"阿托斯说,"我买了六十瓶西班牙红葡萄酒,钱基本花光了。"

"我吗,"阿拉密斯说,"我的钱要么捐给了教堂,要么为大家做了弥撒。"

"我呢,"波尔多斯说,"你们以为扭伤就不花钱吗?再说还有穆斯克通的伤口,我也得请外科医生每天出诊两次,那医生硬说穆斯克通这傻瓜挨枪子儿的地方,平常是该让药剂师看的,一下子就让我花了两倍的出诊费。因此我吩咐穆斯克通了,下回要挨枪子儿也得换个地方。"

"好啦,好啦,"阿托斯跟达德尼昂和阿拉密斯相视而笑,说道,"我看到了,您对那个可怜的仆从真是不错,这才是个好主子。"

"简短地说,"波尔多斯接着说,"付完账,我就三十来个埃居了。"

"我还剩十来个皮斯托尔。"阿拉密斯说。

"好啦,好啦,"阿托斯说,"看来我们全都富得像克雷絮斯了。您那一百皮斯托尔还剩多少,达德尼昂?"

"我那一百皮斯托尔?开头我就给了您五十。"

"有这事?"

"当然!"

"噢!没错,我记起来了。"

"后来,我又付了六个给客店老板。"

"那老板算个什么东西!您干吗要给他六皮斯托尔?"

"是您对我说给他的。"

"你真是个好心肠的家伙,直说吧,还有多少?"

"二十五皮斯托尔。"达德尼昂说。

"我嘛,"阿托斯边说边从衣袋里掏出几枚辅币,"我……"

"您,一个子儿也不剩了。"

"对,寥寥无几,不用入账了。"

"现在，算算咱们一共有多少钱。波尔多斯？"

"三十埃居。"

"阿拉密斯？"

"十皮斯托尔。"

"您呢，达德尼昂？"

"二十五皮斯托尔。"

"这样一共是多少？"阿托斯说。

"四百七十五利弗尔！"达德尼昂说，他算起数来就像阿基米德。

"赶回巴黎，尚余四百，"波尔多斯说，"外加四副鞍辔。"

"咱们这几匹马怎么个骑法？"阿拉密斯说。

"嗯，仆从的那四匹马，匀两匹出来给主人，咱们抽签来决定谁骑。那四百利弗尔呢，两个不骑马的各拿一半，然后咱们再把口袋底里的那点儿零碎子儿一起交给达德尼昂，因为他手气好，让他到最先遇上的赌场去碰碰运气。就这么办吧。"

"那就吃饭吧，"波尔多斯说，"要不又得凉了。"

剩下的旅程不用再担心了，于是四位朋友全都津津有味地吃了个饱，余下的酒菜就给了穆斯克通、巴赞、布朗谢和格里莫四位先生。

一到巴黎，达德尼昂就看到德·特雷维尔先生有封信给他，信上通知他说，陛下已经恩准他加入火枪营。

达德尼昂梦寐以求的就是这事情，当然还有重见博纳修太太那件事，因此他兴冲冲地跑去找刚分手才半小时的那几位伙伴，一见面，却发现他们都是心事重重、愁眉不展。他们正聚在阿托斯家里商量，这表明情况相当严重。

原来，德·特雷维尔先生刚才通知他们，陛下已经拿定主意，定于5月1日开战，并且吩咐他们即刻打点儿行装。

四位朋友面面相觑。事关军纪，德·特雷维尔先生从来是说一不二的。

"算算看,治装费是多少?"达德尼昂说。

"嗐!甭提了,"阿拉密斯说,"即便最俭省的说,也得每人一千五百利弗尔才行。""四乘十五,就是六十,总共是六千利弗尔。"阿托斯说。

"依我看,"达德尼昂说,"每人有一千利弗尔也够了,当然我不是按斯巴达人,而是按管理财务的教士的标准……"这句话提醒了波尔多斯。

"嘿,我有个主意了!"他说。

"这就算有点儿眉目了,我可连个影子也没有呢,"阿托斯冷冷地说,"不过达德尼昂嘛,各位,他是被加入咱们营队的喜讯冲昏了头,竟然说什么一千利弗尔!我把话说在头里,光我一个人就得两千。"

"二四得八,"阿拉密斯说道,"这么说,咱们得有八千利弗尔才置办得起行装,不过说真的,其中的马鞍咱们已经有了。"

这时,达德尼昂跟大家分手,去向德·特雷维尔先生道谢了,阿托斯等他出了屋子把门带上以后,说道:"还有呢,把咱们这位朋友手上那枚闪闪发亮的钻戒也算上。嘿!像达德尼昂这么个讲义气的哥们,中指上还戴着一枚赎出的一位国王的戒指,怎么会眼看弟兄们走投无路而置之不理呢。"

第二十九章　治装

阿托斯在家里待着,不想为治装费的事儿想破脑袋。"大家都还有两周的时间,"他和同伴们这样说,"得,过了两周倘若我还没有弄到什么东西,或者没有任何东西找上门来,那么因为我是一个正宗的天主教徒，一枪把自己打死这样做是不被允许的，我就去找来四个主教大人的卫士，或者干脆找八个英国人痛痛快快地干上一架，直到这些人将我杀死为止，这么多人，说不定真有那么一个人能打倒我。这样一来我便为国王尽忠而死了，也不用发愁治装费了。"

波尔多斯反剪着双手，走来走去，一边点头一边说："我也是这样想的。"阿拉密斯忧心忡忡，头发都没卷好，一声也不吭。如此惨淡情景，足以表明四人心绪之黯然。那几个仆从呢，就像希波吕托斯的骏马一样，都在为主人分担着忧愁。穆斯克通在搜集吃剩的面包头，虔诚有加的巴赞索性不离教堂，布朗谢瞅着飞来飞往的苍蝇出神，格里莫呢，虽然众人的忧愁没能让他打破主人三缄其口的禁令，不过他整天那么长吁短叹的，连石头听了也会动心。

刚才我们说了，阿托斯已经把话讲绝，说他决不为治装的事走出家门一步。三个伙伴每天一大早出去，很晚才回来。他们在大街小巷漫无目的地游荡，双眼盯着脚下，期望捡到钱包。盯视得如此仔细，好似在辨认足迹。偶尔几个人碰在一起了，这时候你瞅着我，我瞅着你，失望的眼神似乎是在问："为什么？"不过，因为波尔多斯是最先有主意的，还因为他是咬住这个主意不回头的，因此第一个采取行动的就是他。这位出色的波尔多斯可是个说干就干的角色。有一天，达德尼昂瞅见他朝圣勒厄教堂而去，便下意识地跟在他后面。只见他到了教堂跟前，捻了捻小胡子，又抻了抻髯须，然后进了教堂。对波尔多斯而言，这两个动作表明他这会儿心情挺得意。因为达德尼昂采取了隐蔽措施，故而波尔多斯以为没人看见他。达德尼昂跟在他后面进了教堂，波尔多斯走近一根廊柱，背靠在上面。达德尼昂也悄悄地走上前去靠在廊柱的另一边。

教堂里正好在讲道，人挤得满满的。波尔多斯觑着空子往四下里瞟女人。多亏穆斯克通料理有方,从波尔多斯的外表是看不出他内里的寒酸相的:宽边毡帽有点儿磨损,羽饰有些褪色,花边也有些走样,不过在半明半暗的光线下面,这些瑕疵就通通不见了,波尔多斯依旧是相貌堂堂的波尔多斯。

达德尼昂看到,就在波尔多斯和他背靠着的廊柱旁边,一张长凳上坐着一位风韵犹存的半老徐娘,那张脸有点儿皱巴巴的,不过头戴黑帽子,身子坐得笔直,显得挺高傲的样子。波尔多斯斜着眼睛瞥了这位女客一眼,然后目光一转,往远处的耳堂望去。

这位夫人脸上不时升起阵阵红晕,频频向左顾右盼的波尔多斯投去闪电般的一瞥,不过她越是这样,波尔多斯的目光就越是飞来飞去、到处流转。很明显,这种做法刺伤了这位戴黑帽子的夫人的自尊心,只见她又是咬嘴唇,又是搔鼻子,一副坐立不安、神情绝望的模样。

见她这样,波尔多斯又得意地捻捻小胡子,抻抻髯须,朝着坐在祭坛边上的一位美貌的夫人眉目传情。这位夫人不但貌美,而且显然是位贵夫人,因为在她身后站着一个小黑奴,手里端着供她下跪的软垫,另外还有个贴身侍女,手里捧着一个饰有纹徽的袋子,里面放着女主人望弥撒时念的经书。

戴黑帽子的夫人死盯着波尔多斯的目光看,发现他在看那位有丝绒跪垫、有小黑奴和侍女的夫人。

此刻,波尔多斯更来劲了。他又是眨眼睛,又是把手指按在嘴唇上,还做出种种勾魂摄魄的笑容,弄得那位受了轻慢的夫人当真失魂落魄。

因此她摆出一副表示有罪的模样,一边捶着自己的胸口,一边重重地吁出"嗯"的一声,声音响得满厅的人,包括那位有红跪垫的夫人,全都转过头来望着她。波尔多斯却不动声色。他心里雪亮,偏偏装聋作哑。

这位有红跪垫的夫人同时牵动了几个人的心，因为她非常美貌，戴黑帽子的夫人把她看作一个煞是可怕的情敌。波尔多斯则觉得她比戴黑帽子的夫人漂亮得多。达德尼昂呢，他认出了她就是在牟恩、加莱和多佛尔见到的那个女人，那会儿只听得那个脸上有疤的冤家对头管她叫米莱迪。

达德尼昂一边在眼角里瞅着那位有跪垫的夫人的一举一动，一边继续看着波尔多斯再耍些什么花样，他觉得在旁边这么看着煞是有趣。他猜这个戴黑帽子的夫人就是狗熊街的那位讼师夫人，肯定是这么回事，因为圣勒厄教堂离那条街本来就没多远。

然后他又顺理成章地猜出了波尔多斯是在报尚蒂伊的一箭之仇，那会儿这位讼师夫人犟着劲儿硬是没给波尔多斯送钱。

然而，看着看着，达德尼昂看出了波尔多斯是在装模作样，对着假想情人做出沉迷状，其实不过是在吸引讼师夫人注意而已。

他纯粹是在那儿向壁虚构、凭空臆造，不过对于爱得死去活来的担忧，对于铭心刻骨的嫉妒来说，还有什么东西能比向壁虚构和凭空臆造更真实呢？讲道结束了。讼师夫人朝圣水缸走去，波尔多斯抢上几步。赶在她前面把整个手——而不是一个手指——伸进圣水缸。讼师夫人莞尔一笑，心想波尔多斯这是为了她才这么卖力献殷勤的，然而她立即就心如刀割地明白自己想错了。就在她走到离波尔多斯只差三步路的时候，只见他转过脸去，目光死死地盯在那位有红跪垫的夫人身上，这会儿她也站起身来款款地向圣水缸走来，后面跟着她的小黑奴和贴身侍女。

等到这位有红跪垫的夫人走到波尔多斯跟前时，波尔多斯从圣水缸里抽出那只湿淋淋的大手，美貌的女信徒伸出纤纤玉手碰了一下这只大手，面带笑容地在胸前画了个十字，然后出了教堂。

讼师夫人实在受不住了。她认定这个女人是在跟波尔多斯眉目传情。假若她是位贵妇人,她绝对会昏厥过去,不过她仅仅是个讼师夫人,因此她强压住怒火向火枪手说了这么一句:"哎!波尔多斯先生,您不给我点儿圣水吗?"闻得这声音,波尔多斯忽然惊跳了一下,好似一个刚从几百年的昏睡中醒来的人一般。

"夫……夫人!"他大声说道,"是您呀?您丈夫科克纳尔先生还好吗?依然那么一毛不拔吗?我的眼睛真是没用,讲道讲了两个钟头,我为何会没瞧见您呢?"

"我离您才两步路,先生,"讼师夫人说道,"您没瞧见我,是由于您的眼睛始终盯在那位您给她圣水的漂亮夫人的身上了。"

波尔多斯脸上是一副歉疚不安的神情。

"啊!"他说,"您都看见了……"

"除非是瞎子才看不见。"

"是的,"波尔多斯轻描淡写地说,"她是位公爵夫人,公爵夫人妒心太盛,我们见面挺难的,今日得她传信,来此偏僻街区的小教堂会面,如此才不会惹人注目。"

"波尔多斯先生,"讼师夫人说,"能否请您赏光把胳膊让我挽上五分钟,让我可以跟您好好谈谈呢?"

"那当然,夫人。"波尔多斯说着,偷偷对自己眨了眨眼睛,就像一个人做好圈套以后嘲笑那个就要上当的冤大头一样。

这时候,达德尼昂正要拔腿去跟踪米莱迪,他抽空朝波尔多斯瞅了一眼,正好瞥见了他这个得意扬扬的眨眼的动作。

"嘿嘿!"达德尼昂暗自思忖道,在那个崇尚风雅的年代里,道德观念实在浇漓得很,因此他这么推想道,"咱们这就有一位,看来是能够按时治好装的。"

波尔多斯听凭讼师夫人的胳臂导向,好似一条小船听凭船舵导航一般,一路来到了圣马格洛瓦尔隐修院的回廊上,这地方很少有人来往,两端都各有一道旋转式栅门,现在大白天的,只有几个吃着东西的乞丐和正在玩耍的小孩。

"哦!波尔多斯先生!"讼师夫人断定除了常来这儿的这些乞丐和小孩以外,没人能看见他俩,也没人能听见他们的说话以后,开口说道,"哦!波尔多斯先生!看来,您是春风得意啊!"

"您是说我吗,夫人?"波尔多斯昂首挺胸地说道,"这是从何说起呢?"

"您刚才挤眉弄眼的,还有那圣水,这不都是明摆着吗?还有,这位夫人又有黑奴又有侍女的,少说也得是个亲王夫人!"

"您弄错了,看在天主的分儿上,并非如此,"波尔多斯回答说,"她的确是位公爵夫人。"

"那么等在门口的那个男仆,还有豪华马车和穿号服的车夫是怎么回事?"波尔多斯既没看见男仆,也没看见豪华马车,而科克纳尔夫人凭着醋劲十足的女性的眼光,一样都没漏掉。波尔多斯后悔没一开头就说这位有红跪垫的夫人是亲王夫人。

"哎!您成了风月场上的红人儿了,波尔多斯先生!"讼师夫人叹着气说道。

"不过您也明白,"波尔多斯回答说,"我生来相貌堂堂,自是艳遇不断。"

"天主啊!男人总是那么薄情寡义,忘记旧情的速度总是快得惊人!讼师夫人抬眼望天嚷道。

"我看恐怕还是比不上女人忘得快吧,"波尔多斯应声说道,"因为真要说起来,夫人,在我受了重伤,命在旦夕,连医生都撇下我不管的时候,我可以说就是您的牺牲品。我出生在名门世家,一向对您的友情引以为荣,谁想到却会落魄在尚蒂伊的一家蹩脚客栈里,先是差点儿创伤发作死掉,接着又是几乎饿死,可是您眼看着我给您写的充满热情的信,却那么狠心没回过我一封信。"

"波尔多斯先生,"她说,"我向您发誓,您已经让我受到惩罚了,以后您要是再碰到这样的情况,您只要开口对我说就行了。"

"咩!"波尔多斯的口气听上去还有些愤愤然,"夫人,钱的事咱们就别谈了好吗?说起来就让人觉得丢脸。"

"如此说来,你已经不再爱我了吗?"讼师夫人语速迟缓、神情哀伤地说。

波尔多斯沉默不语,神态庄严。

"您得知道,波尔多斯先生,"她说,"我虽说只是个讼师夫人,不过比起您的所有那些破了产只会装腔作势的女人来,我的钱箱可能还要比她们的要满些。"

"您在对我进行双重羞辱,"波尔多斯说着,把讼师夫人挽着的那条胳臂抽了回去,"以为自己有钱而拒绝,真是毫无道理。"

"我说我有钱,"讼师夫人一看出了岔子,赶紧说,"不过这话也得看怎么说呀。我并非真的有钱,仅仅是还过得去罢了。"

"得了,夫人,"波尔多斯说,"就此打住吧。既然您瞧不起我,那你我之间就缘尽于此了。"

"您真是个薄情郎啊!"

"啊!您尽管去怨天怨地吧!"波尔多斯说。

"那您就去找您漂亮的公爵夫人吧!我不再耽搁您了。"

"噢!我想她还不至于伤心得要跟我恩断义绝吧!"

"您听着,波尔多斯先生,我最后再问您一次:您还爱我吗?"

"唉!夫人,"波尔多斯做出无比忧郁的神情,语气沉重地说,"我即将出征,也许我将战死沙场……"

"哦!快别说了!"讼师夫人失声痛哭起来。

"我听见有个声音在这么对我说……"波尔多斯接着往下说,神情愈来愈忧郁。

"您还不如说您是另有新欢了呢。"

"不是的,我对您说的都是心里话。没有别人让我动过心,我仍旧感觉得到此处，就在我的心坎深处，有个声音在为您而倾诉。然而，不管您是知道还是不知道，总之那场该死的仗两周以后绝对是要打的。我一天没治好，就一天不得安生。真没办法的话我就回布列塔尼的老家去一趟，把打点行装的钱凑齐。"

波尔多斯看出爱情和吝啬还在进行最后的较量，就继续往下说："您在教堂里见到的这位公爵夫人，恰巧有块采地就在我的近边，因此我俩打算一块儿去。您也知道，有人做伴一块儿走，旅途就不会显得那么漫长了。"

"莫非您在巴黎就没有朋友了吗，波尔多斯先生？"讼师夫人说。

"我曾错误地以为我有。"波尔多斯一副忧郁沮丧的神情说道。

"您是有的，波尔多斯先生，您是有的，"讼师夫人陡然间态度急转直下，急切地说道，"您明天上我家来。您是我姑妈的儿子，也就是我的表弟，您从庇卡底的诺瓦荣来巴黎，有几桩官司要打，不过还没找到诉讼代理人。这些话您都记住了吗？"

"没问题，夫人。"

"您要在吃晚饭的时候来。"

"很好。"

"在我丈夫面前，您的举止得稳重些，他尽管说七十六岁了，不过依然十分精明。"

"七十六岁！哟！年纪够大的！"波尔多斯说。

"您是想说够老的吧，波尔多斯先生。这可怜的好人儿说不定哪会儿一伸腿，我就成寡妇了，"讼师夫人说着，朝波尔多斯丢了个意味深长的眼色，"好在婚约上是写明未亡人能够继承所有遗产的。"

"所有？"波尔多斯问。

"所有。"

"看得出来,您是位眼光长远、深谋远略的女人,亲爱的科克纳尔夫人。"波尔多斯温情脉脉地握住讼师夫人的手说。

"那我们现在言归于好啦,亲爱的波尔多斯先生?"她撒娇地说。

"咱们一生一世相好,永不分离。"波尔多斯用同样的语气回答说。

"那么再见了,我的朝三暮四的好人。"

"再见,我的健忘的宝贝儿。"

"明儿见,我的天使!"

"明儿见,我的生命的火焰!"

第三十章 米莱迪

达德尼昂偷偷跟着米莱迪,她并没有察觉到。他看到她登上了那辆豪华的马车,并且还听到她对车夫说去圣日耳曼。

走路追赶马车是件白费力气的事情,并非明智之举,达德尼昂不得不返回费鲁街。

走到塞纳河街的时候,他恰巧碰到对糕饼店的一只奶油蛋糕看得出神的布朗谢,那只奶油蛋糕看起来确实非常诱人。

他对布朗谢吩咐到去德·特雷维尔先生的马厩中牵来两匹好马,以备他们二人每人一匹,然后去阿托斯家和他会合,德·特雷维尔先生之前交代过,达德尼昂可以随时动用他马厩中的马。

布朗谢向老鸽棚街的方向走去,达德尼昂依旧回费鲁街。阿托斯神情忧郁,抱着瓶西班牙好酒在家中大喝特喝。瞧见达德尼昂进门，他做个手势让格里莫拿个杯子来给达德尼昂，格里莫按老规矩悄然无声地照办。

达德尼昂把波尔多斯在教堂里跟讼师夫人会面的经过，完完整整地告诉了阿托斯，然后对阿托斯说，他们的这位伙伴此刻很可能已经治装有门了。

"至于我嘛，"阿托斯听完以后说，"我无须焦虑，我可没有有钱的情人帮我治装。"

"不过，我亲爱的阿托斯，您英俊风雅，气质非凡，只要您肯，情人还不大把来。"

"瞧你达德尼昂，为什么尽说些小孩子话！"阿托斯耸耸肩膀说。

说完，他示意格里莫再拿一瓶酒来。

恰好在这时候，只见布朗谢斯斯文文地从没关严的房门外探进脸来，禀告自己的主人两匹马已经来了。

"什么马？"阿托斯问道。

"德·特雷维尔借给我去遛弯儿的两匹马，我想上圣日耳曼去转一圈。"

"您上圣日耳曼去干吗？"阿托斯问道。

然后达德尼昂告诉他，自己如何在教堂里又遇见了那个英国女人，她就是当初跟穿黑披风、太阳穴边上有道疤的男人说话的那个女人，这些日子来他一想到她就觉得放心不下。

"这么说您是爱上这个女人了，如同您当初爱上博纳修太太一样。"阿托斯轻蔑地耸耸肩膀，好像是觉得这种人性的弱点可怜得很，令他不屑一顾。

"不是的！"达德尼昂嚷道，"我仅仅是很想把跟她有关的那桩秘密弄清楚罢了。我也说不上来是什么理由，不过我总觉着这个女人，虽然我压根儿不认识她，她也完全不认识我，她跟我的生活不会是不相干的。"

"要说呢,您也有道理,"阿托斯说,"我还没看到过有哪个女人在她失踪以后还值得让人去四处找的呢。博纳修太太失踪了,那算她倒霉!等她自个儿回来不就结了!"

"不,阿托斯,不,您弄错了,"达德尼昂说,"我还是爱我那可怜的贡斯当丝,并且比以前爱得更深,一旦我知道她在哪儿,即便是天涯海角,我也要去把她从她的仇人手里救出来;不过我不知道她在什么地方,我哪儿都找遍了,仍然找不到她的影踪。我有什么办法呢,一个人总也得散散心吧。"

"随您吧,我亲爱的达德尼昂,随您喜欢,忠心祝你快乐。"

"您听我说,阿托斯,"达德尼昂说,"您老闷在屋里也不是个事儿,索性陪我一起去吧。"

"伙计,"阿托斯说,"我自己有马的时候才骑马,否则我是步行的。"

"好吧,"达德尼昂应声说,阿托斯这种孤傲的口气,换了任何哪个人听了一定会生气,不过达德尼昂只是微微一笑,"我可没您这份傲气,有马我就骑。那么,再见了,亲爱的阿托斯。"

"再见。"火枪手说着,对格里莫做了个手势,让他把刚拿进来的那瓶酒打开。

达德尼昂和布朗谢上马往圣日耳曼而去。

一路上,达德尼昂的思绪围着博纳修太太在转,他想着阿托斯刚才说的关于博纳修太太的那些话,脑筋转个不停。尽管达德尼昂从本性上来说并非多情种子,然而俊俏的针线铺老板娘的确让他很动心。正如他说的,如果能找到她,即便天涯海角他也说去就去。不过这地球压根儿就是圆的,因此四面八方都有天涯海角,如此一来他就不知道该往哪个方向走了。

现在,他急于知道的是米莱迪的下落。米莱迪和那个穿黑披风的男人说过话,因此她一定认识他。而在达德尼昂的心目中,这个穿黑披风的男人,不但第一次绑架博纳修太太是他干的,而且第二次也是他干的。故而,达德尼昂说他在找米莱迪的同时也就是在找贡斯当丝,这并不全是打诳语,就算确实是在打诳语只能算一半。

达德尼昂就这么一边思前想后,一边不时用马刺去勒胯下的坐骑,不知不觉一路来到了圣日耳曼。他刚走过的那座行宫,十年后路易十四就降生在那儿。他在穿过一条僻静的街道时,不停地朝四下里张望,看看能否找到那位冷艳的英国女人的行迹,却只见前面有座漂亮的房子,按当时的建筑样式沿街的墙上没开窗户,就在他这么左右张望的时候,打屋里走出来了咱们的一个熟人。此人在一个栽着花的平台上走了几步。布朗谢先认出了他。

"嘿!先生,"他对达德尼昂说,"那个张着嘴傻乎乎望着外面的家伙,您不记得他是谁了吗?"

"不记得了,"达德尼昂说,"但是我总觉得这张脸以前似乎在哪儿见过。"

"您这可说着了,"布朗谢说,"一个月以前,在加莱的那会儿,您不是在去港口总监乡间住宅的路上把那个德·瓦尔德伯爵狠狠地收拾了一顿吗?这人就是那个伯爵的仆从,可怜的吕班呀。"

"噢!对,"达德尼昂说,"现在我也认出他来了。你看他还会认识你吗?"

"噢,先生,他当时吓得魂都丢了,我看他未必会记得我喽。"

"那好,你去和他套近乎,"达德尼昂说,"设法探明他主人死了没有。"

布朗谢跨下马,朝吕班走去,果然吕班没认出他来,两人搭上话,很快就谈得非常投机,趁这时候,达德尼昂把两匹马牵进一条小巷,绕着一幢房子兜了个圈子,转到一丛榛树背后旁听他俩的谈话。

在树篱后面刚听了一会儿，传来一阵辚辚的车轮声，只见米莱迪的那辆华丽马车恰巧停在了他的对面。他猜得果然没错，米莱迪正好坐在这车里。达德尼昂把脸侧在马的颈项后面，这样人家看不见他，他却能对整个场景一览无余。

米莱迪把那张满头金发的妩媚的脸从车门里伸出来，嘱咐了贴身侍女几句什么话。

那侍女是个二十一二岁的俊俏姑娘，活泼伶俐，一看就是那种贵妇人身边的心腹丫头，她本来按当时的规矩坐在马车的踏脚板上，此刻跳下车来，朝达德尼昂瞧见吕班的那个平台跑去。

达德尼昂注视着这个俊俏的侍女，看着她一路跑到平台跟前。事有凑巧，刚才吕班恰巧给屋里的什么人叫了进去，因此此刻只有布朗谢一个人站在平台上，东张西望地在看达德尼昂究竟上何处去了。

那侍女把布朗谢当作了吕班，因此她走到布朗谢面前，把一张便笺递给他："给您家主人的。"她说。

"给我家主人？"布朗谢被突如其来的事情弄得有点儿茫然。

"对，是急事。您得快送哟。"

说完，她拔腿就朝马车跑去，此刻马车已经掉头，她跳上踏脚板坐定，马车就沿原路驶去了。

布朗谢把那张信笺翻过来又翻过去地看了半晌，随即——因为听吩咐做事已经成了习惯——他跳下平台，一溜烟奔进那条小巷，刚跑上二十来步就遇见了达德尼昂，达德尼昂把刚才的事都看在了眼里，此刻正迎上前来。

"给您的，先生。"布朗谢说着，把便笺递给主人。

"给我的？"达德尼昂说，"你肯定没弄错？"

"嘿！错不了，那丫头说了：'给您家主人的。'我只好依言照办了……老实说，那丫头模样长得还真俊呢！"

达德尼昂打开信笺，念道：

我对您的眷注无以言表，亟盼知道何时您能去林苑一游。明日将有一身着红黑相间服色的男仆在金线锦缎营旅馆恭候回音。

"嗬！"达德尼昂自言自语，"这下子事情变得有趣了。似乎米莱迪和我关切的是同一个人的健康。嗯，布朗谢，这位德·瓦尔德先生怎么样啦？难道他还没死吗？"

"没死，先生，一个人挨了四剑竟然还能像他这样，也真算是命大，您在这位爷们身上捅的那四剑，下手可够狠的。他流了好多好多血，因此目前还很虚弱。我对您还真没讲错，吕班果然没认出我，还把那桩事儿对我讲了一遍。"

"很好，布朗谢，你当真称得上仆从中的冠军。现在快上马，咱们去追那辆马车。"

这花不了多大工夫，才跑了五分钟，他们就瞧见那辆马车停在路边，车门一侧有个衣着华丽的男人骑在马上。

米莱迪正在和这个骑马的男人很激动地说着话，因此达德尼昂勒马停在马车的另一侧时，除了那个俊俏的侍女外，谁也没有注意到他。

他俩说的是英语，对这种语言达德尼昂一窍不通，然而听说话的口气，达德尼昂觉得美貌的英国夫人像是在发脾气，特别是她最后的那个动作，更使他感到这场谈话的性质已经是毋庸置疑的了。她用力把扇子一敲，把这件夫人小姐的小玩意儿敲得粉身碎骨飞溅了开去。

骑马的男人见状顿时哈哈大笑，而米莱迪却好像因此而愈加恼火了。

达德尼昂知道这是见义勇为向美人输诚的最佳时机。他策马来到车门跟前，恭敬地脱下帽子。

"夫人,"他说,"您能赏脸让我为您效劳吗?我看,这位骑士惹您生气了。夫人,只消您一句话,我就会去教训这个不懂礼貌的家伙。"

听到他开口说话,米莱迪就转过脸来,惊愕地望着这个年轻人,等他说完以后,她才用纯正的法语说道:"先生,假如这个跟我拌嘴的人不是我兄弟的话,我自然会很开心地接受您的保护。"

"噢!我为自己的鲁莽请求您的谅解,"达德尼昂说,"您能看出我并不知道他是令弟,夫人。"

"这个冒冒失失的愣小子在管什么闲事,"被米莱迪认作兄弟的那个骑马人弯下身子,从车门里往对面嚷道,"他为何不走他自己的路啊?"

"你自己才是个愣小子,"达德尼昂把头靠在马脖子上,从他这一边的车门搭腔道,"我不走我的路,就因为我爱待在这儿。"

骑马的男人用英语对米莱迪说了句什么话。

"我对您说的是法语,"达德尼昂说,"因此请您也用同样的语言回答我好不好?您是夫人的兄弟,行啊,可是好在您不是我的兄弟。"

读者可能会以为,米莱迪一定会像一般女人那样感到惊慌,会连忙在一方刚开始挑衅时就出来斡旋,以免双方的口角酿成斗殴。不过情况恰恰相反,她往车厢坐垫上一靠,冷冷地对车夫喊了一声:"回府!"

那俊俏的侍女朝达德尼昂投去不安的一瞥,看来年轻人英俊的脸蛋已经打动了她的芳心。

马车辚辚驶去,留下两个男人面对面骑在马上,中间再也没有障碍物隔开他俩了。

第三十一章　英国人和法国人

约定的时间到了,他们四位每人都带着一个仆从到达了卢森堡宫后面的那块荒废的围场,此时这儿已经长满了野草。阿托斯用一个铜子儿把在这放羊的羊倌打发走了。四个仆从分散开来做好警戒。

没多久,另一队人马也悄悄地来到了围场,走下车来进去与火枪手们会合。根据大洋彼岸的习惯,彼此通报了姓名。

这几位英国人都是地位非常高的人物,但一听到对手说的那几个闻所未闻的名字,不但感到意外,甚至有些担心。

"你们所说的这几个名字,"德·温特勋爵等这三个火枪手自报家门之后说道,"我们从来都没有听说过,我们并不了解你们的身份,所以我们不能和你们交手,你们所说的都是牧羊人的名字。"

"的确如您所言,先生,我们使用的是假名字。"阿托斯说。

"既然如此,我们就更想知道各位的真名实姓了。"英国人答道。

"你们在不知道我们真名实姓的那会儿,不也已经跟我们赌过了吗?"阿托斯说,"你们赢了我们的两匹马就是证据。"

"这没错,但上次不过是输掉钱,这次可能输掉鲜血或生命。赌钱不论尊卑,决斗要身份对等。"

"言之有理。"阿托斯说。说完他就和自己的对手走到一边,低声说了自己的真名。

波尔多斯和阿拉密斯也都照样做了。

"如何?"阿托斯向自己的对手说,"我们身份相当吗?"

"是的,先生。"英国人躬身说道。

"那好吧,现在您可愿意听我说件事儿?"阿托斯冷冷地说。

"何事?"英国人问道。

"就是您刚才大可不必非要让我说出我的真名。"

"此话怎讲?"

"因为大家都以为我死了,而我也自有理由希望人家不知道我还在世,所以为了不让这个秘密泄露出去,我必须把您杀了。"

那英国人以为阿托斯在说笑,可阿托斯却非常认真。

"各位,"他对自己的伙伴和对手同时说道,"准备好了吗?"

"准备好了。"英国人和法国人异口同声地回答道。

"那么,动手吧。"阿托斯说。

霎时间,八柄长剑在夕阳的余晖中闪闪发亮,一场激战开始了,交手双方可以说是双重的对头,因此这种敌忾的气氛是很浓烈的。

阿托斯的一柄剑使得从容不迫,招数老到,好像是在剑术馆里击剑一般。

波尔多斯上回在尚蒂伊吃了大亏后,显然是学乖了,出剑灵巧而稳健。

阿拉密斯急于要完成自己那部诗的第三章,因此想尽快完事。

阿托斯第一个把对方刺死:他只刺中对方一剑,不过就像他事先说过的那样,这一剑刺穿了心脏,立刻置对方于死地。

随即,波尔多斯把对手打得仰卧在草地上,他刺中了对方的大腿。英国人无心再作抵抗,拱手把剑交给了波尔多斯,然后波尔多斯抱起他,把他送上了他的马车。

阿拉密斯攻势凌厉,逼得对手连连后退,退到五十来步的时候，对手终于转身撒腿就跑，在仆从们的一片嘘声中逃得不见踪影。

而达德尼昂，开始他纯粹只用守势，接着，他看出对手已经体力不支，于是反手用力一击，把对方手里的剑打得飞了出去。这个英国勋爵眼看自己的兵器脱了手，就往后退了两三步，不料就在此时，他脚下一滑，仰天摔倒在地。

达德尼昂纵身往前一跳，剑尖就抵在了他的喉咙上。"我可以杀了您，先生，"他对这个英国人说，"您的性命完全掌握在我的手里，但是看在令姐的面上，我不杀您。"

达德尼昂这时真是心花怒放，他事先考虑好的那个计划实现了，计划的进展使他脸上绽出我们熟悉的微笑。

这个英国人看见对手居然是这么豁达大度的绅士，不由得喜出望外，他紧紧搂住达德尼昂，对那三位火枪手说了好些表示友好的话。此刻，波尔多斯的对手已经躺在马车里，阿拉密斯的对手已经逃之夭夭，因此只剩下那个死者的后事需要料理。

波尔多斯和阿拉密斯给他解开衣服，想看看他是否还有救，没想到这时候有个鼓鼓囊囊的钱包从他腰间滑了下来。达德尼昂捡起钱包递给德·温特勋爵。

"我拿它做什么？"英国人说。

"把它还给他家里吧。"达德尼昂说。

"他们哪里在乎这些，他们可以继承到一笔一万五千路易的年金，这还是留着给你们的仆从吧。"

达德尼昂收起了钱包。

"现在，我的年轻朋友，我这么称呼您，想必您不会见怪吧，"德·温特勋爵说道，"倘若您愿意，我今儿晚上就把您介绍给我的嫂子克拉丽克夫人。因为我希望她也能对您格外垂青，而她在宫廷里还有那么几分影响，或许日后她说上句话，对您会大有裨益。"

达德尼昂激动得满面红光，连忙躬身施礼接受邀请。

此时，阿托斯走到达德尼昂身旁。

"您准备怎么处理这钱包？"他凑到达德尼昂耳边悄声问道。

"当然是准备交给您了，亲爱的阿托斯。"

"交给我？为何给我？"

"那还用说，是您把他杀了的，这是战利品。"

"让我从敌人身上捞好处！"阿托斯说，"您把我当成什么人啦？"

"打仗时大家都这么做，"达德尼昂说，"决斗时为何不能如此做呢？"

"就算在战场上，"阿托斯说，"我也从未如此做过。"

波尔多斯耸了耸肩膀。阿拉密斯用嘴唇做了个动作，表示同意阿托斯的说法。

"那么，"达德尼昂说，"就照德·温特勋爵刚才说的，把这钱分给仆从吧。"

"对，"阿托斯说，"给仆从，不过不是我们的仆从，而是英国人的仆从。"

阿托斯拿过钱包，扔在那个车夫的手里："给您和您的伙伴。"

一个囊中空空的人居然能表现得这么慷慨大度，波尔多斯不由得看得大为震惊，德·温特勋爵和他的朋友们一再称道的这种法国式的雅量，除了格里莫、穆斯克通、布朗谢和巴赞这几位先生不以为然以外，普遍赢得了口碑。

德·温特勋爵跟达德尼昂分手时，把他嫂子的地址告诉了达德尼昂，她住在王家广场六号，当时那一带是很时髦的住宅区。同时，勋爵说好要来接达德尼昂去见她。达德尼昂约定八点钟在阿托斯的住所等他。

如此一来，达德尼昂就一心想着这次见面了。他回想起在自己的遭遇中，这个女人是如何很奇特地掺和进来的。他心里很清楚，她是红衣主教的人，不过他又觉着自己正无法抗拒地被一种微妙的情感拉向她的身边，这种情感，当事人常常是很难说得清、道得明的。

他仅仅担心一件事，就是米莱迪会认出他是在牟恩和多佛尔见过的那个人。那样的话，她就会明白他是德·特雷维尔先生的朋友，而且不仅人是属于国王的，心也是向着国王的。如此一来，既然米莱迪也像他一样明白了对方的底细，那么他俩便是旗鼓相当，他也就失去了部分优势。至于她和德·瓦尔德伯爵之间暧昧的恋情，咱们这位愣小子倒并不怎么放在心上，虽然伯爵年轻、英俊、有钱，又颇受红衣主教青睐。要知道，他才二十岁，何况又出生在塔尔布，这可都是小看不得的啊。

达德尼昂先是回家精心打扮了一通，然后赶到阿托斯的住所，依照往常的习惯把事情详细地都告诉了阿托斯。阿托斯静静地听他把自己的计划说完，随即摇了摇头，带着一丝苦笑劝他要谨慎行事。

"您瞧瞧！"他对达德尼昂说，"刚丢了一个照您说来心肠又好、人又可爱，简直十全十美的女人，竟然立刻又追起另一个女人来了！"

达德尼昂知道阿托斯这样责备他是为了他好。

"先前我爱博纳修太太，是用我的心在爱，而目前我对米莱迪的爱是很理智的。"他说，"我让人把我引荐给她，主要还是想弄清楚她在宫廷里到底扮演怎样的角色。"

"她扮演的角色，还用说吗？光凭您告诉我的这些情况，就不难猜出来了。她是红衣主教的密探！这个女人会把您引到一个陷阱里去，总有一天您会乖乖地把脑袋都撂在那儿。"

"哟！亲爱的阿托斯，我认为您看事情未免太悲观了。"

"亲爱的达德尼昂，我不信任任何女人，没办法！我在她们手里栽过,特别是金黄色头发的女人。米莱迪的头发是金黄色的,您是如此告诉我的,对吧?"

"我从未见过那么完美的金色。"

"哎!我可怜的达德尼昂哦。"阿托斯说。

"您听我说,我的目的是查明真相,一旦目的达到,我就离开她。""那您就去弄清楚吧。"阿托斯冷漠地说。

德·温特勋爵准时前来,阿托斯抢在他进屋之前躲进了邻室。因此他只见到达德尼昂一个人,时间已经快近八点,于是他就带着年轻人出了屋子。

一辆精美的马车等在下面,拉车的是两匹剽悍的骏马,很快就到了王家广场。

米莱迪·克拉丽克庄重地接待了达德尼昂。她的府邸极其豪华,虽然大部分英国人受战事影响,已经或正要离开法国,米莱迪却不惜花大笔开销让人把宅邸装修一新,这表明遣送英国人回国的一般规定对她并不适用。

"您瞧,"德·温特勋爵把达德尼昂介绍给他姐姐时说,"就是这位年轻绅士,我的性命曾经捏在他的手里,而虽然我们是双重意义上的敌人,一是我侮辱了他,二是我又是个英国人,他却不愿滥用这一权利。因此,夫人,请您为了我的情谊对他说声谢谢吧。"

米莱迪微微皱了皱眉头,一道几乎难以觉察的阴影掠过她的额头,接着一丝奇怪的笑挂在了她的唇边,年轻人瞧着这一波三折的表情变化,禁不住在心里打了个寒战。

做兄弟的却什么也没看见,他背着身子在逗弄米莱迪宠爱的那只猴子,让那猴子抓挠他的紧身短上衣。

"欢迎您来,先生,"米莱迪说这话时音调的柔美,跟刚才达德尼昂观察到的不悦情绪形成了反差,"从今天起,我家的大门永远是对您敞开的。"

这时，德·温特勋爵转身详述决斗经过。米莱迪十分专心地听着，尽管她竭力克制着不让内心的情绪流露出来，但还是不难看出她对这番叙述并没有什么好感。她脸色发红，一双小巧的脚不耐烦地躲在裙下乱踩着。

德·温特勋爵什么也没注意到。说完以后，他走到一张桌子边上，拿起放在盘子里的一瓶西班牙酒，斟在两只玻璃杯里，然后做了手势邀请达德尼昂去喝。

达德尼昂明白，拒绝跟一个英国人碰杯是会使对方很生气的。因此，他走到桌子旁边，拿起了那杯酒。不过他一直在悄悄观察米莱迪，并从镜中看到了她忽然转变的表情。她方才以为没人看得见她，脸上霎时间浮现出一种近乎冷酷的表情，恶狠狠地用两排洁白的牙齿咬着自己的手帕。

这时候，达德尼昂先前注意到的那个俊俏丫头走进屋来，她用英语对德·温特勋爵说了几句话。勋爵随即向达德尼昂致歉告退，说是有件急事要去处理，并请他嫂子代为招待客人。

达德尼昂和德·温特勋爵握手告别后，又回到米莱迪身边。这女人的脸真是善变得惊人，此刻已经又是一副和蔼可亲的模样，只有手帕上留下的几个小红点儿，表明她刚才把嘴唇都咬出了血。

这两片朱唇，真是美得无以复加。

谈话变得活跃起来，米莱迪看上去已完全恢复了平静。她告诉达德尼昂说，德·温特勋爵并不是她的弟弟，而是她的小叔子。当年她嫁给他的一个兄长，后来丈夫死了，留下一个孩子。如果德·温特勋爵不结婚的话，这个孩子就是他的唯一的遗产继承人。达德尼昂一边听着她说，一边感觉到好像有一层纱幕把什么东西给遮住了，不过他还没法知道那到底是什么东西。

不过，经过半小时的谈话，达德尼昂已经认准米莱迪是他的同胞。她的法语说得既纯正又优美，使他对这一点确信无疑。

达德尼昂大献殷勤，说了许多表示忠心的话。米莱迪听到咱们的加斯科尼人这么大吹大擂，只是亲切地微笑着。到了告退的时间，达德尼昂向米莱迪告辞，离开客厅时只觉得自己是个交了头等好运的男人。

在楼梯上，他遇见了那个俊俏的丫头。交臂而过时她轻轻地擦了他一下，便羞得满脸通红请求他原谅，说话的声音娇柔之极，对方马上表示原谅了她。

次日，达德尼昂再次造访，这次接待的热情恳切更胜昨日。德·温特勋爵不在，因此这天晚上的招待就完全由米莱迪负责了。她显得对达德尼昂很有兴趣的样子，问他是什么地方的人，有些什么朋友，有没有想过要为红衣主教先生效力。

正如我们所知，达德尼昂虽然是个二十岁的小伙子，但行事很谨慎，他此刻想起了先前对米莱迪的怀疑。因此就当着她的面竭力吹捧主教大人，他对她说，如果当初不是认识德·特雷维尔先生，而是认识德·卡沃瓦先生的话，他绝对会进红衣主教的卫队，而不是在国王的禁军当差。

米莱迪巧妙地换了话题，以一种很随意的口气问达德尼昂是否去过英国。

达德尼昂回答说，德·特雷维尔先生曾经派他到英国去采办军马，他还从那儿带回过四匹作为样品。

在整个谈话的过程中，米莱迪咬了两三次嘴唇。她是在跟一个不让对手有空子好钻的加斯科尼人打交道。

到了同头天一样的告退时间，达德尼昂便起身告辞。在过道里，他再次与那位俊俏的贴身侍女凯蒂相遇。凯蒂以一种渴慕的眼神望着他，这种神情是让人一看就明白的。不过，达德尼昂满脑子想的都是女主人，对她这含情脉脉的表示丝毫也没注意到。

达德尼昂接着又一连两天到米莱迪府上来，每回米莱迪对他的接待都是殷勤有加。

并且每回不是在前厅,就是在过道或楼梯上,都会遇见那位俊俏的侍女。

然而,就像我们刚才说的,达德尼昂对可怜的凯蒂的这片痴情根本没有注意。

第三十二章　讼师家的午餐

在那次决斗中,波尔多斯表现得非常优秀,但是他并没因此忘记去讼师夫人家吃午餐的邀请。第二天中午快到一点的时候,他让穆斯克通最后为他刷了刷外衣,然后就去了狗熊街,那神色就像人逢双喜似的。

他的心跳得很快,但这种心跳不是达德尼昂那样难以自控的爱情的悸动。让他心跳加快的是一种非常实在的物质利益,今天他终于能进入那道神秘的门槛,走进那个陌生的楼梯了。而当年科克纳尔讼师为了建这些楼梯,不知道花了多少古老的埃居呢。

他曾经在梦中见到过不下二十次的那口大箱子,现在可就要亲眼看见了,这口长长的、深深的、挂着挂锁、上着门闩、砌进地板里去的大箱子,这个他常听人说起的大箱子,稍后就要由讼师夫人亲手迎着他那艳羡的目光打开了。的确,讼师夫人的双手已经不再那样丰润了,虽显干瘪却仍然纤秀。

再说,他本是个四海为家的人,既没产业,又没家室;厕身行伍,长年累月在酒肆客栈和不入流的小饭馆蹭饭吃。生就是饕餮却无用武之地,多半只能有什么吃什么,而现在他可要去好好品尝一番香喷喷的美味佳肴,领略一下其乐融融的家庭氛围,舒舒服服地享受这种怡人的情趣,这可真应了老行伍的一句话:吃得苦中苦,方知此中甜。

以表亲的身份天天坐在摆着丰盛菜肴的饭桌旁边,让老讼师蜡黄、皱巴巴的脸上露出个笑容。再找几个年轻办事员教他们玩几把巴赛特和朗斯克内,露两手绝活儿给他们开眼,好好地敲他们一笔,以授业传道为名,上一个钟头课把他们一个月的积蓄都赚过来。想到这一切的一切,波尔多斯的脸上禁不住漾起阵阵的笑意。

火枪手自然也从这儿那儿听到过不少贬低讼师的传闻,这些传闻在那个年代已经不胫而走,直到今天还没消停:吝啬啦,抠门儿啦,斋戒饿肚皮啦,等等。不过波尔多斯平日看在眼里,认为讼师夫人虽说偶尔算计得太精明了些,节约得叫他觉得有点儿不合时宜,不过终究还算得上是相当大方的,当然是对一个讼师夫人而言,因此他希望前去拜访的是个像样的体面人家。

不过刚走到宅子大门跟前,火枪手就有点儿犯起疑来,进得门来,没有任何东西能叫人提得起劲儿:黑黢黢的过道里散发着一股难闻的气味;楼梯采光很差,全靠邻近一个院子从窗子里透进来的那点儿昏暗光线照明;登上二楼,只见有扇矮门,上面钉着粗大的包头铁钉,仿佛大夏特莱堡的正门。

波尔多斯伸出指头敲门,来开门的是个个子高挑、肤色苍白的办事员,又长又乱的头发遮掉了他的半张脸。他神色有些勉强地朝波尔多斯欠了欠身子,通常一个人在另一个人身上同时看到了表明气力的魁梧身材、表明身份的军人装束,以及表明吃得好、睡得好的鲜亮脸色,都会自然而然地表示出几分这样的敬意。

另一个个子矮些的办事员站在他背后,又一个高个子站在第二位背后,而第三位的背后,则是一个十二岁的小厮。

在当时,拥有三个半办事员的事务所是相当有规模的了。

尽管说火枪手应该是一点钟才到,然而讼师夫人从十二点起就竖起耳朵,生怕拜倒在自己石榴裙下的这位火枪手会按捺不住那颗心,或许是胃,提前赶来赴宴。

所以科克纳尔夫人差不多是在客人上楼走到门前的同时,从房间里来到门前的。尊敬的女主人的到来,给客人解了围。那几个办事员只是愣愣地用好奇的目光打量他,他却不知该说什么,因此双方保持着略显诡异的沉默。"这是我的表弟,"讼师夫人大声说道,"进来,进来呀,波尔多斯先生。"

一听见波尔多斯这么个名字,那几个办事员来了劲儿,出声笑了起来。不过波尔多斯一转过身去,那几张脸马上又变得一本正经的了。

穿过这几个办事员待着的前厅,就是写字间,此处原是这几个办事员的工作间,继续往前就是讼师的办公室。当中的那个写字间是个黑黢黢的大房间,里面堆着些废旧的卷宗。再从写字间出来,往右拐就是厨房,不过波尔多斯被领进了会客室。

波尔多斯对这些彼此相通的房间印象不佳。所有的门都敞开着,有人说话大老远就能听得见。另外,他在经过厨房门口时,匆匆往里面瞥了一眼后,心里不由得为自己抱屈,就连讼师夫人自己也感到惭愧。因为按说在准备一顿美餐之际,这个令人垂涎三尺的场所,往往总是炉火旺盛、人员忙碌,呈现出一派热气腾腾的景象,然而此刻,他却只见厨房里一片冷冷清清,没有多少动静。

老讼师想必早就得知波尔多斯的来访,瞧见他时丝毫没有惊喜的表示。波尔多斯很洒脱地走上前去,彬彬有礼地向对方躬了躬身子。

"这么说起来,咱们是表亲关系喽,波尔多斯先生?"老讼师靠两条胳臂从藤垫座椅上支起身子说道。

这个老头穿一件裹得紧紧的黑色短上衣,孱弱的身躯越发显得瘦骨伶仃，不过精神却挺好；两个灰色的小眼睛像宝石一样炯炯发光，嘴角不时做着怪相，不过整张脸上好像也只有这两个部位在显示着生命之火尚未熄灭。不幸的是，那两条腿已经拒绝为这个形销骨立的机体服务了。近半年来，这位可敬的讼师日益明显地感觉到了这种机能的衰退，因此几乎就快成了妻子的奴隶了。

认下这个来历莫名的家伙做表亲，只是不得已而为之的事情，如此而已。腿脚利索时的科克纳尔先生是绝不肯跟波尔多斯先生攀这个关系的。

"对，先生，咱们是表兄弟。"波尔多斯毫无心机地回答，他本就没想过人家会对他热切。

"是属于女方一边的吧，我想？"老讼师话中带刺地说。

波尔多斯没有听出话中的讥诮之意，只以为那是一种天真，还在浓密的小胡子下面偷笑这老头呢。科克纳尔夫人却听出了丈夫的讽刺，因而脸色通红，勉强挤出一丝笑容。

从波尔多斯一到，科克纳尔先生就不时神色不安地朝那口放在他的橡木写字台对面的大柜子瞟上一眼。波尔多斯心里清楚，这口柜子虽然跟他在梦中见到的样子不同，不过肯定就是那只给人带来幸福的大箱子，看到这个真家伙比梦里的箱子还高出六尺多，他真是觉得乐不可支。

科克纳尔先生没有继续探究族谱，只是把不安的目光从大柜子移回波尔多斯身上，说了这么一段话："我们的表弟在开赴战场之前，想必会抽空赏光和我们共进一次午餐的，是不是啊，科克纳尔夫人！"

这一回，波尔多斯不是当胸而是当胃挨了一击，马上感觉到了；看来科克纳尔夫人也不是全无知觉的，所以她赶紧发话了："如果今儿我们亏待了我的表弟，他下回就再也不会上门来了。可是话又说回来，他在巴黎时间挺紧的，不大会有时间再来看我们,因此我们也不能要他把出发前属于自己支配的那点儿时间都花在我们身上。"

"噢!我的腿,我这可怜的腿啊!你们到哪儿去了?"科克纳尔喃喃地说。接着他挤出了个笑容。波尔多斯在饕餮的食欲遭到袭击之时,得到这样的声援,不由得涌起一股对讼师夫人的感激之情。很快就到开饭的时候了。大家走进餐室,那是一个位于厨房对面的黑魆魆的大房间。那几个办事员好像闻到了屋里有股平日少有的香味,故而都像军人那般毫厘不爽,准时来到餐室,每人手里拿着自己的凳子,只等在餐桌前就座。只见他们兀自在活动上下颌骨,这真是一种令人毛骨悚然的准备动作。

"见鬼!"波尔多斯一边暗自想道,一边朝这三个馋鬼瞧了一眼。我们说三个,是因为就像我们不难想到的,那个跑腿的小厮尚无资格参加这个盛筵。"见鬼!换了我做我这位表姐夫,才不会让这几个贪嘴的家伙留在这儿哩。他们简直就像海上遇了难,六周没吃东西的饿死鬼。"科克纳尔先生坐在轮椅上,由科克纳尔夫人推进餐室,波尔多斯迎上前去,帮着科克纳尔夫人把她丈夫推到餐桌跟前。科克纳尔进来后,也立刻抽鼻子动颌骨。

"哦!哦!"他说,"这汤可真香!"

"他们究竟闻到什么香味儿了?"波尔多斯看见摆在桌上的是一大盆汤,除了寥若晨星的几块面包皮,就是一大盆名副其实的清汤寡水。

科克纳尔夫人微微一笑,做了个手势,然后大家迫不及待地纷纷入座。

首先给科克纳尔先生舀汤,随即是波尔多斯,接着科克纳尔夫人先给自己的盆子舀满,再把碗底剩下的那点儿面包皮分给那几个伸长脖子的办事员。

这时候,餐室的房门吱吱作响地自动开了,波尔多斯从门缝里望出去,瞥见那个没能入席的小办事员正嗅着厨房和餐室的双重香味在啃面包。

汤喝完后,厨娘端来一只煮鸡。餐桌边的那些人一见到这么奢侈的菜肴,一个个眼睛睁得滚圆滚圆,似乎要挣脱眼眶出来似的。

"您对表亲情深意重啊,科克纳尔夫人,"老讼师说这话时笑得有点儿像哭,"多殷勤的招待啊!"

那只可怜的母鸡瘦得只剩皮包骨头,而且那层厚皮挺结实,有那么些骨头使劲往外戳也没破,亏它还能绷得紧紧的。如此一只原本待在栖架上等死的老鸡,看来也真得花不少时间才觅得到啊。

"呸!"波尔多斯心想,"可怜,我虽尊重老年生物,但若熟了,我就却之不恭了。"

他环顾四周,想看看人家是否也有同样的想法,结果大出他的意外,只见人人都眼睛发亮,贪婪地盯着这道他压根儿瞧不上眼的菜肴,看他们那眼神,好像这就是只鲜美油嫩、让人馋涎欲滴的肥母鸡。

科克纳尔夫人把盘子拉到身前,灵巧地扯下两只乌黑的大鸡爪,放在丈夫的盆子里;卸下头颈留给自己;又撕下一只翅膀给波尔多斯,接着就把这只几乎还原封不动的家禽交还给刚才端来盘子的厨娘。在座的其他各位瞧着这盘子的一来一回,不由得露出失望的神色,不过因各人的性情气质不同,脸上表情的变化也各有不同,但是还没等火枪手来得及瞧瞧这几张脸,那厨娘已经连影踪也不见了。

代替煮鸡端上桌的是一盘蚕豆,一大盘蚕豆中间,还放着几块羊骨头摆摆样子,这些骨头让人一眼看上去,还会以为连着些肉呢。

看到这盘菜,眼光锐利的办事员们顿时显出一副无可奈何的沮丧样儿来。

科克纳尔夫人神情庄重地将这道菜分给三个办事员，以显示自己的节俭持家。

接下去该喝酒了。科克纳尔先生从一个小小的粗瓷瓶里给三个办事员每人斟了三分之一杯红酒，给自己差不多也斟了这个量，然后将酒瓶递到了波尔多斯和科克纳尔夫人那儿。

几个年轻人往杯里的那三分之一红酒里兑水，加成满满的一玻璃杯；等喝掉半杯以后，又用水加满，就这么老是往杯子里兑水。到终席时他们喝的酒已经不是红澄澄的颜色，而是一种淡淡的焦黄色。

波尔多斯挺别扭地吃着那只鸡翅，忽然，他觉着讼师夫人的膝盖在餐桌下碰到他的膝盖时，就禁不住打了个冷战。他也喝了半杯这种主人很珍贵的酒，那股蒙特勒伊葡萄酒呛人的味儿，着实叫他那张善于品味的嘴受不了。

科克纳尔先生眼看着他把半杯酒一饮而尽，禁不住叹了口气。

"您不来点儿蚕豆吗，波尔多斯表弟？"科克纳尔夫人说这话的口气就像是在说：听我的，别吃这东西。

"我才不吃这倒霉东西呢！"波尔多斯暗自咕哝了一句，然后拔高声音说，"谢谢，表姐，我吃饱了。"

接下来是一阵冷场，波尔多斯有点儿不知所措。只有老讼师兀自在不住口地说："嘀！科克纳尔夫人！我真得好好夸奖夸奖您，这顿饭实实在在是顿盛宴。噢！我可真是好口福啊！"

科克纳尔先生总共喝了一碗汤，吃了两个黑鸡爪，再有就是啃掉了唯一的那块连着点儿肉的羊骨头。

波尔多斯觉得人家是在愚弄他，开始捻唇髭、皱眉头。就在这时科克纳尔夫人用膝头轻轻地碰他，提醒他要忍耐些。

这种冷场、用餐未毕不见上菜的场面，弄得波尔多斯好生纳闷，不过对那几个办事员来说却自有一种深意：老讼师冲着他们使了个眼神，科克纳尔夫人又朝他们微微一笑，他们便动作缓慢地从桌旁立起身来，而且动作更加缓慢地折好各自的餐巾，随即躬身告退。

"去吧，年轻人，去工作吧！工作是一种很好的运动，它有助于消化。"老讼师一本正经地说。

几个办事员退了出去，科克纳尔夫人立起身来，从桌旁的餐具橱里取出一块干酪，一碟木瓜果酱和一块她亲手用杏仁和蜂蜜做的蛋糕。

科克纳尔先生皱起眉头，因为他觉得这顿饭太铺张了；波尔多斯咬着嘴唇，因为他觉得这顿饭简直没什么吃的。

他想瞧瞧那盘蚕豆是否还在桌上，不过那盘蚕豆已经不见了。

"真是盛宴，"科克纳尔先生在轮椅里扭着身子说，"的的确确是盛宴，简直是山珍海味，仿佛卢库卢斯在卢库卢斯府邸用餐。"

波尔多斯看看身旁的那只酒瓶，指望能靠红酒、面包和干酪凑合着吃一顿。然而酒喝完了，酒瓶里空空如也，科克纳尔先生和夫人却像没瞧见似的。

"好呀，"波尔多斯心中暗想，"原来他们早防备着我了。"

他舀了一小匙果酱舔了舔，挺吃力地吃了几口科克纳尔夫人做的粘牙的蛋糕。

"现在，"他心想，"牺牲已经做了。嘿！就看有没有指望跟科克纳尔夫人一起瞧瞧她丈夫那口柜子里的东西了！"

饭后，科克纳尔先生想要小睡一会儿，波尔多斯希望他能马上就在餐室里睡个午觉，然而该死的老讼师无论如何也不肯听他们的，非得把他推回到他的房间，还非得把他推到那口柜子跟前，离柜子远了些他都要哇哇直嚷，轮椅停在柜子前面还不算，非得把两只脚搁在柜子底座的边缘上才算完事。

讼师夫人把波尔多斯带到隔壁房间，两人开始就和解进行讨价还价。

"您每周可以来吃三顿饭。"科克纳尔夫人说。

"谢谢，"波尔多斯说，"如此盛情，不敢领受。何况我正忙着收拾行装呢。"

"没错，"讼师夫人呻吟般地说道，"……置办行装，真要命。"

"唉！是啊，"波尔多斯说，"正是这碴儿。"

"不过您那营队置办起行装来，究竟要准备多少东西呢，波尔多斯先生？"

"哦！东西可多着呢，"波尔多斯说，"您知道，火枪手是最精悍的部队，他们的好多装备禁军和瑞士兵是用不着的。"

"您倒是给我详细地说说呢。"

"总数嘛，应该要……"波尔多斯说，他宁愿报个总账而不愿列出明细账来。

讼师夫人浑身颤抖地等着他。

"要多少？"她说，"希望不会超过……"她打住话头，不说下去了。

"哦！不，"波尔多斯说，"最多两千五百利弗尔，最少两千利弗尔。"

"天哪，两千利弗尔！"她嚷道，"这是一大笔家产哪。"

波尔多斯做了个鬼脸，其中丰富的含义科克纳尔夫人是心领神会的。

"我要您说详细些，"她说，"因为我有好些亲戚和顾客都是经商的，我保证，我去买东西几乎总能比您便宜一半价钱。"

"啊哈！"波尔多斯说，"希望您刚才想说的就是这意思！"

"是的，亲爱的波尔多斯先生！首先，您总得有匹马，是吗？"

"对,一匹马。"

"行,这我有办法。"

"哈!"波尔多斯容光焕发地说,"那么我的马就算说妥了,接下来就得有全套的鞍辔了,这种东西就只有火枪手自己才买得来,反正有三百利弗尔也就够了。"

"三百利弗尔,好,就三百利弗尔。"讼师夫人叹着气说。

波尔多斯微微一笑说:"我们还记得,白金汉给他的那副鞍辔还在他那儿,所以这三百利弗尔他是计划偷偷地塞进自己的腰包了。"

"还有,"他接着往下说,"我的仆从也得有匹马,我还得有个行李袋。至于武器嘛,您就不用操心了,我全有。"

"您的仆从得有匹马?"讼师夫人沉吟说,"不过,这是公爵先生的派头啊,我的朋友。"

"哎!夫人!"波尔多斯骄矜地回答说,"难道您以为我是个乡巴佬吗?"

"不是。我的意思是说,一匹像样的骡子有时候看上去并不比一匹马差些,我想如果您买匹像样的骡子给穆斯克通……"

"就一匹像样的骡子吧,"波尔多斯说,"您说得有理,我见过一些西班牙大贵人,后面跟的侍从全骑骡子。但是,您得明白,科克纳尔夫人,骡子可得有翎饰和铃铛哪!"

"这您放心。"讼师夫人说。

"目前就剩行李袋了。"波尔多斯说。

"哦!这您不用担心,"科克纳尔夫人大声说,"我丈夫就有五六个行李袋,您挑一个最好的就是了。其中有个挺大的,里面多少东西都装得下。"

"您的这个行李袋,里面是空的吧?"波尔多斯天真地问道。

"当然是空的。"讼师夫人也天真地答道。

"哎!我需要的可是个装得满满的行李袋,亲爱的。"

科克纳尔夫人又叹了口气。当时莫里哀还没创作出《悭吝人》,所以这位夫人的悭吝要超过里面的主人公阿巴贡。

总之,剩下的装备,也是这样通过讨价还价的方式完成的,最后算下来,讼师夫人要拿出一笔八百利弗尔的现金和一匹马、一匹骡子,它们将有幸被波尔多斯和穆斯克通骑着去建功立业。

这些事情都定好后,波尔多斯就去向科克纳尔夫人告别了。科克纳尔夫人一再向他抛媚眼,希望他可以留下。但波尔多斯以公务在身为借口,讼师夫人也只好给国王让路了。

这个火枪手心情很糟,没有吃饭就回家了。

第三十三章　侍女和女主人

就像我们前面说到的那样,最近达德尼昂对米莱迪的爱越来越强烈,他不顾良心的呼唤,连阿托斯的忠告也都忘得一干二净。他每天他都要去米莱迪家向她表达自己的爱意。这个喜欢冒险的年轻人相信,他迟早会得到回报的。

一天傍晚,他又来到了米莱蒂家门口。他春风得意、步伐轻快,就像一个等着天上掉金子的人。在门口,他遇到了那名侍女。以前漂亮的凯蒂只是在错身的时候轻轻地碰他一下,但这次她多情地拉住了他的手。

"好啊!"达德尼昂想道,"她的女主人一定让她给我送什么信来了,想必是她的女主人不好意思当面跟我说,就让她跟我商定约会的事。"

想到这里,他尽量摆出一副得意扬扬的样子,看着这位美丽的姑娘。

"我有些话想跟您说,骑士先生……"侍女吞吞吐吐地说。

"说吧,女孩,说吧,"达德尼昂说,"我听着呢。"

"在这里说不方便,我有很多悄悄话要说给您听。"

"嗯,那么在哪儿说呢?"

"骑士先生请跟我来好吗?"凯蒂羞答答地说。

"行,我的漂亮的女孩。"

"那就请来吧。"

说着,凯蒂没放开达德尼昂的手,就这么牵着他来到一座光线很暗、拐弯抹角的小楼梯跟前,领他登上十五级左右梯级以后,打开一扇门。

"请进,骑士先生,"她说,"这里没有其他人的干扰,我们可以随意交谈。"

"这是谁的房间,我的漂亮女孩?"达德尼昂问。

"这是我的房间,骑士先生,这扇门接通女主人的卧室。您不必担心我们的谈话会被她听去,因为不到午夜她不会来睡觉。"

达德尼昂朝四下里扫了一眼。这个小小的房间既雅致又干净。然而,他的目光仍然不由自主地盯在了凯蒂刚才告诉他的通往米莱迪卧室的那扇门上。

凯蒂知道他心中在想什么,不由自主地叹了口气。

"如此说来,您是真心诚意地爱我的女主人了,骑士先生!"她说。

"哦!难以言表我对她的爱有多深!疯狂般地爱!"

凯蒂又叹了口气。

"唉!先生,"她说,"我真为您感到难过!"

"您为何事难过?"达德尼昂问道。

"因为,先生,"凯蒂说,"我的女主人压根儿不爱您。"

"哼!"达德尼昂说,"这是她让你传的话儿?"

"哦！不是的，先生！我是由于关心您，才决定先来告诉您一声的。"

"谢谢，我的好凯蒂，但是我只是谢谢你的好意，因为你自己也清楚，你的这些悄悄话叫我听着并不受用。"

"如此说来，您不相信我对您说的话，是吗？"

"听到这种事情一般人往往很难相信的，我的漂亮女孩，因为人都有自尊心。"

"因此您就不相信我？"

"说实话，除非你有什么东西能证明你说的……"

"这行吗？"说着凯蒂从胸口掏出一封便信。

"给我的？"达德尼昂说着，迫不及待地一把夺过这封信。

"不是，是给别人的。"

"给别人？"

"对。"

"他叫什么名字？叫什么名字？"达德尼昂嚷道。

"您瞧瞧信封呀。"

"德·瓦尔德伯爵先生。"

圣日耳曼的那幕场景，立刻又在自以为是的加斯科尼人脑际浮现出来。他几乎想都没想，就伸手撕开了信封，等凯蒂在旁边看清他要做或者说在做什么时，喊也已经来不及了。

"哦！天哪！骑士先生，"她说，"您这是干什么呀？"

"我吗，不干什么！"达德尼昂说完这句，就念起信来：

> 我的第一封信没有收到回音，难道您是病了，或者是您忘了上回您在德·吉兹夫人家的舞会上是用怎样的眼神瞧我的？目前您的机会来了，伯爵！可别错过这机会哟。

达德尼昂脸色发白，他的自尊心受到了伤害，但他却自以为是爱情受到了伤害。

"我可怜的、亲爱的达德尼昂先生!"凯蒂的声音里充满了同情,说着她握住了年轻人的手。

"你是在同情我,漂亮小妞!"达德尼昂说。

"哦!是的,我真心地同情您!因为我,我清楚爱情的滋味!"

"你清楚爱情的滋味?"达德尼昂说着,第一次比较认真地望了她一眼。

"唉!是的。"

"那好,我不需要你的同情,我需要你帮我报复你的女主人。"

"您想怎么报复她?"

"我想要征服她,取代我情敌的位置。"

"这事您别想让我帮您,骑士先生!"凯蒂激动地说。

"这是为什么?"达德尼昂问道。

"有两个原因。"

"哪两个原因?"

"第一,因为我的女主人绝不会爱您。"

"你怎么知道?"

"您曾经刺伤过她的心。"

"我!我一直对她虔诚有加,如何会刺伤她!你快说呀,我求你了。"

"绝不说,除非有人真正明白我的心!"

达德尼昂第二次瞧瞧凯蒂。这个年轻姑娘又娇艳,又美貌,不知有多少公爵夫人连冠冕都肯拿来跟她交换呢。

"凯蒂,"他说,"如你所愿,我明白你的心,这很简单,我亲爱的女孩。"

说着,他吻了她一下,可怜的姑娘顿时脸涨得像樱桃一样红。

"哦！别这样，"凯蒂大声说，"您并不爱我！您说过您爱的是我的女主人。"

"不过这并不妨碍我知道第二个原因是什么吧？"

"第二个原因，骑士先生，"凯蒂首先是受了这个吻，其次是受了小伙子的眼神的鼓励，决定豁出去了，"是由于每个人在爱情上都是自私的。"

达德尼昂到现在才记起了凯蒂那些爱慕、忧郁的眼神，记起了在前厅、楼梯和过道里与她的那些相遇，记起了她每回遇见他时如何用手轻轻地碰他，如何偷偷地叹气。不过，那会儿他一心只顾着讨好尊贵的夫人，对这个侍女压根儿没有在意：捕鹰的猎手哪会在意麻雀呢。

然而这一回，咱们的加斯科尼人一眼就看明白了，凯蒂刚才这么天真地，或者说这么不知害臊地向他承认的爱情，有哪些地方是可以让他利用的：拦截送给德·瓦尔德伯爵的书信；在女主人身边安插个内应；随时进出凯蒂这个紧挨女主人卧室的房间。我们看到，这个过河拆桥的年轻人，只想着把米莱迪弄到手，而此刻已经在打算牺牲可怜的姑娘了。

"嗯，"他对姑娘说，"亲爱的凯蒂，既然你对我的爱还有怀疑，那你可要我给你一个证明？"

"证明您对谁的爱？"

"证明我已经准备给你的爱。"

"什么证明？"

"你愿意我今晚不去陪你的女主人，而留下来陪你吗？"

"哦！愿意，"凯蒂拍着手说，"非常愿意。"

"好吧，我的乖女孩，"达德尼昂说着在一张扶手椅里坐下来，"过来听我对你说，你是我见过的最漂亮的丫头！"

然后他又对她这么说了好几回，而且说得那么动听，巴不得相信他的可怜姑娘也就真的相信了他……但是，大大出乎达德尼昂的意料，俊俏的凯蒂竟然颇为坚决地不肯就范。

时间在两人的推拒进攻中度过了，午夜钟声几乎和米莱迪卧室铃声同时响起。

"上帝啊！"凯蒂说道，"这是女主人在喊我！快走，您快走吧！"

达德尼昂立起身来，拿起帽子做出要走的样子，不过突然间，他没有去打开通往楼梯的那扇门，而是一下子拉开一扇大橱的橱门，蹿进去躲在米莱迪的裙袍和晨衣中间。

"您这是干什么？"凯蒂情急地问道。

达德尼昂预先已经取下钥匙，此刻把自己关在大橱里不作一声。

"嘿，"米莱迪尖声嚷道，"你是睡着了还是怎么的，我这么摇铃还不过来？"这时，达德尼昂只听得有人猛地打开了通卧室的那扇门。

"我来了，夫人，我来了。"凯蒂一边大声说道，一边急匆匆地迎上去。

主仆两人相遇在女主人的卧室，因为通卧室的门没有关上，达德尼昂有一阵能听见米莱迪责骂侍女的声音。过后她终于气消了，当凯蒂给她卸装时，谈话转到了他身上。

"哎，"米莱迪说，"今晚我怎么没看见咱们的加斯科尼人？"

"怎么，夫人，"凯蒂说，"他没来！他会不会是等不及吃好果子就先爱上别人啦？"

"哦，不会！想必是德·特雷维尔先生或是德·埃萨尔先生有事把他留住了。这些事我懂，凯蒂，这小子捏在我手心里呢。"

"夫人计划拿他怎么样？"

"我拿他怎么样！……这你不用操心，凯蒂，这家伙跟我有那么一段过节，不过他还不知道呢……他几乎让我在主教大人面前信誉扫地……哦！我要报仇！"

"我还以为夫人很爱他呢！"

"我爱他？我恨他！这个傻瓜，德·温特勋爵的性命曾经攥在他的手心里，他却不杀他，白白让我那三十万利弗尔的年金到不了手！"

"是，"凯蒂说，"您的儿子是叔叔唯一的继承人，而在他成年以前，他的财产您是有权使用的。"

达德尼昂听到这么个柔媚的女人居然会这样毫不掩饰地恶声恶气地怪罪他没有杀掉一个人，一个他曾经看见她对他表现得那么情深意切的人，禁不住浑身上下直打冷战。

"因此，"米莱迪继续说，"若非红衣主教要我别碰他，我早就报仇雪恨了。""噢！是嘛，但夫人还是碰了他的心上人呀。"

"哦！掘墓人街的那个老板娘。他不是已经忘了有这么个女人吗？这仇报得可真漂亮，妙极了！"

达德尼昂冷汗下滴，这个可怕的女人，真是魔鬼般的心。

他定定神还想再听下去，遗憾的是她卸装已经结束了。

"行了，"米莱迪说，"你回自己房间去吧，我让你送的那封信，记住明天务必拿到回信。"

"是给德·瓦尔德先生的信吗？"凯蒂问。

"当然是给德·瓦尔德先生的。"

"这位先生，"凯蒂说，"我觉得跟可怜的达德尼昂先生全然不一样。"

"出去吧，我的小姐，"米莱迪说，"我不喜欢听人评头论足。"

达德尼昂听见房门从卧室里锁上了，接着又是两下插门闩的声音，看来米莱迪卧室的防范还挺严密。凯蒂回房后，也轻手轻脚、小心翼翼地把钥匙转了两圈，关严房门。这时，达德尼昂推开了橱门。

"噢，天哪！"凯蒂低声地说，"您怎么啦？您脸色有多白啊！"

"这个心狠手辣的女人！"达德尼昂喃喃地说。

"别出声！别出声！快走吧，"凯蒂说，"这儿跟夫人的房间只隔一堵墙板，这一边说话的声音，那一边都能听见！"

"就为这，我偏不走。"达德尼昂说。

"干吗？"凯蒂涨红着脸说。

"或者至少……晚些走。"

说着他把凯蒂拉到自己怀里，这下可没法挣脱了，因为一挣扎就会弄出响声来的！因此，凯蒂顺从了他。

这是对米莱迪的一个报复行动。有道是报复乃是神祇的娱乐，达德尼昂认为这话说得真有道理。因此，按说只要良心未泯，他把这个女孩弄到手也该满足了，可是达德尼昂脑子里只有野心和虚荣心。

但是还是得为他说句公道话，他把自己在凯蒂身上的影响，首先就用来探问博纳修太太的下落，可是可怜的女孩对着达德尼昂颈项里的十字架发誓说，她对此毫不知情，女主人从来不把自己的秘密对她和盘托出。不过有一点她想是没错的，就是博纳修太太还没死。

凯蒂不清楚米莱迪几乎失宠于红衣主教的原因，但达德尼昂却清楚：他在离开英国那会儿在一艘封港的船上瞥见过米莱迪，他猜想这回准是钻石坠饰的事儿。

而在所有的事情中间，米莱迪对他恨之入骨的根本原因，是他饶了她小叔子一命。

达德尼昂次日又来到米莱迪府上。她心情很坏，达德尼昂心想肯定是由于不见德·瓦尔德先生有回信来，她才如此不高兴。凯蒂进来时，米莱迪对她的态度很生硬。凯蒂朝达德尼昂瞥了一眼，意思是说：您瞧见了吧，我在为您背黑锅呢。

但是到了临分手前,神色悻然的美人又变得和颜悦色了,她笑吟吟地听着达德尼昂那些情意绵绵的话语,甚至还把手伸过去让他亲吻。

达德尼昂走出房门,几乎有些晕晕乎乎。不过因为他是个从不轻易忘乎所以的小伙子,因此刚才他一边在向米莱迪献殷勤,一边已经在心里盘算着一个小小的计划。

他在门口碰到凯蒂,就跟头天晚上一样跟她上楼,到她房间里去听消息。

女主人把凯蒂狠狠地骂了一顿,说她做事不尽心。米莱迪不明白德·瓦尔德伯爵为何会音信全无,于是叮嘱凯蒂早上九点钟再到她房里去取第三封信。

达德尼昂要凯蒂明日上午把信送到自家去,痴情的傻姑娘自然无不允诺。

情况跟头天晚上一样:达德尼昂躲在衣橱里,米莱迪摇铃,卸装,打发凯蒂回自己房间,接着关上房门。跟头天晚上一样,达德尼昂直到早上五点钟才回家。

到十一点钟,他瞧见凯蒂来了,她手里拿着一封米莱迪的信。这一回,可怜的小女孩甚至都没跟达德尼昂讨价还价,听凭他爱怎么干就怎么干了,反正她已经是这位英俊禁军的人了,她的心也是他的了。

达德尼昂拆开信,只见内容如下:

  我这已经是第三次给您写信说我爱您了。您得当心,别让我再写第四封信说我恨您。

  如果您为自己对我的态度感到后悔,那么捎信给您的这位姑娘会告诉您,一个堂堂正正的男子汉要怎样做才能取得谅解。

达德尼昂看信时,脸色忽红忽白,阴晴不定。

"噢!您还在爱她!"凯蒂说,刚才她始终目不转睛地望着小伙子的脸。

"不,凯蒂,你弄错了,我不再爱她了,不过我一定要报复这个看轻我的女人。"

"是呀,我明白您的复仇计划,您给我讲过的。"

"那与你无关,凯蒂!我只爱你。"

"这我如何知道?"

"你看我如何不把她放在眼里就知道了。"

凯蒂叹了口气。

达德尼昂拿起一支羽毛笔写道:

> 夫人,至今为止我始终不敢相信,您的前两封信都是写给我的,因为我实在觉得自己不配有这样的荣幸。另外,我一直身体欠佳,因此迟迟没能给您回信。
>
> 然而今天我不能不相信您对我确是恩宠有加,因为不仅有您的信,另外还让您的侍女送来,都向我证实了我有幸受到您的眷爱。
>
> 您的侍女无须告诉我一个堂堂正正的男子汉要怎样做才能取得谅解。今晚十一点我就要当面来向您请罪。现在,哪怕再拖延一天时间,在我眼里也是对您的又一次亵渎。
>
> *承蒙您使之变成最幸福的男人的德·瓦尔德伯爵*

这封信,首先是冒名顶替,其次是文字也有欠文雅。按今天的道德准则来看,甚至还有无耻下流之嫌,不过在那个年代,一个人做起事情来可不像我们今天这样思前顾后。何况,达德尼昂从米莱迪自己说的话里,已经听出她对一些身居高位的主子也是两面三刀、背信弃义的,故而对她早就存了轻侮之心,不过即便这样,他却又感觉到有一股不可理喻的激情在灼烧着他的整个身心。这是一种夹杂着狂热鄙视的激情,或者也可以说是一种渴望,究竟如何说就悉听尊便了。

达德尼昂的打算很简单:从凯蒂的房间进入女主人的卧室,趁着她最初一刹那的惊恐和羞怯征服她,也有可能会失手,然而总得碰碰运气再说。一周后就要打仗,到时候拍拍屁股就要走了,达德尼昂没时间来慢条斯理地谈情说爱了。

"喏,"年轻人把那封信封好口交给凯蒂,"你把这封信拿去给米莱迪,说这就是德·瓦尔德先生的回信。"

可怜的凯蒂脸色惨白,她猜出了信里都写了些什么。

"听我说,乖女孩,"达德尼昂对她说,"你得明白,这些事情早晚总得有个了结,米莱迪会发现你把第一封信交给了我的仆从,而没交给伯爵的仆从。她还会发现,应该由德·瓦尔德先生拆封的另外两封信,也都是我拆的封,然后米莱迪就会撵你走,而你是了解她的,这个女人是不肯就此罢休的,她一定还会报复。"

"唉!"凯蒂说,"我受这些罪,都是为了谁呀?"

"唉!"凯蒂说,"我冒这些险到底是为了谁啊?"

"为了我啊,我很清楚,我的美人儿,"年轻人说,"所以,我非常感激你,这我可以发誓。"

"但是您总要让我知道,这封信里究竟写的是什么啊?"

"米莱迪会跟你说的。"

"哎!您根本不爱我!"凯蒂喊道,"我的命实在太苦了!"

对于这样的责备,有一种回答非常有效,每次都能让女人上当。达德尼昂就这样回答了他,凯蒂听了,立刻陷入了极大的谬误中无法自拔。

但是,凯蒂大哭了一场才下决心帮达德尼昂送信,最后她横下一条心,想道:达德尼昂的要求也不过如此。

而且达德尼昂还答应她,那天晚上,他会早些离开她女主人的房间,然后去她的房间。

可怜的凯蒂因为这个承诺心情稍微好了一点。

第三十四章 阿拉密斯和波尔多斯的装备

自从分头准备装备以来,这四个好朋友就没有一个固定的聚会时间了。就连吃饭都是不是缺这个就是少那个,他们经常走到哪里,就在哪里吃,准确地说,他们都开始随遇而安了。除此之外,他们还要当值站岗,这段珍贵的时间过得非常快。但是,大家还是约定每周聚一次,时间定在下午一点左右,地点就在阿托斯家,因为阿托斯已经发誓再也不出门了。

凯蒂去找达德尼昂那天正好是他们聚会的日子。

凯蒂一离开,达德尼昂就连忙去费鲁街了。

等他赶到那里,就看到阿托斯正在和阿拉密斯论道。阿拉密斯又有点儿动心,想再穿上道袍。而阿托斯一如既往,既没有劝阻他,又没有鼓励他。他一直主张自己的事情自己决定,除非别人再三恳求。

"通常一个人说要听人家的意见,"他说,"都是听了不照着做的。即便照做,也是为了事后有个人可以责怪,好骂他出了个馊主意。"

达德尼昂到了不久,波尔多斯也来了,四个伙伴这就又聚在一起了。

这四张脸上,有着四种不同的表情:波尔多斯笃定得很,达德尼昂存着指望,阿拉密斯心神不定,阿托斯满不在乎。

大家谈了一会儿，波尔多斯闪烁其词地提到一位地位显赫的贵人愿意帮他一把。恰好这时，穆斯克通进来了。

他来请波尔多斯回家，说是家里有急事等着他，而说这话时，神情之间露出一副可怜相。

"是我的行装来了吗？"波尔多斯问道。

"又是，又不是。"穆斯克通回答说。

"你究竟是什么意思呀？"

"您就走吧，先生。"

波尔多斯起身告辞，主仆两人出门走了。

很快，巴赞的身影出现在门前。

"您找我有什么事啊，朋友？"阿拉密斯语气柔和地说道，每逢他想当修士的时候，就能听到他用这种口气说话。

"老爷，府上来了人，正在等您回去呢。"巴赞回答说。

"有人！什么人？"

"一个叫花子。"

"您给他点儿零钱，巴赞，告诉他，让他为一个可怜的罪人祈祷吧。"

"这叫花子非要找您说话，还说您看见他准会高兴的。"

"他没说有什么话要您转告我？"

"说了。他说：'要是阿拉密斯先生拿不定主意来见我，您就对他说，我从都尔来。'"

"从都尔来？"阿拉密斯嚷道，"各位，实在抱歉，我得先走一步，这人一定是送消息来的，这些消息我等了好久了。"说完，他马上起身匆匆离去。屋里还留下阿托斯和达德尼昂。

"他们的行装有着落了，对吧，达德尼昂？"阿托斯说。

"我清楚波尔多斯进展得挺顺利，"达德尼昂说，"至于阿拉密斯嘛，说实话，我从没当真为他担过心，但是您，我亲爱的阿托斯，当初英国人的那些皮斯托尔本该是您拿下来的，您却那么慷慨地都给分了,如今您计划怎么办呢?"

"干掉那家伙,我是觉得挺高兴,老弟,那个英国人是自作自受。不过,我要是把他的钱放进自己的腰包,这些钱会让我不得安生、觉得内疚的。"

"算了吧,亲爱的阿托斯!您有时的想法真是莫名其妙。"

"咱们别谈这事了!德·特雷维尔先生昨天赏光来看我,您知道他对我说什么了吗?他说您老是跟红衣主教手下那些可疑的英国人缠在一起。"

"其实他指的是我跟您说过的英国女人,我去过她家。"

"啊!对,那个金发女人,我还劝过您别跟她多来往,不过自然啰,这话您是听不进去的。"

"其中的缘故,我都告诉过您了。"

"对,您说过,您想靠她解决行装费吗?"

"哪儿的话!这个女人不是好东西,绑架博纳修太太的事也有她的份儿,这我早就知道了。"

"对,这我明白,您是想找到一个女人,因此就去对另一个女人献殷勤。这路线可够长的,然而也挺有趣儿。"

达德尼昂几乎把事情的原委向阿托斯和盘托出,不过想到一件事就忍住了。阿托斯在道德操守问题上,律己律人都很严。然而,在咱们这位大情人对米莱迪设下的小小的计策里,有些地方绝对是没法得到这位清教徒式绅士的赞同的。因此,达德尼昂心想还是少说为妙,而阿托斯偏偏又是个世界上最没有好奇心的主儿,因此达德尼昂的谈心就到这儿为止了。

既然这二位没什么要紧事儿好谈了,我们就暂且撇下他俩,去看看阿拉密斯怎么样了。

我们刚才已经看到,阿拉密斯听到来人来自都尔,立刻急如星火般往回赶,甚至超过了巴赞,一转眼工夫,他就从费鲁街到了沃吉拉尔街。进得门来,只见果然有个男人等在那儿,此人身材矮小、眼神灵动，但衣衫褴褛。

"是您要找我吗?"火枪手问道。

"我要找阿拉密斯先生，您就是这位先生吗?"

"正是，您是否有什么东西带给我?"

"是的，不过有块绣花手帕我得先看一下。"

"行，"阿拉密斯说着，从胸前掏出一把钥匙，打开一只镶嵌着螺钿的乌木小匣子，"喏，这就是。"

"好的，"叫花子说，"请让您的仆从回避一下。"

原来，巴赞急于想知道这个叫花子找他的主人做什么，因此一路也脚底加油，阿拉密斯前脚赶到家里，他后脚也跟进来了。不过他跑得再快也是白费劲，主人听到叫花子这么说，就做了个手势让他出去，他没有办法，只好遵命。

巴赞退出去以后，叫花子飞快地向四周扫了一眼，确定没旁人能看见他或听见他说话了，就解开那件用一根皮带胡乱束住的破烂上衣，拆开紧身短袄上端的线脚，从里面掏出一封信来。

阿拉密斯瞥见信封上的火漆印，不由得欣喜地叫出声来，他把信封拿在嘴边，吻着那上面的字，随即怀着一种近乎宗教意味的敬意拆开信封。只见信上写道：

> 朋友，命运安排我们要再分开一段时间，然而青春的美好时光并不会一去不复返。就让您去疆场尽责效力，而我在别的地方尽责效力吧。来人带上的东西请收下，像个好样儿的绅士那样去投身疆场，时时想着我吧。吻您的黑眼睛。
>
> 别了，噢，不，应该说再见了!

那叫花子还在拆衣服，他从这身肮脏的衣服里一枚一枚地掏出了一百五十枚西班牙双皮斯托尔，整整齐齐地放在桌子上。接着，他打开房门，欠了欠身就离去了，目瞪口呆的年轻人一直没来得及再跟他说一句话。

阿拉密斯又拿起信念了一遍,看见信下面还有个"又及":

> 又及——来人请好好招待,他是西班牙一位地位显赫的伯爵。

"简直如同做梦一样妙不可言!"阿拉密斯放声说道,"哦!生活有多美啊!是的,我们都还年轻!是的,我们还会有美好的时光!哦!我美丽的心上人啊,我的爱,我的生命,我的满腔热血,我的一切的一切都是你的!"

说着,他吻着信,激情万丈,对桌上的金币压根儿不去看上一眼。

巴赞轻轻叩门,阿拉密斯已经不用回避他,就让他进屋来。

巴赞是想通报达德尼昂来访的,达德尼昂急于想知道那个叫花子是谁,就从阿托斯家跑到阿拉密斯这儿来了。不过,巴赞进门瞧见这些金币,立刻就呆住了,将通报达德尼昂来访的事给忘得一干二净。

好在达德尼昂跟阿拉密斯之间素来不讲什么客套,他一看巴赞忘了通报,就自己闯进来了。

"嗬!不得了,我亲爱的阿拉密斯,"达德尼昂说,"如果这些都是人家从都尔给咱们送来的李子干,您可得替我好好谢谢那位采果子的园丁哦。"

"您弄错了,伙计,"阿拉密斯依然守口如瓶,不动声色地说,"我上回在路上写的那首单音节的诗,给了一个书商,这就是那个书商给我送来的酬金。"

"噢!是嘛!"达德尼昂说,"好一个慷慨大方的书商!亲爱的阿拉密斯。"

"什么,先生!"巴赞大声说,"难以置信!一首诗值这么多钱！噢！老爷！您爱写就尽管写，您会变得像德·伏瓦蒂尔先生和德·班斯拉德先生一样了不起的。我呢，我更喜欢这样。一个诗人和一个神父相差不多。啊！阿拉密斯先生，您就做个诗人吧，我请求您。"

"巴赞，我的朋友，"阿拉密斯说，"我以为您正在打扰我们的重要谈话。"

巴赞知道是自己不对，低下头退了出去。

"噢！"达德尼昂微微一笑说，"您的诗卖得可真贵。您交上好运喽！朋友。小心点，别把书商给您的信弄丢了，它快从你的上衣里掉出去了。"

阿拉密斯脸涨得通红，把信塞好，扣好紧身上衣的纽扣。

"亲爱的达德尼昂，要是您愿意的话，咱们就去找阿托斯他们吧。既然我有了钱，今天我们得在一起好好吃一顿，赶明儿你们也都会有钱的。"

"好哇！"达德尼昂说，"我太愿意了。咱们有好久没像样地吃过一顿饭了，此外，今儿晚上我要去做一件有点儿风险的事儿。说实话，要能灌上几瓶勃艮第陈葡萄酒壮壮胆子，那是再好不过了。"

"行啊，就喝勃艮第陈酿吧，这酒我也不讨厌。"阿拉密斯说，打从瞧见那些金币以后，种种退隐的念头早就打消了。

他拿了三四枚皮斯托尔放在衣袋里备用，剩下的金币都锁进了那只镶嵌螺钿的乌木匣子，那块被他当作吉祥物的宝贝手帕也在里面。

两个伙伴先去了阿托斯家，阿托斯发过誓不出家门一步，因此他提议由他张罗，让人把菜肴送到他家。由于他对美食素有研究，达德尼昂和阿拉密斯立即同意由他一手操办。

两人又去了波尔多斯家，半路在巴克街的拐角碰见了穆斯克通，他正愁眉苦脸地赶着一头骡子和一匹马往前走。

达德尼昂一见那马,禁不住吃惊地叫出声来,听这叫声他好像还挺开心的。

"嘿!我的黄马!"他叫道,"阿拉密斯,您瞧这匹马!"

"哦!够难看的!"阿拉密斯说。

"哎,伙计,"达德尼昂接着说道,"当初我来巴黎时,骑的就是这匹马。"

"什么,先生您认识这匹马?"穆斯克通说。

"它的毛色挺特别的,"阿拉密斯说,"我还从没见过哪匹马有这样的毛色呢。"

"这话我信,"达德尼昂说,"因此当初我把它卖了三埃居,那准是看在这毛色的分儿上,因为光凭它的骨架,它值不了十八利弗尔。不过,这匹马如何会到了你的手里,穆斯克通?"

"唉!"这仆从说,"别提了,先生,这全是我们那位公爵夫人的老公捣的鬼!"

"怎么回事,穆斯克通?"

"是这样的,我们一向挺受一位贵妇人的青睐,这位公爵夫人……噢,对不起!我主人嘱咐过我不能说出她的名字。她硬要我们收下一点儿小小的纪念品,那是一匹西班牙小种马和一头安达卢西亚产的骡子,瞧上去甭提有多神气啦。那个做丈夫的听到以后,趁仆人把两匹出色的牲口给我们送来的时候,半路上就给拦劫了回去,换了这么两头倒霉的畜生给我们!"

"你这是给他送回去?"达德尼昂说。

"就是!"穆斯克通说,"您明白,把说定给我们的坐骑调包了,塞给我们这样两头畜生,我们是不会答应的。"

"当然不能答应,虽然我承认我原来挺想瞧瞧波尔多斯骑在我的黄马上的模样,那样我就可以知道自己刚到巴黎时候的那副模样了。我们不耽搁你了,穆斯克通,快去做你主人交给你的差事吧,去吧。对了,他在家吗?"

"在家，先生，"穆斯克通说，"不过脾气坏着呢，二位请吧！"

说着，他继续向着大奥古斯丁沿河街而去，而那两位伙伴则一路来到倒霉的波尔多斯家门口拉铃。波尔多斯明明看见两人前来，不过就是不去开门。他俩白白拉了一阵铃。

此刻，穆斯克通继续赶着那两匹可怜的牲口，穿过新桥，来到狗熊街。到了那儿，他依着主人的嘱托，把马和骡子拴在讼师家门口的门闩上。接着，不顾它们的死活，直接回去向波尔多斯交差了。

过了一会儿，这两匹打早晨起一直没吃过草料的倒霉牲口就不停地把门环拉起又摔下，摔下又拉起，闹得不可开交，老讼师听到吵闹声，就打发小厮到左邻右舍去打听，这马和骡子究竟是谁家的。

科克纳尔夫人认得这是自己送人的礼物，可一开始弄不明白它们为何又给退了回来，不过波尔多斯随后的来访，就叫她清楚了是怎么回事。火枪手虽说在强自克制，但怒目圆睁，把他那心眼挺细的情妇吓得半死。原来，穆斯克通把路上如何碰到达德尼昂和阿拉密斯，达德尼昂如何认出那匹黄马原来就是他骑着上巴黎来的贝阿恩矮脚马，以及他后来怎么把它卖了三埃居的事，完完整整地全都诉说给波尔多斯听了。

波尔多斯发话给讼师夫人，让她上圣马格洛瓦尔隐修院去见面，随即转身就走。老讼师瞅见波尔多斯要走，就请他留下吃饭，火枪手神情凛然地拒绝了这一邀请。

科克纳尔夫人浑身发抖地来到了圣马格洛瓦尔隐修院，因为她猜到等待着她的是一番责骂，然而波尔多斯那威风凛凛的做派完全把她给迷住了。

一个自尊心受了伤害的男人对一个女人所能给予的诅咒和责骂，波尔多斯一点儿不少地甩在了讼师夫人垂得低低的头上。

"唉！"她说，"我也是尽力想做好的呀。我们有位客户是牲口商，他欠事务所一笔钱，硬是不肯还。我就让他拿一头骡子、一匹马来抵账，他应允给我两匹最出色的坐骑的。"

"夫人，"波尔多斯说，"如果他欠你们的账不止五埃居，那么这个马贩子就是个诈骗犯。"

"不过也没人说过不准找便宜货吧，波尔多斯先生。"讼师夫人为自己辩解说。

"是的，夫人，不过谁要找便宜货，就别想阻拦别人去找更慷慨的朋友。"

说着波尔多斯转过身去，往外跨了一步。

"波尔多斯先生！波尔多斯先生！"讼师夫人嚷道，"我错了，我知道我错了，给您这么一位体面人置办行装，原本就不该讨价还价的！"

波尔多斯没搭腔，跨出了第二步。

讼师夫人依稀觉得眼前的火枪手像是置身闪闪发亮的云端，被围在好些公爵夫人和侯爵夫人的中间，她们争先恐后地把一袋袋金币扔在他的脚跟前。

"看在上帝的分儿上，请您别走！波尔多斯先生，"她大声说，"请您别走，咱们谈谈吧。"

"跟您谈话，我只会弄得一身晦气。"波尔多斯说。

"那请您告诉我，您究竟想要怎么样？"

"我不想要怎么样，因为想了也是白搭。"

讼师夫人拉住波尔多斯的胳臂，悲恸难禁地嚷道："波尔多斯先生，这些事我全是不懂的呀！我如何知道一匹马好不好呢？我如何知道鞍辔是怎么回事呢？"

"您早就该交给我来办的，我可是内行啊，夫人。然而，您光想着省钱，结果反而上了当。"

"这是我的错，波尔多斯先生，我用我的人格担保，我一定会弥补我的过失。"

"怎么弥补?"火枪手问。

"您听我说,科克纳尔先生今天晚上要去德·肖尔纳公爵府。公爵先生有事要问他,所以就让他去一趟。他们至少会说两个小时。您今晚来,只有我们两个,有什么事咱俩今晚都解决好。"

"好的!这样说才像话,亲爱的!"

"您原谅我了吗?"

"到时候再说吧。"波尔多斯神态威严地说道。

于是,两人互相说了一句"晚上见",就各自离开了。

"嘿!"波尔多斯一边走一边想道,"看来,我终于有机会靠近科克纳尔先生的钱柜了。"

第三十五章 夜里的猫都是灰色的

波尔多斯和达德尼昂都非常焦急地等待着,夜幕终于降临了。达德尼昂一如既往地在晚上九点钟左右来到了米莱迪家,他觉得她心情非常好,因为她从来没有这样热情地招待过他。达德尼昂立刻就明白,她已经收到了他的信,而且那封信已经起了作用。

凯蒂为他们端来了果汁。女主人对她笑脸相迎,非常和蔼可亲的样子。但是,唉!这位可怜的姑娘现在非常伤心,根本没有发现米莱迪这样友好的态度。

达德尼昂在旁边观察着这两个女人,心中不由得感慨,造物主造这两个女人时一定是弄错了。他让一位贵妇人拥有了一个卑劣的灵魂，而让一个侍女拥有了公爵夫人的灵魂。

到了十点钟，米莱迪显得有些坐立不安，达德尼昂很清楚这是什么原因。她看了看钟，站起来又坐下，笑吟吟地看着达德尼昂，那神态就像在说："您确实很可爱，但是，您若现在起身告辞，就更可爱了！"

达德尼昂起身拿起自己的帽子，米莱迪把一只手伸给他吻了吻。年轻人觉着她的手紧紧捏了一下他的手，他清楚这不是卖弄风情，而是对他的告辞表示感激。

"她真够爱他的。"他在心里说，接着就退了出去。

这回凯蒂并没有等他，前厅也好，过道也好，大门口也好，哪儿都没有她。达德尼昂不得不自个儿摸上楼，到她的小房间去。

凯蒂独自坐着，双手掩面，暗自伤心落泪。

她听见达德尼昂进门的声音，不过没抬起头来。年轻人走到她跟前，拉起她的双手，这时她就干脆抽抽噎噎地哭了起来。

不出达德尼昂所料，米莱迪收到信后，狂喜之下把事情全都告诉了女仆，为了奖励她这回差事办得出色，还赏了她一袋钱币。凯蒂回到自己房间，把钱袋往角落里一扔，听凭它张着口子躺在那儿，而里面的三四枚金币也滚到了地上。

可怜的姑娘在达德尼昂的爱抚下，抬起头来。达德尼昂望着她脸上迷乱的神色禁不住有些害怕，她把两手合在胸前，似乎是在祈求，不过就是说不出一句话来。

达德尼昂虽然不是个多愁善感的人，然而也为这种无言的痛苦而感到难过。不过，他对自己的那些计划，尤其是眼前的这一个，实在太看重了，因此他绝不肯去变更事先盘算好的步骤。而他为了不让凯蒂有丝毫说动自己的指望，只是把自己的行动解释成一种单纯的报复措施。

再说这种报复已经变得非常容易实现，因为米莱迪想必是怕被情人瞧见自己的脸红，叮嘱凯蒂到时候把房子里所有的蜡烛都吹灭，就连她自己卧室里的灯火也要灭掉。德·瓦尔德先生也得在天亮前摸黑离去。

过了不一会儿，只听得米莱迪回到了卧室。达德尼昂急忙躲进那个衣橱。还没等他站稳，米莱迪就在摇铃了。

凯蒂走进女主人的卧室，随手把门关上，不过小房间跟卧室的隔墙很薄，两个女人在隔壁说些什么话，在小房间里能听个八九不离十。

米莱迪好像欣喜得如痴如醉，一遍又一遍地让凯蒂重复她跟所谓的德·瓦尔德见面的每个细节，他是如何接过那封信的，又是如何回答的，当时他脸上的表情怎样，是否显得很情意绵绵。可怜的凯蒂——回答她的问题，装得像没事人似的，说话的声音却还是有些发哽，不过女主人根本就没注意到她这悲切的语调，幸福是多么自私呀。

末了，米莱迪看看跟伯爵幽会的时间已近，果然吩咐把里里外外的蜡烛全灭了，还让凯蒂回到自己的房间，只等德·瓦尔德一到就领他过来。

凯蒂可用不着等多少工夫。达德尼昂从衣橱的锁眼里看见整个屋子都变成黑咕隆咚的了，就急不可耐地从藏身处蹿出来，这时候凯蒂刚来得及关好通往卧室的房门。

"什么声音啊？"米莱迪问。

"是我，"达德尼昂压低嗓音说道，"德·瓦尔德伯爵。"

"哦！主啊，主啊！"凯蒂暗自喃喃地说，"他真是急不可耐啊！""哎，"米莱迪声音发颤地说，"为何您还不进来？伯爵，伯爵，您明明知道我正在等您！"

闻听召唤，达德尼昂推开凯蒂，走进了米莱迪的卧室。

假如说有一颗心应该受到狂热和痛苦的折磨的话，那一定是一个冒名顶替的情人的心，他耳边听着信誓旦旦的爱情表白，心里却明白这些缠绵的情话都是对着他那幸运的情敌说的。

达德尼昂现在就处于一种他始料未及的痛苦的境地，嫉妒啃啮着他的心，他简直和正在隔壁房里哭泣的可怜的凯蒂一样感到备受折磨。

"噢，伯爵，"米莱迪温柔地握住他的手，情意绵绵地说道，"噢，每每相见，您目光与言辞中的爱意令我无比幸福。我也一样，我爱您。噢！明天，明天我要您给我一件信物，证明您是思念着我的。同时，为了让您别忘记我，我先给您这个。"

说着她从手上退下一只戒指，套在达德尼昂的手上。

达德尼昂记得曾在米莱迪的手上瞧见过这枚戒指：这是枚四周镶嵌钻石的珍贵的蓝宝石戒指。

达德尼昂的第一反应是把戒指还给她，然而米莱迪说了："不，不，您得收下这枚戒指，它是我的爱情信物。再说，您收下了它，"她语气很激动地接着说，"就等于帮了我一个大忙，您都想象不出这有多要紧。"

"谜一样的女人，令人捉摸不透。"达德尼昂想。

此刻，他觉得该把事情和盘托出了。他刚想张嘴告诉米莱迪他是谁，是如何出于报复的目的上这儿来的，没想到却听得她说了这么一句："可怜的天使，那个加斯科尼魔鬼差点儿把您给杀了！"

这个魔鬼，就是他呗。

"噢！"米莱迪接着往下说，"您的伤口还痛吗？"

"是的，还痛。"达德尼昂随口说，他根本不知道该说什么好了。

"您放心，"米莱迪轻声说，"我会为您报仇的，我要狠狠地收拾他！"

"哎呀！"达德尼昂在心里说，"此刻说出实情实在不相宜。"

达德尼昂还得过一阵子才能从刚才那段短短的对话中回过神

来。不过，当初那满脑子的报复念头，此刻早已抛到了九霄云外。这个女人对他自有一种不可思议的魅力，他既恨她又爱得发狂，他从没想过两种截然对立的感情竟然可以如此并存于一颗心灵，并且在交融之际形成一种奇特的、带有几分邪恶意味的爱情。

午夜一点的钟声敲响了，他必须离开了，达德尼昂在跟米莱迪分手的时候，真是感到难舍难分，两人情意炽烈地彼此道别，约定下周再见。可怜的凯蒂原指望趁达德尼昂从她房间出去的时候，能够跟他说些话，却没想到米莱迪摸黑亲自陪他出来，直到楼梯口才跟他分手。

次日早上，达德尼昂急匆匆地来到阿托斯家里。他卷进了一场这么奇特的事端中间，很想让阿托斯给他出出主意。他把事情经过详细地告诉给阿托斯，阿托斯听着，不时地皱眉。

"您的那位米莱迪，"他对达德尼昂说，"我看是个下贱的女人，不过您这么骗她照样还是大错特错。您这么一来，无论怎么说，就像是又多了个厉害的纠缠的仇敌。"

阿托斯说这话的时候，始终专注地看着达德尼昂手指上那枚四周镶钻石的蓝宝石戒指，而王后原来给的那枚钻戒则给换了下来，被达德尼昂小心翼翼地藏在了一个小匣子里。

"您在看这枚戒指？"加斯科尼人说，能在朋友面前炫耀一下这么贵重的礼物，他感到挺得意。

"是的，"阿托斯说，"它让我想起了一件家传的首饰。"

"这枚戒指很美，是吗？"达德尼昂说。

"美极了！"阿托斯回答说，"我没想到世上会有这么两颗同样晶莹的蓝宝石。那么这是您用那枚钻戒换来的喽？"

"不是，"达德尼昂说，"这是件礼物，是那位英国美人，或者不如说那位法国美人送的。尽管我没问过她，不过我相信她从小就是在法国长大的。"

"这枚戒指是米莱迪的?"阿托斯失声喊道,他语气激切、情绪激动。

"是她的,她昨天晚上给我的。"

"请给我看看。"阿托斯说。

"给。"达德尼昂说着把戒指从手上退了下来。

阿托斯仔细地瞧着这枚戒指,脸色愈来愈白。接着,他把它套进左手的无名指试了一试。戒指套在他的手指上不大不小,简直就像是特地为他订制的。阿托斯安详的面容擦过一丝压抑的郁愤。

"不可能就是它。"他说,"这枚戒指如何会到米莱迪·克拉丽克的手里呢?不过,两件首饰竟会如此相像,也的确太难得了。"

"您曾见过这枚戒指?"达德尼昂问。

"我刚才以为见过,"阿托斯说,"不过我可能是认错了。"

说着他把戒指递还给达德尼昂,但目光却始终没离开它。

"我说,"隔了片刻,他开口说道,"达德尼昂,请您把这枚戒指退下来,否则就把宝石转到里面去好吗?看见这颗宝石就会勾起我种种痛苦的回忆,弄得我没心思再跟您说话。您不是来让我给您拿主意吗?您不是告诉我说您觉得左右为难,不知道该怎么办吗?……不过等下……请把戒指再给我看看。我说的那枚戒指,有一个切面上应该有一道不留神被划过的痕迹。"

达德尼昂再次退下戒指递给阿托斯。

阿托斯打了个哆嗦,说道:"啊,这可太离奇了,难以置信!"说着,他把他记得应该有的那道痕迹指给达德尼昂看。

"不过这颗蓝宝石,又是谁给您的呢,阿托斯?"

"我母亲,是我外婆给她的。就像我对您说过的,这是件祖传的首饰……原本是不该落到外人手里去的。"

"那么是您把它……卖了?"达德尼昂有些迟疑地问道。

"不是,"阿托斯说着,露出一种奇怪的笑容,"我在一个定情之夜把它送给了别人,正如人家送给了您一样。"

达德尼昂陷入了沉思,他似乎瞅见米莱迪心坎中间有个深渊,黑魆魆的,一眼望不到底。

他没有把戒指重新戴上,而是放进了衣袋里。

"听我说,"阿托斯拉着他的手说,"您知道我有多么爱您,达德尼昂,假如我有个儿子,我也不会像爱您这么爱他。嗯,听我的话,离开这个女人吧。我不认识她,不过我有一种直觉,感到她是一个堕落的女人,她身上有一种邪恶的东西。"

"您说得有道理,"达德尼昂说,"我答应您,我确实对她有些惧怕了。"

"您能有这个勇气吗?"阿托斯说。

"有,"达德尼昂回答说,"现在就有。"

"好,我的孩子,您是理智的。"高贵的阿托斯动情地握住加斯科尼人的手说道,他流露出的是一种近乎父爱的感情,"但愿天主凭他的意志,不要让这个刚进入您生活的女人给您的生活留下一道致命的伤痕!"

说完,阿托斯朝着达德尼昂摆了摆头。一个人要让对方明白他愿意独自待着好好想想的时候,往往是这样表示的。

达德尼昂回到家里,发现凯蒂在等他。可怜的姑娘满脸疲惫,面容憔悴,痛苦和失眠折磨得她好像大病一场似的。

她是女主人差来给假瓦尔德送信的。这位女主人现在正爱得死去活来,高兴得如痴如醉,她想知道伯爵何时再去见她。

可怜的凯蒂脸色苍白,浑身发颤,等着达德尼昂写回信。

阿托斯对这个年轻人大有影响。朋友的规劝,加上良心的呼唤,使他下了决心,既然面子也挽回了,报复也得手了,目前就该跟米莱迪一刀两断了。

所以,他拿起一支笔写了下面这样一封回信:

夫人，下回何时见面恐怕很难说定。我康复以后，类似的应酬殊为繁多，因此只得按先后次序约会。等轮到您，自当另行通知。

吻您的手
德·瓦尔德伯爵

而对蓝宝石戒指只字未提。咱们这位加斯科尼人是想把它当作一件对付米莱迪的武器保存起来呢，还是——说白了吧——想留下这颗蓝宝石，在山穷水尽时拿来派上治装的用场呢？然而，用一个时代的观点去评判另一个时代的所作所为，总是要出毛病的。现在会被看作一个体面人的奇耻大辱的事情，在那个年头却是稀松平常、极其自然的事情，去从军的贵族子弟往往都是靠他们的情妇接济的。

达德尼昂把信纸摊开递给凯蒂，她开始没有看明白，不过重看一遍时，几乎乐得发起疯来。

凯蒂简直不敢相信自己会有这种幸福。达德尼昂只好把写在信上的那些话再亲口对她说了一遍。可怜的姑娘明知道，按米莱迪那种暴烈的性格，她把这封信交给女主人时绝对不会有好果子吃，不过她仍然撒腿就跑，一口气奔回了王家广场。

女人，无论如何善良，也乐见情敌的痛苦。

米莱迪拆信时的情急，不下于凯蒂捎信时的情急，但是刚念了第一句，她的脸色就变青了，她立刻把信纸揉成一团，两眼喷火地转身逼视着凯蒂。

"这是什么信？"她说。

"是德·瓦尔德伯爵给您的回信。"凯蒂战战兢兢地回答说。

"你瞎说！"米莱迪嚷道，"没有绅士会如此写信给女人的！"

然后，她的身子霎地开始发抖。"上帝哪！"她说，"难道他知道了……"不过她立刻就不再说话了。

她将牙齿咬得咯咯响,面色惨白。她想走到窗边透口气,突然两腿一软,就坐在了一张扶手椅里。

凯蒂还以为她晕倒了,就马上为她解开胸褡。但是,米莱迪突然站了起来。"你想做什么?"她说,"为什么要用手碰我?"

"我以为您晕过去了,就赶紧过来救护。"侍女说,她看到女主人可怕的表情,立刻吓呆了。

"我会晕过去!你把我看成一个柔弱的女人了!当别人侮辱我的时候,我不可能晕过去,我要报仇雪恨,你明白吗?"

说完,她挥手示意凯蒂离开卧室。

第三十六章 复仇之梦

那晚,米莱迪特别盼咐,达德尼昂先生一来,就跟往常一样,立刻带他进来。但是,他并没有来。

第二天,凯蒂又去找达德尼昂,将昨天晚上的情况仔仔细细地对他讲了一遍。达德尼昂笑而不语,米莱迪因为嫉恨产生的愤怒,正达到了他报复的目的。

这天晚上,米莱迪比昨天晚上更加着急,她又将招待加斯科尼人的事叮嘱了一番。但是,她和昨晚一样又白等了一个晚上。

第三天,凯蒂又来看望年轻人,但这次她一反常态,只见她愁眉紧锁,再没有两天来的欢乐神情。

达德尼昂问她怎么了,但她什么都没说,只是从口袋里拿出一封信来,交给了达德尼昂。

这封信是米莱迪写的,然而这一回不是写给德·瓦尔德先生,而是写给达德尼昂的。

他打开信纸,念道:

亲爱的达德尼昂:对朋友这么冷落可不好吧,况且我们分手在即,要有好长一段时间无法见面。昨天和前天我空等了两个晚上。今晚也会这样吗?

对您始终怀着感激之情的克拉丽克

"没事儿,"达德尼昂说,"我正在等这封信呢。此消彼长,德·瓦尔德伯爵失宠了,我的行情看好。"

"您打算去吗?"凯蒂问道。

"听我说,我的乖女孩,"加斯科尼人说,他想找个理由,为自己这么违背对阿托斯许下的诺言进行辩护,"你得清楚,她如此郑重其事地请我去,我如果再不去,就有些不得当了。米莱迪见我不去,准会奇怪我为何突然中断对她的拜访,或许就会猜到些什么事情,一个这么烈性子的女人要是报起仇来,谁知道会闹到什么地步呢?"

"哦!天哪!"凯蒂说,"您干什么事情都会自圆其说。您还不就是想再去对她献殷勤,如果这一回您用您的真名,用您自己的脸去讨她的欢喜,那就比上一回更糟了!"

可怜的姑娘凭直觉隐隐约约猜出了将要发生的事情。达德尼昂向她保证自己不会理会米莱迪的诱惑。他让凯蒂捎口信回去说,承蒙米莱迪如此厚爱,他不胜感激,但有吩咐自当从命。但是,他不敢写回信,担心笔迹会让米莱迪那双锐利的眼睛看出端倪。

九点的钟声响起,达德尼昂已经来到王家广场。显而易见,前厅等候的仆人已得嘱咐,因为达德尼昂刚一到,尚未知米莱迪是否见客,一个仆人就赶紧跑进去通报了。"让他进来。"米莱迪话语短促,声音高亢,达德尼昂站在前厅也能听到。

"此刻我谁都不见,"米莱迪说,"听明白了吗?无论谁都不见的。"

达德尼昂好奇地瞥了一眼米莱迪:她脸色苍白,眼睛略微有些肿,不是哭过的,就是失眠造成的。她已经有意比平时少点了几支蜡烛,不过两天来处于癫狂发烧状态所留下的痕迹仍然依稀可见。达德尼昂就像平时那样潇洒地向她走去,她竭力想做出殷勤接待他的样子,然而亲切的笑容无法掩饰她脸上极度烦恼的表情。达德尼昂问她身体可好。"糟糕,"她答道,"非常糟糕。"

"这样看来,"达德尼昂说道,"我来拜访实在冒昧。您一定需要休息,我还是告辞吧。"

"不必,"米莱迪说道,"恰恰相反,达德尼昂先生,请留下来,有您这样可爱的人陪伴,我会感到很开心。"

"哦!哦!"达德尼昂心中暗道,"她可从来没有如此热情,可要当心呀。"

米莱迪尽力做出一副很亲热的样子,让谈话尽可能显得很有趣。而与此同时,刚在须臾间退下去的热度,现在又升了上来,使眼睛变得明亮,脸颊变得鲜润,嘴唇变得红艳。达德尼昂只觉得眼前又看到了曾经用魔法迷住过他的那个喀耳刻。他原以为消失了的爱情,原来始终蛰伏在他心间,此刻又苏醒了过来。看见米莱迪莞尔一笑,达德尼昂觉得自己即使为了这一笑遭受天罚也心甘情愿。

有过一刹那,他心头掠过一种类似于内疚的感觉,仿佛觉得以前对她做得太狠心了。米莱迪渐渐地对谈话变得愈来愈有兴趣。她问达德尼昂是否有情妇。

"唉!"达德尼昂装出最伤感的样子回答说,"您明知道我自从见到您以后,就日思夜想地盼着您,见着您就高兴,见不着您就长吁短叹,而您竟然还忍心来问我这个问题!"

米莱迪脸上露出一个奇怪的笑容。

"我倒要瞧瞧,"米莱迪说,"您计划做些什么来证明您说的这种爱情呢?"

"随便您要我做什么都行。一旦您吩咐,我就去做。"

"什么事都行?"

"什么事都行!"达德尼昂大声说道,他事先就知道许这个承诺并不需要冒多少风险。

"那好,咱们谈谈吧。"米莱迪说着,也把她的扶手椅往达德尼昂跟前挪近一些。

"我洗耳恭听,夫人。"这一位说。

米莱迪犹豫了片刻,一副举棋不定、犹豫不决的样子,随即好像狠下心来。

"我有个仇人。"她说。

"您,夫人!"达德尼昂装出大吃一惊的样子嚷道,"天哪,这怎么可能?您这样的美丽而又心善!"

"一个不共戴天的仇人。"

"真的吗?"

"这个仇人狠狠地侮辱过我,因此我跟他没完,有他没我,有我没他。我能够指望您帮我吗?"达德尼昂马上知道这个报复心极重的女人想干什么了。

"当然可以,夫人,"他语气夸张地说,"我的臂膀、生命,均如同我的爱情一样为您所有。"

"那么,"米莱迪说,"既然您不仅温柔多情,而且慷慨仗义……"

"那么怎么样?"达德尼昂问。

"那么,"米莱迪沉吟片刻,说道,"从今天起您就别再说什么不可能了。看来,您领会了我的意思,亲爱的达德尼昂先生!"

"您只要递个眼色,我就会猜出来。"

"这么说,您肯为我使用这双赢得极大名望的手臂啦?"

"此刻即可。"

"可是我呢,"米莱迪说道,"你帮了我这么大忙,让我如何回报呢?我了解那些恋人,他们做什么都不白干。"

"您知道我渴望的唯一答复,"达德尼昂说道,"唯一配得上您和我的答复。"

说罢,他就轻轻地把她拉向自己。

她几乎没有推却。

"贪心!"她微笑道。

"哦!"达德尼昂高声说道,他真的被这女人善于在他心中点燃的激情卷走了,"哦!我觉得我这福运不是真的,总怕它像一场梦似的飞走,也就急于把它变成现实。"

"那好!您就不要辜负您所称的这种福气。"

"哦,别让幸福压得我喘不过气来吧。"达德尼昂一边嚷道,一边屈膝跪下,忘情地吻着她那双听凭他捏住的手。

达德尼昂抬起头来,说:"我随时听命。"

"此话当真?"米莱迪说,话音中还含有一丝疑虑。

"告诉我那个无耻之徒的名字吧,他竟使您的这双美目流泪!"

"谁跟您说我流过眼泪了?"她说。

"我以为……"

"像我这样的女人是不哭的。"米莱迪说。

"那好!告诉我他叫什么名字。"

"您要想一想,他的名字就是我的全部秘密。"

"我总得知道他的名字啊。"

"是的,总得告诉您。您瞧,我对您有多么信任!"

"您真让我乐不可支。他叫什么名字?"

"您认识他。"

"真的吗?"

"真的。"

"是我的一个朋友吗?"达德尼昂又问道,他佯装有点儿犹豫,好让她相信他全然不知。

"如果是您的朋友,您就会犹豫吗?"米莱迪高声问道,她的眼里同时闪现一道威胁的光芒。

"不会犹豫,哪怕是我的兄弟!"达德尼昂朗声答道,就仿佛一阵冲动。

我们的加斯科尼人这样讲毫无风险,因为他清楚自己往哪儿走。

"我喜爱您的忠诚。"米莱迪说道。

"唉!您在我身上只爱这一点吗?"达德尼昂问道。

"我也爱您这个人啊。"她握住他的手,答道。

这种火热的握手,让达德尼昂浑身一抖,就好像通过这样接触,米莱迪把心中燃烧的激情传到他身上似的。

"您爱我!"他高声说道,"哦!果真如此的话,那就会把人乐疯了。"

于是,他搂住她亲吻;她并不移开自己的嘴唇,只是不报以回吻。

她的嘴唇冰凉,给达德尼昂的感觉吻的是一尊雕像。

尽管如此,他受到爱情的激励,还是陶醉在喜悦中,几乎相信了米莱迪的温情,也几乎相信了德·瓦尔德的罪过。假如德·瓦尔德此刻落到他的手下,他就会结果了他的性命。米莱迪抓住这一机会。

"他叫……"

"德·瓦尔德,我知道。"达德尼昂嚷道。

"您怎么知道?"米莱迪握紧他的两只手问道,眼光像要穿透到他的心里去似的。

"他昨天告诉我的，我们在一个客厅，他给我看一枚戒指，并炫耀是您给他的。"

"该死的家伙！"米莱迪嚷道。

我们当然明白，这声咒骂达德尼昂听在耳朵里，心头为什么会怦怦直跳。

"您还要说什么？"她接着说。

"我还要说，我会给您报仇，干掉这个该死的家伙。"达德尼昂说这话的神情，就像是亚美尼亚的雅弗少爷。

"谢谢，我忠实的朋友！"米莱迪大声说道，"我什么时候能报这个仇？"

"明天，马上，随您的便。"

米莱迪正想张嘴说"马上"，不过她转念一想，如此迫不及待在达德尼昂面上好像有些说不过去。

况且，她对这位保护人还有许多事要叮嘱，许多话要关照，免得他到时候当着证人的面去跟伯爵做什么解释，多费那份口舌。她的这些心思，达德尼昂都猜了个八九不离十。

"明天，"他说，"要么为您报仇雪恨，要么我倒地而死。"

"不！"她说，"您会给我报仇，您不会死的。他是个胆小鬼。"

"在女人面前也许是，在男人面前就不是了。我是领教过他的。"

"不过我似乎记得您跟他交手的那回，您的运气挺不错呀。"

"运气就像个妓女，昨儿还对我挺恩爱的，明儿可能就甩下我不管了。"

"如此说，您此时犹豫了，想要退缩了吧。"

"不，我没犹豫。天主不容我犹豫。不过，眼看我就要冒死去为您做事，您却除了盼望以外一点儿也不肯再给我些什么，这样公道吗？"

米莱迪先没有回答，含情脉脉地望了他一眼，那意思是说："那您说呀。"

下面的话是接着这碴儿的，"这是再公道不过的。"她柔声说道。

"哦！您真是个天使。"达德尼昂说。

"那么，都说定了？"她说。

"除了我刚才要求的事儿，我的心肝！"

"我已经说过您会顺心遂意的。"

"我没有明天好等了呀。"

"别出声，我听见我小叔子的声音了，没有必要让他发现您在这儿。"

她摇摇铃，凯蒂进来了。

"请走这道门，"她指着一扇小小的暗门说，"十一点再来，我们继续未完的谈话，凯蒂会领您进来的。"

那可怜的姑娘听到这几句话，几乎昏过去。

"嘿，您在干什么呢，小姐，站在那儿像个木头人似的？快，陪这位先生出去。今晚十一点，您听明白了吗？"

"看起来她的幽会都定在十一点，"达德尼昂心里想道，"都成老规矩了。"

米莱迪伸给他一只手，他温情脉脉地吻了吻。

"行啦，"他退出以后，冲着凯蒂的数落，半是回答半是自语地说道，"行啦，我可不能当傻瓜哟。这女人一准心狠手辣，我可得防备着点儿。"

第三十七章　米莱迪的秘密

尽管凯蒂一心想让达德尼昂到她的房间去,但是达德尼昂还是没有马上就去这个姑娘的屋里,而是从府邸的大门离开了。他之所以这样做原因有两个:其一,这样的举动,能够免去他人的责备、嗔怨和哀求;其二,他也要冷静地想一想,倘若可以揣摩出点儿那个女人的心思,就再好不过了。

其中最明显的一点是,达德尼昂如痴如醉地爱着米莱迪,但是她却从来都没有爱过他。有那么一瞬间,达德尼昂认为最好的办法就是他回到家中去写一封长信给米莱迪,坦承他和德·瓦尔德自始至终就是同一个人,所以他除非自杀,要不然就没法答应去杀死德·瓦尔德。不过一种特别强烈的复仇欲望又在刺激着他,这回他想要用自己的名义来占有这个女人,并且他觉得这报复自有一种美滋滋的味儿,因而就舍不得放弃这个主意了。

他在王家广场兜了五六个圈子,每走十步就回头望一眼楼上,那儿透过百叶窗的缝隙能够望见米莱迪房里的烛光。显然这回那女人不像上回那样急着回到自己的卧室。

烛光终于熄灭了,达德尼昂心中最后的那点儿疑虑也随着这烛光一起消失了。他回想起头天夜里的种种细节,心直跳,头脑发烧,转回府邸匆忙走进凯蒂的房间。

可怜的姑娘脸色惨白,浑身颤抖,试图阻拦心上人。不过米莱迪已听见了达德尼昂上楼的声音,她打开了房门。

"进来。"她说。所有这一切,都显得那么不可思议的轻率,那么异乎寻常的放肆，达德尼昂简直无法相信自己的眼睛和耳朵。他觉得自己像是在做梦，似乎置身于一种神奇的情景之中。不过他仍旧转身向米莱迪奔去，因为他无法抗拒这种引诱，这种引诱之于他，就好比磁石之于铁钉。

他进了卧室，房门就关上了。凯蒂也奔上去扑在门上。嫉妒，怨恨，受伤的自尊心，所有的种种把一个坠入爱河的姑娘的心搅成一团乱麻，都在驱使她去把事情揭穿。然而，只要承认自己也为如此这般的算计帮过忙，她就全完了。况且，更要紧的是，她还会连累达德尼昂，把他也毁了。思虑及此，她不得不为爱情而牺牲了。

达德尼昂却是如愿以偿，此刻人家不再把他当作情敌来爱他，起码看上去爱的就是他自己了。不过，他心底有个秘密的声音在对他说，他仅仅是个复仇的工具，人家爱抚他是为了让他去杀人。然而，虚荣、自尊和狂热却容不得这声音，堵住了这低语声。因此我们的这位加斯科尼人，憋着我们熟悉的那股自命不凡的劲儿，把自己跟德·瓦尔德比了一通，心想人家干吗就不能爱上他呢。

所以他完全为眼下的情绪所左右了。对他来说，米莱迪已不再是那个居心险恶、一度让他感到那么害怕的女人，而是一个热情如火的情妇，此刻似乎也为情欲所驱，坠入了爱河。将近两个小时就这么过了，这两个情人的激情终于平息了下来。米莱迪心中早有打算，不像达德尼昂这么容易忘情，因此她先自恢复了常态，询问年轻人是否已经考虑好明天怎么跟德·瓦尔德安排那场决斗。

不过达德尼昂的思绪一直在另一条岔道上跑马，此时正像个傻瓜似的忘乎所以，因此他情意绵绵地回答说，现在来操心比剑决斗的事是不是太早了点儿。瞧他对自己牵肠挂肚的大事说得这么轻飘飘的，米莱迪禁不住心头一怔，逼问得更紧了。达德尼昂根本就没有正经地考虑过这场莫须有的决斗，故而就想岔开话题，不过他已经心有余而力不足了。米莱迪凭着她过人的机敏和强悍的气势，把达德尼昂控制住，让他无法越出她预先划定的雷池。达德尼昂心想，最聪明的办法就是劝她饶了德·瓦尔德，放弃她这些天酝酿的疯狂的报复计划。不过他刚一开口，米莱迪就一把推开他，浑身颤抖不止。

"您是害怕了吧，亲爱的达德尼昂？"她用讥讽的口吻尖声说道，在黑暗中听来让人觉得不寒而栗。

"瞧您想到哪儿去了，我的宝贝！"达德尼昂答道，"但是话说回来，如果这个可怜的德·瓦尔德伯爵真的不像您想象得那么罪不可赦呢？"

"无论如何，"米莱迪神情严峻地说，"他欺骗了我。而既然他骗了我，他就得死。"

"那么他死定了，因为您现在判了他死罪！"达德尼昂说这话时语气非常坚定，在米莱迪看来这是一种证明他忠诚的表示。于是，她立刻扑入他怀中。

这一夜在米莱迪眼里是长是短我们没法说。然而，达德尼昂瞥见晨曦透过百叶窗的缝隙，把微弱的光线洒在屋子里的时候，却好像觉得在她身边才过了两个小时似的。

此刻，米莱迪瞧见达德尼昂要走，就关照他别忘了为她向德·瓦尔德报仇的诺言。"我全准备好了，"达德尼昂说道，"不过行动之前，我要弄清一件事。"

"什么事？"米莱迪问道。

"您爱我吗？"

"我好像已经向您证明了。"

"对，那么我的肉体和灵魂也都属于您了。"

"谢谢，我的勇敢的情人！不过，我向您证明了我的爱情。同样，您也要向我证明您的爱情，对不对？"

"当然了。不过,您真如所说的那样爱我的话,"达德尼昂又说道,"您就一点儿也不为我担心吗?"

"我担心您什么呢?"

"很难说我就不会受重伤,甚至丢了性命。"

"不可能,"米莱迪说道,"您英勇无敌,剑术又那么高明。"

"换一种办法,"达德尼昂说道,"既给您报了仇,又无须决斗,难道您就不乐意吗?"

米莱迪默默地注视着她的情夫,晨光熹微,给他明亮的眼睛增添了一种奇怪的凄然之色。

"真的,"她说道,"看来,现在您犹豫起来了。"

"不,我并不犹豫。只是从您不再爱德·瓦尔德伯爵之后,我真的替他伤心。觉得一个男人单单失去了您的爱,应当说就已经受到极为残酷的惩罚了,无须再施以惩罚。"

"谁对您说我爱过他?"米莱迪问道。

"至少现在,我不算过分自负地相信,您爱上了另一个人,"年轻人软语温柔地说道,"而且,我要再向您说一遍,我挺关注伯爵的。"

"您?"米莱迪问道。

"对,是我。"

"为什么是您。"

"因为唯独了解……"

"了解什么?"

"他远非您所想的,对您,确切地说曾经对您有那么大罪过。"

"真的!"米莱迪神色不安地说道,"您讲明白点儿,因为我实在不知道您要说什么。"

她凝视搂着她的达德尼昂,那双眼睛仿佛逐渐燃烧起来。

"对,我是个文雅的人,我!"达德尼昂说道,下决心要了结这件事,"自从您的爱给了我,自从我确信拥有了这份爱,应当说我拥有了,对不对?……"

"完全拥有了,说下去。"

"那好!我好像感到心荡神迷,但是有一件事压在我心头,要供认出来。"

"供认?"

"对您的爱假如还有怀疑,我也就不会这么做了。但是,您爱我,我的美丽的情人?对不对,您爱我?"

"毫无疑问。"

"那么,假如我爱过了头,对您犯下了罪过,您肯饶恕我吗?"

"也许吧。"

达德尼昂极力带着最甜美的微笑,试着凑过去要吻米莱迪的嘴唇,可是米莱迪却避开了。

"供认?"她说道,脸颊也随之失去血色,"供认什么事?"

"上星期四,您约来德·瓦尔德,就在这间卧房,对不对?"

"我,没有!没有这种事。"米莱迪回答,口气异常坚定,脸上丝毫不动声色,要不是达德尼昂有百分之百的把握,他就会动摇了。

"别撒谎了,我美丽的天使,"达德尼昂微笑道,"这是徒劳的。"

"究竟怎么回事?您倒是说呀!真要把人给急死了!"

"哎!您就放心吧,您根本没有对不起我的,我也已经原谅您了。"

"说下去,说下去呀!"

"德·瓦尔德也丝毫没有什么可夸耀的。"

"为什么?您亲口对我讲那枚戒指……"

"那枚戒指,我亲爱的,星期四德·瓦尔德伯爵和今天的达德尼昂是同一个人。"

这个冒失鬼,还以为对方会又惊讶又羞愧,发一通小脾气,最后流几滴眼泪了事。然而他大错特错了,这种错误也很快就得到证明。

米莱迪面无血色,神情骇人,她霍地坐起来,向达德尼昂胸口猛击一拳,将他推开,随即跳下床。天已经亮了。达德尼昂抓住她的印度细麻布睡衣不放,然而她为了逃开,拼命一挣。这时候只见睡衣突然掉了下来,露出两个赤裸的肩膀,达德尼昂大惊失色地看见一个雪白滚圆美丽的肩膀上,竟然烙着一朵百合花。这个无法磨灭的烙印是刽子手在犯人身上留下的屈辱的印记。

"天哪!"达德尼昂松手放开睡衣喊道。

他顿时张口结舌,一动不动地待在床上,觉得浑身冷冰冰的。

听到他刚才的那声惊呼,米莱迪明白秘密已经泄露。他肯定全都看见了,这个年轻人目前知道了她的秘密,这个可怕的秘密,除了他是没人知道的。

她转过身来,那样子已不再是一个愤怒的女人,而是一头受伤的豹子。

"嗬!你这坏蛋,"她说,"你卑鄙地背叛了我,你还知道了我的秘密!你死定了!"

说着她跑到梳妆台跟前,用气得发抖的手打开一个细木镶嵌的小匣子,取出一把金柄的薄刃小匕首,猛地朝半裸着身子的达德尼昂扑过去。

尽管我们知道达德尼昂是个勇敢的小伙子,然而望着眼前这张惊慌失色的脸,望着放大得吓人的瞳孔、惨白的脸颊和充血的嘴唇,他禁不住也感到惊恐起来。他仿佛看到了一条蛇向他游过来,连连往后退,一直退到了床后面的墙边。此刻,那只满是冷汗的手正好碰在了他那柄长剑上,于是,他急忙拔剑出鞘。

然而米莱迪完全无视他的利剑,只想上床杀了他,当剑尖及喉,她才肯停下。然后她又想用手抓住这柄长剑,不过达德尼昂挥动着剑,一会儿虚刺她的眼睛,一会儿虚刺她的胸口,一直不让她有机会抓住剑身,同时趁势滑下床,想退向通往凯蒂房间的那扇房门。

米莱迪怒吼着冲向他。现在有点儿像在决斗,达德尼昂逐渐恢复了自信。

"好哇,美丽的夫人,好哇!"他说,"看在天主的分儿上,请安静!否则我不介意在您漂亮的脸蛋上再画朵百合花。"

"下流坯!下流坯!"米莱迪暴跳如雷地喊道。达德尼昂仍想夺门而出,因此他采取了守势。米莱迪推倒家具想向他进攻,达德尼昂躲在家具后面想避开她的进攻,在一片家具的倒地声中,凯蒂打开了房门。达德尼昂刚才始终在设法靠近这扇门,然而此时和门相距只有三步路了。他一个箭步从米莱迪的卧室蹿进凯蒂的房间,接着迅如闪电般地关上房门,使劲用身子顶住,好让凯蒂推上门闩。

米莱迪使劲推摇房间这边的门框,拼命想把它推倒,力气之大绝非一般女人可以相比。待发觉这事没有可能时,她就用匕首去刺房门,其中有好几下都把厚实的木门戳了个对穿。

她每戳一下,就要恶狠狠地骂一句。

"快,快,凯蒂,"门闩紧以后,达德尼昂低声对凯蒂说,"想法子让我逃出这个宅子,否则等她缓过神来,就会叫男仆来杀了我的。"

"您这样如何出去呀,"凯蒂说,"您没穿衣服。"

"也是,"达德尼昂这才意识到自己没怎么穿衣服,"你随便找点衣服给我,咱们得赶快。你知道,这是性命攸关的时候!"

凯蒂哪会不明白呢,一转眼工夫,她就给他穿戴上了一条花裙子、一顶宽边帽和一件短斗篷。最后他赤脚穿上她递过去的拖鞋，接着她就拉着他匆匆下楼。这真是千钧一发之际，而这时的米莱迪已经拉铃叫醒了整幢宅子里所有的仆人。

看门人刚拉了开门绳，米莱迪就半裸着身子在窗口大声喊道："别开门！"

第三十八章　阿托斯毫不费力获得了装备

达德尼昂已经逃走了，在窗口的米莱迪还徒然地做着威胁他的手势。直到他的影子消失不见了，米莱迪才晕倒在她的房间里。

达德尼昂方寸大乱，无暇顾及凯蒂的处境，一路飞奔穿过了半个巴黎城，马不停蹄地跑到阿托斯家。理智的丧失、恐惧的笼罩、路上巡逻队紧追其后的喊叫，还有那些早早就起来去忙自己的事情的过路人的大喊大叫，都让他不敢放慢半步。

他从院子穿过，直奔上两层楼梯，死命地敲打着阿托斯的门。

格里莫睡眼蒙眬地打开门，达德尼昂一下子冲到了前厅，几乎将格里莫撞倒。

虽然格里莫平日里三缄其口，此刻他也着实忍不住了。

"哎哟！"他嚷道，"你干什么呢，这么慌里慌张的？你这怪里怪气的女人，究竟有什么事呀？"达德尼昂翻起帽子，把手从短斗篷里伸出来。看见了他的两撇小胡子和出鞘的长剑，那个可怜虫才明白眼前是个男人。

这下他以为碰上歹徒了。

"救命呀！来人哪！救命呀！"他放声嚷道。

"住嘴，你这家伙！"达德尼昂说，"我是达德尼昂，你不认得了吗？你主人在哪儿？"

"您是达德尼昂先生！"格里莫惊魂未定地大声说道，"这不可能。"

"格里莫，"阿托斯穿着晨衣从卧室里走出来说道，"我似乎听见你擅自开口说话了。"

"噢！先生！他是……"

"别作声。"

格里莫只好指着达德尼昂给他的主人看。

阿托斯认出了这位伙伴，虽然他平日里不苟言笑，此刻瞧见面前的这身奇装异服，也情不自禁地哈哈大笑起来。只见达德尼昂歪戴帽子，裙子拖到鞋背，袖口卷起，两撇胡子也激动得竖了起来。

"别笑了，伙计，"达德尼昂说，"看在老天的分儿上，请别笑了，我发誓，当您听我讲完实情，您肯定不再笑了。"

他说这番话时神态严肃，面带惊恐之色，阿托斯就当即拉住他的手大声说道："您受伤了吗，朋友？脸色为何这样白？"

"没有受伤，但我刚才遭遇了一桩极可怕的事情。这儿没旁人吧，阿托斯？"

"哦！您想我屋里这会儿还能有谁呢？"

"这就好，这就好。"

达德尼昂说着急忙走进阿托斯的卧室。

"嘿，说吧！"阿托斯关好房门，插上门闩，以免有人来打扰，"是国王死了？还是您把红衣主教先生给杀了？您简直是魂不守舍了，行啦，行啦，快说吧，我真要给急死了。"

"阿托斯，"达德尼昂一边开口说道，一边脱掉女人的衣裳，身上只留下一件衬衣，"您将要听到的是一桩闻所未闻、叫人难以置信的事情。"

"您先把这件晨衣穿上吧。"火枪手对他说。

达德尼昂因为情绪仍很激动，套晨衣时竟然把左边的袖子当作了右边的。

"怎么回事？"阿托斯说。

"这么回事，"达德尼昂凑在阿托斯耳边轻声说道，"米莱迪的肩膀上烙了一朵百合花。"

"啊！"阿托斯失声叫道，好像心口中了一颗枪子儿。

"我说，"达德尼昂说，"您确定那女人真的死了吗？"

"那个女人？"阿托斯声音低沉极了，以至于达德尼昂几乎听不见。

"对，您有一天在亚眠跟我说起过的那个女人。"

阿托斯长叹一声，低下头去埋在两手中间。

"这个女人，"达德尼昂接着说，"年纪二十七八岁。"

"金色头发，"阿托斯说，"是不是？"

"是的。"

"浅蓝色的眼睛，亮得出奇，睫毛和眉毛都是黑色的？"

"对。"

"个子高高的，身材很匀称？左边上颌犬牙旁边缺一颗牙齿？"

"对。"

"那朵百合花小小的，棕红色，好像有人在上面涂过一层颜料以后褪过颜色似的。"

"对。"

"不过您说她是英国人！"

"她叫米莱迪，也有可能是法国人。德·温特勋爵仅仅是她的小叔子。"

"我要见见她，达德尼昂。"

"当心,阿托斯,您千万得当心。您曾经想杀死她,她这种女人是要以牙还牙,绝不肯放过您的。"

"她不敢声张的,否则她就自己暴露了自己。"

"她这人是什么事都干得出来的!您没有见过她大发雷霆的样子吗?"

"没有。"阿托斯说。

"像只母老虎,像只豹子!噢!亲爱的阿托斯!我真的很怕这样会引得她对我俩下毒手报仇!"

达德尼昂接着叙述了事情的一切原委:米莱迪失去理智的狂怒,以及以死相胁的仇恨。

"言之有理,实话说吧,犯不着为这件小事搭上我一条命,"阿托斯说,"好在后天我们就要离开巴黎了。我们多半儿是去拉罗谢尔,一旦动身……"

"如果她认出了您,阿托斯,您就是跑到天涯海角她也会找到您。因此还是让她的怨仇都发泄到我一个人身上来吧。"

"哎!伙计!她就是把我杀了,那又有什么关系呢!"阿托斯说,"莫非您觉得我那么贪生怕死吗?"

"这桩事情背后说不定还有个可怕的阴谋呢。阿托斯!这个女人是红衣主教的奸细,这我敢肯定!"

"既然如此,那您可得好好当心。如果红衣主教没有对您的伦敦之行大加褒奖,那他一定是对您恨之入骨了。尽管他没法公开指责您有什么不是,不过心头之恨毕竟是非报不可的,尤其是红衣主教的心头之恨,就更是如此。因此您千万得当心!您如果出门,千万不能独自一人出去;您如果吃东西,千万得防着点儿。总之,所有事情都要提防,就连自己的影子也得提防。"

"好在只要到后天傍晚就没事了,"达德尼昂说,"因为一到军营,我想咱们就只有男人好怕了。"

"眼下,"阿托斯说,"我暂且放弃足不出户的计划,您到哪儿我都跟着您。您得回掘墓人街了吧，我陪您一起走。"

"然而，即便离得挺近，"达德尼昂说，"我也不能这样子回去呀。"

"那也是。"阿托斯说。他拉了一下铃，格里莫进来了。

阿托斯对他做了个手势，让他上达德尼昂家跑一趟，把他的衣服带过来。

格里莫也做了个手势，表示他完全明白主人的意思，随即就走了。

"行了！不过我们的治装行动可就难了，伙计，"阿托斯说，"因为倘若我没弄错的话，您的全套衣服都留在米莱迪家里，而她绝对是不肯还给您的。还好，您得到了宝石戒指，扯平了，还大大赚了一笔。"

"这枚宝石戒指是您的，亲爱的阿托斯！您不是对我说过这枚戒指是您母亲给您的吗？"

"对，家父告诉过我，这枚戒指当初他是花了两千埃居买来的，他跟家母结婚时把这枚戒指给了家母，这是一枚很名贵的戒指。家母又给了我，但我却昏了头，不但没把它好好珍藏，反而给了那个卑贱的女人。"

"那么，伙计，请您把它拿回去吧，我知道，您一定很珍爱它。"

"这枚戒指在那个下贱女人手上戴过以后，您说我还会再拿回它吗？我绝不会拿的，这枚戒指已经给玷污了，达德尼昂。"

"那就卖了它。"

"卖掉家母留下的宝石！我对您实话实说，我认为这是一种亵渎。"

"那么拿去典押，您起码能押到一千埃居。有了这笔钱，您就什么也不用愁了。随后，等您将来有了钱，就把它赎出来，它在典铺里转了一圈，您再拿回来时，上面的污点也就洗清了。"

阿托斯笑了起来。

"您真是个可爱的伙伴,亲爱的达德尼昂,"他说,"您以永恒的乐观,让人摆脱苦恼,重振精神。嗯,对,咱们把这枚戒指拿去典押,不过有一个条件!"

"什么条件?"

"对半分,一人五百埃居。"

"您在说什么呀,阿托斯?我在禁军营,根本用不了这数目的四分之一,我只要把鞍辔卖掉,钱就能凑足了。我还有什么要买的?就不过给布朗谢买匹马呗。再说,您忘了我也有枚戒指。"

"依我看,您对那枚戒指,要比我对这枚戒指更加珍爱。起码我觉得是这样。"

"是的,因为它在紧急关头不仅能帮我们摆脱困境,还能为我们消灾弭祸。这不仅仅是一颗珍贵的宝石,还是一个吉祥的护身符。"

"我不太明白您的意思,不过我相信您的这些话。再来谈谈我的戒指,或者不妨说说您的戒指吧。您得在押款的总数里拿一半去,否则我就把戒指扔到塞纳河里去。我可不信会有波利克拉特①那档子事,会有哪条鱼那么殷勤地把戒指给咱们捎回来。"

"既然如此,我就只好接受吧!"达德尼昂说。

这时候格里莫回来了,他还把布朗谢也带来了。布朗谢既担心主人,又十分好奇,一心想了解主人的遭遇,因此就趁这机会自个儿把衣服送来了。

达德尼昂换上衣服,阿托斯也换好了装。两人即将出门的时候,阿托斯对格里莫做了个瞄准的姿势,格里莫马上从墙上摘下短筒枪跟在主人后面出发了。

---

① 波利克拉特:古希腊萨摩斯岛主(约公元前535—前522),据传说,他曾将镂刻他的印章的戒指扔进大海里。后来一位渔夫献给他一条鱼,他发现鱼腹里有他的戒指。

阿托斯和达德尼昂带着仆从一路来到掘墓人街。只见博纳修站在家门口，以一种嘲弄的神情望着达德尼昂。

"哎，亲爱的房客！"他说，"您得赶快，有位漂亮姑娘在您屋里等您呢，您知道，女人可不乐意别人叫她们好等的哟！"

"那是凯蒂！"达德尼昂嚷道。

说着他冲进过道。

果然，到了通他房门的楼梯平台上，他发现可怜的姑娘倚着门，蜷缩着，浑身颤抖。她一瞧见他就说道："您允诺过保护我的，您允诺过不让我挨她骂的。您总还记得是您把我弄到这个地步的吧！"

"对，那当然，"达德尼昂说，"你放心好了，凯蒂。我离开以后情况怎么样？"

"我怎么知道？"凯蒂说，"听见她的喊声，那些男仆都跑来了。她大发雷霆，像发疯似的满口粗话咒骂您。这时候我想，稍后等她想起您是从我房间进她卧室的，她就明白我是跟您串通的了。因此，我就拿了我那点儿钱，拣了几件像样点儿的衣裳，逃到这儿来了。"

"可怜的姑娘！但是我怎么安置你呢？我后天就要出征了。"

"您愿意怎么办就怎么办，请您送我出巴黎，带我离开法国。"

"我又不能把你带到拉罗谢尔去。"达德尼昂说。

"那不行。不过您可以在巴黎以外，在您认识的哪位夫人家里给我安排个地方呀。比方说，就在您的家乡。"

"嘿！我的女孩！在我家乡，夫人们是不用侍女的。等等，我有办法了。布朗谢，去把阿拉密斯找来，让他立刻就来。我有要紧的事情要跟他商量。"

"我知道您的意思了，"阿托斯说，"不过为何不叫波尔多斯呢？依我看他那位侯爵夫人……"

"波尔多斯的侯爵夫人是让她丈夫的办事员侍候穿衣的,"达德尼昂哈哈大笑说,"再说凯蒂也不会愿意待在狗熊街的,对吗,凯蒂?"

"我待在哪儿都行,"凯蒂说,"只要有个地方能让我躲起来,别让人找到我。"

"现在,凯蒂,我们现在就要分开了,因此请你不要再对我心怀不满了……"

"骑士先生,无论我离您是远是近,"凯蒂说,"我永远爱您。"

"长得了吗?"阿托斯低声自语说。

"我也一样,"达德尼昂说,"你放心,我也会永远爱你的。但是目前我有件事要问你,你的回答对我是至关重要的。你有没有听说过这么一位年轻的太太,有天晚上人家绑架了她。"

"等一等……哦!天主啊!骑士先生,您是否还爱着这个女人?"

"不是,我的一位朋友爱着她。喏,就是那位阿托斯。"

"我!"阿托斯嚷道,听那口气好像他眼看自己的脚快要踩到一条游蛇似的。

"当然是您啰!"达德尼昂说着捏了捏阿托斯的手,"您知道我们大家都挺关心这位娇小的博纳修太太。况且凯蒂也不会讲出去的,对吗,凯蒂?你知道吗,姑娘,她的老公就是你来这儿时在门口看见的那个丑八怪。"

"哦!天主啊!"凯蒂大声说道,"听您这么一说,我可真有点儿后怕。希望他没认出我来!"

"怎么,认出你来,这么说你以前见过这个男人?"

"他到米莱迪家里去过两回。"

"原来如此。大概是什么时候?"

"几乎两周以前。"

"没错。"

"昨儿晚上他又去了。"

"昨儿晚上?"

"对,就比您早到一会儿。"

"亲爱的阿托斯,咱们周围可真是天罗地网,到处是密探了!你想他会认出你来吗,凯蒂?"

"我跟他打照面时把帽子压低来着,可能已经太迟了。"

"阿托斯,比起我来,他对您还没怎么起疑心,请您下楼去看看他是否还在房门口。"

阿托斯下去后马上又上来了。

"不在了,"阿托斯说,"房门关着。"

"他去告密了,说这会儿鸽子全在棚里了。"

"那好呀,咱们就飞吧,"阿托斯说,"只留下布朗谢给我探情况。"

"等一下!我们让人去找阿拉密斯了!"

"说得对,"阿托斯说,"我们等等阿拉密斯。"

正在这时,阿拉密斯进来了。

达德尼昂把事情的原委对他说了一遍,还告诉他,现在情况十分紧急,要他在所熟悉的上层人士中,给凯蒂做一个安置。

阿拉密斯想了一会儿,红着脸说道:"这可真的是看在您的交情分儿上哟,达德尼昂。"

"我终生铭记不忘。"

"那好,德·博瓦·特拉西夫人有位女友,似乎是住在外省的,她曾经托我为她这位女友找个可靠的贴身侍女。亲爱的达德尼昂,如果您能向我保证这位小姐……"

"哦!先生,"凯蒂大声说,"这您尽管放心,只要那位夫人能让我逃离巴黎,我绝对对她忠心耿耿。"

"这样的话,"阿拉密斯说,"就再好不过了。"

他坐在桌子前写了张便条，用一枚戒指在封蜡上盖了印，随即把便条交给凯蒂。

"现在，姑娘，"达德尼昂说，"你也知道，在此地对你我均不利。因此我们还是分手吧。等到情况好转，我们再相逢。"

"无论何时何地再相会，"凯蒂说，"我都一如既往地爱您。"

"赌徒的海誓山盟。"阿托斯在达德尼昂送凯蒂下楼梯的时候，说了这么一句。

过了一会儿，三个年轻人约定下午四点在阿托斯家见面后便分手了，留下布朗谢看屋子。

阿拉密斯回家去，阿托斯和达德尼昂则急忙去打听那枚蓝宝石戒指能押个什么价钱。

不出咱们的加斯科尼人所料，这枚戒指毫不费事就押了三百皮斯托尔。另外，那个犹太人对他俩说，这枚戒指正好配他的耳环坠子，因此假如肯把戒指卖给他的话，价钱可以出到五百皮斯托尔。

阿托斯和达德尼昂凭着军人的敏捷和行家里手的眼光，不到三小时就置齐了火枪手的全套装备。但是阿托斯是个地地道道的大贵族，出手随便得很。

他买东西从不还价，看中了就买，依价付钱。达德尼昂想开口说他，不过阿托斯笑吟吟地把一只手放在他的肩上，他就懂了，讨价还价对他这么个加斯科尼小乡绅来说未尝不可，可对一个气派不输亲王的人来说就是做不得的了。

阿托斯觅到一匹出色的安达卢西亚骏马，周身毛色乌黑发亮，鼻孔火红，四条腿修长漂亮，看牙口也就是六岁。他认认真真地看了一遍，觉得毫无缺点。马贩子开价一千利弗尔。其实大概再便宜些也能买到这匹马。不过就在达德尼昂跟马贩子讨价还价的时候，阿托斯已经数了一百皮斯托尔放在桌上。

还给格里莫买了匹庇卡底马，矮墩墩的，长得挺结实，花了三百利弗尔。

等到给格里莫配好马鞍、买齐武器以后,阿托斯那一百五十皮斯托尔已经一个子儿也不剩了。达德尼昂提议阿托斯先在他的那份里用了再说,以后再还他。

阿托斯耸了耸肩膀,算是回答。

"假若索性把那枚戒指卖给那个犹太人,他肯出什么价?"他问。

"五百皮斯托尔。"

"这就是说,多两百皮斯托尔。一百归您,一百归我。这笔钱也真不算少啦,伙计,您再到犹太人那儿走一趟。"

"怎么,您想……"

"说真的,这枚戒指会勾起我不少伤心的回忆,再说我们以后也不会有三百皮斯托尔来赎它,为什么要平白损失了两千利弗尔呢。达德尼昂,您去对他说,那戒指归他了,然后就带着那两百皮斯托尔回来。"

"请您多斟酌,阿托斯。"

"眼下现钱最宝贵,当舍则舍,去吧,达德尼昂,去吧。格里莫带上短筒枪陪您一起去。"

半小时后,达德尼昂带着两千利弗尔回来了,一路上没有遇到任何意外。阿托斯就这样毫不费力地坐在家里找到一笔财源。

第三十九章　幻影

到四点钟,四位好朋友已在阿托斯家聚齐了。治装的担忧已经烟消云散了,不过尽管大家都没有说什么,但四个人的表情显示每个人都是各有心事的。

此时，布朗谢手中拿着两封信来到屋中，信是写给达德尼昂的。

上面这封信看起来十分精巧，是折成了长方形的便条，上面有非常雅致的绿色蜡印，还画有一只衔着橄榄枝的白鸽。

另一封是个规规矩矩的大信封，红衣主教公爵大人的印章赫然地印在其上。

达德尼昂一看到上面这封信，心跳就不由得加速了，因为他相信这个笔迹是他认识的。尽管他只见过一次这笔迹，但那印象一直都未曾远离。

他拿起这个精巧的信封，迫不及待地拆开了。只见信上写道：

请您在周三晚六点到七点之间等在通往夏约的大路上，认真看清每辆经过的马车，假如您珍惜自己以及所有爱您的人的生命，就请千万不要出声，也不要做任何动作，千万不能让人觉察您已经认出了那个甘冒一切危险只求见您一面的女人。

信末没有署名。

"这是个圈套，"阿托斯说，"您别去，达德尼昂。"

"可是，我觉得我很熟悉写信人的笔迹啊！"达德尼昂说。

"笔迹或许是伪造的，"阿托斯说，"晚上六七点钟，夏约的大路上已经很冷僻了，您去那里就好比是到邦迪的森林里去散步。"

"我们一起去如何！"达德尼昂说，"嘿！他们总不见得能一口把咱们四个都吞了吧，况且还有四个仆从，再说，还有马，还有武器。"

"咱们也正好趁这机会亮亮新置的行头。"波尔多斯说。

"不过假如这信是位夫人写的，"阿拉密斯说，"而这位夫人又不想让人瞧见，那您这样就会连累她，达德尼昂，堂堂男子汉可不能这么干。"

"我们可以待在后面,"波尔多斯说,"只让他一个人上前去。"

"对,不过立刻就会从一辆飞驶而过的马车里崩出颗枪子儿来。"

"没关系!"达德尼昂说,"他们打不中我的。到那会儿,我们就可以追上那辆马车,把里面的那些家伙全都干掉。何况那些家伙都是我们的对头。"

"言之有理,"波尔多斯说,"干一架再说,咱们手里的家伙也该发个利市啰。"

"对!就让咱们去乐一乐吧。"阿拉密斯带着他那温和的、漫不经心的神态说道。

"悉听尊便。"阿托斯说。

"各位,"达德尼昂说,"现在是四点半,六点要赶到夏约,咱们得赶快了。"

"没错,如果再不动身,人家就看不见咱们的新衣服了,"波尔多斯说,"那就太可惜了。咱们这就走吧,各位。"

"但那第二封信,"阿托斯说,"您把它给忘了。在我看来,凭那上面的印章就该好好把它拆开来看一下。换了我,亲爱的达德尼昂,我实话告诉您,我认为这封信要比您方才偷偷塞进胸前的那张小纸片更叫人难以安心。"

达德尼昂脸红了。

"好吧,"他说,"各位,咱们来看看主教大人究竟想要我干什么。"

说着达德尼昂拆开信封念道:

> 敬请德·埃萨尔御前禁军营达德尼昂先生于今晚八点莅临主教府。
>
> 卫士营统领拉乌迪尼埃尔

"见鬼!"阿托斯说,"这约会可比那个更玄乎。"

"赴完第一个约,我再赴第二个,"达德尼昂说,"一个是七点,一个是八点,全都有充足的时间。"

"哼!如果是我就不去了,"阿拉密斯说,"一位夫人指定的约会,一个风雅的骑士是不能爽约的。然而主教大人那儿嘛,一个谨慎的贵族完全能够找个借口不去造访,特别在您有理由相信叫您去不是要跟您寒暄几句的时候,更是不去为好。"

"我赞同阿拉密斯的意见。"波尔多斯说。

"各位,"达德尼昂答道,"在这以前,德·卡沃瓦先生曾经给我捎来过口信,主教大人同样也这么邀请过我,但我压根没放在心上,结果次日就倒了大霉!贡斯当丝失踪了。此次无论会有什么事,我都要去。"

"倘若您决心已定,"阿托斯说,"那就去吧。"

"但是如果进了巴士底狱呢?"阿拉密斯说。

"嘿!你们把我救出来不就得啦。"达德尼昂说。

"那当然。"阿拉密斯和波尔多斯神态自若地同声说道,似乎这仅仅是小事一桩,"我们当然会把您救出来。可是眼下,既然咱们后天就得动身,您最好还是别去巴士底吧。"

"有个办法,"阿托斯说,"我们今晚都别离开达德尼昂,每人带上三个火枪手等在主教府的一个门口,假如看见里面出来的马车关着车窗,有几分可疑,我们就冲上前去。我们有好久没跟主教先生的卫士交手了,德·特雷维尔先生大概觉得我们几个都死了呢。"

"说真的,阿托斯,"阿拉密斯说,"您生来就是当统帅的料。你们认为这个方案怎么样,二位?"

"棒极了!"两人异口同声地说道。

"好,"波尔多斯说,"我这就上营部去唤人,通知他们晚上八点在主教府广场集合。你们呢,正好趁这工夫叫仆从们备鞍。"

"我可没马,"达德尼昂说,"但是,我可以上德·特雷维尔府邸去借一匹。"

"不用了,"阿拉密斯说,"把我的马拿一匹去就是了。"

"您有几匹哪?"达德尼昂问。

"三匹。"阿拉密斯笑吟吟地答道。

"好伙计!"阿托斯说,"法兰西和纳瓦拉最精于骑术的肯定非您莫属了。"

"我说,亲爱的阿拉密斯,您肯定是拿着这三匹马不知怎么办了,是吗?我倒真有点儿不明白,您为什么要买三匹马呢?"

"可不是,我其实只买了两匹。"阿拉密斯说。

"那第三匹是从天上掉下来的?"

"不是,那第三匹,是今儿早上一个没穿号衣的仆人牵来给我的,他不肯告诉我他是从哪儿来的,只说他是奉主人……"

"恐怕是奉女主人之命吧。"达德尼昂插嘴说。

"就算是吧,"阿拉密斯涨红着脸说,"他只说是奉了女主人之命把那匹马牵进我的马厩,却不告诉我这匹马来自何处。"

"这就是做诗人的好处。"阿托斯一本正经地说。

"嗯,既然这样,我倒有个办法,"达德尼昂说,"您骑哪一匹,是您买来的,还是人家送您的?"

"当然是人家送的那匹。您也明白,达德尼昂,我不能得罪……"

"那位送您马的陌生人。"达德尼昂说。

"或者说,对不起那赠马的神秘女人。"阿托斯说。

"这么说,买来的那匹您就没用了?"

"应该是这样吧。"

"那马是您自己挑的?"

"是我仔仔细细挑的。您知道,骑手的安全往往就靠马!"

"那好,您就把它照原价让给我!"

"我本想送给您的,亲爱的达德尼昂,您不要急着还钱,等您手头宽裕后再还不迟。"

"您是花多少钱买下的?"

"八百利弗尔。"

"给,四十个皮斯托尔,伙计,"达德尼昂从口袋里掏出这个钱数说道,"我明白人家付您写诗的稿酬就是用的这种金币。"

"您手头有钱?"阿拉密斯说。

"有,我有的是钱,伙计!"

说着达德尼昂把口袋里剩下的皮斯托尔晃得叮当作响。

"您把鞍辔送到火枪手营部去,他们会把您的马和我们的一齐带过来的。"

"好极了!眼看就要五点了,咱们得抓紧。"

一刻钟后,波尔多斯骑着一匹漂亮的西班牙矮种马,出现在费鲁街的一头;穆斯克通骑着一匹矮小结实的奥弗涅马跟在后面。波尔多斯容光焕发,满面春风。与此同时,阿拉密斯骑着一匹英国种的骏马,出现在费鲁街的另一头;巴赞骑一匹毛色驳杂的马跟在后面,手里还牵着一匹健壮的梅克伦堡良种马,那将是达德尼昂的坐骑。

两个火枪手在门前相遇,阿托斯和达德尼昂从窗户里瞧着他俩。

"哟!"阿拉密斯说,"您这匹马真不赖,亲爱的波尔多斯。"

"是,"波尔多斯答道,"这就是人家原先允诺给我的那匹。做丈夫的开了一个蹩脚的玩笑,用一匹劣马来顶替它,不过后来他受了惩罚,我还是称心如意了。"

这时,布朗谢和格里莫也牵着各自主人的坐骑过来了。达德尼昂和阿托斯走出门去,跨上坐骑,四个伙伴便并肩前行了。阿托斯托的是妻子的福,阿拉密斯托的是情妇的福,波尔多斯托的是讼师夫人的福,达德尼昂则是靠好运气,这玩意儿才是最好的情妇。仆从们跟在后面。

不出波尔多斯所料,这支小小的马队大出风头。如果科克纳尔夫人这会儿在波尔多斯经过的路上,能瞧见他骑在漂亮的西班牙矮种马上威风凛凛的样子,她就决不会因为自己使丈夫的钱箱蒙受了损失而感到内疚了。

行到卢浮宫附近,这四个伙伴遇见了德·特雷维尔先生,他刚从圣日耳曼区回来。他拦住他们,称赞了一番他们的装备,这一下,周围顿时围过来几百个看热闹的人。

达德尼昂趁这机会把收到盖着公爵纹章的信的事告诉了德·特雷维尔先生,另外那封他自然只字未提。

德·特雷维尔对他的决定表示赞同,并保证,要是他次日不露面,不管他在何处,红衣主教一定都会找到他的。

这时候,撒马利亚教堂敲响了六点的钟声,四个伙伴向德·特雷维尔先生说明有个约会,就告辞了。

这行人一阵疾驰,来到了通往夏约的大路。这时日头已经渐渐西沉,路上马车来来往往。达德尼昂身后几步开外就有朋友们护卫,他只管专心注视着每辆马车的车窗,不过就是没有瞧见一张熟人的脸。

等了一刻钟,天色已完全变暗了,这时却见一辆马车从塞弗尔的方向疾驶而来。达德尼昂立刻有一种预感,感到那个约他前来的女人就在这辆车里,他的心不由得一阵怦怦乱跳,连他自己都觉得挺惊异。差不多就在刹那间,只见车窗里探出一张女人的脸,两个手指按在嘴唇上,既像是叫他别出声,又像是要给他一个飞吻。达德尼昂欣喜地轻轻叫了一声,这个女人,或者不如说这个幻影,因为这辆全速行进的马车一掠而过,简直就像个幻影,正是博纳修太太。

达德尼昂冲动地策马追赶,没赶几步就跟上了那辆马车。不过车窗关得紧紧的,那个幻影消失了。

此刻达德尼昂记起了信上的叮嘱:"如果您珍惜自己以及所有爱您的人的生命,就千万待着别动,仿佛什么都没看见一样。"

因此他勒住马,紧张得浑身直打战,这倒并非在为他自己,而是在为那可怜的女人感到紧张,她约他前来见这一面显然冒着极大的危险。

那辆马车疾驰前行,很快进入巴黎,踪迹全无。

达德尼昂不知如何是好地勒马停在原地。假如说那真是博纳修太太,她回到了巴黎,那为何这次约会安排得如此仓促,为何就只能这么对望一眼,为何那个吻会这么转瞬即逝?反过来,假如说那不是她?这倒也是很有可能的,由于当时光线已经很暗,的确很容易看错。假如说不是她,那难道人家因为知道他爱着这女人,已经开始把她作为诱饵来对他下手了?三个伙伴拍马迎上前来,他们三人全都瞧见车窗里探出过一个女人的脸,不过除了阿托斯,另外两人原本就不认识博纳修太太。阿托斯呢,认为那的确就是她,但是他不像达德尼昂那样光盯着那张俊俏的脸,他觉得似乎还瞧见了另一张脸,那是车厢里面的一张男人的脸。

"假如真是这样,"达德尼昂说,"他们肯定是把她从一个监狱押解到另一个监狱去。不过他们到底想把这可怜的人怎么办,我又如何才能再见到她呢?"

"朋友,"阿托斯严肃地说,"您得记住,一个人在这个世界上除非是死了,否则就总会再让人见到的。这一点您跟我一样清楚,对吗?因此,假如您的情人没有死,假如您刚才瞧见的就是她,那么您迟早会再见到她的。"

"唉!"他又用他惯有的那种忧郁的语调加上一句,"也许快得您自己都始料不及呢。"

已经七点半了,那辆马车刚才比约定的时间晚来了几乎二十分钟。达德尼昂的伙伴们提醒他还有个约会,同时又对他说,要改变主意此刻还来得及。

不过达德尼昂既执拗又好奇。他一心想去听听主教大人召唤自己究竟意欲何为。无论如何,他决心不变。

一行人来到圣奥诺雷街,在主教府广场上见到了那十二位受邀前来的火枪手,这些火枪手正在一边溜达一边等候他们。直到这时,他们才把事情的原委告诉了邀来的火枪手们。

达德尼昂在声誉卓著的御前火枪营里很有名气,火枪手们都知道他总有一天会在其中有一席之地,因此大家早就把他当作一个伙伴对待了。就为这一缘故,受邀前来的火枪手人人欣然受命。更何况,看来这事儿八成是要跟主教先生和他手下的卫士干一场,而这些可敬的火枪手们一旦有机会如此较量一番,是决不肯轻易放过的。

阿托斯把他们分成三组:自己带领一组,第二组归阿拉密斯带领,第三组归波尔多斯带领,随即各组分别埋伏在主教府的各扇门前。

达德尼昂则昂首挺胸从正门进府。

尽管身后有坚强的后盾,但当他沿台阶拾级而上时,内心仍不免担心。他对米莱迪的所作所为好像有点儿卑鄙,而他感觉得到,这个女人和红衣主教之间有着某些政治上的联系。再说,那个曾经被他狠狠教训过一顿的德·瓦尔德,原是主教大人的亲信,达德尼昂知道,尽管主教大人对仇人心狠手辣,他对朋友却是爱护备至的。

"假如德·瓦尔德已经把我俩的事全都告诉了红衣主教,这一点是毋庸置疑的。又假设主教大人认出了我,这也很有可能,那么我就休想逃过坐牢这一关了。"达德尼昂想到这儿,禁不住暗自叹了口气,"不过他为什么要等到今天才下手呢?原因也挺简单,米莱迪或许早就假惺惺地装出悲恸欲绝的样子告过我的状,她装出这种模样时看上去的确很楚楚动人,而后主教大人又听说了我的第二个罪状,这一来我就恶贯满盈了。"

"幸好我的朋友们都在下面,"他心想,"他们绝不会眼睁睁看我被人抓走而不来救我的。但是光靠德·特雷维尔先生的火枪营,毕竟没法跟红衣主教开战,他掌握着整个法兰西的兵权,在他面前,王后显得那么软弱无力,国王也变得那么优柔寡断。勇敢而又品质卓越的达德尼昂,你要毁在女人身上了!"

他走进前厅时,脑子里正转过这个不愉快的念头。他把信交给掌门官,那人把他引进候见厅,转身进去禀报。

有五六个主教先生的卫士待在候见厅里,他们认识达德尼昂,知道朱萨克就是让他给刺伤的,因此都带着挺古怪的笑容看着他。

这种笑容在达德尼昂眼里是个不祥之兆。但是,因为咱们的加斯科尼人是不会轻易被吓倒的,或者更确切地说,仗着加斯科尼人那股子生来就有的傲气,当他心里掠过一阵类似于害怕的情绪时,他是不会轻易把它流露出来的,他态度倨傲地站在那几个卫士面前,手叉在腰上,举止之间不失威严之态。

掌门官出来,做个手势让达德尼昂跟他进去。达德尼昂仿佛觉得那些卫士瞧着他走远时,彼此间在低声交谈。

他走过一条过道,穿过一个大厅,走进一间书房,只见一个男人坐在书桌跟前,正在写东西。

掌门官引他进来后,就悄无声息地退了下去。达德尼昂开始以为面前这人是个法官,正在审阅他的案卷,不过他瞥见此人一边在写,或者说在修改一些长长短短的诗行,一边还扳着手指数着步子。他这才明白面前是位诗人。

过了一会儿,这位诗人合拢诗稿,只见诗稿的封面上写着:《米拉梅——五幕悲剧》。接着,这诗人抬起头来,达德尼昂这才认出他就是红衣主教。

第四十章 红衣主教

红衣主教手托着腮帮,胳膊肘支在诗稿上,仔细地打量了一番这个年轻人。红衣主教黎舍留眼神犀利明锐,洞悉一切,可以说是举世无双,达德尼昂感觉到这束目光就像烫人的热流一样,注入他周身的血管。

然而他神情自若,神态安然,手中执帽,有礼有节地静待主教大人发话。

"先生,"红衣主教开口问道,"您来自贝阿恩达德尼昂家族吗?"

"是的,大人。"年轻人回答说。

"在塔尔布一带,达德尼昂家族分成了多个支系,"红衣主教说,"您是哪个支系的?"

"家父有幸追随先王亨利陛下多次为宗教战争效命。"

"不错。那么,大约在七八个月以前从家乡出来,打算到京城来博取个前程的,也就是您吧?"

"是的,大人。"

"您途经牟恩,在那儿遇上了点儿麻烦事,我不知道事情的详细经过,但终究是些麻烦事。"

"大人,"达德尼昂说,"事情是这样的……"

"不用了,不用了,"红衣主教笑吟吟地打断他说,这种笑容表明他对事情的经过并不比想要告诉他的对方知道得少,"您有封写给德·特雷维尔先生的引荐信,是吗?"

"是的,大人。不过在牟恩镇碰上了那桩倒霉事儿……"

"那封信丢了,"主教大人说,"对,这我知道。不过德·特雷维尔先生有识人之能,看人很准,因此他把您安排进了他的连襟德·埃萨尔先生的联队,而且对您许愿说早晚有一天会让您进火枪营的。"

"大人真是什么都知道。"达德尼昂说。

"打那以后,您又遇到了一连串的事情:有一天您碰巧在加尔默罗会修道院后面散步,其实您还真不如上别的任何地方去兜兜风呢;后来,您跟朋友们一起上福尔日温泉疗养地去旅游了一趟,他们在路上耽搁了下来,不过您一路都没停。理由很简单,您要到英国去办点儿事。"

"大人,"达德尼昂目瞪口呆地说,"我是去……"

"去打猎,在温莎或者别的什么地方,这不关任何人的事。我知道这些情况,是因为我的职务要求我什么都知道。您回来以后,一位令人敬仰的贵人接见了您,而我很高兴看到您很好地保存着她给您的礼物。"

达德尼昂这会儿手上正戴着王后给他的那枚钻石戒指,他急忙把钻石转到里面去,不过为时已晚。

"次日卡沃瓦去见您,"主教接着说,"特意请您来我府上一叙,不过您没来。这您就错了。"

"大人,我当时是怕主教大人见到我会不高兴。"

"哎!那是为什么,先生?因为您比他人奉献了更多的智勇去执行上司的命令?还是因为您应得褒奖,反倒会让我不高兴?我惩罚的是那些不肯服从的人,而不是像您这样服从得……非常好的人。证据嘛,您不妨回想一下我派人请您的那天是几号,再好好想一想,那天晚上出了什么事情。"

博纳修太太被绑架的事,就发生在那天晚上。达德尼昂不由得打了个寒战。他想起就在半小时以前,这个可怜的女人刚从他面前驶过,多半还是原先绑架她的那伙人把她带走了。

"总之，"红衣主教接着说道，"我有一阵没听说您的消息了，因此想了解一下您都在做些什么。再说，您还欠着我的情呢。您应该注意到了吧，在种种情况下您受到的待遇都是特别宽容的。"

达德尼昂心怀敬意，欠身鞠躬施礼。

红衣主教接着说道："这不单单是出于一种天生的、崇尚公道的情感，而且还是跟一个我为您设想的计划联系在一起的。"

达德尼昂愈听愈摸不着头脑了。

"上次邀请您来时，本想告诉您这个计划，不过您没来。好在这个延误，没有造成任何损失，今天您就可以知道事情的来龙去脉了。请坐下，达德尼昂先生，就坐在我对面。以您的身份，是不该站着听我说话的。"

说着，红衣主教向达德尼昂指了指一张椅子。年轻人对眼前发生的事情感到惊异极了，以致直等到对方再次示意才开始落座。

"您很勇敢，达德尼昂先生，"主教大人笑着继续往下说，"您也很谨慎，这就更不容易。我就喜欢有头脑又有激情的人，您不用害怕，我说的激情，指的是勇气。不过，现在虽然您年纪还轻，涉世不深，却已经有了不少劲敌，您只要一不小心，他们就会叫您粉身碎骨！"

"唉！大人，"年轻人回答说，"您说的是，他们动手对付我是易如反掌，因为他们人多势众，有人撑腰，而我则势单力薄！"

"对，是这样。不过，您已屡建奇功，并且将来会更上一层楼，我对此深信不疑。不过我觉得，您在今后的冒险生涯中还需要有人引引路。因为如果我没看错的话，您到巴黎来是很有一番抱负，想要博取个好前程的。"

"在我这年龄，是很容易怀有不着边际的奢望的，大人。"达德尼昂说。

"只有傻瓜才异想天开，先生，而您是个聪明人。这样吧，您先到我的卫士营来当个掌旗官,等打完仗以后再让您带一队人,您看如何?"

"噢!大人!"

"您接受了,是吗?"

"大人。"达德尼昂神情尴尬地说道。

"怎么,您不接受?"红衣主教惊讶地大声说道。

"我在陛下的禁军服役,大人,我没有任何理由对此感到不满。"

"但我始终以为,"主教说,"我的卫士也就是陛下的卫士,并且,一个人只要是在法兰西的军队里服役,也就是在国王的麾下效力。"

"大人误解了我的意思。"

"您是想找个托词,对不对?我明白。好吧,您有这种托词。晋升也好,即将发动的战事也好,我为您提供的机会也好,那全是给人家看的。但对您来说,首先是您需要一种可靠的保护。因为有些情况恐怕应该让您知道,达德尼昂先生,曾经有不少人在我面前狠狠地告过您的状,说您并没有日日夜夜都在一心一意为国王效力。"

达德尼昂脸红了。

"还有,"红衣主教一边往下说,一边把手按在一叠卷宗上,"这些档案材料均与您相关,但在阅读前,我想和您谈谈。我知道您是个很有决断的人,只要引导得法,您的效力是不会给您带来危害的,并且会使您大有得益。好了,好好想想再作决定吧。"

"大人的垂爱使我不胜惶恐,"达德尼昂回答说,"我在大人身上看到的是一个伟大的心灵,这使我越发感到自己渺小得犹如一条蚯蚓。不过,既然大人俯允我直言相告……"达德尼昂打住话头。

"没错,说吧。"

"嗯,那我就斗胆禀告大人,我的朋友全都是国王的火枪手和禁军,而我看来是时运不济,我的仇人偏偏都在主教大人麾下效力。因此,假如我接受了大人的提议,我在这儿不会受人欢迎,而在那儿又会遭人唾弃。"

"您是不是有这种傲慢的想法,认为我的提议还配不上您的身价,先生?"红衣主教笑着说,笑容之间颇有些轻蔑的意味。

"承蒙大人对我如此厚爱,我不胜惶恐。拉罗谢尔的围攻战就要开始了,大人,我将在大人的督察下奋力作战,但愿我在围城战中的表现能有幸博得大人垂顾,那样的话,我至少会尽力做出些业绩来,以不辜负大人对我的关注和保护。有些事不到时候是不能做的,大人,也许以后我会有权投身于大人麾下,但眼下我若是这样做,就显得是卖身求荣了。"

"这么说您是拒绝为我效力了,先生,"红衣主教说话的口气有些气恼,但其中也夹杂着一种器重的意味,"那就只能悉听尊便,您的那些恩恩怨怨亦只能随它们去了。"

"大人……"

"好了,好了,"红衣主教说,"我不怪您,但您得明白,一个人对朋友保护也好,酬谢也好,尚且都有个限度,对敌人就更不会留情了,让我给您个忠告吧:千万要好自为之,达德尼昂先生。因为一旦我把我的手从您的身上抽了回来,就不会再为您的生命花半个子儿了。"

"我会尽力而为的,大人。"加斯科尼人答道,神情自信得令人起敬。

"今后或许哪一天,当您遇上麻烦的时候,"黎舍留说这话时,稍稍动了点儿感情,"请您记住当初是我把您找来,是我尽了努力想让您避开那些不幸的。"

"不管今后发生什么事,"达德尼昂把一只手放在胸前,躬身说道,"我永远感激主教大人此时为我做的一切。"

"那么好吧,就如您刚才说的,达德尼昂先生,我们打完仗以后再见。您的表现我会看得到的,因为我也要去,"说着红衣主教指着一套华贵的甲胄给达德尼昂看,那是主教征战的佩挂,"等我们回来,再来算账吧!"

"嗬!大人,"达德尼昂大声说,"请宽容我的不识抬举。假如您觉得我的所作所为是光明磊落的,大人,那就请您不加偏袒地秉公而断吧。"

"年轻人,"黎舍留说,"若日后能够重复今日之言,我一定向您重复。"

黎舍留的最后这句话流露出一种很明显的疑虑,这种语调比威胁更使达德尼昂感到诧异,因为这是一种警告。如此看来,红衣主教是在想方设法、竭力使他避开某种危险。他张嘴想要回答,不过红衣主教做了个高傲的手势,示意他可以告退了。

达德尼昂退了下去,刚至门口,他几乎要丧失勇气,想要转身回去了。不过,阿托斯那庄重严肃的面容在他眼前浮现了出来,如果他接受红衣主教向他提议的条件,阿托斯是不会再跟他握手,不会再认他做朋友的。

想到此处他不寒而栗,所以就没敢再回去。一个真正品格高尚的人,对他周围的朋友就会有如此有力的影响。

达德尼昂沿着原来的台阶下去,在大门口见到等他出来等得有些心焦的阿托斯和那四个火枪手。达德尼昂三言两语一说,大家就放下了心来,布朗谢则跑去通知其他人,说他主人已经平安无事地从主教府出来了,无须再守候在那儿了。

回到阿托斯的住所,阿拉密斯和波尔多斯问起这次突如其来的召见到底因为何事,达德尼昂只是告诉他们,德·黎舍留先生招他去,是为了让他进卫士营当掌旗官,但他拒绝了。

"您做得对。"波尔多斯和阿拉密斯异口同声地说。

阿托斯却什么也没说,兀自在沉思。等到只剩他一人和达德尼昂在一起时，他才说道："您做了您应该做的事，达德尼昂，但也许做错了。"

达德尼昂叹了口气，因为阿托斯的这句话，恰恰跟他内心深处的一个隐秘的声音彼此呼应，那个声音一直在对他说："大祸就要临头了。"

次日白天，全都花在出征的准备工作上。达德尼昂到德·特雷维尔先生那儿辞行。直到这时，大家仍以为禁军和火枪手分手在即，因为国王当天主持了御前会议，次日起程自是顺理成章的事情。因此，德·特雷维尔先生仅仅是问达德尼昂是否有事要帮忙，而达德尼昂自豪地回答说他一切顺当，什么都不缺。

晚上，德·埃萨尔先生的禁军营和德·特雷维尔先生的火枪营的伙伴们相聚在一起，他们之间早已建立了友谊。这次分手，能否再相会，何时再能相会，一切都得看天意了。所以，读者想必也能料到，晚上的聚会热闹非常，因为在这种情形下，唯有尽情地放纵才能排遣极度的忧虑。

次日，号声刚吹响，伙伴们就分手了：火枪手奔向德·特雷维尔先生的营部，禁军奔向德·埃萨尔先生的营部。两位统领即刻带兵开拔卢浮宫，去接受国王的检阅。

国王情绪不佳，面带病容，因此脸色不如平日那么红润。实则昨晚举行御前会议时他就开始发烧了。不过他并未因此改变次日晚上出发的决定，并且，他不顾近臣的劝谏，下定决心要去检阅军队，指望精神一振作，就能把初起的病症压下去。

检阅结束后，禁军单独先行开拔，火枪手则等候护驾出征。如此一来，波尔多斯就可以穿戴着那身漂亮的行头到狗熊街去转上一圈了。

讼师夫人瞧见他身穿新装、骑骏马从街上经过。她对波尔多斯情深义重，自是不肯轻易让他就走，于是示意波尔多斯下马到自己面前来。波尔多斯仪表堂堂，马刺铮铮作响，护胸甲熠熠生辉,长剑十分威武地拍击着小腿。这一次,那些办事员都不敢笑了,因为波尔多斯的样子太有威势了。

火枪手被领到科克纳尔先生跟前,瞧见表弟这身鲜亮簇新的行头,老讼师灰色的小眼睛里闪动着愤恨的亮光。不过他心里有个想法让他感到宽心,那就是到处都听人说这场仗准是场硬仗,他在心底里暗暗巴望着波尔多斯死在战场上。

波尔多斯向科克纳尔先生寒暄几句,就告辞了。科克纳尔先生则祝他诸事顺遂。至于科克纳尔夫人,她已经止不住泪水直流了。不过没人对她的动情说三道四,因为大家都知道她向来把亲戚情谊看得很重,常为那些亲戚跟丈夫大吵大闹。

但是真正的告别是在科克纳尔夫人房间里举行的:两人都是肝肠寸断,悲痛欲绝。

讼师夫人从窗口探身出去,目送着情人骑马而去,挥动着一块手帕,让人看着只觉得她像要冲到街上去似的。波尔多斯摆出一副对类似场面司空见惯的神气,端足架子把这种爱情的表示照单全收。直至快到街的拐角时,他才摘下帽子,挥舞着告别。

阿拉密斯呢,写了封长信。写给什么人?无人知道。隔壁屋内,当晚即将动身的凯蒂,她在坐等这封信,她将捎带此信前往都尔。阿托斯则小口小口地呷着最后那瓶西班牙葡萄酒。而这时候,达德尼昂正在随队向前行进。

部队行进到圣安托万城郊大街,达德尼昂回头愉快地望一望巴士底狱。当然,他仅仅望见了巴士底狱,却根本没有瞧见米莱迪:她骑在一匹浅栗色的马上,指着达德尼昂让两个凶汉看。那两个人立即靠近队伍辨认,然后又用目光询问米莱迪,米莱迪则打个手势表示确认。继而,她深信别人在执行她的命令中,再也不可能出差错了,她便策马扬长而去。

那两个汉子跟在部队的后面,到了圣安托万城关,从一名未穿号衣的仆人手中接过两匹备好鞍的马,骑上马飞驰而去。

第四十一章　拉罗谢尔围城战

路易十三执政时期一个重大的政治事件便是拉罗谢尔围城之战，这也是红衣主教的一项重要的军事行动。因此，我们在此交代一下，不仅很有意义，而且十分必要。更何况此次围城之战的很多细节，都与我们所叙述的故事有着特别密切的联系，所以不能不详细地说一说。

红衣主教发动这场围城战时的政治目的甚是重要。我们先来讲一讲他出于这方面的考虑，之后再说一说他个人的打算，对主教大人来说，后者的重要性或许并不亚于前者。

当初亨利四世划若干个城市为胡格诺教派的安全地带，此时只有拉罗谢尔了。

近年来，国内势力的反叛和国外势力的干预，在此处连绵不断、相继为患，因此围攻拉罗谢尔就是意在端走加尔文教徒这个最后的窝巢，摧毁这个动乱的策源地。不过，随着拉罗谢尔的新教徒的一声呐喊，心怀叵测的西班牙人、英国人和意大利人，各个国家的冒险家，各个教派拼凑的大兵，全都聚集到了新教的旗帜底下，俨然组成一个广泛的联盟，而且肆无忌惮地把触角伸到欧洲的每个角落。

拉罗谢尔在已沦丧的其他加尔文派的据点中显得格外重要，并因此成了角逐的场所和野心的温床。此外，它的港口业已成为法兰西王国向英国人开放的最后一扇门户，因此只要把这扇门户对我们的宿敌英国关闭，红衣主教就完成了贞德和德·吉兹公爵未成的事业。

因此，在拉罗谢尔围城战中负有特殊指挥使命的巴松比埃尔，有一回在率领好几位地位显赫的部下上阵时曾经说过："各位，你们早晚会看到，我们攻打拉罗谢尔，实在是愚不可及！"

这位巴松比埃尔，既是新教徒又是天主教徒，从他的信仰来说他是新教徒，不过作为圣灵骑士勋章的得主他又是天主教徒。这位巴松比埃尔，从出生地来说，他是德国人，而从禀性来说，他却是法国人。至于他的那几位部下，都跟他一样本质上是新教徒。

巴松比埃尔没有说错，炮击雷岛向他预示龙骑兵在塞文山区肆虐新教徒；攻克拉罗谢尔则是废除"南特敕令"的序曲。

但是，我们前面说过，除了那位主张权利均衡、政事从简的首相从政局着眼的谋划（这方面的研究属于历史学家的专项）之外，编年史作家还务须了解他作为失意的情人、忌妒的情敌的种种盘算和考虑。

众所周知，黎舍留曾经热恋过王后。他身上的这种爱情，到底是纯粹出于政治目的，还是一种无法抑制的激情，我们无从得知，而奥地利安娜在她周围的男人身上激起类似的感情原也是十分自然的事情。但是，不管他初衷如何，读者随着本书前面情节的展开，已经看到他成了白金汉的手下败将，并且有那么两三个回合，特别是在钻石坠饰的那个回合，白金汉靠着三个火枪手的忠诚以及达德尼昂的勇敢，狠狠地把他耍了一把。

所以对黎舍留来说，打胜这次战役不但是为法国除去一个隐患，而且是向一个情敌报了一箭之仇。何况，这样的报复手段毕竟又是冠冕堂皇、掷地有声的，对一个手握兵权能够号令整个王国将士为之效命的叱咤风云的人物，这样的报复手段是堪称相配的。

黎舍留知道，与英国交战就是与白金汉交战，打败英国就是打败白金汉,总之,只要让英国在欧洲丢脸,他也就让白金汉在王后眼里丢人现眼了。

同样,在白金汉那方面,虽然他打着维护英国荣誉的旗号,不过骨子里也纯然跟红衣主教一样充满私心。白金汉也在寻求一种特殊的报复手段,既然无法以任何借口再作为使节重返巴黎,于是他就想作为战胜者重返巴黎。

所以,这两个最强盛的王国为满足两个情场中人的私欲而进行的赌博,其真正的赌注只是奥地利安娜的垂青而已。

战事最初的优势在白金汉公爵一边:他率领九十艘舰船和将近两万人的军队先发制人地逼近雷岛,突然袭击德·图瓦拉伯爵受命指挥的岛上守军。一场浴血奋战过后,英军强行登陆,攻占了雷岛。

顺便提一下,有一位德·尚塔尔勋爵在这场战役中丧生,他那才十八个月的女儿便成了孤儿。

这个女孩就是后来的德·塞维涅夫人。

德·图瓦拉伯爵率领守军撤退到了圣马丁城堡,并拨出一支百十来人的队伍死守一个叫作拉普雷要塞的据点。

战事的发展加速了红衣主教的决心。围攻拉罗谢尔决策已定,在决定国王和他能亲临前线指挥作战之前,他一方面请大亲王先执掌帅印,另一方面下令他所能调动的部队马上开赴战场。

而被派作前哨的这支部队,正是我们的朋友达德尼昂所在的部队。

至于国王,前面已作交代,他打算等御前会议一结束就起驾亲征。然而,6月28日刚开完御前会议,他就觉得身上发烧。而他并未因此推迟行期,但是眼看病情加重,不得不中途在维尔罗瓦停了下来。

国王停在哪儿,火枪手当然也就停在哪儿。所以,达德尼昂既然只是个禁军,起码眼前就只好跟那三位好朋友阿托斯、波尔多斯和阿拉密斯分开了。这次分开,固然使达德尼昂感到有些闷闷不乐,不过,如果他能猜到前面有何等防不胜防的危险在等待着他的话,他绝对会当真变得坐立不安的。

不过,他总算平安无事地于1627年9月10日到达了安扎在拉罗谢尔城前的营地。

战局的态势没有多大的变化:白金汉公爵统帅英军占领了雷岛,而围攻圣马丁城堡和拉普雷要塞始终未能得手,法军则在两三天前拉开了拉罗谢尔攻坚战的序幕,导火线是争夺德·昂古莱姆公爵部队不久前贴近城墙构筑的据点。

禁军部队由德·埃萨尔先生统率,就驻扎在米尼姆修道院。

不过我们知道,达德尼昂一心只想能进火枪营,平日在禁军营里很少同人交往。因此他一直离群索居,沉湎于他自己的心事中。

他想的心事可并不愉快,到巴黎都一年了,要说公家的事儿,他倒出过不少力,而说到自己的事儿,爱情也好,前程也好,都不见有多少起色。

要说爱情,他爱过的唯一的女人就是博纳修太太,但博纳修太太失踪后,他至今没能打听到她的下落。

要说前程,他这样的小人物,竟成了红衣主教的仇人,成了一个一人之下万人之上的大人物的敌人。

这个人能够轻而易举地让达德尼昂变成齑粉,不过他没有这样做。达德尼昂凭着自己那精灵的脑袋瓜子,意识到这种宽容不啻是一道曙光,他从中看到了可喜的前景。

另外他还结了个仇,这个对头他觉得不是那么可怕,然而凭直觉还是感到不能掉以轻心,这个对头就是米莱迪。

以所有这一切作为代价,他赢得了王后的青睐和保护。然而在当时,王后的青睐带来的通常是灾祸;而她的保护,我们知道是很不周密的:夏莱和博纳修太太就是证明。

因此，最明显的得益，就要算是他戴在手上的这枚价值五六千利弗尔的钻石戒指了。但是，达德尼昂既然雄心勃勃想做番大事业，当然要把这枚戒指留着，等将来有一天可以作为蒙受王后恩宠的见证，如此一来他目前就不能把它脱手换钱，所以这枚戒指的价值也就不会超过他脚下踩的砾石了。

我们说"他脚下踩的砾石"，是因为达德尼昂正边思索边独自一人走在从营地通往昂古丹村的小径上。他边走边想心事，不知不觉就走远了，当他发现到这一点时，眼看太阳就要落山了。正在这时，他在夕阳的余晖中好像瞥见有支火枪的枪筒在树丛后面闪了一下。达德尼昂目光锐利，反应机敏，他立刻意识到这杆火枪不会是凭空撂在那儿的，而藏在树丛后的枪手也不会心存善意。因此他转身想跑，不过说时迟那时快，只见在路的另一边的一块石头后面，又有一支火枪的枪口闪了一下。

这显然是埋伏。

达德尼昂朝第一杆火枪瞅了一眼，只见枪杆正朝着他的方向斜下来，他手心里禁不住捏把汗，但等瞥见枪口停住不动，他立刻趴倒在地上。就在这时，枪声响了，只听得枪子儿从他头上呼啸而过。

在这千钧一发之际，达德尼昂纵身从地上一跃而起，就在另一杆火枪枪声响起的同时跳了开去，枪子儿恰巧击中他刚才脸朝下贴着的那堆砾石，把砾石打得四处乱飞。

达德尼昂并非一味逞英雄的年轻人，他可不想为了博个绝不后退一步的名声而去白白送死，再说此刻也无所谓勇敢不勇敢的，他是中了人家的埋伏。

"再有一枪的话，"他心想，"我就完了！"

于是他拔腿就跑，用他家乡人以矫捷闻名的速度向营地跑去；不过，不管他跑得有多快，放第一枪的那个火枪手已经再次装好弹药，又朝他开了一枪，这一枪瞄得很准，枪子儿射穿了他的帽子，帽子一下子飞到十步开外。

达德尼昂就只有这一顶帽子，因此他一边跑一边还拾回了那顶帽子，待跑回驻地，他已经上气不接下气，脸色苍白得吓人，不过他没把这事告诉任何人，自顾自地坐下思忖了起来。

这件事可能有三个原因，第一个原因是最自然的：也许这是拉罗谢尔守军的伏击，能干掉一个御前禁军营的家伙，对他们而言当然是再好不过的事情。首先因为这至少也是个敌人，其次，这个敌人的口袋里说不定还有个鼓鼓囊囊的钱包。

达德尼昂拿起帽子，端详了一下子弹窟窿，摇了摇头。这枪子儿不是火枪的枪子儿，而是短膛枪的。开始那一枪打得这么准，他心里已经在犯疑，认为那似乎是另一种特别的火器打的。既然枪子儿的口径跟火枪的不同，看来这不是守军的伏击。

这也可能是红衣主教先生对他致意的一种方式。他还记得当时多亏那点儿余晖让他瞥见枪筒，而他心里闪过的念头就是主教大人对他的容忍终归是有限度的。

不过达德尼昂又摇了摇头。主教大人对于那些弹指即能使之灰飞烟灭的人，根本用不着这么费劲儿。

这或许是米莱迪的报复手段。

这才是最有可能的。

他竭力想回忆起那两个杀手的相貌或衣着，不过怎么也想不起来。他那会儿还没等跟他们打照面就转身逃跑了，哪还有闲工夫去看这看那呀。

"唉！我可怜的朋友们，"达德尼昂喃喃地说，"你们在哪儿？我目前多么需要你们啊！"

达德尼昂一夜都没睡安稳。他惊醒了三四回，每回都似乎觉得有人走到床边要刺杀他。不过黑夜过去就是天明，他并没出什么事。

但是达德尼昂总怀疑事情还没完，迟早还会出事。

他整天都待在营房里，给自己找的借口是天气不好。

第三天九点钟，营地响起了迎接贵宾的鼓乐声。奥尔良公爵前来视察前哨部队。禁军营全体集合，达德尼昂也站在队列中间。

大亲王来到前沿阵地，全体高级将官都簇拥在他周围，纷纷向他献殷勤，禁军营统领德·埃萨尔先生也未能免俗。

过了片刻，达德尼昂似乎看见德·埃萨尔先生在对他做手势让他过去。他生怕自己看走了眼，一时没敢动弹，等到统领又做了个同样的手势，这才出列走上前去听令。

"公爵想让几个自告奋勇的弟兄去执行一项危险的任务，假如能完成少不得有弟兄们的好处，因此我做手势让您做好准备。"

"多谢统领！"达德尼昂答道，能在代行统帅之权的公爵面前一显身手，自是求之不得的。

原来，拉罗谢尔的守军在夜间发起一次出击，夺回了两天前国王的部队攻占的一个棱堡。目前要派一支敢死队去摸清棱堡的情况。

果然，稍过片刻就听见大亲王提高嗓门儿说道："我要三个到四个志愿者来完成这项任务，此外还要一个可靠的人带队。"

"可靠的人，我手边就有一个，大人，"德·埃萨尔说着指了指达德尼昂，"至于四五个志愿者，大人只需传谕下去，自会有人响应的。"

"来四个不怕死的，跟我一起上！"达德尼昂举剑说道。

两名禁军营的弟兄马上跨步向前，另外还有两个士兵也自告奋勇加入，这样人数就已经够了。达德尼昂觉得这事应该有个先来后到，因此就拒绝了后来的其他人的请求。

拉罗谢尔守军抢占那座棱堡后，不知道是撤离了呢，还是留下了兵力在那儿固守，所以必须尽量接近棱堡去探个虚实。

达德尼昂带领四个伙伴，沿着壕沟前进。那两个禁军跟他并排往前走,两个士兵跟在后面。

他们凭借壕沟的掩护,走到了离棱堡只有百十来步的位置。到了那儿,达德尼昂转过身来,发觉有两个士兵不见了。

他以为那两人因为怕死躲到了后面,因此他继续往前去。

到壕沟护墙的拐弯处,他们仨离棱堡只剩下六十步光景了。

看不见有人,棱堡好像是无人防守的。

三名敢死队员正在商量要不要再往前靠近,突然间巨大的石堡四周一片硝烟弥漫,十几颗枪子儿呼啸着朝达德尼昂和两个伙伴飞来。

他们想要知道的情况已经知道了:棱堡有人防守。在这危险之地久留只是无谓的送死。达德尼昂和那两个禁军掉头就往后撤,那模样就跟逃命没什么两样。

刚跑到壕沟的拐角,立刻就可以靠护墙做掩护的时候,一个禁军摔倒在地,一颗枪子儿打中了他的胸部。另一个禁军安然无恙,仍一个劲儿地往营地直奔。

达德尼昂不愿把自己的同伴就这么撂在这里,于是俯身下去想把他扶起来,架着他一起归队;就在这时候,只听得两声枪响:一颗枪子儿打碎了受伤禁军的脑袋,距离他不过两寸光景,另一颗擦着达德尼昂的身子,飞过去打在了石头上。

达德尼昂飞快地转过身来,这种袭击不可能来自棱堡,因为壕沟的拐角挡住了棱堡守军的视线。他忽然又想起了那两名中途掉队的士兵和两天前的那两个杀手。他此次决心把事情弄个水落石出,便装死倒在了同伴的身上。

不一会儿,他看见从三十步开外的一个废弃的工事高处伸出了两颗脑袋:正是那两个士兵。达德尼昂没有料错:这两人跟着他来,就是为了干掉他,他们的如意算盘是把年轻人的死记在敌军的账上。

此刻,他们担心他或许只是受了点儿伤,弄不好日后会让他们的阴谋败露，因此想过来结果他的性命。幸好达德尼昂的这一招骗过了他们，两人都没顾上先在枪里装好弹药。

待两人来到十步开外，达德尼昂猛地纵身跃起，一个箭步蹿到两人跟前，方才他倒下去那会儿，很小心地没让长剑脱手，因此此刻他手里还握着剑。

那两个杀手清楚，如果他们不把对手干掉就逃回营地，对手会告发自己的，所以他们的第一个念头就是投敌。其中一个抓住枪筒，把它像狼牙棒似的举将起来，狠命朝达德尼昂抢过去，达德尼昂闪身躲开，这一躲正好给这坏蛋让出了一条路，于是他立刻朝棱堡飞奔过去。驻守棱堡的拉罗谢尔士兵不知他有何意图，就对准他放枪，他肩膀上中了一颗枪子儿，俯身倒在地上。

趁这时候，达德尼昂纵身扑向另一个士兵，挺剑向他刺去。这场格斗为时不长，那家伙手里只有一杆没装弹药的短膛枪可以用来招架。达德尼昂的长剑贴着无用的枪杆往下滑去，戳进那人的大腿，那人立马倒在地上。达德尼昂当即用剑尖抵住了他的喉咙。

"哦！别杀我呀！"这歹徒嚷道，"先生，开开恩，开开恩吧！我把一切都说出来。"

"您的这点秘密值得我饶你的一条命吗？"年轻人的胳膊停住不动。

"值得值得！一个像您这么又英俊又勇敢的男士，才二十二岁，前程又那么好，如果您觉得生命还值得留恋的话，那您饶我一条命肯定是值得的。"

"你这浑蛋！"达德尼昂说，"好吧，快说，是谁指使你来杀我的？"

"一个我不认识的女人，只知道她叫米莱迪。"

"既然你不认识这个女人，你又是如何知道她的名字呢？"

"是他和她打交道而不是我，他口袋里甚至还有一封对您很重要的信,这是他说的。"

"那你怎么又跟他一起打我的埋伏呢?"

"他提议我俩一块儿干,我就答应了。"

"那女人给了你多少钱,让你干这卑鄙的勾当?"

"一百路易。"

"哼,好极了,"年轻人冷笑说,"看来她觉得我还值上几个钱嘛,一百路易!对于像你们这样的可怜家伙来说,这可是发了笔财喽!我知道了你当初答应的原因,我现在可以饶你不死,但是有一个条件!"

"什么条件?"那士兵看到事情还有余地,忐忑不安地问道。

"就是把藏在你同伴口袋里的那封信去给我取回来。"

"您这是换个方式杀我呀,"那家伙嚷道,"棱堡火力那么猛,您叫我怎么去拿那封信哪?"

"但是你必须横下这条心去拿才行,否则我就让你死在我手里,我说到做到。"

"求求您,先生,饶了我吧!请看在您爱着的那位年轻夫人的分儿上吧,您可能以为她死了,不过她还活着!"那家伙一边使足劲儿说,一边双膝下跪,手撑在地上,他由于流血过多,渐渐变得很虚弱了。

"你说有个女人我爱她,还说我以为她死了,你从何得知?"达德尼昂问。

"从我同伴放在口袋里的那封信上知道的。"

"那你就该明白,这封信我是非到手不可的,"达德尼昂说,"因此别再磨磨蹭蹭拿不定主意了,否则,虽然我憎恶一个像你这样的坏蛋的血再来弄脏我的剑,但我仍旧要凭我的人格发誓……"说到这儿,达德尼昂做了个威胁的姿势,吓得那个受伤的家伙赶紧直起身来。

"别动手!别动手!"他喊道,恐惧使他鼓起了勇气,"我去……我去……"达德尼昂拿起这家伙的枪，用剑尖抵在他的后腰上，推着他朝他的同伴走去。

这个可怜虫战战兢兢地朝躺在二十步开外的同伴走去，他想尽量避开棱堡守兵的视线，脸色因为死到临头而变得灰白，他一路走过去，一路在地上留下一条长长的血迹，这幅景象看上去真是非常凄惨。

他那张冷汗直流的脸上布满恐惧之色，达德尼昂禁不住动了恻隐之心，鄙夷地瞧着他说："得了，我让你瞧瞧勇士和懦夫的区别吧。你就在这里待着别动，我上去。"

说着，他目光警觉地注意着敌方的动静，借助地形的起伏，脚步轻捷地来到了那个士兵身旁。

有两个办法可以达到他的目的：就地搜他的身，或者把他的身体当作盾牌背回去，然后在壕沟里搜他的身。

达德尼昂决定采用后一个办法。可他刚把那家伙背上肩头，敌军就开火了。

达德尼昂感觉到背上的身体起了一阵轻微的颤动，三颗枪子儿嵌进肌肉发出沉闷的响声，最后的一声呻吟过后，就是临终的抽搐。他知道这个曾经想杀死他的家伙刚才救了他一命。

达德尼昂回到壕沟里，把尸体扔在那个受伤的家伙身边，那家伙的脸色此刻就跟死人一般。

达德尼昂马上动手搜查：死者的全部遗产就是一个皮夹，一个钱袋，不用说里面装的就是这家伙分到的那笔钱，一副骰子和一个摇骰子的皮筒。

他随手把骰子和皮筒一扔，把钱袋扔给死者的同伙，就迫不及待地打开了皮夹。

在几张无关紧要的纸条中间，他找到了下面那封信——这正是他将生死置之度外，一心要找到的那封信：

既然你们没能盯住那个女的,让她毫发无损地到了那个你们原该叫她到不了的隐修院,那么你们无论如何不能再放走那个男的。否则,你们得知道我的手是很长的,到时候你们得为我给的那一百路易付出高昂的代价。

下面没有落款。不过显然这封信是米莱迪写的。这是物证,达德尼昂将它藏好。现在,因为在壕沟拐角后面比较安全,于是他就在那儿审问受伤的歹徒。

这家伙招认说,有位年轻女子要从拉维特城门出巴黎,他负责和他的同伴(就是刚被打死的那位)一起将她劫持,不过因为他们中途喝酒误事,到时马车已走了十分钟。

"你们本来计划把这女人怎么样?"达德尼昂焦急地问。

"我们得把她带回王家广场的一座府邸。"那家伙说。

"对!对!"达德尼昂喃喃地说,"没错,带到米莱迪的家里。"

到此时,年轻人才不胜惊恐地明白,那个女人怀着怎样的刻骨仇恨,一定要把他以及所有爱他的人都置于死地不可,并且她又对宫廷的事情那么了如指掌,什么事都瞒不过她。毋庸置疑,她的情报来源定得之于红衣主教。

然而,他也从中得知了另一个情况,而且由衷地感到欣喜,那就是王后终于打听到了因其忠诚而遭殃的可怜的博纳修太太监禁的地点,并设法把她救了出来。目前,博纳修太太给他的那封信,以及她在夏约大路上的一闪而过,如同幻影般转瞬即逝的露脸,都能得到解释了。

像阿托斯所说,他可以与博纳修太太重逢了,一座修道院不是障碍。

如此一想,他的心头又涌上了宽容之情。他转过身来,刚才那个受伤的士兵始终焦虑不安地注视着他脸部表情的每一个变化,这时达德尼昂对他伸出胳臂说道:"好了,我不想把你这么撂下。扶着我的胳臂一起回营去吧。"

"是,"那人应声说,不敢置信对方居然会如此宽宏大量,"不过您不是要把我送去吊死吧?"

"你放心吧,"达德尼昂说,"我又饶了你一命。"

那人不由自主地跪倒在地,又一次去吻救命恩人的脚。不过,达德尼昂不想待在险地,因而匆匆地打断了他这种感激涕零的表示。

在拉罗谢尔守军第一阵开火时就逃回去的那个禁军,早已报告说四个同伴都阵亡了。因此瞧见达德尼昂安然无恙地回到营地,整个联队的弟兄们都是又惊又喜。

达德尼昂当场编了段敌军出击的小插曲,把那个士兵的剑伤遮盖了过去。他又把另一个士兵的阵亡和他们经历的艰险讲了一遍。这个故事使他真的出尽了风头。这一天整个营地都在谈论他的这次壮举,大亲王也传话褒奖了他。

另外,正所谓干好事必有好报,此事使他内心重归久违的宁静。这不,心里放松了下来,两个杀手,一死一收服,就没有什么可怕的了。

这种无所顾虑的态度证明了一件事,就是达德尼昂还没有真正了解米莱迪。

第四十二章　安茹红葡萄酒

国王龙体欠安这个让人心灰意冷的消息传出没多久,又传出他已恢复健康的风声,整个营地对国王的身体状况议论纷纷。据说国王迫切希望御驾亲征指挥围城战役,他只要可以骑上马背,便能起驾出征。

这段时间,大亲王没有任何举动,他清楚早晚有一天他要交出他的统帅权柄,不是交给德·昂古莱姆公爵,就是交给勋贝尔格或者巴松比埃尔,这几位明争暗斗,已经觊觎指挥大权很久了。所以大亲王无所事事地消磨着时光,不敢采取贸然的军事行动将英军从雷岛上赶出去,故此,一方面英军仍在围攻圣马丁城堡和拉普雷要塞;另一方面法军也围住拉罗谢尔,久攻不下。

上面已经说过,达德尼昂又变得身心舒坦了。一个人好不容易闯过一个危急关头,眼看危险似乎已经消失,常常是会有这种感觉的。只有一件事他还放心不下,那就是一直没有三位伙伴的消息。

不过,11月初的一个早上,从维尔罗瓦捎来了一封信,看过这封信他就疑云全消了。

达德尼昂先生:

阿托斯、波尔多斯和阿拉密斯诸位先生目前在敝店欢聚畅饮,闹得不可开交,被素以严厉著称的督察长关了几天禁闭。在下遵照他们的吩咐,特此送上敝店的十二瓶安茹红葡萄酒,他们对此种葡萄酒夸赞有加,因此希望您也能赏脸为他们的健康多喝几杯。

酒已着人送上,谨致敬意。
您谦卑恭顺的仆人、诸位火枪手先生下榻的旅店店主戈多

"太棒了!"达德尼昂大声说道,"我百无聊赖而他们寻欢作乐,但互相想念。没说的,我乐意为他们的健康喝几杯,不过独饮就无趣了。"

说着,达德尼昂跑去找了另外两个比较要好的禁军,请他俩一起来喝这些来自维尔罗瓦的安茹佳酿。不过其中一个当晚已有

约,另一个次日也有约。因此聚会只能定在第三天。

达德尼昂回来以后,把十二瓶葡萄酒全都送到禁军营地的小酒店,嘱托掌柜的替他好好保管;等到了聚会的那一天,因为时间定在中午,达德尼昂九点钟就打发布朗谢先去张罗。

布朗谢一下子升任总管,得意非凡,巴不得露一手把筵席张罗得体体面面。因此他找来了两个帮手,一个是主人邀请的一位客人的仆人,名叫富罗;另一个就是半途想杀掉达德尼昂的冒牌士兵。此人本无联队编制,因此在达德尼昂饶了他的命之后,就给达德尼昂,或者更确切地说给布朗谢当了下人。

筵席的时间到了,两位客人都来了,宾主入席后,菜肴相继上桌。布朗谢胳臂上搭条餐巾,在一旁侍候,富罗打开酒瓶,那个剑伤已愈的冒牌士兵布里斯蒙把酒倒进几只长颈大肚的玻璃瓶里,大概是一路上颠簸的缘故,葡萄酒看上去有些沉淀。倒完第一瓶时,瓶底有点儿混浊,布里斯蒙把这点儿渣滓倒在一只杯子里。由于这可怜的家伙刚刚恢复,还没有多少气力,于是达德尼昂允许他把这口酒喝了。

宾主三人喝完汤,刚要端起第一杯酒送到嘴边的时候,只听得骤然间从路易要塞和新港要塞传来阵阵炮声。那两名禁军心想准是拉罗谢尔守军或者英国人突然袭击,因此马上拔剑出鞘。达德尼昂论机敏自不会输给那二位,也早已拔剑在手。三人一路往外冲去,想去归队投入战斗。

不过刚跑出店门没几步,他们就知道了这阵炮声原来是怎么回事。"国王万岁!"

"红衣主教先生万岁!"的欢呼声此起彼伏,到处都是欢快的鼓声。

原来,正如我们前面所说,国王急于亲临前线,日夜兼程赶来,现在正带领全体扈从和一万名增援部队抵达前沿,火枪手们前呼后拥,一路护驾而来。达德尼昂和那两个禁军夹在人群中间，他朝三位伙伴做了个手势表示致意，三个火枪手也用目光向他致意，德·特雷维尔先生一眼就认出了达德尼昂，因此达德尼昂也挥手向他致意。

迎驾仪式一结束，四个伙伴马上就抱在了一起。

"嘿！"达德尼昂嚷道，"你们来得真是时候，餐桌上的肉还没凉呢！你们说对不对呀，二位？"他转身对着那两个禁军说了这么一句，然后就把他俩介绍给伙伴们。

"啊哈！看来我们可以大饱口福啦。"波尔多斯说。

"我希望，"阿拉密斯说，"你们的餐桌上没请女人！"

"在这种小地方，可有什么好喝的酒？"阿托斯问。

"当然有！有你们的酒啊，亲爱的朋友。"达德尼昂答道。

"我们的酒？"阿托斯惊诧地说。

"对呀，你们给我送来的酒。"

"我们给您送酒来着？"

"那些安茹的山地红葡萄酒，你们忘了？"

"噢，我知道您说的这种酒。"

"那是您最喜欢的酒呀。"

"应该算是吧，如果我手边既没有香槟酒，也没有尚贝尔坦葡萄酒的话。"

"得，既然这儿没有香槟酒和尚贝尔坦酒，您一定会喜欢这种酒。"

"您的口味够刁钻的，特地去安茹搞葡萄酒来喝？"波尔多斯说。

"瞧您说的，这些酒都是你们让人给我送来的呀。"

"我们让人送来的？"三个火枪手面面相觑地说道。

"阿拉密斯，"阿托斯说，"您让人送了？"

"没有，您呢，波尔多斯？"

"没有，您呢，阿托斯？"

"没有。"

"假如不是你们，"达德尼昂说，"那就是你们住旅店的老板。"

"我们的旅店老板？"

"对！你们的旅店老板，维尔罗瓦的旅店老板戈多。"

"我说，管他从何而来，"波尔多斯说，"品尝品尝再说，好酒大家同饮嘛！"

"不行，"阿托斯说，"来路不明的酒不能喝。"

"您说得对，阿托斯，"达德尼昂说，"你们中间没人让戈多老板给我送过酒？"

"没有！不过他让人说是我们送的吗？"

"这儿还有封信哩！"达德尼昂说。

说着，他把那封信拿给伙伴们看。

"这不是他的笔迹！"阿托斯大声说，"我认得出他的笔迹，最后是我跟他结账的。"

"信上都是瞎说，"波尔多斯说，"我们可没关禁闭。"

"达德尼昂，"阿拉密斯的口气有些责备的意味，"您怎么能相信我们会闹得不可开交……"达德尼昂脸色变白，浑身痉挛地颤抖起来。

"你这样子真吓人，"阿托斯说，他只有在情况很严重时才称他"你"，"究竟出什么事了？"

"快跑，快跑，朋友们！"达德尼昂嚷道，"我有个可怕的念头，可能要出大乱子！莫非这又是那个女人的报复手段？"这下子阿托斯脸色也变白了。

达德尼昂朝小酒店冲去，三个火枪手和两个禁军跟着奔去。

达德尼昂踏进店堂，一眼就发现布里斯蒙躺在地上，浑身抽搐着满地打滚。

布朗谢和富罗的脸色像死人一样惨白，他俩想救他，不过显然他已经是没救了：这个临死的人疼痛难当，整张脸都已经抽搐得变了形。

"啊!"他一瞧见达德尼昂就叫嚷道,"啊!这太可怕了,您装出宽恕我的样子,却来这么毒死我!"

"我!"达德尼昂大声说,"我!你这坏蛋!你在胡说些什么呀?"

"我说是您把这酒给我的,我说是您对我说把它喝了的,我说是您想对我报仇,我说这太可怕了!"

"别这么想,布里斯蒙,"达德尼昂说,"根本没这事。我向您保证,我起誓……"

"哦!天主在上!天主会惩罚您的!主啊!但愿这人有一天也遭受我这样的痛苦!"

"我凭《福音书》向您起誓,"达德尼昂扑到这垂死的人跟前大声说道,"我的确不知道这酒里有毒,我原本也要像您一样喝这酒的。"

"我不信您的话。"这人说。

说完,一阵更加剧烈的痛苦抽搐之后,他死了。

"太可怕了!太可怕了!"阿托斯喃喃地说,波尔多斯砸碎了酒瓶,阿拉密斯打发人去找忏悔神父,不过为时已晚。

"嗨,朋友们!"达德尼昂说,"你们又一次救了我的命,不光是我,还有这两位先生。二位,"他又对那两个禁军说,"此事万勿声张,此事背后牵涉人物势力很大,弄不好咱们都会倒霉。"

"噢!先生!"布朗谢结结巴巴地说,一副半死不活的可怜相,"噢!先生!我真是运气!"

"什么?"达德尼昂大声说道,"你也差点儿喝了酒?"

"先生,我是想为了国王的健康喝上那么一小杯,若非富罗对我说有人唤我,我就喝在肚子里了。"

"唉!"富罗牙齿咯咯地打着战说,"我是想把他支走好一个人喝啊!"

"二位，"达德尼昂对两个禁军说，"想必你们也同意，出了这样的事以后，让人实在没有兴致再坐回桌旁去了。因此请接受我的歉意，这顿饭我改日再请。"

两个禁军客气地接受了达德尼昂的道歉，他俩知道那四个伙伴此刻不想有外人打扰，就告辞了。

屋里只剩达德尼昂和三个火枪手以后，四人彼此望了一眼，从这眼神可以看出，每个人都明白了事态的严重性。

"首先，"阿托斯说，"咱们得离开这屋子。待在一个死人，一个死得这么可怕的死人身边，真不是滋味。"

"布朗谢，"达德尼昂说，"这个可怜家伙的尸体归你去料理。把他像教徒一样好好安葬。的确，他曾经犯过罪，不过他已经悔过了。"

说完，四个伙伴就走出屋去，留下布朗谢和富罗去为布里斯蒙张罗葬礼。

掌柜的给他们安排了另外一间屋子，端进来几个带壳的水煮蛋，阿托斯又亲自到水池里去装了一瓶水。达德尼昂扼要地把事情的原委对波尔多斯和阿拉密斯说了一下。

"嗯，"达德尼昂对阿托斯说，"看到了吧，朋友，这是一场殊死的战斗。"

阿托斯摇了摇头。

"是的，是的，"他说，"这我同意。不过您还认为这是她干的吗？"

"我对这一点确信无疑。"

"不过我得坦白地说我还有些怀疑。"

"那么，肩膀上的那朵百合花怎么解释呢？"

"也许只是一个在法国犯罪的英国人，被捕后给烙上的吧。"

"阿托斯，可我仍然认为她就是您的妻子，"达德尼昂说，"否则您如何解释两个印记如此相像的疑惑。"

"我仍坚持那个女人已死,因为是我亲手吊死的。"

"但到底该怎么办呢?"他说。

"总之您是不能再听凭头上永远悬着一把剑的这么待着了,"阿托斯说,"应该打破这个局面。"

"怎么做?"

"您听我说,您得设法找到她,把利害关系当面跟她讲清楚。告诉她,这冤仇是愈结愈深,还是早日化解,由她来挑!您就说:'我凭人格担保,绝不提起您半个字,也绝不做任何有损于您的事;而您也得起誓,对我就此罢手。否则,我会去找大法官,找国王,找刽子手,会煽动宫里的人反对您,我要揭发您是烫过烙印的犯人,把您送上法庭,如果他们赦免您,那么,我凭绅士的荣誉发誓,我一定要杀死您!我会在大路上的界石边上,把您当条疯狗似的宰了。'"

"这个办法我觉得挺好,"达德尼昂说,"但是如何能找到她呢?"

"时间,伙计,时间会带来机会的,而机会,就是您赌输后加倍下的赌注。只要您有耐性等待,注下得愈大,就会赢得愈多。"

"没错,不过周围尽是些想杀死我、毒死我的人,叫我怎么等待……"

"嘀!"阿托斯说,"直到现在天主一直在保佑我们,天主会继续保佑我们的。"

"没错,我们有天主保佑。况且我们都是男子汉,说到底我们的天职就是以生命去冒险。然而她呢!"达德尼昂说着说着声音变得很轻。

"哪个她?"阿托斯问。

"贡斯当丝。"

"博纳修太太!噢!可也是,"阿托斯说,"可怜的伙计!我忘了您还在恋爱这碴儿了。"

"得，"阿拉密斯说，"您在那个死掉的可怜虫身上搜到的信上不是写得明明白白，她在一座修道院里吗？待在修道院里可是再好不过的，我对您说吧，拉罗谢尔这场仗一打完，我也就要……"

"好！"阿托斯说，"好！对，我亲爱的阿拉密斯！我们知道您的志愿是当教士。"

"我当火枪手不过临时凑凑数。"阿拉密斯谦虚地说道。

"看来他有好久没收到情妇的音信了，"阿托斯悄悄地对达德尼昂说，"但是您可别在意，这事我们都知道。"

"嘿，"波尔多斯说，"我倒觉得有个更简便的办法。"

"什么办法？"达德尼昂问道。

"你们不是说她在一座修道院里吗？"波尔多斯接着说。

"对呀。"

"那好，围城这仗一打完，咱们就去修道院，将她抢出来。"

"那要先搞清是哪座修道院。"

"这倒也是。"波尔多斯说。

"我看行，"阿托斯说，"达德尼昂，您不是说那座修道院是王后替她选定的吗？"

"对，起码我这么认为。"

"那好，这事儿波尔多斯帮得上忙。"

"请问此话怎讲？"

"靠您的那位不知侯爵夫人、公爵夫人还是亲王夫人帮助呗。她想必神通广大喽。"

"嘘！"波尔多斯一只手指按在嘴唇上说，"我想她是亲主教的，这事千万不能让她知道。"

"那么，"阿拉密斯说，"就让我来负责打听消息吧。"

"您？阿拉密斯，"三个伙伴同声叫道，"您如何打听？""靠王后的宫廷神父帮忙,我跟他交情不错……"阿拉密斯涨红着脸说。

那顿可怜兮兮的饭,四个伙伴早就吃完了,现在既然事情已经说定,大家约好了当晚再见面,便就此分手了。达德尼昂回米尼姆,三个火枪手回国王的大本营,他们得去安顿一下自己的住处。

第四十三章 红鸽棚酒店

国王像红衣主教一样,甚至超乎于红衣主教之上更加痛恨白金汉,从一开始便迫不及待地想早一天亲临前线,所以刚到前线便急于进行部署,预想先将英国人从雷岛赶走,再加大对拉罗谢尔的攻势。但是事与愿违,德·昂古莱姆公爵与勋贝尔格和德·巴松比埃尔两位先生之间的钩心斗角,打乱了他速战速决的计划。

勋贝尔格先生和德·巴松比埃尔都身为法兰西元帅,二人都觉得在国王麾下自己有权力统率号令军队。但是红衣主教对巴松比埃尔百般戒备,担心这位忠诚的胡格诺教徒,面对他的新教弟兄英国人和拉罗谢尔人会心慈手软,因此就推出另一位德·昂古莱姆公爵来,国王在主教的怂恿下,就把公爵任命为前军统帅。如此一来,因为担心德·巴松比埃尔先生和勋贝尔格先生一气之下撒手不管,又得给每人都安排一份统辖权:巴松比埃尔行辕设在城北,统辖拉勒至唐比埃尔一线防地;德·昂古莱姆公爵行辕设在城东,统辖唐比埃尔至佩里尼一线防地;德·勋贝尔格先生在城南，统辖佩里尼至昂古丹一线防地。

大亲王的行营设在唐比埃尔。

国王的行营不是在埃特雷，就是在拉雅里。

至于红衣主教的行营，那是在石桥屯的一座傍坡而筑的小屋，外观朴素，全无遮掩。

这种布局的效果是，大亲王监视巴松比埃尔，国王监视德·昂古莱姆公爵，而红衣主教监视德·勋贝尔格先生。

部署完毕，立即策划驱逐雷岛英军。

局势很有利：伙食充足，则兵将勇猛，然而英军只能吃咸肉和蹩脚饼干，因此病号猛增。另外，这个季节海岸沿线的风浪都很大，每天总有几条小型战船出事故。从棘刺角到前沿阵地的一带海滩，每当潮退以后总是一片狼藉，布满平底渔船和斜桅小帆船的残骸，所以，法国国王麾下的军队也就索性待在营地观望了。事情明摆着，白金汉至今赖在雷岛不走，不过是还想要面子，他迟早得挪窝儿。

不过，德·图瓦拉先生派人报告说，敌营有迹象要准备发动进攻，因此国王决定采取果断措施，下达了一系列相应的命令，准备决一死战。

我并不打算写一本围城日志，而仅限于把跟我们叙述的故事有关的若干大事提一下而已，故而我只想很概括地说一句。军事行动的成功使国王大为惊讶，使红衣主教先生倍感光荣。英军节节败退，在鲁瓦岛海峡又遭重创，溃不成军，最后只得在战场上丢下两千多的残部登船逃跑，这支残部中有五名上校，三名中校，二百五十名上尉和二十名从军的贵族子弟，还有四门火炮和六十面军旗，这些军旗日后由克洛德·德·圣西蒙带回巴黎，蔚为壮观地悬挂在圣母院的拱门下面。

感恩赞美诗的歌声从营地响起，然后传遍了整个法国。

于是红衣主教完全控制了战局，起码暂时在继续围攻拉罗谢尔的同时，免除了对英军作战的后顾之忧。

但是，就像我们说的，这种休战状态不过是暂时的。

白金汉公爵有名密使，名叫蒙泰居的，被法军俘获，从他身上搜出了神圣罗马帝国、西班牙、英国和洛林缔结联盟的证据。

这个联盟旨在对付法国。

此外，在白金汉因始料不及而仓促撤离的行营里，还发现了一些文件和信函，坐实了上述联盟的存在，而且据红衣主教先生日后在回忆录中的说法，很多地方牵连到德·谢芙勒兹夫人，所以也就牵连到了王后。

所有的军机要务，红衣主教事必躬亲，因为唯有事必躬亲才是名副其实的权不旁落的首相。他宵衣旰食，日理万机，把治国平天下的才能发挥得淋漓尽致，同时还时时注意着欧洲的某个大国有什么风吹草动。

对于白金汉的种种活动，特别是白金汉对他的憎恨，红衣主教是完全了解的。只要这个威胁法国的联盟得逞，他的影响就会丧失殆尽。西班牙势力和奥地利势力都在卢浮宫的内阁里有它们的代表人物，迄今为止这些内应还只是对两国的政策表示亲善而已，而只要联盟得逞，他黎舍留，法国的大臣，叱咤风云的堂堂首相，就得垮台了。国王一面像个孩子似的对他言听计从，一面又像个腻烦老师的孩子那样恨他、讨厌他，到那时候，国王就会听凭大亲王和王后联合起来报复他，故而他准得垮台，并且法兰西可能也得跟着他一起垮台。他绝不能让这一切变成现实。

所以我们看到，红衣主教在石桥屯下榻的那座小屋，日日夜夜都络绎不绝地有人前来传送信息。

有些是教士打扮，不过黑袍很不合身，一看就知道十有八九是假扮的。有些是女人，穿着年轻仆从的号服总显得有点儿不对劲，宽松的灯笼裤没法把婀娜的曲线遮得严严实实。还有些乡下人，两手乌黑，腿肚子却是细皮白肉，让人大老远的就能觉出这都是些有身份的主儿。

此外，也有些看上去不那么面善的来访者，两三天前就有风声传出来，说红衣主教险些遇刺。

诚然，主教大人的政敌说那是他故意派些蠢头蠢脑的刺客亮亮相，以便到时候能倒打一耙。但无论大臣的话，还是敌人的话均是不可信的。

从未有人置疑过红衣主教的勇敢，所以虽然有上面的这种谣传，主教大人照样经常夜间出行，有时是向德·昂古莱姆公爵面授机宜，有时是去跟国王商议军务，也有时他不愿意让某人上他的小屋谒见，就亲自前去密谈。

那些火枪手，在围城期间没有多少事好做，故而悠闲自在的日子过得挺快活。咱们的三位火枪手都是德·特雷维尔先生的朋友，所以愈发悠闲自在，只要统领点个头，就可以在外面多玩会儿，有统领特许，就算玩到闭营以后回来也没事儿。

有天晚上，达德尼昂在前沿阵地值勤，没法儿跟朋友们在一起，阿托斯、波尔多斯和阿拉密斯三人骑着战马，裹住披风，手握枪柄，离开一座小酒店往回而行，这座名叫红鸽棚的小酒店，是阿托斯两天前在通拉雅里的大路旁发现的。此刻三个伙伴沿着那条通营地的道路骑行，正如刚才说的，人人小心戒备，唯恐遇上伏击。行到离布瓦纳尔村大约四分之一里路的地方，只听见迎面传来一阵马蹄声，三人立刻勒马停住，彼此靠紧，等在路中央。片刻过后，月亮刚好钻出云层，他们趁这时候瞧见了一条小路的转角处有两个人骑在马上。这两人一见他们，也立刻勒马停住，似乎在商量是继续前进呢，还是退回原路。这种游移不定的举止，引得三个火枪手起了疑心，阿托斯拍马往前几步，声音沉着地大声问道："什么人？"

"你们是什么人？"两个骑马人中的一个说道。

"这不是回答！"阿托斯说，"什么人？快回答，否则我们就不客气了。"

"请注意你们的行为,不要轻举妄动,先生们!"这时一个响亮有力的声音说道,听起来说话的人平时是惯于发号施令的。

"或许是哪位长官在夜巡,"阿托斯对伙伴们说,随即他又大声说,"您二位想干什么?"

"你们是什么人?"那个声音仍然用同样的命令口吻说道,"你们必须回答,否则,你们会因抗命不遵而获罪。"

"我们是御前火枪手。"阿托斯说,他已确信问话的人有权这么问了。

"哪个营的?"

"德·特雷维尔营。"

"听从命令向前走,向我报告你们此时此地在此何为?"

三个伙伴耷拉着脑袋策马上前,这时他们仨都深信不疑对方的地位比他们显赫得多。因此其他二位也就索性缄口不语,让阿托斯一个人去应付了。

两个骑马人中后开口说话的那个,现在立马在前,他的同伴离他有十步左右。阿托斯示意波尔多斯和阿拉密斯也待在后面,自己拍马上前。

"抱歉,长官!"阿托斯说,"我们委实不分和谁交谈,而且您能看出来,我们严加戒备不敢松懈。"

"您的名字?"那军官说,他的披风遮住了半边脸。

"您自己呢?先生,"阿托斯说,他对这种盘问有些反感起来,"请您拿出证据,证明您有权力问我。"

"您的名字?"骑手重问一遍,同时放下披风,露出整个脸来。

"红衣主教先生!"火枪手惊呼道。

"您的名字?"主教大人第三遍问道。

"阿托斯。"火枪手答道。

红衣主教做了个手势,那个侍从迎上前来。

"命令他们跟着走,"他低声对侍从说,"我不想有人知道我离开营地,让他们跟着我,他们就没法去告诉别人了。"

"我们都是世家子弟,大人,"阿托斯说,"只要我们答应过的事,您就尽管放心好了。谢天谢地,我们还知道如何保守秘密。"

红衣主教目光炯炯地盯着这个如此胆大的火枪手。

"您的耳朵挺灵,阿托斯先生,"红衣主教说,"但是现在您听我说,我请你们同行,绝非出于不信任,而是为了我的安全。您那两位伙伴,大概就是波尔多斯先生和阿拉密斯先生吧?"

"是的,主教大人。"阿托斯答道,待在后面的那两个火枪手则应声策马趋前,并将帽子拿在手上。

"我认识你们,先生们,"红衣主教说,"我认识你们,我知道你们并不完全是我的朋友,对此我颇为不快,但是我也知道你们都是勇敢正直的绅士,是完全可以信赖的。因此阿托斯先生,务必请您和您那两位朋友赏脸陪我一程,如此我就有了一支精悍的卫队,如果陛下见到了,他也准会眼红的。"

三个火枪手欠身鞠躬,头低得都碰到了马鬃。

"嗯,我想直言相告,"阿托斯说,"主教大人带我们走是很明智的。我们方才就在路上遇见过一些无赖恶棍,还在红鸽棚跟其中四个家伙干了一架。"

"干了一架,为了什么事?"红衣主教说,"先生们,你们知道,我可不喜欢有人打架!"

"正因为这样,我才斗胆先向主教大人禀告一下事情的经过。否则,大人说不定会从旁人那儿听到谎报的情况,还以为错在我们。"

"这一架打下来,后果如何?"红衣主教皱着眉头问道。

"我的朋友阿拉密斯,就是这位,在胳膊上稍稍挨了一剑,然而主教大人将会看到,这并不妨碍他明天冲锋陷阵,假如主教大人下令攻城的话。"

"但你们不是那种打不还手的人呀,"红衣主教说,"请坦诚直言吧,先生们,你们到底伤了对方几个人。你们得说实话,你们知道,我是有赦免权的。"

"我嘛,大人,"阿托斯说,"我手里根本没拿剑,就那么拦腰抱住对手,把他从窗口摔了出去。那家伙摔下去的时候,"阿托斯略略迟疑了一下再往下说,"似乎摔断了腿。"

"哦!"红衣主教说,"您呢,波尔多斯先生?"

"我呀,大人,知道明令不许决斗,因此就抄起一条板凳,朝一个浑蛋砸了一下,似乎把他的肩胛骨砸碎了。"

"好啊,"红衣主教说,"您呢,阿拉密斯先生?"

"我呢,大人,生性就很平和,再说,这一点大人或者还不知道,我正打算去重新接受神职,因此我当时只想去把伙伴劝开,没想到有个下流家伙背后使坏,冷不丁在我左胳臂上刺了一剑。这下我就给惹火了,马上拔出剑来,等那家伙再冲过来的时候,我只觉得他刚扑到我跟前,我的剑不知怎么一来就戳进了他的身体。我看得挺清楚,他只是跌了一跤,后来似乎是有人把他和他的两个同伙都抬了下去。"

"行啊,各位!"红衣主教说,"就为酒店里的一场争吵,三个人就此上不了战场,你们这也太过分了吧。究竟是如何吵起来的?"

"这几个下流东西都喝醉了,"阿托斯说,"听说当晚有位女客住进了酒店,他们就要去砸门。"

"砸门!"红衣主教说,"他们想干什么?"

"当然是没安好心喽,"阿托斯说,"我已经禀告过大人,他们都喝醉了。"

"那可是一位年轻漂亮的女客?"红衣主教有些不安地问道。

"我们没瞧见她,大人。"阿托斯说。

"你们没瞧见她。噢!很好,"红衣主教连忙接着说,"你们维护了一位女客的名誉,做得很对,既然这事就发生在红鸽棚酒店,我本人也要去那儿,所以我会知道实情如何的。"

"大人,"阿托斯神情高傲地说,"我们都是世家子弟,刀剑加颈,也绝无半句虚言。"

"我并不是怀疑您对我说的这些话,阿托斯先生,一刻也没有怀疑过。不过,"他说着,想转换个话题,"这位夫人莫非是单身一人?"

"这位夫人跟一个骑马来的男人一起待在房间里,"阿托斯说,"不过无论外面怎么吵得不可开交,那个男人就是不露面,看来他准是个胆小鬼。"

"下结论不要太轻率,这是《福音书》上说的。"红衣主教说道。

阿托斯躬身作答。

"现在可以了,先生们,"主教大人接着说,"我知道了我想知道的情况。请跟着我走吧。"

三个火枪手转到红衣主教身后,红衣主教重又用披风遮住脸,策马向前行去,跟四个陪从保持十来步的距离。

很快,他们就悄悄地来到了那家小酒店。店主人看来知道自己等待的是位显贵的客人,因此事先已经把不相干的人都打发走了。

离店门还有十来步,红衣主教示意他的侍从和三个火枪手停下。前面窗板上拴着一匹鞍辔齐整的马,红衣主教上前在窗板上敲了三下暗号。

一个裹着披风的男人应声出来,匆匆跟红衣主教交谈了几句;随即他骑上马,向絮热尔的方向,也就是巴黎的方向驰去。

"上前来吧,先生们。"红衣主教说。

"你们对我说的是真话,各位,"他朝着三个火枪手说,"我们今晚的相遇能否带给你们好处,那不取决于我。现在请跟我来吧。"

主教跨下马,三个火枪手也跟着下了马。主教把缰绳甩在侍从手里,三个火枪手各自把缰绳系在窗板上。

店主人站在门口。在他想来,红衣主教仅仅是一个前来拜访一位夫人的军官而已。

"您在楼下有没有房间,请让这几位先生舒舒服服地边烤火边等。"红衣主教问。

店主人打开一个大房间的房门,里面火炉坏了,刚换上一个十分讲究的大壁炉。

"这儿有一间。"他说。

"很好,"红衣主教说,"各位请进,劳驾在里面等我一会儿,用不了半个小时。"

趁三个火枪手走进底楼这个房间的工夫,红衣主教不再跟店主人搭话就直接上了楼梯,那样子就像个熟门熟路的来客。

第四十四章　火炉烟囱管的用处

事情再清楚不过了,咱们这三个朋友因为出于本性,做了件见义勇为的事情,那时怎么会想到,搭救的人碰巧是受到红衣主教特别保护的。

这人究竟是谁呢?三个火枪手首先想到的就是这个问题。他们左思右想但是还是没有得出让大家满意的答案,波尔多斯便让店主人拿副骰子来。

波尔多斯与阿拉密斯二人在桌旁坐下掷骰子,阿托斯一边在屋中走来走去,一边思索着。

阿托斯就这样边走边想,前前后后在火炉那根通烟囱的管子旁边走了好几回,这根烟囱管的另一头与头上的房间相连,不过中间那段已经折断,他每回从烟囱管跟前走过,总听见一阵声音很轻的说话声,听着听着,这说话声终于引起了他的注意。他走近烟囱管,听清了楼上的说话声,而且显然觉得此事非同小可,因此做了个手势让两位伙伴别出声,自己低下头把耳朵凑近烟囱管的断口。

"您听着,米莱迪,"红衣主教说,"事关重大,请坐下,我们慢慢谈。"

"米莱迪!"阿托斯喃喃地说。

"我洗耳恭听,主教大人。"一个女人的声音回答说,阿托斯听见这声音,禁不住打了个寒战。

"一艘由英国水手驾驶的小船在夏朗特出海口的岬头要塞等着您,船长是我的人,他于明天早上扬帆出海。"

"如此说,今天晚上我就必须去那儿?"

"立刻就去,也就是说听完我布置的任务过后就去。酒店门口有两个人等着,他们会一路护送您的。稍后我先走,等我走后半小时,您再出门。"

"是,大人。现在我们还是来谈谈您要让我去执行的任务吧。我希望能继续不辜负主教大人的信任,因此请大人明确指示,以免我有任何误解。"

两个对话者之间一时间变得阒无声息。显然红衣主教是在斟酌措辞,而米莱迪则在集中精力准备听明白他讲的每句话,以便把这些话牢记在心头。

阿托斯趁此时招呼两位伙伴关好房门插好门闩,并示意他们过去跟他一起听。

那两个火枪手可不想那么受累,因此一人拎了一把椅子,还给阿托斯也带来一把。然后三人脑袋凑在一起,侧耳静听。

"您的目的地是伦敦,"红衣主教接着往下说,"到了伦敦,您就去找白金汉。"

"我想提请主教大人注意,"米莱迪说,"上回钻石坠饰那件事,公爵一直对我有疑心,打那以后他始终提防着我。"

"因此这一回,"红衣主教说,"不再是骗取他的信任了,而是以谈判者的身份开诚布公地去跟他谈判。"

"开诚布公。"米莱迪重复说,那种伪善者的表情真是无法形容。

"对,开诚布公,"红衣主教以同样的口吻说,"谈判中间您得给他摊牌。"

"我一定不折不扣地按大人的指示行事,但请大人吩咐。"

"您以我的名义去找白金汉,您告诉他说,他在策划些什么我全都了如指掌,不过我半点儿也不担心,因为一旦他稍有动作,我就会叫王后身败名裂。"

"他会相信主教大人这个威胁能说到做到吗?"

"会的,因为我手里有他们的把柄。"

"这些把柄我可以在他面前抖搂出来,让他好好权衡一下。"

"此话有理,您可以告诉他,我要公布德·布瓦-罗贝尔和德·博特吕侯爵的报告,这份报告说,在王室总管夫人举行的化装舞会上,公爵曾经和王后见过面。为了不让他有半点儿怀疑,您就告诉他说,那天晚上他穿的是莫卧儿大帝的服饰,那套服饰本来是德·吉兹骑士的,公爵花了三千皮斯托尔才从他手里买下来。"

"好的,大人。"

"有天晚上他装扮成意大利星相家去过卢浮宫,他进宫、出宫的详细情况我都一清二楚。为了让他对我的情报的准确性无可怀疑,您还可以告诉他,他那晚在披风下面穿的是一件白色的宽袍,上面有泪珠形状的黑点子,还有一个个骷髅和交叉叠放的骨头。如此,一旦让人看见,他就可以冒充白衣夫人的幽灵,因为人人都知道,每当卢浮宫要出大事情的时候,白衣夫人总会显灵的。"

"就这些了,大人?"

"再告诉他说,亚眠那档子事我也都清楚,我会让人拿那座花园做背景,拿那天晚上的那些角色做书中的人物,编一本薄薄的小说,并且会编得既风趣又幽默。"

"我会告诉他的。"

"再告诉他说我逮住了蒙泰居,把他关进了巴士底监狱,是的,从他身上没搜到信函,不过只要严刑逼供,他迟早会招出他知道的情况,而且……就连他不知道的情况也会一起招出来。"

"好的。"

"最后您再对公爵大人提一句,他离开雷岛时过于匆忙,忘了在他住处还有一封德·谢芙勒兹夫人的信没有带走。这封信对王后关系重大,因为信中证实了王后陛下不仅爱着国王的敌人,而且还跟法国的敌人串通一气,密谋策反。我对您说的这些话,您都记住了吗?"

"主教大人可以核验一下:王室总管夫人的舞会;卢浮宫的那个晚上;亚眠的晚会;蒙泰居的被捕;德·谢芙勒兹夫人的信。"

"一点儿没错,"红衣主教说,"一点儿没错。您的记性很好,米莱迪。"

"但是,"受红衣主教称赞的这个女人继续说,"如果这些证据都摆出来了,公爵依旧不肯就范,坚持要跟法国为敌呢?"

"公爵多情得像个疯子,毋宁不如说像个傻瓜,"黎舍留说这话时语气非常酸涩,"他就像古代的游侠骑士,发动这场战争仅仅是为了博取他的美人回眸一笑。倘若他知道,这场战争会损害他魂牵梦萦的夫人的荣誉,甚至毁掉她的自由,那么我可以打包票,他绝对会三思而行的。"

"不过,"米莱迪依旧一个劲儿地往下问,由此可见她对自己身负的使命,非要完全弄个明白不可,"不过倘若他执意不肯退让呢?"

"倘若他执意不肯退让,"红衣主教说,"……没这可能。"

"有这可能。"米莱迪说。

"倘若他执意不肯退让……"主教大人顿了一顿,接着往下说,"倘若他执意不肯退让,嗯,我就只能将希望寄于某种能够改变各国命运的突发事件。"

"请大人试举几例,好让我从中得到启发,"米莱迪说,"大概我会像大人似的信心百倍了。"

"那好吧!譬如说,"黎舍留说,"1610年,亨利四世出于跟公爵类似的动机,同时出兵弗朗德勒和意大利,这位身后名声显赫的先王是计划同时从两翼夹击奥地利,然而就在这时候,不是出了一桩大事,让奥地利得救了吗?为何今天的法国国王就不能有奥地利皇帝相同的运气呢?"

"主教大人是想说铸铁厂街的那一刀吧?"

"正是。"红衣主教说。

"拉瓦雅克受酷行,使那些想效仿者惊恐不已而放弃效仿,主教大人不担心吗?"

"在每个时代,每个国家,特别在教派纷争的那些国家,总会有些狂热的信徒一心想要以身殉教。瞧,此时我恰好想到一件事,清教徒对白金汉公爵恨之入骨,他们的传教士都指责他是基督的敌人。"

"那么……"米莱迪说。

"那么，"红衣主教轻描淡写地继续说，"目前，譬如说，如果找这样年轻漂亮、聪敏机灵，又对公爵有仇要报的女人。这样的女人是总能找到的，公爵是个情场得意的男人，虽说他的信誓旦旦撒下了好些爱情的种子，然而他的薄情寡义终究也撒下了不少怨仇的种子。"

"应该是吧，"米莱迪冷冷地说，"这样的女人是找得到的。"

"那好，一个这样的女人，把雅克·克莱芒或者拉瓦雅克的刀交在一个狂热信徒的手里，就能拯救法兰西。"

"是的，不过她就成了刺客的同谋犯。"

"有谁听说过拉瓦雅克或者雅克·克莱芒有同谋犯？"

"没有，因为地位太高的同谋犯是没有人敢冒犯的。没人会为一个无名小卒烧掉王家法院的，大人。"

"如此说您认为王家法院那场大火不是偶然事故，而是事出有因？"

黎舍留问这话的口气，似乎在问一个无关紧要的问题。

"大人，"米莱迪答道，"我什么也没认为，我只是说一个事实而已，但是我想说，如果我叫德·蒙庞西埃小姐或者玛丽·德·美第奇王太后的话，我就无须像目前这样步步小心了，不过我仅仅是个叫克拉丽克的英国贵族夫人。"

"是，"黎舍留说，"那您想要怎么样呢？"

"我想要有一道手谕，事先恩准我日后为了法国的最高利益做我认为该做的一切事情。"

"不过我说的那个跟公爵有仇要报的女人，总得先把她找到吧。"

"已经找到了。"米莱迪说。

"还必须找到那个勇敢、狂热的可怜虫，交给他替天行道的任务。"

"会找到的。"

"那好，"红衣主教说，"现在可以来谈谈您刚才说的那道手谕了。"

"主教大人说得对，"米莱迪说，"起初我以为大人交给我的使命里，除了那些说得明明白白的事情以外，还有别的意思，不过我是想错了。我要做的不过是这些事情，就是以主教大人的名义去告诉公爵，说您知道他是如何化了装在王室总管夫人的舞会上跟王后相会的；说您掌握着王后在卢浮宫接见某个意大利星相学家，而那个星相学家就是白金汉公爵的证据；说您在让人把亚眠的那档子事写成一部风趣幽默的小说，以事情发生的花园作为背景，以其中的人物作为故事的角色；说蒙泰居关在巴士底监狱，严刑拷打会让他把记得的和忘掉的事情一股脑儿全招出来；最后还要说您手里有一封德·谢芙勒兹夫人的信，这封信是在公爵的行营里找到的，它不仅要连累写信的这位夫人，还会连累授意她写这封信的王后。如果他听了所有的话以后依旧不肯就范，那么，因为我的使命只是限于转告这些话，因此我除了祈求天主降下奇迹拯救法国以外，再也没有什么好做的了。是这样吧，大人，我没别的事要做了吧？"

"是这样。"红衣主教口气生硬地说。

"现在，"米莱迪仿佛并没注意到主教口气的改变，自顾自地说道，"既然我已经领受了大人有关对付您仇人的训令，大人是否允许我说几句有关我的仇人的话呢？"

"莫非您也有仇人？"黎舍留问道。

"对，大人。您理当全力支持我对付这些仇人，因为我都是在为大人效力的时候跟他们结下仇怨的。"

"他们是些什么人？"红衣主教问。

"首先是会耍鬼心眼的女人，她叫博纳修。"

"她目前关在芒特的监狱里。"

"应该说她曾经关在那里，"米莱迪说，"不过王后得到一张国王敕令，凭此敕令，派人将那女人转进了一个修道院。"

"修道院？"红衣主教说。

"对，修道院。"

"哪座修道院？"

"我不知道，这件事做得很机密……"

"但是我会知道的！"

"主教大人能答应告诉我这个女人在哪座修道院吗？"

"我看这没什么不可以。"红衣主教说。

"好。我另外还有个仇人，对我来说，他要比那个什么博纳修太太可怕得多。"

"是谁？"

"她的情人。"

"叫什么名字？"

"哦！大人是认识他的，"米莱迪气急败坏地大声说道，"他就是专跟我们俩作对的那个魔鬼。就是他，有一回在国王的火枪手跟大人的卫士交手时，帮他们打赢了对手；就是他让您的密使德·瓦尔德身上挨了三剑；就是他坏了钻石坠饰的事。他知道是我从他手里抢走了博纳修太太，就发誓要杀死我。"

"噢！噢！"红衣主教说，"我想我知道您要说的是谁了。"

"我在说那个该死的达德尼昂。"

"这家伙有点儿无法无天。"红衣主教说。

"正因为无法无天，因此就更可怕。"

"控告他和白金汉公爵勾结、阴谋叛国，"红衣主教说，"得有真凭实据。"

"证据，"米莱迪大声说，"我拿得出十个。"

"那好呀！再没比这更简单的事情了，您把这证据给我，我把他送到巴士底监狱。"

"行，大人！然后呢？"

"一个人进了巴士底监狱,就没有什么然后了。"红衣主教声音低沉地说。"唉!"他接着说,"如果我的仇人也能像您的仇人这么轻松打发就好啰,如果您请求赦免就是为了对付这种人,那行呀!……"

"大人,"米莱迪说,"以货易货,以命抵命,以人换人,您给我这个人,我给您那个人。"

"我不知道也不想知道您想说什么。"红衣主教说,"但是我会满足您的要求,何况您的要求很简单,仅只一个小人物而已,给您就给您,没什么大不了的。况且,您也说了,这个什么达德尼昂本来就是个浪荡鬼,老是跟人决斗,而且叛国投敌。"

"他是个不要脸的东西,大人,他是个下流坯!"

"那就请把纸、笔和墨水给我吧。"红衣主教说。

"都在这儿,大人。"

随后是片刻静默,这表明红衣主教落笔前在考虑怎样措辞,或者就是已经在写。阿托斯刚才始终在只字不漏地仔细听着这场谈话,此时他一手拉住一个伙伴的胳臂,把他们领到屋子的另一头。

"哎,"波尔多斯说,"你要做什么,为什么不让我们听完他们的谈话呢?"

"嘘!"阿托斯压低嗓门说,"该听的我们都听到了。再说我也没拦住不让你们听下去呀,不过我得出去一下。"

"你得出去一下!"波尔多斯说,"不过要是红衣主教问起你来,我们如何回答呢?"

"你们别等他问,就先告诉他,说我出去侦察情况了,因为掌柜的说了些话,让我觉得这条路上不大安全。主教的那个侍从我出去会关照好的,余下的事都由我来办,你们无须担心。"

"当心点儿,阿托斯!"阿拉密斯说。

"放心,"阿托斯回答说,"你们都清楚,我素来就很冷静。"

波尔多斯和阿拉密斯回到火炉烟囱管边上重新坐下。

至于阿托斯,他若无其事地走出店门,解开跟两个伙伴一块儿系在窗板钩子上的缰绳,跨上马背,三言两语就让那个侍从相信了归程是得有人先去打个前哨,随即又装模作样检查一下短枪的发火装置,拔剑出鞘,就像敢死队员一样向通往营地的大路驰去。

第四十五章　夫妻间的一幕

正如阿托斯所料,没多久红衣主教便走下楼来。他打开门来到火枪手所在的这个房间,看到波尔多斯正兴致勃勃地在与阿拉密斯玩掷骰子。他迅速地扫视了一下整个屋子,发现有一个人不在。

"阿托斯先生去哪里了?"他问道。

"大人,"波尔多斯回答说,"他听了掌柜说的几句话,觉得路上会有危险,所以先去侦察一下。"

"您呢,波尔多斯先生,您一直都在做什么?"

"我赢了阿拉密斯五个皮斯托尔。"

"此时你们能够同我一起赶路了吗?"

"是的,大人。"

那个侍从手执主教坐骑的缰绳站在门前。稍远处,有两人三马在阴影中等待,待会儿这两人要一路护送米莱迪到岬头要塞上船。

那侍从对红衣主教报告了阿托斯的去向,情况完全跟两位火枪手说的一样。红衣主教做了个手势,表示他知道了,随即就策马回营,一路上仍像来的时候那样谨慎小心。

咱们就让主教大人由那个侍从和两个火枪手护送回营而去,然后,再回过头来说阿托斯。

阿托斯离开小酒店,一路策马安全地走了百十来步。不过等走到看不见酒店的地方,他马上猛地勒住缰绳向右绕了一圈,又回头走了二十来步,躲进一片矮树丛里,看着那支小小马队沿着大路往前而来。他认出了同伴帽子上的刺绣和主教先生披风上的金线流苏,眼看他们沿着大路拐弯过去,直到望不见他们的身影,这才驱马跑回小酒店,毫不费事地叫开了门。

掌柜的认出了他。

"有句要紧的话,长官忘记嘱咐楼上的那位夫人,"阿托斯说,"他派我来叮咛一声。"

"您请上楼去吧,"掌柜的说,"她现在还在屋里。"

阿托斯得到许可,于是轻手轻脚走上楼来,在楼梯平台上,他从半掩的房门里瞥见米莱迪正在系帽子。他走进屋子,随手把门关上。听见他插上门闩的声音,米莱迪转过身来。阿托斯身裹披风,帽子压得低低的,站在门前。瞧着这个人影沉默着、一动不动,像座雕像似的站在那儿,米莱迪害怕起来。

"您是谁?要干什么?"她大声说。

"哦,真的是她!"阿托斯喃喃地说。

说着,他松开披风让它落在地上,摘下帽子,朝米莱迪走去。

"您还认得我吗,夫人?"他说。

米莱迪走上一步,然后仿佛看见一条蛇似的往后退去。

"哦,"阿托斯说,"很好,我看出了您还认得我。"

"德·拉费尔伯爵!"米莱迪脸色煞白地喃喃说道,并连连后退,一直退到墙壁边。

"是的，米莱迪，"阿托斯回答说，"正是德·拉费尔伯爵，他特地从另一个世界来看看您。你我先坐下，照主教大人说的，有话我们慢慢说。"

米莱迪完全被一种难以名状的恐惧攫住了，她坐了下去，没能说出一句话来。

"您难道是上天派到世上来的魔鬼？"阿托斯说，"我知道，您神通广大。不过您也知道，人们靠着天主扶助，常常能制服最凶恶的魔鬼。您挡过我的路，夫人，我也以为我已经把您置于死地了。看来，要么我弄错了，要么地狱又让您复活了。"

这番话勾起了米莱迪恐怖的回忆，她无力地呻吟着低了头。

"不错，地狱让您复活了，"阿托斯说，"地狱给了您财富，地狱给了您另一个名字，地狱几乎让您换了一副面容。然而它没法洗刷掉您灵魂的耻辱，也没法抹掉您身上的烙印。"

米莱迪像被弹簧弹了一下似的直立起来，双目闪烁着亮光。阿托斯仍坐着不动。

"像我以为您死了一样，您也以为我死了，对吗？阿托斯这个名字掩埋了德·拉费尔伯爵，犹如米莱迪·克拉丽克这个名字掩埋了安娜·德·布勒伊一样！您那位可敬的哥哥把您嫁给我的时候，您不是叫这个名字的吗？我们的处境真是够奇怪的，"阿托斯惨笑着往下说，"我们彼此活到现在，仅仅因为我们都以为对方死了，只是因为一种回忆，比见到活人少受痛苦，尽管这种回忆有时十分残酷。"

"到底是谁把您带到我这儿来的？"米莱迪说，"您究竟要干什么？"

"我要让您知道，虽然我在您眼里已经消失了，可您的一举一动却都没能逃过我的眼睛！"

"我做什么您都知道？"

"我可以把您从投靠红衣主教起到今天晚上做过的事情，按着顺序都说给您听。"

米莱迪苍白的唇边掠过一丝表示怀疑的笑容。

"您听着,白金汉公爵肩上的那两颗钻石坠饰是您割下来的;博纳修太太是您叫人绑架的。您这个德·瓦尔德的情妇,开门让达德尼昂先生进了卧室,却还以为那一夜是跟瓦尔德在一起。您以为是德·瓦尔德欺骗了您,要让他的情敌去杀了他,而当这个情敌发现了您那不可告人的秘密,您又派两个刺客跟在他后面去杀他。看到枪子儿不管用,您就送去毒酒,还冒名写了封假信想让他相信这酒是他的伙伴送的。最后,您刚才在这间屋里,就坐在我现在坐的这张椅子上,跟黎舍留红衣主教谈成了一笔交易,您去找人暗杀白金汉公爵,代价是默许您去杀掉达德尼昂。"

米莱迪脸色惨白,"您难道是撒旦?"她说。

"大概是吧,"阿托斯说,"但是您先给我好好听着,您自己去暗杀白金汉也好,让人去暗杀他也好,这与我无关!我不认识他,再说他是英国人。但是您别想碰达德尼昂一根毫毛,他是我生死与共的朋友,我爱他,我要保护他。我凭我父亲的在天之灵发誓,倘若您敢碰他一下,您作恶之日就是死到临头之时。"

"达德尼昂先生粗暴地欺侮过我,"米莱迪声音喑哑地说,"达德尼昂先生一定得死。"

"是吗,夫人,竟然有人能欺侮您?"阿托斯说着大笑起来,"就算他欺侮了您,他就一定得死吗?"

"他一定得死,"米莱迪重说一遍,"先是博纳修太太,然后就是达德尼昂。"

阿托斯蓦地感到脑子似乎在旋转。看着眼前这个全无半点儿女性味道的女人,他勾起了种种可怕的回忆。他想到曾经有一天,那时的情势并不像眼下这么危急,而他为了保全自己的名誉,已经对她动了杀机;现在,他又强烈地感觉到了杀掉这个女人的欲望,这种欲望好似寒热发作一样使人感到无法抑制。他站起身来，伸手到腰间抽出一把手枪，扣下扳机。

米莱迪脸色白得像个死人，她想喊叫，然而僵硬的舌头只能发出一阵嘶哑的声音，那简直不像人的声音，而是野兽的喘气声。她全身紧贴在阴暗的墙壁上，头发蓬散，犹如一尊名叫"恐惧"的吓人的雕像。

阿托斯慢慢举起枪，伸直胳臂，枪口差不多触到了米莱迪的前额，接着才异常镇静地开口说话，这种镇静的口吻透露出一种不可改变的决心，所以显得更加可怕。

"夫人，"他说，"请您立刻把红衣主教给您签署的那张字条交出来，要不然我就一枪崩了您，绝不手软。"

换了别人，米莱迪可能还会对这句话有所怀疑，而对阿托斯她是了解的，但是她仍然没有动弹。

"一秒钟之内做出选择。"阿托斯说。

米莱迪看见他脸上的线条在收缩，明白立刻要开枪了。她急忙把手伸进胸前，掏出一张纸来交给阿托斯。"给您，"她说，"您这该诅咒的家伙！"

阿托斯接过纸，把手枪插回腰间，为了确认这就是那份手令，他凑到灯前打开纸条念道：

　　持条者系受本人密令，其所从事活动关乎国家利益，特此准其便宜行事。

　　　　　　　　　　　　　　　　黎舍留
　　　　　　　　　　　　　1627 年 12 月 3 日

"好了，"阿托斯一边说，一边裹上披风，戴好帽子，"我已经拔掉了您的牙齿，您这条毒蛇，您如果能咬就尽情咬吧。"说着他头也不回地走出了屋子。在店门口，他碰到那两个牵着三匹马的汉子。

"二位想必知道,"他说,"大人命令你们马上护送这位夫人去岬头要塞,一直到她上船,不得有误。"

这番话跟他俩接到的命令完全相同,因此两人躬身表示领会指令。

阿托斯接着翻身上马,疾驰而去。但是他没有走大路,而是猛踢几下马刺斜穿过旷野往前飞奔,不时还勒住马谛听。在一次勒住缰绳谛听时,他听见了大路上传来好几匹马的马蹄声。他知道,这一定是红衣主教和他的卫队。他马上跃马向前,一路上只听得灌木和树叶簌簌作响地向后掠去,直到离营地只有两百来步的地方,才从旷野里来到大路上。

"什么人?"他瞥见那小队人,就远远地喝道。

"我想,这位就是咱们好样的火枪手吧。"红衣主教说。

"是,大人,"阿托斯说,"是我。"

"阿托斯先生,"黎舍留说,"您这么尽心护卫,使我不胜感激。各位,我们现在到了,你们请走左边的门,口令是'国王和雷岛'。"红衣主教说着微微颔首向三位火枪手作别,转身向右走去,那个侍从跟在他后面。这一晚,主教就在大营歇息了。

"嘿,"波尔多斯和阿拉密斯见红衣主教渐渐走远,听不到他们的说话声了,就不约而同地说道,"嘿,他签署了她要的手令啦。"

"这我知道,"阿托斯镇静地说道,"因为那东西就在我这儿。"

接着三个伙伴除了回答哨兵的口令以外,一路没再说话,静静地回到了营部。

然后,他们派了穆斯克通去通知布朗谢,叮嘱他在工事执完勤后马上到火枪手的住处去。

再说米莱迪,不出阿托斯所料,她出得店来,见门口有人等着她,二话不说便跟着他们赶路。半路上她曾想去向红衣主教报告整个事情的经过，可转念一想，她这么一告状，阿托斯一定也会告状。她当然可以说阿托斯曾经想吊死她，但阿托斯也可以说她身上烫有烙印。因此她想最好还是免开尊口，就这么悄悄地动身，以自己素有的机警去完成身负的使命，然后，等事情办完、主教满意以后，再来跟阿托斯算这笔账。

因此，她连夜兼程，早晨七点抵达岬头要塞，八点上船。九点钟时，那艘标有红衣主教特许装备武器证明、表面上像是开往巴荣讷的小船，已经起锚张帆向英国驶去。

第四十六章　圣热尔韦棱堡

达德尼昂来到三个朋友那里，看见他们都在这个房间里安安静静地待着：阿托斯在走神，波尔多斯捻着他那小胡子，阿拉密斯手拿一本蓝丝绒封面的小本祈祷书在默念。

"嘿，朋友们！"达德尼昂说，"但愿你们说些值得一听的事，不然，我可有言在先，一定会责怪你们的。人家整个晚上都在折腾，先是把一座棱堡攻下了，接着又将它炸毁，现在你们不但不让我休息，还让我来找你们。唉！可惜昨晚你们不在，朋友们！那儿打得特别激烈！"

"我们虽然不在，但也没闲着！"波尔多斯一边答话，一边将唇髭捻成别具一格的模样。

"嘘！"阿托斯说。

"噢！噢！"达德尼昂一看阿托斯微微皱了皱眉头，就明白阿托斯的意思了，"看来此处是有新鲜事了。"

"阿拉密斯,"阿托斯说,"我记得,前天您是在帕尔巴约酒家吃的饭?"

"没错。"

"那儿怎么样?"

"哦,我吃得糟透了,前天是斋戒日,但他们那儿只有肉。"

"什么?"阿托斯说,"一个海港居然没有鱼?"

"他们说,因为红衣主教派人筑了堤坝,所以鱼都被赶进了大海。"阿拉密斯说着,又念起祈祷书来。

"我问的并非这个意思,阿拉密斯,"阿托斯接着说,"我是问您那儿清静不清静,是否没有人来打扰您?"

"这种讨厌家伙似乎不多。对,没错,阿托斯,要说这一点,帕尔巴约还挺不错。"

"那咱们就去帕尔巴约吧,"阿托斯说,"因为这儿的墙都像是纸糊的。"

达德尼昂了解朋友的行事方式,凭阿托斯的一句话、一个手势、一个动作,他就可以马上明白情势的严重性,因此此刻他挽住阿托斯的一条胳膊,默默地走出了门。波尔多斯和阿拉密斯一边闲聊,一边跟在后面。

半路上碰见格里莫,阿托斯打个手势让他跟着走。格里莫按老规矩,一声不吭,照办不误。这可怜的小伙子几乎快要忘掉如何说话了。

一行人来到了帕尔巴约酒家。此刻是早上七点钟,太阳刚刚出来,四个伙伴关照老板说是吃早饭,然后走进一个大房间,据老板说这房间很清静。

可惜的是,对于一次密谈来说,他们选错了时间。刚敲过起床鼓,营地的弟兄们睡眼惺忪的才起床,陆陆续续聚到这小酒店来喝一杯,驱散一下清晨的寒气。一转眼工夫,龙骑兵、瑞士雇佣兵、禁军、火枪手、近卫骑兵全到了,酒店老板有生意做自然高兴，不过四个伙伴瞧着眼前到处是人，心里不由得憋着气。因此，营地的弟兄来和他们打招呼，找他们碰杯，跟他们插科打诨的时候，他们都没好脸色给人家。

"嘿！"阿托斯说，"再坐下去非和人起冲突不可，这会儿可没工夫和人起冲突。达德尼昂，您给我们讲讲昨天夜里的事儿，接下去我们再讲我们的。"

"可不是，"一个近卫骑兵手里端着一杯烧酒慢慢呷着，摇摇晃晃地走过来说，"可不是，昨晚上轮到你们禁军弟兄在前线，听说你们跟拉罗谢尔那些家伙干起来了？"达德尼昂瞧瞧阿托斯，想知道自己是否有必要搭理这个擅自插进来说话的近卫骑兵。

"哎，"阿托斯说，"你没听见德·比西尼先生在赏脸对你说话吗？既然这些个先生想要知道昨天夜里的事儿，你就说说嘛。"

"你们不是攻下一座棱堡吗？"一个瑞士雇佣兵问道，他正捧着一只酒瓶在喝朗姆酒。

"是的，先生，"达德尼昂欠身答道，"阁下说得一点儿不错，各位或许也听说了，我们还在棱堡角上放了一桶火药，炸出了老大的一个缺口，不用说的，因为这座棱堡已经有些年月了，故而就是没炸飞的部位也着实震了一震。"

"是哪座棱堡？"一个龙骑兵问道，他用军刀串着一只鹅准备拿去烤。

"圣热尔韦棱堡，"达德尼昂答道，"拉罗谢尔的部队经常在这座棱堡里骚扰我们的人。"

"打得很激烈吗？"

"可不是，我们损失了五个弟兄，他们死了八九个。"只听那瑞士雇佣兵骂了一声，虽说德语里有的是五花八门骂人的话，不过他习惯了用法语说粗话。

"不过，很有可能，他们今天早上会派工兵修复棱堡的。"那个近卫骑兵说。

"是的，也许有可能。"达德尼昂说。

"各位，"阿托斯说，"我们来打个赌怎么样！"

"啊！对！打赌！"瑞士雇佣兵说。

"赌什么？"近卫骑兵问。

"等等，"龙骑兵一边说，一边把军刀像烤肉铁钎似的搁在炉火熏得到的两根柴架上，"把我也算上。掌柜的，快拿个盘子过来，你这傻瓜！这只肥鹅的油，一滴也不能糟蹋掉哦。"

"他说得对，"瑞士雇佣兵说，"鹅油跟果浆一起很好吃。"

"行！"龙骑兵说，"现在，现在我们来赌吧！我们听您的，阿托斯先生！"

"对，说吧！"近卫骑兵说。

"好，德·比西尼先生，我跟您打赌，"阿托斯说，"我这三位伙伴波尔多斯先生、阿拉密斯先生、达德尼昂先生，再加上我，我们上圣热尔韦棱堡去吃早饭，无论敌人怎么撵我们，我们不到一个钟头决不退下来。"

波尔多斯和阿拉密斯彼此看了一眼，他们有些清楚阿托斯的用意了。

"咳，"达德尼昂俯身凑在阿托斯耳边说，"你这不是要咱们去白白送死吗？"

"如果咱们不去那里，"阿托斯回答说，"死得会更惨。"

"嘿！说真的！各位，"波尔多斯仰靠在椅子上捻着小胡子，"我看这个赌法很带劲儿。"

"我也同意，"德·比西尼先生说，"现在该下赌注了。"

"你们是四个，"阿托斯说，"我们也是四个。到时候八个人尽兴地吃一顿，输家付钱，如何？"

"好极了。"德·比西尼马上说。

"一言为定。"龙骑兵说。

"行。"瑞士雇佣兵说。

那第四个参赌的士兵,方才人家说话时他一直一声不吭地听着,此时他点点头表示同意。

"您几位的早餐准备好了。"掌柜的过来说。

"好,端上来。"阿托斯说。

掌柜的照着吩咐把菜端了上来。阿托斯唤格里莫过来,向他指指搁在角落里的一只大篮筐,又做个手势让他把桌上的肉都包在餐巾里。格里莫立刻明白这是要去野餐,他拎过篮筐,把肉包好放进去,还在旁边搁了几瓶酒,接着拎起篮筐。

"请问,您几位这是上哪儿去用早餐呀?"掌柜的问道。

"这和您没有关系?"阿托斯说,"反正我们不会赖账不付钱。"

说着他很有气度地扔了两皮斯托尔在桌子上。

"得找您零钱吗,长官?"掌柜的问。

"不用啦。给我们再加两瓶香槟酒,余下的就算付餐巾的钱得了。"

这笔生意可没店主人起初想得那么美,但是他没给这四位客人放香槟酒,而是偷偷塞进两瓶安茹红葡萄酒充数,如此这般总算捞回了一把。

"德·比西尼先生,"阿托斯说,"能劳驾您跟我对一下表吗,要不就请允许我来跟您对一下表?"

"当然,先生!"近卫骑兵说着从表袋里掏出一只镶嵌着钻石的很贵重的挂表,"这会儿是七点半。"

"我的是七点三十五分,"阿托斯说,"咱们记住,我的表比您的快五分钟,先生。"

说完,四个年轻人向在场的那些惊呆的弟兄欠身作别,然后一路往圣热尔韦棱堡而去。格里莫拎着篮筐跟在后面,他不知道这是去哪儿,不过他已经习惯了阿托斯怎么说他就怎么做,因此连问都没问一下。还没走出营地的那会儿,四个伙伴谁也没开口说话。但打赌的事已经传了开去,有些好事之徒此时正一路跟着他们,想看个究竟。不过一过防护壕,到了空旷的开阔地带,达德尼昂就再也忍不住了,眼下的事他简直有点儿摸不着头脑,因此必须趁这机会问个清楚不可。

"我说,亲爱的阿托斯,"他说,"讲个交情告诉我,咱们去哪儿呀!"

"您不是看见了,"阿托斯说,"咱们是去棱堡。"

"不过到那儿去干什么呢?"

"您知道得很清楚,咱们去那吃早饭。"

"不过为何不在帕尔巴约吃早饭?"

"因为我们有很重要的事情要商量,而那家酒店里到处是人,他们走来走去,跟你打招呼,跟你瞎攀谈,我们别想在那儿谈上五分钟正经事情。那儿呢,"阿托斯指指棱堡说,"起码没人会来打扰我们。"

"但我觉得,"达德尼昂勇敢过人,同时又很谨慎小心,这两种性格特征相辅相成,在他身上配合得非常自然,"我们如果能在僻静的沙丘,或在海边什么地方,岂不更好。"

"要是有人看见我们四个在那里高谈,用不了一刻钟就会有密探去报告红衣主教,说我们在密谋策划。"

"对,"阿拉密斯说,"阿托斯说得对。我们会在荒野上被人发现。"

"荒野也不错,"波尔多斯说,"但要找得到才行。"

"要想找一片荒野,在那儿鸟飞不过你的头上,鱼跳不出水面,兔子蹿不出洞窟,那可没处找,而在我眼里,鸟也好,鱼也好,兔子也好,都是红衣主教的密探。因此我们还是干下去吧,再说到了这份儿上,往后退也太丢人了。我们打了一次赌,打这个赌是谁也预料不到的,何况我相信没人能猜到打赌的真正原因。而要打赢这个赌,我们就得在棱堡待上一个钟头。敌人或许会来进攻我们,也可能不来。如果他们不来,我们就可以从从容容地谈上一个钟头,无须担心有人听见,因为我敢保证棱堡的石墙是没有耳朵的;如果他们来进攻,我们一边还击一边依旧可以谈我们的事,并且还可以大出一次风头。你们瞧,无论如何都不会吃亏。"

"对,"达德尼昂说,"可我们说不定要挨枪子儿呢!"

"哎!伙计,"阿托斯说,"您可能也知道,最可怕的枪子儿不是来自敌人的枪子儿。"

"可我觉得,对于这样一次冒险行动,我们至少该带上自己的火枪才对。"

"您真是个呆子,波尔多斯老兄,我们背这些劳什子干吗?"

"我说,前面就是敌人,一杆火枪、一打枪子儿和一个火药壶说什么也不算劳什子吧。"

"哦!行啦,"阿托斯说,"您没听见达德尼昂方才是怎么说的?"

"达德尼昂说过什么了?"波尔多斯问。

"达德尼昂说,昨晚那场遭遇战,法国人死了八九个,拉罗谢尔人也差不多死了这个数。"

"那又如何?"

"人家还没来得及去卸下他们的枪弹,对不对?可能人家现在还有更要紧的事儿要做呢。"

"那又怎么样?"

"不怎么样,我们只管去拿他们的火枪、火药壶和枪子儿就是了,那可不是四支火枪、十二颗枪子儿,而是十五六杆枪、百十来发枪子儿喽。"

"噢,阿托斯!"阿拉密斯说,"你可真是神机妙算!"

波尔多斯颔首表示赞同。不过达德尼昂好像还没被说服。格里莫可能也跟达德尼昂一样心里犯疑。事实上打从他看到大家直接朝着棱堡走以后，他心里就始终在嘀咕。因此此刻他拉了拉主人的衣服下摆。"咱们这是去哪儿？"他打着手势问。阿托斯对他指指棱堡。

"可这，"格里莫仍打着哑语说，"岂非去送死吗？"阿托斯抬起头，伸出一个指头指指天空。

格里莫把篮筐一放，一屁股坐在地上直摇头。阿托斯从腰里拔出短枪，瞧了瞧有没有装火药，扣上扳机，把枪口移到格里莫的耳朵边。格里莫像被弹簧绷了一下似的，猛地站了起来。阿托斯然后示意他提起篮筐走在前面。格里莫照着他的意思做了。

主仆两人表演了短哑剧，可怜的小伙子从殿后变成了打头，这是他的唯一收获。到了棱堡跟前，四个伙伴转过身去。只见各营队的三百多个弟兄聚集在营地门口，在一旁的一群人中间，能够认得出德·比西尼先生，那个龙骑兵，那个瑞士雇佣兵和另一个参赌的士兵。阿托斯脱下帽子，顶在剑尖上，在空中摇晃着。营门口的弟兄们纷纷向他致意，一片响亮的喝彩声一直传到了他们的耳边。而后，四个伙伴都进了棱堡，而格里莫早在里面等着他们了。

第四十七章　四个伙伴的密谈

正如阿托斯所想，并没有人在棱堡里把守，那里横陈着十几具法国兵与拉罗谢尔人的尸体。

"各位，"当格里莫端上早餐来时，作为这次出征的领队阿托斯说，"我们先把枪支弹药收集起来，边干边谈。这几位，"他指着尸体说,"是听不见我们的谈话的。"

波尔多斯说:"等我们搜查完,确认他们身上没有什么东西,再把他们扔到壕沟去。"

"不错,"阿拉密斯说,"就让格里莫来搜身吧。"

"同意!"达德尼昂说,"就让格里莫来做这件事情,之后再将他们扔到墙外去。"

"别把他们扔了,"阿托斯说,"留着还能派上用场呢。"

"这些死鬼还能派上用场?"波尔多斯说,"嘿,您准是疯了,朋友。"

"下结论不要太轻率,《福音书》和红衣主教先生都这么说来着,"阿托斯回答说,"一共是几支枪,各位?"

"十二支。"阿拉密斯答道。

"枪子儿和火药呢?"

"能装个百十来把枪。"

"我们有这些就够了,现在装弹药吧。"

四个伙伴动手装起弹药来。最后一支枪装好弹药时,格里莫做手势说早餐摆好了。阿托斯做手势表示他做得很好,并朝他指指有个圆锥顶的哨亭,格里莫知道这是让他到上面去放哨。不过,阿托斯允许他把一块面包、两块牛排和一瓶葡萄酒带在身边,好排遣一下站岗的无聊。

"现在我们吃饭吧。"阿托斯说。

四个伙伴席地盘腿而坐,那模样好似土耳其人或者裁缝。

"哎!"达德尼昂说,"既然这会儿不用担心有人听见你说话了,我想你总可以把你的秘密讲给我们听听了吧,阿托斯。"

"但愿我能让你们又开心又光彩,"阿托斯说,"我带各位做了一次有趣的散步。眼前是一顿美味的早餐,背后嘛,你们打枪眼里就看得见,有五百个人在那儿看着我们,把我们要么当作疯子,要么当作英雄,这两种傻瓜原本也差得不远。"

"你究竟要告诉我们什么秘密?"达德尼昂问。

"这个秘密,"阿托斯说,"就是我昨晚看见了米莱迪。"

达德尼昂刚把酒杯端到唇边,可一听到米莱迪这个名字,手却直打哆嗦,他不得不把杯子放到地上,免得里面的酒泼出来。

"你看见你的妻……"

"嘘!"阿托斯打断他说,"您忘记了,伙计,这两位不像您,他们对我的家事机密毫不了解。我是说我看见了米莱迪。"

"在哪儿?"达德尼昂问。

"离这儿差不多两里路吧,就在红鸽棚酒店。"

"要是这样,我可完蛋了。"达德尼昂说。

"不,眼前还没事,"阿托斯接着说,"因为现在这个时候,她大概已经离开法国海岸了。"

达德尼昂松了一口气。

"嘿,"波尔多斯问道,"这个米莱迪究竟是谁呀?"

"一个很妩媚的女人。"阿托斯呷了一口杯子里冒着泡沫的葡萄酒。"这个不要脸的酒店老板!"他突然大声说道,"拿安茹红葡萄酒来充香槟酒,还以为能骗得过我们呢!"他又接着往下说:"一个妩媚的女人,她曾经对我们的朋友达德尼昂很有好感,后来他不知道干了什么得罪她的事,她一心想要向他报仇,一个月前想让他死在火枪的枪口下,一周前想毒死他,昨天又在红衣主教面前要他的脑袋。"

"什么!在红衣主教面前要我的脑袋?"达德尼昂脸色吓得煞白,大声说道。

"可不是,"波尔多斯说,"千真万确!我是亲耳听到的。"

"我也是。"阿拉密斯说。

"这么说,"达德尼昂沮丧地垂下手臂说,"我也不用再白费劲了,还不如朝着自己开一枪来得干脆!"

"这种蠢事不到万不得已可别干,"阿托斯说,"因为这种蠢事真的是无药可救的。"

"但我结了这么些仇，"达德尼昂说，"无论如何也逃不掉了。先是牟恩的那个陌生人，接下来是德·瓦尔德，我在他身上戳了三剑，接着是米莱迪，我撞穿了她的秘密，最后是红衣主教，我搅了他的复仇计划。"

"嗯，"阿托斯说，"他们总共才四个，我们也是四个，正好一对一。哎哟！如果格里莫在那儿打的手势我没弄错的话，我们眼下要较量的对手可不止这个数。怎么回事，格里莫？鉴于形势严峻，伙计，我现在允许您说话，不过千万别啰唆。您瞧见什么了？"

"一队人。"

"有多少？"

"二十个。"

"是些什么人？"

"十六个工兵，四个步兵。"

"离我们多远？"

"五百步。"

"好，我们还有时间吃完这只鸡，再为您的健康干上一杯，达德尼昂！"

"祝你健康！"波尔多斯和阿拉密斯齐声说。

"那好吧，祝我健康！虽然我不相信你们的祝愿对我有多大作用。"

"嘀！"阿托斯说，"'真主是无所不能的，'穆罕默德的教徒们常这么说，'而未来是在真主手里。'"言毕，他举起酒杯一饮而尽，把杯子往身边一放，漫不经意地站起身来，随手拿起支枪，走到一个枪眼跟前。

波尔多斯、阿拉密斯和达德尼昂也都各就各位。格里莫呢，给他的命令是让他待在四个伙伴的背后装弹药。不一会儿，那队人出现了。他们正沿着一条狭长的壕沟迂回过来,那是连接棱堡和拉罗谢尔城的一条交通壕。

"嘿!"阿托斯说,"就为这么二十来个扛着十字镐和镢头、铲子的家伙,咱们用得着费这么大劲吗?只要格里莫对他们打个手势让他们走开,我敢说他们肯定不会再来缠我们的。"

"我看不一定,"达德尼昂说,"他们正气势汹汹地冲着我们来呢。再说,除了那些工兵,还有拿着火枪的四个步兵和一个伍长。"

"因为他们没有看见我们。"阿托斯说。

"说真的!"阿拉密斯说,"我承认我可不想朝这些可怜虫开枪,他们都是些城里的老百姓。"

"你这个教士可不行,"波尔多斯接着他的话茬儿说,"竟然同情起异教徒来了!"

"说实话,"阿托斯说,"阿拉密斯说得有道理,我这就通知他们别过来。"

"您这是要干什么呀?"达德尼昂嚷道,"他们会开枪打您的,伙计。"

不过阿托斯压根儿不考虑这种劝告,直接爬上缺口,一只手拿枪,另一只手拿帽子,朝着面前的步兵和工兵客客气气地鞠了一躬,接着开口说道:"各位——"那些人突然见到他,都大吃一惊,禁不住在离棱堡大约五十步的地方停了下来,"各位,我和我的几位朋友,正在这个棱堡里用早餐。也许你们也知道,没有什么比吃饭的时候受到打扰更令人扫兴的了。因此,要是各位来此确有公干,那就请等我们用完了餐,或者先回去,稍后再来也行。当然,假如你们有意弃暗投明,愿意脱离城里的叛军,过来跟我们一起为法国国王干一杯,那就另当别论了。"

"当心,阿托斯!"达德尼昂喊道,"你没看见他们在朝你瞄准吗?"

"看见了,看见了,"阿托斯说,"不过城里的这些生意人枪法糟糕得很,他们打不中我的。"

果然,四下枪声同时响起,枪子儿跟阿托斯擦身而过,但是一颗也没打中他。

差不多与此同时,响起四下回敬他们的枪声,这四枪可比挑衅的一方瞄得准,三个步兵应声倒地身亡,一个工兵挂了彩。

"格里莫,换一支枪!"阿托斯仍站在缺口上说。

格里莫马上照办。那三个伙伴也已经装好了弹药,紧接着又响起第二排枪响。伍长和两名工兵倒地气绝,剩下的队伍落荒而逃。

"来呀,伙计们,冲出去。"阿托斯说。

四个伙伴冲出棱堡,到战场上拣起那四支火枪和伍长的短矛。然后,发觉那些拉罗谢尔人不逃进城不会停下,他们四人就带着战利品回到了棱堡。

"把这些枪都装好弹药,格里莫,"阿托斯说,"我们呢,各位,接着吃早餐,边吃边谈。方才说到哪儿了?"

"我记得,"达德尼昂说,"您说到米莱迪在红衣主教面前要我的脑袋,接着离开了法国海岸。她上哪儿去了?"达德尼昂急于想知道米莱迪行程的路线,又紧问一句。

"去英国。"阿托斯答道。

"有什么目的?"

"目的是亲自暗杀或派人暗杀白金汉。"

达德尼昂大为吃惊,愤慨地叫道:"这太卑鄙了!"

"噢!要说这个嘛,"阿托斯说,"我实话告诉您,我完全不在意。格里莫,"他接着说,"您干完了是吗,那就拿好咱们伍长的这根短矛,在上面缚一条餐巾,插到咱们棱堡顶上去,好让拉罗谢尔的叛军知道,他们是在跟国王麾下勇敢忠诚的士兵对着干。"

格里莫悉听吩咐。很快,这面白旗已经飘扬在四个伙伴的头顶上方。迎着它的是一阵雷鸣般的喝彩声,营地里有一半弟兄聚集在了营门跟前。

"怎么!"达德尼昂接着说,"米莱迪亲自暗杀或派人暗杀白金汉,你对此毫不担心?然而公爵是我们的朋友呀。"

"公爵是英国人,他在跟我们打仗。她想对公爵干什么就让她干呗,这事就像只空酒瓶一样,无须我去操心。"说着阿托斯把手里的一只空酒瓶随手扔到了十五步开外,他刚把这酒瓶倒空,酒一滴不漏全倒在了酒杯里。

"等等,"达德尼昂说,"我可不能这么丢下白金汉不管,他送过我们名贵的好马。"

"那些马鞍特别出色。"波尔多斯跟着说,此刻那些马鞍上的饰绦正缝在他的披风上呢。

"再说,"阿拉密斯说,"天主是要罪人改恶从善,而并非要让他们都死光。"

"阿门,"阿托斯说,"如果您乐意,此事以后再谈吧。因为当时我最关心的事,这我相信你一定能明白,达德尼昂,就是如何从这个女人身上把一张类似特许令的东西夺过来,这张特许令是她从红衣主教那儿弄到手的,有了它,这女人就可以干掉你而不受任何惩罚,或许我们几个到时候也得把命搭上。"

"这个女人莫非真是个魔鬼?"波尔多斯一边说,一边把盘子递给阿拉密斯,而此刻他正在切一只鸡。

"那张特许令,"达德尼昂说,"那张特许令还在她的手里?"

"不,在我手里。哦,可要说这也没费我多大劲儿,那就有些矫情了。"

"亲爱的阿托斯,"达德尼昂说,"我真数不清您救了我多少次命了。"

"这么说在酒店那会儿,您离开我们为的就是去找她?"阿拉密斯问。

"一点儿不错。""红衣主教的那份文件你拿到了?"达德尼昂说。

"这就是。"阿托斯说。

说着他从敞袖外套的口袋里掏出那张弥足珍贵的文件。

达德尼昂打开纸时手直打战,不过他并不想去掩饰他此刻的心情,只管念道:

> 持条者系受本人密令,其所从事活动关乎国家利益,特此准其便宜行事。
>
> 黎舍留
> 1627 年 12 月 3 日

"的确,"阿拉密斯说,"这是一份有法律效用的豁免证书。"

"应当把这张纸撕了。"达德尼昂嚷道,这张纸在他看来似乎就是张死亡判决书。

"恰恰相反,"阿托斯说,"应该把它好好保存起来,哪怕有人在它上面堆满金币,我也不会换给他的。"

"那米莱迪现在会怎样做呢?"达德尼昂问。

"哦,"阿托斯漫不经心地说,"她可能会写信给红衣主教,说有个该死的火枪手,名叫阿托斯,抢走了她的通行证。她还会在这封信里向主教建议,在干掉那个阿托斯的同时,把他的两个朋友波尔多斯和阿拉密斯也一块儿干掉。红衣主教定会记得这几个家伙一直在碍他的事儿,所以,某一天早上,主教下令逮捕达德尼昂,而且还怕他一个人闷得慌,索性把我们也送到巴士底去跟他做伴。"

"瞧您说的,"波尔多斯说,"我听上去您是在开些挺无聊的玩笑,伙计。"

"我从不开玩笑。"阿托斯答道。

"您知道,"波尔多斯说,"干掉那该死的米莱迪,不会比干掉胡格诺派的可怜虫罪过轻,那些可怜虫能有多少罪过呢,还不就是咱们用拉丁文唱圣诗,而他们用法文唱吗?"

"咱们的教士先生怎么说?"阿托斯不动声色地问。

"我想说,我同意波尔多斯的意见。"阿拉密斯答道。

"我也同意!"达德尼昂说。

"幸好她离得远远的,"波尔多斯说,"因为实话实说,她如果在这儿,我会感到浑身都不自在。"

"她在英国也好,在法国也好,我都觉得不自在。"

"她在任何地方,我都觉得不自在。"达德尼昂接着说。

"但您既然抓住她了,"波尔多斯说,"那您为什么不把她淹死、掐死或者吊死呢?人死了就回不来了嘛。"

"你以为这样就成了,波尔多斯?"阿托斯惨然一笑答道,只有达德尼昂明白其中的含义。

"我有个主意。"达德尼昂说。

"说出来听听。"火枪手们齐声说。

"快拿枪!"此时的格里莫喊道。

四个伙伴立即起身去拿枪。

这一回,开来了一支有二十四五个人的队伍。但是其中没有工兵,清一色都是守城的士兵。

"我们还是回营地吧?"波尔多斯说,"我看敌我双方力量太悬殊。"

"有三个理由不行,"阿托斯回答说,"第一,我们还没有吃完早餐;第二,我们还有重要的事情要谈;第三,时间没到,还差十分钟。"

"喏,"阿拉密斯说,"那我们得制定个作战方案才是。"

"小事一桩,"阿托斯说,"等敌人走到火枪射程之内,我们就开火；如果他们接着前进，我们就接着开火，只要是枪里装了弹药的，就一直开；如果他们剩下的人想冲上来，我们就等这些家伙冲进沟里的时候推倒这堵墙，把他们砸在下面，这堵墙立在那儿本来就够玄乎的，一推准倒。"

"棒极了！"波尔多斯大声说道，"没说的，阿托斯，您生来就是块当统帅的料，红衣主教老觉得他自己是军事天才，但跟您一比就差远喽。"

"各位，"阿托斯说，"请每人瞄准一个目标，别岔在一起了。"

"我瞄好了。"达德尼昂说。

"我也瞄好了。"波尔多斯说。

"我也好了。"阿拉密斯说。

"放！"阿托斯说。

四枪齐鸣，四个敌兵倒地。

很快，鼓声又起，那队士兵摆开冲锋的架势扑了上来。

枪声此起彼落，不如方才那么整齐，但却弹无虚发。不过，那些拉罗谢尔士兵像是知道棱堡里人数不多，于是继续蜂拥而上。

又是三枪射出，两名敌兵倒在地上。不过，剩下的那些敌兵的脚步并没有减慢。

冲到棱堡底下，敌兵还剩下十四五个。棱堡里又放了一排枪，不过没能挡住他们，他们跳进壕沟，想要爬到缺口上来。

"伙计们，上，"阿托斯说，"咱们索性一下子收拾掉他们。推墙！推墙！"

四个伙伴加上格里莫，用枪口顶住那堵巨大的石墙，用力往前推，石墙好像被风吹歪似的往外倾斜，脱离了地基，轰然一声倒塌在壕沟里。然后只听得一阵惨叫，大片尘土冲天而起，接着又一切归于平静。

"咱们把他们全都压死了。一个都没剩吗?"阿托斯问。

"没错,差不多都被压死了。"达德尼昂说。

"不,"波尔多斯说,"那儿还有两三个家伙瘸着腿在逃命。"

果然,有三四个满身泥血的可怜虫,正头也不回地逃向城里,那支小部队就剩下了这几个人。

阿托斯瞧了瞧挂表。

"各位,"他说,"我们在此地已经待了一个钟头,赌已经打赢了,不过我们要赢得格外潇洒一点,再说达德尼昂还没把他的主意告诉我们呢。"

说完,他不改平日的沉着态度,走去坐在没吃完的早餐跟前。

"要听我的主意吗?"达德尼昂说。

"对,您方才说您有个主意。"阿托斯说。

"噢!我记起来了,"达德尼昂说,"我再到英国去找白金汉先生一趟,把策划杀他的阴谋告诉他。"

"这您做不到,达德尼昂。"阿托斯冷冷地说。

"为什么?我不是已经去过一趟了吗?"

"不错,但那时还没开战。那时候白金汉先生还是盟友,并非敌人。而现在依您说的去做,就会落个通敌的罪名。"

达德尼昂明白阿托斯这话的分量,于是便不作声了。

"我倒觉得,"波尔多斯说,"我有个主意了。"

"请安静,且听波尔多斯先生的高见!"阿托斯说。

"我去向德·特雷维尔先生告个假,至于借口嘛,你们随便给我找一个,我这人不大会找借口。米莱迪不认得我,我去找她,她不会起疑心的,一找到这女人,我就掐死她。"

"嗯,"阿托斯说,"我很倾向采纳波尔多斯的意见。"

"不像话!"阿拉密斯说,"去杀死一个女人!不行,喏,我倒有个真正的主意。"

"把您的主意说出来听听,阿拉密斯!"阿托斯说,他对这位年轻的火枪手颇为敬重。

"应该去通知王后。"

"可不是,对!"波尔多斯和达德尼昂异口同声地喊道,"这下子咱们有门儿了。"

"去通知王后!"阿托斯说,"如何去通知?我们跟宫里有联络吗?我们有人到巴黎去,营里会没人知道吗?从这儿到巴黎有一百四十里路。密信还没到絮热尔,我们就进牢房了。"

"至于如何把信安全送到王后陛下手里,"阿拉密斯红着脸说,"我自有办法。我在都尔有个朋友,人很精干……"阿拉密斯瞧见阿托斯在微笑,就打住话头不说了。

"怎么,您不赞成这个主意,阿托斯?"达德尼昂说。

"我并不完全否定这个主意,"阿托斯说,"我只是想提醒阿拉密斯注意,他是无法离开营地的。此外,除了我们以外,对任何人都不能轻易相信。还有,信使出发两小时后,形形色色的嘉布遣会修士、大大小小的密探,所有这些讨厌的家伙都会把您的信背得滚瓜烂熟,他们会把您和您那位精干朋友一块儿抓起来的。"

"且不说,"波尔多斯说,"且不说王后是否会搭救白金汉先生,但她决不会来救我们这些人。"

"各位,"达德尼昂说,"波尔多斯言之有理。"

"嘿!嘿!城里在搞什么名堂?"阿托斯说。

"在敲紧急集合鼓。"

四人侧耳静听,果然听到传来阵阵鼓声。

"瞧着吧,这回要上来整整一个联队了。"

"您总不会硬着头皮去跟一个联队干吧?"波尔多斯说。

"干吗不干?"阿托斯说,"本人现在渐入佳境。要是早有心多带上一打葡萄酒,我能够跟一支军队干。"

"说真的,鼓声愈来愈近了。"达德尼昂说。

"近就让它近呗,"阿托斯说,"从此处到城里有一刻钟路,那么从城里到这儿也有一刻钟路。有这点儿时间,足够我们商量出个办法来了。我们一跑,可就别想再找这么个好地方喽。有了,各位,我想到个好主意。"

"快说。""但是有几句话我得先关照格里莫一下,对不起了。"

说着阿托斯做个手势叫他的仆从过来。

"格里莫,"阿托斯指指横七竖八躺在棱堡里的死人说,"您把这几位先生都扶起来,让他们挨着墙站好,再让他们头上戴好帽子,手里拿好枪。"

"噢,你可真行!"达德尼昂大声说道,"我明白你的意思了。""您明白了?"波尔多斯说。

"您呢,格里莫,您明白吗?"阿拉密斯问。

格里莫点点头表示明白。

"那就行了,"阿托斯说,"咱们再来说我的主意。"

"但我想把这事儿弄弄明白。"波尔多斯说。

"不用啦。"

"对,对,听阿托斯的主意就得了。"达德尼昂和阿拉密斯一起说道。

"这个米莱迪,这个女人,这个魔鬼,我记得听达德尼昂说过,她有个小叔子。"

"对,我跟他挺熟的,甚至我感到,他对她嫂子没什么好感。"

"这可没坏处,"阿托斯应声说,"如果他恨她,那就更好了。"

"如果是那样,我们就会如愿以偿了。"

"但是,"波尔多斯说,"我仍然想把格里莫那事儿弄弄明白。"

"别出声,波尔多斯!"阿拉密斯说。

"那个小叔子叫什么?"

"德·温特勋爵。"

"目前他在哪儿?"

"刚说要开战,他就回伦敦去了。"

"嗯,此人正是我们需要的人,"阿托斯说,"我们最好先去通知他,说他嫂子正要暗杀一个人,我们请他管束好她。我想,在伦敦也会有玛大肋纳修女院和妇女感化院之类的机构吧。一旦他把他的嫂子往里面一送,我们就平安无事了。"

"不错,"达德尼昂说,"她如果再出来就又不安宁了。"

"噢!说实话,"阿托斯说,"您要求太过分了,达德尼昂,我已经绞尽脑汁了,有言在先,现在实在想不出招式来了。"

"我觉得有个更好的办法,"阿拉密斯说,"就是我们同时通知王后和德·温特勋爵。"

"对,不过我们能派谁到都尔和伦敦去送信呢?"

"我担保巴赞能行。"阿拉密斯说。

"我担保布朗谢。"达德尼昂接着说。

"可也是,"波尔多斯说,"即便我们不能离开营地,不过我们的仆从却能离开呀。"

"那当然,"阿拉密斯说,"我们今天就写信,给他俩带上路费,让他们动身。"

"给他俩带上路费?"阿托斯说,"这么说,你们身边有钱啰?"四人面面相觑,刚舒展开来的眉头又蹙了起来。

"当心敌人!"达德尼昂大声说,"我发现前面有好些黑点子和红点子在晃动。您刚才怎么说是一个联队,阿托斯?现在可真的是浩浩荡荡的一支军队啊。"

"对,没错,"阿托斯说,"他们来了。瞧,这些阴险的家伙,鼓也不打，号也不吹，想偷偷摸摸地上来。喂！您完事了没有，格里莫？"格里莫打手势表示完事了，又指指身边那十几个死人，他把他们摆布得姿态非常生动：有的做持枪姿势，有的像在瞄准，有的手握长剑。

"太棒啦！"阿托斯说，"您的想象力简直发挥得淋漓尽致了。"

"无论怎么说，"波尔多斯说，"我仍然想把这事儿给弄弄明白。"

"先往后撤，"达德尼昂截住他话头说，"以后您一定会慢慢明白过来的。"

"等一下，各位，等一下！给点儿时间让格里莫收拾一下早餐。"

"哎！"阿拉密斯说，"现在那些黑点、红点都大起来了，可以看得很清楚了，我同意达德尼昂的意见。我看咱们不能再耽搁，得立刻撤回营地去。"

"说真的，"阿托斯说，"我丝毫不反对撤退。我们打赌定的时间是一个钟头，现在已经一个半钟头了。没什么好说的了，走吧，各位，走吧。"

格里莫已经挎着篮筐，带着剩菜，再次充当前卫，杀回自己一方的营地。

四个伙伴随即也跟着撤出，落在他后面大约十二步路。

"哎！"阿托斯喊道，"我们这是怎么啦？"

"您落下什么东西了？"阿拉密斯问。

"旗，那面旗！忘了那面旗子，不能让一面旗子落入敌手，就算这面旗是块餐巾也一样。"

说着，阿托斯返身冲进棱堡，攀上顶台，拔下那面旗子。此刻拉罗谢尔士兵已经冲到了棱堡的火枪射程之内，因此一阵乱枪向着这个仿佛有意暴露在枪林弹雨中取乐儿的火枪手射来。

而阿托斯简直就像有魔法似的,枪子儿在他身旁呼啸而过,居然一颗也没打中他。

阿托斯转过身去背对着敌兵,挥动手里的旗子朝着营地的弟兄们致意。霎时间两边都喊声大作,一边是气势汹汹的咒骂,另一边是欢呼和喝彩。

紧接着是第二阵枪声,三颗枪子儿射穿了餐巾,真的使它变成了一面军旗。营地那边喊声不绝,大家都在喊:"下来,下来!"

阿托斯下来了,三个伙伴一直悬着一颗心在等他,此刻见他乐呵呵地出来了,都感到由衷的高兴。

"走吧,阿托斯,走吧,"达德尼昂说,"快,咱们得快。此刻我们除了钱什么也不缺了,再让人打死就太冤了。"

不过,无论同伴们怎么说,阿托斯仍旧不紧不慢地迈着步子,他们眼看劝也没用,就跟着他放慢了脚步。

格里莫挎着他那个篮筐遥遥领先,此刻已连人带篮走到了敌军的射程之外。

不一会儿,只听见后面枪声大作。

"怎么回事?"波尔多斯问,"他们在朝谁开枪?我只听见枪子儿呼呼飞过的声音,可没看见有人。"

"他们在朝那几个死人开枪。"阿托斯回答他说。

"那几个死人是不会还击的呀。"

"正是,因此他们就会以为有埋伏,就会商量对策,就会派人上去谈判,待发现这是在跟他们开玩笑,他们的枪子儿已经追不上我们啰。所以我们干吗要急呼呼地让自己跑得患上胸膜炎呢。"

"噢!这下子我明白了。"波尔多斯惊叹地嚷道。

"这真让人高兴!"阿托斯耸耸肩膀说。

营地那边的法国兵看到四个伙伴正在慢条斯理地往回走去,

爆发出一阵欢呼声。

最后又响起一排枪声,这回枪子儿打得四个伙伴身旁的砾石乱蹦,耳边尽是尖利的飕飕声。拉罗谢尔那帮人总算把棱堡夺回去了。

"这些人可真是笨手笨脚的,"阿托斯说,"我们一共打死了多少?十二个?"

"十五个吧。"

"压死多少?"

"有八九个。"

"而我们这边连一个受轻伤的都没有?啊!不对!您手上怎么啦,达德尼昂?似乎有血?"

"没事。"达德尼昂说。

"一颗流弹?"

"不是。"

"那到底怎么啦?"我们前面说过,阿托斯爱达德尼昂有如爱自己的儿子,这个性情刚毅、沉郁的火枪手,有时会对这年轻人表现出一种父爱般的关切。

"擦破了点儿皮,"达德尼昂说,"推墙时,我的手指夹在石块和戒指的钻石当中,皮给擦破了。"

"这就是有钻石的好处,我的少爷。"阿托斯口气有些不屑地说。

"嘿,"波尔多斯嚷道,"原来有颗钻石在这儿,那可真见鬼,既然有钻石,那干吗还抱怨没有钱?"

"可不是吗?"阿拉密斯说。

"太棒啦,波尔多斯,这下子倒真是个好主意。"

"那还用说,"波尔多斯受了阿托斯的表扬,变得神气活现起来,"既然有一颗钻石,那咱们就卖掉它。"

"不过,"达德尼昂说,"这可是王后的钻石呀。"

"那就更有理由卖掉它了,"阿托斯说,"王后救她的情人白金汉先生,那是天经地义,而我们是她的朋友,王后救我们也合情合理。我们还是把钻石卖掉吧。神父先生意下如何?波尔多斯就不用问了,他已经表了态。"

"我认为,"阿拉密斯红着脸说道,"达德尼昂的戒指不是情妇给的,因此并非定情的信物,把它卖了也未尝不可。"

"亲爱的,您说起话来可真像个神学家。总之您的意思是……"

"卖掉这颗钻石。"阿拉密斯回答说。

"那好,"达德尼昂非常快活地说,"咱们就卖掉这颗钻石,不用讨论了。"

枪声还在响个不停,但是他们已经在敌人火枪的射程以外了,而拉罗谢尔人还在放枪,也仅仅是想做做样子安安自己的心罢了。

"说真的,"阿托斯说,"波尔多斯想出这么个主意还真及时,咱们这就快到营地了。因此,各位,此事再也不要多说了。大家都在看着我们,在走上前来迎接我们,我们成了凯旋的英雄。"

原来,正如我们上面说的,营地上群情激昂,一片欢腾。刚才有两千多人亲眼看见了四个伙伴玩命的壮举。自然,这么玩命的真正动机是没人猜得到的。四下里只听见一阵阵"禁军万岁!""火枪手万岁!"的欢呼声。

第一个迎上前来的是德·比西尼先生,他握住阿托斯的手,承认自己打赌输了。跟着上来的是龙骑兵和瑞士雇佣兵,跟着他俩上来的是全营的弟兄们。到处是祝贺,是握手,是无休无止的拥抱,是嘲讽拉罗谢尔人的开怀大笑。在快结束的时候,闹得红衣主教先生以为外面出了事,派卫队长拉乌迪尼埃尔出来了解情况。

大家七嘴八舌、兴高采烈地把事情的经过告诉了卫队长。

"什么事？"红衣主教看见拉乌迪尼埃尔就问道。

"是这样的，大人，"卫队长说，"有三个火枪手和一个禁军跟德·比西尼先生打赌，说他们要到圣热尔韦棱堡去吃早餐，结果他们不光在敌人眼皮底下待了两个小时，吃了早餐，还打死了不知多少个拉罗谢尔敌军呢。"

"那三个火枪手的名字，您问了吗？"

"是的，大人。"

"他们叫什么名字？"

"阿托斯先生、波尔多斯先生和阿拉密斯先生。"

"又是这三条汉子！"红衣主教低声地说，"那禁军呢？"

"达德尼昂先生。"

"又是这个愣小子！总之，这四个人必须是属于我的。"

当天晚上，红衣主教向德·特雷维尔先生提起早上那桩已经沸沸扬扬传遍营地的辉煌战绩。德·特雷维尔先生事先已经从当事人嘴里听说了这次冒险经历的原委，因此把种种细节都告诉了主教大人，就连餐巾那段小插曲也没漏掉。

"很好，德·特雷维尔先生，"红衣主教说，"请让人把这块餐巾拿来给我。我要吩咐在上面用金线绣三朵百合花，给您的营作为军旗。"

"大人，"德·特雷维尔先生说，"这对禁军营可有些不公平了，达德尼昂先生不是我的人，他是德·埃萨尔先生的人。"

"那么，您把他收下就是了，"红衣主教说，"关系这么好的四个人待在一起才显公平嘛！"

当晚德·特雷维尔先生就向三个火枪手和达德尼昂宣布了这样的好消息，还邀请他们次日都去他那儿吃饭。

达德尼昂喜出望外。我们知道，他梦寐以求的就是能当上火枪手。

三个伙伴也非常高兴。

"说真的！"达德尼昂对阿托斯说，"你的主意太棒了，正像你说的，我们不仅大大出了风头，而且还进行了一场至关重要的谈话。"

"这下子我们的谈话人家就不会疑心了，因为托天主的福，我们从今以后在人家眼里算是红衣主教的人了。"

达德尼昂当晚就去面见德·埃萨尔先生，把自己调动的事情告诉他。

德·埃萨尔先生一向喜欢达德尼昂，他表示愿意帮助这个年轻人。而这样调个营队，必然要花上一大笔治装开销。

达德尼昂婉言谢绝，不过他趁这个机会把那枚钻石戒指交给了德·埃萨尔先生，请他让人估个价，说要卖掉它。

次日早上八点，德·埃萨尔先生的仆人到达德尼昂住处求见，交给他一袋金币，总数是七千利弗尔。

这就是王后那枚戒指的价值。

第四十八章　家务事

阿托斯想到了这样一个托词：家务事。一件家务事是无须向红衣主教说明的，一件家务事与别人无关，你处理家务事的时候也完全可以当着外人的面。

就这样，阿托斯想到了这个托词：家务事。

阿拉密斯想到了这个办法：派仆从。

波尔多斯拿定了这个主意：卖钻石。

然而四人中最聪明的达德尼昂却一点儿想法都没有，他实在是让米莱迪这个刻骨铭心的名字给吓住了。

噢！不，我们没有说对，他找来了一个买钻石的人。

德·特雷维尔先生府上的那顿午餐气氛十分活跃。达德尼昂已经穿上了火枪手的制服，因为他的身材跟阿拉密斯差不多，而读者或许还记得，阿拉密斯把诗稿卖给出版商得到的稿酬相当可观，所以他的治装都是双份的，现在他把一套装备让给了伙伴。

达德尼昂若非瞥见米莱迪犹如乌云般地掠过天际，他本来是该心满意足的。午餐过后，大家约定晚上在阿托斯住处见面，把事情全给定下来。达德尼昂白天在营地到处转悠，将他一身火枪手制服着实炫耀了一番。到了晚上约定的时间，四个伙伴又聚在一起，还剩下三件事要决定：给米莱迪小叔子的信怎么写；给都尔那位精干人的信怎么写；写好的信派哪两个仆从送出去。

每人都推荐自己的仆从：阿托斯说格里莫怎样守口如瓶，除非主人让他开口，否则他绝不会说一个字；波尔多斯大吹嘘穆斯克通气力如何大，凭他那副身量，常人就是四个一起上也不是他的对手；阿拉密斯以机警为标准推荐巴赞，以勇气为标准推荐布朗谢，并以在布洛涅那件事为佐证。

这四种优点孰轻孰重，大家争执不下，每个人都发表了一通高论，为避免行文过于冗长，我们不再赘述。

"可惜啊，"阿托斯说，"我们派去送信的这个仆从，要是四种优点能兼而有之就好了。"

"这样的仆从上哪儿去找？"

"找不到的！"阿托斯说，"这我很清楚，因此，用格里莫吧。"

"用穆斯克通。"

"用巴赞。"

"用布朗谢。布朗谢既勇敢又机灵，四个优点已经有两个了。"

"各位，"阿拉密斯说，"目前最重要的，并非知道咱们的四个仆从中间哪一个嘴巴最紧、气力最大、最机灵或者最勇敢，最要紧的要了解谁最爱钱。"

"阿拉密斯说得对，"阿托斯说，"我们应当在他们的缺点上打主意，而不应当光看他们的优点。教士先生，您真是一位出色的伦理学家！"

"可不是，"阿拉密斯说，"因为我们让他们出力，固然是要想成功，不过更重要的是不能失手。万一失手，那可是要脑袋搬家的，并且搬的还不是仆从的……"

"小声说，阿拉密斯！"阿托斯说。

"对，不是那个仆从的脑袋，"阿拉密斯说，"而是他东家的脑袋，甚至连这东家的朋友也逃不了！我们的仆人有足够的忠心为我们冒生命危险吗？没有。"

"说实在的，"达德尼昂说，"我敢担保说布朗谢差不多。"

"那好，伙计，除了他那份出自天性的忠心，您再给他一笔数目可观的钱，让他手头方便些，如此一来，您就不会说差不离，而要说肯定能行了。"

"哎！仁慈的天主嗬！你们照样会上当的，"阿托斯说，他对事情都看得挺乐观，不过对人就挺悲观，"他们为了得到钱什么都肯答应，而一上了路就心里发毛，答应过的事什么都做不成。一旦让人抓住，人家就会逼他们招供，这么一逼，他们就都会说出来。嘿！我们都不是小孩子喽！从此地去英国（阿托斯压低声音说），要经过法国好些地方，那儿到处都是红衣主教的密探和心腹，要上船还必须有通行证，去伦敦的一路上还要开口问路，要懂得英语才行。瞧，我看此事难着呢。"

"哪儿呀，"达德尼昂说，他一心指望这事能成功，"我看这事没什么难的。当然，如果给德·温特勋爵的信上写的是国家大事，尽写些红衣主教怎么干坏事……"

"轻点！"阿托斯说。

"尽写些国家的机密，"达德尼昂压低嗓门儿接着说，"那不用说，咱们准得受轮刑。不过看在天主的分儿上，阿托斯，您别忘了，您自己说过我们仅仅给他写些家务事。我们写信给他，唯一的目的就是请他在米莱迪到伦敦以后，不让她对我们有使坏的机会。因此，这封信我打算大致上这么写……"

"哦。"阿拉密斯已经摆出一副挑刺儿的架势说。

"亲爱的朋友……"

"嘿！好一个亲爱的朋友，"阿托斯打断他说，"这个头可开得真不错，叫一个英国佬亲爱的朋友！太妙了，达德尼昂！光凭这一句，您就不是受轮刑，而是要受磔刑了。"

"那好吧，索性，我就称他'先生'。"

"您可以称他'勋爵'嘛。"阿托斯说，他素来对礼仪很讲究。

"勋爵，您想必还记得卢森堡宫那个羊群觅草的围场吧？"

"好一个'卢森堡宫'！人家还以为是在影射王太后①呢！亏您想得出来。"阿托斯说。

"那好，我们就简简单单地这么写：'勋爵，您还记得有人在那儿饶过您一命的某个围场吧？'"

"我亲爱的达德尼昂，"阿托斯说，"要您写点东西可真是惨了，'有人在那儿饶过您一命'！呸！这不是丢他的脸吗？对一个上流社会的人，这种事是千万提不得的。提醒人家欠过您的情，等于是在侮辱他。"

"噢！伙计，"达德尼昂说，"您真叫人受不了，如果老得听您这么吹毛求疵的，说实话，我宁可不写了。"

---

① 王太后：即路易十三的母后玛丽·德·梅迪契，卢森堡是由她决定建造的（从 1615-1620 年）。

"这您就做对了。伙计,使枪弄剑的本事,您的确潇洒,不过说拿笔嘛,还是让教士先生来吧,这是他的特长。"

"对!没错,"波尔多斯说,"你就把笔交给阿拉密斯吧,他用拉丁文写过好些论文呢。"

"那好,就这样,"达德尼昂说,"这封信就由您来写,阿拉密斯。但是,看在教皇圣父的分儿上,您要当心才是,因为现在该轮到我来挑刺儿了,我这可是有话在先。"

"那再好不过,"阿拉密斯带着诗人的那种天真的自信说道,"但是你们得让我把情况弄清楚,我听说过勋爵的这位嫂子是个无赖,后来我听到她跟红衣主教说话,我也觉得她是个无赖。"

"小声点,见鬼!"阿托斯说。

"不过,"阿拉密斯继续说,"细节我并不了解。"

"我也一样。"波尔多斯说。

达德尼昂和阿托斯默默地相视片刻。阿托斯默想过后,脸色变得比平时更为苍白,最后做了个同意的表示,达德尼昂明白自己可以讲了。

"嗯,要写的内容有这么一些,"达德尼昂说,"'勋爵,您的嫂子是个无恶不作的女人,为了想继承您的财产,她曾经想让人谋杀您。并且她本来就不能与令兄结婚,因为她在法国是有丈夫的,后来……'"达德尼昂停了一下,似乎是在斟酌用词,可眼睛望着阿托斯。

"被她丈夫逐出家门。"阿托斯说。

"因为她是烙过印记的女犯。"达德尼昂接着说。

"啊!"波尔多斯嚷道,"这不可能!她竟然想谋杀她的小叔子?"

"对。"

"她是有夫之妇?"阿拉密斯说。

"对。"

"那好丈夫发现她肩膀上烙了一朵百合花?"波尔多斯嚷道。

"对。"

这三声"对"都是阿托斯说的,一声比一声低沉。

"这朵百合花,你们谁见过了?"阿拉密斯问道。

"达德尼昂和我,或者说得确切些,按时间顺序来说,我和达德尼昂。"阿托斯回答说。

"这个坏女人的丈夫还活着吗?"阿拉密斯说。

"还活着。"

"您能肯定?"

"我能肯定,因为我就是。"

接下来是一阵静默。在这静默中,每个人依照自己的气质体味着自身的感受。

"这一回,"阿托斯打破静默说道,"达德尼昂给我们提供了一个很好的提纲,这些内容首先必须写进去。"

"当然!您说得对,阿托斯,"阿拉密斯说,"起草一封信是件挺烦神的事。即便让掌玺大臣来写这么一封措辞颇费周章的信,他也会一时觉得无从下手的,尽管他对案件提笔自如。好啦!请各位肃静、噤声,我这就写了。"

阿拉密斯果真拿起笔,思索了一会儿,用一种女性的娟秀字体在纸上写下十来行字,接着用一种轻柔、缓慢的音调,似乎一边念一边还在字斟句酌似的,一句句念给众人听:

勋爵:

　　写此信者曾有幸在地狱街的一个小围场里跟阁下比过剑。鉴于事后阁下曾多次表示愿与在下结交为友,故在下特此将一要事相告,以期不负阁下雅望。阁下曾两度险遭一近亲之毒手,而这一女人阁下却向以财产继承人视之,实因阁下不知此女人在英国结婚之前,在法国已有婚配之缘故。现此女人又欲第三次加害于阁下,且此次阁下处境恐更为险峻。此女人昨夜已由拉罗谢尔起程赴英国。阁下务必严密注意其行踪,盖因其此行目的系执行一骇人听闻之重大计划。如若阁下有意了解其作恶之能量,从其左肩即可窥见其过去也。

"嗯,写得太棒了,"阿托斯说,"您的文才比得上国务大臣,亲爱的阿拉密斯。德·温特勋爵一旦收到这封信,绝对就会严加防范,即便信落到主教大人手里,我们也不会受什么牵连。但是,去送信的仆从说不定会耍花招,实际上待在夏特罗,却让我们以为他到了伦敦,因此交给他信的时候只能先付他一半钱,说好另一半等回信来了再给。您那枚钻戒还在吧?"阿托斯问达德尼昂。

"我手里有比这更好的东西,我有现钱。"

说着达德尼昂把钱袋扔在桌上,听到金币的响声,阿拉密斯抬起眼睛,波尔多斯打了个激灵,唯有阿托斯不动声色。

"袋里有多少钱?"他说。

"七千利弗尔,全是十二法郎的金币。"

"七千利弗尔!"波尔多斯嚷道,"这么一颗不起眼的小钻石值七千利弗尔?"

"看来是吧,"阿托斯说,"既然钱都在这里,我可不信咱们的达德尼昂会把自己的钱也放在里面。"

"不过,各位,刚才我们都没想到王后,"达德尼昂说,"这会儿也得为她亲爱的白金汉的健康操点儿心了。就算我们对她尽点儿义务吧。"

"说得有理,"阿托斯说,"不过这是阿拉密斯的事。"

"好吧,"阿拉密斯红着脸说道,"要我做什么呢?"

"哦,"阿托斯说,"小事一桩,再写一封信给都尔城里的那位能干的人呗。"

阿拉密斯重新拿起笔,又思索了一会儿,随即动笔写了起来,并且边写边念出声来征求伙伴们的同意:

亲爱的表妹……

"哦!"阿托斯说,"原来这位能干的人是您的亲戚!"
"是姨表妹。"阿拉密斯说。
"那就写表妹吧!"
阿拉密斯继续念道:

亲爱的表妹:

天主为法国的福祉和王国敌人的劫难而降大任给红衣主教大人,很快就要把拉罗谢尔反叛的异教徒收拾干净了。英国的救援舰队眼看是来不成了,我甚至敢说,我能肯定白金汉先生会被一桩重大事件所羁绊而无法成行。主教大人过去是,现在是,而且将来大概也是最杰出的政治家。哪怕是太阳碍了他的事,他也会让太阳消灭。亲爱的表妹,请把好消息告诉您的姐姐。我梦见这个该诅咒的英国人死了。我记不清他是被刺死还是被毒死的。但有一点我能肯定,我真的梦见他死了,而您知道,我的梦一向是很准的。所以,请相信您不久就会见到我回来吧。

"太棒了!"阿托斯大声说道,"您简直像个桂冠诗人。亲爱的阿拉密斯,您写得仿佛《启示录》一样雄辩,犹如《福音书》一样实在。现在您只消在信上写个地址就行了。"
"这容易。"阿拉密斯说。
他潇洒地折好信,在上面写道:

送交都尔城缝洗女工米松小姐。

三个伙伴相视而笑,他们心领神会了。

"现在,"阿拉密斯说,"你们都清楚了吧,各位,只有巴赞能把信送到都尔。我表妹只认识巴赞,而且只会信任他,其他别的人去都会将事情办糟。再说巴赞志向高远,富有学识。他读过历史,各位,他知道西克斯特五世当教皇以前放过猪。嗯,他本来就打算跟我一起去当教士,对于日后能当个教皇,或者起码当个红衣主教,他是不会感到遗憾的。你们当然知道一个有这种志向的人是不会轻易让人抓住的,即便让人抓住了,也是宁愿受刑而绝不开口的。"

"好,好,"达德尼昂说,"我非常同意您派巴赞。不过您也得同意我派布朗谢:米莱迪有一次曾经乱棒把他撵出门去,而布朗谢的记性特好,一旦有机会报复,我担保他宁愿挨顿毒打也不肯放弃的。若说都尔之行由您负责,阿拉密斯,那么伦敦之行就该由我负责。所以我请各位选布朗谢去送信,再说他也已经跟我一起去过一次伦敦,有些话说得挺好'劳驾,先生,请问去伦敦怎么走,我主人是达德尼昂阁下'。你们放心,会这两句就足够他一去一回问路的了。"

"既然这样,"阿托斯说,"布朗谢去时,就得给他七百利弗尔,回来再给他七百利弗尔,巴赞呢,一去一回各是三百利弗尔。这样一来,就只剩五千利弗尔了,我们每人拿一千利弗尔花销,余下的一千利弗尔由教士先生保管,以便碰到意外情况或者有共同的开销时可以拿出来用。你们看怎么样?"

"我亲爱的阿托斯,"阿拉密斯说,"您说起话来就像涅斯托耳,你们都知道,他是古希腊最贤明的长者。"

"那好,就这样说定了,"阿托斯说,"由布朗谢和巴赞去送信,总而言之,留下格里莫我没意见,他对我的各种习惯都熟悉了,我少不了他。昨儿他已经折腾了一整天,再去赶路送信会要了他的命的。"

布朗谢给叫来了。达德尼昂把这事告诉他以后,大伙儿又都对他嘱咐了一番。达德尼昂跟他说这事时,先是告诉他怎样光荣,接着提到给他多少钱,末了才点明这事的危险性。

"我把信放在我衣服领饰里,如果我被擒,我就把信吞进肚子里去。""但那样一来,你就不能完成使命了。"达德尼昂说。

"请您今儿晚上再抄一份给我,明儿我就背得滚瓜烂熟了。"

达德尼昂瞧瞧伙伴们,似乎在对他们说:"怎么,我没说错吧?"

"现在,"他接着又对布朗谢说,"给你八天时间赶到德·温特勋爵那儿,再给你八天时间赶回来,一共是十六天。要是十六天以后,到八点钟再不见你回来,那笔钱你就甭想再拿了,哪怕晚五分钟也不行。"

"那么,先生,"布朗谢说,"请给我买块表吧。"

"把这个拿着,"阿托斯说着,以一种对身外之物毫不在乎的大度气概把他的挂表递给布朗谢,"要做个勇敢的小伙子。你记住,如果你口无遮拦,到处乱说,如果你东游西逛,你就会害得你主人脑袋搬家,而你主人却一心以为你忠心耿耿,方才还向我们为你做担保呢。而且你还要想着,倘若由于你的过错使达德尼昂遭受不幸,将来你跑到哪儿我都要找到你,把你开膛破肚。"

"哦!先生!"布朗谢说,他因为受到阿托斯的怀疑,而感到委屈,而阿托斯那镇定的神志尤其让他感到惊恐。

"我呢,"波尔多斯豹眼圆睁说,"你记住,我要活剥你的皮。"

"噢!先生!"

"我嘛,"阿拉密斯嗓音柔和悦耳地接着说,"你要想到,我会把你当成一个野蛮人,用文火慢慢烧烤。"

"噢!先生!"

布朗谢哭了起来,他终究是因为受了恫吓害怕得哭出声来,还是由于看到四个伙伴这么团结而感动得流泪,我们就不得而知了。

达德尼昂拉住他的手,把他搂在怀里。

"你瞧,布朗谢,"达德尼昂对他说,"这几位先生对你说的这些话,全是冲着对我的情意,而他们心里还是挺喜欢你的。"

"噢!先生!"布朗谢说,"这次我只要不被人斩成四块,就笃定要把事办成;就算被人斩成了四块,您也放心,哪块也不会开口说一个字。"

大家决定让布朗谢次日早晨八点钟出发,以便让他,像他自己说的那样,在夜里把信上的字句记在脑子里。如此一来,他已经用掉了十二小时,他应该在第十六天晚上八点钟回来。

次日早上,布朗谢正要跨上马背的时候,达德尼昂觉得心里对公爵还是有点儿放心不下,因此又把他拉到边上。

"听着,"达德尼昂对他说,"你把信交给德·温特勋爵,等他看完以后,你再对他说:'请注意保护白金汉公爵大人,因为有人要谋杀他。'但是这句话,布朗谢,你也看见了,实在事关重大,我甚至连我的朋友都没有坦诚相告,更不用说给你写在信上了,就算让我去当统领我也不干。"

"请放心,先生,"布朗谢说,"以后你会看出我是否值得信任的。"

说完他纵身跨上一匹骏马,这匹马要一口气跑上二十里路才有驿站可以换马。布朗谢拍马向前,就这么上路了,火枪手们要他记住的那三桩事让他心头有些着急,但是对于其他的事,他的心绪却非常乐观。

巴赞在下一天早晨出发去了都尔,限他交差的时间是八天。

这两个仆从走了以后,读者恐怕也能想得到,那四位伙伴比平日里格外警觉,张大眼睛,伸长鼻子,竖起耳朵,什么动静都不轻易放过。日子一天天过去,他们总想从人家说的话里听到点儿风声,从红衣主教的行为举止里看出点儿破绽,或是从捎来的邮件里找出点儿蛛丝马迹。有几回营部临时有事,他们一听唤他们去,都不由得浑身打战。要说呢,他们出于安全考虑这般小心提防,也是情有可原。米莱迪是个幽灵,一经在人前显形,就再也不会让人安安稳稳睡觉了。

第九天早晨,四个伙伴正在帕尔巴约酒店用早餐,只见巴赞走了进来,气色就像以往那么好,脸上也习惯地挂着笑容。他见了主人,就照事先的约定说道:"阿拉密斯先生,这是您表妹的回信。"

四个伙伴交换了一个快活的眼色:大功已经一半告成。当然,这一半所费的时间短,也比较容易。

阿拉密斯接过信去,脸上不由得涨得通红,信中字迹粗大,拼写错漏不少。

"天哪!"他呵呵笑道,"我的确失望得很。这个可怜的米松永远甭想写得像德·伏瓦蒂尔先生那么漂亮啰。"

"这个可怜的米松是什么意思?"那个瑞士雇佣兵问道,这封信送到的时候,他正在跟四个伙伴闲聊。

"哦!没什么,"阿拉密斯说,"一个我非常喜欢的娇媚的缝洗姑娘,我请她写封亲笔信给我做个留念。"

"太棒了!"瑞士雇佣兵说,"要是她的人也跟她的字一样大,您就交桃花运了,伙计!"

阿拉密斯看了遍信,把它递给阿托斯。

"您瞧瞧她给我写些什么吧,阿托斯。"他说。

阿托斯瞥了一眼信纸,然后,为了不让旁人起疑,索性念出声来:

> 表兄:
>
> 我和姐姐都会圆梦,有时会因此而感到非常害怕。不过您的那个梦,我想不妨这么说:梦总是骗人的。再见!您要

多保重，望经常来信。

阿葛拉埃·米松

"她说的是什么梦呀？"那个龙骑兵听见读信，走过来问道。

"对，是什么梦？"瑞士雇佣兵说。

"嘿！那还用问！"阿拉密斯说，"就是我做的一个梦呗，我写信告诉了她。"

"噢！对，那还用问！就是告诉她的一个梦。可我，从来不做梦。"

"您可真有福气，"阿托斯边说边站起身来，"我真想能和您一样这么说。"

"从来不做！"瑞士雇佣兵听到阿托斯这样一位人物竟然也有羡慕他的地方，禁不住大为高兴，连声说道，"从来不做！从来不做！"

达德尼昂瞧见阿托斯离座，也站起身来，挽住他的胳臂往外走。

波尔多斯和阿拉密斯留下来应付饶舌的龙骑兵和瑞士雇佣兵。

至于巴赞，他走去躺在一堆麦秆上面睡觉了。他比瑞士兵想象力丰富多了，他已梦见阿拉密斯先生当了教皇，正把一顶红衣主教的冠冕给他。

但是就像我们前面说的，巴赞的平安归来，仅仅是使终日提心吊胆的四个伙伴略微松了口气。等待的日子显得异常漫长，达德尼昂甚至都想赌咒说这些天每天有四十八个小时了。他忘记了航途的缓慢，夸大了米莱迪的神通。这个在他眼里犹如魔鬼的女人，他把有些不可思议的迹象，都当成是她在搞鬼。听见一点儿动静，他就觉得是来逮捕他，是带了布朗谢来跟他和他的伙伴对质。并且，更糟的是，他往日对那位可敬的庇卡底人曾经那么信任,现在却一天不如一天。他心神不定简直到了坐立不安的地步,连波尔多斯和阿拉密斯也受到了影响。只有阿托斯若无其事,似乎身边根本没有什么危险,每天依旧那么镇定自若。

特别到了第十六天,达德尼昂和那两个伙伴内心的不安已经非常明显了,他们没法待在一个地方不动,非得像幽灵似的在布朗谢回来必经的那条道上晃来晃去不可。

"啊呀呀,"阿托斯对他们说,"你们真不像男子汉,倒像些小孩子,一个女人就把你们吓成了这个模样!你们究竟怕些什么?怕进监狱?嘿,自有人会把我们救出来的,博纳修太太不是给救出来了嘛。怕砍头?前线的壕沟还要危险呢,随时都可能有颗枪子儿飞过来打断谁的一条腿,我们还不是依旧天天高高兴兴地上前线吗,我相信,让一个外科医生锯掉一条腿,要比让刽子手砍掉脑袋还疼呢。因此请你们少安毋躁,过两个钟点,要么就是过四个钟头、六个钟头,或者再晚些,布朗谢会回来的。他答应过回来的。我相信布朗谢决不会失信,我瞧着他就知道他是个好小伙子。"

"但如果他不能到达呢?"达德尼昂说。

"嗯,如果他不回来,那就是说他有事给耽搁了,否则还能怎么样呢?"

或许他从马上摔了下来,或许他从桥上掉了下去,或许他跑得太快得了肺炎。哎!各位!你们得把种种可能发生的情况都考虑进去。人生就是一副由许许多多小小的磨难串成的念珠,旷达的人拨动这些念珠时,总是面带笑容的。像我一样做个旷达的人吧,各位,坐到桌子跟前来,让我们喝一杯。透过一杯尚贝尔坦葡萄酒看出去,未来总是玫瑰色的,这要比什么东西都强。"

"这敢情好,"达德尼昂回答说,"现在我每当喝新酒时,总是惶惶不安,老担心是从米莱迪的酒窖里拿出来的,总是这么着我都不耐烦再喝了。"

"您这人可真难弄,"阿托斯说,"她可是个漂亮的女人哪!"

"一个烙过印的女人!"波尔多斯粗声粗气地笑道。

阿托斯打了个冷战,举起手来拭了下额头的汗,猛地一下子也站了起来,神情间带着一种掩饰不住的烦躁。

白天总算熬过去了,夜晚虽说姗姗来迟,不过到底还是来了。小店里挤满了常客,阿托斯口袋里揣着卖钻石分到的那份钱,一步也不出帕尔巴约酒店。

德·比西尼先生请他们吃过一顿美餐,阿托斯觉得这人还值得交往,因此这天敲七点钟那会儿,他俩就像往常那样在赌钱。这时只听得巡逻队路过门口,上前面去加岗,到七点半,响起了归营的鼓声。

"咱们完了。"达德尼昂凑在阿托斯耳边说。

"您是说咱们输了吧。"阿托斯镇静地说着,从口袋里掏出四个皮斯托尔扔在桌子上。"得,先生们,"他接着说,"敲归营鼓了,咱们回去睡觉吧。"

说完他就往门外走去,达德尼昂跟在后面。阿拉密斯伸出胳臂让波尔多斯挽着,也随后跟了出来。阿拉密斯嘟嘟哝哝地背着诗,波尔多斯神情沮丧,时不时拔下几根小胡子来。

正在这时,暗地里倏地冒出一个黑影,瞧那模样达德尼昂觉得挺眼熟,同时还听见一个熟悉的声音对他说:"先生,我给您把披风拿来了,今儿晚上天挺凉的。"

"布朗谢!"达德尼昂喜不自胜地喊道。

"布朗谢!"波尔多斯和阿拉密斯也同声唤道。

"可不,就是布朗谢,"阿托斯说,"这有什么大惊小怪的?他答应八点钟回来的,此刻不正好八点嘛。好啊!布朗谢,您是个说话算数的小伙子,如果您有一天离开现主人,我给您一个干活的位置。"

"哦!不,不会的,"布朗谢说,"永远不会的,我永远不会离开达德尼昂先生的。"

与此同时,达德尼昂觉着布朗谢塞了张纸条在他手里。

达德尼昂很想拥抱一下凯旋的布朗谢,就像当初他出发时那样。不过他担心在大街上同自己的仆人流露这种感情,会让有些路人觉得太出格,因此就忍住了。

"回信在我这儿。"他对阿托斯他们三人说。

"那很好,"阿托斯说,"咱们回营看吧。"

达德尼昂手里攥着那封回信,就像捏着一把火,他想加快脚步,不过阿托斯一把挽住了他的胳膊,逼得达德尼昂只好跟同伴迈着同样快慢的步子。

最后终于进得营来,点亮了油灯,布朗谢站在门口放哨,以防外人闯进来,达德尼昂双手发抖地去掉封蜡,打开这封盼望已久的回信。

信上只有半行字,用的是一种纯粹英国式的字体,文句之简约纯粹是斯巴达人的风格:Thank you,be easy,意思是:"谢谢,请放心。"

阿托斯从达德尼昂手里拿过这封信,就着油灯引上火,直到整张信纸烧成灰烬才松手。

接着他唤布朗谢进来。

"现在,小伙子,"他对布朗谢说,"你可以拿你的那七百利弗尔了,但是你有了那样一封信,是冒不上多大风险的。"

"我挖空心思想了许多方法来掩藏这封信来着。"布朗谢说。

"好呀,"达德尼昂说,"你把过程讲给我们听听。"

"天哪!说来话长啊!"

"你说得有理,布朗谢,"阿托斯说,"再说归营鼓已经敲过了,人家熄灯以后咱们再点着灯,会招人注意的。"

"那好,"达德尼昂说,"咱们睡觉吧。睡个好觉,布朗谢!"

"说实话,先生,十六天以来,这还是首次安安稳稳睡个觉呢。"

"我也是!"达德尼昂说。

"我也是!"波尔多斯应声说。

"我也是!"阿拉密斯也应声说。

"好吧,你们是要我说心里话是吗?我也是!"阿托斯说。

第四十九章 劫数

而此时,米莱迪却在大肆咆哮,就像一头被困在船上的母狮子,在甲板上大发雷霆,恨不得跳到海里游到岸上去。只要她一想到自己被达德尼昂侮辱,还遭到阿托斯的威胁,尚未找他俩报仇雪恨便离开了法国,就觉得气不打一处来。她越想越难自控,心里非常不甘,便冒着可能导致不良后果的风险,央求船长还是让她上岸。然而船长看到这艘船夹在英国人与法国人的舰只之间,就像跻身在飞鸟与耗子之间的蝙蝠一样,急着早日摆脱这种窘迫的处境,尽早驶抵英国。因此他执意不肯听命于这种在他看来只是女人任性的盼咐,而这个女人终究又是红衣主教特地关照过的客人,因此船长答应她,如果风浪不大、法国人也不阻拦的话,到时候他可以把船停靠在布列塔尼的某个港口,或者洛里昂,或者布雷斯特,让她上岸。但是眼下风向不对,海浪又很大,他们是在逆风行驶,故而完全无法靠岸。驶离夏朗特九天以后,米莱迪忧愤交加,面色苍白,但是总算看见了青绿的菲尼斯泰尔海岸。

她心里盘算着,从法国的这个角上回到红衣主教那儿,至少得花三天时间，加上靠岸停船的一天时间，就是四天。四天再加上九天，就白白浪费了十三天时间，这十三天里伦敦不定会发生多少重大的事情呢。她寻思，红衣主教见到她回去肯定会发火，如此一来，他就会容易听信别人对她的指控，而听不进她对别人的举发。所以，她眼看着洛里昂和布雷斯特相继驶过，就不再到船长耳边去聒噪，船长呢，也乐得不去提醒她。然后米莱迪继续她的航程，就在布朗谢从朴次茅斯上船回法国的当天，主教大人的这位密使得意扬扬地随船驶进了这个港口。

这座港口城市热闹非凡，新近竣工的四艘巨船刚刚下海，拥挤的人群争相一睹白金汉公爵的风采。只见他站在防波堤上，身上那件缀满金线绦子的外衣，按例被金刚钻和宝石装点得光彩夺目，宽边帽上饰有一根白色翎毛，弯弯的一直垂到肩头，在他身边，是一群几乎跟他服饰同样鲜亮的幕僚。

这一天，是英国的冬日中少有的一个晴天，英国人会记起明媚的日头挂在天空。那轮太阳稍稍显得有些黯淡，不过终归还是光灿灿的挂在天水相接的远方，火红的光带同时染红了天空和海水，最后那道金色的阳光辉映在城里的塔楼和古老的宅邸上，照得窗上的彩绘玻璃熠熠发亮，好像一片火海的反光。米莱迪呼吸着接近陆地而变得更加清新、更加芳香的海上的空气，凝视着眼前的船舰和水兵，心想自己身负的使命正是摧毁这些军事设施，孤身一个女子，与这支军队对阵，她默默地把自己比作犹太烈女子犹滴。当年犹滴潜入亚述人的军营，瞧见满山遍野的战车、军马、兵士、武器的时候，她可能也是在想，只消她做个手势，所有这一切顷刻间就会灰飞烟灭的吧。

船驶进了锚地，正待下锚之际，一艘装备精良的快艇驶向这艘商船，贴近它的舷侧，接着放下一只小划子，朝大船舷梯划来。小划子上载着一名军官、一名水手长和八名桨手，登上舷梯的只有军官一人，那身制服颇使船上人不敢小觑他。

这名军官跟船长说了几句话。又把带来的文件让他看了。接着，遵照船长的命令，全船人员，包括水手和乘客，都被传唤到甲板上集合。

这种类似点名的集合完毕以后，军官大声盘问商船的起航地点、航线以及沿途停靠港口等情况，对所有这些问题船长毫不迟疑地一一做了答复。于是军官开始对每一个人一一过目，查到米莱迪，军官停下脚步，仔细打量着她，不过没有对她说一句话。

他回到船长跟前，对他说了几句话，随即，似乎这船就此归他指挥似的，他一声令下，水手们马上执行操作。然后商船又向前驶动，那艘快艇仍旧贴近它并排行驶，六门火炮的炮口森然对准它的侧舷。那只小划子紧随在商船后面，相形之下显得只有一丁点儿大小。

这名军官审视米莱迪的时候，读者或许也料到了，米莱迪也在目不转睛地看着他。不过，虽然凭她那双目光如炬的眼睛，通常她要想探出别人秘密之时总能看到对方的心里，真可谓屡试不爽，此次她却觉得眼前的这张脸丝毫不为她的目光所动，她别想从那上面看出半点儿名堂来。这个站在她跟前、静静地审视着她的军官，年纪有二十五六岁，肤色白皙，浅蓝色的眼睛微微有点儿向里凹，嘴唇薄而清秀，始终一动不动，显得很端正，轮廓分明的下巴长得很结实，表明此人性格刚毅，而在普通英国人身上，这也就是固执古板的意思，略微有些塌脑门，这对诗人、宗教狂和士兵都适用，头发短而稀疏，跟下巴上的胡子一样，都是漂亮的深栗色。

船驶进港口，已是夜深人静。雾霭使夜色显得更加浓重，在防波堤上的标志灯和路灯周围形成一圈圈光晕，仿佛阴雨天气到来前月亮的晕环。迎面拂来的风，让人觉得凄清、潮湿而阴冷。

米莱迪如此厉害的女人，也情不自禁地发起抖来。

军官让米莱迪说了哪些是她的行李，让人把她的行李搬到小划子上去。行李搬好后,他伸出一只手,示意扶她下去。

米莱迪瞧着这个男人,有些犹豫。

"您是什么人,先生?"她问道,"您为何这般费心特殊关照我?"

"从我的军服,夫人,您想必就知道了,我是英国海军军官。"年轻人回答说。

"莫非英国海军军官对于在大不列颠港口下船的女同胞,都是这么殷勤,乃至要扶她们上岸吗?"

"是的,夫人,不过不是出于殷勤,而是出于谨慎,战争期间外国人通常都被接送到指定的住所,以便让他们处于政府的监护之下,直到彻底弄清楚他们的身份为止。"

这军官说这番话时,态度彬彬有礼,神情也十分镇静。不过这些话还没能说服米莱迪。

"但我并非外国人呀,先生,"她说这话的口音,完全是纯正的伦敦音,从朴次茅斯到曼彻斯特一带是很难听到这种口音的,"我是克拉丽克夫人,这种做法……"

"这种措施适用于任何人,夫人,您想避免是不可能的。"

"既然如此,我跟您走就是,先生。"

说着她拉住军官的手,走下舷梯,那只小划子正等在那儿。军官跟在她后面上了船。船尾铺着一件大氅,军官让她坐在大氅上,自己坐在她旁边。

"开船。"他对水手们说。

八支桨插入水中,只发出整齐的声响,只看见整齐的动作,小划子飞似的掠过水面。

五分钟后,划子靠了岸。军官跳上码头,把手递给米莱迪。一辆马车等着。

"这辆马车是为我们准备的?"米莱迪问。

"是的,夫人。"军官答道。

"这么说那旅店挺远?"

"在城里的那一头。"

"走吧。"米莱迪说。

说完她心一横上了马车。

军官关照着底下人将行李在车厢后面仔细拴牢,事情完毕,他上车坐在米莱迪身边的位置,关上车门。车夫无须吩咐,也无须指定前往地点,立刻打马飞奔,奔驰在大街小巷。

这种接待实在怪得出奇,米莱迪有好多问题要细细思量思量。不过,眼看那年轻军官全无跟她搭话的意思,她就背靠着车厢的角落,揣摩起脑海里浮现的一个又一个推测来。

然而行驶了一刻钟过后,她有些纳闷,觉得路途怎么会这么远,就俯身到车窗跟前,想看看他们究竟要把她带到哪儿去。她看不见房屋,只见树木仿佛高大的黑色幽灵,在黑夜中奔跑。

米莱迪浑身战栗起来。"我们已经不在城里了呀,先生。"她说。

年轻军官沉默着。

"如果您不告诉我前往何处,我就不再走了。我有言在先,先生!"

这种威胁没有引起丝毫反应。

"噢!这太过分了!"米莱迪嚷道,"救命呀!救命呀!"

没有人回应她的呼声,马车依旧疾驶,军官仿若雕像。

米莱迪恶狠狠地盯着军官,这种眼神是她所特有的,并且每每总能收到预期的效果,极少有不灵验的时候,她的两只眼睛由于愤怒而在黑暗中闪闪发光。

年轻军官依旧不动声色。米莱迪想打开车门冲出去。

"当心,夫人,"年轻军官冷冷地说,"您跳下去会自己摔死的。"

米莱迪怒不可遏地重新坐下,军官侧过身来望望她,仿佛没料到这张方才还那么美貌的脸蛋,竟然会如此神情狂乱,简直变得很可怕。工于心计的米莱迪明白，如果让他看破自己的心思，那她就完了。因此她恢复了平静的神色，幽幽地说道："看在老天分儿上，先生，请告诉我，究竟是因为您，因为您的政府，还是因为我的哪个仇人，我才要受到这么粗暴的待遇？"

"我们对您绝无粗暴之处，夫人，对您所采取的仅仅是一种极为简单的措施，凡是在英国上岸的人，我们都必须采取这种措施。"

"如此说，您并不认识我，先生？"

"我这是首次有幸见到您。"

"您发誓，您没有任何理由恨我？"

"我发誓。"

这个年轻人的声音是那么泰然，那么冷静，甚至那么温和，米莱迪感到放心了。

马车行驶了将近一小时，终于在一扇大铁门跟前停了下来，铁门里有一条低洼的道路，通往一座孤零零的、气象森严的高大城堡。车轮沿途碾过一片细沙时，米莱迪听见一阵轰然的呼啸声，明白那是海浪拍击峻峭海岸的涛声。

马车驶过两座拱门，最后停在一个幽暗的方院里。马车的车门几乎即刻打开，年轻军官轻捷地跳下车，把手伸给米莱迪，米莱迪按着他的手，十分镇静地下了车。

"看来，"她朝四下里望了望，带着极其优雅的笑容把目光停在年轻军官的脸上，"我成囚犯了。但是我敢肯定，这不会长久的，我的问心无愧和您的彬彬有礼，先生，都使我对这一点确信无疑。"

听到这么露骨的恭维话，那军官并不搭理，兀自从腰间掏出一只小小的银哨子，样子有点儿像水手长在战舰上用的那种哨子，他用三种不同的音调，吹了三声哨子。霎时间跑来好几个人，卸下大汗淋漓的辕马，把马车拉进车库。

接着，神情冷漠的军官始终彬彬有礼地带着女囚，走进城堡。当女囚的脸上也始终带着笑，挽住他的胳臂，穿过一扇拱形的矮门走进一条拱道，拱道仅在深处可见光亮，显得很幽暗，过道走到头就是一座绕着拱脊旋转而下的石梯。最后他们来到一座厚实的木门跟前，年轻军官拿出随身带着的一把钥匙打开门锁，木门沉甸甸地转开，露出里面那个为米莱迪准备的房间。

米莱迪目光一扫，就将房间内的情况扫视得一览无余。

这个房间里的布置，作为牢房未免过于整洁，而作为家又未免过于朴素。但是，窗上的铁条以及门外的铁锁都明白无误地表明这的确是间牢房。

这个女人虽然经受过种种严峻环境的洗礼，此刻也禁不住感到万分绝望。她瘫倒在一张扶手椅里，抱紧胳膊，低垂着头，时时等着看见走进一个法官来审判她。

然而除了两三个水兵提着大大小小的箱子进来，再没别人进来。这些水兵把箱子放在一个角上，悄无声息地又退了出去。这些事情都是由那个军官指挥的，不过他的神情一直有如米莱迪见到过的那般冷静，他不作一声，全凭手势或哨声来发号施令。在这位军官和他的下属之间，语言简直似乎变得不复存在，或者说完全用不着了。

最后米莱迪实在忍受不了，终于打破了静默。

"看在老天分儿上，先生!"她喊道，"这一切到底是什么意思?给我打破这个闷葫芦吧。如果是我能预料到的危险，如果是我能知道的灾祸，我都有勇气去承受。我究竟是在什么地方，我为什么会在这儿?我还有自由吗?为什么窗上有铁条，门上有锁?我成犯人了吗?我到底犯了什么罪?"

"这儿是为您准备的房间，夫人。我接到的命令就是接您并送您至此。我想，我作为军人已经准确地执行了这个命令，与此同时我也保持了一个绅士的谦恭态度。我在您身边应尽之责，至少到现在就要结束了,余下的就是另一个人的事情了。"

"这另一个人是谁?"米莱迪问,"您不能把他的名字告诉我吗?……"这时候,只听得石梯上传来一阵响亮的马刺撞击声,中间还有几个人的说话声,接着又好像远去了,只有一个人的脚步声离屋门愈来愈近。

"这个人,他来了,夫人。"军官说着侧过身来站在边上,态度既恭敬又驯从。

在这同一时刻,门打开了,一个男子出现在了门口。

他没戴帽子,腰间佩着剑,手指间捏着一块手帕。

米莱迪觉得这个黑暗中幽灵似的人影,似乎有些眼熟,她一手撑在椅子的扶手上,头往前伸,似乎要看出个究竟。

这时,那个陌生人慢慢地走上前来。就在他一步一步向前,走进油灯投下的光圈里的时候,米莱迪不由自主地往后退缩。

紧接着,她也不再有任何怀疑了。

"怎么是您?"她瞠目结舌地说。

"对,漂亮的夫人!"德·温特勋爵应声说道,同时半真半假地鞠了个躬,"是我。"

"那么这座城堡,是怎么回事?"

"这是我的城堡。"

"这个房间呢?"

"这是您的房间。"

"这么说我成了您的囚犯?"

"差不多是这样吧。"

"这简直是滥施权势!"

"不要急于下结论,咱们且先坐下,就像叔嫂之间那样心平气和地谈谈。"

随后,他转向门,看到正在等他最后命令的年轻军官:"好啦,谢谢您。现在,请让我们俩单独待会儿,费尔顿先生。"

第五十章　叔嫂间的谈话

德·温特勋爵把门关好，将百叶窗放下，搬来一张椅子放到他嫂子面前。此时，这位米莱迪嫂子还沉浸在自己的思考中，一心想弄清楚究竟出了什么事情，她感觉到，这是一个巨大的阴谋，而她竟然没有注意到。在她眼中，这个小叔子是个优雅的绅士、厉害的猎手，在赌桌上是个一掷千金的人，也会和女人调调情，但说到用计谋，那他就和她相去甚远了。他是怎么知道她会来英国的呢？又是怎么抓到了她？现在为什么要扣留她？根据阿托斯和她讲过的那几句话，可以听出她跟红衣主教的谈话让人偷听了。不过她不信阿托斯能够采取如此迅速而果断的措施来对付她。

其实，她更怕的还是她上回在英国干下的勾当东窗事发。白金汉也许猜到了那两颗坠饰是她割的，所以要对这一小小的背叛行为进行报复。然而白金汉是不会对一个女人做得太过分的，特别在他认为这个女人那么做是出于嫉妒时更是如此。

在她看来，这个假设可能性最大。她觉得人家是想对她以往做的事进行报复，并非要追究她准备去干什么事。总之，无论怎么样，她为自己落在小叔子手里，而没有落在一个真正的、精明的仇人手里，暗自感到庆幸，因为她觉得这位小叔子还是容易对付的。

"对，我们谈谈吧，兄弟。"她以一种诙谐的口气说，心想任凭德·温特勋爵如何讳莫如深，她总有办法从他嘴里把情况套出来，然后再决定采取什么对策。

"如此说，您还是决定回英国来了，"德·温特勋爵说，"不过您在巴黎不是常对我说，下定决心再也不踏上大不列颠的国土了吗？"

米莱迪用发问代替回答。"首先，"她说，"您得告诉我，您是如何严密监视我的一举一动的，不但事先知道我要来，并且连抵达的日期、钟点和港口都知道得这么清楚。"

德·温特勋爵采用跟米莱迪相同的策略，心想既然他嫂子用了，这策略想必不赖。

"但您先得告诉我，亲爱的嫂嫂，"他说，"您来英国干什么？"

"来看您呀。"米莱迪立即说，她只想随口扯个谎来赢得对方的好感，却没想到她的这句回答，恰好又使达德尼昂那封信在德·温特勋爵脑子里埋下的那团猜疑加重了许多。

"哼！来看我？"德·温特勋爵冷笑道。

"可不是，来看您。这有什么奇怪的？"

"您这么到英国来，除了看我以外，还有没有别的目的？"

"没有。"

"这么说，仅仅为了我，您才费心横渡海峡，就为我一个人？"

"就为您一个人。"

"哟！这可真叫人感动，嫂嫂！"

"我不是您最近的亲戚吗？"米莱迪以一种动人的天真语气问道。

"甚至还是我唯一的财产继承人，不是吗？"德·温特勋爵紧盯住米莱迪的眼睛反问道。

尽管米莱迪自控力很强，此时也不禁瑟缩起来，德·温特勋爵刚才说最后那句话时伸手按住了嫂子的胳臂，因此她的哆嗦没能瞒过勋爵。

这一下真是打得又准又狠。米莱迪脑海里马上闪过的一个念头是凯蒂出卖了她，把她平时不留心在这个侍女面前漏出的口风告诉了勋爵，说她如何出于利害关系而对小叔子恨之入骨。另外，她也记起了上回达德尼昂说到他饶了勋爵性命时，她一时不慎，火冒三丈地对达德尼昂发过一通脾气。

"我不明白，公爵先生，"她为了争取时间把对方的话套出来，于是说道，"您这话是什么意思？是否还有什么弦外之音哪？"

"噢！我的天主，瞧您说的，"德·温特勋爵做出心绪极好的神情说道，"您一心想看看我，所以特地赶到英国来。我知道您有这意思，或者说我料到了您有这个主意，因此为了给您免去星夜到达一个港口的种种麻烦事儿，让您上岸时不用受那份累，我就派了手下的一名军官去接您。我拨了一辆马车归他支配，他就这么把您带到这儿，带进了这个城堡。我是这座城堡的防卫长官，天天都来这儿，为了让我俩彼此相见的共同愿望得以实现，我为您安排了这个房间。我说的这些话，有什么地方比您刚才对我说的那些话更叫人奇怪的吗？"

"哦，我只是吃惊您居然知道我要来。"

"这真是再简单不过的事儿，亲爱的嫂嫂。你们的那艘小船进了锚地以后，您难道没看见你们的船长先放了个小划子，带了航海日志和船上人员的花名册前去领取进港证吗？我是港口的总监，这个花名册送到我手里，我看到上面有您的名字。我当时心里就明白，正像您刚才对我说的，您冒着险恶的风浪，或者至少是不顾旅途的劳顿前来英国，大老远来就是为了看我。因此我就派了快艇去接您。以后的事您都知道了。"

米莱迪知道德·温特勋爵是在扯谎，不过正因如此她更感到心中惶恐。

"兄弟，"她说，"我傍晚刚到的时候，在防波堤上瞧见的是不是白金汉阁下?"

"就是他。啊!我知道,瞧见他肯定会让您挺激动吧,"德·温特勋爵说,"您来自一个非常关注他的国家,我知道他针对法国做出的军事部署挺让您的朋友红衣主教伤脑筋的。"

"我的朋友红衣主教!"米莱迪眼见德·温特勋爵连这点都一清二楚,不禁脱口说道。

"他莫非不是您的朋友?"勋爵似乎很不经心地说道,"噢!抱歉,我还以为是这么回事呢。公爵的事咱们还是慢慢再谈,刚才咱们彼此都谈得挺动感情的,还是这么谈下去吧。您是说,您是为了看我才来的?"

"对。"

"那好,我向您保证,您会受到最周到的照料,并且我们每天都会见面。"

"如此说我得在这儿永远住下去?"米莱迪有些惊慌地问道。

"难道您对这住处不满意,嫂嫂?缺什么您尽管说,我会马上派人给您拿来的。"

"不过我既没有侍女,也没有男仆……"

"您全会有的,夫人。请告诉我,您的第一任丈夫家里是怎么个排场。虽说我仅仅是您的小叔子,不过我会照样给您安排的。"

"我的第一任丈夫!"米莱迪失声喊道,神色惊恐地望着德·温特勋爵。

"对,我是说您的法国丈夫,我不是指我的哥哥。不过您要是忘记了那个法国丈夫的话,我可以写信给他,因为他还活着呢,他会把有关的情况写信告诉我的。"

米莱迪的额头渗出了冷汗。

"您在开玩笑。"她声音喑哑地说。

"我的样子像在开玩笑吗?"勋爵说着,站起身来往后退了一步。

"或者您就是在侮辱我。"她用两只痉挛的手抓住椅子的扶手,撑起身子说道。

"我侮辱您!"德·温特勋爵轻蔑地说,"说实话,夫人,您觉得这可能吗?"

"说实话,先生,"米莱迪说,"您不是喝醉了就是疯了。请您出去,给我找个侍女来。"

"女人的嘴不牢靠,我的嫂子!让我来代替侍女怎么样?这样家丑就不会外扬了。"

"胡说八道!"米莱迪嚷道,同时就像从弹簧上绷起来似的,朝着勋爵扑过去,勋爵不动声色地等着她,不过一只手握在剑柄上。

"嘿嘿!"他说,"我知道,您擅长暗杀,但我会自卫的,就是对付您也不会手软,我有言在先哦。"

"噢!您说对了,"米莱迪说,"您是个懦弱的家伙,竟然会打女人。"

"可能是吧,但是我还是有个为自己辩白的理由。我想,要说男人的手碰您,可能我不是第一个吧。"

说着,勋爵慢慢地举起手来,带有揭穿意味似的指着米莱迪的左肩,手指几乎碰到了她的肩头。

米莱迪低吼一声,连连向屋角退去,如同一只母豹蓄势待发。

"噢!您要吼就尽管吼吧,"德·温特勋爵大声说道,"不过您别想再咬人,否则,我警告您,没您的好处。此处既不会有诉讼代理人来给您事先结算遗产,也不会有漫游四方的骑士来找我挑衅,搭救被我囚禁在这儿的漂亮夫人。但是,我会请法官来审判一个身犯重婚罪,厚颜无耻地钻到我哥哥德·温特伯爵床上去的下流女人,我可以先告诉您,这些法官会做出判决,让刽子手把您的两边肩膀做成一个模样的。"

米莱迪眼睛里射出两道凶光,勋爵虽说是个男子汉,并且是身佩武器面对一个手无寸铁的女人,但禁不住仍然觉得心里发毛,一股冷气直往里钻。但是他没有因此而住口不说,反而越说火气越大:"对,我懂,您在继承了我哥哥的财产以后,还想打我的主意。不过有一点您先得弄明白了,您可以来杀我,或者让人来杀我,不过我已经有了防备,我的钱您一个子儿也拿不到。您差不多有了百万家产,不是已经够富了吗?要是您作恶只是为了永远可以尽情地享受,您为何不能就此在这条该死的路上悬崖勒马呢?噢!您听着,我警告您,若非我把哥哥身后的名声看得这么重的缘故,您一定会被打进死牢或是被送到泰伯恩去给那些水手们看热闹。现在我不会声张,可您先得安安静静地待在这儿。再过半个月,至多二十天吧,我就要随部队开赴拉罗谢尔。但是在我动身的前一天,会有一条船来把您接走,我要亲眼看着这条船起航把您送到南方的殖民地。您放心,我会派人跟着您的,如果您想铤而走险潜回英国或法国,他马上就会当场毙了您。"

米莱迪留神听着,圆睁的双眼仿佛要喷出火来。

"现在您还得待在城堡里,"德·温特勋爵接着往下说,"这石墙很厚实,门很坚固,铁条也很结实。再说临窗就是陡峭的海岸,我手下的人都对我绝对忠诚,至死也不会出卖我。这屋子四周日夜有人站岗,通往院子的过道也有人看守。再说就算到了院子里,您也还得通过三道铁门才出得去。我给他们的命令很明确:一旦发现您有越狱迹象,即便只是跨了一步,做了个动作,说了句话,格杀勿论。就算杀了您,我相信英国司法当局也不会来找我麻烦。啊!您的脸色又变得平静了,又显得那么有恃无恐了。'半个月,二十天,'您在这么想,'哼!这段时间够我动脑筋的了,我会有办法的。凭我这魔鬼般的聪明,不怕找不到替死鬼。'您在心里说,'不出半个月,我早就不在这儿了。'嘿嘿!那您就试试看吧!"

米莱迪发觉心思被识破,就死命地用指甲抠自己的肉,以竭力控制自己的表情神态。

德·温特勋爵接着往下说:"我不在这里时,这里归一位军官指挥,您看见过他,因此已经认识他了。他执行命令是一丝不苟的,这一点或许您也看见了。因为我很了解您,知道您从朴次茅斯到这儿,一路上是不会放过引他开口说话的机会的。结果怎么样呢?他的冷漠与缄默比得上一尊大理石雕像吧?您曾经在许多男人身上试过您诱惑的本领,令人遗憾的是您总是得手的。不过眼前这一位,哼,您倒来试试看!如果您在他身上也能得手,我要说您真是魔鬼了。"

他走到门口,蓦地把门打开。

"叫费尔顿来,"他说,"您稍等,我立刻将您移交给他。"

两人之间有一阵奇特的静场,这时只听见一阵沉着而有节奏的脚步声愈来愈近。很快,只看见过道的阴影里显出一个人影,我们已经认识的那位年轻中尉站在门口,等待勋爵的命令。

"请进来,亲爱的约翰,"德·温特勋爵说,"请进来,把门带上。"

年轻军官进来了。

"现在,"勋爵说,"您瞧着这个女人,她年轻、美貌,具有种种诱惑人的本领,但是您听好了,她是个恶魔,她才二十五岁,可已犯下累累罪行,其罪行案卷之多,足以使您阅读一年之久。她的声音让人听着觉得那么动听,她用她的美貌作为引诱受害者的诱饵,不妨为她说句公道话,她甚至会用自己的身体来兑现她的许诺。她会设法来引诱您,甚至还会设法杀死您。费尔顿,当初是我把您从苦难中解救出来,是我让您当上一名中尉的,我还救过您一次命,您知道那是在怎样的情境下把您救出来的。我对您来说,不但是保护人,而且还是朋友;不但是恩人,而且还是父亲。这个女人到英国来,目的是要算计我的性命。现在我把这条毒蛇捉住了,听着,我让人叫您来,是要对您说:费尔顿,我的朋友,约翰,我的孩子,您要为我,更为您自己好好提防这个女人。您要凭您灵魂的永生起誓,您一定要看住她,让她得到应有的惩罚。约翰·费尔顿,我信赖您的誓言;约翰·费尔顿,我信任您的忠诚。""阁下,"年轻军官说道,那股与勋爵同仇敌忾的浩然之气现在全在他纯洁的目光中表露出来,"阁下,我向您发誓我一定遵命,绝不会有误。"

米莱迪用一副楚楚可怜的柔顺软弱,承受了他的那道目光。那样的顺从和温柔,显现在娇美绝伦的面孔上,那种震撼人心的美实在难以描摹尽致。

就连德·温特勋爵也差点儿认不出这就是片刻之前他准备与之搏斗的那只母老虎了。

"严禁她离开房间,您听见了吗,约翰?"勋爵说,"严禁她与人通信,除了您,严禁她与任何人交谈。"

"我全明白,阁下,我起过誓。"

"现在,夫人,您想法跟天主重归于好吧,既然您已由人来审判。"

米莱迪垂下脑袋,似乎这次审判把她整个儿压垮了。德·温特勋爵往外走时对费尔顿做了个手势,他跟着勋爵走出房门并把门关上。

片刻,一个腰挂利斧、手握火枪的海军士兵在过道中走动,脚步声沉重而有力。

米莱迪有好几分钟一直保持着那种姿势,因为她心想说不定有人在锁眼里看着她。接着她慢慢抬起头来,脸上带着威胁和挑衅的狠毒表情,跑到门口去听了一会儿,又从窗子里往外看了一会儿,随即回去坐在一张宽大的扶手椅里,动起脑筋来了。

第五十一章 长官

这段时间，红衣主教一直等着英国有什么消息传来，然而始终等不到他想要的，那些上报来的情况，全是些让人不安、令人恼火的消息。

已经将拉罗谢尔整座城池牢牢地围住了，围城的军队又采取了一系列措施，尤其是修筑了堤坝使船只无法进城，所以胜利已成定局。尽管这样，这么长时间还未能攻下城池。这对于国王的大军来说简直是个奇耻大辱，这也让红衣主教先生伤透了脑筋。此时，已经无须在路易十三与奥地利安娜公主之间再挑拨是非，国王与王后早已失和，红衣主教的当务之急是，解决德·巴松比埃尔先生与德·昂古莱姆公爵之间的不和。

至于大亲王，围城战役是在他指挥下开场的，现在收场的事他就甩手不管，留给红衣主教了。

而在被围困的孤城里，虽然市长抱着与城市共存亡的坚定态度，却仍不时有人打算投降，市长下令吊死了为首之徒。这一手段镇住了其余那些蠢蠢欲动的闹事者，这些人因此决定饿着肚皮挨日子，活一天是一天。在他们看来，跟上绞架相比，饿肚皮不但能够多挨些日子，并且不一定就会死掉。

围城的军队不时逮住拉罗谢尔派去给白金汉送信的信使，或是白金汉派回城里来的奸细。信使也好，奸细也好，审讯都是草草了事。红衣主教先生只有两个字：绞刑！国王总是被邀请来观看绞刑，他无精打采地坐在最好的位子上观看行刑的全过程。这在他不失为一种消遣，否则他更没耐心待在这儿围城了。但是尽管如此，他还是感到百无聊赖，时时嚷着要回巴黎。所以，倘若有哪天逮不到信使或奸细的话，那么主教大人任凭他如何足智多谋，也难免要感到束手无策。

然而时间一天天过去，拉罗谢尔人却还没有投降。最近从抓到的一名信使身上搜出一封信，是写给白金汉的。信上写到城里局势岌岌可危，可就是没写"如果半月后援军仍不到，我们就要投降"，而只是写了这么一句："倘若半月后援军仍然未到，那么等援军到时我们都早已饿死了。"

如此看来，拉罗谢尔人已将全部希望寄托在白金汉身上，白金汉就是他们的救星。显而易见，倘若有一天他们确定无疑地知道了白金汉已无法指望，那么，希望破灭之余，勇气也会丧失殆尽。

所以，红衣主教焦急万分地等待着来自英国的消息，消息的内容应该是白金汉已无可能前来法国。

强行攻占围城的动议，屡次在御前会议提出，不过最终都搁浅了。首先因为拉罗谢尔看上去固若金汤，其次因为红衣主教虽然嘴上不说，不过心里雪亮，重兵攻城势必造成法国人自相残杀，这种血腥的杀戮比他的政治主张倒退了六十年，而红衣主教在当时原是一个我们今天称为进步人士的角色。事实上，假如在1628年血洗拉罗谢尔，杀戮城里的三四千名胡格诺教徒，那真是跟1572年圣巴托罗缪之夜的大屠杀太相似了。而且还有一个更重要的因素，就是对这种极端的做法，即便身为虔诚天主教徒的国王心里并不反对，但屡次为围城将领的下述观点驳回：拉罗谢尔易守难攻，只有假手饥馑方能攻克此城。

红衣主教无法排遣他那位可怕的密使给他带来的惊怕，因为他心里也明白，这个女人生性诡谲，时而如蛇，时而如狮。她出卖了他？她死了？不过无论情况怎样，凭他对她的了解，他知道

537

她不管对他忠心还是背叛，不管对他是友是敌，除非遇到了非常的情况，否则是不会这样无声无息的。然而情况到底如何，他却根本无从得知。

不过，他还是相信米莱迪不会背叛他，在他而言，这样想也是情理之中的事。他早已猜到这个女人曾经有一些见不得人的往事，只有他的主教红袍才能遮掩得住。他觉得不管因为哪种原因，这个女人既然只有在他这儿才能找到庇护，找到足以消弭威胁着她的危险的援助，她自然就掌握在他的手心里了。

因此，他决心独自作战，先将她可能得手的期待放一下，如果她在英国得手，那就是好运临头。他下令继续修筑那条著名的堤坝，扼住拉罗谢尔的粮食通道。此刻他眺望着这座集惨绝人寰的苦难与可歌可泣的业绩于一身的城池，心里想到的是路易十一的一句格言，这位君王是他的主张的先行者，正如他是罗伯斯庇尔的先行者一样。他喃喃地念着特里斯当的那句格言："分而治之。"

当年亨利四世围困巴黎时，曾让手下的军队把面包、食粮扔进城墙里去，如今红衣主教让手下扔的却是传单。他在这些传单上告诉拉罗谢尔城守军，城里那些当权的为官不公、自私残忍，囤积着充裕的麦子，却不分给士兵和居民。他们信奉的格言（因为他们也有格言）就是妇孺老幼虽死无妨，只要守城的男人身板壮实就行。时至今日，由于守城军民的愚忠，或是由于他们无力奋起反抗，上述格言尽管不得人心，却已从立论转入实施。散发这些传单，正是为了揭露这一格言的自私与残忍。传单提醒守城的士兵，当官们听任饿死的那些孩子、妇女和老人，正是他们的子女、妻子和父母，公正的做法是全城军民患难与共，只有同舟共济才能齐心协力，才能点子想在一块儿。

这些传单产生了拟稿者能够希望的全部效果，围城里的一大批人受了它们的怂恿，开始与王室军队接触议降。

然而，就在红衣主教眼看此计得逞、暗自得意之际，有个拉罗谢尔信使，谁知道他是如何穿过王室军队的一道道防线的，因为巴松比埃尔、勋贝尔格和昂古莱姆公爵都层层设防，而且他们仨又都置于红衣主教的监视之下，任何人要想溜进围城真是难比登天，但我们刚才说了，有个拉罗谢尔信使居然进了孤城，他刚从朴次茅斯回来，他说他看见一支庞大的舰队已集结完毕，一周内就能起航。另外，白金汉捎信给市长说，反法总联盟即将表态，英国、神圣罗马帝国和西班牙将一起出兵夹击法兰西王国。这封信在城里多处主要通道当众宣读，并抄写多份张贴在通衢街角，故此那些曾私下跟围城军队洽谈投降的人都中断了这种接触，下定决心等待这支先声夺人的援军的到来。

这个始料未及的情况引起红衣主教再一次的焦虑不安，他不得不寄希望于她的成功。

这时候，国王麾下的士兵都浑然不知他们这位唯一真正的统帅的烦恼，日子过得还挺快活。大营里不愁吃、不愁花、所有的营队都竞相捉拿奸细再吊死他们，或是冒险出击堤坝、海峡，出些异想天开的花点子再冷静地付诸实行，这些就是大兵们打发时间、让漫长的时日显得晃眼而过的招数。目前，不但饥愁交加的拉罗谢尔人觉得度日如年，就连那位催动大军把他们团团围困在城里的红衣主教亦有同样的感觉。

有时，红衣主教喜欢像最普通的近卫骑兵那样骑马出行，一路上若有所思地望着修筑中的堤坝，为了这项工程，他下令征集了法兰西王国境内各地的工程专家，而按他的本意而言，进展仍很缓慢。这种时候，每当他遇见特雷维尔营队的一个火枪手，他总要迎上前去，眼神特别地把那人打量一番，直到认准那人不是我们四位伙伴中的一位，才把深邃的目光和浩渺的思绪移向别处。

有一天，红衣主教眼见围城促降没有希望，英国方面又音信杳无,心里烦闷异常,于是上马缓步出营,身后只跟着卡于萨克和拉乌迪尼埃尔两人。他们一路沿海滩而行,浩茫的心事似乎与眼前浩茫的大海交融在一起,坐骑缓缓前行,来到一座山冈之上,他向下望去,只见一排小树丛后面,有七个人仰卧在沙滩上,享受着一抹这个时令十分难得的阳光,在他们周围还有好些空酒瓶。这七个人当中有四位正是咱们的火枪手,他们正准备听其中一位读他刚收到的一封信。这封信挺重要,因此他们把纸牌和骰子都随手放在了一面军鼓上。

另外三人忙着在拔一大瓶科利乌尔葡萄酒的瓶塞,他们是那几位先生的仆从。

我们上面说了,红衣主教心情很坏,而每当此时,他就最看不得别人兴高采烈。再说,他又经常疑神疑鬼,总觉得别人的快乐正是激发他内心忧愁的原因。于是他做个手势让拉乌迪尼埃尔和卡于萨克停住,自己下得马来,走向那几个可疑和乐呵呵的火枪手,心想有细沙隐去马蹄的声响,又有树丛遮住他的行迹,大概这场好像值得他倍加关心的谈话他能听到几句。到得离树丛仅十步远处,他听出了达德尼昂叽里呱啦的加斯科尼口音,因为知道这些人都是火枪手,他立刻断定另外三个必定就是人称拆不开的伙伴的阿托斯、波尔多斯和阿拉密斯。

读者当然可以想见,有了这一发现,他就更想听听他们在谈些什么了。他眼神古怪,蹑手蹑脚地挨近了小树丛,不过仍然只能听到些模模糊糊的话音,意思听不真切。没想到正在此时,一声短促的叫唤让他着实吃了一惊,同时也引起了火枪手的注意。

"长官!"格里莫喊道。

"我似乎听见您说话了,好小子。"阿托斯撑起一条胳臂肘,目光炯炯地盯在格里莫脸上。

格里莫不敢再作声,只是伸出食指指指小树丛的方向,用这一手势通报红衣主教及其随从的到来。

四个火枪手猛地立起身来，恭敬地向红衣主教行礼。

红衣主教似乎很生气。

"看来，连火枪手先生也有人放哨了！"他说，"是英国人登陆了，还是火枪手自以为跟将领差不多了？"

"大人，"阿托斯答道，在众人感到惊惶之际，只有他神色不变，仍旧保持着从容、冷静的大家风范，"大人，火枪手不当值，或者值勤完毕喝酒、玩骰子的时候，对他们的仆从而言的确跟将领差不多。"

"仆从！"红衣主教低声抱怨说，"主人吩咐看见有人走过就要报告，这可根本不是什么仆从，这是岗哨。"

"但是主教大人也看见了，若非是有人通知我们一声，我们就要跟大人失之交臂，既没法向大人致敬，也没法向大人当面感谢您让我们聚在一块儿的盛情美意了。达德尼昂，"阿托斯接着说，"方才您还说想有个机会向大人表示您的谢忱来着，大人这不是来了，您还等什么？"

这番话说得冷静沉着，显示出阿托斯的临危不惧，这种无懈可击的礼教使他显得无比威严。

达德尼昂走上前来，结结巴巴地说了几句表示感谢的话，不过在红衣主教阴沉的目光下，他的感激之言刚开头就收了尾。

"这算不了什么，先生们，"红衣主教说道，阿托斯的插话没有改变红衣主教想探究秘密的初衷，"不过我不喜欢普通士兵，因有幸在一个享有特权的部队里服役就摆出大人物的样子，纪律是一视同仁的。"

阿托斯由着红衣主教讲完这番话，欠身做个心悦诚服的姿势，接着开口说道："说到纪律，大人，我想我们是一刻也不敢忘记的。我们不在值勤，因此才会以为，既然不值勤，自己的时间就可以随意支配。眼下若蒙主教大人有所差遣，我们岂敢不从命。大人也看到了，"阿托斯一边往下说，一边皱起了眉头，因为这种类似审讯的盘问已经叫他感到厌烦，"为了以防万一，我们随身都带着武器。"

他指指军鼓边上的四支火枪，鼓面上丢着纸牌和骰子。

"请主教大人相信，"达德尼昂说，"如果刚才能想到是大人带这么少的随从光临此地，我们绝对会趋前恭迎大人的。"

红衣主教咬着唇髭，甚至还咬着了一点儿嘴唇。

"你们总在一起，全副武装，还有仆人放哨，你们知道你们像什么吗？"红衣主教说，"看上去就像四个密谋策划的家伙。"

"噢！要说这个，大人，您可说对了，"阿托斯说，"我们是在密谋策划，就像大人那天早上想必瞧见的那样，不过是在密谋策划打败拉罗谢尔叛军。"

"哦！各位政客先生，"这回红衣主教皱起眉头发话了，"或许我会从你们的脑子里看出好些旁人不知道的东西来呢，如果你们刚才看见我过来才藏起来的那封信，我也能跟你们一样念一下的话。"

阿托斯脸上升起红晕，朝着主教大人跨上一步。

"看起来您真的怀疑起我们了，大人，我们似乎在接受真正的审讯。假如是这样，我请主教大人赏脸索性把话挑明了，也好让我们心里明白。"

"就算是审讯，"红衣主教说，"除了您，别人也都接受过，阿托斯先生，而且没人敢不回答的。"

"因此我对大人说，大人只管问就是了，我们有问必答。"

"阿拉密斯先生，您刚才正要念，后来又藏起来的是封什么信？"

"一个女人写来的信，大人。"

"噢！我明白了，"红衣主教说，"这种信是要保密的。但是，拿给忏悔神父看一下总是可以的，而您知道，我是领受过神品的。"

"大人，"阿托斯非常镇定地答道，因为他这回答无异于拿自己的脑袋在冒险,故而这种镇定让人瞧着直觉得惊心动魄,"写这信的是位夫人,不过既不是玛丽雍·德·洛尔姆夫人,也不是德·艾吉雍夫人。"

红衣主教脸色瞬间白得有如死人,眼中射出两道光来,他回过头去似乎要对卡于萨克和拉乌迪尼埃尔下命令。阿托斯见他这样,便向搁火枪的地方抢上一步,那三位伙伴也摆出一副不肯束手就擒的架势,眼睛直望着那几支火枪。红衣主教一看,自己只有三个人,而火枪手一边,连仆从算在内有七个。他心想,交起手来力量相当悬殊,如果阿托斯他们真的想谋反的话,情况就更糟。因此,只见他微微一笑,满面怒气霎时间便消失殆尽,这种应变的招数,原是他的看家本领,使用起来得心应手、全不费力。

"行啦,行啦!"他说,"你们都是些光明正大的年轻人,明里坦荡磊落,暗里也问心无愧。你们守卫起别人来那么出色,好,守卫一下自己当然也无可厚非。各位,我还没忘记那天晚上你们护卫我去红鸽棚酒店的情景。倘若此刻我路上还有危险,我自然会请你们陪我前行,然而,既然没有什么危险,那你们就留在这儿继续喝酒、玩牌和看信吧。再见,各位。"

红衣主教跨上卡于萨克牵来的马,抬手向火枪手挥挥就拍马驰去。

四个年轻人伫立不动、一言不发地目送他远去,直到看不见他的影子。

然后,大家面面相觑。

只见一张张脸上神情都很沮丧,因为虽然主教大人告别时话说得挺客气,不过他们明白,主教是憋着一肚皮火气走的。

只有阿托斯神色坦然,唇边挂着倨傲的笑容。

待红衣主教渐渐走远,听不见也看不见他们了,波尔多斯才说了这么一句:"这个格里莫,这么晚才叫唤!"

波尔多斯这是想找个人出出气。格里莫刚要张嘴辩解,阿托斯举起一个手指,格里莫马上就闷声不响。

"你可曾想交出信,阿拉密斯?"达德尼昂问。

"我呀,"阿拉密斯以最动听的嗓音说,"早打定主意了:他硬要我把信给他的话,我就一只手把信递给他,另一只手拔剑刺穿他的身子。"

"这我早料到了,"阿托斯说,"因此我挡在您和他中间。说真的,此人真是不谨慎,怎能如此说话,似乎他向来只与女人、孩子打交道。"

"亲爱的阿托斯,"达德尼昂说,"我对您钦佩之极,不过我们还是理亏啊。"

"有什么做得不对的地方!"阿托斯说,"咱们呼吸的空气是谁的?咱们眼前看到的大海是谁的?咱们躺在上面的沙滩是谁的?有关您情妇的这封信又是谁的?莫非是红衣主教的?说实话,我认为这个人自以为整个世界都是属于他的。方才您在他面前张口结舌,眼睛发愣,神情沮丧,简直就像巴士底监狱竖在了您眼前,那个怪物墨杜萨又把您变成了石头似的。噢,爱上一个女人莫非就是谋反吗?您爱上了一个主教下令囚禁起来的女人,您想把她从主教手里救出来,这是您跟主教大人的一场较量。这封信就是您手里的牌,为何要把手里的牌亮给对方看呢?没人会这样做的。让他去猜,那才好呢!他手里的牌,我们是一猜就准的!"

"确实,"达德尼昂说,"您这番话说得很有道理,阿托斯。"

"那么,刚才之事就不再提起了,阿拉密斯表妹的信,他刚才念了一点儿就让红衣主教先生打断了,现在还是让他念下去吧。"

阿拉密斯从口袋里掏出那封信,三个伙伴凑过来,那三个仆从重新围着那只大肚皮酒坛忙活去了。

"您刚才只念了一两行，"达德尼昂说，"干脆再从头念起吧。"

"行。"阿拉密斯说。

亲爱的表兄：

  姐姐日前已将我们的小侍女送往斯泰纳加尔默罗会女修道院，我也很可能于近日内起程去那儿。这可怜的孩子很听话，因为她知道倘若住在别处，灵魂的得救势必会遭不测。而等我家一应事务均如我们所愿安排妥善之后，我想她即会回到她所想念的人们身边，即便为此受沦入地狱之罚亦在所不顾，尤其因为她知道有人一直在惦念着她。眼下她的日子还过得去，她日盼夜盼的，就是未婚夫的一封信。我知道这类精神食粮颇难经由修道院铁栅门送入。不过我毕竟不算太笨手笨脚，这事就交给我来办吧。姐姐谢谢您始终如一的真诚问候。她一度曾极为担惊受怕，但现已放心不少，为防不测，她已派了个伙计去那儿。

  再见了，亲爱的表兄，请尽可能多多来信，亦即在您认为能保证安全的情况下尽量给我写信。我拥抱您。

阿葛拉埃·米松

"哦！我该如何还您这份情啊，阿拉密斯？"达德尼昂大声说道，"亲爱的贡斯当丝！我终于有她的消息了，她活着，她在一座修道院挺安全，她在斯泰纳！您说斯泰纳在哪儿，阿托斯？"

"离边境没多远，等围城这仗打完，我们就可以到那地方去走一趟。"

"用不了多久的，"波尔多斯说，"早上吊死一个奸细，据他说城里人已开始吃皮鞋帮子了。很快他们就彻底没东西吃了。"

"这些可怜的糊涂虫啊！"阿托斯一口喝干了杯里的波尔多佳酿，"这种葡萄酒虽说在当时还没有像今天这般的名声，不过味道可一点儿不比如今逊色。"可怜的糊涂虫啊！他们怎么就不明白，宗教当中就数天主教最合算、最讨人喜欢。无论如何，"他用舌头抵住上颚咂摸了一下，又继续往下说，"他们都是些厚道人。不过您这是在干什么呀，阿拉密斯？为何把这封信塞到口袋里去？"

"对，"达德尼昂说，"言之有理，烧掉吧。可红衣主教是否有秘法看出烧成灰的信呢？"

"他一定会有这么个办法的。"阿托斯说。

"但您想把那封信怎么处理呢？"波尔多斯问。

"您过来，格里莫。"阿托斯说。格里莫站起身子走了过来。

"为了惩罚您未得允许就说话，我的朋友，您马上吃下这张纸。然后为了奖赏您为我们效劳，您再喝下这杯酒，信在这儿，您死命嚼吧。"

格里莫笑了起来，眼睛盯住阿托斯手里那杯刚斟得满满的红葡萄酒，把信嚼烂了往下吞。

"棒极了，格里莫师傅！"阿托斯说，"现在把这拿去。好，您不用开口道谢。"

格里莫沉默着一口气喝下了这杯波尔多葡萄酒，然而在执行这项美差的整个过程中，他始终双眼望着老天，对一个"哑巴"来说，这种无声的语言依旧是有其表现力的。

"现在，"阿托斯说，"除非红衣主教先生自有妙法打开格里莫的肚皮，要不然我看我们差不多就没事了。"

他说这话的时候，主教大人正在怅怅然地一边策马前行，一边自言自语地嘀咕："必须把这伙人弄到我的麾下。"

第五十二章　囚禁的第一天

回过头来我们说米莱迪，前文我们一直在讲法国发生的事，竟忘了提她。

她的情况与之前我们撇下她时几乎一样，她还是充满着沮丧与绝望，就像掉到了黑暗的深渊、阴冷的地狱的最底层。在这里，她甚至万念俱灰，因为有生以来她第一次觉得困惑和恐惧。

两次走了背运，两次败露并让人出卖，而这两次，全都是上天派来的那个克星将她打败。她这个从未被人战胜过的人，成了达德尼昂的手下败将。达德尼昂欺骗了她的爱情，践踏了她的高傲，欺哄了她的野心，现在又要毁掉她的财富，剥夺她的自由，甚至危及她的性命了。更难容忍的是，他掀起了她这假面具的一角，而这副假面具，正是她用以掩饰自己、给自己增添神力的盾牌。

她恨白金汉，就像她恨每个她爱过的人一样，黎舍留在王后身上兴风作浪，以此来要挟白金汉，不过这场风浪却偏偏让达德尼昂给平息了下去。她爱德·瓦尔德，仿佛一个悍妇蓦地萌动了春心，而像她这种性格的女人，只要动了真情是无法抑制的，结果又让达德尼昂冒名顶替占了便宜。

毫无疑问，这一切都是达德尼昂捣的鬼。若非是他，她怎么会有如此羞辱的今天？只有他才有可能把所有这些见不得人的秘密去告诉德·温特勋爵，这些秘密居然会一件件地都让他揭穿，那只能说是天数了。达德尼昂认识她的小叔子，一定是写信告诉了他。

多少仇恨从她身上散发出来！她在那儿静止不动，冒火的双眼直勾勾地凝视空洞洞的房间，胸膛随着深呼吸，不时发出低沉的怒吼，十分和谐地伴随着涛声。海浪高高涌起，犹如永恒而无奈的绝望，冲击这座阴森而孤傲的城堡下面的岩壁，一次次都撞得粉碎！她那愤怒的风暴，在她的脑海里电闪雷鸣，而在一道道闪电的光亮中，她构思出多么宏伟的计划，去报复博纳修太太、报复白金汉，尤其报复达德尼昂，可是这些报复计划，却又一个个消失在未来的溟漾中。

是的，要想报仇，首先必须赢得自由，而一个人遭受囚禁，要获取自由，就必须打通墙壁，拆掉窗上的铁条，凿开地板……这种种劳累的活计，一个有耐性的、身体强壮的男人，才可能干出结果来，而一个只会胡乱发火的女人，面对这种活计只能认输。况且，按照这种办法越狱，要有充分的时间，需要几个月、几年，而她呢——只有十一二天，这是温特爵士——跟她有叔嫂关系的可怕的典狱长对她讲的。

然而，她若真是个男人，这一切她都要尝试，也许还能成功。老天为什么出了这种悖谬，这颗明明阳刚的灵魂，却放进了这个柔弱之躯中！所以，被囚禁之初，她烦躁不安，为她天生女性的弱点付出了代价。不过，她逐渐控制住狂怒的发作，而驱使身体冲动的神经质也消失了，现在她蜷缩成一团，活似一条疲惫的蛇在歇息。

"好了，好了，刚才我简直疯了，发那么大火。"她一边自言自语，一边照照镜子。看见镜中映现的火热目光仿佛在询问自己："不能使用暴力，暴力是软弱的一种表现。首先，我就从来没有使用这种办法成功过。如果我用力量对付女人，也许我还有运气发现她们比我柔弱，因而能够战胜她们；可是现在，我是同男人斗，而对他们来说，我只不过是个女人。那就以女人的身份同他们斗，我的力量就寓于我的弱点中。"

于是，她好像要让自己弄清楚，她有多大能力让这张表情丰富而多变的脸庞按照意愿来变化，她就做出各种各样的表情，从失态的愤怒，一直到最甜美、最亲热而又最迷人的微笑。接着，她又用灵巧的手摆弄各种发式，以便增添她那张脸的魅力。她终于感到满意了，喃喃地说道："行啊，一点儿也没有丧失，我总是这么漂亮。"

这时是晚上八点钟光景。米莱迪瞥见屋里有张床，于是打算休息一下，以恢复精力，梳理思绪，也可以使肤色润泽些。不过还没躺下，一个绝妙的念头掠过了心头。门底下透进一道灯光，表明狱卒们又回来了。米莱迪已经站起来了，这时她又急忙坐回到椅子上，脑袋朝后仰去，披散开她那美丽的头发，扯开揉皱的衣领花边，让胸脯半裸露出来，一只手按在心口窝儿，另一只手垂下去。

有人拉开门闩，门吱呀作响，房间里响起了脚步声，越来越近了。

"就把这桌晚餐放在这儿吧。"女囚听说话人的声音，认定就是费尔顿。

其他人奉命行事。

"你们再送来几支蜡烛，让他们换换岗哨。"费尔顿接着又吩咐了一句。

年轻的中尉向同样一些人下了这两道命令，从而向米莱迪证明，照顾她生活的人就是她的看守，也就是一些士兵。

此外，执行费尔顿命令的人非常迅速，一句话也不讲，这充分表明他维持非常严明的纪律。

费尔顿还一直没有瞧米莱迪一眼，这时他终于朝她转过身去，说道："哦！哦！她睡着了，这样也好。她醒来再吃晚饭吧。"

说罢，他要出去，朝门口走了几步。

"不对呀，中尉，"一名士兵不像他的长官那么死板，走到了米莱迪的跟前，"这个女人不是睡着了。"

"什么，她不是睡着了！"费尔顿说道，"那她在那儿干什么呢？"

"她昏过去了！她的脸色很苍白，我怎么仔细听，也听不见她的呼吸声。"

"您说得对，"费尔顿说道，他一步也没有走过去，只是站在原地望着米莱迪，"好吧，去禀报一声温特爵士，就说他囚禁的女人昏过去了，我也不知道该如何处理，事先没有估计到会出这种情况。"

那名士兵奉长官的命令出去了。靠房门附近恰巧有一把扶手椅，费尔顿便坐下等待，一句话没有讲，也没有任何举动。米莱迪掌握了女人琢磨透了的这种高超的技巧：看似没有睁开眼睑，却能透过睫毛观察。她瞧见费尔顿背对着她，而且她继续窥视差不多有十分钟，而在十分钟这么长的时间里，那个冷漠的看守者连一次也没有回头看看她。

这时她心想，等一会儿温特爵士就要来了，他一来就会给她的监狱看守带来新的力量，那么她的头一次较量就完了。因此她当机立断，就像胸有成竹的女人那样，她抬起头，睁开眼睛，微微地叹了口气。

听到这声叹息，费尔顿终于转过身来。

"哦！您又苏醒过来了，夫人！"他说道，"这儿就没有我什么事情了！如果您有什么需要，您就拉拉铃。"

"噢！我的上帝，我的上帝！真够我受的！"米莱迪喃喃地说道，她那美妙悦耳的声音，赛似古代女巫的声音，能迷住她想毁掉的人。

她在扶手椅上坐正了身子，而她坐着的身姿，比刚才半躺着还要优美,还要放浪。

费尔顿站起身。"您每日三餐就像这样,夫人,"他说道,"早餐九点钟,午餐一点钟,还有晚餐八点钟。时间如果您觉得不合适,您可以另外指定,改变我向您提出的时间,在这一点上,我们可以顺从您的意愿。"

"怎么,这个又大又冷清的房间,难道总是我一个人吗?"米莱迪问道。

"已经安排了住在附近的一个女人,通知她明天来城堡,您一召唤就会前来的。"

"感谢您的照顾,先生。"女囚谦卑地答道。

费尔顿略微躬了躬身,便朝门口走去,他正要跨出门槛时,温特爵士已经出现在走廊里,身后跟随着那个前去报告米莱迪昏过去的消息的士兵。他手上拿着一小瓶嗅盐。

"喂!怎么回事儿?这里究竟发生了什么情况?"他望着已经坐起来的女囚和要出去的费尔顿,以嘲讽的口气问道,"我们这位死了难道又复活了?好家伙,费尔顿,我的孩子,你怎么就没有看出来,人家把你当成未出道的新手了,给你演了一出喜剧的第一幕吗?毫无疑问,我们会很高兴看这出喜剧,注意它的所有情节的发展。"

"我也想到是这么回事儿,大人,"费尔顿说道,"不过,受到囚禁的这位毕竟是女流,因此,我刚才对她就特别关照一点儿。任何出身高贵的男子,对待一个女流都应当如此,即使不是为了她,也应当为了本人的自尊。"

米莱迪浑身打了一个冷战。费尔顿的这番话犹如冰水,一下子流遍了她全身的血管。

"这样看来,"温特又笑着说道,"这样巧妙披散的一头美发、这雪白的肌肤、这种忧郁的眼神,居然还没有迷惑住你,真是铁石心肠啊!"

"没有，大人，"冷漠的年轻人答道，"请相信我好了，要想腐蚀我，光是女人耍的手段和卖弄风情，是远远不够的。"

"既然如此，我的勇敢的中尉，那就让尊贵的夫人找点儿别的东西，我们先去吃晚饭吧。噢！你就放心吧，她的想象力丰富着呢，这出喜剧的第一幕演完了，紧接着就要演第二幕了。"

温特爵士讲完这番话，就挽上费尔顿的胳臂，嘿嘿笑着将他带走了。

"哼！我肯定能够找到你所需要的东西，"米莱迪口里咕哝道，"你就放心吧，没有当成修士的可怜人，用修士袍裁剪成军装的可怜兵。"

"对了，"温特走到门口停住，说道，"对了，夫人，不要让这次失败倒了您的胃口。尝尝这只鸡、这些鱼吧，我以人格担保，绝没有让人下毒。对我的厨师，我还比较满意，他不会成为我的财产继承人，因此我完完全全信任他。您也持我这样的态度吧。再见，嫂夫人！等您下一次昏过去再见。"

米莱迪简直就要忍受不住了。她那双手紧紧抓住扶手椅，牙齿咬得咯咯作响，她的目光注视着温特爵士和费尔顿出去之后关上的房门，等到屋里只剩她一个人了，绝望的情绪又突然发作了。她的目光投向餐桌，瞧见一把亮闪闪的餐刀，便冲过来，一把抓起来；可是，她却大失所望：刀尖是钝头的，是一把银制的软刀子。

没有关严的房门外面，突然一阵哈哈大笑，门也重又打开了。

"哈！哈！"温特爵士高声笑道，"哈！哈！哈！这回您看清楚了吧，我的忠厚的费尔顿，您看清楚了吧，我是怎么跟您说的：那把刀，那是给您预备的，我的孩子，她要杀了您。您瞧见了，这是她的一种怪癖，不管以什么方式，总要清除妨碍她的人。假如我听您的，给她一把尖尖的钢刀，那就没有您费尔顿了,她就会一刀捅死您,接着还要捅死所有人。好好瞧瞧,费尔顿,她那握刀的姿势,多么标准啊。"

果然,米莱迪手中还紧紧握着这件凶器,可是最后这几句话,这种莫大的侮辱,促使她松开手,也放松了全身绷紧的力量,甚至松懈了自己的意志。

刀子失落到地上。

"您是对的,大人,"费尔顿说道,他那深恶痛绝的声调,响彻了米莱迪的内心,"您是对的,还是我错了。"

两个人说罢,重又出去了。

不过这一次,米莱迪比头一次留心了,她竖起耳朵,更仔细地倾听,听着他们的脚步声渐远,在走廊的里端消失了。

"这下我完了,"她自言自语,"我落到这些人的手掌里。他们是青铜塑像,或者花岗岩雕像,我拿他们一点儿办法也没有。他们把我看透了,全身披上坚甲,能对付我的各种武器。"

"然而,这件事如何了结,也不可能按照你们的决定。"

的确,最后这一想法,这种本能就恢复希望的事实,表明在这颗灵魂的深处,畏惧和软弱的情感不会浮现很长时间。米莱迪坐下用餐,吃了好几样菜,喝了一点儿西班牙葡萄酒,只觉得又完全恢复了坚定的信念。

临睡前,她已经对这两个对手做了详尽的分析,仔细回忆他俩的面容表情,一遍遍琢磨他俩的说话、步态、姿势、示意的动作乃至沉默时的神态,经过这番深入、细致而周密的研究,她得出的结论是,这两个冤家对头中间,总的来说还是费尔顿这一环节比较薄弱。"至于另外那个人,他了解我,也惧怕我,知道我一旦从他手中逃脱,会如何报复他。因此,在他身上打什么主意,肯定徒劳无益。然而,费尔顿就不同了,他年轻、天真、纯洁,似乎还讲点儿道德。这个人嘛,倒是有办法将他毁掉。"

"总之,"米莱迪在心里对自己说,"此人心里尚存一丝恻隐的微光,我要让这点儿微光酿成一场大火,吞噬他自己。"

米莱迪上床后,唇边挂着微笑进入梦乡。这会儿如果有人看见她这么睡着,肯定会以为这是个纯情的少女,正梦见下次舞会要戴上的那顶花冠呢。

第五十三章 囚禁的第二天

米莱迪梦到自己终于把达德尼昂抓住了,站在一旁瞧他受刑,当看到刽子手一斧子下去,达德尼昂可憎的鲜血喷涌而出时,她的唇边绽放了那抹迷人的笑容。

她就像一个在狱中抓到了第一线希望的囚犯一样,安稳地睡了一晚。

第二天有人进屋时,她还没有起床。费尔顿在门外的过道里站着,前一天晚上提到的那个女人刚来城堡,他便把她领来了,女人走到屋里来到米莱迪床头,问她有什么事情。

平日里米莱迪的脸色就很白,这样的脸色很容易让这个首次谋面的陌生人上当。"在发烧,"米莱迪说道,"昨晚这一夜真漫长,我一直也没有合上眼,简直要把我折腾死了。您对待我,要比对昨天那些人有点儿人情吧?况且,我也只是请求允许我继续躺在床上。"

"要不要给您找一位大夫来?"那女人问道。

费尔顿听着这种对话,他一句话也不讲。

米莱迪在心里斟酌,她周围的人越多,要引起他们怜悯的人数就越多,而温特爵士也就要加倍监视。再说,大夫有可能断言病是装的。米莱迪第一局已经输掉,不愿意再输一局了。

"去找个大夫来,有什么用呢?"她说道,"那些先生昨天就硬说,我的病是演的一出喜剧,毫无疑问,今天他们还会这样讲。因为从昨天晚上起,他们有充分的时间去通知大夫。"

"那好哇,"费尔顿失去了耐心,说道,"您自己说说看,夫人,您究竟要接受什么样的治疗。"

"唉!我的上帝,我怎么知道呀!我感到浑身难受,就是这么回事儿,愿意给我什么治疗都可以,我是无所谓。"

"那就去找温特爵士来。"费尔顿说道,他厌腻了这样没完没了的抱怨。

"哎!不!不!"米莱迪叫起来,"不,先生,我恳求您了,不要叫他来,我已经好些了,什么也不需要,不要叫他来。"

她这种要求显得特别强烈,又特别令人信服,以至于费尔顿也被牵动了,他往屋里走了几步。

"他过来了。"米莱迪心中暗道。

"不过,夫人,"费尔顿说道,"如果您确确实实感到难受,那就派人去请个大夫来;如果您欺骗我们,哼!那您就更倒霉了。但是,至少从我们这方面来讲,我们就没有一点儿好自责的了。"

米莱迪一句话也不回答,她那美丽的头只是往枕头上一仰,失声痛哭,泪如雨下。

费尔顿以通常的冷漠态度,注视了一会儿,看看她这样伤心痛哭有可能持续下去,就干脆走出房间,那女人也跟了出去。温特爵士倒是没有露面。

"我觉得开始看清楚了。"米莱迪心头一阵狂喜,嘴里咕哝道。她整个人赶紧埋进被子里,不让可能窥视她的人瞧见她心满意足的这阵冲动。

两个小时过去了。

"现在，病应该停一停了，"她自言自语，"应该起床了，从今天起，就要取得点儿进展。我只有十天的时间，而到今天晚上，两天就过去了。"

早晨进入房间的人，已经给米莱迪送来了早餐。她已经考虑到，很快就会有人来撤掉餐桌，到那时她又能见到费尔顿了。

米莱迪没有判断错：费尔顿又露面了，他并没有注意米莱迪有没有碰早餐，就打了个手势，让人撤走通常摆好饭菜送到房间来的餐桌。

费尔顿留在最后，他手中拿着一本书。

米莱迪躺在靠壁炉的一把扶手椅上，脸色苍白，显得那么美丽而又温顺，简直就像一个等待殉教的童贞圣女。

费尔顿走到她跟前，说道："温特爵士同您一样，夫人，都是天主教徒，他考虑剥夺您参加您所信奉的宗教仪式，您可能受不了，因此，他允许您每天念念您的日课的常规经，这本书里就有经文。"

米莱迪注意到费尔顿将书往她旁边小桌上一摆的态度，他讲"您的日课"这几个字的声音，以及相伴随的鄙夷的微笑，她不禁抬起头，更加仔细地端详这位军官。

看他这规规矩矩的发型，看他这身过分朴素的服装，看他这胜似大理石般光洁，也胜似大理石般坚硬而难以穿透的额头，她认出他是一个清教徒。这类神情忧郁的清教徒，她在詹姆士的王宫里，在法兰西的王宫里经常遇见，数量很多。他们虽然还记得圣巴托罗缪惨案，但有时还要到法兰西王宫来寻求避难。

她灵机一动，突然计上心来，须知在决定前途的危急关头，在性命攸关的重大时刻，唯独天才人物才能产生这种灵光。

"您的日课"这四个字，以及她稍微向费尔顿瞥了一眼，她心下也就完全明白，她要回答的话至关重要。

她全凭特有的聪慧，头脑极为敏捷，立刻就想好了这种答话，从嘴唇吐露出来。

"我！"她说道，那鄙夷的声调，同她注意到年轻军官的声调相媲美，"我，先生，'我的日课'！温特爵士这个腐朽的天主教徒，他明明知道我和他信奉的宗教不同。这是他给我设下的一个陷阱！"

"那么，夫人，您信奉的是哪一种宗教呢？"费尔顿惊讶地问道，他再怎么有克制力，也未能完全掩饰他感到的惊讶。

"我会讲出来的，"米莱迪佯装慷慨激昂，高声说道，"但是要等到我为自己的信仰饱受了磨难的那一天。"

费尔顿的眼神向米莱迪揭示，她这么一句话，开辟了多么大的空间。

这工夫，年轻军官仍旧默默无言，站在那儿一动不动，唯独他的目光表露了内心的活动。

"我落入我的敌人手中，"她口气激烈地继续说道，而她知道这是清教徒最常用的口气，"好吧！愿我的上帝来救我，或者我为我的上帝而死！这就是我的回答，请您转告给温特爵士。至于这本书嘛，"她用手指尖指了指日课经，仿佛怕一触碰到就会玷污自己似的，又补充说道："您可以拿走，拿回去自己用吧。毫无疑问，您是温特爵士的双料同谋，既是他进行迫害的同谋，又是他传播异端的同谋。"

费尔顿一句话也不回答，只是以刚才表露出来过的那种憎恶的神情，拿起那本书，若有所思地走出房间。

约莫晚上五点钟，温特爵士来了。这整整一天，米莱迪有充分的时间制定自己的行动计划。因此，她接待他时，已经成为重又占了上风的女人。

"看来，"爵士说着，坐到米莱迪对面的扶手椅上，双脚随意地伸向壁炉，"看来，我们有一个小小的违背信仰的行为！"

"您这话是什么意思，先生？"

"我的意思是自从我们上次见面之后,我们改变了宗教信仰。怎么,您又嫁了人吧,第三个丈夫是清教徒?"

"您说清楚,大人,"女囚正颜厉色地又说道,"我明确告诉您,您的话我是听见了,但是领会不了。"

"这就是说,您根本就没有宗教信仰,果真如此,我倒认为更好。"温特爵士冷嘲热讽地又说道。

"毫无疑问,这更符合您的信仰原则。"米莱迪冷冷地接口说道。

"哼!我向您承认,这对我来说完全一个样。"

"哼!您怎么不承认对宗教信仰的这种无所谓态度,大人,您的放荡行为和所犯的罪过,就可以证明这一点。"

"哦!您提起了放荡行为,梅萨利纳夫人、麦克佩斯夫人!不是我没有听清楚,就是您啊,实在不知羞耻。"

"您这样讲,无非是因为您知道,先生,您手下的人在倾听我们的对话,"米莱迪冷淡地说道,"因为您要激发您的那些狱卒,您那些刽子手对我的憎恶。"

"我的那些狱卒!我的那些刽子手!哎哟,夫人,您又换了一副腔调,富有抒情的意味,昨天演喜剧,今天晚上又换成了悲剧。不管怎样,再过八天,您就要去该去的地方了,而我的任务也就大功告成。"

"卑鄙的任务!亵渎宗教的任务!"米莱迪说道,那种激愤的口气,完全是受害者在对抗审判官。

"我敢以名誉发誓,"温特爵士站起身来说道,"这个坏女人想必发疯了。好啦,好啦,您就冷静一点儿吧,清教徒夫人,否则的话,我就命人把您关进地牢里。真邪门!是我那西班牙葡萄酒,您喝了昏了头吧,对不对?不过,请您放宽心,喝这种酒,醉了也没有危害,不会产生严重后果。"

温特爵士骂骂咧咧走出房间,这也是那个时期一种十足的骑士习惯。

费尔顿的确就在门外,这场争执自始至终他全听见,一句话也没有漏掉。

米莱迪猜得一点儿不错。

"好哇,去吧!去吧!"她对小叔子说道,"恰恰相反,后果就要出现了,可是,您这个笨蛋,只有等到避之不及的时候,你才能够看见。"

一天过去了。士兵们把晚饭端进来时,发现米莱迪正在高声祈祷,她的第二任丈夫有个老仆人是虔诚的清教徒,这些祈祷文就是从他那儿学来的。她似乎全神贯注地沉浸在祈祷中,一点儿也没有察觉到周围的情况。费尔顿以手示意,士兵切勿打扰了她的祈祷,等放好饭菜餐具之后,几个人悄悄退出了屋子,仿佛没有打扰到她似的。

米莱迪明白可能有人在监视自己,所以继续往下念祈祷文,直到全部念完,她似乎觉得门口站岗的那个士兵没在踱步,而是在听她祈祷。暂且她觉得这样就够了,因此立起身来,坐到桌旁吃了点儿东西,不过没喝酒,只喝了点儿水。一小时后士兵进来收桌子,米莱迪发现这次费尔顿没跟他们一起来。这就是说,他害怕经常见到她了。

她转过脸去冲着墙壁偷笑,不敢让人看见自己的笑脸,因为光凭这张得意扬扬的笑脸,她的把戏就要被拆穿。又等了半个小时,城堡里一片寂静,只听得见海浪永恒的涛声,这是辽阔的大海的呼吸,这时她以纯净、甜美而动人的嗓音唱起了当时清教徒非常喜爱的一首圣诗的第一段:

主啊,假如你把我们撇下,
那是由于你要知道我们是否坚强。
而有一天你将会从天国降下你的荣耀,

给坚韧不拔的我们以褒奖。

这些诗远远算不上好诗,但是,我们知道清教徒从来不以诗才自炫。米莱迪一边唱,一边竖起耳朵细听:门口的那个卫兵仿佛变成了一块石头站在那儿不走了。米莱迪因而断定这一步已经奏效。所以她继续往下唱,声音中有一种无法形容的热忱和激情。她隐约觉得这歌声穿过一道道拱门传得远远的,好似一股神奇的魔力打动着看守们的心扉。不过门口的卫兵肯定是个虔诚的天主教徒,他仿佛摆脱了这种魔力,因为他隔着门喊道:"夫人,请您别唱了,您的歌就像哀悼经一样悲伤,整天站在这儿已经够受的了,再要听这种歌叫人怎么受得了。""住口,"这时一个严肃的声音说道,米莱迪听出来正是费尔顿的声音,"混账东西。您管什么闲事儿!有人命令您禁止这个女人唱歌吗?没有。只是盼咐您看守她,假如她企图逃走,您就朝她开枪。好好看守她吧,她若逃跑就打死她。但是,丝毫也不要改变发下的命令。"

一阵难以形容的欣喜,使米莱迪顿时变得容光焕发,不过这种欣喜的表情犹如闪电似的转瞬即逝,她装作没听见这段听得一清二楚的对话,继续唱着那首圣诗,嗓子里倾注了魔鬼赋予她的全部魅力,显得那么柔美,那么嘹亮,撩拨得听者无法自持:

任凭有眼泪和磨难,
任凭有流放和铁镣,
我自有我的青春和祈祷,
主啊,会记住我身受的全部苦难。

歌声嘹亮,圣洁的激情在歌声中澎湃,这种化腐朽为神奇的激情使得平庸的圣诗顿时显得无比神奇,充满了诱人的魅力,这种魅力就连最有激情的清教徒也很难从自己教友的歌声中找到,它迫使他们尽量发挥自己的想象来增添它的光彩。费尔顿觉得自己听到了天使在歌唱,抚慰着烈火中的三个希伯来人。

> 啊!公正而强大的上帝,
> 我们终有得救的一天,
> 我们的希望如遭主弃,
> 我们总归还有死亡和殉难。

这段歌词,这可怕的女巫是竭尽全力用整个心灵唱出来的,它终于在年轻的军官的心里掀起了波澜。他突然打开房门,米莱迪看见他脸色就像平时一样苍白,不过眼神显得异常狂热乃至迷乱。

"您干吗要唱这个?"他说,"并且是用这样的声音?""抱歉,先生,"米莱迪柔声说道,"我忘了我在这个屋子里唱歌是不合适的。我肯定冒犯了您的信仰,但是我发誓,我不是故意的。因此请您原谅我的这一个也许后果严重,然而确实是无意间犯下的过错吧。"

米莱迪此刻显得那么美,她恍若沉浸在其中的宗教激情中,她的面容也被赋予了一种近乎神圣的表情,费尔顿看得出了神,以为见到了刚才但闻其声的那位天使。

"对,对,"他回答说,"对。您的歌声惊动了所有的人,每个在这所城堡的人都被您的歌声打扰了。"

这个冤大头还没意识到他的话前后自相矛盾,不过米莱迪锐利的眼光却已经看到了他的心底。

"我不唱了。"米莱迪垂下眼睑说道,她的声音柔美婉转,驯服温柔的神情无比真诚,然而这都是她刻意装出来的。

"不,不用,夫人,"费尔顿说,"您不用停下来不唱,但是只要轻些,不要扰到他人即可,特别是在晚上安静的时候。"

说完这两句话,费尔顿意识到自己已经没法再对女犯人摆出那副严厉的样子了,因此快步朝门外走去。

　　"您做得对,中尉,"那个士兵说,"这些歌听了是叫人心烦意乱的,然而多听听也就惯了。她的嗓音可真美!"

第五十四章　囚禁的第三天

　　费尔顿已不知不觉地中了她的圈套,慢慢地同情起她来,似有若无地纵容了她。然而还需要更进一步:一定要把他笼络住,切断他的退路,或者说不能再让别人左右他。该怎样走这步棋,米莱迪还没有想出办法。

　　还需要做一件事:一定要打破他的沉默不语,这样一来她才可以同他说话。米莱迪心中很清楚,她最吸引人的地方就是她的嗓音,她能够娴熟地使用丰富各异的音色,不管是一个普通女人的声音还是天使的声音,她都可以自然而然地脱口而出。

　　米莱迪虽然拥有这种诱惑力,她还是有可能失败,只因费尔顿的脑袋先就给灌满了,这就不允许出最细小的意外情况。从即刻起,她就十分留意自己的一举一动、一言一行,直至自己眼中最细微的神色,直至自己最寻常的手势,直至自己的可能教人解释为叹息的呼吸。总而言之,她仔细研究一切,犹如一个灵活的演员,刚刚接受一个还不习惯扮演的新角色。

　　如何对付温特爵士,那就容易多了,因此,昨天她就确定了行动计划。在温特爵士面前,她要保持沉默和尊严,时而故意表示一下轻蔑,讲一句鄙夷的话,激他发出威胁,粗暴地对待她,让他的行为同她温顺的态度形成鲜明的对照,这便是她所确定的计划。这一切,费尔顿会看在眼里,也许他一句话也不讲,但是他毕竟会看在眼里。

次日早晨,费尔顿跟平时一样进屋来了;然而米莱迪却瞧着他吩咐士兵安排早餐,不跟他说话。他就要离开的时候,她心里掠过一线希望,因为她觉得他好像想对她说什么。不过只见他嘴唇动了动却没出声,硬是把到了嘴边的话咽了下去,掉头出了房间。

中午时分,温特爵士进来了。

这一天是一个相当晴朗的冬日,不过,英国的太阳那么苍白,从牢房的铁窗透进一束阳光,只是照亮房间,却毫无暖意。

米莱迪望着窗外,佯装没有听见开门的声响。

"哈!哈!"温特爵士说道,"演了喜剧又演悲剧,现在可好,又演起伤感剧来了。"

女囚不予应答。

"不错,不错,"温特爵士接着说道,"我明白,您是渴望在这海岸上获得自由。渴望乘上一艘大海船,在那翡翠绿的海上劈开波浪。无论在陆地还是在海洋上,您总想巧妙地给我设下一个小小的埋伏,这是您的拿手好戏。别着急!别着急!再过四天,海岸就向您敞开,大海就向您开放,开放的程度要超出您的期望,因为再过四天,英国就要摆脱您了。"米莱迪双手合在胸前,抬起头来望着天。

"主啊!主啊!"她说道,姿势和音调都透出天使般的温柔,"请您宽恕这个人吧,因为我已经宽恕了他。""对,你这贱货,你祈祷吧,"勋爵大声说,"我把话跟你挑明了,你落在他手里,他这个人是不会宽恕你的,因此你的祈祷就更不值钱了。"

说完,他扬长而去。

在他跨出房门的时候,米莱迪目光锐利地飞过门外,半开的门外,一个身影落入她眼中,但却仓促地躲开,似乎不愿被她看见,那便是费尔顿。

因而,她跪下来开始祷告。

"我的主啊!我的主啊!"她说,"您知道我在为何等神圣的事业而受苦,请您赐给我力量,让我承受这苦难吧。"

房门轻轻地打开,美貌的祈祷者装作没听见的样子,用含着泪的声音接着说道:"有冤必申的主啊!仁慈的主啊!莫非您就听凭这个人为非作歹,让他那卑鄙无耻的计划得逞吗?"

这时候,她才装作刚听见费尔顿的脚步声的样子,倏地立起身来,满脸涨成绯红,似乎让人撞见她跪在地上觉得羞愧难当一般。

"我不喜欢打扰人家祈祷,夫人,"费尔顿严肃地说,"因此请您不用管我。"

"您怎么知道我在祈祷,先生?"米莱迪用啜泣哽咽的声音说道,"您弄错了,先生,我没在祈祷。"

"莫非您以为,夫人,"费尔顿答道,语气仍很严肃,但毕竟委婉了一些,"我会认为自己有权阻止一个信徒匍匐在天主面前祈祷吗?天主不容我这么想!再说,罪人愿意悔过本身就是好事。一个人不管犯过什么罪,拜倒在天主脚下时总是不容轻侮的。"

"罪人,是说我吗?"米莱迪微笑着说,这抹笑容即使在末日审判时想必也能叫天使心软,"罪人!我的主啊,只有您知道我究竟是不是罪人!先生,您不妨把我看作定了罪的犯人。不过您知道正因为天主钟爱殉难的信徒,因此他有时候才听任无辜的人被定罪啊!"

"如果您是定了罪的犯人,是殉难的信徒,"费尔顿说,"您就更有理由祈祷了,我也会用自己的祈祷来帮助您的。"

"哦!您真是个好人,"米莱迪大声说,并扑倒在他脚下,

"请听我说，我实在支持不下去了，我很怕真到了要我挺身抗争、当众表明我的信仰的时候，我会挺不住。因此，请您听听一个陷于绝望的女人的请求吧。人家利用了您，先生，不过我现在不是要说这些，我只请求您发发善心做一件事，假如您答应了，我不仅今世感激您，就是到了来世也会为您祝福的。"

"去对长官说吧，夫人，"费尔顿说，"幸运的是，我既没有权力赦免您的罪过，也没有权力因您的罪过惩处您。天主把这个责任交给了比我职位更高的人。"

"不，我要对您说，只对您一个人说。请您不要眼看我身败名裂、不要眼看我蒙受凌辱而袖手旁观，还是听我说吧。"

"倘若您当初就该蒙受这种羞耻，夫人，倘若您当初就该蒙受这种凌辱，那您就应该承受这一切，以此作为给天主的祭礼。"

"您在说什么呀？哦，您没明白我的意思！我说的凌辱，您还以为是指什么刑罚，是指坐牢或者死刑吗？如果说对我的刑罚只是坐牢或死刑的话，那我还真是求之不得呢！坐牢或死刑，在我又算得了什么呢！"

"我想您这么一说，我就真的不明白，您所谓的刑罚所指为何了，夫人。"

"我没有冒犯您的意思，但是我以为，您现在也许是在装糊涂，假装不明白我的意思吧，先生。"女囚甜甜一笑，接口说道。

"不，夫人，我凭军人的荣誉，凭基督徒的信仰起誓！"

"怎么！您不知道德·温特勋爵计划怎样处置我？"

"我不知道。"

"这不可能，您是他的亲信！"

"我从不说谎，夫人。"

"哦！但您是他的亲信，他想瞒过您自然是不可能的，所以您当然能够猜出他打算如何处置我了。"

"我对任何事情都不去猜测，夫人。我只等别人把事情告诉我,而德·温特勋爵除了当您的面对我说的话以外,从没告诉过我别的事情。"

"这么说,"米莱迪大声说道,口气之诚挚简直令人叹为观止,"您不是他的同伙,您并不知道他打算让我蒙受一种比世上所有的刑罚都更可怕的凌辱?"

"您想错了,夫人,"费尔顿红着脸说,"德·温特勋爵不会做这种伤天害理的事情。""好呀,"米莱迪暗自思忖道,"他显然还不知道勋爵是因为什么而惩罚我的,不过,很好,否则他绝不会说出伤天害理这个词儿的,他在内心否认我有罪。"

于是她大声说道:"他是那个无耻之徒的朋友,因此他是什么坏事都做得出来的。"

"您说的无耻之徒是指谁?"费尔顿问。

"除了那个人,全英国还有别人能够被称为无耻之徒吗?"

"您是说乔治·维利埃斯?"费尔顿说着,眼里迸射出光芒。

"就是不信基督教的人和异教徒说的那个白金汉公爵,"米莱迪接口说,"我想在全英国,用不着多加解释,任何一个英国人都会知道我说的是谁!"

"天网恢恢,"费尔顿说,"他所行的一切恶,必定逃脱不了他应得的惩罚。"

费尔顿对公爵的憎恶,在英国是很普遍的,一般的英国人对公爵皆怀有这种宗教情绪般的憎恶,天主教徒斥责他横征暴敛、荒淫无耻,清教徒索性把他叫作魔鬼。

"哦!主啊!主啊!"米莱迪大声说道,"你是知道的,我祈求你将这个人应得的惩罚降临在他身上,并非为了报一己的私仇,而是为了整个民族都能得救。""那么您认识他?"费尔顿问道。

"他终于问我了。"米莱迪暗自想道,看到这么快就能取得如此重大的进展,她禁不住大喜过望。

"哦！我认识他！对，我认识他！这是我的不幸，我无法洗脱的不幸。"

说着她似乎痛苦之极地绞动着双臂。费尔顿或许觉得自己要撑不住了，就朝门口走了几步。米莱迪一直看着他的一举一动，急忙冲上去拉住他。

"先生！"她喊道，"请您行个好，发发慈悲，听一下我的请求。那把刀，不幸被谨慎的勋爵夺走了，因为他知道我要这把刀派什么用场。哦！请您听我把话说完！请您可怜可怜我，把这把刀再给我一分钟，一分钟就够了！我愿意吻您的膝盖！您看，您可以出去把门带上，我并不想连累您。主啊！您是我碰到的唯一的好人，心地善良，有同情心，您大概就是我的恩人，我怎么会来连累您呢！一分钟，这把刀我只要一分钟，而后我会从门上的小窗口还给您的。仅仅一分钟，费尔顿先生，您就拯救了我的名誉！"

"您要自杀！"费尔顿惊恐万状，禁不住大声说道，他是如此惊恐，以至于抽回自己被米莱迪紧握的双手，"您要自杀！"

"我全都说出来了，先生，"米莱迪声音微弱地说道，一边让身子无力地跌坐在地板上，"我把秘密全都说出来了！主啊！他全都知道了！我完了！"

费尔顿依旧站着，一动不动，不过心里还在犹豫不决。

"他还心存疑虑，对我的话并未无保留地相信，"米莱迪想，"我的表演还不够火候，没能彻底打动他。"

这时，只听得过道上传来一阵脚步声，米莱迪听得出这是德·温特勋爵的脚步声。费尔顿也听出来了，就朝门口走去。

米莱迪又扑上前去。

"哦！请别说出去，"她压低声音说道，"请别把我对您说的话告诉这个人，否则我就完了，而那是您……"这时，脚步声走近了，她生怕让人听见她的声音，就不再往下说，用一个惊恐的动作伸出一只白皙的手按在了费尔顿的嘴上。费尔顿轻轻地推开米莱迪，她趁势跌倒在一把长椅上。

德·温特勋爵打门前走过，并没进来，这会儿可以听见他的脚步声在渐渐远去。

费尔顿脸色白得像死人，他仍旧竖起耳朵又听了一会儿，直到脚步声完全消失以后，才如梦初醒地吁出一口长气，然后快步走出屋去。

"哼！"米莱迪听着费尔顿的脚步声朝另一个方向远去，暗自说道，"你终究还是落在我的手里了！"

然后她的额头又蹙紧了。

"倘若他去告诉勋爵，"她想，"我就完了，因为勋爵知道我是不会自杀的，他如果当着费尔顿的面把一把刀放在我手里，这小子就会看穿我的寻死觅活是在演戏了。"

她走到镜子前，扬扬得意地望着镜中的自己，一副满意的神情，她觉得此刻的自己是最漂亮的。

"哦！没错！"她莞尔一笑，暗自说道，"但是单纯的费尔顿已经从内心中同情我了，所以他绝不会向勋爵告发我的。"

晚上士兵进来送饭时，德·温特勋爵也来了。

"先生，"米莱迪对他说，"莫非我囚禁在这里您就非得大驾光临不可，难道您就不能把这免了，让我可以少受些罪吗？"

"瞧您说到哪儿去了，亲爱的嫂子！"德·温特说，"您今儿对我这么刻毒的这张漂亮的小嘴，前一阵不是还挺动感情地对我说过，您来英国只有一个目的，就是可以顺心遂愿地看我，您不是还说，为了享受这份您渴望的天伦之乐，您才不顾一切，甘冒海船颠簸、风浪大作和被囚入狱的危险！那好呀，现在我来了，您可以称心如意了。再说，我这次来还有个原因。"

米莱迪浑身不由自主地剧烈颤抖起来，陷入绝望之中，她以为自己对费尔顿的引诱失败了，这个貌似上当的年轻人告发了她。这个女人经历过无数次这样那样大起大落的情绪跌宕,而她这一生中,也许心房还从来没有跳动得这么剧烈过。

见她坐着,德·温特勋爵随手拉过一把扶手椅,放在她旁边,也坐了下去,然后从口袋里掏出一张纸,慢慢地打开。

"听着,"他对她说,"我要给您看的这份由我起草的文件,差不多算是判决书吧,在您今后经我许可所过的生活中,它可以作为您的身份证使用。"

说完,他从米莱迪身上收回目光,不再注视她,而是看着那张展开着的纸念道:"'兹令将女犯夏洛特·贝克森押解至……'地名空着没填,"德·温特说,"您如果想去什么地方,可以跟我讲,只要那地方在伦敦一千里开外,您可以随意挑选。我再往下念:'……该犯曾由法兰西王国司法当局处以烙刑,此次服刑期间准予假释,而限其居住在上述地区,不得越出方圆一千里界外。一旦发现该犯有逃跑企图,应立即对其处以极刑。该犯每月膳宿费为五先令。'"

"这份命令跟我不相干,"米莱迪冷冷地说,"因为那上面写的并不是我的名字。"

"名字!您有名字吗?"

"我有您哥哥的名字。"

"您错了,我哥哥只是您的第二任丈夫,那个第一任丈夫现在还活着呢。若您乐意,我可以填上他的名字,不过您得先告诉我那个名字,这样我才可以用它替换夏洛特·贝克森这个名字。不说?……不肯告诉我?……您想死不开口?那好!您在囚犯花名册上就用夏洛特·贝克森这个名字吧。"

米莱迪还是不开口,但是这一回可不是装蒜,而是吓得说不出话来了。她不怀疑这份命令是会有人执行的,她心想德·温特勋爵准是把她的行期提前,只怕今晚就得起程了。她脑子里打的算盘一时间全乱了套,不过忽然她瞥见这纸命令下面还没有签署盖章。

她这一下真是喜出望外，而且情不自禁地流露了出来。

"对，没错，"德·温特勋爵看穿了她的心思，就说道，"您没看见签名盖章，就在心里对自己说：'我还没完，这份文件下面没有签名，他给我看是吓吓我，没事儿。'您这么想可就错了。明天这份命令就会送到白金汉公爵手里，后天，由他亲手签名盖章的这份命令就可以送回这儿，然后，我可以向您保证，不出二十四小时命令就会得到执行。再见，夫人，我要跟您说的就是这些。"

"我也敢对您讲，先生，这样滥用职权，用匿名将人流放，完全是一种卑鄙无耻的行径。"

"您更喜欢用自己的真名实姓被绞死吧，夫人？您完全清楚，对于重婚罪，英国法律是毫不留情的。您坦白地讲清楚，尽管我的姓氏，确切地说我堂兄的姓氏，卷入到这个案件中，我也不怕公布家丑，提起公诉，以保永远摆脱您这个人。"

米莱迪没有应声，但是脸色大变，像尸体一样惨白。

"唔！看得出来，您还是更喜欢远行。这样好极了，夫人，有一句古谚，大意是说，旅行培养青春。老实说，归根结底，您选择得不错，生活是美好的嘛！也正因为如此，我不大担心您会要我的命。剩下来要解决那五个先令的事，我未免显得小气了点儿，对不对？这样我可以放心，您没有钱去收买您的看守。况且，您的魅力还留在身上，总可以去引诱他们。这种企图，对付费尔顿没有得手，如果还不气馁，您就再试试吧。"

"费尔顿一句也没有讲出来，"米莱迪心中暗道，"这就是说，一切都还有指望。"

"好了，夫人，再见吧。明天我来向您宣布，我的信使起程了。"

温特爵士站起来，戏谑地对米莱迪施了个礼，便离去了。

米莱迪长出了一口气,她还有四天的时间,四天足够最终迷住费尔顿的了。

这时,她的头脑里突然产生一个可怕的念头:温特爵士也许会派费尔顿跑一趟,去请白金汉签署这份命令。如果出现这种情况,费尔顿就逃出了她的手心儿,而女囚要想得手,就必须持续不断地施展她那诱惑的魔力。

然而,正如上面所说,有一件事使她心安了:费尔顿守口如瓶。

她受到温特爵士的威胁,不愿意显出乱了方寸,就照常坐下来吃饭。

然后,她又像昨天那样,跪下来高声祈祷。而那名士兵也像昨天那样,不再走动了,站住听她祈祷。

不大工夫,她就听见走廊里传来脚步声,比哨兵的脚步轻些,走到她的门前停下了。

"是他来了。"米莱迪自言自语。

于是,她又唱起同一首宗教歌曲,正是这首歌曲,昨天令费尔顿激动不已。

尽管她的歌喉十分美妙,丰满而清亮,听来格外悦耳,格外揪心,可是房门却始终关闭。米莱迪偷偷瞥了几眼,就觉得隔着门上小窗的密密的铁条,恍若看见年轻军官那双火热的眼睛。然而,她所见到的不管是真相还是幻象,不过这一次,他确实控制住了自己,没有进房间。

米莱迪唱完了宗教歌曲之后,过了一会儿才仿佛听见一声长叹,接着又听见来时的那种脚步声,十分缓慢地走开了,就好像恋恋不舍似的。

第五十五章　囚禁的第四天

第二天费尔顿来到房间，米莱迪正在一把扶手椅子上立着，手里拿着一根绳子，它是将几块麻纱手绢撕成一条条的编织起来，然后将绳头连上。米莱迪听到费尔顿开门的声响，便灵巧地从椅子上跳下来，想要将手里的这根刚刚编好的绳子藏在身后。年轻军官比平日里更加面无血色，看他那双因为失眠而发红的眼睛，便能知道他一个晚上都是忧心忡忡的。然而，一种特别严峻的神情却显现在他的额头。

他缓步来到米莱迪身边，而此时，米莱迪已经坐在椅子上，手中那根寻短见的绳子，不知道是因为不小心，还是故意为之，露出了一头。

"这是什么，夫人？"费尔顿冷冷地问道。

"这个嘛，没什么，"米莱迪微笑道，而脸上却是一副她微笑时善于赋予自己的那种痛苦表情，"烦闷是囚犯的死敌，我感到闷倦，就寻点儿消遣，编了这根绳子。"

费尔顿的目光投向米莱迪身后的墙壁，注意到刚才她站到椅子上头顶的那一点有一个镀金的钩子，是用来挂衣服或者武器的。

他浑身一抖。女囚看见了这一颤抖，须知她虽目光低垂，却什么也逃不过她的眼睛。

"刚才，您站在这把扶手椅上在干什么？"费尔顿问道。

"这同您有什么关系？"米莱迪回答。

"可是，我渴望了解。"费尔顿又说道。

"不要盘问我了，"女囚说道，"您完全清楚，我们这些真正的基督教徒，是禁止说谎的。"

"那好吧，"费尔顿说道，"让我来对您说说，刚才您在干什么，或者正要干什么，您是要完成头脑中的意念：舍生取义。不过，夫人，您应当想一想，如果说我们的上帝禁止说谎，那么，他也更加严厉地禁止自杀。"

"如果上帝看到他的子民中，有一个受到非正义的迫害，身处自杀和受辱的两种选择，那么请相信我，先生，"米莱迪以深信不疑的口气回答，"上帝就会宽恕他选择自杀。因为落到那种境况，自杀就是殉教。"

"您说得太多了，或者说得太少了。讲讲吧，夫人，看在上天的分儿上，您说明白一点儿。"

"把我的不幸讲给您听，好让您拿去当笑柄；把我的打算告诉您，好让您去向迫害我的人告发。再说了，一个被判了刑的不幸女人，生与死同您有什么关系？您只管负责我的形体，对不对？您交出一具尸体，只要让人认出是我，上司对您就别无要求，甚至还可能加倍奖赏您呢。"

"什么，我？夫人，我！"费尔顿高声说道，"设想我拿您的性命去请赏？噢！您说说而已，不会这么想吧？"

"您不要管我，费尔顿，您不要管我，"米莱迪激动地说道，"但凡军人，都应当有雄心大志，对不对？您还是中尉，好哇！您押送我的灵车时，就会佩戴上尉军衔了。"

"我到底有什么对不起您的，"费尔顿一时慌了神儿，说道，"要把这种责任推到我的头上，让我如何去面对世人和上帝呢？再过几天，您就要离开这里了，夫人，您的性命就不再由我监护了，"他叹了口气，补充一句："到那时候，怎么办就随您的便了。"

"这么说,"米莱迪仿佛再也控制不住,怀着圣洁的怒火嚷道,"您,一个虔诚的人,您,一位义士,您也只求一件事,就是我的死亡别把您牵连进去,别引起您的良心不安!"

"我必须守护您的生命,夫人,我一定要守护好。"

"可是,您理解您要完成的使命吗?这一使命,假如我有罪,就够残忍的了,假如我是清白无辜的,您又该给它定什么名,上帝又该给它定什么名呢?"

"我是军人,夫人,我要完成接受的命令。"

"到了最终审判的那一天,上帝会区分盲目的刽子手和不公正的法官吗?您不希望我杀害自己的肉体,而您却甘愿做要杀害我这灵魂的那个人的代理!"

"然而,我再向您说一遍,"费尔顿心旌动摇了,又说道,"您没有受到任何危险的威胁,我既能为我本人,也能为温特爵士担保。"

"丧失头脑的人!"米莱迪高声说道,"丧失头脑的可怜人,居然敢为另外一个人担保,就连最明智的人,最信奉上帝的人,都犹豫而不敢为自己担保,而且还站到最强大的、最幸运的人一边,去欺凌最弱小的最不幸的女人!"

"不可能,夫人,不可能,"费尔顿嗫嚅道,他在内心深处感到这种论断的正确性,"您被囚禁,不可能通过我而获得自由;您活在世上,也不可能由于我而丧失生命。"

"是啊。"米莱迪高声说道,"然而,我要丧失比生命还宝贵的东西,我要丧失名誉,费尔顿,我蒙羞受辱,将来在上帝和世人面前,我要举证由您承担责任。"

无论费尔顿多么寡情,或者装得多么寡情,已经充斥在他心里的那种隐秘的影响,他实在是无法抵御了。看见这女人如此美丽,白皙有如纯洁无比的幻影,瞧着她忽而泪流满面,忽而神情吓人,一颗心为她的痛苦和美貌怦然而动,这对于一颗经常陷于幻想的人，对于一个被狂热的信仰弄得神思恍惚的头脑，对于一颗被对天主的爱灼烧、被对人类的恨吞噬的心来说，实在是太难以承受了。

米莱迪看出了他内心的骚乱，凭直觉意识到这个狂热的年轻军官身上，两种对立的激情之火正随着热血在升腾。于是犹如一位久经沙场的统帅，眼看敌人要往后退缩，立刻发出一声凯旋的长啸挥师出击。米莱迪立起身来，有如古代的女祭司那般美丽，有如童贞女教徒那般受到神启，她一条胳臂前伸，领口敞开，头发蓬乱，另一只手捏住羞答答的垂到胸部的衣领，眼睛里闪烁着那股已经把年轻的清教徒弄得神魂颠倒的光芒，朝着他走去，同时大声吟唱起一首激越的曲调，柔美的嗓音中不时夹有一种悲愤的意味：

任你把祭品献给邪神享受，
任你把殉教者丢给狮子吞毁，
总有一天主会叫你追悔！
我从深渊里向主呼救……

费尔顿黯然无声，神情专注地听着这责备，这奇特的责备有一种神奇的力量，深深打动着他的心，他伫立着仿佛一尊石像。

"您是谁，您究竟是谁？"他把双手合在胸前大声说道，"您是主的使者，还是地狱的精灵？您是天使还是魔鬼？您是埃洛亚还是阿斯泰尔黛？"

"您难道还看不出我是谁吗，费尔顿？我既不是天使，也不是魔鬼，我是大地的女儿，是和您有同一信仰的姐妹，这就是我。"

"对！对！"费尔顿说，"我原先对您的身份还心存疑虑，现在听您发自肺腑的倾诉祈祷，我完全相信您。"

"您相信,然而您仍然是你们叫作德·温特勋爵的那个彼勒的孽种的帮凶!您相信,然而您仍然听任我落在我的仇人手里,落在这个英国的敌人、天主的敌人手里!您相信,然而您仍然把我交给用异端邪说和荒淫无耻来充斥和玷污这个世界的那个卑鄙的萨丹纳帕路斯,那些无知的人叫他白金汉公爵,而有信仰的人都叫他基督的敌人。"

"把您交给白金汉!而且还是我交给他!这怎么可能?我不明白您所说的是什么意思?"

"他们有眼睛,可他们看不见;"米莱迪朗声念诵道,"他们有耳朵,可他们听不见。"

"对,对,"费尔顿把双手按在汗水淋漓的前额上,似乎要抹去最后的那点儿疑虑,"对,我听得出在我梦中对我说话的那个声音;对,我认得出每晚出现在我眼前的那位天使的容貌,每个不眠之夜我都听见她在对我大声说:'行动吧,去拯救英国,拯救你自己吧,否则直到你死,天主也不会息怒的!'请您说吧,说吧!"费尔顿大声说:"我现在能明白您的意思了。"

米莱迪激动万分,终于成功了!一阵狂喜涌上心头,她的眼睛亮了起来,凶光乍现,又转瞬即逝。尽管这道露出杀机的光芒转瞬即逝,但费尔顿看在眼里情不自禁地打了个寒战,似乎这道光芒照亮了这女人心灵的深渊。费尔顿猛地想起德·温特勋爵警告过他米莱迪一向以诱惑为能事,想起她刚到这儿就使出过引诱的手段。他退后一步,低下了头,却又没法不去看她,他似乎被这个让人捉摸不透的女人勾住了魂,一双眼睛兀自盯住了她的眼睛。

米莱迪见多识广,阅人无数,对人心思的揣摩非常老道,哪里会不清楚费尔顿此刻的犹豫是什么意思。她表面上做得慷慨激昂,实际骨子里须臾也没撇下过那种冷酷的镇静。既然费尔顿打住了话头,这场用激昂的调子已经难以为继的谈话,就必须由她来重新拾起话头。未曾开口,她先自垂下双手,犹如受神启的激情毕竟敌不过女性娇弱的样子。

"哦,不,"她说,"我不能像犹滴那样从荷罗菲纳手里去拯救贝杜利。天主的剑对我的胳臂来说是过于沉重了。因此,请您让我以死来逃脱耻辱的下场,以殉教来保护自己吧。我不像罪人那样要求您给我自由,也不像异教徒那样要求您为我报仇。我只有一个要求,就是让我去死。我求求您,我跪下来恳求您。让我去死吧,在我一息尚存的时候,我还是会为我的恩人祝福的。"

听到这哀婉动人的央求,看到这羞涩而惹人爱怜的目光,费尔顿又走上前来。渐渐地,这个有蛊惑术的女人身上又显出了那种取舍由之的魔力,那就是美貌、温柔、眼泪,特别是让人无法抗拒的神秘的肉体诱惑,令人销魂。

"唉!"费尔顿说,"我只能做一件事,那就是在您向我证明您是无辜的以后,对您表示我的同情!不过德·温特勋爵对您的成见是很深的。您是基督徒,是和我同教的姐妹。我一向只爱戴我的恩人,觉得生活中充满了尔虞我诈和亵渎宗教的丑行,而现在我感到我被您吸引了。但是,夫人,您长得这么美,看上去又这么纯洁,然而德·温特勋爵却这么不肯放过您,是不是您做过什么伤风败俗的坏事?"

"他们有眼睛,可是看不见;"米莱迪以一种无法形容的凄哀语气重又念涌道,"他们有耳朵,可是听不见。"

"那么,"年轻军官大声说,"您说呀,快说呀!"

"把我的耻辱说给您听吗?"米莱迪大声说,脸上升起羞赧的红晕,"因为一个人作的恶,常常就是另一个人蒙受的耻辱。我是个女人,可您要我把我的耻辱告诉您,告诉一个男人!哦!"她不胜羞怯地用手捂住美丽的眼睛,继续说道:"哦!不,我说什么也不能这样做!"

"可您是对我,对一个兄弟在说呀!"费尔顿大声说。

米莱迪望着他，久久不语，费尔顿以为她踌躇未定，但实际上她不过在观察他的神情举止，挖空心思地想着该如何引诱他。

这回是费尔顿双手合在胸前恳求了。

"好吧，"米莱迪说，"我信任您，因为您是我的兄弟，我豁出去了，我要把一切都告诉您！"

就在这时候，他们听见了德·温特勋爵的脚步声。这一回，米莱迪这位可怕的小叔子并不像头天晚上那样只是路过门口。他停在门口，跟看守的卫兵说了两句话，然后开门进来。

勋爵在屋外和卫兵说话，费尔顿抓紧这短暂的时间，飞快地后退了几步，等他进得屋来，费尔顿已经离女囚有好几步远了。

勋爵慢慢走进屋来，他心怀疑惑，目中满是探究之意。他的目光从女囚脸上扫视到费尔顿脸上。

"约翰，"他说，"您在这儿待得够久了。这个女人是在把她的罪行一桩桩讲给您听吗？假如这样，倒真是要花不少时间呢。"

费尔顿心中惊惶，浑身不由自主地颤抖了一下，米莱迪意识到如果她不去帮一把这个窘迫的清教徒她自己就要完蛋了。

"啊！您怕您的女犯人逃走是不是！"她说，"那好吧，您现在就去问问这个忠心耿耿的看守吧，我请求他给我的是什么东西。"

"您请求他？"勋爵怀疑地问。

"是的，大人。"神情尴尬的年轻军官应声说。

"噢？那么我亲爱的费尔顿，她向您请求什么了，请说给我听听，好吗？"德·温特勋爵问。

"她要我给她一把小刀，只要用一分钟，然后就从小窗口递还给我。"费尔顿答道。

"难道真有什么人藏在这儿，惹得这位美丽的女人想去杀他吗？"德·温特勋爵用嘲讽、轻蔑的口吻说道。

"有我。"米莱迪答道。

"我说过让您在美洲和泰伯恩中间选定一个地方,"德·温特勋爵说,"我看您还是挑泰伯恩吧,米莱迪。听我的没错,绳索要比刀子来得可靠。"

费尔顿顿时神情大变,脸上血色全无,一片煞白,往前跨了一步,他心里想到的是进屋时米莱迪捏在手里的那根绳子。

"您说得对,"她说,"这我早就想到了。"她声音喑哑地重复一遍:"我还会再想到的。"

费尔顿只觉得一阵寒流传遍全身,德·温特勋爵可能发觉了他有些异样。

"你得当心,约翰,"他说,"约翰,我的朋友,我信赖你,不过你真得小心哪!我这是把话说在头里!但是你也别怕,孩子,好在还有三天咱们就要把这女人打发走了,她到了新地方,就伤害不了任何人了。"

"您听见他说什么了吗?"米莱迪放声喊道,让勋爵听着以为她是在向天主呼号,而费尔顿知道她是在对他说话。

费尔顿低下头,琢磨起来。

勋爵拉起他的胳臂一起往外走,边走边回过头来瞅着米莱迪的动静,直到走出屋去。

"得,"女囚等门关上后自语道,"我还是把局面预想得太乐观了些。"

别看温特平日里呆头呆脑的,此刻他这么处处小心,真像变了个人似的。这就是所谓复仇心切吧,这种心切还真能造就男子汉呢!至于费尔顿,他还在犹豫。嗯!这个男人可跟那个该死的达德尼昂不一样。清教徒崇拜贞洁的女人,他们用双手合掌来崇拜她们。火枪手也喜欢女人,但是他们用胳臂搂住她们来表示喜欢。

米莱迪焦躁不安地等待着,生怕整个白天不能再见到费尔顿。我们上面交代的那个场景过后一小时,她总算听到门口有人低声说话，随即房门打开，她认出来人是费尔顿。

年轻军官门也不关，匆匆走进屋来，示意米莱迪别作声，他的神色很慌张。

"您要我怎么样？"她说。

"听着，"费尔顿压低嗓门说，"我把岗哨支走了，这样就没人知道我进来过，也没人听见我对您说了什么。勋爵刚刚给我讲了一个很可怕的故事。"

米莱迪做出听天由命的无辜罪人的微笑，摇了摇头。

"或者您是个魔鬼，"费尔顿接着往下说，"或者我的恩人、我的父亲德·温特先生是个没有心肠的人。我认识您才四天，而我已经爱了他十年，因此我在你俩之间的选择还迟疑不决。我对您讲这些，您不用害怕，我是要您把实情告诉我，让我相信。今天午夜过后我来看您，希望您能说服我。"

"不，费尔顿，我的兄弟，"她说，"您所要做出的牺牲太过巨大，我清楚地知道它会让您付出代价昂贵的牺牲的。不，我已经毁了，我不能让您也跟我一起毁了。我的死会比我的生命更有说服力，尸体的沉默会比囚犯的话语更能说服您。"

"请您别说了，夫人，"费尔顿大声说道，"请不要对我说这些了。我这回来，就是要您以您的名誉，以您心目中最神圣的东西起誓说您决不再轻生了。"

"我不能答应您，"米莱迪说，"因为我看重誓言，没有像我这样慎重于誓言的。"

"那好，"费尔顿说，"您只要保证在下次见到我之前不这样做。等到您再见到我的时候，假如您还要轻生，那就随您的便吧，您问我要过的那把刀，我会给您的。"

"那好吧，"米莱迪说，"看在您的分儿上，我会等待的。"

"您发誓。"

"我凭我们的主的名义发誓。这样行了吧？"

"好,"费尔顿说,"晚上见!"

他匆匆地迈步出了房间,将门原样关上,手执短矛站在外面,仿佛是在上岗值勤似的。

那个岗哨回来了,费尔顿把兵器还给他。

这时候,米莱迪走近门口,透过门上的小窗,瞥见费尔顿以一种狂热的神情画着十字,随后喜滋滋地从过道里走了。

米莱迪回到椅子上坐下,嘴角漾起一抹轻蔑的冷笑,嘴里连连骂着亵渎天主的脏话,她以天主的无上名义发过誓,然而她从来没能真正认识他。

"天哪!"她说,"好一个狂热的疯子!我的天主,那就是我,那就是我这样狂热的疯子,还有同样狂热的另一个疯子,助我实行计划的复仇者。"

第五十六章　囚禁的第五天

米莱迪旗开得胜,顿时充满了信心。

那些略微勾引便会拜倒于她裙下,那些在宫廷风雅习气的熏陶下轻易就上钩的男人,从根本上讲就是扭捏作态、玩弄感情之徒,要使他们拜倒本就是手到擒来的事,到目前为止米莱迪算是已经久经沙场了。她生得如此漂亮,论长相可以说是无人可以匹敌,她又那么聪慧,在精神上也可以说是势不可挡。

不过这一次,她的目标是个性格孤僻、冷酷得近乎没有感情的男人。对宗教的信仰和苦行僧一样的生活,让费尔顿成了一个可以抵御任何俗世诱惑的男人。在这颗经常处于亢奋状态的脑袋里，转动着许许多多不着边际的念头和杂乱纷繁的计划，已经没有任何浪漫或现实的爱情容身的余地。爱情这东西，原本就是生于悠闲、长于堕落的。不过现在，她终于在一个对她成见极深的男人身上打开了一个缺口，以自己伪装的虔诚打消了他的成见，仗着自己的美色扰乱了这个自守甚严的年轻男子的心灵和神智。总之，面对上苍和宗教供她研究的这个最桀骜不驯的对象，她凭着在他身上所做的实验，已经清楚了自己的能耐究竟有多大，至今为止她还不曾知道自己竟然这么法力无边。

不过前几天夜里，她却曾不止一次地为命运、为自己感到绝望。她不祈求天主保佑，这我们是知道的，而她信仰邪恶精灵，崇拜它君临人类生活无所不在的权威，它就像阿拉伯神话里的精灵一样，用一粒石榴籽就能重建一个毁灭了的世界。

此刻，米莱迪对会见费尔顿已有准备，自然可以细细筹划次日怎样行动了。她知道自己只剩下两天时间，一旦白金汉签署命令（因为这份命令上用的是假名，白金汉不会知道要流放的这个女人是谁，因此让他签署这份命令不会遇到任何阻碍），勋爵马上就会把她押送上船，而她也知道，被判终身流放的女犯人要想诱惑男人，可就远远不如所谓品行端正的女人那样得心应手了，因为那种女人自有阳光炫耀她的美貌，自有时尚的舆论赞颂她的德行，雍容华贵的仪态自会赋予她们一种迷人的光彩。一个因犯了名誉罪而被判重刑的女人，照样可以是美貌的，不过她再想翻手为云、覆手为雨可就难上加难喽。跟所有真正不同凡响的人一样，米莱迪明白什么样的环境才适合自己的禀赋。贫穷会使她反感，低贱会折去她三分之二的锐气。她只有置身于女王之中时才是女王，她要的是玩弄众人于股掌之上、虚荣心得到最大满足的乐趣。在下等人中取得胜利是很容易的事情，但她不屑去做，因为她的战场是在精英荟萃的上流社会，所以她以支派下等人为耻辱而非荣耀。

当然，她会从流放地回来的，对此她不曾有过片刻的怀疑，然而流放生活究竟要持续多久呢？对于米莱迪这样生性好动、野心勃勃的女人来说，所有不能用于往上爬的日子都只能算是凶日。至于往下跌的日子，您就去想应该叫什么吧！一年、两年、三年，生命在等待中无意义地被消耗，此生还有什么乐趣，一辈子也就这样被毁掉了，不是吗？好不容易挨到回来，一帆风顺、得意扬扬的达德尼昂和他的那几个伙伴，十有八九已经得到了王后的褒奖，凭他们为王后出的力，他们得到这份褒奖原也是理所应当的。所有这些折磨人的念头，正是米莱迪这样的女人所无法忍受的。内心汹涌的骚动使她变得更为凶猛，如果有那么一瞬间她的肉体能跟她的精神相匹配，那她准会摧毁这间牢房。

　　除了这些令她发狂、备受煎熬的事外，另外一件令她无比揪心、提心吊胆的事，那就是红衣主教，那个她打心眼里害怕的强人。

　　红衣主教生性多疑，好猜忌，他对她的杳无音信会如何想，如何说呢？红衣主教不但眼下是她唯一的支柱、靠山和保护人，而且是她日后发迹雪恨的主要工具。她了解他，知道自己要是辱命而回，那就无论怎么解释，说自己坐了牢也好，受了多少折磨也好，都不会管用，多疑的红衣主教会以他那种含讥带讽的冷静态度对她说："被他们抓住是您的错误，您本不该犯错，本不该被抓！"而凭着主教大人的威势和睿智，他的怀疑自然就加重了。

　　因此米莱迪敛神屏息，默默地在心里念着费尔顿的名字，现在她已坠入地狱，唯有这道亮光还能透过深渊射到她身上。仿佛一条长蛇，盘紧身子再展开，想看看自己有多少力气似的，她事先就把费尔顿紧紧地盘在了她那足智多谋的大脑里。

　　时间一小时一小时地流淌过去，仿佛惊醒了挂钟，而青铜摆锤的每一下敲击，又都像敲在女囚的心头。九点钟，德·温特勋爵来做例行巡视，他瞧了瞧窗子和铁栅栏，敲了敲地板和墙壁，又检查了壁炉和房门,他在仔仔细细地做这番费时的考察之际,米莱迪和他两人谁也没有开口说话。

他们两人对一切都了然于心,因此也不再浪费,所以都不再说废话、发脾气。

"行了,"勋爵临走时说,"今晚您还是逃不掉的!"

十点钟,费尔顿来安了一个岗哨,米莱迪听得出他的脚步声。她此刻期盼他的脚步声,仿佛一个情妇在期盼她心上人的脚步声,只不过米莱迪对这个狂热的孽种是既憎恶,又蔑视的。

还没到约定的时间,因此费尔顿没有进来。

又过了两个小时,午夜的钟声敲响,岗哨换班了。

约定的时间就要到了,米莱迪惴惴不安、提心吊胆地等待着。

新岗哨在过道上来回踱步。

又过了十分钟,费尔顿来了。

费尔顿走进房间。米莱迪站起身来。

"您来啦?"她说。

"我答应过您要来的,"费尔顿说,"因此就来了。"

"您还答应过我另一件事。"

"什么事?我的主啊!"费尔顿说道,虽然他自制力很强,还是禁不住感到膝头在哆嗦,额头沁出了汗珠。

"我请您带把刀子前来,您答应了,说好见面后留给我的。"

"您不要再说了,夫人,"费尔顿说,"不管处境多么艰难,天主的子民是绝不能轻生的。我考虑过了,我绝不能犯这样的罪,造这样的孽。"

"噢!您考虑过了!"米莱迪坐在扶手椅上,不屑地笑笑说,"我也考虑过了。"

"考虑什么?"

"对一个言而无信的男人,我没什么可说的。"

"噢，我的天主！"费尔顿喃喃地说。

"您可以走了，"米莱迪说，"我什么也不会说的。"

"刀在这儿！"费尔顿从口袋里拿出一把刀说，他当初答应过米莱迪，就把刀子带在了身上，不过刚才迟疑着不想给这女囚。

"让我看看。"米莱迪说。

"您要拿它干什么？"

"我说话算数，马上就还您。您把它放在桌上，您自己就站在我和桌子中间好了。"

费尔顿取出刀子，将它递给米莱迪，她仔细观察着：刀身很坚韧。她伸出手指，试试刀锋。

"好，"她说着，把刀子还给年轻军官，"这把真的是钢刀。您是个可以信赖的朋友，费尔顿。"

费尔顿接过刀，在桌上如约摆好。

米莱迪看着他这么做，点了点头表示满意。

"现在，"她说，"请您听我说。"

这是一句纯粹多余的废话，年轻军官站在她跟前，神情紧张、迫不及待地等着她的述说。

"费尔顿，"米莱迪庄重地说，语调极为忧郁，"费尔顿，如果您的姐妹，您的亲姐妹对您说：'我还年轻，不幸长得还算好看，我落入了人家布下的陷阱，就挣扎反抗。人家在我周围不断地设下一个个圈套，对我滥施淫威，我也挣扎反抗。由于我祈求我崇拜的天主和我信仰的宗教来拯救我，人家就亵渎这宗教和天主，我仍然挣扎反抗。因此人家就对我横加凌辱，知道没法摧毁我的心灵，就要让我的肉体永远蒙受耻辱。最后……'"说到此处，她忽然顿住，一丝苦笑浮现在唇间。

"最后，"费尔顿说，"最后怎么了？"

"最后，迫害我的人眼看没法制伏我，就决意让我丧失反抗的能力。一天夜里，我喝的水里被掺了一种强效的麻醉剂。我刚吃完饭,就觉得一阵异样的眩晕,渐渐地变得迷迷糊糊起来。虽然我还没有起疑心,不过一种隐隐约约的害怕攫住了我,我挣扎着想摆脱这种昏昏沉沉的状态。我站起来,想跑到窗口去呼救,然而我迈不开腿。似乎整个天花板在冲着我压下来,要砸在我的头上。我伸出胳臂,想开口说话,不过只发出一些含混不清的声音。我浑身起了一种无法抵制的麻痹的感觉,觉得自己就要摔倒,因此就扶住一把椅子,不过很快我的无力的手臂就支持不住了,先是一条腿跪了下去,然后另一条腿也跪了下去,我想喊叫,但舌头像是僵住了。天主想必是既看不见我,也听不见我的声音了,我滑倒在地板上,被如死一般的睡意征服了。

"我睡着以后出了什么事,前后过去了多长时间,我丝毫都不记得,我只记得一件事,就是我醒来时睡在一个圆形房间里,四周的家具非常豪华,日光从屋顶上的一个窗洞射进屋来。然而,四下里的墙壁上没有门,这里很精致,但简直就是牢房一间。

"我过了好久才意识到自己身在何处,才弄明白我现在说的这些细节,我挣扎着想清醒过来,而脑子昏昏沉沉的,仿佛无法摆脱那股黑沉沉的睡意。我只是朦朦胧胧地回忆起空间的移动和马车的行进,似乎那是个要将我的精力完全耗尽的噩梦。但是所有这一切,都只是些模模糊糊、看不分明的印象,所以这些事情似乎都属于跟今生的我完全不同的另一个生命,仅仅因为某种荒诞不经的二重性才跟我掺和在了一起。

"有一阵,我感到身处的状态奇异极了,觉得自己仿佛是在做梦。我晃晃悠悠地支起身来,看到我的衣裳就在身边的椅子上。可我根本不记得我脱过衣裳,也不记得我睡过觉。这时,我渐渐地清醒过来,意识到了是怎么回事,立刻感到又羞愧,又恐怖。我不是在自己家里,我没法知道时间,不过从日光看,白天大概已经过去三分之二了!这么说,我是头天晚上睡着的,而这一睡就睡了差不多二十四个钟头。在我昏睡的这么长时间里，到底发生过什么事情？我尽可能快地穿好衣裳。但是我的动作缓慢而迟钝，表明麻醉剂的药性还没完全消失。从家具摆设来看，这个房间是专门接待女客的。即便是最妖艳的女子，也会觉得无可挑剔，因为她只要环顾一周，就会觉得她想提的要求早已得到了满足。

"显然，我不是关进这间豪华牢房的第一个女囚。不过您明白，费尔顿，牢房愈漂亮，我心里愈惊慌。

"是的，这是一间牢房，因为我根本没法出去。我沿着墙壁一点一点往前摸，但就是找不到一扇门，所有的墙壁敲上去都像是实心的，声音闷闷的。

"我在房间里兜了不下二十圈，想找到一条出路，不过就是找不到。我又累又怕，瘫倒在椅子上。

"这时，天色很快就变黑了，入夜以后，我的恐惧有增无减。我不知道是不是该待在原先坐的地方，好像我已经被无法预知的危险团团围住，每走一步都会跌倒。虽然我从头天晚上起就没吃过东西，不过我只觉得害怕，根本不觉得饿。我靠听外面的声音来估计时间，不过此刻我听不到一丝声音。我只能约莫推测是晚上七八点钟，因为当时是10月，而天色已经完全黑了。

"突然，一扇门的铰链的转动声响使我打了个哆嗦。一个火球似的东西出现在屋顶的玻璃窗上方，一道强烈的光线射进屋里，我惊恐地瞥见一个男人站在离我几步远的地方。

"一张桌子像变魔术似的摆在了房间中央，上面放着全套晚餐和两副刀叉。进来的人就是一年来死死缠住我不放的那个家伙，他曾经恼羞成怒地发誓说要让我身败名裂，现在他刚开口说了几句话，就让我明白头天晚上他已经这样做到了。"

"无耻！"费尔顿喃喃地说。

"哦！是无耻！"米莱迪大声说，她发现年轻军官对这个奇怪的故事听得很出神,似乎心都悬到嗓子眼了,"哦!是无耻!他以为趁我昏睡不醒的时候玷污了我,就能把我弄到手了。他既然看到我喝了那杯耻辱的苦酒,就指望我会心甘情愿地接受这份耻辱。因此他给我一大笔钱,想用金钱来换取我的爱情。但是我把他痛骂了一顿,凡是一个女人所能找得到的表示极度蔑视和愤慨的斥骂,我都劈头盖脸地摔给了这个人。他可能是听惯了这类斥骂的,因为听着我的斥骂,他却心平气和,脸上带着微笑,还叉起胳膊抱在胸前。随后,等他觉得我骂得差不多了,就朝着我走来。我猛地跳到桌子跟前,抓起一把餐刀,顶在自己的胸膛上。'您再往前走一步,'我对他说,'就不仅要对我的耻辱负责,而且还要为我的死受到良心的谴责了。'或许我当时的目光、声音和神态,都让他看出了我这绝不是说着玩的,我的表情、语调、姿势,使得最邪恶的家伙也相信了我是说到做到的。因为他站住了。

"'您要寻死!'他说,'噢!不,像您这么娇媚的情妇,我好不容易得了一次手,如何舍得就这样让您去死呢。行,我先出去,我的美人儿!但愿下回我再来看您的时候,您的情绪能好些。'说完这些话,他吹声口哨,照亮房间的那盏球形挂灯升上去不见了,周围又是一片黑暗。我听见一扇门开了又关上,声音跟上回一模一样。很快,挂灯又下来了,屋里只有我一个人。

"这时候我真是害怕极了。假如说起先我还不完全相信自己果真落入魔掌的话,那么面对令人绝望的现实,我已经没有丝毫怀疑了。我落在了一个我不但憎恨,而且蔑视的人的手里。这个人无恶不作,他绝不会放过我,头天晚上就是一个可怕的证明。"

"那么,请您告诉我,这个对您犯下如此恶行的人到底是谁?"费尔顿问。

"我坐在椅子上过了一夜,听到一点响声就心惊肉跳。因为在午夜光景灯就灭了,周围又是一片漆黑。这一夜总算平安过去了,那个家伙没有再来纠缠我。天色亮了起来,那张桌子不见了,但是那把餐刀还在我手里。我的全部希望都寄托在这把餐刀上了。由于疲惫之极,我累垮了。一夜里,未敢合眼,惊恐地睁了一夜的双眼酸疼不已,如同针刺般痛苦。等到天亮以后我才放下心,上床去睡觉,那把防身的餐刀则藏在了枕头下面。醒来之后,我发现桌上又摆好了一桌菜肴。虽然还是处于惊恐忧虑中,并因此对送来的饮食心怀戒惧,但是却感到自己已是饥肠辘辘了,我终归已经有四十八个小时没吃东西了。我吃了一点儿面包和水果,不过我对上回掺在我喝的水里的麻醉剂记忆犹新,因此对桌上的水瓶碰也不碰,梳妆台上方有个嵌在墙上的大理石水缸,我就从缸里舀了一杯水。

"不过,虽然我这么处处小心,有好一阵我还是感到惊魂未定。不过这一回我是多虑了,整个白天安然无恙,我担心会发生的事情没有丝毫迹象。为了以防万一,我万分小心地倒掉了水瓶中一半的水,假装已经喝过了,以免露出我已有所防范的痕迹。夜晚来了,随之而来的是黑暗,但是,虽然夜色很浓,我的眼睛开始适应了,我在一片黑暗中看见那张桌子陷进地板下面,一刻钟过后又升上来时,桌上摆好了我的晚餐。再过片刻,那盏灯又把整个房间都照亮了。

"我打定主意只吃些没法掺催眠剂的东西,因此只吃了两个煮蛋和一点儿水果。接着,又从那个可靠的水缸里舀了杯水喝。刚喝了几口,我就觉得水的味道跟早上的不一样,我很快起了疑心,当即不喝,不过已经喝了半杯。我惊恐万分地把剩下的半杯水倒了,满脸冷汗地等待着。

"一定是有人在暗中监视我,看见我在水缸里舀水,所以就利用我的轻信来落实这个如此冷酷的计划,而且还在残忍地继续执行。

"过了不到半小时,那些昏睡的症状又出现了。但是,这回我只喝了半杯水,故而还能多支撑一会儿,没有马上昏睡过去,只是迷迷糊糊,半睡半醒似的,能够感觉到周围发生些什么事情,不过既没有力气自卫也没有力气逃跑。

"我挣扎着向床铺走去,想拿到那把餐刀,那是我仅剩的自卫武器。不过我没能爬到床头边上,我跪倒在地,双手抓住了一个床脚。这时,我知道我是不行了。"

费尔顿听着,脸上血色全无,惨白如血,浑身上下不受控制地打着寒战,如同痉挛似的。

"更可怕的是,"米莱迪接着往下说时,声音也变了,似乎她的心中仍处于恐惧不安中,仍在体验着那凶险时刻的心情,"更可怕的是这一回我还没有失去知觉,能感觉到危险的迫近,不妨这么说吧,我的心还在沉睡的躯体里警惕地醒着,我还能看得见,也能听得见。是的,这一切都朦朦胧胧的像在梦中,不过正因为这样就更让人毛骨悚然。

"我看见那盏灯又渐渐升上去,留下一片黑暗;接着又听见开门的声音,尽管这扇门只开过两次,不过这声音我一听就知道了。本能告诉我有人在靠近我,好比一个在美洲荒原迷了路的可怜人感觉到了有条蛇正在爬近。

"我挣扎着,想喊出声来。我凭着一种无法想象的毅力居然支起了身子,不过马上又瘫倒下去……瘫倒在那个恶棍的怀里。"

"请你快说,请告诉我,到底这个侮辱您的人是谁?"年轻军官异常激愤地问道。

米莱迪一眼就看出这个故事打动了费尔顿,她说的每个细节都叫他听得悲愤难忍。不过她看着费尔顿这么心如刀割,自己却绝不心软。愈是把他的心刺得鲜血淋漓,他就愈是会死心塌地为她报仇。所以她假作沉溺于叙述中而未听见他激愤的问话,或者说似乎觉得此刻还没到回答这个问题的时候,于是兀自继续讲下去。

"但是这一次,这个无耻之徒要对付的不再是一个毫无知觉、死尸一般的女人了。我告诉过您,尽管我的感官还不能运用自如,不过我能感觉到处境的危险。我拼命挣扎了好一阵,虽然我很虚弱,不过我可能还是誓死不从,抵抗了很长时间,因为我听他大声嚷道:'这些该死的女清教徒!我只知道刽子手看见她们就头痛,没想到把她们搞到手也这么费劲。'

"唉!这种无望抵抗已经到头了,我觉得自己软绵绵的没有一丝力气了。这一次那个懦夫利用的不是我的昏睡,而是我的晕厥。"

费尔顿不出声地听着,只见他胸膛一起一伏地喘着粗气;而冷汗却从他那大理石似的额头直往下淌,他的一只手在披风下面撕着胸口的衣服。

"我苏醒过来,下意识地将手伸到枕下,去摸先前未拿到的那把餐刀。我既然不能用它来自卫,不过起码还可以用它来赎罪。然而,握刀在手后,费尔顿,一个可怕的念头突如其来地闯入我脑中。我发过誓要把事情全都告诉您,我应该这样做。我答应过您什么都不瞒您,哪怕我因此身败名裂,我也绝不会食言。"

"您要报仇!您要亲自报仇!向这个侮辱了您的男人报仇!对吗?"费尔顿大声说道。

"对,您说对了!"米莱迪说,"我知道,一个基督教徒是不该有这种念头的。这一定是灵魂得救的死敌向我灌输的,它像一头不停地在我身边咆哮的狮子,把这个念头灌进了我的心灵。哦,叫我怎么对您说呢,费尔顿?"米莱迪用一种悔罪的女人的口吻说:"我脑子里有了这个念头以后,就再也丢不开它了。我就是由于动了杀机今天才受到惩罚的!"

"请说下去,请说下去,"费尔顿说,"我急着听您是怎么报仇的。"

"哦!我打定主意一有机会就下手,我知道他要到晚上才会再来，白天不会有什么危险。因此，吃午餐的时候我没什么顾虑，放胆吃了东西也喝了水，决定吃晚餐时只装装样子，什么东西也不吃。因此我早上一定要吃得饱些，晚上才不会太饿。但是我在午餐时偷偷藏了一杯水，上回一连二十四小时不吃不喝，我感到最难受的还是口渴。

"白天悄悄地过去，我的决心丝毫没有动摇，我只留神不让脸上露出我内心的想法，因为我相信周围是有人监视我的。有好几回我甚至觉得自己嘴角漾起了笑意。费尔顿，我不敢告诉您我是想到什么才笑的，我怕会吓着您……""说下去，说下去呀，"费尔顿说，"您看，我在听您说，等着知道事情的结果。""到了晚上，一切又都是老样子。晚餐依旧是在黑暗中摆好的，随后亮灯了，我坐到桌子跟前。我只吃了一点儿水果，我装着从瓶里倒水的样子，其实喝的是午餐留下来的那杯水，但是我很小心，就算有人监视也不会让他们看出什么破绽。晚餐以后，我装出头天晚上那种麻木的模样。不过这一回装得好像特别困倦，或者说我已经学乖了点，拖着身子向床边走去，让身上的裙袍落到地上，接着就睡了。

"这一回，我握住枕下的餐刀，佯作昏睡，紧握着餐刀的手在瑟瑟发抖。两个小时过去了，然而，他没有来，没有任何事情发生。哦，天主啊！谁能告诉我会这样呢？这一次我竟然怕他不来了。最后，我看见那盏灯渐渐升上去消失在天花板后面，房间里一片黑暗，而我尽力想让自己的目光能穿透这浓浓的夜色。

"约莫又是十分钟过去了。暗夜寂静，静得可以听到自己的心跳，周围静悄悄的没有一丝声音。我祈求天主让他一定要来。终于，我听到了那熟悉的开门和关门的声音。地上铺着厚厚的地毯，不过踩在上面仍会发出轻微的响声。我在黑暗中仍能看出有个人影正朝床前走来。"

"您快说，快说呀！"费尔顿说，"您没看到吗，您每一句话都在灼烧着我的心,就像滚烫的铅块一样!"

"这时,"米莱迪接着往下说,"这时我意识到报仇的时刻,或者说伸张正义的时刻来临了,我把自己看作另一个犹滴,手里握紧小刀,缩紧身子,凝聚起全身的力量,等他走到我身旁,伸手想要寻找他的猎物的时候,我迸发出最后一声绝望的哀号,举刀向他胸前捅去。没有想到的是,这个坏蛋已早做防备!餐刀刺在他胸前的锁子甲上,刀都卷刃了。

"'啊哈!'他一把抓住我的胳臂,夺下那件没能遂我心愿的凶器,大声说道,'我的清教徒美人儿,您是想要我的命啊!这可不光是恨我,而是恩将仇报啦!行了,行了,别发火,我的美人儿!我还以为您已经平静下来了。我可不是那些强占民女的暴君,您并不爱我,起初我还自鸣得意地不肯相信这一点,不过现在我相信了。明天,您就可以自由了。'

"我那会儿只有一个心愿,就是让他杀了我。

"'不过你得当心!'我对他说,'因为我重获自由之日,就是你声名狼藉之时。是的,因为只要我一出去,就要把一切都说出来,我要把你怎样对我施暴,怎样私自囚禁我全都说出来。我要把这个荒淫无耻的行径公布于世。阁下,无论你的权势有多显赫,你照样得发抖!在你之上有国王,在国王之上还有天主。'

"他表情镇静,不过他心头的怒意,依旧微有流露。虽然他脸上神情我无法清楚看到,但我放在他胳膊上的手,感觉得到他的胳臂在颤抖。

"'那么,您就别想从这儿出去。'他说。

"'好呀!'我大声嚷道,'那么我的牢房就将是我的坟墓。好!我要死在这儿,要让你看看一个含冤衔恨的孤魂野鬼,是不是比滥施淫威的臭皮囊更可怕些!''我不会留给您任何致命的利器。''有一样致命的东西,每一个人只要有勇气,那么在万念俱灰的时候总会发现它是唾手可得的。我要绝食而死。'

"'行了,'那坏蛋说,'干吗这么剑拔弩张的,咱们讲和不好吗?我立刻恢复您的自由,传颂您贞洁的懿德,把您称作英国的卢克丽霞。'

"'而我要说你就是塞克斯图斯,我要像在天主面前揭露你那样,在世人面前揭露你。就算我得像卢克丽霞一样,用我的血在诉状上写下自己的名字,我也一定会那样做的。'

"'哼哼!'我的仇人用嘲讽的口吻说,'那就是另一回事喽。说实在的,您在这儿其实也不错嘛,什么也不缺,如果您还非要绝食饿死不可,那就是您在跟自己过不去了。'说完这话,他就往后退去,我听见门打开又关上的声音,我得承认,当时我完全沉浸在未能报仇雪恨的奇耻大辱中间,相形之下痛苦的情绪反倒显得不那么强烈了。

"他倒没有食言。次日的白天和晚上他都没来看我。而我,也说到做到,既不吃一点儿东西,也不喝一滴水。就像我对他说的那样,我下决心绝食而死。我整日整夜都在祈祷,我祈求天主宽恕我的自戕。次日晚上,门又打开了。那会儿我躺在地板上,已经很虚弱了。听见声音,我用一只手支起上身。

"'怎么样,'一个声音在我耳边轰然作响,我几乎没听出这是谁的声音,'嗯,如果您已经心平气和了,就给我一句话,答应出去以后保持沉默,我立刻放您走,怎么样?您听着,我是个好说话的公爵先生。'他接着往下说道:'尽管我不喜欢清教徒,不过我仍然愿意给他们正当的权利,至于女教徒嘛,要是模样儿长得俊俏的话,就更是如此啦。好,我只要您凭十字架起个誓就行。'

"'凭十字架起誓!'我直起身子大声说道,因为听到这个我痛恨的声音,我又恢复了我的气力,'凭十字架起誓!我起誓,任何许诺、恫吓和酷刑,都无法封住我的嘴;我凭十字架起誓,我要向所有人揭发你是杀人犯,是采花贼,是胆小鬼;我凭十字

架起誓,只要我从这儿出去,我就要让天下的人都来向你报仇。'

"'你得小心!'这个声音用我以前不曾听见过的恫吓的口气说道,'你要真把我逼急了,我会使出一招撒手锏,封住你的嘴,或者至少让你说的话人家一句也不相信。'

"我使出全身的劲儿发出一阵狂笑,作为对他的回答。他当即就明白了,我们之间已无妥协之可能,纯粹是你死我活的敌对关系了。

"'你听我说,'他说,'我再给你一个机会,今天夜里和明天白天你还有时间仔细想想:答应保持沉默,你就会有钱有势有地位,享不尽的荣华富贵;一定要说出去的话,我就让你带着耻辱,没脸去见人。''你!'我喊着,'你!''让你永远带着无法抹掉的耻辱!''你!'我还是喊道。哦!费尔顿,我告诉您,那会儿,他很愤怒,因此我只是以为他由于过分亢奋而神志不清,嘴里说的都是胡言乱语。'对,我!'他回答说。

"'别来碰我,'我对他说,'你出去,如果你不想亲眼看着我用头去撞墙的话,你就给我出去!''既然你要我走,'他说,'我走就是了,明天晚上见!''明天晚上——'我说着身子一软,倒在了地上,又气又恨地用嘴咬着地毯……"

费尔顿把身子靠在一件家具上,米莱迪心头漾起一阵魔鬼的喜悦,她知道,他可能不等听完这个故事,就会支持不住了。

第五十七章　古典悲剧的表演手法

米莱迪略微沉默了一会儿,并且趁机偷偷瞄了一眼费尔顿,发现他正全神贯注地倾听着她的故事,便继续说道:"差不多有三天我一滴水也没喝,身体非常难受。时不时地我会感到眼前发

黑，看上去就像下大雾一样，我想我是得谵妄症了。夜晚又降临了，我虚弱至极，经常晕厥过去，而每当快要晕倒时我便会在心里感谢天主，因为我觉得自己终于可以解脱了。有一回，马上要晕倒的时候，传来了开门声。我一下子苏醒了过来，我的心中充满了恐惧。那个恶棍领着一个蒙面人走进屋来，他自己也用面罩蒙着脸。不过我听得出他的脚步声，认得出他那种凛然的神态，地狱的恶魔赋予了他这种神态，让他用来作践人性的尊严。'怎么样，'他对我说，'我让您起的誓，您拿定主意了吗？''你自己说过，清教徒从来是说一不二的。我的决定，你已经听到过了，那就是揭露你的罪行，不能在人间向世俗的法庭控告你，就在天国向天主的法庭控告你！'

"'这么说，你不打算回头了？''天主在听着我向他起誓，我要让世人都知道你的罪状，不找到肯为我报仇雪耻的人绝不罢休。''你这个婊子，'他气急败坏地吼道，'我要让你尝尝婊子的刑罚！你去央告的那些人会看见你身上烙着火印，这时你休想再让他们相信你是清白无辜的！'

"接着他向那个陪他进来的人说：'动手吧，刽子手。'"

"哦！告诉我他到底是谁，他的名字！"费尔顿嚷道，"他的名字，快告诉我！"

"这时我已经明白自己面临着一种比死更可怕的摧残，因此又哭又喊，拼命反抗，不过都没有用，那个刽子手一把抓住我，把我按倒在地，紧紧地擒住我，不让我动弹，我哭得透不过气来，几乎要失去知觉，我央求天主帮助我，但是他没有听见，猛然间我大叫一声，这是充满痛苦和羞辱的凄厉的叫声。一块滚烫的烙铁，一块烧得通红的刽子手行刑的烙铁，已经烙在了我的肩头。"

听到这里，悲愤无比的费尔顿发出一声压抑的低声怒吼。

"您看吧，"米莱迪说着，犹如女王那般庄严地站起来，"您看吧,费尔顿,看看他们是怎样发明出新的酷刑来对付一个牺牲在恶棍淫威之下的纯洁少女的。请您学会去认识人的心灵,今后别再轻易充当他们卑鄙的报复工具了。"

米莱迪动作敏捷地解开裙袍,撕开贴胸的细麻布内衣,装出又悲愤又羞愧的样子,露出那个美丽的肩膀,让费尔顿看上面那块无法磨灭的印记。

"百合花!但是,这是百合花呀!我想我看到的是朵百合花!"

"这正是他的卑鄙之处,"米莱迪回答说,"如果烙英国的印记,就必须拿出证据,表明有哪一个法庭判过我这种刑,而我就会去向所有的法院提出申诉。然而烙了法国的印记……噢!烙了这样的印记,我就真的成了受过烙刑的女人了。"费尔顿着实没法再忍受下去了。

他脸色苍白,一动不动,这骇人听闻的故事听得他五内俱焚,这女人超凡脱俗的美艳又看得他心醉神迷,这个女人不顾廉耻地以色相来诱惑他,而她在他眼里却显得那么崇高圣洁,他终于屈膝跪倒在她的脚下,这就好比古罗马的皇帝把圣洁无辜的女教徒送进竞技场任凭淫乱的暴徒蹂躏之时,当年的基督徒却拜倒在这些殉教的圣女面前一样。代表着犯罪的烙印消失了,费尔顿悲愤难抑的眼中只有美艳,神圣而又纯洁。"对不起,对不起!"费尔顿高声说道,"噢!请原谅!"

米莱迪从他眼中读到:爱情,爱情!

"原谅什么?"她问道。

"原谅我加入了迫害您的队伍。"

米莱迪伸手给他。

"这么美丽,这么年轻!"费尔顿高声赞美道,并且连连亲吻这只手。

米莱迪落到他身上的目光,能让一个奴隶变成国王。

费尔顿是个清教徒,他放开这个女人的手,要去亲吻她的脚。

他已经不只是爱她,而是崇拜她了。

这阵激动过后,米莱迪似乎又恢复她从未丧失的冷静。费尔顿看到贞洁的轻纱又遮住这些爱的珍宝,而遮掩起来,是要激发他更加强烈的渴望。

"啊!我只有一个请求:请告诉我他的名字,这个真正的刽子手。他是真正的刽子手,而另一个刽子手只是帮凶。"

"怎么,我的兄弟!"米莱迪喊道,"难道您当真猜不出他的名字吗?非要我亲口说出您才肯相信是他吗?"

"怎么!"费尔顿说,"他!……又是他!……总是他!……怎么!那个真正的罪人……"

"真正的罪人,"米莱迪说,"就是那个蹂躏英国、迫害虔诚教徒、卑怯地糟蹋那些无辜女人的恶棍,他那反复无常、邪佞奸诈的癖性将使两个王国生灵涂炭,血流成河,他今天保护新教徒,明天又会出尔反尔……"

"白金汉!他是白金汉!"费尔顿激愤地喊道。

米莱迪羞愤地掩面,一副听见此名而难忍此羞辱的样子。

"白金汉啊,你居然对一个天使般的人儿下这样的毒手!"费尔顿喊道,"我的主啊!你为何没用雷电劈死他,反而让他这么权势显赫,受人尊敬,让他能凭他的权势把我们赶上绝路呢!"

"自弃者主必弃之。"米莱迪说。

"不过天网恢恢,主对恶人的惩罚是疏而不漏的!"费尔顿愈说愈激愤,"难道主是想在天国审判恶人之前,先让尘世间含冤受屈的人有报仇雪恨的机会吗?"

"在这世界上没有人不怕他,他权势大过天,谁敢不从,人人都因此而姑息他。"

"我!"费尔顿说,"我不怕他,也绝不姑息他!……"米莱迪感到心头狂喜不已。

"不过德·温特,我的保护人,我的父亲,"费尔顿问道,"跟所有这一切又有什么干系呢?"

"您听我说,费尔顿,"米莱迪说,"这世上不光有卑怯的恶人,也还有宽厚的好人。那时我有个未婚夫,我俩彼此非常相爱。他心地像您一样高洁,费尔顿,是个像您一样的男子汉。我到他那儿,把事情全告诉了他。他了解我的品性,对我的话从来都不会有半点儿怀疑。他是个门第显赫的贵族,地位并不在白金汉之下。听完我的话,他什么也没说,佩好剑,裹上披风就直奔白金汉府邸。"

"对,对,"费尔顿说,"我明白。其实对付这种男人不该用剑,该用匕首。""白金汉头天晚上启程去了西班牙,他是以大使的身份,前去为当时还是威尔士亲王的查理一世向西班牙公主求婚。我的未婚夫回来了。"

"'您听我说,'他对我说,'这家伙走了,因此他暂时逃脱了我的复仇。不过我们早就该结婚了,目前这事不能再耽搁了,您就放心吧,德·温特伯爵是绝不会让自己和妻子的名誉受到玷污的。'"

"德·温特伯爵!"费尔顿喊道。"对,"米莱迪说,"德·温特伯爵,现在您该全明白了吧?白金汉在西班牙待了一年多。在他回来的一周之前,德·温特伯爵猝然身亡,把全部家产都留给了我。他为什么会死得这么突然?这天主一定是知道的,不过我无法指控任何人……"

"哦!多么可怕的阴谋,太可怕了!"费尔顿喊道。

"德·温特伯爵临死前没来得及对他弟弟说什么话。这可怕的秘密眼看谁也没法参透,要直等到它像炸雷一般劈在那个罪人头上之时才能揭晓。您的保护人对他兄长和一个没有家产的姑娘结婚,始终耿耿于怀。我意识到在这样一个对没能继承到遗产大为失望的小叔子身上,是无法指望得到任何帮助的。起初,我由于惧怕白金汉的权势,因此决定移居到法国,在法国了此余生。不过我的财产都在英国,战乱一起,两国交往断绝,我的生计就没有着落了。故而我只好重回英国,六天以前我在朴次茅斯上了岸。"

"后来呢?"费尔顿问。

"后来,白金汉一定是知道了我回来的消息,他把这消息告诉对我早有成见的德·温特勋爵,对他说他的嫂子不是个好女人,是烙过印的女犯。既然我丈夫已没法再用他那圣洁高贵的声音来为我辩护,这个德·温特勋爵就完全相信了白金汉的话,再说他心里也巴不得事情真是这样。他派手下把我抓起来送到这儿,交给您来看守,以后的事情您都知道了。后天我就要被押解出境,流放他乡,后天我就要和那些十恶不赦的流放犯为伍了。哦!整个阴谋策划得多么巧妙,多么天衣无缝,从此以后我就要身败名裂了。您看到了吧,费尔顿,我是非死不可了。费尔顿,把那把刀给我吧!"

这一番话没完,她一副筋疲力尽、心力交瘁的样子,于是趁机软倒,跌进费尔顿的怀抱。顿时,年轻军官迷失了,陶醉了,爱情、激愤和未曾经历过的肉欲使他陷入无边的快感中,费尔顿紧紧地抱住他,忘乎所以。忘情地把她紧紧抱住。闻着她从嘴里吐出来的气息,他激动得浑身战栗,起伏不定的胸脯贴在他的胸前,更使他失魂落魄。

"不,不,"他说,"不,活下去,纯洁体面地活着,不要忘了您所受的羞辱,所以,为了复仇,活下去!"

米莱迪用手慢慢推开他的同时,却用眼神在引诱他。费尔顿紧紧抱住她,如同祈求女神那般求她不要离去。

"噢!宁愿死,宁愿死!"米莱迪说道,她合上眼皮,声音也变得朦胧,"宁愿死,也不受辱!费尔顿,我的兄弟,我的朋友,求求您成全我!"

"不行,"费尔顿嚷道,"不行,您要活下去,您要活下去,报仇雪恨!"

"费尔顿,我总给周围的人带来不幸!费尔顿,您就不要管我了!费尔顿,让我结束生命吧!"

"那好,我们就一起死吧。"费尔顿高声说道,同时亲吻女囚的嘴唇。

有人连连敲了几下门,这一次,米莱迪就真的把他推开了。

"您听,"她说道,"有人听见了我们的谈话,叫人来了!这回完了,我们全交代了!"

"没事儿,"费尔顿说道,"是站岗的士兵,他只是通知我巡逻队来了。"

"那您快点儿跑过去,自己打开门。"

费尔顿听从了。这个女人已经成为他的整个思想,整个灵魂了。

他打开房门,同一名率领巡逻队的军士打了个照面。

"怎么回事儿?有什么情况?"年轻的中尉问道。

"您吩咐过,我若是听见呼救就打开,"站岗的士兵说道,"可是,您忘记把钥匙留给我。刚才听见您叫喊,我不明白您在说什么,就要开门,房门却从里面插上了,于是我就叫来军士。"

费尔顿一时惊慌失措,几乎要疯了,愣在那儿连一句话也说不出来。

米莱迪当即明白,要由她来控制局面,她立即跑到桌前,操起费尔顿放在桌上的刀子。

"您有什么权利阻止我去死!"她嚷道。

"上帝啊!"费尔顿看见她手上亮闪闪的刀子,便嚷了一句。

这时,走廊里响起一阵讥讽的大笑。

温特爵士被喧闹声吸引来,他身穿睡袍,腋下夹着一把剑,已经站立到门口了。

"哈，哈！"温特爵士笑道，"现在演到悲剧的最后一幕了。您瞧见了吧，费尔顿，这出戏正像我事先指出的，一场一场演下来。不过您就放心，不会见到血的。"

米莱迪心下当即明白，她若是没这个勇气向费尔顿证明她求死的决心，那她就完了。

"您错了，大人，会见到血的，但愿这鲜血溅到让它流出来的那些人身上！"

费尔顿大叫一声，扑上前去，可是太迟了，米莱迪一刀刺下去了。

不过，刀子碰巧，应当说灵巧地刺到胸衣的铁撑上，滑落时割破衣裙，斜刺进肌肉和肋骨之间。要知道，在那个时代，胸衣铁撑好似护胸甲，能保护妇女的胸部。

刹那间，鲜血还是染红了米莱迪的衣裙。

米莱迪仰面倒下去，仿佛昏过去了。

费尔顿一把夺过刀子。

"您瞧，大人，"他脸色阴沉地说道，"由我看管的一个女人自杀了。"

"放心吧，费尔顿，"温特爵士说道，"她死不了，魔鬼不会这么容易就死了，您就放心吧，去我的房间等我。"

"可是，大人……"

"去吧，我命令您。"

费尔顿听了上司这声命令，便服从了。不过，他走出屋时，将刀子塞进了胸前的衣服里。

温特爵士仅仅叫来侍候米莱迪的那个女人，等她来了，就把一直昏迷的女囚交给她，留下她单独陪伴女囚。

然而，他尽管怀疑，还是想有可能伤重了，为防备万一，他当即派人去请医生。

第五十八章 越狱

正如温特爵士所预料的,米莱迪的伤一点儿也不严重,所以,当男爵刚离开,屋中只有派给她的那个女人,想赶紧给她换衣服的时候,她便把眼睛睁开了。

然而,她还是要装出体力不支、浑身难受的样子,对于精通表演的米莱迪来讲,这根本就是小菜一碟。所以,那个被派来的女人彻底被这女囚给骗住了,一整夜都在看护着她,虽然女囚一再说没有必要这样。

尽管这个女人在身旁,但一点儿也不妨碍米莱迪用脑子想事儿。

所有的疑问都没有了,费尔顿业已信服,费尔顿是她的了。这个年轻人对此坚信不疑了,就算是一个天使来当他面指控米莱迪,他也肯定认为他是魔鬼派来的使者。

想到此处,米莱迪脸上绽开笑容,只因从此往后,费尔顿成为她的唯一希望,唯一获救的工具。

不过,温特爵士对费尔顿可能起了疑心,现在费尔顿也有可能受人监视了。

约莫凌晨四点钟,医生赶到了。但是这期间,米莱迪自己刺的伤口已经封上,医生无法诊断刀子走的方向和刺进的深度,他只能根据伤者的脉搏断定,伤势并不严重。

天亮之后,米莱迪谎称自己昨天晚上失眠了,这会儿想静静地躺着,便把那个一直看守她的女人支走了。米莱迪心中盼望着在吃早餐的时候费尔顿能够到这儿来,然而他没有来。莫非真发生了她担心的事?勋爵已经开始怀疑费尔顿了,这最后关头他会不会打退堂鼓呢?只剩下一天时间了,德·温特勋爵说过她最晚23日就要上船,而今天已经是22日了。不过,她仍旧耐着性子一直等到正午。尽管早餐她一口也没吃,午餐还是照常送来了。这时米莱迪察觉到看守她的士兵穿的制服不一样了,心里不由得害怕。她大着胆子问了一声费尔顿在哪儿。人家回答她说,费尔顿一小时前骑马出去了。她又问勋爵是不是仍在城堡里,那士兵回答说是的,并且他关照过,如果女犯人要求跟他说话,立刻就去向他报告。米莱迪说她现在浑身乏力,唯一的要求就是独自待一会儿。那士兵退了出去,午餐留在屋里。费尔顿不在城堡,士兵又全都换掉了,如此看来费尔顿是被怀疑了。这对米莱迪是狠命的一击。

屋里只有她一人,她索性站起身来。原先她出于谨慎一直躺在床上,好让人家相信她伤得很重,这会儿她只觉得这张床犹如炽热的火盆在烤她。她往门口瞥了一眼:勋爵派人在门上钉了一块木板,把那个小窗洞封死了。显然他是怕她又施什么毒计,从这个窗洞去诱惑看守。

米莱迪得意地笑了起来。这一来,她反而可以尽情宣泄自己的情绪,而不会让人看见了。她像一个发狂的疯子,或者说像一头关在铁笼子里的母老虎,怒气冲天地在屋里到处乱走。毫无疑问,如果手中有刀,那把费尔顿送来的刀,她肯定会一把抓起来去杀死勋爵,而不是像她说给费尔顿听得什么自杀。

六点钟,德·温特勋爵进来了。他浑身披挂,全副武装。米莱迪向来以为他只是个乳臭未干的纨绔子弟,此时才发觉他原来还是个老谋深算的典狱长。他仿佛对一切情况都早有所料,并且早有防范,早有布置。

勋爵看看米莱迪那副神情,立即心下了然,明白她在想什么。"算了,"他说,"我看今天您别想杀得成我了。您没有凶器,而我又早有戒备。可怜的费尔顿已经让您引上了钩,他已经受到您的影响和腐蚀,不过我要挽救他,他不会再见到您了,你们就此一刀两断了。您把自己的衣服整理好,明天就启程。我原来把开船日期定在24日,不过后来还是觉得应该尽早走掉,以免夜长梦多。明天中午,白金汉签署的判决书就会送到我手里。上船以前,不管您跟谁只要敢说一句话,中士就会一枪打得您脑袋开花;上船以后,如果您没有得到船长允准擅自跟人说话,船长就会命令把您扔到海里去,这咱们可是有言在先。再见了,今天我就说到这儿。明天我再来跟您告别。"说完,他就出去了。

米莱迪故作轻蔑的微笑着,听着勋爵的恫吓,一副满不在乎的样子,但是心中已怒不可遏了。晚饭端来了,米莱迪觉得自己需要补充体力,因为她还不知道晚上会发生什么情况,此时的天气可不妙,天上乌云翻滚,远处的闪电预示着一场暴风雨即将来临。晚上十点钟,狂风大作,暴雨滂沱。米莱迪看到大自然也在分担她心头的骚乱,不禁感到几分安慰。滚雷在天空隆隆作响,宛似愤怒在她胸间翻腾咆哮。她觉得狂风吹乱她额前的头发,仿佛刮弯大树的枝丫,吹落上面的叶片。她像暴风雨一样呼啸怒吼,不过终究淹没在了大自然激越喧嚣的声音里,虽然这声音也似乎是绝望的悲音。

蓦然间她听见有人在敲玻璃窗,此刻亮起一道闪电,她瞥见窗上的铁条后面露出一张脸。她奔过去打开窗子。

"费尔顿!"她喊道,"我得救了!""是的,"费尔顿说,"不过现在别出声!锯断铁条得花点儿时间。当心别让他们从门上的窗洞里瞧见您。"

"噢!这是个明证,天主站在我们一边,费尔顿,"米莱迪又说道,"他们用一块木板将小窗口钉死了。"

"很好,天主让他们丧失理智了!"费尔顿说道。

"可是，要我做什么呢？"米莱迪问道。

"什么也不要做，什么也不要做，把窗户关上就行了。您先去躺下，或者，至少和衣躺在床上。我干完了就敲敲窗。可是，您能跟我走吗？"

"哦！能啊！"

"您的刀伤呢？"

"还感到疼痛，但是我还能走路。"

"那就做好准备，等我的头一个信号。"

米莱迪关好窗，吹灭油灯，按费尔顿的关照蜷身躺在床上。在暴风雨的哀号声中，听得见锯铁条的声音，而且每掠过一道闪电，她就能瞥见窗后费尔顿的身影。

她放慢呼吸，高度警惕，艰难地度过了一个小时，满头大汗，稍有响动传来，心中就不由自主地一阵阵抽搐，当真是战战兢兢、惊恐万分。这感觉，度日如年啊！一小时后，费尔顿在窗上敲了几下。米莱迪跳下床跑去打开窗。两根铁条锯断以后，窗口已能容得一个人进出。"您准备好了吗？"

"准备好了。我都要带什么东西？"

"如果有金币，您就带上。"

"有，我的金币，幸好他们没有拿走。"

"好极了，我租了一条船，钱全花了。"

"您接着。"米莱迪说着就把满满的一袋路易金币递给费尔顿。费尔顿接过钱袋，扔到墙脚下。

"现在，您可以过来吗？"他问道。

"这就来。"

米莱迪站在一张椅子上，把上半身探出窗口。低头一看，费尔顿凌空悬在一副绳梯上，下面就是悬崖峭壁。她不由自主地打了个冷战，这样流露的怯意，使他第一次想到她是个女人。凌空悬着的绳梯叫她感到害怕。"这情况我预料到了。"费尔顿说道。

"没关系,没关系,"米莱迪说道,"我下去时闭上眼睛。"

"您信得过我吗?"费尔顿问道。

"还用问吗?"

"您两只手合拢,交叉起来,就这样。"

费尔顿用一块手帕缠住她的手腕,再用一根绳子捆住。

"您这是干什么?"米莱迪惊讶地问道。

"您的胳膊就套在我的脖子上,一点儿也不用害怕。"

"可是,我会让您失去平衡,我们俩都要摔得粉身碎骨。"

"您就放心吧,我是海员。"

一秒钟也不能耽搁,米莱迪用胳膊搂住费尔顿的脖子,下半身就滑到窗外。

费尔顿开始缓慢地,一级一级顺着绳梯下去。尽管有两个身体的重量,他们在半空中还是被狂风吹得摇曳不定。

费尔顿猛然停下了。

"怎么啦?"米莱迪问道。

"别出声,"费尔顿说道,"我听见脚步声。"

"我们被人发现了!"

他们敛声屏息,过了片刻,费尔顿说道:"没什么事儿。"

"可是,那声音到底是怎么回事儿?"

"是巡逻队的声音,要经过这条巡逻路。"

"巡逻路在哪儿?"

"就在我们下方。"

"他们会发现我们。"

"不会,只要不打闪电。"

"他们碰到绳梯的下端。"

"下端幸好离地面有六尺高。"

"他们来了,我的上帝!"

"别出声。"两人停在二十尺高的半空,屏住呼吸,一动也不敢动。这工夫,巡逻队士兵说说笑笑,从他们下方走过去。

对这两个逃跑者来说,这一刻真是惊心动魄。

巡逻队走过去,脚步声越来越远,他们说笑的声音,也越来越微弱了。

"现在,"费尔顿说,"你自由了,而我们,得救了。"

米莱迪长长地呼气,身心同时放松下来,眼前一黑,晕了过来。

费尔顿继续往下爬。到了绳梯下半截,他觉得往下无处可以踏脚了,就用双手抓紧绳梯往下挪。最后,挪到了最后一级,他靠着腕力任凭身子悬空吊着,碰到了地面。他把米莱迪放在地上,弯腰拾起那袋金币,用嘴叼住。

接着他抱起米莱迪,沿着与巡逻队相反的方向急急走去。很快他就离开了这条巡逻小道,穿过怪石嶙峋的坡地,往下来到海边,吹响一声口哨。

应答他的是一声同样的暗号,五分钟后,一只小船就出现在他的视野中,上面有四个水手划着桨。

小船尽力想往岸边靠近,不过由于水太浅,它无法驶近;费尔顿下到齐腰深的海水,抱着米莱迪跨上那只小船,始终不要旁人来帮他托一把这珍贵的重负。

幸而,暴风雨已经过去了。不过海面上还是浪涛翻涌,小船好似一枚核桃壳颠簸在浪涛上。

"划到单桅帆船那儿去,"费尔顿说,"快划。"四个人开始划桨,但是海浪太大,桨叶划在波浪上借不了多大力。

不过,城堡还是越来越远了,这是最主要的。夜色黑沉,在小船上,几乎看不清海岸了,那么在海岸上,就更分辨不出小船了。

海上一个黑点在摇动。

那便是单桅帆船。

四名桨手全力划桨，小船驶向单桅帆船。费尔顿则趁这工夫，给米莱迪解开捆手腕的绳子和手帕。

费尔顿给她解开双手之后，又捧了点儿海水，洒在她脸上。

米莱迪长出了一口气，睁开双眼。

"我这是在哪儿？"她问道。

"得救了。"年轻的军官答道。

"唔！得救啦！得救啦！"米莱迪叫起来，"对，这是天空，这是大海！现在我呼吸的是自由的空气。啊！……谢谢，费尔顿，谢谢！"

年轻人将她搂在胸口。

"可是，我这双手怎么啦？"米莱迪问道，"手腕子就好像给大虎钳夹碎了。"

米莱迪抬起两只手臂，手腕果然勒破了。

"唉！"费尔顿注视着这双美丽的手，叹息一声，并且轻轻摇了摇头。

"哎！没关系，没关系！"米莱迪高声说道，"现在，我想起来了！"

米莱迪用眼睛四下寻找。

"在这儿呢。"费尔顿说着，用脚推了推装金币的钱袋。

离单桅帆船渐渐近了。值班水手招呼小船，小船上的人应声回答。

"那是什么船？"米莱迪问道。

"是我给您租的。"

"要把我送往哪里？"

"送往您要去的地方，只要让我到朴次茅斯下船就行了。"

"您到朴次茅斯去做什么？"米莱迪问道。

"执行温特爵士的命令。"费尔顿凄然一笑，答道。

"执行什么命令？"米莱迪又问道。

"难道您还不明白吗?"费尔顿说道。

"不明白,请您解释一下。"

"他不信任我了,于是就要亲自看押您,派我代替他去见白金汉,请求签署流放您的命令。"

"可是,他若真不信任您,怎么还会把这份命令交给您去办呢?"

"他怎么能够知道,我了解送交的是什么呢?"

"此话有理。那么,您要去朴次茅斯?"

"时间紧迫,不能耽误了。明天23日,明天白金汉就要率舰队出发。"

"明天出发,开往哪里?"

"开往拉罗谢尔。"

"不能让他出发!"米莱迪嚷道,忘记了她遇事一贯的冷静。

"放心吧,"费尔顿回答,"他走不了。"

米莱迪一阵欣喜,身子不禁直颤抖,她洞悉了年轻人的心灵,里面明明白白地写着:白金汉必死。

"费尔顿……"米莱迪说道,"比得上犹大·马加比,您真伟大!如果您死了,我也跟您一道死去,我就只对您这样讲了。"

"别出声!"费尔顿说道,"我们到了。"

小船靠拢了单桅帆船。

费尔顿率先登上舷梯,伸手来拉米莱迪,那几个水手也在下面托着她,此刻海面仍在波浪起伏,小船一直摇摇晃晃的。

很快,他们都登上了甲板。

"船长,"费尔顿说,"这位夫人就是我要托付给您的客人,请您务必保证安然无恙地将她送到法国。"

"有一千皮斯托尔就行。"船长说。

"我给过您五百皮斯托尔了。"

"没错。"船长说。

"这儿还有五百皮斯托尔。"米莱迪把手放在钱袋上说。

"不,"船长说,"我跟这位年轻先生有言在先,我可是说话算数的;要等船到了布洛涅,其余这五百皮斯托尔才能归我。"

"咱们到得了那儿吗?"

"包您一路平安到那儿,"船长说,"否则我就不叫杰克·巴特勒。"

"那好,"米莱迪说,"假如您说到做到,我给您的就不是五百皮斯托尔,而是一千皮斯托尔。"

"那可真是托您的福啰,美丽的夫人,"船长喊道,"但愿天主常常给我送些像夫人您这样的主顾来!"

"现在,"费尔顿说,"您先把船开到奇切斯特,驶进朴次茅斯前面的那个小海湾。您知道,这事咱俩是说定了的。"

船长答应一声,便吩咐水手起锚开船。次日早晨七点钟,小船已经驶进那个小海湾下了锚。

在这段航程中,费尔顿把事情的经过都告诉了米莱迪:他怎样没去伦敦,而去租了这艘小船,怎样回来,怎样在攀墙而上时往石缝里固定了好些能踩脚的铁钩,爬到窗口又怎样放下绳梯,以后的事情米莱迪就都知道了。

米莱迪想要再给费尔顿鼓鼓劲,让他再接再厉别松劲。不过刚说了几句,就看出这个狂热的年轻人已经不用别人再打气,倒是要让他情绪悄悄平静些才好。

而后,说定米莱迪在这儿等费尔顿,等到十点钟为止。到时候他还没回来的话,她就先走。

到那时,如果费尔顿没出事,他就到法国,上贝蒂纳的加尔默罗会女修道院去找她。

第五十九章　在朴次茅斯发生的事情

费尔顿亲了一下米莱迪的手，便和她告别了，那镇定自若的举止、一如往常的神情就似要去散步的弟弟向姐姐告别一样。他整个人看起来就像平时那般镇静，只是眼睛中有一种异样的光芒闪烁着，那或许是他狂躁内心的反光吧。他的前额今天更加苍白，牙关紧咬，断断续续地说了几句简短的话，他内心该有多么挣扎啊。他回到驶向岸边的小船上，一直侧着脸遥望着米莱迪。站在甲板上的米莱迪一直目送着他远去。他俩都明白没有必要担心被人追上：在九点钟之前士兵从来都不进米莱迪的囚房，从城堡赶到伦敦最少也要三个小时。

费尔顿上了岸，爬上通往崖顶的斜坡，最后一次向米莱迪挥手作别，然后向城里走去。走了百来步，地势渐渐往下倾斜，他只能望见那艘单桅帆船的桅杆了。他随即朝朴次茅斯的方向跑去，市区在他眼前大约半英里开外，塔楼和屋宇在晨雾中隐约可见。朴次茅斯后面的海面上，舰船舳舻相继，林立的桅杆随风摇曳，就像一片被朔风吹尽了树叶的杨树林。费尔顿一边匆匆赶路，一边在脑子里列数白金汉的罪状，对这位詹姆斯一世和查理一世的宠臣的真真伪伪的非议和谴责，平日里就不难听到，而十年苦行生活的沉思，长年累月与清教徒的接触，更加深了他对这个佞臣的憎恨。

费尔顿将这个权臣早已公开的罪行，那些臭名昭著的，或者不妨说在欧洲尽人皆知的罪行，与他对米莱迪犯下的未曾公开、不为人知的罪行相比，觉得白金汉既是独夫民贼，又是邪佞之徒，而尤以公众不知其底细的后一种身份罪不容诛。费尔顿对米莱迪的爱情是那么奇特，那么新鲜，那么炽烈，因此在他眼里，德·温特夫人对白金汉的那些厚颜无耻、无中生有的造谣中伤都成了不堪之词，这就好比用放大镜看比蚂蚁还小的微粒细末也会变成模样吓人的庞然大物。

步履匆匆，更刺激得他热血沸腾。而又想起他暂时离开的他心爱的，或者说像崇拜圣女那样崇拜的这个女人，即将面临的一场惊心动魄的复仇，以及他目前的激情，眼下的疲劳，所有这一切又都在他心里激起种种超越于七情六欲之上的感情，使他处于一种极度亢奋的状态。

早晨八点钟左右他进入了朴次茅斯。城里的居民都已起床，街头港口到处鼓声咚咚，随舰出征的队伍向着海边走去。费尔顿风尘仆仆、满脸是汗地来到海军元帅府。平日里那么苍白的脸，那时因为涨热和愤怒而变得通红。门口的岗哨想拦住他，不过他找到卫队长，掏出随身携带的那封信说道："这是德·温特勋爵的紧急公文。"一般人都知道德·温特勋爵是公爵大人的亲信，因此卫队长听见他说这个名字，又打量他身上穿着海军军官制服，就吩咐放他进去。

费尔顿三步并作两步进了府邸。就在他走进前厅的时候，另外有个人也刚进去。只见那人困顿不堪，直喘粗气，那匹一路骑来的驿马刚赶到府邸就双膝一软倒在了门口。费尔顿和此人同时开口向公爵的心腹男仆帕特里克说话。费尔顿说出了德·温特勋爵的名字，陌生人却不肯说出自己是谁派来的，坚持要面见公爵才能说明身份。两人都争着要先进去。

帕特里克知道德·温特勋爵不仅在为公爵办事，而且与公爵私交甚深，因此就让他派来的人先进去。另外那人只得再等，脸色难看之极。帕特里克领着费尔顿穿过一间大厅，由德·苏比兹亲王率领的拉罗谢尔代表团正在那儿等候召见。接着费尔顿被带进一间书房,此刻,白金汉刚沐浴打扮完毕,公爵向来非常讲究打扮,这一回也不例外。

"费尔顿中尉求见,"帕特里克通报,"他是德·温特勋爵派来的。"

"德·温特勋爵派来的!"白金汉说,"让他进来。"费尔顿进来的时候,白金汉正把一件绣金的富丽堂皇的便袍随手往长靠背椅上一扔,想穿一件绣珍珠的蓝丝绒紧身上衣。

"为什么勋爵没亲自来啊?"白金汉问道,"今儿上午我在等着他。"

"他让我对大人说,"费尔顿说,"对此,勋爵深表歉意,由于他要亲自看守城堡,因此他实在无法分身。"

"对,对,"白金汉说,"这事儿我知道,他有个女犯人在那儿。"

"我来此有几句话要和大人说,而且正是关于这个女犯的。"费尔顿说。

"那好,说吧。"

"此话只能您一个人听到,大人。"

"您退下吧,帕特里克,"白金汉说,"但是就在附近等我,别走太远。我过会儿有事,很快就会拉铃叫您的。"

帕特里克退了出去。

"现在,这里只有我们俩了,先生,"白金汉说,"请说吧。"

"大人,"费尔顿说,"德·温特勋爵曾给您写过一封信,请您签署一份命令将一个名叫夏洛特·贝克森的年轻女人乘船押解出境。"

"对,先生,我要他带来或送来这份押解命令,然后我将签字,使命令生效。"

"我带来了,大人。"

"给我吧。"公爵说。

说着,他从费尔顿手里接过那张纸,很快地看了一眼。看到这的确就是勋爵对他说过的那份命令,就把它搁在写字台上,拿起一支羽毛笔准备签字。

"抱歉,大人,"费尔顿止住公爵说,"您是否知道那个女人的真名,她的真名并非夏洛特·贝克森?"

"对呀,先生,我知道那不是她真名。"公爵一边回答一边去蘸墨水。

"那么,请问大人可知她的真名是什么吗?"费尔顿语气生硬地问道。

"知道。"

公爵正要落笔。

"既然知道她的真名,"费尔顿说,"大人您还要签署这份命令吗?"

"那当然,"白金汉说,"有两份我也照签。"

"我简直不能相信,"费尔顿接着往下说,声音变得断断续续的,并且愈来愈急促,"大人已经知道她是德·温特夫人……"

"我当然知道,我奇怪的是您怎么也知道!""既然您知道,您还要签署这份命令,难道您不感到内疚吗?"

"嘿,先生,您可知道,"公爵说,"您问我的尽是些怪问题,我一一回答有多蠢吗?"

"请您回答,大人,"费尔顿说,"情况也许比您想的要严重得多。"

白金汉心想这个年轻人既然是德·温特勋爵派来的,那么他可能是以勋爵的名义在这么说话,想到这儿他语气就缓和了下来。

"我丝毫不感到内疚,"他说,"勋爵和我一样清楚地知道米莱迪·德·温特是个十恶不赦的女人,判她流放已经算是对她网开一面了。"

公爵的笔尖已经碰到纸面。

"这份命令您不能签,大人!"费尔顿向公爵跨上一步说。

"这份命令我不能签?"白金汉说,"这是为什么?"

"因为您得自我反省,公正对待米莱迪。"

"把她送到泰伯恩就是公正对待她呀,"白金汉说,"米莱迪是个卑鄙无耻的女人。"

"大人,米莱迪并非卑鄙无耻的女人,而是位天使,这您是清楚的,所以,我要求您,恢复她的自由。"

"嘿,"白金汉说,"您这么对我说话,难道是疯了?"

"大人,请您原谅!我只能这么对您说话。我在克制自己。大人,请您想想您这是要干什么,别把事情真的做绝了!""我怎么愈听愈糊涂了?……天主可怜我!"白金汉大声说道,"我觉着你是在威胁我呢!"

"不,大人,我这是在求您,您听我说:一个盛满水的缸,只消再加一滴水就会溢出来,一个作恶多端而被姑息的人,只消再犯一点儿小错就会遭到惩罚。"

"费尔顿先生,"白金汉说,"请您立刻离开这里,出去!告诉他们,我下令立即逮捕您!"

"您还是听我把话说完,大人。您从前引诱了这个姑娘,您凌辱了她,糟蹋了她。弥补您对她犯下的罪愆,放她出去吧,除此之外我对您别无所求。"

"别无所求?"白金汉惊讶地望着费尔顿,一字一顿地说着这四个字。

"大人,"费尔顿愈说愈激动,"大人,您得当心,整个英国都对您的荒淫无耻感到厌恶了。大人,您滥用了几乎被您篡夺的王权。大人,您已经弄得天怒人怨。天主暂时还没有惩罚您,而我,今天就要惩罚您。"

"噢！这太过分了。"白金汉一边喊道，一边向门口跨了一步。

费尔顿挡住他的去路。

"我谦卑地请求您，"他说，"请您签署一份命令释放德·温特夫人。您想想，这是一个被您弄得身败名裂的无辜女人哪。"

"出去，立刻出去，先生，"白金汉说，"否则我将叫人在逮捕你后给你戴上镣铐子。"

"您休想叫人，"费尔顿一边说，一边站到公爵与一张独脚圆桌上的镶银摇铃中间，"您得当心，大人，您已经落在天主的手里了。"

"您是想说魔鬼的手里吧。"白金汉提高嗓门嚷道，心想最好能不直接叫人，而让门外的人听见。

"大人，请签署释放德·温特夫人的命令。"费尔顿把一张纸推到公爵面前说。

"你敢强迫我！你是在开玩笑吧？嘿，帕特里克！"

"快写，大人！"

"不写。"

"不写？"

"来人哪！"公爵喊道，同时赶紧纵身去拔剑。

不过费尔顿不容他有时间拔剑出鞘，他事先就把米莱迪自伤的那把小刀揣在了紧身上衣里。此刻他掏出刀子，朝公爵扑上去。

正在此刻，帕特里克走进厅里喊道："大人，法国有信来！"

"法国有信来？"白金汉大声说道，他心中动了一下，猜想是何人来信，完全忘却了眼前。

费尔顿趁机一刀刺去，刀子刺进肋部，一直没到刀柄。

"啊！你这叛徒！"白金汉喊道，"你竟敢行刺我……"

"抓刺客呀！"帕特里克拼命喊道。

费尔顿扫视了一下周遭情形，准备看清形势后即刻逃走。他看见门口没人，就猛地蹿进隔壁的大厅，刚才我们说过，拉罗谢尔的代表们正在那儿等候召见。他一路狂奔穿过大厅冲到楼梯口。不过刚跨下一级，迎面碰上了德·温特勋爵，勋爵见他脸色惨白，神色慌乱，手上、脸上都有鲜血，就扑上去抱住他，大声喊道："我就知道是你，我就知道会出什么事，果然不出所料，不过还是来晚了一步！哦！我真该死！"

费尔顿并不反抗。德·温特勋爵把他交给了卫兵，吩咐他们把他先押到一个面朝大海的小平台上等候处置，接着急忙冲进白金汉的书房。

费尔顿在前厅里碰到的那个人，听见公爵和帕特里克的喊声，也急忙奔进书房。

他看见公爵躺在一张睡榻上，一只痉挛的手紧紧按在伤口上。

"拉波尔特，"公爵用奄奄一息的声音说，"拉波尔特，是她派您来的？""是的，大人。"奥地利安娜忠心耿耿的仆人回答说。

"别说话，拉波尔特！人家听得到您说话的。帕特里克，别让任何人进来。哦！我没法知道她给我写些什么了！天哪，我要死了！"

说完，公爵晕了过去。

这时候，德·温特勋爵、拉罗谢尔的代表、出征部队的将领、司令部的军官全都涌进书房来了。四处都是绝望的哭号声。这个让公爵府载满哀怨的消息，立刻就向四处传开，很快全城上下就都知道了。

一声炮响宣告方才发生了一件意料不到的大事。

德·温特勋爵揪着自己的头发。

"迟了一步！"他喊道，"迟了一步！哦！天哪，天哪，真是造孽啊！"

原来，早晨七点钟手下来报告他说，城堡的一个窗户外面悬着一副绳梯。他立刻跑到米莱迪的囚房，一看房间里空无一人，窗上的铁条已锯断两根，立刻想起达德尼昂派仆人捎来的口信，顿时替公爵担心得发抖，一口气跑到马厩，随手牵过一匹马，来不及备鞍就跃上马背一路飞驰赶到公爵府，在院子里跳下马，冲上楼梯，在楼梯口迎面遇见费尔顿，这一节在上面已有交代。

不过公爵并没死，他又苏醒过来，睁开眼睛，众人心里又萌生了希望。

"各位，"他说，"请让我跟帕特里克和拉波尔特单独待一会儿。噢！是您啊，德·温特！您一大早给我派了个古怪的疯子来，您瞧瞧他把我弄成了什么样子！"

"哦！大人！"勋爵大声说道，"这都是我的错，我无法宽恕自己，永远不能！"

"那您就错了，亲爱的德·温特，"白金汉伸手给他说，"我还没见过一个男人是值得另一个男人终身怀念的。行了，请让我们待着吧。"

悔恨交加的勋爵流着泪，抽噎着退出房间。

书房里只留下受伤的公爵、拉波尔特和帕特里克。

已经派人去请医生了，不过一时还找不到他。

"您会活下去的。大人，您会活下去的……"奥地利安娜的信使跪在公爵的睡榻跟前，一再这么说着。

"她给我写了些什么？"白金汉还在流血，不过他为了知道自己心爱的人的情况，强忍住剧烈的伤痛，声音微弱地说道，"她给我写了些什么？把信念给我听。"

"哦！大人！"拉波尔特说。

"听我命令，拉波尔特。您看见了，我还有时间可以耽搁吗？"拉波尔特拆开封蜡，把信纸摊在公爵跟前。然而，白金汉竭尽全力去看，却无论如何也看不清字。

"快念,"他说,"快念,我看不见了。快念呀!再耽搁下去,我可能就听不见了,而我死了,连她写的什么我也就不知道了。"

拉波尔特再也顾不得繁文缛节,出声念道:

公爵:

我们相识以来,您给我带来过不少痛苦,我也为您承受过许多痛苦,现在我以所有这些痛苦的名义恳求您,倘若您还能关心我的安宁的话,就请中止您针对法国的大规模备战活动,让一场战争消弭于无形之中吧。这场战争,人们在公开场合声称宗教是挑明的起因,私底下却议论您对我的爱情是未挑明的起因。这场战争不仅会使法国和英国蒙受巨大的灾难,而且也会给您带来让我感到痛苦的不幸。

请多多保重,您的生命正在受到威胁,而一旦我不用再把您看作敌人,您的生命在我就是弥足珍贵的。

您亲爱的安娜

白金汉强撑起仅剩的一点儿精力,听着拉波尔特念信。信念完后,他似乎在其中领略到了一种苦涩的失望。

"口信呢,就没有要您带口信给我吗,拉波尔特?"他问道。

"有的,大人。王后得到有人要刺杀您的消息,让我关照您千万小心防范。""就这些,就这些吗?"白金汉焦急地问。

"她还要我告诉您她永远爱您。"

"噢!"白金汉说,"谢天谢地!那么,只要她爱我,我的死对她而言就并非毫无意义!……"

拉波尔特泪如雨下。

"帕特里克,"公爵说,"把装钻石坠饰的匣子拿给我。"

帕特里克把一只银匣拿来,拉波尔特认得这匣子原来是王后的。

"还有那个白缎香袋,上面用珍珠绣着她名字的首字母。"

帕特里克把香袋也拿来了。

"噢,拉波尔特,"白金汉说,"这只银匣和这两封信是我仅有的她的信物。您把它们还给王后陛下。作为最后的纪念……(他看看周围,想找一件珍贵的物件)您再放上……"他还在找,不过因为临死前视力已经十分模糊,他只看到了费尔顿掉在地上的那把染红了的小刀,还在冒着血气。

"您再放上这把刀。"公爵捏着拉波尔特的手说。

他还能把香袋放进银匣里,接着松手让刀子也掉了进去,不过他示意拉波尔特他已经不能说话了。随后就是一阵临终的痉挛,此刻他已经没有力气挣扎,整个身子从睡榻滑到了地板上。

帕特里克大叫一声。

白金汉还想最后笑一笑,不过死神扼住了他的思想,把它刻在了他的额头上,仿佛最后的爱情之吻。

这时候,公爵的医生神情慌张地赶到了。原来他早已上了旗舰,人家只好从舰上把他又找了回来。

他走近公爵,拿起他的手,静静地握了一会儿,然后把它放回去。

"毫无办法,"他说,"他死了。"

"死了,死了!"帕特里克嚷道。

听到这叫声,人群纷纷拥了进来,大厅里一片惊慌和骚乱。

德·温特勋爵一见白金汉咽气,拔脚就去找费尔顿,他此时仍由士兵们看押在府中的平台上。

"你这浑蛋!"勋爵对他喊道,白金汉死了以后,这个年轻军官又恢复了冷静镇定的态度,并且似乎永远都会如此似的,"你这浑蛋!你干了什么呀?"

"我为自己报了仇。"他说。

"你!"勋爵说,"你被那该死的女人利用了,你应该知道这一点。但是听好了,她的作恶就此而终,再不会有作恶的机会了。"

"我不明白您在说什么,"费尔顿平静地说,"我也不知道您是在说谁,阁下。我杀了白金汉先生,是由于他两次拒绝您提升我当上尉。我惩罚了他的不公正,如此而已。"

德·温特目瞪口呆地望着费尔顿,士兵们正捆绑他,如此麻木不仁的家伙,勋爵完全束手无策。

不过有一个情况还是给费尔顿明净的额头抹上了一层疑云。这个天真的清教徒起先每听到一点儿声响,就会以为那是米莱迪的脚步声和说话声,觉得是她赶来投入他的怀抱跟他生死与共。不过蓦然间他打了个哆嗦,目光凝住在海面的一个黑点上。而他站着的这个平台俯瞰着整个大海,因而视野特别开阔。

凭着鹰眼似的水手的目力,他认出了在旁人眼里仿佛只是一只逐浪低飞的海鸥的黑点,其实是一艘驶向法国海岸的单桅帆船。

他顿时脸色大变,惨白如雪,他抬手捂住心口,那里,在隐隐作痛,他已经明白了,自己被那个女人骗了。

"最后求您一件事,阁下!"他对勋爵说。

"什么事?"勋爵问道。

"请告诉我现在几点了?"勋爵掏出表看了看。

"九点差十分钟。"他说。

米莱迪的出发时间比预定的提前了一个半小时,炮声一响,她就知道大功告成了,报丧的炮声就是出发的信号,她立即吩咐船长起锚,开船!

现在帆船航行在远离海岸的天际。

"这是天主的意思。"费尔顿以虔诚信徒听天由命的口吻说道,不过他的目光却没法离开那条小船,可能还自以为能在这条船上看见那个女人的白色身影,为了她,他将要牺牲的是自己的生命啊。"

德·温特顺着他的目光望去,又看到了他痛苦的表情,立刻就猜到了他心中所想。

"你先独自受罚吧,浑蛋,"德·温特勋爵对费尔顿说,此刻士兵们正把费尔顿拉下去,他不做抵抗,不过仍频频回过头去望着大海,"我起誓,以我挚爱的兄长的名誉,你那个同谋犯,她绝对逃不脱惩罚的。"

费尔顿默默地垂下脑袋。

德·温特匆匆走下楼梯,往港口而去。

第六十章　在法国

白金汉遇刺身亡一事被英国国王查理一世获知后,他最担心的是这一噩耗会造成拉罗谢尔人的军心动摇。据黎舍留在他的《回忆录》中记载,查理一世曾想不要立即发丧,多拖延些时间,与此同时将整个王国的港口都进行封锁,严加防范在白金汉集结的部队出发前任何船只都不得驶离港口,白金汉一命归天,英国国王将担起督率大军出征的重任。

这道封港令得到了严格的执行,就连已经准备起程的丹麦特使与荷兰大使都羁留在英国不能离开,这位荷兰大使正奉命把英国国王归还给乌德勒支联邦的印度船队押送回弗利辛恩。

不过查理一世是在出事五小时后方才想到要下达封港令的,所以在午后两点钟时,已经有两艘船驶离了港口:其中一艘,我们知道米莱迪就在上面。她原先就猜到了是怎么回事,此时瞧见旗舰桅杆上飘着黑旗，心里更是雪亮。

至于另一艘船上载着什么人，又是怎样离港的，容我稍后再作交代。

拉罗谢尔的大营里倒是一切如常，只是向来百无聊赖的法国国王，此刻在军营不妨说更是觉得无聊得发腻，所以决定微服溜回圣日耳曼的行宫去过圣路易节，他要红衣主教给他配备一支仅由二十名火枪手组成的精悍卫队。红衣主教有时也被国王的百无聊赖弄得很心烦，因此身兼前军统帅的国王要离开大营对他来说是正中下怀。国王答应9月15日返回拉罗谢尔。

德·特雷维尔先生接到主教大人的通知，立刻着手打点自己的行装，而他因为知道（虽然并不知道其中原因）对那四位伙伴来说，回巴黎是他们的急切愿望，甚至不妨说是压倒一切的需要，所以不用说的，他指定了他们加入这支卫队。

一刻钟后，德·特雷维尔先生就将这个消息告诉了四个年轻人。这时，达德尼昂大为感激红衣主教，若非红衣主教让他加入火枪营，他就只能眼巴巴地看着伙伴们回巴黎，而自己独留此地了。

下文就要交代，他这么归心似箭地想回巴黎，原因乃是怕博纳修太太在贝蒂纳修道院与他的冤家对头米莱迪相遇会遭不测。因而，上面已经说过，阿拉密斯立刻写信给都尔的那位缝洗女工，要这位神通广大的小姐去请王后写一张手谕，让博纳修太太离开修道院，上洛林或比利时去躲一躲。不到十天工夫回音就来了，阿拉密斯收到这样一封信：

亲爱的表兄：

随信寄上家姐写的手谕，使咱们那位小丫头可以离开贝蒂纳修道院一阵儿，因为您觉得那儿的环境对她很不适宜。家姐很高兴能寄这手谕给您，因为她挺疼爱这个小丫头，到时候她还会再帮她的。

拥抱您。

阿葛拉埃·米松

随信寄来的手谕是这样写的:

贝蒂纳女修道院院长见此条后,宜速将日前受我托付及保护进院的初学修女交于来人,不得有误。

安娜
1628 年 8 月 10 日于卢浮宫

我们不难想象,阿拉密斯与这样一位称王后为姐姐的缝洗女工之间的表亲关系,会把这几位年轻人逗得多么乐不可支。有两三回,阿拉密斯听到波尔多斯粗俗的玩笑话,脸涨得通红通红,连眼白也红了。因此他请朋友们别再提这话头,声称如果谁再对他提起一个字,他就不让表妹再为这事做中间人了。

因此大家不再提米松的话头,好在他们想要的东西已经到手:那道把博纳修太太从贝蒂纳的加尔默罗会女修道院里弄出来的手谕。但是,当他们身处拉罗谢尔军营之际,这道手谕派不了什么用场,由于这个地方跟贝蒂纳差不多刚好在法国的两头。因此达德尼昂正打算向德·特雷维尔先生请假去一趟贝蒂纳,并把此行的重要性向他和盘托出。不想就在这个节骨眼上,消息传来说国王要由二十名火枪手护卫返回巴黎,并且他和那三位伙伴都已入选了卫队。

这一下真是大喜过望。四人打发仆从先带着行囊出发,他们自己随后在次日早晨起程。

红衣主教为国王陛下送行,一路从絮热尔送到莫泽,到了莫泽,陛下和他的这位首相依依惜别,显得分外友好。

国王想在 23 日回到巴黎，因此一路上催得很紧。不过他又丢不下狩猎的乐趣，沿途还是不时要停下来打喜鹊，当年他受德·吕依纳影响喜欢上了这种消遣活动，以后一直乐此不疲。

伴驾的二十名火枪手中间，有人欢喜有人愁，欢喜的有十六位，愁怨的有四位。达德尼昂更是急得耳朵里嗡嗡直响，对此波尔多斯解释说："有位很显贵的夫人告诉过我，这是有人在别处说起您的缘故。"

这支队伍总算在 23 日夜间穿过巴黎抵达了圣日耳曼的行宫。国王向德·特雷维尔先生表示了谢意，并允准他安排部下轮流放假四天，条件是休假期间不得在公众场合露面，要不然就要送进巴士底监狱。

不出所料，四位伙伴毫无疑问是首批休假者。而且，阿托斯承蒙德·特雷维尔先生通融，把 24 日下午五点钟开始的假期，填成 26 日早晨开始，多争取到两个晚上，再加上原来的四天，连头带尾就有了六天时间。

"哎，我说，"达德尼昂开口说道，我们知道他这人向来是信心十足的，"区区这么一桩小事，干吗如此兴师动众呢？我花两天工夫，大不了把两三匹马累得趴下起不来。这没关系，我有钱啊，就能赶到贝蒂纳了，我把王后的条子交给院长嬷嬷，就能找到我心爱的宝贝。然后我带着她，既不去洛林，也不去比利时，索性就到巴黎，趁主教先生还在拉罗谢尔的时候，让她躲在巴黎最保险。然后，等咱们打完仗回到巴黎，王后就能让我如愿以偿了，这一半托阿拉密斯表妹的福，一半托咱们立下的汗马功劳的福。因此你们留在这儿就行，用不着白白地去跑一趟。这么一桩小事，有我和布朗谢就足够了。"

听了这话，阿托斯镇静地对他说："我们身边也有钱。卖钻戒的钱，我们三个还都没吃喝光。因此，您如果觉得把一匹马跑得趴下无所谓，那咱们把四匹马跑得趴下照样也无所谓。不过您得好好想想,达德尼昂,"他说到这儿,声音显得很悲凉,达德尼昂听了不由得打了个冷战,"您别忘了有个女人就是约定在贝蒂纳跟红衣主教见面的,这个女人跑到哪儿,就会把灾难带到哪儿。如果您的对手是四个男人,达德尼昂,我会让您一个人去的。不过目前您的对手是这个女人,那咱们就得四个人一起去,谢天谢地,再把四个仆从也算上,咱们人数就够了!"

"不至于这么严重吧,阿托斯,"达德尼昂嚷道,"我的天哪,就是跑一趟而已,究竟有啥可担心的?"

"我什么都担心!"阿托斯答道。

达德尼昂仔细一看,发现另两位伙伴的脸色也是神情凝重,惴惴不安。接下来,大家闷头策马疾驰,谁也不再开口说话。

25日晚,他们一行来到阿拉斯城,打算歇在金耙客栈,达德尼昂刚踏进店堂想要喝上一杯,忽然瞥见从前面驿站的院子里有个人骑着新换的驿马出来,策马往巴黎的方向疾驰而去。虽说是8月天气,但这人身上仍裹着披风,穿过通往街上的大门时,恰好刮起一阵风,吹开了他的披风,还把他的帽子也吹了起来。他见帽子要飞走,急忙伸手紧紧按住。

达德尼昂一直盯住这人在看,此刻不由得脸色煞白,失手把酒杯掉在了地上。

"您怎么啦,先生?"布朗谢说,"哎!您几位快过来呀,我们东家犯病了!"

三个火枪手闻声跑过来,却见达德尼昂并没犯病,而是直往他的马奔去。三人在门口拦住了他。

"嘿,你这是去哪儿?"阿托斯问他。

"就是他!"达德尼昂嚷道,脸色惨白,额上汗涔涔的,"就是他!快让我去追他!"

"他?到底是谁呀?"阿托斯问。

"就是那个家伙!"

"哪个家伙？"

"就是那个该死的家伙，我的冤家对头，我每回碰上什么倒霉事情，总是看见他：我第一次遇见那个歹毒的女人，他陪在她身边；我碰痛阿托斯惹他发怒，为的就是去追他；博纳修太太被绑架的那天早上，我又见过他！他就是牟恩镇的那个家伙！我看清了，就是他！他的帽子吹起来的时候，我把他认出来了。"

"真见鬼！"阿托斯思虑重重地应声说。

"上马，伙计们，快上马。咱们一起去追，能追上他的。"

"老弟，"阿拉密斯说，"您倒是想想啊，方向相反不说，他新换的马，气力正盛，咱们的马都跑得疲惫不堪了，根本追不上的。就各行其道吧，咱们得去救您的女人。"

"喂！先生！"马厩里的一个伙计奔出来，在那陌生人后面大声喊道，"喂！先生，您帽子里有张纸掉下来了！喂！先生！喂！"

"小伙子，"达德尼昂说，"半个皮斯托尔换那张纸！"

"真的吗？先生，这可太谢谢了！纸片给您！"

马厩伙计拿着这笔意外之财，兴冲冲地回到客栈的院子，达德尼昂打开纸看了看。

"怎么样？"三个伙伴围在他身边问道。

"只有几个字！"达德尼昂说。

"对，"阿托斯说，"是个城镇或村庄的名字。"

"阿芒蒂埃尔，"波尔多斯念道，"阿芒蒂埃尔，这地方我不认得！"

"这是她的笔迹！"阿托斯嚷道。

"得，好好收藏这张纸，"达德尼昂说，"这半个皮斯托尔花得值。上马，朋友们，上马喽！"

四个伙伴纵身上马，打马飞奔，急促的马蹄声沿着去贝蒂纳的大路一路轰响。

第六十一章　贝蒂纳的加尔默罗会女修道院

　　天下作恶多端的人，命中常常会有逢凶化吉、逆境逃生的造化，除非到了那一日天主实在是看不下去了，这群奸佞之人的大限便到了，再也不能作威作福了。

　　米莱迪便是这样，在交战双方的巡逻舰之间她安然无恙地穿过后，便在布洛涅登岸了。

　　上次在朴次茅斯登岸，她说自己是遭受法国暴政驱逐的英国的拉罗谢尔人。这次经过两天颠簸于布洛涅上岸，她又谎称自己是法国人，由于英国人向来仇恨法国，经常骚扰她，她忍无可忍才由朴次茅斯回国。

　　其实米莱迪拥有着更加有效的通行证：她惊人的美貌、雍容的气度，以及出手的大方。船抵达布洛涅后，她凭着亲切的微笑和优雅的仪态，顺顺当当就过了海关，不仅一应过关手续全都免了，一个年老的港口督察还恭恭敬敬吻了她的手。然而，在布洛涅，她并未久留，只是匆匆去驿站发了下面这封信：

　　寄呈拉罗谢尔郊外大营黎舍留红衣主教大人。
　　白金汉公爵不会前往法国，敬请大人放心。

米莱迪
25 日晚于布洛涅

　　又及：遵照大人吩咐，我将前往贝蒂纳加尔默罗会女修道院，静候大人旨意。

米莱迪果然在当晚就上路了。不过很快就夜深了，她找了一家客栈歇宿。次日早晨五点钟，她又继续赶路，三小时后到达贝蒂纳。

她问清加尔默罗会女修道院的方向，很快就到了那儿。

院长嬷嬷亲自出迎，米莱迪给她看了红衣主教的信，院长吩咐给她安排房间、上早餐。

米莱迪的心目中，以往的岁月已经了无痕迹，她的目光凝视着未来，看见的只是红衣主教许过愿的锦绣前程，她为主教大人立下了不少汗马功劳，所幸的是那个血淋淋的事件并没使她的名字受到连累。不断变换着的激情吞噬了她，给她的生活抹上一层宛如云彩那般变幻不定的色彩，云彩在天际飘荡时，映现在云彩上的时而是蔚蓝的大海，时而是火红的霞光，时而又是黑沉沉的暴风雨，而它投向地面的只是劫难和死亡的阴影。

早餐过后，院长嬷嬷来拜访她。修道院平日里没有什么消遣，因而这位慈眉善目的院长嬷嬷急于结识一下新来的女客。

米莱迪想博得院长嬷嬷的好感，凭她手腕的高明，这本来也不是什么难事。因此她先就设法讨好对方，她的确显得挺可爱，谈锋之健，风度之雅，很快就赢得了院长嬷嬷的几分好感。

院长嬷嬷出身名门，特别爱听宫廷逸事，不过在此边陲小城的修道院内，这等事情自是难得听到了。

米莱迪厕身贵族社会已有五六年之久，对上层社交圈子里的趣闻逸事知道得很多。所以她先是绘声绘色地说起法国宫闱的掌故流俗，夹带说些国王的癖好，随即告诉了嬷嬷好些宫中的丑闻，其中的男男女女，都是院长嬷嬷久闻其名的公爵先生名媛。接着话锋一转，稍稍带到一下王后和白金汉的恋爱故事。总之，她滔滔不绝地说个不停，一心就是想引得对方也开口。

不过院长嬷嬷光是笑眯眯地听她说，一句话也不搭腔。但是米莱迪看得出对方听得有滋有味，因而她就继续往下讲。不过，这会儿的话题转到红衣主教身上了。

她一时判断不出，院长嬷嬷的政治倾向，到底她是国王党，还是主教党，她决定谨慎从事。不过院长嬷嬷采取了更为谨慎的保留态度，每次米莱迪提到主教大人的名字，她总是深深地鞠一个躬。

米莱迪想到自己以后待在修道院里大概不会有多少说话的机会，所以她决定冒险试探一下，好做到心中有数。她想看看这位好心嬷嬷的嘴巴到底有多紧，就开始讲起红衣主教跟德·艾吉雍夫人、玛丽雍·德·洛尔姆夫人以及其他一些风流女人的恋情，开始还讲得很隐晦，后来就愈讲愈露骨了。

听到这些，院长嬷嬷更加投入，神情愈加和善，笑意一直挂在脸上。

"好哇，"米莱迪暗自说道，"我的话挺合她胃口。如果她是亲主教的，起码不会听到这些绯闻，而面带笑容，显得如此着迷吧。"

然后她就讲到红衣主教迫害反对他的人的手段之辣。院长嬷嬷一个劲儿画十字，不置一句褒贬之词。

这就更叫米莱迪相信这位嬷嬷是亲国王而不是亲主教的了。她真真假假，添油加醋，说得更加眉飞色舞了。

"您说的这些事我都一无所知，"院长嬷嬷最后说，"但是，尽管我远离宫廷，身处尘世而不问世事，不过此地倒也有您讲的这种可怜的人儿。院里有一位寄宿的女客就身受其害，遭到过红衣主教的报复。"

"一位寄宿的女客，"米莱迪说，"哦！天哪！可怜的女人，我真同情她。"

"您说得一点儿不错，她真让人同情。她坐过牢，遭过劫持，受过虐待，真是什么苦都受过。然而话又说回来，"院长嬷嬷说，"红衣主教先生这么做说不定也自有他的道理，尽管她看上去像个天使，不过人不可貌相嘛。"

"好哇！"米莱迪暗自想道，"世事难料！或许这里就有我需要的线索呢。妙极了！"

于是，她越发乖巧起来，尽其所能地装扮出纯洁、天真烂漫的样子。

"唉！"她说，"这我懂，人心难测。可若是天主最完美的造物都难以令人相信，那就没有可相信的了。我呀，一旦一个人的脸相让我看着觉得喜欢，我就会信任这个人，即便一辈子都上这个当，我也改不了这脾性。"

"这么说，"院长嬷嬷说，"您相信这姑娘是无辜的啰？"

"红衣主教先生惩治的不仅仅是罪恶，"米莱迪说，"他对有些德行比对有些罪行惩处得更严厉。"

"抱歉，夫人，我想对您说，我感到有些惊奇了。"院长嬷嬷说。

"惊奇什么？"米莱迪故作天真地问。

"惊奇您说的话。"

"我的话有何惊奇之处？"米莱迪笑吟吟地问。

"您是红衣主教的朋友，既然是他把您送到这儿来的，然而……"

"然而我却说他的坏话。"米莱迪接口说出院长嬷嬷的想法。

"至少，我从您的口中没听到您说的话是对他的赞美。"

"这是因为，我并不是他的朋友，"米莱迪叹气道，"而是他的受害者。"

"但他在信上还向我推荐您来着……""这封信对我就是一张类似判我囚禁的判决书，他先把我囚禁在这儿，以后再让手下的爪牙来把我提走。"

"那您为何不逃走呢？"

"逃到哪儿去？莫非您以为这世上还有一个地方，是红衣主教的手伸不到的吗？倘若我是个男人，被逼到万不得已的时候或许还可以试一下。但一个女人，您又能要她怎么办呢？您这儿的那位年轻女客，她可曾想逃走过？"

"这倒没有。但是她情况不同，我想她是为了爱情才留在法国的。"

"哦，"米莱迪叹了口气说，"如果她还能爱，她就不能算是真正不幸的了。"

"这么说，"院长嬷嬷似乎兴趣愈来愈浓了，她望着米莱迪说，"我现在又来了一位受迫害的可怜人儿了？"

"唉！是这样。"米莱迪说。

院长嬷嬷对着米莱迪看了一会儿，神色变得有些不安，似乎脑子里突然冒出了一个新的念头。

"您不会反对我们神圣的教义吧？"她讷讷地说。

"您以为我是新教徒？"米莱迪大声说道，"哦！不，天主是听得到我们说话的，我请天主做证，我是个虔诚的天主教徒。"

"那么，夫人，"院长嬷嬷笑容可掬地说，"您尽管放心。您待在这儿，绝不会像待在一个叫您受苦的牢房里一样。我会尽力来让您珍爱这样的囚禁生活。而且，您可以在这儿见到那位想必由于卷进宫廷阴谋而遭受迫害的姑娘。她又可爱，又温存。"

"她叫什么名字？"

"她是一位地位很显赫的贵人推荐来的，用的是凯蒂这个名字。我没打听她还叫什么名字。"

"凯蒂！"米莱迪嚷道，"什么！您能肯定？……"

"肯定她叫这名字？那当然，夫人。您认识她？"米莱迪想到这姑娘可能就是她的侍女，禁不住暗暗笑了起来。一想到这个丫头，她就联想到一段让她肝火直冒的回忆，报复的欲望使她顿时变了脸色,不过她几乎立刻又露出了和蔼可亲的笑脸,这个女人的脸色善于千变万化,刚才变换脸色,只是刹那间的事。

"我已经觉得挺喜欢这位年轻夫人了,我什么时候能见到她呀?"米莱迪问道。

"今天晚上,"院长嬷嬷说,"白天也行。但是您对我说过,您赶了四天路,今天早晨又是五点钟就起身的,您需要好好休息一下。躺下睡吧,到吃午饭的时候我会来叫醒您的。"

米莱迪诡计多端的心眼里,因为面临一场新的冒险而思潮起伏、兴奋不已,因此她其实并没感到倦意,不过她仍然接受了院长嬷嬷的建议。这两个星期来,她一直处于极度亢奋的状态,虽然她结实的身子骨还撑得住,但是心灵毕竟需要休息了。

因此她和院长嬷嬷分手后,就躺在床上,美滋滋地想着一个又一个报复的念头,而每回都自然会想到凯蒂的名字。她回想起红衣主教对她许的愿,按他的承诺她只要把事情办成,就差不多可以想要怎样就可以怎样。如今她事情办成了,所以可以拿达德尼昂来报仇了。

只有一件事,让她感到不寒而栗,那就是回忆到她的丈夫德·拉费尔伯爵,她始终以为他已经死了,或者至少不在法国了,但结果发现达德尼昂最要好的朋友阿托斯,竟然就是他。

然而,既然他是达德尼昂的好朋友,他肯定也参与了王后挫败主教大人计划的整个阴谋。既然他是达德尼昂的朋友,他也就是红衣主教的敌人。因此她迟早还是能够把复仇的网罩在这个火枪手身上,置他于死地的。

复仇的希望就在眼前,她心中充满着甜蜜的复仇愿望进入了梦乡。

她是听到床脚跟前一声轻轻的呼唤才醒来的。她睁开眼睛,看见院长嬷嬷身边站着一个金黄头发、脸色娇艳的少妇,正凝神望着自己,目光中充满了善意的好奇心。

这个少妇不是凯蒂,因为她的面孔是完全陌生的。两人寒暄了几句,互相细细地端详着对方:她俩都长得非常美,不过两种美的气质是迥然不同的。米莱迪一眼看出自己的高雅仪态和贵族气派是对方远远无法企及的,禁不住莞尔一笑。确实,穿着初学修女服装的少妇自然在这方面比不过米莱迪。

院长嬷嬷为她们相互做了介绍。接着,由于小教堂里还有事等她去处理,她就向两人告辞了。

看到米莱迪尚未起来,初学修女接着也想离去,不过一心想探其底细的米莱迪定不会放她走,因此留住了她。

"怎么,夫人,"米莱迪说,"我才见到您,您就要走?说心里话,我还希望与您做伴呢,在这里,我没有什么可亲近的人。"

"我并非想走,夫人,"初学修女回答说,"但我担心自己来得不是时候:您在睡觉,您很疲倦。"

"噢,"米莱迪说,"一个人睡着了还能想要什么呢?无非是醒来时心情愉快。您正是这样叫醒我的。就让我再舒舒服服地躺一会儿吧。"

说着她拉住少妇的手,示意她坐在床边的一张扶手椅上。

初学修女坐下了。

"天哪!"她说,"我可真不走运!我到这儿六个月了,从来没有个伴儿,如今您来这儿,我可以有个好伴儿了,但又碰上我要走,或许哪天就要离开这修道院了!"

"怎么?"米莱迪说,"您很快要走了?"

"至少我在这么想。"初学修女说话时,脸上带着丝毫不想隐瞒的高兴的表情。

"听说您也吃过红衣主教的苦头,"米莱迪接着说,"凭这一点,咱俩就更该相互同情了。"

"这么说,我们的好嬷嬷真的没说错,您也是那个恶毒的红衣主教的受害者?"

"嘘!"米莱迪说,"即使在这儿,也别这样说他。我遭殃就是因为我在一个女伴面前说了类似的话,我以为她是我的朋友,但她却出卖了我。您呢,您也是被人出卖的牺牲品?"

"不,"初学修女说,"我是出于对一位我挚爱的女人的忠诚才做出这牺牲的,为了她我可以不惜献出自己的生命,将来也还是这样。"

"但她却抛弃了您,是吗?"

"我也曾经以为是这样,不过两三天前我得到了消息,证明我是错怪了她,哦,我真要感谢天主。如果真的相信她把我给忘了,我一定会很难过的。不过您,夫人,"初学修女接着往下说,"我看您是自由的,您只要愿意,是可以远走高飞的。"

"您让我去哪儿呢?我既没有朋友,也没有钱,这一带我人地生疏从来没来过……"

"哦!"初学修女大声说,"如果说朋友,您走到哪儿都会有的,您看上去这么善良,人又长得这么美!"

"但我孤身一人,形单影只,势孤力薄,终究难逃他们的魔掌。"米莱迪笑得更甜,露出天使般的表情。

"请听我说,"初学修女说,"有道是天无绝人之路。一个人做过的好事,总有一天会让天主想起眷顾你的,这不,尽管我地位卑微、无权无势,不过您遇到我或许还是您的运气。因为我打这儿出去以后,嗯,我就能找到几位很有能耐的朋友,他们在帮了我以后,也会来帮您的。"

"噢!我方才说我很孤单,"米莱迪说,她把话题往自己身上靠,想套出对方的话来,"这倒并非说我没有上层圈子的关系。不过这些人自己也对红衣主教怕得要命,就连王后也不敢站出来反对这位可怕的首相。我有确凿证据,知道王后陛下虽然心地善良,却也只能屈服于主教大人的淫威,抛弃了忠心耿耿为她效命的手下人。"

"请相信我的话,夫人,王后也许表面上抛弃了这些人,不过不能信以为真。这些人愈是受苦受难,王后愈是惦念他们,往往会有这样的情况,就是他们已经不怎么惦着她的时候,却会得到一些消息,证明她还没有忘记他们。"

"唉!"米莱迪说,"这我相信。王后的心地是那么高贵。"

"哦!听您的口气,您一定认识她,认识美丽而高贵的王后!"初学修女热情地大声说道。

"是这样的,"米莱迪只能招架说,"我还没有这份荣幸能认识王后陛下。可我跟她许多最亲密的朋友都很熟悉:我认识德·皮当热先生,在英国还认识了迪雅尔先生,我也认识德·特雷维尔先生。"

"德·特雷维尔先生!"初学修女嚷道,"您认识德·特雷维尔先生?""是的,我跟他认识,还挺熟的。"

"就是御前火枪营的统领?"

"就是御前火枪营的统领。"

"哦!您瞧啊,"初学修女大声说道,"咱们一下子就成了熟人,差不多也算是朋友了。您既然认识德·特雷维尔先生,应该也到他府上去过吧?"

"常去!"米莱迪说,她既已走上这条道,又瞧着随口扯谎竟然还挺管用,就计划索性走到头了。

"在他府上,您或许也见过他手下的火枪手?"

"他平时经常接待的那几位我都见过!"米莱迪答道,她开始对这场谈话真正产生了兴趣。

"把您认识的火枪手说几位给我听听,您会看到他们都是我的朋友。"

"嗯,"米莱迪有些尴尬地说,"我认识德·卢维尔先生,德·库尔蒂弗隆先生,德·费吕萨克先生。"

初学修女听她说完,接着问道:"您不认识一位叫阿托斯的绅士吗？"米莱迪的脸色立刻变白了，白得像她的被单一样，尽管她自制力极强，不过仍然禁不住尖叫一声，一把抓住对方的手，目不转睛地望着她。

"您怎么啦？哦！天哪！"初学修女说，"我说了什么话吗？使您受到了伤害？"

"没有。我是由于激动，我也认识阿托斯先生，恰好您也认识，真叫人吃惊。"

"噢！没错，我跟他挺熟！真的挺熟！不光是他，还有他的朋友：波尔多斯先生和阿拉密斯先生！"

"真的吗？这两位我也认识！"米莱迪大声说，心里却不由得凉了半截。

"好哇，您既然认识他们，那当然也知道他们都是豪爽侠义的好人啰。假如您需要帮助，为何不去找他们呢？"

"是这样的，"米莱迪吞吞吐吐地说，"我其实跟他们几位都不熟悉。只不过我常听他们的一位朋友说起他们，听得多了也就犹如认识他们了，这位达德尼昂先生老把他们挂在嘴上。""您认识达德尼昂先生！"初学修女嚷道，这回是她一把抓住米莱迪的手，目不转睛地望着她了。

接着，她注意到了米莱迪惊奇的眼神，就说道："对不起，夫人，您跟他认识，是什么关系？"

"朋友关系呀。"米莱迪有些发窘地回答道。

"您骗我，夫人，"初学修女说，"从您的眼神中我看得出：您是他的情妇。"

"您才是他的情妇。"米莱迪嚷道。

"我？"初学修女说。

"对，您。我想我认出您了，我知道，您一定是博纳修太太。"

少妇闻言，惊恐万分，不由自主地一个劲儿向后退缩着。

"哼！您甭想否认！快回答我。"米莱迪不肯放过她。

"嗯，是的，夫人！我爱他，"初学修女说道，"难道我俩是情敌吗？"米莱迪两颊绯红，神情怕人，换了别的时候，博纳修太太准会吓得逃走。不过现在她妒火中烧，什么也顾不得了。

"噢，请您告诉我，夫人，"博纳修太太凭着一股不知从何而来的勇气说道，"您当过他的情妇吗？此刻还是吗？"

"哦！没有！"米莱迪大声说道，她的语气简直叫人没法怀疑她的真诚，"根本没有这回事！"

"我相信您，"博纳修太太说，"但您方才干吗要那么情急地嚷嚷呢？"

"怎么，这您还不明白吗？"米莱迪说，她已经恢复了镇静，又变得善于应变而工于心计了。

"您让我怎么明白呢？我什么都不知道。"

"达德尼昂先生和我是好朋友，我们无话不谈，您现在明白了吗？"

"真的吗？"

"您还不明白吗？我对您了解得一清二楚，您怎么在圣日耳曼的小楼被人绑架，他和伙伴们怎么沮丧万分，马上设法找您而又茫无头绪，这一切我全知道！我们经常在一起讲起您，他用他的整个心灵在爱着您，即使连我在还没见过您一面的时候就已经喜欢您了，因此您想想看啊，刚才我那么出乎意外地当面见到您，如何不感到惊奇呢？啊！亲爱的贡斯当丝，我找到您了，我终于见到您了！"

说着米莱迪向博纳修太太伸开双臂，博纳修太太完全相信了她的话，这个片刻之前还被她视作情敌的女人，现在在她眼里成了一位忠实的挚友。

"噢！请原谅我！请原谅我！"她扑在米莱迪的肩膀上喊道，"我太爱他了！"

两个女人彼此拥抱在一起。幸好,米莱迪的力气没有她的仇恨大,否则博纳修太太就会在她热烈的拥抱中丧生。不过,当她发现自己的力气不足以扼死这个少妇时,只好放开了她。

"哦,我的美人!亲爱的宝贝!"米莱迪说,"我真高兴能见到您!让我好好瞧瞧。"她嘴里这么说着,眼睛也牢牢盯在对方的脸上,说道:"对,这真是您。啊!他给我说过您的模样,现在我都认出来了,我完全认出您来了。"

博纳修太太从她的脸上看到关怀与同情,她看不到的恶毒心思正隐藏其中,这个可怜的少妇是没法猜得到的。

"既然他告诉了您他怎么受着折磨,"博纳修太太说,"那您也就知道我受着怎样的折磨了。不过为他而受苦,这是一种幸福。"

米莱迪有口无心地应声说道:"对,这是幸福。"

而她脑子里却在想别的事情。

"再说,"博纳修太太接着往下说,"我受的苦也该到头了。明天,可能今天晚上,我就能见到他,到那时一切就都过去了。"

"今天晚上?明天?"她的话把米莱迪从冥想中惊醒过来,"什么?您的意思是说您将很快得到解脱见到他了?"

"我在等他本人。"

"他本人?达德尼昂,来这儿?"

"是的。"

"不过这不可能!他现在在拉罗谢尔,跟红衣主教在一起,那座城不攻克,他是不会回巴黎的。"

"您是这么想来着,不过对我的达德尼昂来说这不算什么,他那么高贵,那么忠诚!"

"哦!我真的没法相信您!"

"那好,您看吧!"可怜的少妇又得意,又兴奋,有些忘乎所以了,竟然把一封信拿给了米莱迪看。

"是德·谢芙勒兹夫人的字迹!"米莱迪暗自思忖道,"哼!我早就料到他们在那儿有内应了!"

她心急火燎地念起信来:

亲爱的孩子,请做好准备,咱们的朋友很快就要来看您了。出于安全的考虑,您不得不过了一阵幽禁的生活,这回他来就是要把您解救出去。所以您要做好动身的准备,我们是不会让您失望的。

咱们可爱的加斯科尼人最近又一次表现出了他的勇敢和忠诚,请转告他,有人对他的提醒非常感激。

"对,"米莱迪说,"对,信上写得很清楚。您知道他提醒什么了吗?"

"不知道。我猜想他也许是通知王后提防红衣主教的什么新阴谋吧。"

"对,大概是这么回事!"米莱迪说着把信递还给博纳修太太,然后低下头去思索起来。

正在这时,只听得传来一阵急促的马蹄声。

"哦!"博纳修太太冲到窗口嚷道,"来得这么快呀?"米莱迪这时仍待在床上,然而禁不住惊呆了。一下子碰到这么多意想不到的事情,她也第一回乱了方寸。

"他!他!"她喃喃地说,"真是他吗?"她眼睛发直,兀自坐在床上。

"唉,不是的!"博纳修太太说,"这个人我不认识,不过看样子似乎是上这儿来。对,他勒住马放慢了速度,他停在门口了,现在拉铃了。"

米莱迪跳下床来。

"您能肯定不是他?"她问。

"噢!肯定不是他!"

"或许您没认出他来。"

"哦,我只要瞧见他帽子的羽翎和披风的下摆,就能认出他来!"

米莱迪径自在穿衣服。

"您说这个人正往这儿来?"

"对,他进门来了。"

"既然他找的不是您,那么他找的就是我。"

"哦!天哪,您似乎挺激动!"

"是的,我承认我激动了,我不像您那么沉得住气,我害怕任何与红衣主教相关联的事情。"

"嘘!"博纳修太太说,"有人来了!"

果然门打开了,院长嬷嬷走了进来。

"您是从布洛涅来的吧?"她问米莱迪。

"是的,是我,"米莱迪竭力保持镇静,答道,"谁来找我?"

"有个男人不肯说出他的名字,只说是红衣主教派来的。"

"他要找我说话?"米莱迪问。

"他要找一位从布洛涅来的夫人说话。"

"那就请让他进来吧,嬷嬷。"

"哦!天哪!天哪!"博纳修太太说,"他会给您带来什么坏消息吗?"

"我也害怕会是这样。"

"我先走开,不过等那陌生人一走,要是您允许的话,我就再回来。"

"瞧您说的!请一定来。"

院长嬷嬷和博纳修太太退了出去。

米莱迪单独一人待在屋里,眼睛一动不动地盯着门口。片刻过后,楼梯上响起马刺的声音,接着脚步声愈来愈近,然后房门打开，一个男人站在门口。

米莱迪高兴地叫了一声，来人是德·罗什福尔伯爵，主教大人的心腹。

第六十二章 魔鬼的两个化身

"噢！"罗什福尔与米莱迪异口同声地喊道，"是您！"
"不错，是我。"
"您从哪里来的？"米莱迪问。
"拉罗谢尔，您是？"
"英国。"
"白金汉怎么样了？"
"没死也是重伤。我差不多要两手空空从英国离开了，还好那时，一个疯子把他刺杀了。"
"啊！"罗什福尔一脸怪笑说，"这还挺凑巧啊！主教大人一定很满意的！您禀报给他了吗？"
"在布洛涅的时候我发了封信给他。可是您为什么到这里来呢？"
"主教大人担心您，就派我来迎接您。"
"昨天我才到。"
"到了以后做了些什么事？"
"我可没浪费时间。"
"噢！这我当然知道。"
"您知道我在这儿遇见谁了？"

"不知道。"

"猜猜看。"

"叫我怎么猜呀?……"

"一个年轻女人,那个被王后从监狱中接走的年轻人。"

"是达德尼昂的情妇,那个臭小子的情妇。"

"对,那个博纳修太太,主教大人还不知道她躲起来了。"

"好哇,"罗什福尔说,"这就要好事成双了。红衣主教先生真是托天之福。"

"您想得到我面对面见到这女人,"米莱迪说,"心里有多吃惊吗?"

"她知道您是谁吗?"

"不知道。"

"那她肯定当您是个陌生人了?"

米莱迪笑了起来。

"我目前是她最好的朋友!"

"说真的,"罗什福尔说,"也只有您,亲爱的伯爵夫人,方能创造这样的奇迹。"

"我运气是好,骑士,"米莱迪说,"您可知道要出什么事了吗?"

"不知道。"

"今晚或明后天有人会来找她,来人将带着王后的手令接她走。"

"真的?是谁?"

"达德尼昂和他的朋友。"

"当真如此的话,就不得不请他们长住巴士底狱了。"

"干吗不早送去?"

"有什么办法呢!红衣主教非常看中他们,我实在不明白红衣主教为何如此看中他们。"

645

"真有这事？"

"是啊。"

"那好，您去告诉他，罗什福尔，告诉他，我跟他在红鸽棚客店的谈话全让这几个家伙给偷听去了；告诉他，他刚走，其中有个家伙就上楼抢走了他给我的特许证；告诉他，他们把我去英国的消息事先通知了德·温特勋爵，并且这回又如同上回坠饰的事一样，他们几乎弄得我功亏一篑；告诉他，这四个家伙当中，只有达德尼昂和阿托斯两个是值得忌惮的；告诉他，那第三个火枪手阿拉密斯是德·谢芙勒兹夫人的情夫，这家伙该让他活着，我们手里捏着他的秘密，他会对我们有用的。至于最后那个波尔多斯，是个自以为是的傻瓜，是个呆子，全然不用放在心上。"

"不过此刻他们应该仍在拉罗谢尔军营里。"

"我原先也以为是这样。不过博纳修太太收到德·谢芙勒兹夫人的一封信，冒冒失失地拿给我看了，我看了信才相信这四个家伙已经上路来接她了。"

"哎哟！那可怎么办？"

"我的事，红衣主教是怎么对您说的？"

"要我一有您的书信或口信，就火速赶回，他知道您的详情后，再通知您下一步怎么干。"

"那我得留在这儿？"米莱迪问。

"或者在这附近。"

"您不能带我一起走？"

"不能，命令很明确。在军营附近您会被人认出来，因此您得明白，您去那儿会连累主教大人的。""得，我就留在这儿或在附近等吧。"

"但是，您得事先让我知道您打算在哪儿等候红衣主教的消息，到时候我好去找您。"

"您听我说，我或许得离开此地。"

"为什么?"

"您忘了吗?我那几个对头可是说来就来的。"

"可也是。这么说,就只能眼看那个小女人逃出主教大人的手掌心了?"

"唔!"米莱迪露出一种她所特有的笑容说,"您忘了我是她最好的朋友吗?"

"啊!没错!那我就可以去报告主教大人说,对这个女人……"

"他可以放心了。"

"就这么一句话?"

"他会明白我的意思的。"

"他会猜得出的。目前我该干什么?"

"马上出发。我看您得尽快把这个消息带回去。"

"我的车刚到利莱就坏了。"

"太好了!"

"什么,太好了?"

"对,我正要用您的车。"

"那我怎么动身?"

"骑马出发。"

"骑马出发?一百八十里路呢,您说得太容易了吧。"

"那又怎么啦?"

"好吧。还有什么?"

"还有,您路过利莱时,吩咐仆人把马车赶过来,还得关照他听我差遣。"

"行。"

"您身上总该有红衣主教的手令吧?"

"我有便宜行事的手令。"

"您去拿给院长嬷嬷看,告诉她今天或是明天您会派人来提

647

我，我得跟着来人走。"

"好的！"

"别忘了，口气凶狠些，特别是提到我时。"

"这是干吗？"

"我是红衣主教的受害者呀。我必须把那个叫博纳修的臭女人引上钩，让她完全信赖我不可。"

"做得对。现在您帮我写份报告，把有关情况都写下来怎么样？"

"我不是把所有的情况都对您说了吗？您记性好得很，到时候把我告诉您的话复述一遍就行了，落笔反而不保险。"

"您说得有道理。但是，您得告诉我您的行程计划，免得我到处乱找，费时耗力，很不方便。"

"说得对，您等一下。"

"您要地图吗？"

"哦！这一带我熟极了。"

"您？您什么时候来过这儿啦？"

"我是在这儿长大的。"

"真的？"

"您瞧，在一个地方长大，到时候总能派上用场的。"

"那您究竟在哪儿等我？"

"让我想想。啊！有了，就在阿芒蒂埃尔。"

"阿芒蒂埃尔是个什么地方？"

"是百合河边上的一座小城！一过河，我就到外国了。"

"好极了！但是千万记住，若非情势凶险，否则决不要过河。"

"那当然。"

"万一碰到这种情况，我怎么知道您在哪儿呢？"

"您的那个仆人，暂时用不着吧？"

"是的。"

"这人很可靠?"

"没问题。"

"让他留下,跟着我。他是生面孔,无人认识,我把他留下接应您,他会带您去找到我的。"

"刚才您说的是在阿让蒂埃尔等我?"

"不,是阿芒蒂埃尔。"米莱迪回答说。

"请把这个地名写在纸上,免得我再忘了。只有这么个地名,不会惹什么麻烦的,对吗?"

"嗯,谁知道呢?好吧,"米莱迪说着裁下半张纸写上地名,"我这是在给自己招麻烦。"

"好,"罗什福尔从米莱迪手里接过那半张纸,折好以后塞在帽子里,"您尽管放心,就算这小纸条掉了,我也会像小孩那样一路念着这个地名的。现在没别的事了吧?"

"我想是的。"

"那就让我再复述一遍:白金汉遇刺身亡或受重伤;您与主教大人的谈话让那几个火枪手偷听了;有人通知德·温特勋爵,他事先知道了您去朴次茅斯;达德尼昂和阿托斯该下巴士底监狱;阿拉密斯是德·谢芙勒兹夫人的情夫;波尔多斯是个傻瓜;博纳修太太已有下落;尽快把马车给您送来;让我的仆人听您使唤;记住您是红衣主教的受害者,不要引起院长嬷嬷的疑心;阿芒蒂埃尔在百合河边上。是这些吗?"

"我亲爱的骑士,您的记性真是棒极了。现在还得加上一件事……"

"什么事?"

"我瞧见附近有片长得很繁茂的树林,看样子跟修道院的花园是相通的,您对院长嬷嬷说可以允许我到树林里去散散步。谁知道呢?说不定我到时候必须从后门出去。"

"您想得真周到。"

"您却忘了一件事……"

"哪件事?"

"钱,您应该问我手头缺不缺钱。"

"说得对,您要多少?"

"您有多少金币,我全要。"

"我大概有五百皮斯托尔。"

"我也有五百皮斯托尔。有了这一千皮斯托尔,不管出现什么事都能应付了。请把钱都拿出来吧。"

"全都给您。"

"非常好,亲爱的伯爵!您这就离开吗?"

"一小时后,就是吃点儿东西的时间,请让人帮我找匹驿马来。"

"好的!再见了,骑士!"

"再见,我的伯爵夫人!"

"请在主教大人面前帮我美言几句。"米莱迪说。

"也请您在撒旦面前帮我美言几句。"罗什福尔说道。

两人相视一笑,就各自离开了。

一小时后,罗什福尔骑着马飞驰而去,五小时后他就到了阿拉斯城。

后面的情节相信读者都已经知道了。达德尼昂认出了他,然后四个火枪手又有了新的担心,日夜兼程一路赶来。

第六十三章 一滴水

罗什福尔刚走,博纳修太太就来了。她发现米莱迪非常开心。

"如何,"少妇说,"您担心的事最终还是发生了。今天傍晚或者明天,红衣主教的人就会来把您带走了,是吗?"

"这是谁告诉您的,我的孩子?"米莱迪问道。

"是那名信使亲口对我说的。"

"来,坐到我身边来。"米莱迪说。

"好的。"

"等等,我得看看有没有人在偷听我们说话。"

"为什么要这般小心?"

"您立刻就会知道了。"

米莱迪站起来走到门口,打开门看了看走廊,然后关上门在博纳修太太身边坐下。

"说实话,"她说,"他装得还真像。"

"谁?"

"就是那个自称是红衣主教让他来见院长的人。"

"听您的意思,难道他不是?他是装出来的?"

"对,我的孩子。"

"这么说这个人不是……"

"这个人,"米莱迪压低嗓门说,"是我的哥哥。"

"您的哥哥!"博纳修太太失声嚷道。

"嗯，只有您一个人知道这个秘密，我的孩子。如果您一说出去，我就全完了，您可能也一样。"

"哦！天哪！"

"您听我说，是这么回事：我哥哥是来救我的，他本来打算在没别的办法的情况下干脆出手把我抢走，没料到正巧遇上红衣主教派人来找我，他就一路跟在那人后面。到了僻静的小道，他拔出剑勒令那人把身上的公函交出来。那人想抵抗，我哥哥就把他杀了。"

"哦！"博纳修太太浑身发抖地叫道。

"您想嘛，没别的办法。这时我哥哥就决定用智取而不再蛮干了：他拿好公函，自己冒充红衣主教的信使来这儿，再过一两个钟头，就会有一辆主教大人派来的马车把我接走。"

"我明白了。这辆马车是您哥哥派来的。""一点儿不错。不过还没完呢，您收到的那封信，您以为是谢芙勒兹夫人写的……"

"怎么？"

"是伪造的。"

"怎么会呢？"

"对，是伪造的。那是个圈套，目的就是让您信任来人，毫不防备地走出去，不加反抗地乖乖束手就擒。"

"不过，来接我的是达德尼昂呀。"

"您受骗了，他现在无法脱身，因为他和他的朋友都在拉罗谢尔前线作战呢。"

"您怎么知道得这么清楚？"

"我哥哥碰到几个穿火枪手制服的家伙，不过他们并不是火枪手而是红衣主教的人，他们就是假冒火枪手来诱捕您的，您会以为是朋友来接您，于是听从他们的招呼不防备地走出去，您准会以为是朋友来接您，他们就乘机把您劫持回巴黎。"

"哦!天哪!这么些乱七八糟的烦心事,弄得我头都发晕了。我觉着再这么下去,"博纳修太太把手按在额头上说,"我真要疯了!"

"等一下……"

"怎么啦?"

"我听见有马蹄声,是我哥哥要走了。我想再跟他最后告别一下,您来呀。"

米莱迪打开窗子,做手势让博纳修太太过去。那少妇走到窗前。

罗什福尔纵马驶过窗前。

"再见,哥哥。"米莱迪喊道。

骑马人抬头看见这两位少妇,一边继续疾驰,一边向米莱迪做了个表示友爱的手势。

"我的好乔治!"她一边关窗子一边说,脸上的表情既温柔又忧郁。

接着她回到原先的位置坐下,似乎心无旁骛地陷入了冥想。

"亲爱的夫人!"博纳修太太说,"请原谅我打扰您!可是,您能指点一下我现在该怎么办吗?天主啊!您见识比我广,请您说呀,我听着呢。"

"首先,"米莱迪说,"也许我的猜测是错误的,很可能达德尼昂他们正赶来救您呢。"

"哦!那样就太好了!"博纳修太太大声说道,"不过,我很害怕好运气不会落到我身上。"

"那您明白了吧,这完全就是个时间的问题,好比是赛跑,看谁能先跑到。假如是您的朋友跑得快,您就得救了;倘若是红衣主教的爪牙先到,您就完了。"

"哦!对呀,整个儿全完了!那我该怎么办,怎么办?"

"有个现成的办法,挺简单……"

"什么办法，快说呀？"

"就是等呀，先找个地方躲起来，看准来找您的到底是什么人。"

"躲哪儿呢？"

"噢！这不成问题。我此刻不走，也得在附近找个地方躲起来，等我哥哥来接我。嗯，我带上您，咱俩躲起来，一块儿等。"

"我几乎就是被囚禁在此，院里禁止我离开。"

"人家看到我是遵照红衣主教的命令给带走的，就想不到您会急于跟我一起走的。"

"然后呢？"

"然后，马车到了门口，您来跟我告别，登上踏脚板跟我最后一次拥抱。我哥哥派来接我的那个仆人，我会事先关照好的，他一旦对车夫做个手势，驿车就带着我们马不停蹄地上路了。"

"不过达德尼昂，假如达德尼昂来了呢？"

"我们难道还会不知道吗？"

"如何知道呢？"

"再容易不过了。我们打发我哥哥的仆人回贝蒂纳来，我已经跟您说了，这个仆人是完全可以信得过的。他化了装在修道院对面找个地方住下，如果来的是红衣主教手下的人，他待着不动；假如达德尼昂和他朋友来了，他就带他们去找我们。"

"他认得他们吗？"

"那还用说，他在我家里不是见过达德尼昂先生的嘛！"

"噢！对呀，对呀，您说得一点儿不错。这下子全都好了，一切都挺顺当。不过我们别走得太远了。"

"至少离这儿七八里路吧，比如说我们可以待在边境旁边，一看情况不妙就可以离开法国。"

"现在我们做什么？"

"等呗。"

"如果他们来了呢？"

"我哥哥的马车会赶在他们前面的。"

"如果马车来接您的时候，我刚好不在您身边，比如说在吃午饭或者吃晚饭呢？"

"您即刻去办一件事。"

"什么事？"

"去对好心的院长嬷嬷说，我俩想尽可能待在一块儿，请她允许让您和我一起吃饭。"

"她会答应吗？"

"这有什么不妥的呢？"

"噢！太好了，这样我们就可以一直不分开了！"

"嗯，您下楼去对她这么说吧！我现在头昏脑涨的，想到花园里去散散步。"

"您去吧，我上哪儿找您？"

"这儿，一小时以后。"

"这儿，一小时以后。噢！您真是好人，我谢谢您啦。"

"放心，我不会扔下您不管的。您长得美丽又可爱，您还是我好朋友的心上人哪！"

"亲爱的达德尼昂，噢！如果他知道了您对我的帮助，他会多么感激啊！"

"我也这么盼着呢。行啦！咱们全都说妥了，您下楼去吧。"

"您上花园去？"

"对。"

"那您顺着这过道往前走，接着沿小楼梯下去。"

"很好！谢谢。"

两个少妇相对粲然一笑，然后分手。

米莱迪说的是真话，她的确感到头昏脑涨，事情太紧急，她没时间来梳理思绪，各种念头挤成一团，乱糟糟的。她需要独自待一会儿,把思路理出个头绪来。她隐隐约约能想见将要发生的事情。不过她还是得有点儿时间静下心来,把所有那些杂乱的想法梳理一遍,归纳出一个条理分明的切实计划来。

现在最紧要的是劫持博纳修太太,将她带到一个安全的地方。接着,假若有必要就把她作为人质。米莱迪对这场殊死决斗的结局有些感到担心,因为她面对的将是同仇敌忾的对手,要说斗志的顽强,他们是决不会稍逊于她的。

她似乎感觉到暴风雨即将来临那样,感觉到这场你死我活的恶战正在临近,其结局肯定异常惨烈。

对她而言,最关键的一点,是抓住博纳修太太。博纳修太太就是达德尼昂的生命。不,这个他心爱的女人的生命,是比他自己的生命还要宝贵的。如果失利,这女人就是个讨价还价的筹码,凭这个筹码肯定能叫对方接受做出让步的条件。

并且这一点已经不成问题:博纳修太太毫无戒备,一定会跟着她走的。如果把她带到阿芒蒂埃尔藏起来,就很容易让她相信达德尼昂没有上贝蒂纳来了。而罗什福尔不出半个月就会回来。这半个月时间,正好可以让她考虑如何在那四个伙伴身上报仇雪耻。谢天谢地,她是不会感到闲得发慌的,因为她有一种对她这类性格的女人来说实在是其味无穷的消遣:琢磨一个尽善尽美的复仇方案。她一边转着这些念头,一边环顾四周,记住花园的地形。她仿佛一个精通韬略的将领,善于从总体上来预见战争的胜败,并随时根据战局的变化来确定进退的方略。

一小时后,她听见有人在轻声唤她,那是博纳修太太。好心的院长嬷嬷自然是有求必应,而立刻可以做到的,就是先让她俩在一块儿吃饭。

她俩走进院子时,听见一阵响声,有辆马车驶到修道院门前停下了。

"您听见了吗?"米莱迪说。

"听见了,是辆马车。"

"就是我哥哥派来接我的马车呀。"

"哦!天主啊!"

"哎,拿出点儿勇气来!"

修道院门口传来一阵拉铃声,米莱迪没有猜错。

"您上楼回房准备一下吧,"她对博纳修太太说,"您总会有些首饰要随身带走的吧。"

"我有他的几封信。"她说。

"那好,您拿好信就到我的房间,我们抓紧时间吃顿晚饭。可能还要赶夜路,得积聚点儿气力才行。"

"主啊!主啊!"博纳修太太把手按在胸前说,"我的心怦怦直跳,连气都透不过来,我走不动路了。"

"勇敢些,嘿,勇敢些!想想再过一刻钟您就得救了,想想您就要做的事情,您这是为了他而做的呀。"

"哦!对,我全是为了他。您的一句话,就使我又有了勇气。您先走吧,我会跟上来的。"

米莱迪赶紧上楼走进自己的房间,罗什福尔的仆人正等在里面,她立刻吩咐他要做哪些事。

她吩咐他等在修道院门前,如果碰上火枪手来了,就赶快驱车绕着修道院兜个圈子,在树林另一边的一个小村子里等候米莱迪。在这种情况下,米莱迪将徒步穿过花园前往那个村子,我们前面已经说过,米莱迪对这一带极其熟悉。

假如火枪手没来,就按原来的方案行事:让博纳修太太借口跟她告别登上马车,接着她就带着博纳修太太扬长而去。

这时博纳修太太进屋来了,为了消除她可能会有的疑虑,米莱迪当着她的面把后半部分指示再对那仆人说了一遍。

米莱迪问了问马车的情况:那是辆套了三匹辕马的马车,车夫是驿站派的,罗什福尔的仆人骑马在前面开路。

米莱迪居然怕博纳修太太会起疑心,她真是看错了人:可怜的少妇是那么纯洁,完全没去疑心另一个女人竟会这般阴险歹毒。再说她听见院长嬷嬷提到过德·温特伯爵夫人的名字,觉得这名字完全是陌生的,压根儿想不到这个女人居然会给自己的一生带来那么巨大而致命的不幸。

"您瞧,"米莱迪等那仆人出去以后说,"一切准备得妥妥帖帖。院长嬷嬷仍以为他是红衣主教派来接我的人,丝毫未看出破绽。这人现在再去最后安排一下。您身边带好东西,喝上一两口酒,咱们立刻就出发。"

"好,"博纳修太太魂不守舍地说道,"好,马上就出发。"

米莱迪做个手势让她坐在自己面前,给她斟了一小杯西班牙红葡萄酒,再撕了点儿鸡胸脯肉给她。

"您瞧,"她对博纳修太太说,"一切都挺顺当。天马上就要黑了,到天亮我们就已经到达隐居的地点,谁也猜不到我们在哪儿了。鼓起劲儿来,吃点儿东西吧。"

博纳修太太心不在焉地吃了几口鸡肉,端起酒杯湿了湿嘴唇。

"好啦,好啦,"米莱迪端起酒杯说,"看我的样子。"

她刚要把酒杯凑到嘴唇上,手却悬在那里定住了:原来她听到路上远远地传来一阵急促的马蹄声,并且愈来愈近。接着,差不多就在同时,她似乎又听见了马嘶声。

听见这声音,她的满腔欣喜顿时消失得无影无踪,好像在酣梦中突然被一声炸雷惊醒一般。她脸色煞白,匆匆奔到窗口。此刻博纳修太太正抖抖瑟瑟地站起身来,手扶住椅子不让自己倒下去。

这时还什么也看不见,只听得马蹄声愈逼愈近。

"哦!天哪,"博纳修太太说,"这是什么声音?"

"有人来了,或者是朋友,或者是敌人。"米莱迪的语气冷静得令人害怕,"等着别动,听我的信儿。"

博纳修太太僵立当地,犹如雕像,脸色苍白如雪。

声音愈来愈响,马队离这儿至多只有一百五十步距离了。此时还看不到人影,是因为大路上刚好有个弯道的缘故。虽然如此,声音却愈来愈清晰,甚至可以从嗒嗒的马蹄声中分辨得出总共有多少匹马。

米莱迪目不转睛地凝神望去。天色将黑未黑,她远远地还能看清迎面驰来的那队人。

突然,在大路的转角处骤然现出帽子饰带的闪光,羽翎也在迎风飘动。

她在心中默数着:两个,五个,总共是八个人。其中一人是达德尼昂,达德尼昂一马当先,跑在最前头。

米莱迪压低嗓门喊了一声。她认出了跑在头里的那人正是达德尼昂。

"哦!天哪!天哪!"博纳修太太喊道,"究竟是怎么回事?"

"他们穿的都是红衣主教卫士营的制服。咱们一点儿也不能耽搁了!"米莱迪大声说,"快逃。快逃!"

"对,对,快逃,"博纳修太太应声说,不过她吓坏了,浑身僵硬,一步也迈不开,只好呆呆地站在原地,丝毫也动弹不了,一副惊恐万分的样子。

此刻只听得那队骑马人从窗下疾驰而过。

"走呀!您倒是走呀!"米莱迪说着伸手去拉那少妇的胳臂,"咱们还能从花园往外逃,我有钥匙,不过我们得赶快,再过五分钟就来不及了。"

博纳修太太心里想要迈步前行,但是刚迈出两步,就跪倒在地,她只觉得膝盖绵绵的毫无力气。

米莱迪想抱她起来一起走,不过实在没有这力气。

正在这时,门前传来一阵车轮的辚辚声,准是那仆人瞧见火枪手来到就赶紧驱车跑了。然后又是三四声枪响。

"我问最后一遍,您究竟走不走?"米莱迪嚷道。

"哦!天哪!天哪!您也看见了,我确实走不动了,全身一点儿力气都没有了。您独自逃吧。"

"独自逃!把您留在这儿!不,不,不行。"米莱迪嚷道。

蓦地,她停了下来,眼中寒光一现。她纵身跑到桌子跟前,敏捷得出奇地打开戒指,把底座里的一样东西倒进博纳修太太的酒杯。

那是一粒红色的小丸,刹那间就溶化在酒里了。

随即,她心不发慌手不抖地端起酒杯说道:"喝吧,喝了这酒您就有力气了,喝吧。"

说着,她把酒杯凑到少妇的唇边,博纳修太太愣愣地喝了下去。

"哼!我这么报仇未免太便宜了她,"米莱迪脸上露出狞笑,把酒杯放回桌子,"不过,此刻也只能做到这份儿上了。"

她随即冲出屋去。

博纳修太太瞧着她往外逃去,没法跟她一起走。她好似在梦中逃跑却动不了一步的人似的。

几分钟过后,大门口传来一阵纷乱的喧闹声。博纳修太太一直盼着米莱迪会再次出现在自己面前,但是却没有。

有好几次,想必是惧怕的缘故,她那滚烫的额头沁出了阵阵冷汗。

她终于听见有人开了门,楼梯上响起靴子和马刺的声音。远远地听见有人在大声说话,开始听不真切,不过后来声音愈来愈近,她似乎听见有人说起她的名字。

蓦然间她欣喜地高叫一声,猛地向门口冲去,她听出了达德尼昂的声音。

"达德尼昂!达德尼昂!"她喊道,"是您吗?我在这儿,我在这儿。"

"贡斯当丝！贡斯当丝！"达德尼昂应声答道，"您在哪儿？我的天哪！"

与此同时，房门给打开，确切地说是给撞开了，好几个人冲进了屋里。此时，博纳修太太瘫倒在一张扶手椅里，已经动弹不得。

达德尼昂手里握着还在冒烟的手枪，这时他把枪一扔，跪倒在心上人的跟前，阿托斯把枪插进腰间，波尔多斯和阿拉密斯也把各自握在手里的长剑插进了剑鞘。

"哦！达德尼昂！我心爱的达德尼昂！你终于来了，你没骗我，你真的来了！"

"是的，是的，贡斯当丝！我们又在一起了！"

"哦！我一直期望你来，知道你会来，就算她怎么说你不会来，我不想逃走。哦！我真的做对了，我实在太高兴了！"

听见这声"她"，静静坐着的阿托斯猛地站起身来。

"她！哪个她？"达德尼昂问道。

"就是我的女伴，一个对我极好的女伴，她想救我出去，你们被她误以为是主教的卫士了，惊惶之下，她逃走了。"

"您的女伴，"达德尼昂大叫一声，脸色白得像他心上人的那块头巾，"您说的究竟是什么样的女伴？"

"刚才门口的那辆车就是她的，她还说她是您的朋友，达德尼昂，您对她是无话不说的。"

"她叫什么名字，叫什么名字？"达德尼昂大声说道，"天哪！您莫非不知道她叫什么名字？"

"知道，我听人家叫过她。等一下……真怪……哦！天哪！我头晕得厉害，看不见东西了。"

"你们快来，快来呀！她的手冰凉了，"达德尼昂嚷道，"她不行了。天哪！她不省人事了！"

波尔多斯立即扯着嗓门唤人来帮忙,阿拉密斯奔到桌前刚想拿杯水,突然停住了,因为他瞥见阿托斯站在桌前,头发倒竖,眼睛发直,脸色变得非常怕人,愣愣地瞅着一只玻璃杯,显出极其惊惧的样子。

"噢!"阿托斯说,"噢!不,这不可能!天主容不得这种伤天害理的事情。"

"水,水,"达德尼昂嚷道,"水!"

"噢,可怜的女人,可怜的女人!"阿托斯断断续续地低声自语。

达德尼昂一个劲地吻着博纳修太太,她再次睁开了眼睛。

"她醒过来了!"达德尼昂喊道,"噢!主啊,主啊!我感谢你!"

"夫人,"阿托斯说,"夫人,看在老天的分儿上,请您快说这杯酒是谁喝了的?"

"是我,先生……"博纳修太太气息奄奄地回答说。

"是谁给您倒的酒?"

"她。"

"这个她到底是谁?"

"哎!我记起来了,"博纳修太太说,"德·温特伯爵夫人……"四个伙伴不约而同地叫出声来,而阿托斯的叫声盖过了另外三个声音。

此刻博纳修太太的脸已经由青转灰,五脏六腑疼得很,气喘吁吁地倒在了波尔多斯和阿拉密斯的胳膊上。

达德尼昂紧紧抓住阿托斯的双手,这种焦急之情真是笔墨难以形容的。

"怎么!"他说,"你相信是……"话没说完,他已经泣不成声。

"我相信最坏的情况。"阿托斯说,他竭力克制自己,嘴唇都咬出血来了。

"达德尼昂,达德尼昂!"博纳修太太喊道,"你在哪儿?别离开我,你知道,我要死了。"

达德尼昂握住阿托斯的手一直抖个不停,此刻听见博纳修太太喊他,他松开手直奔到她身边。

她那张俊俏的脸蛋完全变了样,那双明亮的眼睛已经蒙上了一层雾霭,浑身痉挛,额头流着冷汗。

"看在老天分儿上,快去叫人呀。波尔多斯,阿拉密斯,快去叫人来救救她!"

"没用了,"阿托斯说,"没用了,只要是她使用的毒,是完全没有解药的。"

"对,对,叫人来救我,来救我!"博纳修太太喃喃地说,"来救我!"

接着,她凝聚起全身的力气,双手捧住达德尼昂的脸凝望片刻,似乎要在这道目光中注入自己的整个灵魂,然后,她声音哽咽地叫了一声,把自己的嘴唇紧紧地贴在达德尼昂的嘴唇上。

"贡斯当丝!贡斯当丝!"达德尼昂喊道。

一声叹息从博纳修太太口中呼出,轻轻拂过达德尼昂的嘴。这声叹息,正是重返天国的那个虔诚而可爱的灵魂。

这时,达德尼昂抱在怀里的只是具尸体了。

他惨叫一声,倒在情人的身边,脸色和她一样死白,手足也都变得冰凉。

波尔多斯潸然泪下,阿拉密斯攥紧拳头向天举起,阿托斯在胸前画着十字。

就在这时,门口出现了一个男子,他的脸色几乎跟屋里这些人一样惨白。他转眼望去,看到了死去的博纳修太太和昏厥过去的达德尼昂。

惨祸发生过后,在场的人常常会有一阵惊魂未定,这个人恰好在这时候到的。

"我没猜错,"他说,"这位果然是达德尼昂先生,你们三位是他的朋友阿托斯先生、波尔多斯先生和阿拉密斯先生。"

被他报出姓名来的这几位惊诧地望着这个陌生人,仿佛觉得他有些面熟。

"各位,"这人接着说道,"你们和我一样都在寻找一个女人的下落。"他惨笑一下往下说:"我猜她来过此处了,这里有人死了!"

三个伙伴都不作声,此人的声音听上去也有点儿耳熟,他们觉得以前似乎在哪儿见过他,不过片刻之间又想不起来。

"各位,"陌生人继续说道,"你们救过我两次了,不过显然你们已经想不起德·温特勋爵这个名字了,我是德·温特勋爵,那个女人的小叔子。"

三个伙伴同时惊叫起来。

阿托斯起身伸手给他。

"欢迎您,勋爵,"他说,"您是我们的人。"

"我是在她离开朴次茅斯五小时后从那儿动身的,"德·温特勋爵说,"我赶到布洛涅时比她晚了三小时,到圣奥梅时晚了二十分钟。最后,到了利莱我就找不见她的踪影了。我四处乱跑,逢人就打听她的下落,正在这时我瞧见你们骑马疾驰而过,我认出了达德尼昂先生,我大声唤你们,不过你们没听见。我想跟上你们,可是我的马已经累垮了,没法跑得跟你们一样快。但是看这情形,你们跑得再快也还是迟了一步!"

"您都瞧见了,"阿托斯说着,指给德·温特勋爵看躺在地上的那两人:博纳修太太已经死了,达德尼昂不省人事,波尔多斯和阿拉密斯正在设法把他救醒。

"他们俩都死了吗?"德·温特勋爵语气冷峻地问。

"幸好不是这样,"阿托斯答道,"达德尼昂先生仅仅是昏厥过去了。"

"哦！还好！"德·温特勋爵说。

达德尼昂此刻果然睁开了双眼。

他从波尔多斯和阿拉密斯的怀里挣脱出来，仿佛失去了理智似的扑到心上人身上。

阿托斯立起身，缓慢而庄重地走到朋友身边，深情地把他搂在怀里，达德尼昂失声痛哭起来。

"我的朋友，做个男子汉吧，"阿托斯说话的语气充满尊严，有着一种感人肺腑的感染力，"女人为死者哭泣，男子汉为死者报仇！"

"噢！是的，"达德尼昂说，"是的！只要是为她报仇，随便你到哪儿我都跟着你！"

阿托斯看见自己不幸的朋友由于有了复仇的希望又振作了起来，就趁这时候对波尔多斯和阿拉密斯做个手势，让他俩去把院长嬷嬷找来。

他们俩在过道里遇到了院长嬷嬷。修道院里骤然出了这样的事情，她完全乱了方寸，兀自在那儿发抖。她此刻也顾不得院规了，叫来几个修女跟她一起抛头露面去见这五个男人。

"院长，"阿托斯掖住达德尼昂说，"请您尽心安葬这个不幸的女人吧。她是天使，不管在人间还是天国，她都是天使，也将是天国的天使。请像对待您教会的姐妹那样安葬她吧，有一天我们会回来到她墓前祈祷的。"

达德尼昂把脸埋在阿托斯的胸前，伤心得泣不成声。"哭吧，"阿托斯说，"哭吧，让你的心痛快淋漓地大哭一场吧，为着它充盈着爱情、青春与生命大哭一场吧！唉！我真想也能像你一样哭一场！"说着他扶着达德尼昂往外走去，现在他的神情有如父亲那般慈爱，有如神父那般让人感到安慰，有如历经沧桑的男子汉那般令人肃然起敬。

他们五人朝着郊野已经在望的贝蒂纳城走去,仆从们牵着马跟在后面。

到了路边的第一家客店,他们就停了下来。

"那我们,"达德尼昂说,"就不去追那个女人了?"

"得等一等,"阿托斯说,"有些事我还得先安排一下。"

"她会从我们手里逃脱的,"达德尼昂说,"她会逃脱的,阿托斯,那可是你的过错哟。"

"我保证她逃不了。"阿托斯说。达德尼昂对阿托斯的话从不怀疑,然后他低头进了客店,一直沉默着。波尔多斯和阿拉密斯两人对望一眼,不明白阿托斯从哪儿来的这份自信。德·温特勋爵以为他这么说是想宽慰达德尼昂,减轻一些他的痛苦。

"现在,各位,"阿托斯问清客店里有五个空房间以后说道,"请各自进屋去吧。达德尼昂需要独自再好好哭一场,你们需要好好睡一下。一切由我负责,你们尽管放心。"

"但我觉得,"德·温特勋爵说,"如果要采取什么措施对付伯爵夫人的话,那应该是我的事:我是她的小叔子。"

"而我,"阿托斯说,"我是她的丈夫。"

达德尼昂笑了,因为他明白,阿托斯既然说出了这个秘密,就说明他已经有了十足的把握。波尔多斯和阿拉密斯对视了一下,脸色顿时就变了。德·温特勋爵心想,阿托斯肯定是疯了。

"各位请进自己的客房去吧,"阿托斯说,"这件事就交给我吧。你们应该都能理解,就凭我这当丈夫的资格,我与这件事息息相关。只不过,达德尼昂,那天从那个男人帽子里掉下了一张纸片,如果您还没把它扔掉的话,就请交给我吧,那上面写着一个村庄的名字……"

"噢!"达德尼昂说,"我知道了,那地名是她写的……"

"您看如何,"阿托斯说,"上帝就在天上!"

第六十四章 裹红披风的人

阿托斯被伤害至深，他的痛苦郁积而浓缩，所以本就聪明能干的他显得更加冷静机敏。

他头脑里只有一个想法，那就是将自己的诺言付诸实践，担起自己该承担的责任。他最后一个回到了自己的房间。他请客店老板给自己找来了一张本省地图，他俯下身子认真在地图上察看起来，他发现从贝蒂纳到阿芒蒂埃尔一共有四条不同的路。然后他叫来了四个仆从。

穆斯克通、布朗谢、格里莫和巴赞都来了，阿托斯向他们下达了明确的、有严格的时间限制的命令。

他们必须在次日黎明时分启程，分别从一条不同的路径前往阿芒蒂埃尔。在这四人中，布朗谢是最机灵的，所以他要沿着马车逃跑的那条路走。我们应该还记得，当初他们四个朋友曾朝一辆马车开枪，那辆马车上还有罗什福尔的仆人。

阿托斯派遣仆从去探路，首先是由于打从这四个仆从跟着他和那三位伙伴当仆从以来，他对他们各人的秉性和能耐早就都摸清了。

其次，仆从探信儿比主子较少引人猜疑，而更多博取别人的同情。

最后，米莱迪认识那几个主子，却不认识这几个仆从，但这几个仆从都认识米莱迪。

他们四人应当在第二天十一点在指定地点会合，如果已找到米莱迪的藏身之处，就留下三人就地监视，另一人返回贝蒂纳向阿托斯报告并为四位伙伴带路。

仔细分派完任务后，四个仆从先后出发了。

阿托斯从椅子上立起身来，佩好长剑，裹好披风走出客店。此刻是晚上十点钟。我们知道，在外省一到晚上十点，街上就空荡荡的，难得见到行人了。不过阿托斯显然是在找什么人想打听个事。他好不容易总算遇上了一个赶夜路的行人，就走上前去，对他说了几句什么话。那个人听后惊骇地倒退一步，一时说不出话来，只是伸手指了指方向，算作对火枪手的回答。阿托斯请那人带路，并以半个皮斯托尔为酬，那人拒绝了。

阿托斯疾步走进那人指点的街道，不过走到十字路口，他又停住脚步，显然又不知道该怎么走了。但是，因为十字路口总要比别处遇到行人的机会多些，他索性就站在那儿。果然，很快，就看见有个巡夜的过来。阿托斯把刚才遇到第一个行人时问的问题又重复了一遍，巡夜人脸上露出同样惊骇的神色，也不肯给阿托斯带路，只用手指了指他该走的那条路。

阿托斯沿他指的路往前走，来到了城区的一头。他开始和伙伴们进城时，走的恰好是城区的另一头。到了那儿，他似乎又有点儿踯躅，不知该怎么走，于是第三次停住了脚步。

好在有个乞丐过来，走近阿托斯身旁求他布施。阿托斯应允给他一枚埃居让他带路到目的地。乞丐踌躇片刻，不过看见那枚银币在黑暗中闪闪发亮，他横下心在阿托斯前头带路了。

到了一条街的转角，乞丐远远地给阿托斯指了指一座孤独简陋的小屋。阿托斯向小屋走去，而乞丐拿过银币撒腿就逃。

阿托斯先绕屋转了一圈，看清了漆成淡红色的屋子中间有扇门。没有一丝光线从外板窗的隙缝中泄出，也没有一点儿声音显示里面有人居住的迹象，整座小屋黑黢黢、静悄悄，活像座坟墓。

阿托斯连敲三下门但无人回应，不过第三下后，屋内传来了脚步声。门终于稍稍打开，露出一个高个儿的男人，脸色苍白，黑发黑须。阿托斯跟他低声交谈了几句，接着那个高个子对火枪手做个手势，让他进屋。阿托斯闪身进屋，房门立刻关上。阿托斯费了这么大的劲儿，大老远地赶来找的这个人，把阿托斯领进自己的实验室，他正在那里用铁丝把一具骷髅的骨头连接起来，骨头和骨头相碰会发出刺耳的响声。全身的骨骼都装配好了，只有颅骨还搁在一张桌子上。

房间里的陈设表明屋子的主人是研究博物类自然科学的：一只只装着蛇的玻璃罐上，分门别类贴着标签；钉在乌木大框子里的蜥蜴标本宛如翡翠那般闪闪发亮；最后，天花板上还钉着好几束清香宜人的野草，这些野草想必自有常人不识的效用，从天花板低低地垂到四周的屋角。然而，没有家人，没有仆人，这座小屋只住着这高个子一个人。

阿托斯神情漠然地冷眼瞅了一下我们方才描述的那些物件，顺着来找的这个人的手势，在他身旁坐了下来。然后阿托斯解释来访原委，以及他有事相求。不过阿托斯刚说出他的要求时，站在火枪手跟前的这个高个子，就惊骇地往后退，表示拒绝。然后阿托斯从衣袋里掏出一张纸，上面写着两行字，下面有签名，还盖着印，他把这张纸递给这位过早地表示了不愿效劳的高个子。高个子看完，鞠躬领命，准备随时效劳。阿托斯不再提更多的要求，他站起来欠一下身，就走出屋子，沿刚才来的路返回客店，把自己关在房间里。

拂晓时分，达德尼昂走进他的房间，询问下一步该如何行动。

"等着。"阿托斯答道。

过了片刻，女修道院院长派人来通知火枪手说，被米莱迪毒死的那位少妇的葬礼在中午举行。至于米莱迪，尚未找到她的下落。但是她肯定是从花园逃出去的,在花园的沙地上发现了她的足迹,并且花园门也关上了。钥匙却不见了。

到了中午时分,德·温特勋爵和四个伙伴前去女修道院。钟声齐鸣,小教堂大门敞开,祭坛前的铁栅门却关着。受害者的尸体身穿见习修女的服饰躺在祭台中央。祭坛两侧以及通往修道院的铁栅栏的后面,聚集着加尔默罗会的全体修女,她们在那儿静听司铎们诵念追思弥撒,并跟着他们一起唱圣歌,不过她们既看不见教堂里的俗人,也不会被这些俗人看见。

在小教堂门口,达德尼昂觉得自己的勇气又消失了,他回过身去找阿托斯,不过阿托斯不见了。

阿托斯时刻记着自己肩负复仇的使命,因此就先让人带路去了花园。到了那儿,只见沙地上有米莱迪走过的两行浅浅的脚印,而且一路上都伴有血迹,阿托斯循着脚印走到花园门口,让人打开朝向树林的花园门,走进了树林。

现在,他的猜度得到了证实:马车是绕过树林遁逃的。阿托斯眼睛盯着地面往前走去,一路上淡淡的血迹依稀可辨,看来,不是随车而行的那个男子受了伤,就是哪匹辕马挂了彩。大概往前走了四分之三里路,离费蒂贝尔还有五十步光景,忽见地上有一摊较大的血迹,而且附近的地面还有马蹄踩踏的痕迹。这个地点与树林中间,就在践踏过的路面稍往后去的地方,又可以看见一串尺寸挺小的脚印,跟花园里的脚印一模一样,马车在这里停过。

就在这里,米莱迪逃出树林登上马车的这个发现证实了阿托斯的全部推测,他信心倍增。回到客店,只见布朗谢正焦急地等着他。一切都不出阿托斯所料。

布朗谢循着那条路前行,像阿托斯一样注意到了血迹,也像阿托斯一样发现了马车停下的地点。但是他比阿托斯走得更远,因此在费蒂贝尔村的一家客栈里喝酒的时候,还没开口问,就听说了头天晚上八点钟,有个受伤的男人骑马陪着一位坐驿车旅行的夫人来过这儿,那男人实在没法再往前赶路,因此不得不停下来歇一歇。据他说,他们是在树林里遇上了拦路抢劫的强盗。那男人就留在了村子里,那位夫人换了驿马接着赶路。

布朗谢就去寻找那辆驿车的车夫,结果竟然找到了。那车夫把夫人送到了弗罗梅尔,随即她从弗罗梅尔去了阿芒蒂埃尔。因此布朗谢抄一条近路,在早晨七点钟赶到了阿芒蒂埃尔。

那地方只有一家客店,就是驿站客店。布朗谢以失业仆人找差事为借口走了进去。他跟店堂里的人聊了不到十分钟,就打听到了有个单身女人是夜里十一点到的,她要了个房间,把掌柜的叫去对他说,她要在附近另外找个地方住一阵。

布朗谢打听到这些消息也就够了。他跑到约定的会合地点,看到那三个仆从都在,就安排他们守住客店的每个出口,自己赶回来找阿托斯。待得那几位伙伴进屋来,阿托斯已经听完了布朗谢的报告。

几位伙伴一个个都绷着脸,神情黯然,就连素来和颜悦色的阿拉密斯此刻也变得愁眉不展。

"该怎么干?"达德尼昂问道。

"等着。"阿托斯答道。

各人分头回到自己屋里。

待至晚上八点钟,阿托斯吩咐备鞍,并让仆从去通知德·温特勋爵和三位伙伴准备出发。

大家马上行动,各自检查了随身携带的武器。阿托斯最后一个下楼,却见达德尼昂已经骑在马上等得不耐烦了。

"别急,"阿托斯说,"我们还要等一个人。"

马上四人惊讶地看看四下,他们想不起来还要等谁,因为大家都在。

此时,布朗谢牵来了阿托斯的坐骑,阿托斯轻捷地骑上

671

马鞍。

"在这儿等我，"他说，"我马上就回来。"说完，就骑着马离开了。

十五分钟后，阿托斯果然回来了，还带回一个罩着面罩、身穿一件红色长披风的人。

德·温特勋爵与那三名火枪手用目光相互询问，但显然他们都不知道来者是何人，所以都无法向别人提供什么情况。但是，既然这件事是阿托斯安排的，他们觉得就应该如此。

九点钟，在布朗谢的带领下，这支小小的骑队就奔驰在了那辆马车走的道路上。

这行人行色凄怆，六个骑马人都沉默地赶着路，各自陷入了沉思，神情沮丧有如万念俱灰，心绪黯淡宛若遭遇天罚。

第六十五章　审判

那天夜里山雨欲来，天空一片晦暗，只见乌云在天空中飞驰，不见一点儿星光，月亮要到午夜时分才会升起。

远处，时不时会有一道闪电划破夜空，把那条向前伸展的大路照得愈发苍白、空旷。闪电过后，天地又重归黑暗。

达德尼昂总是不由得抢到前面去，因此阿托斯要经常提醒他归队。但是没过一会儿，他就又离开了自己的位置，他的头脑里充斥着一个念头，那就是往前冲，于是就一个劲儿地向前走。

他们悄悄地穿过了费蒂贝尔村，那个受伤的仆人依然留在那里。然后他们绕过里什布尔的森林，到了埃尔里。这时带路的布朗谢又往左拐去。

有好几回,德·温特勋爵或是波尔多斯和阿拉密斯,都想跟裹红披风的人搭话。不过无论他们问什么问题,那人总是在马上欠一下身,不作回答。如此一来,大家明白了一定有某种原因使这位陌生人恪守沉默,因此也就不再跟他说话了。

这时候,暴风雨愈来愈临近了,迅捷的闪电此起彼伏,隆隆的雷声也已清晰可闻,狂风作为暴雨的前奏,呼啸着掠过旷野,吹得骑士们的羽翎都飘了起来。骑队加速奔驰。

刚出弗罗梅尔村不远,就下起了倾盆大雨。大家裹上了披风,尚有三里路要赶,这行人冒着暴风雨纵马前行。达德尼昂没有戴帽子,也没有裹上披风,他听任雨水从滚烫的额头流下,沿着发烧打战的身体往下淌,因为他觉得很舒服。

这支骑队驰过戈斯加尔村到达驿站的时候,只见黑暗中有个人从树干后面一个闪身,跑到路中央,伸出一个手指按在嘴唇上。阿托斯认出这是格里莫。

"有什么情况吗?"达德尼昂大声说道,"莫非是她离开阿芒蒂埃尔了?"格里莫点了点头。达德尼昂气得咬牙切齿地想要发作。

"别出声,达德尼昂!"阿托斯说,"由我指挥一切,所以该由我来问格里莫。"

"她到哪儿去了?"阿托斯向格里莫发问。

格里莫伸手往百合河的方向指了指。

"离这儿远吗?"阿托斯问。

格里莫朝主人举起半屈的食指。

"一个人?"阿托斯问。

格里莫点点头。

"各位,"阿托斯说,"她独自一人在河的那个方向,离此半里。"

"那好,"达德尼昂说,"头前带路,向那边进发,格里莫。"

前行五百步左右,只见有条溪流横在道上,大家就蹚水过去。趁着闪电的亮光,能够望见前面的埃坎黑姆村。

"就这儿?"达德尼昂问。格里莫摇了摇头。

"嚓声!"阿托斯说。这队人马继续往前行进。

又掠过一道闪电,格里莫举起胳膊往前指去,在火蛇般的幽蓝亮光中可以看见河边有座孤零零的小屋,大概就在渡口一百步开外。一扇窗户里透出亮光来。

"我们到了。"阿托斯说。

此刻,一个猫着身子躲在沟里的人直起身来。这人是穆斯克通,他指指透出亮光的窗户。

"她在里面。"他说。

"巴赞呢?"阿托斯问。

"我守窗,他守门。"

"好,"阿托斯说,"你们都是忠诚的仆人。"

阿托斯跳下马来,把缰绳交给格里莫,示意其他人转到门的那个方向去,自己向着窗户走去。小屋周围有一道两三尺高的树篱,阿托斯越过树篱,走到窗户跟前。窗外没设挡板,不过里面那半截窗帘遮得严严实实的。

他踩在外墙基石的边缘上,从窗帘上方的玻璃窗望进去。烛光下,他瞧见一个裹着深色斗篷的女人,坐在靠近炉火的一张木凳上,炉火已经奄奄一息。她的臂肘支在一张简陋的桌子上,两只雪白的手托着脸颊。

看不清她的脸,但阿托斯嘴边掠过一道阴沉的笑容,他决不会认错,这就是他要找的人。这时候响起一声马嘶,米莱迪抬起头来,瞥见了阿托斯贴在窗玻璃上的那张苍白的脸,禁不住惊叫一声。

阿托斯明白她已经看见自己了,就用膝盖和手猛推窗子,窗子应声而开,玻璃碎了一地。阿托斯好似复仇的幽灵,纵身跳进屋去。

米莱迪奔过去打开房门,一张比阿托斯还要苍白吓人的脸出现在门口,正是达德尼昂。米莱迪大叫一声,倒退几步。达德尼昂以为她还想设法逃遁,生怕这回再让她从他们的手里逃脱,急忙从腰里拔出手枪,不过阿托斯举起了手。

"把枪放回去,达德尼昂,"他说,"要紧的是得让这个女人受到审判,而不是现在就打死她。你再等片刻,达德尼昂,你不会失望的。请进来吧,各位。"

达德尼昂听从了他的话,由于阿托斯说这话时,声音之庄严,神情之刚毅,就像是个上天派来的审判官。因此,波尔多斯、阿拉密斯、德·温特勋爵和裹红披风的那人,都跟在达德尼昂后面进了屋子。

四个仆从守在门口和窗口。米莱迪跌在椅子上,她伸出双手,似乎要祛除眼前这些可怕的幻象,等到看见小叔子时,她发出一声凄厉的叫声。

"你们要干什么?"米莱迪高声问道。

"我们要找夏洛特·贝克森,"阿托斯说,"她最早叫拉费尔伯爵夫人,随后又叫过德·温特夫人和德·谢菲尔德勋爵夫人。"

"是我,是我!"她惊恐之极地喃喃说道,"你们要把我怎么样?"

"我们要审判你的罪行,"阿托斯说,"你有权为自己辩护,您可以申辩自己无罪,只要您觉得理由充分,请随意申辩。达德尼昂先生,您第一个来指控。"

达德尼昂走上前来。"我在天主和世人面前,"他说,"指控这个女人昨天晚上毒死了贡斯当丝·博纳修。"

他朝波尔多斯和阿拉密斯转过脸去。"我们做证。"两个火枪手异口同声地说道。

达德尼昂继续往下说:"我在天主和世人面前,指控这个女人曾经企图毒死我,她从维尔罗瓦给我送来毒酒,还写了封假信,让我以为这酒是我的几位朋友送的。天主救了我的命,不过有个人做了替死鬼,他名叫布里斯蒙。"

"我们做证。"波尔多斯和阿拉密斯异口同声地说道。

"我在天主和世人面前,指控这个女人曾经怂恿我去杀死德·瓦尔德伯爵。这事因为没人能做证,我为自己做证。我说完了。"

然后达德尼昂和波尔多斯、阿拉密斯都走到房间的另一边。

"该您了,勋爵!"阿托斯说。

勋爵走上前来。"我在天主和世人面前,"他说,"指控这个女人唆使凶手刺死了白金汉公爵。"

"白金汉公爵被刺死了?"在场的人同声嚷道。

"是的,"勋爵说,"被刺死了!根据你们写给我的回信,我就下令逮捕了这个女人,把她交给一个很忠心的手下人看管。不过她把这个人拉下了水,把匕首塞进他的手里,让他去行刺公爵,此时费尔顿可能正在为这个女人的罪行抵命。"听到这尚未分晓的罪恶被揭露,在场的审判人均感到不寒而栗。

"还有,"德·温特勋爵接着说,"我哥哥指定你做财产继承人以后,突然得了一种奇怪的病,周身都是乌青的斑痕,不到三小时就暴死了。我的嫂子,你的丈夫是怎么死的?"

"真是惨无人道!"波尔多斯和阿拉密斯喊道。

"为白金汉的死,为费尔顿的死,为我哥哥的死,我要求法庭主持公道,对你严加惩处。我声明,如果讨不到公道,我就自己来伸张正义。"

说完,德·温特勋爵走过去站在达德尼昂边上,把位置让给下一个控告人。米莱迪把脸埋在双手中间,竭力想让被一阵要命的眩晕弄得乱哄哄的头脑冷静下来。

"轮到我了,"阿托斯说,他浑身打战,犹如一头狮子看见了毒蛇那样抖个不停,"轮到我了。当这女人还很年轻的时候,我不顾家庭的反对娶了她做妻子,我把我的财产、我的姓氏都给了她。不过有一天我发现这个女人是身犯重罪的囚犯:她的左肩上烙着一朵百合花。"

"噢!"米莱迪站起身来说道:"我敢说,未必还能找到对我进行无耻审判的法庭;未必还能找到对我执行审判给我烫上烙印的人。"

"住嘴,"一个声音说道,"关于这件事,该由我来回答!"说着,那个裹红披风的人走上前来。

"这是什么人,这是什么人?"米莱迪惊惧得声音发哽地嚷道,她脸色发青,披散的头发好似有了生命一般倒竖起来。所有在场的人都转过脸去望着这个人,因为对所有人来说(阿托斯除外)他是个陌生人。

阿托斯也像其他人一样愣愣地望着这个人,因为就连他也不知道此人跟眼前这场可怕的悲剧还会有什么别的瓜葛。陌生人缓慢而庄严地向米莱迪走去,直到跟她中间只有那张桌子相隔,随即就除下了面罩。

米莱迪不胜惊恐地对着这张脸瞅了好一会儿,这张毫无血色、围在黑发黑髯中间的脸上,唯有一种冷漠的镇定表情。突然间,她站起身来往后退去。"哦!不,不,"她边喊边退,已经退到了墙壁跟前,"不,不,这是个鬼魂!这不是他!快救救我!救救我!"她声音喑哑地喊道,一边回过身去冲着墙,似乎要用手扒开一条通道逃出去似的。

"您到底是谁?"在场的这些证人都大声问道。

"请诸位去问这个女人吧,"裹红披风的人说道,"因为你们也看到了,她认出了我是谁。"

"里尔的刽子手,里尔的刽子手!"米莱迪完全被一阵狂乱的恐惧攫住了,她一边嚷道,一边用双手紧紧抓住墙壁,不让自己倒下去。

所有的人都向后退去,只有裹红披风的高个子一个人站在房间中央。"哦!行行好!行行好!饶了我吧!"那无耻的女人双膝跪下喊道。

陌生人没有作声,房间里一阵静默。"我告诉过你们,她认出了我是谁了!"他开口说道,"对,我就是里尔城里的刽子手,下面该由我来说了。"

所有的目光都盯在这个人的脸上,大家都焦急万分地等着他往下说。"这个年轻女人以前当姑娘的那会儿,也像她现在一样美貌。那时候她是唐普勒马尔本笃会女修道院的修女。而主持修道院里教堂的,是个心地单纯而虔诚的年轻神父,她想方设法引诱他,把他引上了钩,就连圣徒这女人也能勾上手。

"两人信誓旦旦,打算永相厮守。而事实上这种私情如果维持下去,两人肯定都得身败名裂。她说动了他答应双双私奔,不过真要远走高飞,到法国另外找个没人认识他俩的地方安安生生地过日子,先得要有笔钱才行。不过他俩谁也没有钱。神父就把教堂的圣器偷出来卖了,两人正计划一起逃跑,却被关进了监狱。

"八天以后,她引诱了狱卒的儿子,越狱逃走了。年轻的神父被判十年监禁和烙刑。我那会儿就像这女人说的,是里尔城里的刽子手。我不得不给罪犯烙了印,而这罪犯,先生们,他就是我的兄弟呀!

"那时我就发誓说,这个毁了他的女人,一定也得受到同样的惩罚,因为是她唆使他去犯罪的,她的罪名不只是同谋。我猜到了她藏身的地方,就上那儿去找她。我抓住了她,把她捆住,给她也同样烙上了一朵百合花,就跟我给我的兄弟烙的一样。

"我回到里尔的第二天,我兄弟也越狱逃跑了,当局指控我和他同谋，判处我顶替他坐牢，直到他来投案自首才能放我出狱。我可怜的兄弟不知道这个情况，他又去找到了这个女人，和她一起逃到了贝里。他在那儿一个小教区当上了本堂神父，对外就说这女人是他的妹妹。

"教区所在地的领主看见这个冒充的妹妹就爱上了她，并且提出要娶她为妻。因此她就抛下这个已经毁在她手里的男人，投入即将毁在她手里的另一个男人的怀抱，变成了拉费尔伯爵夫人……"大家都转过去望着阿托斯，因为拉费尔正是他的真名，只见他点了点头，表示这个刽子手说的都是实情。

"这时候，"这人接着往下说，"我可怜的兄弟几乎都要疯了，他心灰意冷，决意跟这种被她毁了名誉和幸福的生活一刀两断，他回到里尔，得知我在顶替他坐牢，就前去投案自首，入狱当天晚上在牢房的气窗上吊死了。

"然而那些判我入狱的人，我也得为他们说句公道话，他们说话还是算数的。在确认我兄弟死亡以后，他们立刻就把我放了。

"这就是我要指控她的罪行，这就是我给她烙印的缘由。"

"达德尼昂先生，"阿托斯说，"您要求判这个女人什么刑？"

"死刑。"达德尼昂回答。

"德·温特勋爵，"阿托斯接着说，"您要求判这个女人什么刑？"

"死刑。"德·温特勋爵回答说。

"波尔多斯和阿拉密斯先生，"阿托斯说，"你们都是审判官，你们判这个女人什么刑？"

"死刑。"两个火枪手声音低沉地同时回答。米莱迪发出一声可怕的号叫，双膝拖地朝这些审判官迎上几步。

阿托斯向她伸出一只手。

"夏洛特·贝克森、德·拉费尔伯爵夫人、米莱迪·德·温特,"他说,"你的罪行,已为世人和天主所不容。倘若你能背诵祈祷文的话,你就背诵吧,因为你已被判决,死到临头了。"

听到这些没有一丝生机的话,米莱迪直起身子站起来,想再说什么,但浑身一点儿力气都没有。她只感到有只无情的手揪住她的头发,就像命运把人拖走一样,将她拖到了一条不归路上。她走出房屋,没做任何反抗。

德·温特勋爵、达德尼昂、阿托斯、波尔多斯和阿拉密斯在她后面走了出来。几个仆人也跟着主人一起出来了。那座小屋孤零零地待在那儿,窗子碎了,房门开着,桌上的油灯冒着烟发出凄清的幽光。

第六十六章 行刑

午夜将至,那弯下弦月被暴风雨拍打成了血红色,从阿芒蒂埃尔小镇的后面缓缓升起。凄清的月光勾勒出镇上房舍的侧影以及高耸的钟楼那黑黢黢的轮廓。在对面,百合河正像一条熔锡的河流一般哗哗地流着。河对岸长着一大片黑黢黢的树木,将怪异的天空衬托得更加鲜明,而那一大团一大团的古铜色乌云,为这片天空又增加了一种暮色。左边有一座废弃的旧磨坊,风车的翼片纹丝不动,在那片废墟中,有只猫头鹰不时地发出一阵阵单调而又凄厉的尖叫。在这条小路上,那支惨淡的押解队伍正在赶路,一些粗矮的树丛不时在路边的旷野中冒出来,就像一些畸形的侏儒正在道路的两旁蹲伏着,在这凶险的时刻看着这些赶路的人们。

天空中不时掠过一道裂帛般的闪电,瞬间把远方的平野照得一片通明,蜿蜒掠过黑黢黢的茂密树林,好似一把令人生畏的弯头大刀把天空和河流劈成两半。空气沉闷得没有一丝风。整个大自然笼罩在死一般的寂静之中。刚下过雨的泥地又湿又滑,复苏的野草重又变得充满生机,散发出清香。

两个仆从分别抓住米莱迪的两条胳膊,拉着她往前走。刽子手紧随其后,跟在刽子手后面的是德·温特勋爵、达德尼昂、阿托斯、波尔多斯和阿拉密斯。

布朗谢和巴赞走在最后。

两个仆从押着米莱迪向河边走去。她闭着嘴没作声,不过两只眼睛轮流向两人投去央求的目光,自有一种说不出的风情。

她趁着走到略略靠前几步的时候,开口对那两个仆从说道:"你们如果帮我逃掉,每人可以到手一千皮斯托尔。不过假如你们把我交给主子,你们就休想活命,此处就有我的人,我死了他们会找你们算账的。"

格里莫迟疑起来,穆斯克通吓得浑身发抖。

阿托斯听见了米莱迪的说话声,快步走上前来,德·温特勋爵也赶了上来。

"把他俩换掉,"他说,"她刚才跟他俩说过话,他们靠不住了。"

阿托斯唤布朗谢和巴赞上前去,换下了格里莫和穆斯克通。

到了河边,刽子手走近米莱迪,把她的手脚捆绑起来。

此刻她再也按捺不住,破口骂道:"你们这些胆小鬼,卑鄙的凶手,你们十个人一起对付一个女人,要她的命。你们都好好当心着吧,就算我逃不了,也会有人给我报仇的。"

"你不是一个女人,"阿托斯冷冷地说,"而是逃出地狱的魔鬼,我们将送你回去。"

"噢!你们这些道学先生!"米莱迪说,"你们听着,谁敢来碰我一根头发,谁就是凶手。"

"刽子手杀人算不得凶手,夫人,"裹红披风的人拍拍那柄宽刃长剑说道,"这就是最后的审判官:刽子手,咱们的邻居德国人就是这么说的。"

他一边说着这些话,一边捆她,米莱迪发出的两三声狂叫飞向夜空,消失在森林深处,给人以一种惨厉而奇特的印象。

"就算我有罪,"米莱迪厉声叫道,"你们也无权审判,因为你们不是法庭里的法官。"

"我提出过送你去泰伯恩,"德·温特勋爵说,"你那会儿为什么不想去呢?"

"因为我不想死!"米莱迪一边挣扎一边喊道,"因为我还这么年轻,我不想死!"

"你在贝蒂纳毒死的那个女人比你更年轻,夫人,但是她死了。"达德尼昂说。

"我愿意进修道院,我要去当修女。"米莱迪说。

"你原本就是修女,就在修道院里,"刽子手说,"不过你却逃出修道院,还毁了我的兄弟。"

米莱迪害怕极了,她不由自主地发出了一声恐惧的惊叫,双膝跪倒在地。刽子手掖着她站起来,想要把她带上小船。

"哦!天哪!"她喊道,"天哪!你这是要淹死我啊!"这声喊叫令人心颤,达德尼昂虽说当初曾经慷慨激昂地力主追捕米莱迪,这会儿却情不自禁地坐到一个树墩上,低下头去,两手捂住耳朵。不过就算如此,米莱迪的威胁和哀叫依旧声声传入他的耳中。

达德尼昂没有再听下去的勇气,毕竟他在这里是最年轻的。"噢!我看不得这悲惨的场面!我不能同意让这女人这样去死。"

米莱迪闻听此言,只觉得一线生机立刻出现在眼前。"达德尼昂!达德尼昂!"她喊道,"你还记得我爱过你吧!"

达德尼昂站起来,朝她走上一步。然而阿托斯突然拔出剑来,横身挡住了他。

"若您踏前一步,达德尼昂,"他说,"我们就不死不休。"达德尼昂跪倒在地,祈祷起来。

"行了,"阿托斯说,"刽子手,干你该干的事吧。"

"遵命,阁下,"刽子手说,"因为我正像知道自己是虔诚的天主教徒一样,确信我对这个女人行刑完全是正当的。"

"很好。"阿托斯朝米莱迪走了一步。

"我宽恕你对我的伤害,"他说,"你断送了我的前程,玷污了我的名誉,践踏了我的爱情,让我陷进绝望的深渊而灵魂不能得救,不过我都宽恕了你。你安心地死吧。"

德·温特勋爵跨前一步。"我宽恕你,"他说,"你毒死了我的哥哥,指使人刺死了白金汉公爵大人,不过我都宽恕了你,我也宽恕你害得可怜的费尔顿做了屈死鬼,宽恕你多次想要暗算我。你安心地死吧。"

"我,"达德尼昂说,"夫人,我要请你宽恕我曾经用一种跟绅士身份不相称的手段欺骗过你,并因此激怒了你。同样,我也宽恕你害死了我可怜的贡斯当丝,宽恕你对我毒恶的报复,我宽恕你并为你哭泣。你安心地死吧。"

"我完了!"米莱迪用英语喃喃地说,"我要死了。"她慢慢支起身来环顾四周,炯炯发亮的眼睛里像要喷出火来。

她什么也没看到。她侧耳谛听,不过什么也没听到。

她的周围只有仇人。

"我死在哪儿?"她说。

"对岸。"刽子手答道。说完,他把她推上小船,自己也正要举步上船时,阿托斯把一袋钱币交给了他。

"拿着,"他说,"这是行刑的酬金。我要让大家知道,我们是按规矩行事的执法人员。"

"好的,"刽子手说,"不过此刻,我要让这个女人知道,我

绝非出于职业的习惯奉命行事,而是在尽我应尽的责任。"说完,他把钱扔进了河里。

小船载着处决的犯人和行刑的刽子手,向百合河的左岸而去,剩下的人留在右岸,都跪了下来。小船沿着渡口的缆绳缓缓滑向对岸,河面上正巧映出天上飘过的一朵苍白的浮云。

只见小船靠上了对岸,淡红的天际勾勒出黑黝黝的两个人影。米莱迪在小船滑行途中,竟然设法解开了脚上的绳索。船一靠岸,她轻捷地跳出小船,撒腿就逃。

然而湿漉漉的地面令她滑倒在了斜坡顶上,她恰巧是双膝跪地的姿势。这姿势镇住了她,大概她脑中正转动着宿命的念头吧。她知道天主已经不愿援手救她了,因此她就保持那个姿势,低首合掌,跪着不动了。

这时,对岸的人只见刽子手慢慢地举起双臂,月光照在那柄宽刃的剑身上,射出一道寒光,随即双臂往下抡。嗖的一声长剑落下,剑下之人惨叫一声,尸体倒下,身首分离。

刽子手将自己的红披风铺在地上,然后将尸体放在上面,又把首级往里一扔,拉起披肩的四个角两两打结,扛着回到了小船上。

小船划到百合河的河心时就停下了,他将那个包裹悬在水面,大声喊道:"交给上帝去审判吧!"

说完就松开手,让尸体沉了下去。

三天后,四个火枪手准时回到了巴黎。那天晚上,他们跟平时一样去拜见德·特雷维尔先生。

"怎样,各位,"那位厚道的队长问他们,"这次出游,你们玩得开心吗?"

"非常开心。"阿托斯代表自己和他的朋友说道。

第六十七章　结局

在下个月的 6 号，国王遵守他给红衣主教的诺言，从巴黎出发回到了拉罗谢尔。那时白金汉死于刺杀的消息已经传开，国王听到这个消息非常高兴，以至于他离开京城时还处于一种惊愕的状态。

至于王后，虽然她早就知道自己的心上人处境危险，但当她得到这个消息时，依然不肯相信这是真的，甚至还疏忽地叫道："这是谣言！我刚才还收到了他写给我的信。"

但是，第二天她就不得不相信了。因为查理一世的命令，拉波尔特也被滞留在了英国，现在他带着白金汉临终前送给王后的礼物回来了。

国王简直乐不可支了，他不想费那份闲工夫来掩饰自己的喜悦心情，甚至还故意让王后知道他的心情之好。路易十三犹如所有心胸狭窄的人一样，缺乏那么点儿豁达和大度。

然而过不多久，国王又变得愁眉不展、心绪不宁了，他不是那种能够长期开朗乐观的人。一想到要回大营，他就觉得浑身都不自在，不过他到底还是起程了。红衣主教像条毒蛇，他自己像只被毒蛇吓坏了的小鸟，从一个枝头飞到另一个枝头，但飞来飞去就是逃脱不了他的控制。

所以返回拉罗谢尔的旅程是既乏味又沉闷的。我们的四位朋友更是让同伴们大吃一惊。他们并排一起行进，眼神忧郁，垂着脑袋。只有阿托斯偶尔抬起一下他那宽宽的额头，此刻他的眼睛会变得炯炯有神,唇边也会掠过一丝苦涩的笑意,接着,他就也像那几位伙伴一样,重又神情茫然地边想心事边往前行进着。这支卫队每到一个城市,四个伙伴刚把国王护送到行宫,就抽身躲进给他们安排的住处或是哪个僻静的小酒店。他们待在那儿既不赌钱,也不喝酒,只是压着嗓门儿悄悄交谈,还不时要看看有没有人在偷听。

有一天国王在半路上停下来打喜鹊,四位伙伴照一路上的老规矩,没去跟着国王凑热闹,而是聚在大路上的一家小酒店里;此刻有个男人骑马从拉罗谢尔的方向飞奔而来,见到酒店便在门口勒住马想喝上一杯,他目光往店堂内这么一扫,瞥见了坐在桌边的四个火枪手。"嘿!达德尼昂先生!"他说,"我说是您坐在那儿吧?"达德尼昂抬起头,欣喜得叫出声来。来的不是别人,正是他在牟恩镇、掘墓人街和阿拉斯遇见过的那个陌生人,他平时在心里管这家伙叫甩不掉的冤家对头。

达德尼昂拔出长剑朝门口冲去。但是这一回,这陌生人不仅没有逃之夭夭,反而纵身跳下马来,迎着达德尼昂走来。

"啊!先生,"达德尼昂说,"我总算又遇上您了。这回您跑不了啦。"

"我根本就没想跑,先生,因为这一回我正在找您。我以国王的名义逮捕您并要您交出您的剑,先生,请您不要拒捕。这可是要掉脑袋的事,我把话给您说在前头。"

"您究竟是什么人?"达德尼昂垂下剑问道,不过并没想把剑交出去。

"我是德·罗什福尔骑士,"陌生人回答说,"黎舍留红衣主教先生的侍从武官,我奉命把您带去见主教大人。"

"我们此刻正回主教大人那儿去呢,骑士先生!"阿托斯走上前来说道,"请您相信达德尼昂绝不会食言,他这就前去拉罗谢尔,路上不会有半点儿耽搁。"

"我要把他交到主教先生的卫士手里,让他们把他带到大营。"

"这事交给我们就行,先生,我们可以用人格担保。"阿托斯皱了皱眉头接着说,"达德尼昂先生是不会离开我们的。"

德·罗什福尔骑士往后面望了一眼,看见波尔多斯和阿拉密斯挡住了他的退路,他知道自己完全置于这四人的控制之下了。

"各位,"他说,"如果达德尼昂愿意把剑交出来,并且重申你们的保证,我就答应让你们把达德尼昂先生带到主教大人的行营。"

"我向您保证,先生,"达德尼昂说,"这是我的剑。"

"如此我也更方便些,"罗什福尔说,"因为我还得往前赶路。"

"如果您为找米莱迪而赶路的话,"阿托斯冷冷地说,"那就不用奔波了,因为即使去了,您也找不到她的。"

"她出什么事啦?"罗什福尔连忙问道。

"很快您就会知道,在您回到大营后。"罗什福尔想了一会儿,由于他们离絮热尔只有一天路程,而红衣主教要在那儿迎接国王,因此罗什福尔决定照阿托斯说的做,跟他们一起回去。

何况他这样做还有个好处,就是可以亲自监视在押犯的一举一动。他们一行人上了路。

次日下午三点钟,他们抵达絮热尔。红衣主教在那儿恭候路易十三。首相和国王互致亲切的问候,两人都感到庆幸,为法国能摆脱那个劲敌而庆幸,正是这个劲敌煽动了全欧洲来对付法国。接着,红衣主教因为听罗什福尔报告过达德尼昂已经逮着了的消息,急于想去见他,因此就向国王告退,但是临走前邀请国王第二天去看看已经竣工的长堤工程。

红衣主教当晚回到石桥屯行营,只见四个火枪手站在他下榻的屋子门前,达德尼昂没有佩剑,另外三人全副武装。这一回红衣主教人多势众，因此他神情严厉地看了看他们，用眼神和手势示意达德尼昂跟着他走。

达德尼昂服从了他的命令。"我们等着你，达德尼昂。"阿托斯提高嗓门儿说道，好让红衣主教听见。

主教大人皱了皱眉头，略略停了一下脚步，便又一言不发往屋里走去。达德尼昂跟在红衣主教后面进了屋，接着是罗什福尔，门口由卫士把守。

主教大人走进充作书房的房间，示意罗什福尔把年轻火枪手领进来。罗什福尔将达德尼昂领进来后，然后退了出去。

达德尼昂独自一人面对着红衣主教，这是他第二次遇见黎舍留，他事后承认说当时他心想这或许是最后一次了。黎舍留背靠壁炉站着，跟达德尼昂隔着一张桌子。

"先生，"红衣主教说，"逮捕您的命令是由我亲自下达的。"

"这我已经知道了，大人。"

"您知道原因吗？"

"不，大人。因为唯一能叫我被捕的那桩事情，主教大人您还压根儿不知呢。"黎舍留凝视着这个年轻人。

"嚋，"他说，"这是什么意思？"

"我会告诉大人这是什么意思，前提是假如我能够知道我是因何罪名而被指控。"

"很严重的指控，即便高出您地位很多的人，这些指控也足以使他粉身碎骨，先生！"红衣主教说。

"我可以知道罪名是哪些吗，大人？"达德尼昂问道，口气平静得使红衣主教感到吃惊。

"您被指控里通外国，跟王国的敌人时有往来，您还被指控刺探国家机密，并企图阻挠上级将官实施作战方案。"

"是谁在这样指控我呢，大人？"达德尼昂说，他心里已经猜到这是米莱迪告的状，"是一个被依法施过烙刑的女人，一个先在法国嫁人又在英国嫁人的女人,一个毒死过第二任丈夫,并且处心积虑想毒死我的女人!"

"您在说些什么,先生?"红衣主教惊异地大声说道,"这究竟说的是哪个女人?"

"米莱迪·德·温特,"达德尼昂答道,"对,我在说米莱迪·德·温特,她能深得大人宠幸,大概是因为大人对她的这些罪行并不知情。"

"先生,"红衣主教说,"倘若米莱迪·德·温特犯过您说的这些罪行,她会受到惩处的。"

"她已经受到惩处了,大人。"

"是谁惩处她的?"

"我们。"

"她进监狱了?"

"她死了。"

"死了!"红衣主教大声说,他没法相信自己听到的话,"死了!您是说她已经死了?"

"我原谅了她对我的三次谋杀,不过她不依不饶,最终杀死了我的爱人。随后,我和我的伙伴们抓住了她,按照她所犯罪行进行了审判,审判结果是死罪。"然后达德尼昂说了博纳修太太如何在贝蒂纳加尔默罗会修道院中毒而死,他们如何在那座孤零零的小屋审判米莱迪,又如何在百合河畔将她处决的经过。

红衣主教听着,禁不住寒噤连连,这在他身上极为罕见。

不过似乎受了一种无言的想法的影响,红衣主教刚才还阴沉着的那张脸,倏忽间舒展了开来,渐渐变得极其安详。

"这么说,"他说话的声音十分平和,跟话语中的严峻意味形成了一种反差,"你们进行了非法审判,这是谋杀,你们不懂吗?"

"大人,我向您发誓,我绝无半点儿为自己开脱之意。我甘愿领受主教大人的任何惩处。我的生命并不足惜,因此我并不怕死。"

"是的,这我知道,您是条好汉,先生,"红衣主教说这话时几乎有些动了感情,"因此我可以事先告诉您,您将要受到审讯,甚至要被判刑。"

"换了别人可能会对大人说,他口袋里有一张特赦令。不过我只想对您说:'下命令吧,大人,我准备好了。'"

"您有特赦令?"黎舍留惊讶地问。

"是的,大人。"达德尼昂说。

"谁签署的?是国王吧?"红衣主教说这两句话时,语气中有一种说不出的轻蔑意味。

"不,特赦令是您亲笔签署的。"

"我?您是疯了吗,先生?"

"大人一定认得自己的笔迹吧。"

说着,达德尼昂把那张珍贵的纸条递给红衣主教,当初阿托斯把它从米莱迪手里夺了来,交给达德尼昂让他当护身符。

主教大人接过纸,语调徐缓、一字一顿地念道:

持条者系受本人密令,其所从事活动关乎国家利益,特此准其便宜行事。

黎舍留
1627年12月3日

红衣主教念完以后,陷入了沉思,不过他并没把纸条还给达德尼昂。

"他准在动脑筋,要用哪一种酷刑将我处死,"达德尼昂想,"反正我豁出去了!我要让他看看一个绅士是怎样去死的。"年轻的火枪手浑身都是英雄气概,准备从容就死。

黎舍留还沉浸在自己的思绪里,把手里的那张纸卷拢又摊开,摊开又卷拢。最后他抬起头,把鹰隼般的目光盯在达德尼昂坦荡、诚恳、聪明的脸上,在这张泪痕宛然的脸上看出了这一个月来他所经受的全部磨难,又一次(已经是第三次或是第四次)想到这个二十一岁的年轻人会有多么远大的前程,想到他的机灵、勇敢和聪敏对一个好主子来说会有多么宝贵。另一方面,米莱迪的犯罪前科,她的手段之狠毒和用心之险恶,早已不止一次地使他存有戒惧之心。就此索性摆脱掉这个危险的同谋,他暗自感到庆幸。

他把达德尼昂那么大度地交给他的特赦密令慢慢地撕成碎片。"我完了。"达德尼昂暗自说道。然后他向红衣主教深深地鞠了一躬,那意思是说:"阁下,我听凭您的发落!"红衣主教走到书桌前,就那么站着在一张已写满三分之二的羊皮纸上写了几个字,盖上印。

"这就是对我的判决,"达德尼昂对自己说,"他没让我进巴士底狱去遭罪,也不用我旷日持久地等待对我的判决。这已经是非常客气了。"

"嗯,先生,"红衣主教对年轻人说,"我拿走了您的一张特赦令,此刻我另外还您一张。这张委任状上名字空着,您自己去写吧。"达德尼昂有些犹豫地接过纸,定睛看去。

这是一张火枪营副统领的委任状。达德尼昂在红衣主教的脚下跪倒。

"大人,"他说,"从今天起我的生命属于您,它任由您支配。然而您赠我的这份恩宠,我实在是消受不起啊。我有三个朋友,他们比我更优秀,更配得上……"

"您是个坦坦荡荡的年轻人,达德尼昂,"红衣主教打断了他的话,用手亲切地拍了拍他的肩膀,为这位桀骜不驯的年轻人的归顺感到开心,"您想怎么处置这张委任状都可以。然而您要记住,虽然我没有在上面写名字,但是我把它送给的是您。"

"铭记在心,永生不忘,"达德尼昂回答说,"大人请放心。"

红衣主教回过头去大声喊道:"罗什福尔!"

那个骑士应该就在门外等候,声音未落便进来了。"罗什福尔,"红衣主教说,"您看到达德尼昂先生在这里,如今我们是朋友了。所以,你俩拥抱一下吧,谁想要留住性命,最好放聪明些。"

两人勉勉强强地拥抱了一下。这完全是没有办法的事情,因为红衣主教的那双炯炯有神的眼睛正盯着他俩呢。之后,两人一起退下。

"日后我们还会见面的,不是吗,先生?"

"顺其自然。"达德尼昂说。

"那么来日再见。"罗什福尔回道。

"嗯?"黎舍留为他们打开门,很是疑惑。两人相视而笑,又握了握手,躬身向主教大人告辞。

"我们都等得有些不耐烦了。"阿托斯说。

"万事大吉,朋友们!"达德尼昂回答说,"哪有什么逮捕的事儿,事实是红运当头了。"

"您不想对我们说清这到底是怎么回事吗?"

"回去再说吧。"

那夜达德尼昂来到阿托斯的住处,只见他正在仰着脖子痛饮一瓶西班牙葡萄酒,这是他每晚都要做的功课。达德尼昂把事情的谜底告诉了阿托斯,之后拿出了委任状。

"喏,亲爱的阿托斯,这是委任状,"他说,"您最适合不过了。"

阿托斯微微一笑,这笑容是那么的优雅迷人。"朋友,"他说,"对阿托斯来讲,这让他受宠若惊;对拉费尔伯爵来讲,这又让他不放在眼里。收好这张委任状吧,您才是最适合的。唉,我的主啊！您为它付出了那么大的代价。"

达德尼昂从阿托斯那儿离开，来到了波尔多斯这里。波尔多斯此时正在镜子前站着，欣赏着身上那件光鲜亮丽的绣花外套。

"啊哈！"波尔多斯说，"您来了啊，我的朋友！您看一看我这身衣服，觉得如何？"

"漂亮极了，"达德尼昂说，"但是我想送您一套别的，我想一定非常适合您。"

"哪套衣服？"波尔多斯问道。

"火枪营副统领的制服。"

达德尼昂对波尔多斯讲了面见红衣主教的经过，之后拿出那张委任状。"给，朋友，"他说，"写上您的名字，做我的好统领吧。"

波尔多斯只看了眼委任状，就又交给了达德尼昂，这让后者惊讶不已。

"没错，"波尔多斯说，"这样的恩典确实会让我非常兴奋，但我享受不了太长时间。因为我们去贝蒂纳时，我那位公爵夫人的丈夫去世了。所以啊，亲爱的朋友，我马上就可以得到那位死者的钱箱，我很快就要跟那个寡妇结婚了。您看，我现在就在试结婚的礼服。至于这份副统领的委任状，您还是自己留着吧。"

于是达德尼昂又去了阿拉密斯的卧室。

这时，阿拉密斯正跪在一个祈祷凳前，将头埋在一本摊开了的日课经上。达德尼昂把他和红衣主教见面的情况说了一遍，又掏出了委任状。

"您是我的朋友，是我们的智囊，是我们无处不在的保护者，"达德尼昂说，"请您收下这份委任状吧。您是那样睿智多谋，那样料事如神，您是最合适的人。"

"唉，我亲爱的伙伴！"阿拉密斯说，"因为最近的种种事情，我已经对人生和军旅生涯感到厌倦了。所以我这次已经下定决心，不会再回头了。等围城结束后，我就会去参加遣使会。这份委任状，您还是自己留着吧，达德尼昂，您很适合行伍生涯，您一定可以成为一名勇敢正直的队长。"

达德尼昂不由得泪眼模糊，他又悲又喜，然后回到了阿托斯那儿。现在阿托斯正坐在桌子边，在烛光下欣赏最后一杯马拉加麝香葡萄酒。

"真是的，"达德尼昂说，"他们都拒绝了我。"

"朋友，那是因为只有您才是最有资格做火枪营副统领的人。"

阿托斯说着就拿起一支羽毛笔，在委任状上写下了达德尼昂的名字，然后递给了他。

"这样一来，我就永远不会有朋友了，"达德尼昂说道，"唉！什么都没了，除了苦涩的回忆……"他用两只手托住垂下的头，两颗泪珠沿着面颊往下流。

"您还太年轻，"阿托斯说，"您苦涩的回忆很快就会变成温馨的记忆。"

因为没有白金汉承诺的援军，又没有英国舰队的救援，在1628年10月28日，城里的守军在被困一年后还是投降了，并签订了投降协议。

同年12月23日，国王回到了巴黎。巴黎的所有臣民都对国王表示了热烈的欢迎，就像他们是胜利归来，而且打败的是真正的敌人，并非法国人似的。他从圣雅克城区回到国都，沿途经过了一个个用橄榄枝做成的凯旋门。

达德尼昂接受了任命。波尔多斯离开了军队，在第二年娶了科克纳尔夫人，他渴望已久的钱箱里有八十万利弗尔。

穆斯克通将华丽的号服穿好，得意扬扬地站在了一辆豪华马车的后面，这是他这辈子最大的心愿。

阿拉密斯去了趟洛林，然后就失踪了，并且再也没有给他的朋友写过信。后来因为德·谢芙勒兹夫人跟她的两三个情人提到,他的朋友们才知道,他已经在南锡的一座修道院做了修士。

巴赞也成了不接受神品的办事修士。

阿托斯依然在达德尼昂手下做火枪手。但在 1633 年,他去都兰旅行了一趟,回来后他说自己在鲁西荣得到了一笔小小的遗产,所以就从火枪营退役了。

格里莫也跟阿托斯一起离开了。

达德尼昂跟罗什福尔决斗过三次,每次都将会对方打伤。

"如果再有下一次,或许我会杀掉您。"达德尼昂一边说一边将他拉了起来。

"我们到此为止吧,这对我俩都有好处,"那个受伤的人说,"见鬼!我本来就是您非常要好的朋友啊。因为第一次见面后,我只要跟主教大人说一句话,您就早离开这个世界了。"

两人诚心诚意地相互拥抱,谁也不再算计对方。

在罗什福尔的提拔下,布朗谢在卫士营中做了伍长。

博纳修先生倒过得很平静,他根本不知道自己的妻子在什么地方,当然他也不想知道。有一天,他一不小心想到应该托人向红衣主教大人问声好。这位主教大人很快就告诉他,他会满足他的所有物质需求,他永远不会再为生活担忧了。

果然,第二天晚上,博纳修先生就去了卢浮宫,从此再没回过掘墓人街。据消息灵通的人说,他现在住在国王的某座城堡里,慷慨的主教大人会负责他的所有开销。